KB043017

미
필
적 고
의

2

미필적 고의 2

1판 2쇄 찍음 2022년 03월 08일
1판 2쇄 펴냄 2022년 03월 16일

지은이 | 정지유
펴낸이 | 고운숙
펴낸곳 | 봄 미디어

기획 · 편집 | 박나영, 정지은

출판등록 | 2014년 08월 25일 (제387-2014-000040호)
주소 | 경기도 부천시 소향로13번길 14-11, 203호
영업부 | 070-5015-0818 **편집부** | 070-5015-0817 **팩스** | 032-712-2815
E-mail | bommedia@naver.com
소식창 | http://blog.naver.com/bommedia

값 12,000원

ISBN 979-11-6632-191-7 04810
      979-11-6632-189-4 04810(세트)

※파본은 구입하신 서점에서 교환하여 드립니다.

※이 책은 봄 미디어를 통해 독점 계약되었습니다.
저작권법에 의해 보호를 받는 저작물이므로 무단 전재와 무단 복제를 엄금합니다.

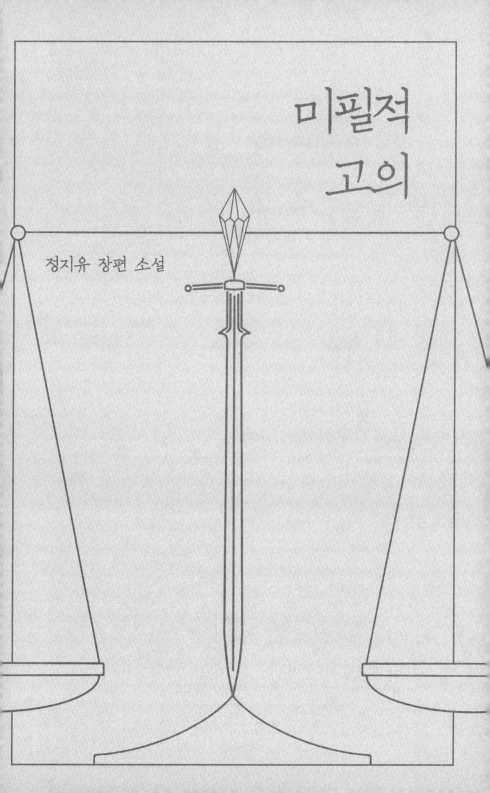

미필적 고의

정지유 장편 소설

* 작품 속에 등장하는 인물, 직업, 기업, 단체, 사건 등은 실제와 아무런 관련이 없는 허구임을 밝힙니다.

* 작품 속에 존재하는 제도 및 명칭은 실제와 일부 다를 수 있으며, 이는 작가의 창작에 의한 설정임을 밝힙니다.

목
차

15장

회의가 마무리되자마자 검사실로 돌아온 다현은 담당 수사관과 함께 서둘러 자료들을 챙기기 시작했다.

SC항공사 사주의 딸이자, 전무 이사 자리에서 물러나 결혼 이후 모습을 드러내지 않고 있는 정은아의 참고인 조사를 위해 부득이하게 병원으로 직접 가야만 했다.

참고인 조사에 불응해도 될 텐데 걸리는 것이 있는지 직접 병원에 와 달라 부탁한 정은아의 연락에 다현은 수사관과 함께 참고인 조사를 다녀오기로 했다.

똑똑.

가벼운 노크 소리에 서류를 챙기던 수사관과 다현의 고개가 오른쪽을 향했다.

"준비 다 했어?"

이헌은 한 손에 자료를 챙겨 든 채 모습을 드러냈다.

"크흠! 내려가서 차 빼놓고 있겠습니다."

당연하다는 듯 자연스레 검사실로 들어와 함께 있는 다현만 바라보고 있던 이헌은 헛기침 소리에 슬쩍 고개를 돌렸다.

수사관과 정면으로 눈이 마주친 그는 가볍게 눈인사를 했다. 의심의 눈초리로 이헌과 다현을 보고 있던 수사관은 고개를 꾸벅 숙이며 서류 가방을 챙겨 들고 서둘러 검사실을 빠져나갔다.

"망했어. 계장님도 눈치챈 게 분명해요."

수사관이 나가자마자 다현은 고개를 내저으며 한숨을 짧게 내쉬었다.

"검찰 밥이 몇 년짼데, 모르면 수사관 때려치워야지."

농담을 참 살벌하게 한다고 생각했다.

"아주 동네방네 소문 다 나게 생겼어요."

설핏 미소를 지어 보이는 이헌을 보며 다현은 짓궂다는 듯 그의 옆구리를 푹 찔렀다.

"조심히 다녀와."

"누가 보면 죽으러 가는 줄 알겠어요."

엘리베이터 앞에서 다현은 짓궂게 웃으며 농담을 건넸다.

외부에서 이뤄지는 참고인 신문 조사는 변수가 많았다. 개방된 공간에서 어떠한 돌발적인 일이 벌어질지 몰라 만전을 기해야 했고 해서, 관할서에 협조를 요청해 둔 상태였다. 경찰의 지원을 받아 이뤄지는 만큼 큰일 없이 끝날 거라고 확신했다.

"다녀오겠습니다."

엘리베이터 문이 닫히기 전에 다현은 고개를 가볍게 숙이며 지휘 검사에게 인사를 했다.

잘 다녀오라는 그의 말이 채 입 밖으로 나오기도 전에 야속하게 문이 닫혀 버린 엘리베이터는 빠르게 아래로 내려갔다.

참고인 조사들이 밀려 있어 따라나서지 못한 이헌의 염려를 뒤로한 채 다현은 곧장 수사관과 함께 병원으로 향했다.

병원에 미리 도착해 있던 관할서 형사 2명과 가볍게 인사를 하고 정은아가 입원 중인 VIP 병동 안으로 들어섰다.

그곳의 분위기는 일반 병동과 사뭇 달랐다.

유난히 고요한 복도와 한적한 병동 스테이지를 지나자 복도 끝에 검은 양복을 입고 무표정하게 서 있는 경호원들이 삼엄하게 병실 앞을 지키고 서 있었다.

"중앙 지검에서 나왔습니다."

다현은 사진이 박혀 있는 검찰 공무원 신분증을 경호원에게 보여 주며 말했다. 신분증을 짧게 들여다본 경호원은 길을 터 주고 손수 병실 문을 열어 주는 친절함을 보였다.

그렇게 다현은 수사관과 병실로 들어섰다. 만일을 대비해 형사 한 명은 병실 밖에서 대기하고 있고 나머지 한 명만이 병실로 따라 들어왔다.

환자가 누워 있어야 할 베드가 아닌 마치 집을 연상시키는 거실 풍경이 그들을 먼저 맞이했다.

그때 굳게 닫혀 있던 중문이 열리면서 왼쪽 팔에 링거를 꽂고 환자복을 입은 정은아가 모습을 드러냈다.

"중앙 지검 특수 1부 권다현 검사입니다."

몸을 틀어 정은아와 마주한 다현이 먼저 인사를 건넸다. 감정이라곤 찾아볼 수 없을 만큼 딱딱하고 사무적인 목소리와 메마른 표정으로 정은아를 응시했다.

핼쑥한 모습을 한 정은아의 얼굴엔 얼핏 미소가 엿보였다. 그녀의 입가에 핀 미소에 흠칫 놀라며 수사관은 가볍게 고개를 숙일 뿐이었다.

"오랜만이네?"

한쪽 입꼬리를 기묘하게 올리며 눈웃음을 짓는 모습이 괴이하기만 했다. 괜스레 눈살이 찌푸려진 수사관은 다현의 눈치를 살폈지만 그녀는 정은아의 안부 인사에 의아한 듯 눈을 깜빡였다.

일면식이 없는 사이였다. 적어도 그녀의 기억 속엔 그랬다. 그런데 오랜만이라니.

"민준이랑 처음 왔을 때 인사했었는데."

아는 척을 했지만 그것으로 인해 뭔가 도움을 얻고자 하는 사람의 태도는 분명 아니었다.

마치 너도 우리랑 크게 다르지 않다는 식의 비꼬는 어투라고 봐도 무방할 만큼 정은아는 다현을 검사로 대하지 않았다.

"기억 안 나면 말고."

퉁명스럽게 말하며 다현을 지나쳐 소파에 앉아 다리를 꼰 정은아는 고개를 치켜들었다.

"몸이 많이 안 좋나 봅니다."

입가에 번진 조소와 별개로 창백한 낯빛의 정은아를 붙잡고 참고인 조사를 길게 할 수 없을 것 같았다. 검찰 조사를 피해 꾀병 삼아 병실을 차지하고 병원에 틀어박혀 있는 건 아닌 게 분명했다.

"조금?"

다현의 물음에 가볍게 대답한 정은아는 편하게 앉으라고 말했다.

이윽고 대각선 방향에 자리를 잡고 앉은 다현과 수사관은 준비해 온 서류들과 녹음기, 노트북 등을 꺼내 참고인 조사를 빠르게 진행했다.

"참고인 조사를 위해 몇 가지 묻겠습니다."

다현의 말이 끝나기 무섭게 정은아는 계속하라며 가볍게 고갯짓했다.

"골드서클 회원 명단에 1년 전까지 올라와 있는 걸 확인했습니다. 골드서클 멤버였던 것이 맞습니까?"

지난 사건 때 실시한 파라곤 압수 수색 이후, 골드서클에 관한 서류 중 중요한 것이라곤 등급별로 회원을 나눠 놓은 회원 명단이었다.

최근 작성 일자가 1년 전으로 확인된 회원 명단은 CCTV 속 파라곤을 출입한 골드서클 회원과 별반 다르지 않았다.

단 한 명, 정은아를 제외한다면 말이다.

언젠가부터 골드서클 모임과 파라곤에 모습을 드러내지 않았다는 파라곤 매니저의 진술이 어느 정도 일치하는 대목이었다.

"결혼한 후로 모임엔 나가지 못했다는 게 맞겠죠?"

줄곧 비아냥거리는 태도로 일관하던 정은아는 태세를 달리하며 나지막한 목소리로 말을 이어 나갔다.

"시댁이 워낙 보수적이고 엄해서 모임에 나가지 못했어요."

"결혼 이후, 그러니까 3년 전부터 골드서클 모임에 나가지 않았다는 겁니까?"

빠르게 타이핑을 이어 나가던 수사관은 찰나의 정적에 마른침을 꿀꺽 삼키며 정은아를 힐긋 쳐다봤다.

그녀는 대답 대신 고개를 끄덕이며 퍼석해진 입술을 떼 음성을 내뱉었다.

"애들이 지금까지 그럴 거라고 생각도 못 했어요."

"다 알면서도 모른 척 방관한 거네요?"

"내 말을 들을 애들이었으면 애초에 약에 손대지도 않았을 거예요."

"그렇게 3년 동안 교류가 없었다면 왜 아직 SC항공사에선 장민준의 수화물을 따로 챙기는 겁니까."

"글쎄요. 항공사 일에서 손 뗀 지 오래라 난 이제 업무적인 건 모르겠네요."

소파에 잔뜩 기대앉은 정은아의 얼굴이 보기 싫게 일그러진 채였다. 마치 더러운 똥이라도 밟은 듯했다.

"잘 생각하셔야 합니다. 정은아 씨의 진술로 SC항공사가 검찰 조사 대상이 될 수도 있고 정은아 씨 혼자만의 일로 끝날 수도 있습니다."

이미 한차례 항공사를 가볍게 조사해 장민준의 수화물 내역을 확보했다. 그리고 세관을 거치지 않고 곧바로 하역장을 통해서 공항 밖으로 빠져나간 정황 증거들도 모아 둔 상태였지만 다현은 말을 아꼈다

항공사를 미끼로 정은아를 건드려 유리한 진술을 받아 내겠다는 생각에 회유책을 써 볼 요량이었다.

"지금 협박하는 건가요?"

다현의 회유책에 불편한 심기를 드러낸 정은아가 날카롭게 쏘아 보며 언성을 높였다.

"저렇게 큰 TV가 있는데 보진 않나 봅니다. 지금 상황이 협박하고 말고 할 상황인 거 같습니까? 골드서클 전원 구속됐고 공판까지 잡혔

습니다.”

맞은편에 있는 대형 TV를 눈짓으로 가리키며 다현은 차분히 말을 이어 갔고 덩달아 정은아의 입에선 짧은 한숨이 새어 나왔다.

“아는 게 없으니까 모른다는 거예요. 내가 골드서클 모임에 나갈 때만 해도 지금처럼 무분별하게 마약을 하진 않았으니까.”

“그건 변명도 진실도 될 수 없습니다.”

“배편으로 들어오는 거 말고 항공편으로까지 들여오는지 몰랐어요. 참고인 소환장 받고 나서 짐작했을 뿐이에요.”

“장민준이 자신의 개인 수화물로 고가의 주류는 물론 대형 화물로 미술품이나 가구까지 들여오는데 어째서 검색대를 거치지 않고 곧바로 공항을 빠져나갈 수 있겠습니까. 정은아 씨의 입김이 없었다면 불가능한 일 아닙니까?”

지난 몇 년간 SC항공사를 이용한 장민준의 출입국 기록 사본을 꺼낸 다현은 정은아의 앞으로 툭 내려놨다. 버젓이 기록되어 있는 항공사 수화물 현황과 달리 세관 기록에선 장민준의 흔적을 찾을 수 없었다.

검색대를 통과했다면 그 속에 숨겨 들여온 마약이 적발됐을 테고, 세관에 신고하고 정식 절차를 밟아 들여온 것이라면 그 역시도 적발됐을 것이다.

공항의 특수한 상황을 누구보다 잘 알기에 짙은 한숨과 함께 정은아는 머리카락을 거칠게 쓸어 넘겼다.

“검색대는 둘째 치고 미술품과 그 명품 가구들이 세관에서 얼마나 많은 세금을 떼 가는지 아실까 몰라.”

“고작 그 세금 때문에 편의를 봐줬다는 겁니까?”

“고작이라뇨. 한두 푼이 아닌데. 그리고 민준이랑 친하지 않았나? 걔 취미가 뭔지 검사님은 모르시나 봐요. 명품 가구 수집하고 미술품 수집하는 건데. 걔 별장에 가면 별천진데.”

장민준의 취미가 언제부터 그런 고고하고 우아한 거였는지 알 길이 없었다. 그런 것들에 숨겨서 마약을 들여오기 위해 취미로 위장한 게 분명한데 아무것도 모른다는 듯 눈을 끔뻑이는 정은아가 그저 기가 막힐 뿐이었다.

"장민준의 취미 생활을 위해 편의를 봐줬다고 치고, 현재 SC항공사 전무 이사 자리에서 물러난 거로 알고 있는데 왜 아직 장민준의 편의를 SC에서 봐주고 있는 겁니까."

"오래전부터 그래 왔으니 아직 편의를 봐주고 있는 거 같네요."

항공사 사주의 딸이자 전무 이사였던 정은아의 지시로 이뤄진 불법적인 일을 묵인했다. 그리고 줄곧 그래 왔듯 아직도 행해지고 있는 일은 엄연히 밀수나 다름없었다.

"거짓말할 이유 같은 거 없어요."

색을 잃어버린 입술은 바짝 말라 갈라진 채였다.

"걔들이랑 한데 묶이는 순간 이혼당하고, 이제 막 태어난 내 자식도 평생 못 볼 텐데 내가 뭐 하러 거짓말을 하겠어요."

아픈 기색이 역력한 정은아의 호소가 와닿지 않는 것은 오래전부터 골드서클 내에서 이뤄진 마약 파티를 방관했다는 사실이 변치 않기 때문이었다.

"지금 참고인 조사 받는 것도 시댁에서 알면 바로 이혼이에요."

짙은 눈동자가 잘게 떨렸다.

"친정까지 쑥대밭 되는 건 막아야 할 거 같아서, 그런데도 조사받겠다고 한 거라고요."

이혼을 당할지언정, 자식을 보지 못할지언정, 항공사에까지 뻗칠 검찰의 손길을 막기 위해 참고인 조사를 피하지 않았다는 말이었고 그만큼 결백하다는 소리였다.

"정은아 씨의 진술이 진실인지 거짓인지 명확하게 하기 위해선 SC항공사 조사는 불가피합니다."

주기적으로 배편을 통해 마약을 들여온 정황 증거에 항만과 해당 세관의 조사가 지난 사건 때 끝난 상태였다. 당연한 절차였고 이미 항공사와 공항 세관에 대한 조사 또한 마무리 단계였다.

단호한 다현의 태도에 정은아는 거칠게 머리카락을 쓸어 넘기며 숨을 크게 들이쉬다 허탈한 듯 내뱉었다.

"이미 여러 집안 풍비박산 만든 거 같은데."

다현을 날카로운 눈초리로 노려보며 정은아는 이를 꽉 깨물었다.

"그깟 마약이 뭐라고 한 가정이 파탄 나야 하는 건데. 양육권 뺏기고 이혼까지 당하면 내가 가만히 있을 거 같아?!"

아무것도 모른다며 조사에 협조하는 것처럼 보이던 정은아는 순식간에 태도를 돌변하며 눈을 번뜩였다. 히스테릭한 목소리가 신경질적으로 들리는 건 물론이고 주먹을 움켜쥔 손이 사시나무처럼 떨렸다.

화를 참고 있는 게 눈에 보였지만 다현은 조금도 동요하지 않았다.

"정은아 씨가 아무것도 몰랐다고 칩시다. 정말 장민준의 주머니 사정을 염려해서 편의를 봐준 거라고 쳤을 때, 정은아 씨는 장민준한테 속은 겁니다. 고작해야 약에 미친 중독자일 뿐인데, 약쟁이를 왜 믿어서 이 사달을 만들었습니까. 오래전부터 마약 하고 있다는 걸 알고 있었으면서 장민준을 믿은 정은아 씨의 잘못입니다. 자신의 잘못을 누구한테 탓합니까."

범죄 사실을 알고도 묵인한 죄. 심지어 적극적으로 도와준 혐의까지. 마약을 하지 않았을지언정 범죄를 함께 저지른 공범이나 다름없었다.

누굴 탓하느냐는 다현의 말에 정은아는 쓰게 웃으며 입을 뗐다.

"걔들도 어디 풀 데는 있어야 하지 않을까? 숨은 쉬고 살아야지."

변명치고 색다른 이유였다.

마치 그들이 마약에 손을 댈 수밖에 없었던 이유를 정당화하려는 듯 어처구니없는 말들을 늘어놓기 시작했다.

"온실 속 화초로 자라서 검사님이 뭘 잘 모르시나 본데, 이 바닥에서 권다현 너처럼 사랑만 받으면서 산 애들 아무도 없어."

입가에 번진 미소가 처연하기만 하다.

"숨 쉴 구멍조차 없는 애들이야. 오죽하면 그랬을까."

자신의 이름보다 누군가의 아들, 딸 혹은 손자, 손녀, 그리고 어느 집안의 자식. 그렇게 불리며 평범한 삶보다는 기대에 부응하는 삶을 사는 것이 당연하기만 했다.

특별한 것을 원하지 않아도 특별하게 사는 건 좋은 게 아니었다. 사람을 만나고 사귀는 것마저 이해관계와 이익을 따져야 했고 원하는 것을 하며 살 수 없었다.

그런 삶이 제 몸에 맞는 옷을 입은 것처럼 편안하지 않아 생긴 불가항력의 일이라고 그녀는 생각했다. 그들이 숨 쉴 수 있는 유일한 돌파구였다고.

그 일탈이 위험하고 범죄일지언정 그렇게라도 해야 살 수 있었을 이들을 동정하고 연민하며 안타까워했다.

"그래서 지금 마약이 정당한 거라고 대변해 주는 겁니까?"

색다른 이유치고 설득력이 부족했다.

"다들 사연 하나씩 있잖아. 걔들도 그런 사연이 있어서 이 지경까지 된 거야."

"사연 있다고 모두가 범죄를 저지르진 않습니다."

범죄는 그 어떠한 이유로라도 정당화될 수 없다.

"더 하실 말씀 없으십니까."

참고인으로서 정은아에게 들어야 할 진술은 더는 필요 없었다. 나머지는 항공사 조사가 끝나는 대로 정은아를 피의자로 전환하고 추가 조사를 통해 진술을 받아 내면 될 일이었다.

입술을 꽉 깨문 채 불안한 기색을 숨기지 못하던 정은아는 자리에서 일어나는 다현을 바라보다 벌떡 몸을 일으켰다.

"편의를 봐준 건 인정하지만 마약을 들여온 건 정말 몰랐어!"

굳게 닫힌 병실 문고리에 손을 올렸을 때 뒤에서 절규에 가까운 정은아의 목소리가 들려왔다. 힐끗 고개를 돌린 다현은 말했다.

"피의자들과 친한 거 아니었습니까. 뒤통수 맞으셨네요."

"관세법 위반한 건 인정하지만 마약에 관한 건 난 몰라!"

"그 부분은 SC항공사와 공항 세관을 조사하면 결백이 밝혀지겠죠."

다현은 냉정히 돌아섰다.

"몸조리 잘하세요."

결백하다고 외치는 정은아의 주장은 신빙성이 없었다.

병실을 나오자 경호원들의 시선이 쏠렸다. 마지막으로 수사관과 형사가 병실을 나오며 문을 닫았다. 순간 안쪽에서 고함과 함께 굉음이 쩌렁쩌렁 들려오기 시작했다.

순식간에 경호원들이 병실로 들어가고 놀라서 병실을 힐긋거리는 수사관과 형사들을 뒤로한 채 다현은 태연하게 복도를 걸어 나갔다.

범죄를 저질러도 아무렇지 않은 삶을 살아 놓고 이제 와 숨 쉴 구멍이 필요했다는 말은 그저 우스운 변명으로밖에 들리지 않았다.

끝까지 들키지 않을 줄 알았겠지. 자신들이 쥔 권력과 돈으로 뭐든 될 거라고 생각했겠지.

어리석게도.

"지검으로 바로 가시는 겁니까?"

엘리베이터 앞에서 형사가 넌지시 물어 왔다. 유난히 차분해 보이는 다현의 뒤통수를 바라보며 눈치를 살피던 수사관이 대신 대답했다.

"조사들이 줄줄이라."

수사관은 겸연쩍게 웃으며 머리를 긁적였다. 오후부터 참고인 조사가 줄지어 잡혀 있었다. 잠시라도 쉴 틈이 없었다.

"그럼 저흰 가 보겠습니다. 교통사고 조사가 있어서."

엘리베이터는 곧바로 아래층에서 멈춰 섰다.

지원을 나와 준 형사들이 일반 병동에 입원한 피해자와 가해자를 조사한다며 꾸벅 인사를 하고는 서둘러 엘리베이터에서 내린 뒤였다.

수고하셨다는 다현의 인사가 끝나기 무섭게 복도 끝으로 멀어져 가는 형사들을 대신해 베이지 톤의 슈트를 빼입은 남자와 검은 슈트 차림의 남자가 나란히 엘리베이터에 올랐다.

문이 닫히고 흐르는 정적 속에서 수사관의 목소리가 유난히 크게 들려왔다.

"검사님. 그래도 식사는 하시고 들어가시죠."

바쁜 틈에 끼니도 제때 챙겨 먹지 못하는 일이 다반사였다.

눈빛만 봐도 전투적인 기세가 가득한 다현이 밥은커녕 물도 입에 대지 않고 속도전을 할 것이 빤히 보여 수사관은 그녀의 끼니를 대신 챙기고 나섰다.

다현은 손목시계를 힐긋 보며 시간을 확인했다. 시곗바늘이 12시를 훌쩍 넘긴 뒤였다.

"그럼 간단히 먹고……."

수사관 쪽으로 고개를 살짝 돌려 말하던 다현은 자신을 향하던 눈빛에 말을 끝맺지 못했다.

순간 마주친 시선.

낯선 남자의 입가에 번진 미소가 그녀의 입을 틀어막아 버렸다.

"검사님?"

그대로 얼어붙은 다현을 보고 수사관이 그녀를 불렀지만 이명처럼 들릴 뿐이었다. 그저 남자의 입술 사이로 새어 나온 웃음소리만이 또렷하게 들려왔다.

엘리베이터 문이 열리자마자 남자는 뒤도 돌아보지 않고 긴 다리를 휘적이며 단숨에 다현의 시야에서 사라져 갔다.

회로가 고장 난 사람처럼 아무것도 하지 못하고 멍하니 있던 그녀는 지하 주차장에 엘리베이터가 도착하고 나서야 간신히 정신을 차릴 수 있었다.

"검사님!"

문이 열린 엘리베이터 밖에서 빨리 내리라며 손짓한 수사관 덕분에 정신을 차렸지만 다현은 딴 세상에 있는 사람처럼 멍해 있었다.

마치 귀신을 본 사람처럼.

✤   ✦   ✤

밥을 코로 먹은 건지 입으로 먹은 것인지 가물가물할 정도로 지검에 돌아왔을 때도 다현은 반쯤 넋이 나간 사람처럼 굴었다.

회의실로 들어오자마자 자리에 앉아 멍하니 허공을 바라보며 눈을 껌뻑거리고 있는 그녀에게 실무관이 다가왔다.

"검사님. 이준호 3일 뒤 2시 비행기로 인천국제공항 통해서 들어온다고 합니다."

현지에서 체포된 뒤 조사를 받던 이준호가 드디어 한국으로 송환된다는 소식이었다. 중국 당국에서 마약 유통을 하다 체포된 그를 한국에 보낼 수 없다며 갑자기 강경하게 나온 탓에 법무부에서 힘을 써야 했다.

반드시 정당한 죗값을 받게 하겠다고 서면으로 남기고 나서야 이준호를 국내로 보내겠다고 확답을 보내왔다.

"현지 경찰이 동행하기로 했습니다."

놀랄 만큼 믿기지 않는 걸 본 사실은 잠시 미뤄 둔 채, 다현은 넋이 나간 정신을 주섬주섬 차려 노트북을 펼쳐 구속 영장 청구 서류를 클릭했다.

"구속 영장 준비할게요. 계장님이 내일 직접 가 주세요."

수사관은 고개를 끄덕이며 관할서에 지원 요청을 하기 위해 빠르게 수화기를 집어 들었다.

긴급 체포는 48시간이라는 제약이 있었다. 그 시간 동안 혐의를 밝혀내지 못하거나, 피의자가 묵비권을 행사해 진술을 거부한다면 이준호의 손목에 찬 수갑을 고스란히 풀어 줘야 하는 일이 생기고 만다.

그에 대한 조사는 그보다 더 많은 시간이 필요했다. 골드서클에 마약을 공급한 공급책이었고 나아가 장민준과 함께 마약을 유통하기까지 했으니 그 죄질이 절대 가볍지 않았다.

상해에서조차 경찰의 눈을 피해 도주를 시도했으니 구속 영장 청구는 당연한 순서였다.

현지 경찰에게서 이준호를 인도받자마자 곧바로 구속 영장을 청구할 수 있게 다현은 서둘러 그의 인적 사항을 빈칸에 기재하기 시작했다.

"저, 실무관님."

이준호의 주민 등록 번호를 입력하던 다현은 실무관을 조심스레 불렀다. 그의 입국 소식을 알린 뒤 관련된 증거 자료들을 따로 모으기 시작한 실무관은 고개를 들어 다현과 눈을 맞췄다.

"죄송한데, 입국자 명단 확인 좀 부탁드릴게요."

"네. 말씀하세요."

작은 포스트잇을 꺼내 든 실무관은 우물쭈물하는 다현을 보며 볼펜을 고쳐 잡았다.

"골드서클 사건 터졌을 때부터 확인해 주세요. 입국자는 장민혁입니다."

몇 달 전부터 지금까지 입국자 명단을 모두 확인해 달라는 다현의 말에도 실무관은 놀라지 않았다.

그저 어딘가 익숙하게 들리는 이름에 고개를 갸웃거릴 뿐 별다른 말 없이 그녀는 서둘러 회의실을 나갔다.

"장민혁이 누구야."

회의실 문이 닫히자마자 언제부터 있었는지 이헌의 기척을 알아차리지 못했던 다현은 소파에 앉아 눈을 붙이고 있던 그의 목소리에 놀란 가슴을 쓸어내리고 만다.

"깜짝이야! 언제부터 있었어요?"

MK건설 사장과 대호그룹 계열사 임원들의 참고인 조사가 한창 진행 중이었다. 해서 회의실에 사람이라곤 아무도 없었고 이헌도 조사실에 들어가 있을 거라 생각했기에 그의 등장에 꽤 놀란 듯했다.

"장민혁이 누군데."

어느새 다현의 앞으로 성큼 다가와 테이블에 기대선 채 팔짱을 끼고 눈살을 찌푸렸다.

그녀의 입에서 낯선 남자의 이름이 나왔다. 수사와 조금도 상관없는 사람이었다. 그 어디에서도 들어 본 적도, 진술서에서도 본 적 없는 이름이었기에 확신할 수 있었다.

우물쭈물하는 다현의 모습에 기분이 썩 좋지 않은지 이헌의 얼굴이
차게 굳어 갔다.

"……장민준 형이에요."

쉽사리 말을 꺼내지 못하던 그녀의 입에서 뜻밖의 말을 들은 이헌은
팔짱을 풀고 만다.

"장민준한테 형이 있었나?"

장현 회장과 장민준을 조사할 때 가족 관계를 확인해 놓고도 새까맣
게 잊고 있었던 건 왜인지 알 수 없었다. 그만큼 그 낯선 남자의 존재가
희미하기만 했다.

그 어디에서도 그 이름이 거론되지 않았던 건 장현 회장의 아들이라
고 하기에 회사 내에서 그의 입지를 찾아볼 수 없었기 때문이 아닐까
짐작할 뿐이었다.

아마도 모든 이들이 그와 같은 생각을 할 것이다. 장민혁은 투명 인
간 그 이상도 그 이하도 아니었다고.

"어릴 때 쫓겨났었어요."

장민준과 함께 잘 가라며 손을 흔들어 줬던 기억이 어렴풋하게나마
남아 있었다.

그땐 장민혁도 나이가 어렸던 만큼 쫓겨나는 형태의 모습으로 보
이진 않았던 것 같다.

그가 아버지에게 버림받아 쫓겨났던 거라고 생각한 건 한참 뒤였다.
지금 생각해 보면 장현 회장은 어린 아들에게조차 피도 눈물도 없는 매
정한 인간이었다.

"외국으로 나간 거야?"

"음, 아마도요. 어디로 간 건지는 저도 잘 몰라요……."

장현 회장과 막역한 사이였던 아버지 덕분에 기억도 잘 나지 않는
어린 시절부터 장민준과 친구였다.

그때의 기억은 어릴 적 앨범에 고스란히 남아 있지만 짓궂고 사고뭉

치인 장민준과 그토록 오랫동안 친하게 지낼 거라고 생각지도 못했었다.

그는 어릴 때도 말썽꾸러기였다. 대담한 걸 넘어 어른들이 혀를 내두를 만큼 사건 사고의 연속이었으니까.

어릴 때부터 그의 형이었던 장민혁과도 종종 어울려 놀곤 했었다. 말썽꾸러기 동생도 어르고 달래며 잘 챙기던 그는 하루아침에 집안에서 쫓겨나 자취를 감춰 버렸다.

그때부터 부친들의 사이가 소원해졌고 두 집안 사이에 교류는 사라졌지만, 장민준과는 여전히 친구로 남아 있었다.

하지만 그의 입을 통해서도 형의 얘기를 들은 적도 없었고 본 적도 없었다.

"그런데 갑자기 그 사람은 왜."

잘못 본 거라고 말하고 싶지만, 눈을 마주친 순간 알 수 있었다.

동생에게 자신의 용돈이 뺏긴 뒤에 남은 돈으로 사탕을 사 건네주던 그의 미소는 그 낯선 남자의 입가에 번진 미소와 닮아 있었다.

"병원에서 우연히 만났어요."

아닐 수 있지만 다현은 그런 경우의 수는 조금도 생각하지 않는 듯했다.

"분명 장민혁이 맞아요."

그동안 왜 한국에 들어오지 않은 건지 알 수는 없었다. 어린 아들을 쫓아내 버릴 만큼 매정한 아버지니 분명 아들의 입국을 막았을 것이다. 그런데 이제 와서 귀국을 한다고?

그 타이밍이 소름 돋을 정도로 오싹하기만 했다.

"어릴 때 보고 못 본 거 아니야? 어떻게 알아봤어."

이현의 눈치가 썩 좋지 못했다. 심드렁한 표정과 말투, 날카로운 눈초리에 다현은 마른침을 삼키며 입을 뗐다.

"장민준이랑 똑같이 생겼거든요."

자신을 보고 웃던 그 미소가 닮았다고 말할 수 없었다. 그래서 갑자기 장민혁의 얼굴이 떠올랐다고 솔직히 말하는 건 불난 집에 부채질하는 꼴이라는 걸 알기에 다현은 에둘러 말했다.

"눈썰미도 좋네."

칭찬하는 건지 비꼬는 건지 알 수 없었지만, 다현은 겸연쩍게 웃으며 이헌의 시선을 애써 회피했다.

다현이 구속 영장 청구서의 작성을 끝낼 때쯤 혼자 검사실로 돌아가 입국자 명단을 체크하던 실무관이 빼곡히 이름이 적힌 종이 한 장을 가지고 회의실 문을 열어젖혔다.

심드렁한 표정으로 테이블 앞에 앉아 손가락을 튕기고 있는 이헌과 굳은 표정으로 빠르게 손만 움직이고 있는 다현의 눈치를 살피며 다가온 실무관은 슬쩍 종이를 건네며 입을 뗐다.

"말씀해 주신 생년월일까지 일치하는 장민혁이 입국자 명단에 있습니다."

실무관이 건넨 입국자 명단을 집어 든 다현은 형광펜으로 굵게 칠해 놓은 부분을 자세히 들여다봤다.

"이틀 전에 파리를 경유해 바르셀로나에서 입국한 것으로 확인됐습니다."

설마 했는데, 정말 장민혁이었다. 그 미소가 낯설지 않았던 이유가 확실해지는 순간이었다.

"그리고 출국 일정은 따로 잡힌 게 없었어요."

거칠게 머리카락을 쓸어 넘기며 다현은 실무관에게 고맙다는 말을 잊지 않았다. 실무관은 가볍게 고개를 숙이며 서둘러 회의실을 나갔다.

실무관이 나가자마자 다현에게 다가온 이헌은 그녀의 손에 들린 입국자 명단을 뺏어 들었다.

"장민혁 나이는 그렇다 치고, 생일은 어떻게 알고 있는 거야."

어릴 때 이후로 한 번도 본 적도 없다면서 그 얼굴을 아직도 기억하는 것도 모자라 생일까지 알고 있었다는 건 확실히 짚고 넘어가야 하는 일이었다.

고작 장민준의 형을 우연히 만났다고 하기에 그녀가 보이는 반응들이 마냥 석연치 않은 것이 사실이었다.

"장민준이랑 생일이 같아요."

장민준의 생일은 잊고 살았지만, 피의자의 인적 사항 정도 알고 있는 건 담당 검사로서 큰일도 아니었다.

"어릴 때 생일파티를 매번 같이 했었어요. 주인공은 항상 장민준이었지만."

생일 케이크에 초도 항상 장민준의 나이에 맞춰져 있었다. 형제가 함께 생일 축하를 받으면서 초를 불 때도 항상 같이하곤 했다.

생일 선물도 매번 어린 동생 위주였고 그것을 당연하다고 여기던 장민준은 형에게 양보조차 하지 않았다.

다섯 살이나 많은 형이 자신의 장난감 로봇을 가지고 놀기라도 할까 봐 꼭꼭 숨겨 두는 것도 마다하지 않았던 동생이 장민준이기도 했다.

"장민준만 편애한 건가?"

편애라는 말조차도 가당치 않았다. 그냥 그 집안에서 없는 사람 취급을 받으며 자랐다고 해도 과언이 아니었다.

다현은 이마를 긁적이며 입술을 깨물었다. 자세한 걸 알지 못하니 이헌에게 뭐라고 더 설명할 수도 없었다.

"설마 하던 게 확실해졌어. 장민혁이 입국을 했고, 그럼 뭐가 문제야."

손에 들고 있던 입국자 명단을 책상 위에 툭 내려놓은 이헌은 팔짱을 끼고 다시금 테이블에 기대섰다.

"지금 상황에서 장민혁이 갑자기 한국에 들어온 게 걸립니다."

"정확히 뭐가 걸리는 거야."

"한국에 안 들어온 건지 못 들어온 건지, 20년이나 밖으로만 떠돌았던 사람입니다. 이 시점에 귀국할 이유가 있을까요?"

"집밥이라도 먹고 싶었나 보지."

진지한 와중에 이헌이 농담을 툭 던지자 다현은 눈을 새초롬하게 떠 그를 바라봤다. 그녀의 눈빛에 짧은 헛기침을 내뱉은 이헌은 계속하라며 턱을 치켜들었다.

"동생인 장민준은 구속됐고 재판도 코앞이고, 아버지는 검찰 조사를 받네 마네 하는 상황입니다."

한집안의 상황으로만 봤을 땐 좋지 않은 상황인 것만 아니라 침울하기 짝이 없는 상황이었다.

별일 없을 때조차 코빼기도 모습을 드러내지 않았던 사람이 엉망이 된 상황 속에 불현듯 나타난 것은 어떤 식으로 해석하든 좋은 일만은 아닌 게 확실했다.

"확실히 동생 면회 온 거 같지는 않아."

다현의 추측을 이헌도 동의하듯 고개를 끄덕이며 말했다.

정확한 집안의 사정은 알지 못하지만, 다현에게 들은 이야기를 토대로 짐작해 봐도 장민혁의 등장은 어쩐지 목덜미가 서늘하기만 했다.

"장민준, 등기 이사에서 해임됐다고 했지?"

한참을 생각하던 그가 물었다. 다현은 고개를 끄덕였다.

"장 회장이 장민준 대신 불러들였을 확률은?"

"제로에 가깝다고 봅니다."

"가까운 거지, 제로는 아니잖아?"

"그럴 리 없어요. 장민준 자리 비었다고 내쫓은 큰아들을 불러들인다? 그럴 사람이 아니에요. 아시잖아요. 장현 회장이 얼마나 냉정한 인간인지."

아들의 구속을 막기 위해 윗선을 움직일 때와 달리 이번엔 그 어떠한 행동도 취하지 않았던 사람이었다.

사방이 틀어 막혀 행동을 취할 수 없었다 하더라도 예상했던 것보다 더 아무런 제재가 없어 손쉽게 구속 기소까지 갈 수 있었다.

아들의 손을 놔 버린 거라고 해도 마땅한 상황이었다.

"그럼, 후계자 자리 비었으니까 차지하려고 장민혁이 제 발로 들어왔을 확률은?"

"그건 100% 제로입니다."

"어째서."

"그런 야망이 있었다면 진작 들어왔을 겁니다. 장현 회장의 욕심으로 장민준이 한자리 차지하고 있었던 거지, 그룹 내에서 장민준은 아무것도 한 게 없습니다. 뺏으려 들었으면 진작 뺏을 수 있었을 텐데도 아무것도 하지 않았어요."

다현의 확신에 이헌은 팔짱을 풀고 몸을 일으켰다. 그는 책상 가까이 다가와 허리를 숙인 채 두 팔을 뻗어 다현의 얼굴 가까이 고개를 내밀었다.

"장민준이 아니라 장현 회장의 자리는 어때. 그것도 확률이 제론가?"

이헌의 입을 통해 나온 추측들 모두가 허무맹랑하기만 한데 어쩐지 다현은 섣불리 입을 떼 그렇다고 대답하지 못했다.

그 정도로 장민혁을 안다고 할 수 없었다. 사람은 변하기 마련이니까.

"장민혁에 대해 알아봐. 뭘 하며 살았는지. 특히 최근 한 달간의 행적은 최대한 자세히 알아봐."

상체를 일으켜 책상 앞에 앉은 이헌의 눈이 날카롭게 번뜩였다.

"석원기 연락 기다리다가 놓친 게 있었네."

휴대폰을 꺼내 들며 혼잣말을 하는 그의 입가엔 미소가 번져 갔다.

그런 이헌을 바라보며 다현은 애꿎은 입술만 깨물어 댔다.

✢　　✤　　✢

창밖에 드리운 먹구름이 한바탕 비를 퍼부어 댈 기세였다. 어둠이 짙게 깔린 세상과 달리 환한 사무실 안은 정적만이 가득하다.

이윽고 빗방울이 하나둘 떨어져 유리창을 적시기 시작하더니 번쩍하는 빛과 함께 우렁찬 소리를 내며 시원하게 물줄기를 쏟아 냈다.

성난 구둣발 소리와 함께 문이 열리고 장현 회장이 모습을 드러냈다.

그는 넥타이를 거칠게 풀어헤쳐 바닥으로 집어 던지며 사나운 욕을 내뱉었다. 안절부절못하며 뒤따라 들어온 비서실장은 바닥에 내팽개쳐진 넥타이를 집어 들고는 그대로 굳어 버려 차마 고개를 들지 못했다.

"이 개새끼들!"

책상을 주먹으로 거칠게 내려친 그의 입에선 패색이 짙은 욕이 또 한 차례 터져 나왔다.

"단체로 약이라도 처먹은 거야? 아니면 머리에 총이라도 맞았대?"

사납게 일그러진 얼굴과 한껏 신경질적인 음성에 비서실장은 초조한 듯 입술을 잘게 깨물다 조심스레 입을 뗐다.

"……일단 소액 주주들의 위임장이라도 받아 두는 게 좋을 거 같습니다."

번뜩이는 눈빛이 매섭기만 한 장 회장을 제대로 쳐다보지 못하던 비서실장은 망설이듯 자신의 의견을 피력했다.

"여기저기 정신머리 제대로 박힌 인간들이 없어."

손톱이 책상 위를 내려치는 소리가 빠르게 들려왔다. 성난 호랑이도 주주들의 기세에 초조한 듯했다.

"곧 있을 정기 주총 때 해임안 발의를 하겠다고 하니, 최대한 빨리 주주들과 접촉을 하겠습니다."

갑자기 소집된 임시 주총에 대비할 새도 없었다.

대표 이사 해임안을 들먹이더니 정기 주주 총회에서 정식으로 안건을 발의하고 공정하게 비밀 투표를 진행하겠다고 주주들이 들고 일어선 것이다.

K그룹의 핵심 주주들만 모인 자리였지만 그들의 의사는 확고했다. 회사의 이미지에 큰 타격을 입힌 장민준의 사태와 더불어 방만한 경영으로 회사를 각종 비리의 온상으로 만들어 버린 오너를 더는 좌시할 수 없다는 것이 그들의 입장이었다.

"다 같이 죽자는 거야 뭐야."

그들의 집단행동에 머리끝까지 화가 뻗친 장 회장은 주먹을 움켜쥐며 부들거렸다.

"이 상황에서 나를 쫓아내서 뭐 어쩌자는 거야. 도산이라도 하겠다는 거야?"

"저쪽에서 내세울 카드는 없을 겁니다. 한번 들고 일어나는 거로 일단락될 거 같지만, 만에 하나가 있으니 꼼꼼히 살피겠습니다."

비서실장을 바라보는 장 회장의 눈초리가 매서웠다. 이러다 말 상황으로 보이지 않았다. 그랬다면 애초에 겁도 없이 반란을 꿈꾸지도 않았을 테다.

평소엔 입 하나도 제대로 뻥긋하지 못하던 주주들이 무슨 배짱과 용기로 대표 이사 해임 건을 손에 들고 설치는지 알 수 없었다. 그럴 리는 없겠지만 혹시라도, 만일에 해임안이 통과된다면 그 뒤를 수습할 카드 같은 걸 손에 쥐고 있을 위인들이 아니었다.

며칠 사이에 수백억을 손해 본 이들이기에 그 참담한 심정은 이해가 가나 이런 식으로 칼을 빼 드는 건 용납할 수가 없었다.

이 장현을 도대체 뭐로 보고!

"그리고…… 석원기 이사가 연락되지 않고 있습니다."

가뜩이나 속 시끄러워 죽겠는데 여기저기서 왜 이렇게 말을 들어 처먹지 않는 건지 장 회장은 이를 꽉 깨물었다.

"검찰 조사가 끝나고 귀가를 했다는데 이틀째 연락이 되지 않고, 집에도 사람을 보냈다는데 아무도 없다고 합니다."

기가 막힌다는 듯 장 회장은 콧방귀를 뀌었다.

"지금 나랑 장난하자는 거야?"

"소재지를 파악 중입니다. 죄송합니다."

비서실장은 또 한 번 고개를 숙이며 입술을 깨물었다.

"가지가지 한다."

"……."

"겁먹고 이실직고라도 하겠다는 거야?"

"……만일을 대비하셔야 할 거 같습니다."

주주 총회도 열받아 죽겠는데 이젠 총대 메고 총알받이 하라고 보낸 놈까지 성가시게 구니 화를 제어할 수가 없는 장 회장의 언성은 높아만 갔다.

"무슨 대비. 검찰 조사?"

"……검찰 조사라도 받게 된다면 주주들의 반발이 더 거세질 겁니다."

"미친것들."

"그렇게 되면, 해임안이 통과될 수도 있습니다."

오너의 검찰 조사는 일개 임원들의 조사와는 차원이 다른 이야기였다.

그룹 이미지의 핵심이라 할 수 있는 오너가 검찰 포토 라인에 선다는 것부터가 이미지 타격이었다. 검찰이라는 이름만으로도 부정적인 이미지가 박혀 쉽게 벗어날 수 없었다.

해서 지금껏 K그룹은 창립 이후 단 한 번도 검찰 포토 라인 앞에 총수가 선 역사가 없었다.

그런데도 그런 일련의 사태를 피하고자 실질적으로 비자금 업무를 도맡아 왔던 석원기 이사에게 총자루를 쥐여 줬는데 뒤통수를 제대로 맞은 격이었다.

이마저도 뜻대로 되지 않는다면 검찰 조사를 받을 가능성이 농후했다. 지난번 조사 때도 그룹 이미지를 생각해 검찰 포토 라인에 서는 일은 없어야 한다며 기습으로 자진 조사를 받으러 출석한 전력이 있었다.

하지만 이번엔 뻔한 방법만으로는 돌파가 되지 않을 분위기였다. 하루가 멀다고 언론에서 실시간으로 떠들어 대는 통에 언제쯤 장현 회장이 검찰 조사를 받게 될지 모두가 주목하고 있었다.

검찰 조사만큼은 피해야 한다. 이 난관만 벗어난다면 모든 것이 제자리로 돌아올 것이다.

한참을 손가락만 까딱거리던 장 회장은 책상 위 조각품 아래에서 열쇠 하나를 꺼내 들었다. 금빛으로 반짝이는 열쇠는 이윽고 비서실장에게 건네졌다.

"공무원은 5만 원 이상은 안 된다며? 식용유 세트 하나 해서 같이 보내."

난감하다는 듯 쭈뼛거리던 비서실장은 열쇠를 받아 들었다.

"전부, 말입니까?"

비서실장은 열쇠를 꽉 움켜쥐며 물었다. 마치 잃어버리기라도 할까 전전긍긍하는 사람 같았다.

장현 회장의 별장에 있는 금고 속 서랍의 열쇠였다. 그 속에 들어 있는 것이 뭔지 아는 사람은 금고의 주인인 장현과 그의 그림자나 다름없는 비서실장뿐이었다.

해서 장 회장의 지시에 비서실장은 우물쭈물할 수밖에 없었다.

그 속에 들어 있는 것은 결코 좋은 것이 아니었으니까.

"간만 보는 정도로 대검에 하나만 보내."

먹잇감을 어떻게 요리해 먹어야 할지 고민하던 모습은 온데간데없었다. 좋은 요리법을 찾아낸 사냥꾼의 배부른 미소가 장 회장의 입가에 드리워지고 있었다.

✢   ✢   ✢

언론 보도 이후 검찰 조사에 들어간 기업들의 주식 현황을 살펴보던 이헌은 관자놀이를 지그시 누르며 혀를 내둘렀다.

주식 투자 전문가들이 새삼 대단하다고 생각했다. 모니터 속 숫자가 시시때때로 변하고 그 단위가 평범함을 넘어선 상태였다.

그래프가 중구난방으로 올라갔다 내려가기를 반복하며 눈앞에서 정신없이 그려지고 있었다. 이걸 매일같이 들여다보고 있을 전문가에게 손뼉을 쳐 주고 싶을 정도였다.

한참을 모니터에 집중하던 이헌은 제법 방대한 자료를 뽑아 들고 들어온 수사관과 실무관을 보며 손을 거들고 나섰다.

"조사 시작된 후로 발생한 매수, 매도 건입니다."

주식 거래 내역을 전부 뽑아 온 덕분에 테이블에 빈 곳이 없을 지경이었다. 털썩 주저앉은 이헌은 K그룹의 거래 내역부터 펼쳐 들었다.

"계장님은 대호 맡아 주시고 실무관님은 MK 맡아서 체크해 주세요."

"예!"

"서두르죠!"

하늘 높은 줄 모르고 가득 쌓인 서류 무덤 속에서도 수사관과 실무관의 목청은 우렁차기만 했다.

이윽고 테이블에 둘러앉은 세 사람은 각자 맡은 기업의 주식 거래 내역을 살피기 시작했다. 금감원을 통해 받은 서류라 단시간에 많은 거래가 이뤄진 부분들은 따로 체크가 되어 있어 생각보다 빨리 정리가 될 것 같았다.

"검찰 조사 받는다고 하면 기겁할 만하네요."

수사관이 대호그룹 거래 내역을 살펴보다 고개를 내저었다. 종가가 시가보다 높게 장이 마감됐는데 다음 날 바로 언론 보도가 터진 후로 줄곧 내리막길로 가고 있었다.

그나마 검찰 조사에 협조적이라는 보도 때문인지는 몰라도 다른 두 기업보다는 떨어지는 폭이 크진 않았다. 그래도 타격이 큰 건 마찬가지겠지만 말이다.

"도대체 얼마를 손해 본 걸까요?"

주식을 가지고 있다는 것은 그것이 얼마가 됐든 한 회사에 대한 지분을 가지고 있다는 것이었다. 소액일지언정 그들은 투자한 것이고 주가가 떨어졌다는 것은 보유하고 있는 주식의 값이 헐값이 됐다는 말이었다.

"이래서 함부로 주식 하면 안 된다니까."

수사관이 혀를 차며 고개를 내저었다. 천문학적인 돈이 허공으로 증발해 버린 것과 다르지 않았다.

이헌은 서류에서 눈을 한시도 떼지 않았다. 언론 보도가 나가자마자 일제히 사이좋게 하한가를 치기 시작했고 그중에서도 K그룹의 지주사격인 K물산의 주식은 매도되는 대로 매수가 이뤄지고 있었다.

특히 특정한 날에 대량으로 쏟아져 나온 K물산, K전자, K생명의 주식은 기다렸다는 듯 일제히 매수가 이뤄졌다. 평소와 달리 주가가 많이 내려갔다고는 하나 결코 적은 금액이 아니었다.

불법 거래를 의심하고 조사했던 금감원에서도 별다른 움직임을 찾아내지 못하고 정상 거래로 남겨 두고 말았다. 덕분에 유난히 눈에 띄는 거래 내역에 이헌은 태블릿 PC를 꺼내 들었다.

K그룹 계열사의 상당 부분을 이루고 있는 주식 거래 날짜가 어딘가 모르게 익숙한 탓이었다. 이헌은 지금까지 기업들의 검찰 조사 상황과 중요 내용을 추려 놓은 파일을 꺼내 살펴봤다. 그중 'K그룹 장민준 등기 이사 해임'이라고 기록된 부분의 날짜와 주식 거래 날짜가 일치하는 것을 확인하고 멈칫했다.

그 아래는 장민준이 보유하고 있던 K그룹의 지분율이 상세히 기록되어 있었다.

지주사인 K물산의 지분 8.2%와 K전자 2.2%, K생명 1.3%는 현재 최대 주주이자 오너인 장현 회장 다음으로 많은 지분율이었다.

등기 이사에서 해임하자마자 아들이 소유하고 있던 지분을 전량 매도하는 선택을 한 장현 회장의 머릿속이 궁금해질 수밖에 없는 상황이었다.

장민준 소유의 주식을 사들인 사람이 K그룹과 연관된 것이라면, 그룹 차원에서 지분을 사들이지 않고 대리인을 내세워 거액의 세금을 피해 보고자 하는 수법은 아닐까 하는 의구심이 드는 정황이었다.

그러나 검찰 조사를 받는 이 와중에도 뒤에서 불법적으로 움직일까 하는 생각도 막연히 들었다. 물론 장현 회장이라면 그러고도 남을 사람이었지만 현 시국에 위험부담이 상당한 일임엔 틀림없었다.

"계장님. 현재 K물산 지분 상황 좀 알아봐 주십쇼."

대호그룹을 들여다보고 있던 수사관이 기다렸다는 듯 휴대폰을 집어 들었다.

K그룹은 K물산이 계열사 모두를 지배하고 있는 구조였다. 해서 K물산의 지분을 가지고 있다는 것은 나아가 K그룹 계열사 전체에 영향력을 끼칠 수 있다는 말이었다.

누가 장민준 소유였던 주식들 모두를 사들인 것인지 알아볼 필요성이 있었다. 다만 재판 준비도 슬슬 해야 하는데 남의 회사 경영까지 신경 쓰려니 머리가 꽤 아플 뿐이었다.

똑똑.

종이 넘기는 소리만 연신 들리던 검사실 안에서 노크 소리가 크게 울렸다. 뭔가 싶어 문을 쳐다보던 이헌과 들어오라 말하던 실무관의 눈이 크게 떠지고 말았다.

"문이헌 검사님 계십니까?"

검은 헬멧을 옆구리에 낀 퀵서비스 배달 직원 같은 남자가 이헌을 찾았다.

남자는 곧 의아해하는 실무관과 수사관을 지나쳐 누가 봐도 검사님 같은 모습으로 서류를 손에 쥐고 있는 이헌에게 갈색 서류 봉투를 건넸다.

얼떨결에 서류 봉투를 받아 든 이헌은 가볍게 고개를 숙이고 검사실을 서둘러 나가 버리는 퀵서비스 배달 직원을 한참이나 바라보다 문이 닫히고 나서야 봉투 속을 더듬거렸다.

그가 서류 봉투 속에서 꺼내 든 것은 손가락보다 작은 USB였다.

"누가 보낸 거예요?"

수사관이 그의 손에 들린 USB를 보다가 서류 봉투를 힐끗 쳐다보며 물었다.

누가 보낸 건지 알 수 없었다. 보내는 사람의 이름보다 받는 사람의 이름이 대문짝만하게 적힌 서류 봉투는 이내 테이블 위에 나뒹굴었고 USB는 이헌의 노트북에 서둘러 꽂혔다.

노트북이 USB를 인식하고 창이 뜨자마자 이헌은 누가 자신에게 보낸 건지 단번에 알 수 있었다.

이틀째 연락이 두절된 석원기 이사.

그가 K그룹 전략실에서 행해진 각종 비리 문건이 담긴 USB를 보낸 것이다.

석원기의 손에 이런 것이 있을 거라고 생각도 못 했던 이헌은 폴더별로 정리된 문건들을 보며 미간을 찌푸렸다.

1998년 비자금 내역…… 2010년 비자금 내역…… 2018년 비자금 내역…….

K패션 분식 회계 자료.

K호텔&리조트 매출 누락 현황.

재단 벗 후원금.

갤러리 벗 구매, 판매 리스트.

한민당 후원금 리스트.

민정당 후원금 리스트.

기타 야당 후원금 리스트.

연도별로 정리된 비자금 리스트는 생각지도 못했던 시대까지 거슬러 올라가 있었다. 또한 정황뿐이던 분식 회계 건과 재단에서 이뤄진 비자금 세탁 루트까지 명확히 드러나 있는 파일이었다.

거기다 여당, 야당 할 것 없이 뿌려진 불법 정치 후원금은 아주 오래전부터 이뤄져 그 단위와 액수가 상상을 웃돌고 있었다.

기가 막혀 웃음밖에 나오지 않는 세상이 눈앞에 펼쳐진 순간이었다.

"이, 이게 도대체……."

함께 보고 있던 수사관과 실무관은 말을 잇지 못했다. 이 정도 스케

일이라면 당장 정, 재계가 무너진다고 해도 과언이 아니었다.

줄줄이 엮여서 나올 사람들이 정치권에 전반적으로 분포되어 있었고 이 자료에 의하면 그 누구도 법의 테두리 안에서 자유로울 수 없었다.

압수 수색 후 나온 문건들에서 빠진 알맹이가 담긴, 그야말로 시한 폭탄 그 자체였다.

"돈 쓰기 참 쉽네요."

이헌이 말했다. 그의 입가에 쓴 웃음이 자리 잡았다.

❖   ✛   ❖

한편, 대검찰청 검찰 총장실엔 K그룹 비서실에서 보내온 선물이라며 어처구니없게도 식용유 세트가 도착해 있었다.

뭐 하자는 짓인가 싶어 돌려보내려던 정호연 검찰 총장은 설마 하는 마음에 선물세트 뚜껑을 열어젖혔다.

이 상황에 겁도 없이 또 돈으로 모면하려고 수작을 부리는 건 아닐까 했던 건 기우였다. 다만 서류 봉투 하나가 식용유 세트 상자 안에 반듯하게 들어 있었다.

"이건 또 뭐야."

서류 봉투를 집어 든 검찰 총장은 구시렁대며 제법 도톰한 봉투 속 서류들을 책상 위로 쏟아 냈다.

우수수 쏟아진 봉투 속 서류를 확인한 그는 순간 핏기가 싹 가신 얼굴로 숨을 크게 들이켠 채 내뱉지 못했다.

"미, 미친!"

부들부들 떨리던 입술 사이에서 욕이 비집고 나왔다. 누가 봐도 수상해 보이는 수십 장의 사진을 본 순간 간담이 서늘해지고 눈앞이 핑돌 수밖에 없었다. 거기다 사진 속 상황을 설명이라도 하듯 함께 딸려 나온 한 장의 종이엔 남몰래 받은 돈의 액수가 상세히 적혀 있었다.

사진 하단에 찍혀 있는 날짜를 굳이 보지 않아도 알 수 있었다. 자신에게 이딴 어이없는 선물을 보낸 이가 누군지.

권력에 눈이 멀었을지언정 검사가 된 후 청렴하다 자부하며 살았지만, 검찰 총장 자리에 앉은 뒤 한마디로 눈이 멀어 생긴 불상사였다.

고작 한 번이었지만 그 액수가 절대 작지 않았다. 당장이라도 검찰 총장 자리에서 물러나는 건 둘째 치고 재판정에 서야 할 만큼 큰돈이었다.

그는 손에 든 서류를 갈가리 찢으며 휴대폰을 더듬거리며 통화 버튼을 눌렀다. 그를 잠식한 분노는 쉬이 가라앉지 않았다.

"지금 뭐 하자는 겁니까!"

상대방의 음성이 채 들리기도 전에 언성부터 높아지고 말았다.

"한 번 써먹으면 약발이 다 된 겁니다."

공명처럼 총장실을 가득 메우던 그의 언성이 잦아들기 무섭게 수화기 너머에선 극도로 차분한 목소리가 흘러나왔다.

—카드라는 건 원래 한도가 없어야 제맛이죠.

웃음기 가득한 목소리에 이가 갈렸다. 수화기 너머의 장현 회장의 표정이 눈앞에 선명하게 그려졌다. 비열한 그 미소에 침이라도 뱉어 주고 싶은 심정에 휴대폰을 붙잡고 있는 정 총장의 손이 눈에 띌 정도로 떨리고 있었다.

—그 돈이 일시불인 줄 알았나 봅니다.

당신에게 준 10억이 고작 분식 회계 건을 덮으려고 준 돈이 아니라는 말이었다.

1년 전, 검찰 총장 자리에 앉자마자 터진 K패션의 분식 회계 사건으로 그는 K그룹 측에서 건넨 거액의 뇌물을 받은 전력이 있었다.

국내 패션 업계 불황으로 K패션의 자체 브랜드인 '아슬란'이 적자를 기록했다. 그 여파로 톱스타를 모델로 기용하고 콜라보레이션을 하는 등 적극적인 언론 플레이를 펼치며 고의로 매출을 늘린 혐의를 받고 검찰 조사를 받았다.

당시 K패션의 대표는 그룹 내부 감사 팀에서 자체적으로 사직 처리를 하는 등 사건을 은폐하려 했지만, 검찰 조사에서 분식 회계 증거를 잡아냈다.

하지만 신임 검찰 총장의 지시로 검찰에서 무혐의 종결을 시키며 그렇게 사건을 덮었다.

창고에 쌓여 있는 재고를 처리하지 못해 실상은 적자를 기록하고 있는 K패션은 현재 매각 진행을 준비 중이었다.

—무혐의 처분 한 번에 10억은 너무 과한 쇼핑이 아닐까 싶은데.

마치 선금을 지급했으니 뒷일은 알아서 처리하라는 말처럼 들렸다.

—미리 일시불로 지급한 거라고 생각해야 하지 않겠습니까?

아니나 다를까. 그는 또다시 사건을 덮으라고 종용하고 있었다.

"지금 어떤 상황인지 모릅니까?"

이를 바득바득 갈던 총장이 주먹을 움켜쥔 채 언성을 높였다. 뇌물을 받아먹었다는 증거를 들이밀며 또다시 사건을 덮어 달라 말하는 이의 태도가 불경하기만 했다.

이게 도대체 몇 번짼가. 그는 검찰을 자신의 *끄나풀*쯤으로 여기는 게 분명했다.

"비자금에 뇌물도 모자라 마약까지. 아주 난장판이란 말입니다!"

지난 사건 땐 청와대 쪽에서 사건을 종결시키라고 압박한 탓에 찍소리 한 번 내 보지도 못하고 후배 검사들의 눈총을 받으면서까지 사건을 은폐시켰다.

하지만 이번엔 달랐다. 청와대 쪽에서도 국민 정서를 고려해 강력한 검찰 조사를 요구하고 있었고 현재 마약 사건은 공판까지 잡혀 있는 상황이었다.

—지난번에 지검에서 먹었던 설렁탕은 맛이 없었어. 미슐랭 셰프가 해 주는 요리도 조사실에서 먹으면 모래 씹는 맛일 거야.

검찰 조사를 받을 생각이 없다고 말하는 장 회장의 음성이 유난히 부드러웠다.

"지금 내가 받은 뇌물이 그렇게 임팩트 있을 거 같진 않습니다만."

이미 정치권에 K그룹으로부터 뇌물을 받은 이들에 대한 수사가 진행 중이었다. 그다지 특별할 것 없는 당연하고 뻔한 일이었다.

현직 검찰 총장이 뇌물을 받은 것 역시 반짝 시끄럽고 말 일이고 그보다 더한 일들이 수두룩한데 어느 쪽으로 국민의 관심이 집중될지 안 봐도 훤했다.

—검사로서 소신이 뚜렷한 후배가 그걸 본다면 그냥 넘어갈 거 같진 않은데? 가령 문이헌 검사 같은?

협박의 정도가 이미 도를 넘어선 상태였다.

새파란 후배까지 들먹이며 찌르겠다는 말을 서슴지 않는 장 회장의 태도에 총장은 움켜쥔 주먹으로 자신의 허벅지를 내려치며 이를 바득바득 갈았다.

"협박에도 예의라는 게 있는 겁니다!"

적당히 하라는 소리였다.

—내가 지금 검찰 조사 받으러 다닐 상황이 아닙니다. 아시지 않습니까?

"상황 봐 가면서 누가 검찰 조사를 받습니까. 편의를 봐주는 것도 정도가 있는 겁니다."

—오른팔, 왼팔, 두 다리까지 다 잘라서 가져가 놓고 내 몸뚱이까지 바라는 건 인간적으로 너무하지 않나?

전략 기획실 팀장과 상무를 비롯해 핵심인 석원기 이사를 두고 하는 말이었다.

현재 수사에 비협조적인 팀장과 상무는 증거 인멸의 우려로 구속 수사 중이었다. 그러나 제멋대로 자백을 하겠다고 찾아온 석원기 이사는 구속 영장이 기각된 바람에 행방이 묘연한 상황이었다.

석 이사가 K그룹을 위해 총대를 멘 상황이었으나 현재론 그마저도 의아스러운 형국이었다.

—어차피 재판 가서 벌금 맞으면 돈 벌어서 내야지, 나까지 자리 비우면 기둥 다 무너집니다. 무너지면 어디 우리 회사만 무너지겠습니까.

계열사, 협력사, 하청 업체까지 줄줄이 도산인 거 누구보다 잘 아시는 분이 왜 이러실까.

K그룹 회장이 검찰 조사를 받는다는 언론 보도가 나가면 그 타격이 한국 경제에 미치는 영향을 모르지 않았다.

이미 주가는 바닥을 찍었다. 거기다 매일같이 쏟아지는 부정적인 보도 때문에 여기저기서 가해 오는 압박을 더는 무시하지 못할 지경에 이른 상황이었다.

무수한 전화와 협박에도 시종일관 무시한 보람도 없이 장 회장이 던진 히든카드에 이렇게 굴복하고 말게 될 줄이야.

그는 짙은 한숨을 내뱉으며 마른세수를 했다.

—장민준이 재판은 알아서 소신껏 하시고, 나 대신 내준 내 팔다리로 끝내죠.

초임 검사였던 시절 그 패기와 열정, 소신은 어디로 갔을까.

그때 그 시절이 아득하기만 했다.

"내 말 들을 애들 없을 겁니다."

검찰 총장의 판단으로 한차례 큰 사건을 덮었으니 더는 위신이 서지 않았다. 이번 일마저도 덮는다면 어떤 식으로든 보복이 있을 것이다.

—그건 정 총장 하기 나름 아니겠습니까. 내년에 법무부 가셔야지.

장 회장의 말에 바른말조차 제대로 하지 못하는 자신의 상황이 비참하고 비겁하기만 했다. 총장은 대꾸조차 하지 않고 전화를 끊고는 움켜쥐고 있던 휴대폰을 사정없이 내던졌다.

의혹 한 점 남김 없이 탈탈 털어서 현 정권에 더는 잡음이 생기지 않게 하라는 법무부 장관의 지시가 있던 참이었다. 장관의 의중은 곧 청와대의 뜻이기도 했다.

그 어느 때보다 이목이 쏠린 사건이었다. 사방에서 곱지 않은 눈초리로 대하고 있는 판국에 장현 회장만 검찰 조사를 피해 가는 건 현 상황에 어울리지 않는 일이었다.

어떤 길로 가든지 그 끝은 장현 회장의 소환 조사였다. 고작 K그룹의 핵심 임원들의 기소만으로 끝날 사건이 아니었다.

하지만 검찰 총장의 자리를 내려놓고 검사로서의 소신껏 살기엔 그는 이미 권력을 맛봐 야망에 눈을 뜬 지 오래된 정치인과 다를 바 없었다.

"서 지검장 들어오라고 해."

결국 그는 장 회장의 협박에 못 이기는 척 자신의 야망을 접지 못하고 중앙 지검장을 호출하고 만다.

✤ ✤ ✤

검찰 총장의 호출에 외부에 있던 지검장은 한달음에 대검으로 달려왔다.

옷매무시를 가다듬고 총장실로 들어서는 그의 발걸음이 결코 가벼워 보이지 않았다.

총장의 호출이 뜻하는 바가 무엇인지 짐작조차 가지 않아 마음 한편이 무겁기만 했다.

"상황 어디까지 진행됐나."

궁둥이를 채 붙이기도 전에 총장이 다그치듯 물었다. 재킷 단추를 풀며 자리에 앉은 지검장은 마른침을 삼키며 입을 뗐다.

"대호그룹은 김반석 부회장과 관련인들 모두 불구속 기소로 가닥 잡고 마무리 중이고, MK건설 사장은 오늘 오전 구속 영장 청구했습니다. 최명조 회장의 뇌물 혐의는 지난번 사건에서밖에 밝혀진 것이 없어 현 사건에선 참고인 조사에서도 빠진 상탭니다."

"K그룹은?"

그가 궁금한 것은 대호그룹도, MK건설도 아니었다.

이미 자백을 한 김반석 부회장과 완벽한 증거, 관련인들의 자백으로 모든 혐의가 인정된 MK건설 측은 자중이라도 하듯 그 어떠한 외압도 없었다.

그만큼 국민의 분노와 신뢰를 중요시하는 것처럼 보이기도 했지만, 현재 그들은 자신들이 가지고 있던 힘을 잃은 것과 마찬가지였다. 어쩌면 장현 회장보다 멀리 내다보는 시야가 좁았던 탓일 수도 있다.

그도 아니라면 지금껏 장 회장에게 휘둘린 것이 정치권뿐만이 아니라 재계도 마찬가지였던 상황이거나.

"……난관입니다. 전략 기획실 석원기 이사가 현재 연락 두절 상태입니다."

"지금 장난해? 자백한다고 제 발로 걸어온 걸 왜 내보내서 사달을 만들어!"

총장의 언성에 지검장은 꿀 먹은 벙어리처럼 입을 꾹 닫은 채 고개만 푹 숙였다.

"문이헌 그거 똥배짱 부리더니 일을 왜 이따위로 해!"

총장의 화살이 애먼 후배 검사에게로 돌아가고 만다.

"수배라도 때려야 하는 거 아닌가?"

"달리 생각하는 게 있는지 별다른 조처를 하지 않고 있습니다."

대호그룹과 MK건설의 수사 진행 상황과 달리 답보 상태인 K그룹의 수사는 지검장인 자신이 봐도 뭐라 말할 수 없을 만큼 상황이 좋지 않은 것이 현실이었다.

혼자 짊어질 수 있는 죄의 무게가 아님에도 자백을 하겠다고 찾아온 석원기 이사는 자신이 동조한 일의 후폭풍을 제대로 인지하고 있지 않은 게 분명했다.

그렇지 않고서야 벌금은 물론 몇 십 년 형량이 나와도 이상할 게 없는 상황인데 고작 임원 하나가 그룹의 모든 비리를 떠안으려는 것은 죽을 줄 알면서 불구덩이에 뛰어드는 것과 다르지 않았다.

"그럼 K그룹 진행 상황은 이게 다야?"

"비자금 조성에 가담한 전략 기획실 성기준 상무와 나상호 팀장은 구속 수사 중이고, 석원기 이사의 진술을 받는 대로 전원 기소할 거라고 합니다."

"지금 일 터지고 지지부진 도대체 뭐 하는 거야."

지지부진한 것은 K그룹에 한해서였다. 하지만 그 덩치가 워낙 크다 보니 다른 기업의 비리 정도는 머리카락 한 올 삐져나온 것만큼 작게 보인다는 것이 문제였다.

검찰 총장마저도 이토록 K그룹 문제에 열을 올리니 국민의 눈에는 어떻게 보일지 뻔했다.

"다음 주까지 전부 끝내."

최후통첩이었다.

"총장님! 다, 다음 주까지는 무립니다!"

본격적으로 검찰 조사가 시작된 지 한 달이 넘었을 뿐이다. 오래 걸려도 좋으니 명명백백히 밝히라며 이를 갈던 총장은 어디로 가고 이제 와 빨리 끝내라 종용하다니.

같은 노선을 걸으며 뒤에서 받쳐 주던 후배로서 하루아침에 선배인 검찰 총장의 뒤바뀐 태도는 그 어떤 변명으로도 쉽게 이해가 되지 않는 일이었다.

"속 시끄러워서 살 수가 없어."

"……."

"한쪽에선 평화 협정이니 뭐니 하면서 떠들어 대고, 이쪽에선 재벌 때려잡겠다고 들쑤셔 대는 바람에 경제는 휘청거리고 있지. 양쪽에서 이렇게 소란스러우면 피해는 고스란히 국민들한테 돌아가는 거야."

변명이라고 하기에 궁색하기만 했다. 지검장은 입술을 깨물며 말을 아꼈다.

"일단 싹 기소하고 공판 전까지 보강해."

급한 불부터 끄라는 말이었다. 적어도 무능한 검찰이라는 프레임에서 한 발짝이라도 벗어난다면 검찰 총장으로서 역할을 한 것으로 생각하는 걸까.

전원 기소를 했다는 사실만 언론에 보도가 된다면 무너진 신뢰가 어느 정도 회복될 거라 생각하는 안일한 총장의 태도에 지검장은 한숨을 삼켰다.

"밖에서 보면 손 놓고 있는 거로밖에 안 보여. 무능한 모습 대국민 인증하는 꼴이라는 거 몰라?"

알면서도 재촉하지 못하는 것은 그만큼 철저히 준비해도 빈틈은 꼭 생기기 마련이었다. 그 빈틈으로 인해 원하는 결과를 얻지 못해 검찰에 실망하는 국민들을 보고 싶지 않았다.

이미 신뢰가 바닥을 쳤고 검찰의 기강은 무너졌으며 그 누구도 검찰 수사와 결과를 믿지 않고 있었다. 그런데 무리하게 기소를 했다가 모두 무죄를 받게 된다거나 고작해야 벌금형 또는 집행 유예로 풀려나는 불 상사가 생긴다면 끝이었다.

"과정은 보지도 않고 알고 싶어 하지도 않아. 결과가 중요해."

그 중요한 결과가 어떻게 나올지 상상하는 것만으로도 벌써 간담이 서늘하기만 하다.

"재판도 오래 걸릴 겁니다. 항소까지 계속하면……."

"재판 가면 어차피 우리 손 떠난 거고, 판사들이 알아서 할 테니 형량이 얼마가 나오든 우리 소관 아니잖아?"

혐의를 인정해 기소했으니 그것으로 검찰의 몫은 다했다는 무책임한 말을 검찰 총장이 할 수 있을까.

적어도 자신이 알고 있던 선배 정호연은 불의와 타협을 하더라도 검찰만은 지키기 위해 최선을 다하던 사람이었다.

그런데 지금 상황은 검찰을 지키겠다는 신념보다 이 거대한 돌덩어리를 다른 곳에 치워 버려 저 혼자 편해지자는 사람 같았다.

"그렇게 되면 장현 회장 소환 조사는 못 하게 됩니다."

"그 윗대가리가 지금 중요해? 어차피 재판 가서 밑에 애들 혐의 인정되면 자연스럽게 장 회장 건드릴 수밖에 없어."

그때 가서 장현 회장이 자신을 가리키는 증거들을 고스란히 남겨 두고 검찰 조사를 순순히 기다리고 있을까.

결코, 절대 그럴 리 없었다.

"지금 중요한 건 더는 기다려 줄 시간도, 여력도 없다는 거야. 지금 이 사건에 검찰 인력이 얼마나 투입된지 지검장, 네가 더 잘 알잖아. 하물며 얼마나 많은 모가지가 달린 줄 알아?"

"……."

"내 목은 물론이고 네 목도 달려 있어. 단체로 옷 벗고 나란히 손잡고 검찰 나가면 꼴좋겠다."

"……."

"그뿐이면 말을 안 해. 특수 1부 애들 모가지도 전부 날아가는 거야."

검찰 손에서 시간만 흐르다가 늦어져 결과가 좋지 않게 나온다거나 결국 아무것도 건지는 게 없다면 그 책임을 물어 수사 팀 전원이 좌천 혹은 검사직을 내려놓는 것으로 끝이 날 것이다.

그런 일은 지금껏 충분했다. 그렇게 떠나보낸 동료 선배, 후배들이 얼마나 많았는데. 더는 그럴 수 없다.

"……알겠습니다."

총장의 의중이 결코 올바른 일이 아니라는 것을 알지만 누군가는 총대를 메고 조직을 지켜야 한다면 기꺼이 두 팔을 걷어붙일 것이다.

지금껏 그래 왔으니, 그렇게 자신만의 소신을 챙기며 지검장은 무거운 발걸음을 뗐다.

16장

이헌은 수사관이 뽑아 온 K그룹의 지분 구조를 살피며 주주 명단을 훑고 있었다.

느닷없이 나타난 장민혁이라는 인물이 묘하게 거슬리는 건 검사로서의 촉이었다. 분명 K그룹 내부에서 무슨 일이 벌어져도 벌어지고 있다는 것이 그의 판단이었다.

K물산이 K그룹 모든 계열사를 지배하고 있는, 다소 복잡한 지배 구조로 이뤄져 있어 한눈에 정리하기가 쉽지 않았다.

K물산이 생명, 전자, 유통, 패션의 지분을 가지고 있었고, 더 나아가 K유통은 백화점과 마트의 지분을, K생명은 호텔&리조트와 증권, K카드. K전자는 자동차와 K기획을 지배하는 구조였다.

장현 회장이 후계자로서 부회장 자리에 앉아 있을 때 계열사와 지주사를 정리하면서 재편한 상태였다. 그런데도 여전히 K그룹의 지배 구조는 여타 다른 기업들보다 복잡하고 까다로웠다.

최고 경영자이자 총수인 장현 회장이 소유한 K물산의 주식이 고작 13%를 넘는 것만 봐도 K그룹은 주주들의 영향력이 상당한 기업임이 틀림없었다.

장현 회장의 영향력이 정, 재계에선 그 누구도 넘볼 수 없다지만 그룹 내에서만큼은 미비하다는 뜻이었다.

이 정도라면 장민혁의 등장을 백번이고 의심해 볼 만했다.

이미 장민준이 소유하고 있던 K물산과 전자, 생명의 주식의 전량 매도가 이뤄졌는데 장에 풀리자마자 기다렸다는 듯 매수가 이뤄졌다.

물론 서류상으론 장민준이 소유하고 있던 주식을 사들인 이는 각기 다른 사람이었지만, 수상하다고 생각하면 얼마든지 수상한 움직임이었다.

주가가 바닥을 치고 그룹 이미지가 더러워질 대로 더러워진 상황에서 주식을 사들이기엔 결코 싼 값은 아니었다.

덕분에 K그룹은 당장 현금을 손에 쥐었겠지만 좋은 일인지 알 수 없었다.

"검사님. 부장 검사실 호출입니다."

주주 명단을 살펴보던 이헌은 실무관의 조심스러운 목소리에 고개를 들고 서류를 내려놨다.

석원기 이사에게서 USB를 받자마자 복사본을 만들어 둔 뒤 곧바로 부장 검사에게 보고한 참이었다.

퀵으로 물건을 보내 놓고도 여전히 연락이 닿질 않는 석원기 이사를 수배해야 할지, 먼저 연락이 올 때까지 기다려야 할지 감이 잡히지 않았다.

평소였으면 수배를 내려 긴급 체포로 석 이사를 조사실에 앉혀 뒀겠지만 현재는 특수한 상황이었다.

옷매무시를 가다듬으며 검사실을 나온 이헌은 곧장 부장 검사실로 향했다. 부장 검사의 의견이 현재 가장 중요했다.

실무관이 이헌을 맞이했다. 가벼운 노크와 함께 문을 연 실무관은 그에게 들어가 보라며 눈짓했다.

이헌은 검사실에 들어서자마자 나란히 앉아 있는 부장 검사와 부부장 검사를 보며 눈살을 찌푸렸다. 상석에 있는 지검장이 그 이유였다.

부장 검사실의 호출이라고 했다. 그것이 뜻한 것은 부장 검사의 호출이 아닌 지검장의 호출이었던 모양이다.

마치 선생님께 혼이 난 학생들처럼 풀이 죽어 고개를 푹 숙이고 있는 부장 검사와 부부장 검사의 모습에 이헌은 석원기 이사에 관한 얘기를 꿀꺽 삼켰다.

"긴말 필요 없고, 당장 조사 중인 피의자들 전원 기소해."

지검장의 오른팔인 차장 검사가 보이지 않는 것이 의외였지만 중요한 건 그게 아니었다.

"무슨 말씀입니까."

지검장이 직접 부장 검사실까지 행차해 평검사에게 지시를 내릴 일이 얼마나 있을까. 속으론 어처구니가 없지만 이헌은 내색하지 않았다.

"대호그룹은 공판일 조정 중이라고 했나?"

다 알면서 뭘 굳이 묻는 수고를 하는 걸까. 이헌은 쓴웃음을 삼키며 지검장을 빤히 쳐다봤다.

"MK건설은 피의자들 전부 구속 기소했다고 들었고, 그럼 K그룹만 남았네?"

하나하나 집어 가는 그 의도가 빤했다. 알면서 아무 말도 못 하는 건 부장 검사와 부부장 검사도 마찬가지였다.

"석원기만 기다리다 날 새겠어. 조사 중이던 전략 기획실 임직원들부터 기소하고 공판 준비하면서 보강 조사 해."

이미 부장 검사와 부부장 검사에게 K그룹에 대한 지시 사항을 전달한 것이 분명했다. 꾸중을 들은 낯빛과 표정만 봐도 알 수 있었다.

수사 지휘 검사가 이헌일지언정 특수 1부를 책임지고 있는 부장 검사와 부부장 검사에게 질책을 가하는 것은 당연한 이치였다.

하지만 그건 잘못을 했을 때 얘기고.

그들은 꿀 먹은 벙어리들처럼 아무 말도 못 하고 입을 꾹 다문 채 고개도 제대로 들지 못하고 있었다. 그 모습을 눈에 담던 이헌은 주먹을 움켜쥐었다.

아무 잘못도 하지 않았는데 억울하게 혼이 나는 상황은 정말이지 지

굿지긋했다.

"장현은 건들지 말라는 겁니까."

빤히 속이 들여다보이는 얘기를 빙빙 둘러 말하는 지검장을 똑바로 바라보며 이헌은 음성을 뇌까렸다.

까마득한 후배 검사가 대거리하려 들자 지검장의 눈빛이 날카롭게 번뜩였다.

지난번에도 지검장실에서 바른말을 하던 놈이었다. 제 아비처럼 혼자만 정의로운 척 고개를 치켜들더니 이번에도 마찬가지인 이헌의 태도에 지검장은 쓰게 웃으며 입을 뗐다.

"건들지 말라는 게 아니라, 당장 잡아 놓을 명분이 없잖아. 재판이라도 시작하면 혐의가 드러날 거 아니야. 그때도 늦지 않다는 말이야."

윽박질러 봤자 말을 들을 녀석이 아니라는 걸 한차례 경험한 탓에 지검장은 나긋한 어조로 말했다. 하지만 이헌의 귀에 지검장의 말은 윽박으로밖에 들리지 않는 듯했다.

"지금도 뒤에서 이렇게 제멋대로 주무르고 있는데 그땐 더하지 않겠습니까."

장현 회장의 꼭두각시 노릇을 하고 있으면서 무슨 소리냐는 투로 느꼈다. 지금도 나중에도 장 회장이 시키는 대로 할 거면서 변명이랍시고 늘어놓는 말들이 웃긴다는 듯 들렸다.

결국 지검장은 참았던 화를 터트리고 말았다.

"내뱉는다고 다 말인 줄 알아?"

대검에서 돌아오자마자 특수 1부 부장 검사실 문을 두드린 그였다.

총장은 일주일의 시간을 주었다. 하지만 매도 빨리 맞는 편이 낫다고 반발할 후배 검사들을 다독이기 위해서라도 매를 빨리 든 지검장이었다.

역시나 지휘 검사인 이헌부터 반기를 들었다. 결코 쉽게 말을 듣지 않을 철옹성과 같은 녀석이었다.

"후배로서 선배 검사에 대한 존경심이 생길 수 있게 처신해 주십쇼."

까마득한 후배에게 별소리를 다 듣는다 싶어 지검장의 입에선 허탈한 웃음소리가 새어 나왔다.

"지금 이게 너 하나의 문제가 아니야. 여기 앉아 있는 네 선배 검사들 모가지도 달린 일이야."

누군가의 지시인지는 중요치 않았다. 지시가 내려왔고 검찰 밥 오래 먹고 싶으면 그 지시를 무시해서는 안 되는 일이었다. 아니꼽고 더러워도 별수 없다.

"치기 어린 검사의 소신대로 밀어붙이기엔 대한민국 검찰은 그만한 힘이 없어."

불행하게도 그것은 검찰의 현주소였다.

"그게 자랑은 아니지 않습니까."

"자랑은 아니지만 그렇다고 무시할 수도 없지."

"고인 물이 썩어서 부패가 심각합니다."

이헌이 입을 뗄 때마다 부장 검사는 흠칫거리며 입술을 깨물어 댔다. 선배고 뭐고 지검장이고 뭐고 그냥 들이받고 보는 이헌의 태도가 불안하기만 했다.

평소엔 말이라곤 없는 녀석이 이럴 때마다 바른 소리를 해 대니 미칠 지경이었다. 수뇌부들 눈에 밉보이기 딱 좋은 캐릭터였다. 이번에도 좌천으로 끝이 날까 봐 부부장 검사까지도 이헌에게 눈치를 줬지만 그는 아랑곳없었다.

"할 만큼 해도 된다고 하지 않으셨습니까."

지검장을 향했던 이헌의 날카롭던 눈빛이 부장 검사를 향했다. 자신을 다시 지검에 불러올리면서 부장 검사가 했던 말을 그는 곱씹었다.

"하다가 말 상황 아니라고 저 여기 다시 불러올리신 거 아닙니까."

할 만큼 할 수 있는 상황을 만든 것은 이헌이었다. 검사로서 해서는 안 될 짓까지 뒤에서 몰래 벌여 가며 판을 키운 것이 그였다.

형이 선고되고 나면 검사직을 내려놓을 생각으로 벌인 일이었다. 굳이 자신이 다시 복귀하지 않는다고 해도 재조사만 하게 된다면 그만이라고 생각했다.

그런데 특수 1부에 다시 사건을 배당한 것도 지휘 검사로 자신을 다시 불러올린 것도 모두 수뇌부의 뜻이었다.

그런데 이제 와 또다시 팔다리만 자르고 머리를 숨겨 줘야 한다니. 알면서도 아무것도 하지 못하는 자신의 처지에 분노만 들끓어 댔다.

"이렇게 휘둘릴 거 뭐 하러 자리들 지키고 계세요."

단단하던 그의 음성이 차분해졌다.

"대한민국에 검찰이, 검사가 존재하긴 하는 겁니까."

이런 일이 터질 때마다 제대로 된 처벌은 없었다. 언제나 팔다리만 희생될 뿐. 꼭대기인 머리는 언제나 뒷전이었다.

"어디 우리나라뿐이겠어?"

지검장이 대변했다.

"무너지지 않고 버티기라도 해야 체면이라도 찾을 수 있어."

버티고 버틴 세월이 얼만데.

검찰 개혁이니 뭐니 정권이 교체될 때마다 휘두르는 철퇴에 맞서서 상처를 입고 잘려 나간 팔다리가 수두룩했다.

이런 굵직한 사건이 터질 때마다 사건을 맡았던 검사들은 승진하거나 결과에 따라 좌천 혹은 타의로 옷을 벗어야만 했다.

그 결과는 항상 입김에 의해 정해진 수준이었다.

윗선의 말을 잘 들어 결과에 맞춰서 수사를 진행하면 승승장구한다.

반면 윗선의 말을 무시한 채 소신껏 신념대로 독단적으로 수사를 진행한다면 국민이 바라는 결과와는 상관없이 검사직을 내려놓게 되는 일이 비일비재했다.

검찰은 결코 자유로울 수 없는 조직이었다.

태초부터 그랬다. 뿌리는 변하지 않았다. 부패돼 썩을지언정 정화되어 깨끗해지지 못했다.

그것은 검사가 휘두르는 권력이 결코 사소하지 못해서 생긴 일이었다. 유죄를 무죄로도, 무죄를 유죄로도 만들 수 있는 사람이 대한민국에선 검사뿐이었다. 판사마저도 검사가 내미는 증거에 따라 죄의 유무를 따지니 그들 손에 쥐어진 권력은 절대 가볍지 않은 것이었다.

그 권력을 옳은 일에 쓰지 못한다는 것이 검찰의 고질병이었다.

"신뢰를 잃은 검찰이 체면은 찾아서 뭐 합니까."

검찰의 악순환을 국민들이라고 모르지 않았다.

심심하면 언론에선 검찰의 무능함을 꼬집었다. 그러나 굳이 언론에서 떠들지 않아도 신뢰를 저버리는 일이 반복되다 보니 국민들은 검찰을, 검사를 믿지 않았다.

다 한통속이라고 어차피 뻔한 결과가 나올 텐데 세금만 축내는 무능한 집단이라 손가락질할 뿐이었다.

"장현 한 명이야. 장 회장 하나 봐준다고 어떻게 안 돼."

바람이었다. 부디 이번엔 조용히 넘어갈 수 있기를 바랄 뿐.

"이미 K그룹 기둥 다 뽑아 놨잖아."

장현 회장의 팔다리를 다 옭아맸다. 수족과 같은 임원들을 검찰에 내준 장 회장이 할 수 있는 거라곤 마지막 발악밖에 없다고 위안했다.

그 발악이 윗선에 잘 먹힌 모양이었다. 비리의 온상인 K그룹 전략기획실 임원들을 통째로 내줬으니 그들을 벌하는 것으로 이번 일을 마무리해 달라는 청탁을 또다시 받은 게 뻔했다.

곧 죽어도 검찰 조사는 받지 않겠다는 장 회장의 의중이 돋보이는 전략이었다.

"재벌 총수 잡아넣는 게 어디 쉬운 일인 줄 알았어? 검찰 밥 그만큼 먹었으면 사명감 같은 거로 할 수 있는 거, 없는 거 구별이 안 돼?"

과거에도 K그룹만큼은 총수가 검찰 조사를 받은 전적이 없었다. 지검장의 말은 철옹성과 같은 K그룹에만 해당하는 말이었다. 다른 재벌 그룹들이 몇 번씩 털려서 검찰 조사를 받을 때도 K그룹만큼은 묘하게 그 시기를 피해 가곤 했었다.

조사를 받더라도 딱 그 아래까지. 단 한 번도 총수가 검찰 포토 라인 앞에 선 적이 없었다.

마치 비리와는 무관하다는 듯. 깨끗한 기업 이미지를 추구하면서.

"정치적인 생각 같은 거 안 합니다. 그런 거 따져 가면서 피해자, 피의자 구별할 거였으면 서초동이 아니라 애초에 여의도로 갔어야 하는 거 아닙니까."

이헌의 말에 부장 검사와 부부장 검사가 움찔하며 곁눈질로 지검장의 눈치를 살폈다.

당장이라도 이헌에게 폭언을 퍼부을 것만 같은 번뜩이는 눈빛과 일그러진 표정이 그의 화를 대변하고 있었다.

이헌의 바른말, 옳은 말은 도화선에 불을 지핀 격이었다. 세상 반듯하게 살던 정의로운 검사였던 시절이 주마등처럼 스쳐 지나간다.

"지금 문 검사 자네가 사리 분별 못 하고 날뛰어도 되는 초임 검사도 아니고, 연차가 몇 년인데 스스로 컨트롤이 안 돼?"

적당히 하라는 말이었다. 자신의 처지를 누구보다 잘 알고 있으니 굳이 후배인 네가 콕 짚어 말하지 않아도 된다는 뜻.

이헌과 지검장의 설전에 중간에 앉아 있는 부장 검사와 부부장 검사만 난처한 상황이 계속됐다.

"그래서 지금 여기 앉아 계시는 세 분의 의견이 같으십니까."

이헌의 시선이 부장 검사와 부부장 검사를 향했다. 불편한 침묵이 흘렀다.

"적당히 해서 검찰 욕은 덜 먹고 나머진 재판부에 넘겨 욕받이 시키겠다는 윗선의 의견에 동의하시는 거냐고 물었습니다."

불편한 침묵은 계속됐다. 앉아 있는 이들의 입에선 연신 깊은 한숨만 터져 나올 뿐.

그러다 부장 검사가 마른침을 삼키며 굳게 다물고 있던 입을 조심스레 뗐다. 그는 고개를 돌려 이헌과 시선을 마주했다.

분명 골치 아픈 후배인 건 맞지만 없어선 안 될 검사이기도 했다.

"……이건, 검찰만의 문제가 아니야."

이헌과 지검장의 설전을 멈춰야만 했다. 여기서 더 나갔다간 이헌이 위험했다.

이헌을 밑에 둔 지 1년이나 지났다. 지금껏 단 한 번도 문이헌은 검사로서 불의와 타협하지 않았다. 자신이 못 하겠으면 사건에서 손을 뗄지언정 끝까지 항변하는 후배였다.

보통 3, 4년 차가 되면 패기도 사라지고 직업인으로서의 능력만 보이는 것이 평검사들의 한계였다.

그 한계를 넘은 검사들은 대개 권력과 손을 잡거나 명예욕에 심취했다.

그렇게 줄을 잡아 여의도에 입성하거나 그도 아니면 법무부나 청와대에 들어가는 것이 정석이었다.

그런데 문이헌은 매번 권력과 맞서는 태도를 보이면서 윗선에 거슬리는 언사를 서슴지 않았다. 위에서도 참고 참다 못해 결국 좌천이라는 악수를 두게 만들지 않나.

이대로라면 또 다른 악수가 나올지 몰랐다.

"그렇겠죠. 장현 회장한테 뇌물 받은 사람이 어디 검찰에만 있겠습니까. 청와대에도 수두룩하던데……. 그래도 이번 정권은 장 회장과 사이가 많이 안 좋은지 한민당만 많이 해 먹었더라고요."

그만하라고 제동을 걸었는데도 이헌은 멈추지 않았다.

그는 시한폭탄과 다르지 않았다. 부장 검사의 시선을 피하지 않고 바라보며 내뱉은 음성엔 노기가 서려 있었다.

"무슨 소리야."

이헌의 말에 지검장이 번뜩이며 물었다.

부장 검사와 부부장 검사가 그만하라고 손짓을 하는 반면, 이헌은 보고도 모른 척하며 지검장을 향해 고개를 돌렸다.

"지검장님 호출 전에 석원기 이사가 증거 자료들을 보내왔습니다."

"뭐?"

"근데 지금 그게 다 무슨 소용입니까. 장현 회장이 아니라 팔다리, 몸통 죄만 입증하는 증거밖에 안 될 텐데요."

잠적했다던 석원기 이사가 증거물을 보내왔다니. 이건 총장의 계획에 없던 일이었다. 그 지시를 받은 지검장 역시 생각지도 못했던 변수가 등장해 눈앞이 아찔해졌다.

"두 사람, 알고 있었어?"

신경질적인 목소리가 부장 검사와 부부장 검사를 향했다.

"보고, 받았습니다."

"왜 얘기를 안 해!"

보고 라인을 무시한 처사가 분명했다. 문이헌도 모자라 이제 부장 검사와 부부장 검사까지 반기를 들 태세에 머리가 지끈거렸다.

지검장의 높아진 언성을 되받아친 건 시종일관 침묵을 지키고 있던 부부장 검사인 태진이었다.

"얘기해 봤자 무슨 소용이 있습니까. 위에서 대놓고 장 회장 감싸 주자는 식인데, 그깟 증거가 뭐 대수일까요."

이헌도 모자라 태진까지 지검장을 들이받아 대니 난감해진 건 부장 검사였다. 하지 말라며 태진의 소맷자락을 잡아당기던 부장 검사는 입술을 잘끈 씹었다.

"재판 가서 장 회장 건드려도 늦지 않아. 지금 뚜렷한 결과가 뭐가 있어. 뭐라도 하고 있다는 걸 보여 줘야 그나마 명분이라도 찾을 수 있다는 걸 왜 몰라!"

장 회장의 팔다리와 몸통인 전략 기획실 임원들에 대한 조사는 당장 기소를 해도 충분할 만큼 증거가 차고 넘쳤다.

다만 그 끝이 장 회장을 가리키는 것이 아니라 모든 화살이 실질적으로 일을 진행했던 임원들을 향해 있었다.

뻔했지만 그 배후가 증거들로 드러나지 않게 감춰져 있는 것이었다. 압수 수색 후에 나온 자료들로는 장 회장을 조사실에 앉힐 수 없는 이유가 그 때문이었다.

장 회장에 대한 조사는 지지부진했고 언론에선 그를 언제쯤 소환해 조사할지 주목하고 있었지만 명분이 없어 손을 놓고 있는 실정이었다.

그 명분을 재판 가서 찾자는 것이 지검장의 의견이었지만 그 누구도 동의하지 못했다.

"그땐 이미 늦습니다. 잘 아시지 않습니까."

"긴말 필요 없어. 전원 기소하고 석원기는 수배 때려."

장 회장을 잡을 명분으로 석원기를 건넸음에도, 그 증거가 검찰 손에 들어왔는데도 지검장은 뜻을 굽이지 않았다.

또다시 시간을 낭비할 수 없다는 것이 그의 표면적인 이유였다.

후배들의 원망 가득한 눈초리를 감당하지 못한 지검장은 결국 자리를 박차고 일어나 부장 검사실 문을 열었다.

그의 입에서 터져 나온 짙은 한숨과 함께 신경질적으로 문이 닫히고 부장 검사의 탄식이 이어졌다.

"못 해 먹겠네! 진짜."

마음 같아선 당장 사표라도 쓰고 싶었지만 그럴 수 없는 처지에 화가 날 뿐이었다.

"도대체 누구 머리에서 나온 일입니까."

거칠게 넥타이를 풀어헤치는 부부장 검사와 연신 마른세수하는 부장 검사를 보며 이헌이 물었다. 뻔한 일이겠지만 그 시작이 어딘지 알아야 했다.

"총장님 지시야."

눈을 감고 있던 부장 검사가 말했다. 예상외로 그다지 윗선도 아니었다. 청와대까지는 아니더라도 장관 선에서 내려온 지시일 거라 예상했던 이헌의 뒤통수를 제대로 치는 인물이었다.

"총장님도 1년 전 K패션 분식 회계 터졌을 때 10억 해 드셨습니다."

손에 꼭 쥐고 있던 USB를 테이블에 툭 내려놓으며 그가 말했다. 달그락 소리에 자세를 고쳐 잡고 앉은 두 사람의 시선이 테이블을 향했다.

손가락 한 마디만큼 작은 USB가 뭔지 묻지 않아도 직감적으로 알 수 있었다.

장현 회장의 뇌물 리스트 및 비자금 리스트 원본이었다.

"여기에 그거 모르는 사람 있어? 알아도 우리가 뭘 할 수나 있어?"

1년 전 K패션 분식 회계 사건이 터졌을 때 특수 2부에서 사건을 맡아 수사했었다. 한 달이 넘도록 매달린 일이었는데 총장의 지시로 무혐의 처분이 내려졌다.

당시 여론은 말할 것 없이 검찰을 질타했고 봐주기식 수사라는 말은 어김없이 흘러나왔다. 그런데도 수사를 맡았던 특수 2부 부장 검사와 평검사 몇은 줄을 잘 탄 덕분에 대검으로 자리를 옮긴 일이 있었다.

말만 잘 들으면 후한 보상이 뒤따른다는 불변의 법칙을 보여 준 것이다. 그러니 일개 검사가 할 수 있는 일은 아무것도 없었다. 현재 자리라도 지키고 있으려면 별수 없던 탓이다.

"까라면 까야지. 그게 싫으면 검사 옷 벗고 나가야 하는 거야."

부부장 검사가 쓰게 웃으며 말했다. 그는 몸을 일으켜 이헌의 어깨를 토닥이다 부장 검사실 문을 열었다.

"도대체 언제부터 검찰이 일개 재벌 회장 손에 놀아난 겁니까."

문고리를 붙잡고 주춤한 부부장 검사는 낮게 읊조렸다.

"태초부터."

"……."

"대한민국은 곧 돈이 권력인 나라야."

검사라면, 검찰이라면 치를 떠는 아버지의 심정이 유난히 헤아려지는 날이었다.

이헌이 부장 검사의 호출을 받았다는 메시지를 받자마자 재판 준비를 하던 이들과 마지막으로 참고인과 피의자 소환 조사를 마무리 중이던 이들은 회의실에 모여 앉아 있었다.

석원기 이사가 보낸 증거 문서들이 긍정적인 시너지 효과를 낼 거라 기대하고 있었던 그들은 전투에서 패전한 패잔병처럼 처참해진 몰골로 회의실로 들어온 이헌을 보자마자 쉽사리 입을 떼지 못했다.

"어, 어떻게 됐어?"

무거운 분위기를 깨고 물은 것은 이 검사였다. 털썩 의자에 주저앉은 이헌은 멋쩍은 듯 이마를 매만지며 쉽사리 떨어지지 않는 입을 뗐다.

"당분간 장현 회장에 대한 조사는 스톱입니다."

설마 했는데, 경악이었다. 당장이라도 피의자로 소환을 해도 부족하지 않은 증거가 손에 들어왔는데 장현 회장을 내버려 두자니.

또다시 사건에 멋대로 개입하겠다는 윗선의 의중을 파악한 검사들은 말을 잇지 못했다.

"그게 무슨 말이에요."

그 와중에 제대로 정신을 차리고 있던 건 다현이었다.

제대로 뒤통수를 맞고 어안이 벙벙해져 어버버거리는 선배들을 뒤로한 채 다현은 이헌을 바라보며 목소리를 높였다.

"……무슨 일은, 또 뻔한 일이지."

다현과 시선이 마주친 이헌은 쉽게 말을 꺼내지 못한 반면, 옆에 앉아 있던 최 검사가 고개를 떨구며 이헌을 대신해 말했다.

"때려치우든가 해야지."

맞은편에 앉아 있던 남 검사가 침묵을 깨고 테이블을 주먹으로 내려치며 화를 터트렸다. 선배들의 반응에 다현은 말도 안 된다며 고개를 내저었다. 있을 수 없는 일이었다.

"지난번처럼 또 덮으라는 거예요?"

지금까지 들인 공이 얼만데. 재판이 코앞인데. 또다시 이렇게 엎어질 수는 없었다.

"장 회장만 봐주란다."

도무지 믿기지 않는다는 듯 열을 내는 다현에게 이헌이 말했다.

"편애가 심하네."

그의 말을 가만히 듣고 있던 이 검사가 비아냥거리듯 읊조렸다. 누구는 봐주고 누구는 기소하고 재판 가서 실형을 선고받고, 아주 난장판이다.

"하던 대로 하면 됩니다. K그룹만 예외를 두겠습니다."

가만히 이헌을 바라보고 있던 다현은 자신이 제대로 들은 건지 의아함에 고개를 갸웃거렸다. 마치 윗선의 지시를 따르겠다는 듯 지시대로 움직이자는 듯 이헌이 말하자 심장이 터질 듯 뛰며 숨이 가빠 오기 시작했다.

"역시 K그룹은 안 되는 건가?"

"지금까지 K그룹 오너들은 검찰 조사 받은 전력도 없어. 항상 잘 빠져나갔지."

지척에 있는 김 검사와 정 검사의 말에 또 한 번 경악이다.

선배들 모두가 암묵적으로 윗선의 지시에 동의한 듯한 대화를 나누자 다현은 마치 다른 세상에 자신 홀로 앉아 있는 듯한 기분에 휩싸여 머릿속이 멍해지기만 했다.

"정권이 바뀌어도 안 되는 건 안 되는 건가 봐."

남 검사까지 단번에 포기하고 말았다. 그 누구도 싫다고, 하지 않겠다고 말하는 이가 없었다.

지난번과 똑같았다. 한 치도 다르지 않다. 그 수모를 겪고도 또다시 반복되는 상황에서 사람들은 변하지 않는다. 결국 제자리걸음이다.

"이게, 말이나 되는 일인가요?"

선배들의 대화를 들으면 들을수록 수렁에 빠지는 것 같았다. 더는 듣고 싶지 않아 다현은 힘겹게 입을 뗐다.

마치 화를 참지 못하는 사람처럼 미묘하게 떨리면서도 톤이 높았다.

한숨뿐인 선배들을 바라보던 다현의 시선이 이내 자신을 빤히 바라보고 있는 이헌에게 향했다.

"선배도 또 이렇게 끝내고 싶은 거예요?"

눈이 마주치자마자 질타를 하는 것마냥 이헌에게 날카롭게 물었다.

그는 입을 떼지 않았다.

회의실 안에 둘러앉은 특수 1부 검사들 가운데 다현만큼 화를 터트리는 사람이 없었다. 그 누구도 지시에 불복하지 않았다. 말이 안 된다는 걸 알면서도 당연하다는 듯 순종적으로 받아들일 뿐이었다.

다현을 보면서 그게 누가 됐든 좋으니 부디 초임 검사 시절을 떠올려 보길 바라며 이헌은 그녀의 입을 막지 않았다.

"이럴 거였으면 이 사건 맡아서 하는 게 아니었어요."

"권 검사. 일단 진정하고……."

그녀를 말리는 건 옆에 앉아 있던 이 검사뿐이었지만 그마저도 헛수고였다. 다현은 듣지 않았다. 까마득한 후배가 대거리한다고 생각해도 별수 없었다.

"원래부터 이런 곳이었습니까?"

선배들의 시선이 일제히 그녀를 향했다.

"검사로서 사명감이나 의무감, 소신 그런 거 다 내팽개치고 위에서 시키는 대로 하는 게 검사였어요?"

적어도 자신이 바랐던 모습은 이런 게 아니었다. 무능한 검찰이라고 욕을 먹어도 그 속에서 고군분투하는 선배와 동료들의 모습을 기대했었다. 실제로 그런 모습일 거라고 믿어 의심치 않았다.

아무리 수사에 멋대로 관여하고 개입해서 결과를 조작하려 해도 최선을 다해 싸울 거라고 생각했다. 이미 한차례 믿음에 금이 갔는데, 이젠 그 빗금이 깨져 버려 종국엔 무너지고 말았다.

"이게…… 정상은 아니잖아요."

선배들의 눈엔 이제 겨우 몇 달 특수부에 발을 담갔을 뿐인 신참이 뭘 안다고, 정의감에 불타서 바른말을 하는 거냐고 아니꼽게 볼 수 있었다.

테이블에 둘러앉은 이들 중 그 누구도 잘못된 것을 지적하지 않고, 옳은 것이 뭔지 몰랐다. 뭐가 문제인지 알려고 들지도 않았다. 이건 비정상이다.

"재벌만 끼면 잘나가다가도 미끄러져. 단 한 번도 그냥 넘어간 적이 없어."

가만히 다현의 말을 듣고 있던 남 검사가 깍지 낀 두 손을 올리며 상체를 바짝 당겨 앉아 말했다.

그는 다현의 일렁이는 두 눈동자를 가만히 바라봤다. 이윽고 시선이 마주치자 묵직한 한숨이 뱉었다.

선배들을 이해하지 못해서 화를 다스리지 못하는 그녀의 불안한 눈빛이 안타깝기만 했다. 선배 검사로서 후배에게 바른길을 알려 주긴커녕 시작부터 편협한 길을 알려 줘야만 하는 속도 말이 아니었다.

"그럼 전 여기서 검사 못 해 먹겠습니다."

남 검사의 깊은 한숨이 잦아들기도 전에 다현은 자리를 박차고 일어나 목에 걸고 있던 검사 신분증을 벗어 던졌다.

그녀의 돌발 행동에 당황한 선배 검사들은 손을 뻗지도 입을 떼지도 못했다. 순식간에 회의실을 나가 버린 다현의 빈자리만 멍하니 쳐다봤다.

"제가 가 보겠습니다."

차분하게 이성적으로 행동하던 권다현은 이번 사건을 맡으면서 종잡을 수 없을 만큼 사방으로 튀어 댔다.

"가서 잘 달래 줘. 사춘기 온 모양이니까."

이마를 긁적이던 정 검사가 몸을 일으킨 이헌을 보며 말했다.

정의감에 똘똘 뭉쳐 패기뿐인 초임 검사의 콩깍지가 벗겨지는 시기를 사춘기라 불렀다.

딱 3, 4년 차에 찾아오는 격변의 시기였다. 그 시기엔 검찰과 검사의 순기능을 교과서로만 배워 오던 초임 검사에게 온갖 때가 묻기 시작한다.

정치적 탄압과 돈을 움켜쥔 이들의 권력으로 수사가 검사 의지와는 상관없이 휘청거리고 방향을 잃어 가는 것을 볼 때면 으레 하나둘 이탈자가 발생하기도 했다.

회의실을 나온 이헌은 자신의 검사실로 들어가며 문을 확 닫아 버리는 다현을 발견했다.

다현에겐 벌써 두 번째 시련이었다. 이럴 땐 무엇보다 선배 검사의 역할이 중요했다. 후배를 잘 다독이고 이끌어 자리를 지키게 만들든가 아니면 책상을 치우게 만들든가.

어떤 식으로든 둘 중 하나로 결판이 나고 만다.

✛　　✛　　✛

홧김이었지만 회의실을 박차고 나온 다현은 검사실로 돌아오자마자 책상 서랍 깊숙한 곳에 넣어 두었던 하얀 봉투를 꺼내 들었다.

봉투 앞면에 반듯하게 적힌 글씨엔 그녀의 고심이 고스란히 깃들어 있었다.

"이게 뭐야."

그녀의 고심이 깃든 봉투는 기척도 없이 검사실로 들어온 이헌의 손에 뺏기고 말았다.

뒤에서 훅 들어온 그의 손에 사직서를 뺏긴 다현은 깊은 한숨을 뱉으며 의자에 주저앉아 거칠게 머리카락을 쓸어 넘겼다.

"선배 좌천되고 돌아왔을 때, 또 이런 일 생길까 봐 미리 써 둔 거예요."

"하……."

"설마 했는데 역시나 이런 일이 또 생기네요."

그녀의 반듯한 글씨가 적힌 봉투를 가만히 바라보던 이헌은 망설임도 없이 다현의 고심을 찢어 버렸다.

텅 빈 휴지통에 그녀의 고심이 버려지고 만다.

"너 하나 사표 낸다고 상황이 변할 거 같아?"

고개를 치켜든 다현은 화를 참느라 인상을 찌푸리고 있는 이헌과 시선을 마주했다.

"아니. 눈 하나 깜빡 안 해. 네가 뭔데. 일개 평검사에 이제 겨우 특수부 검사 단 녀석이 사표 낸다고 누가 신경이라도 쓸 거 같아?"

잔인한 말이었지만 사실이었다. 고작 4년 차 검사 한 명 검찰을 나간다고 태초부터 이어져 온 일에 균열이 생길 리 없었다.

알지만, 그래서 더 발버둥이라도 쳐 보려고 쓸데없는 시간 낭비를 하고 말았다.

사직서 한 줄 쓰는 데 몇 시간을 고민했다.

검찰 조직이 바라는 검사가 될 수 없어 사직합니다.

그 한 줄이 참 버겁고 무거웠다.

"이런 일 생길 때마다 책상 지키고 있는 거, 너무 한심해서 쪽팔릴 지경이에요."

비일비재한 일이란 걸 알고 있다. 그래도 일말의 기대감이란 것이 있었다. 불가항력이겠지만 누군가는 치열하게 저항하며 버티고 버티다 종국엔 무릎을 꿇게 되는 일인 줄 알았다.

지난번과 똑같은 상황 속에서 그 누구도 반기를 들지 않았다.

수사 지휘 검사의 좌천을 목도한 뒤, 더욱 몸을 움츠리고 사리는 분위기를 그녀는 감지하고 말았다.

그런 일을 겪고 나면 내성이 생길 법도 한데, 더욱 격렬하게 살아남으려고 저항할 만한데 그 누구도 치열하지 않았다.

심지어 눈앞에 올곧은 검사 문이헌조차.

"권다현 검사님. 진정해."

화를 참는 다현의 얼굴이 잔뜩 경직돼 있었다. 이헌은 가만히 그녀를 바라보다 손을 뻗어 어깨를 토닥이며 말했다.

"여기에 그거 모르는 사람 없어. 다 알지만 할 수 있는 게 아무것도 없는 거야."

"왜 없어요. 왜 아무 노력도 하지 않아요."

"······포기한 거야."

이제 와서 수십 년 이어져 온 일이 바뀌지 않는다는 걸 너무나도 잘 알기에.

"발악해도 안 되니까 전부 놔 버린 거야."

그와 같은 검사가 없었을까.

누군가는 그와 같이 항변하고 숱하게 반기를 들었지만 털끝만큼도 변하는 것이 없었을 뿐이다.

뭘 해도 안 되니까 무능한 검찰이라는 프레임 속에 갇혀 같이 손가락질 받기 싫은 검사들은 그렇게 조직을 떠났다. 남아 있는 이들은 그 속에서 어떻게든 살아남으려 순응하게 됐다.

그렇게 십수 년을 이어져 온 관행은 뿌리가 썩어도 변하지 않았다.

"그래서 선배도 이젠 포기하고 놔 버린 거예요?"

또다시 좌천당할까 봐 두려운 거냐는 물음이었다. 다현은 입술을 지그시 깨물며 이헌의 대답을 기다렸다.

이윽고 그의 입가엔 옅은 미소가 그려졌다.

"내가 그렇게 믿음이 없나?"

초조한 기색이 역력한 다현을 보며 그는 그녀의 머리를 가볍게 헝클어뜨렸다.

"권 검사는 선배가 무능해 보이나?"

사납게 일그러져 있던 그녀의 입꼬리에도 평온이 깃드는 순간이었다.

"어떻게 잡은 기횐데, 다 잡은 걸 놓치는 건 하수나 하는 짓이지."

별일 없이, 탈 없이 순조롭게 수사가 진행된다고 안일하게 생각했다가 뒤통수를 맞기는 했지만 이헌은 큰 자상을 입지는 않은 듯했다.

매도 맞아 본 놈이 잘 맞는다고 한 번 겪었던 일이라 그런지 생각보다 타격이 크지 않았다.

그저 속으로 차분히 생각하고 정리할 시간이 주어졌을 뿐이었다.

"지금 당장 내가 할 수 있는 건 빈틈없이 재판 준비하고 있는 말 잘 듣는 검사 시늉하는 거야."

이헌의 말을 곱씹을수록 머릿속이 복잡해지기만 했다. 다현은 책상에 걸터앉아 있는 이헌의 앞으로 의자를 바짝 당겨 앉아 그의 말간 얼굴을 올려다보며 입을 뗐다.

"문 검사님은 정말 속을 알 수가 없어요."

남들보다 한발 앞선 이헌의 생각을 도통 읽을 수 없었다. 무슨 생각을 하고 있는지, 계획이 뭔지, 그런 게 있긴 한 건지 종잡을 수 없는 그의 행동에 그녀는 혀를 내두르고 만다.

"그래서, 싫어?"

다현은 고개를 내저었다. 검사로서는 최적화된 남자라는 사실은 오늘도 변함없었다.

동료 검사들에게조차 자신의 플랜을 읊지 않는 조심성 많은 검사기도 했다. 그래서 그녀에게조차 말을 아끼고 또 아꼈다.

종잡을 수 없는 남자지만 그녀가 선배 검사로 존경해 마지않는 이유기도 했다.

"이제 진정이 좀 됐어?"

이헌의 물음에 다현은 쓰게 웃으며 고개를 끄덕였다. 하지만 여전히 선배 검사들에 대한 실망감은 감출 수가 없었다.

그들도 나름의 고충이 있고 생각이 있을 테지만 각자의 목소리를 낼 수 없는 상황이 안타까울 뿐이었다.

"밥 먹으러 가자."

다현의 머리를 쓰다듬던 이헌은 그녀의 손을 잡아끌었다. 얼떨결에 자리를 박차고 일어난 다현은 뒤로 밀려난 의자를 힐끗 쳐다보고는 그의 손에 이끌려 검사실을 나와야만 했다.

"종일 아무것도 안 먹었잖아."

이 상황에 무슨 밥이냐고, 밥이 넘어가느냐는 듯 자신을 바라보던 다현이 채 입을 열기도 전에 그가 먼저 선수를 치고 나섰다.

코앞으로 다가온 재판 때문에 식음을 전폐했다고밖에 볼 수 없는 다현의 상태를 그는 걱정했다. 속이 비어서 신경이 더 날카로운 거라고, 그래서 회의실에서 유난히 날카롭게 반응한 거라고 생각하며 다현을 끌고 나왔다.

이것 역시 갈팡질팡하는 후배를 달래는 선배의 묘책 중 하나였다.

다현을 이끌고 복도로 나온 이헌은 멍하니 서 있는 그녀에게 엘리베이터에서 기다리라는 말을 남기곤 회의실로 걸음을 재촉했다.

이헌은 회의실 문을 열기 전에 반대편 복도 쪽으로 시선을 힐긋거렸다. 터덜터덜 걸어가는 다현의 뒷모습을 확인하고 나서야 그도 회의실로 들어섰다.

"어떻게 됐어?"

"때려치우겠다고 안 하지?"

"잘 달래 준 거 맞지?"

"네가 욕먹은 건 아니지?"

이헌이 회의실에 모습을 드러내자마자 질문이 사방에서 쏟아져 나왔다. 못 해 먹겠다고 신분증을 던지고 나가 버린 후배를 걱정하는 마음에서 비롯된 질문들이었다.

회의가 끝났는데도 여전히 회의실을 비우지 못하고 초조한 기색으로 앉아 있는 선배들을 보며 이헌은 내팽개쳐져 있는 다현의 검사 신분증을 집어 들며 빙그레 미소 지었다.

"애 밥 좀 먹이고 오겠습니다. 다들 늦었는데 식사하세요."

냉기만 가득한 이헌의 만면에 미소가 드리우자 안도의 숨이 일제히 탄식처럼 터져 나왔다.

막내 검사의 책상이 빠지는 건 아닌지, 10층에서 다현의 검사실이 사라지면 어떻게 하나 하던 걱정들을 순식간에 불식시키며 이헌은 회의실을 나왔다.

문이 닫히자마자 늦은 저녁 겸 야식 메뉴에 대한 열띤 토론이 벌어지기 시작한 모양인지 시끌벅적했다.

선배들이 나오기 전에 걸음을 재촉한 이헌은 엘리베이터 앞에 팔짱을 끼고 서 있는 다현의 등 뒤로 다가섰다. 그는 이윽고 그녀의 허리를 감싸 안으며 팔을 뻗어 엘리베이터 버튼을 눌렀다.

"뭐 먹고 싶어?"

인기척도 없이 허리로 훅 들어온 이헌의 단단한 팔에 흠칫 놀란 다현은 팔짱을 풀며 놀란 가슴을 쓸어내렸다.

"귀신 아니죠? 기척 좀 하고 다녀요. 제발."

넋을 놓고 있느라 뒤에서 누가 다가와도 알아차리지 못한 다현은 괜히 팔꿈치로 이헌의 옆구리를 쿡 찌르며 투덜댔다.

누가 보기라도 할까 봐 전전긍긍하며 텅 빈 복도를 살피는 건 덤이었다.

"뭐 먹고 싶냐니까."

허리를 감싸 안은 이헌의 팔을 끌어당기며 그의 품에서 벗어나려 힘을 써 봐도 역부족이었다. 결국 다현은 누가 오진 않을까 복도를 힐긋거리며 빨리 오지 않는 야속한 엘리베이터를 기다려야 했다.

"아무거나 먹어요."

입맛이 달아난 지 오래였다.

이헌의 손에 끌려 나오긴 했지만 밥 생각이 조금도 없었다. 엘리베이터에 올라타서 1층 버튼을 누를 때까지 분명 그랬다.

"매운 갈비찜?"

품 안에서 다현이 미세하게 움찔거리는 것을 느낀 이헌은 작게 웃음을 터트렸다. 그녀가 뭘 좋아하고 싫어하는지 이미 오래전에 파악이 끝나 있었다.

"치, 매운 거 잘 먹지도 못하면서."

양은으로 된 양푼에 나오는 새빨간 갈비찜이 눈앞에 아른거렸다. 하지만 이헌이 매운 것을 잘 먹지 못한다는 걸 알게 된 다현은 고개를 내저었다.

금세 군침 돌게 만드는 새빨간 맛은 극도로 쌓인 스트레스를 푸는데 그만이었다. 오늘 같은 날은 매운 갈비찜이 아니라, 그냥 캡사이신을 통째로 들이켜도 좋을 듯했다.

"잘 못 먹는 거랑 입에도 못 대는 건 다른 거야."

"오늘은 선배가 좋아하는 불고기 전골 먹으러 가요."

온종일 아무것도 먹지 못한 건 비단 혼자만의 일이 아니었다. 이헌역시 한 끼도 먹지 못했다는 걸 알기에 다현은 하얀 쌀밥만 축낼 가능성이 농후한 그를 데리고 스트레스를 풀러 갈 수 없었다.

"퇴근하면 집에 가서 갈비찜 먹자."

당분간 기약 없는 퇴근이었지만 다현은 고개를 끄덕였다. 내일이라도 당장 집에 가고 싶은데 1차 공판이 끝날 때까진 무리지 싶었다.

그렇게 엘리베이터에서 내린 두 사람은 언제 그랬냐는 듯 서로의 품을 벗어나 나란히 걸으며 지검을 빠져나왔다. 그리고 자연스레 자주 가는 백반집으로 향했다.

"열대야가 끝났나 봐요."

며칠째 불볕더위가 기승을 부리는 통에 해가 진 후에도 더위가 이어졌다.

그러나 그 더위마저 다른 세상의 일이었다. 열대야를 느낄 새도 없이 폭염은 잦아들었고 여름이 끝을 향해 달려가고 있었다.

"폭염 주의라고 재난 문자만 실컷 받았네."

"에어컨 밑에서 누구보다 시원한 여름을 보냈네요."

여름이 찾아온 무렵부터 끝나 가려는 지금까지 중앙 지검 10층을 온전히 벗어나지 못했다. 특수부로 발령을 받은 뒤 다현은 자신의 행동반경이 전보다 더 좁아진 느낌을 떨칠 수 없었다.

동부 지검에 있을 때보다 몸이 열 개라도 부족한 건 말할 것도 없었고, 하루에 한 끼를 온전히 먹는다는 것이 얼마나 감사한 일인지 깨닫게 되었다.

다 먹고 살자고 하는 일인데 스트레스는 스트레스대로 왕창 받고 밥은 제때 먹지 못해 영양도 부족했다. 거기다 잠도 제대로 자지 못해 정신이 맑지도 못했다.

체력도 부족해 건강만 해치는 기분이었다. 매번 이런 식이면 다시 동부 지검으로, 그도 아니면 서부나 북부 지검으로 발령을 내 달라고 생떼를 부릴 수도 있을 것 같았다.

"재판 끝나면 좀 쉬어."

손을 잡아 오는 이헌을 힐긋 쳐다보며 다현은 고개를 끄덕였다. 재판이 끝난다고 밀린 휴가를 쓸 수 있을 거라는 생각은 하지 않았다.

그냥 그의 걱정이 좋아서 토를 달지 않고 그러겠다 끄덕일 뿐이었다.

양심이란 게 남아서 항소를 하지 않는다면 가을이 가기 전에 골드서클에 관한 재판은 끝나겠지만, 비자금과 뇌물 혐의로 엮인 대기업들의 재판은 올해를 넘겨 내년까지 이어질 가능성이 농후했다.

밀린 휴가는 둘째 치고 재판이 끝날 때까지 출퇴근만 정시에 할 수 있으면 소원이 없을 것 같았다.

"내년 상반기 인사이동 때 형사부로 옮겨 달라고 말해 볼게."

백반집 간판이 보일 때쯤 이헌이 말했다. 그의 손을 꼭 잡은 채 한 발짝 앞서 걸어가던 다현의 발걸음이 우뚝 멈춰 섰다.

뒤돌아 이헌을 바라본 그녀는 자신이 잘못 들었나 싶어 고개를 갸웃 거렸다. 그가 아무런 대꾸가 없는 걸 보면 잘못 들은 것도, 실언도 아닌 진담인 듯했다.

"그 정도 입김은 가능해."

하반기 인사이동에 특수 1부는 배제된 상황이었다. 현재 맡은 사건이 끝나지 않아 담당 검사를 바꿀 수 없는 탓이었다.

다현이 맡은 골드서클은 재판만 끝나면 더는 손댈 일이 없으니 내년 상반기 인사이동엔 그녀가 부서를 옮겨도 무리는 아니었다.

그가 후배의 인사이동에 영향력을 발휘할 수 있는지는 다현에게 그다지 중요하지 않은 듯했다.

그저 이헌이 자신을 걱정하다가 답지 않게 시간 낭비를 할까 봐 그것이 더 걱정이었다.

"싫어요."

"권다현."

다현은 이헌의 팔을 붙든 채 단호히 고개를 내저었다. 그러지 말라고.

"지금 특수부에 온 것도 할아버지 입김이라는데, 아무것도 해내지 못하고 다른 데로 옮겨 가면 할아버지 체면도 내 체면도 선배 체면도 엉망 되는 거예요."

"지금 잘하고 있어. 골드서클, 너 아니었으면 이만큼 못 끌고 왔어."

이헌이 맡았다면 이보다 더 잘했을 거라고 생각했다. 다른 선배들이 맡았어도 감정 하나 얽히지 않고 말끔하고 깔끔하게 끝냈을 거라고 굳게 믿었다.

괜히 피의자들과 사적으로 얽혀 있는 탓에 시간을 좀먹은 느낌은 가시지 않았다.

"특수부에선 시도 때도 없이 외압이 들어와. 지금 제대로 컨트롤 못 하면 그거 못 견뎌."

멘탈을 붙잡지 못하고 아까처럼 또 마구잡이로 흔들리면 특수부에서 견딜 수 없다는 말이었다.

입 안이 텁텁해지고 목이 탔다.

재벌 수사를 할 때면 돈을 쥔 권력으로 흔들어 대고 정치인을 수사할 때면 여당, 야당 할 것 없이 압박해 올 테니 그게 뭐가 됐든 골치 아픈 건 똑같았다.

"두 번 당했으니까 세 번째는 지금보다 더 나아지겠죠. 네 번째는 어쩌면 선배들처럼 초연해질지도 모르고."

"세상은 동화처럼 아름답지 않아."

네 번째는 물론 다섯 번째, 여섯 번째를 넘어 백 번이 넘을 수도 있었다.

이헌은 다소 핼쑥해진 그녀의 말간 뺨을 어루만졌다.

"네 번째도 못 견디겠으면 그때 얘기할게요."

뺨에 닿은 이헌의 손을 감싸 쥐며 그녀는 해맑게 말했다. 자신의 걱정은 그만해도 된다고.

현재의 자리에서 최선을 다해 볼 생각이다.

검사로서 자신의 그릇이 절대 작지 않다는 걸 보여 주고 싶은 마음이 자라났다.

언제까지 마냥 막내 검사로 남아 있을 수 없었다. 아닌 걸 아니라고 말하지 못하고 감내하는 선배들의 마음을 모르지 않았다.

그러니 더는 철없이 투정 부리는 걸 멈춰야 할 때였다.

"권다현 검사님, 장하네."

이헌이 머리를 쓰다듬으며 환하게 미소 지었다.

후배 검사에게 불의를 보고 참는 것도 한 가지 방법이라는 걸 이해시키고 가르쳐야 한다는 것이 못내 씁쓸했지만, 그는 불온한 마음을 한 자락도 내비치지 않았다.

"밥 먹고 후식은 아이스크림 어때요?"

달콤함이 필요한 때였다. 이헌은 고개를 끄덕였다.

다현을 만난 뒤 식성이 묘하게 그녀 위주로 흘러가고 있었지만, 대수롭지 않았다.

인생에 한 스푼 정도 달달함은 필요한 법이었다.

─문이헌 검사?

낯선 전화번호는 언제나 프리패스처럼 수신을 거부하던 이헌은 뭔가에 홀린 듯 통화 버튼을 눌렀다.

"네. 누구십니까."

─대검 권수찬 차장 검사네.

수화기 너머에선 생각지도 못했던 직함과 그 주인공의 목소리가 들려왔다. 순간 보글보글 끓는 불고기 전골을 국자로 휘젓고 있는 다현의 눈치를 살피며 이헌은 식당 밖으로 나와 전화를 받아야 했다.

"……안녕하십니까. 먼저 찾아뵙고 인사드렸어야 했는데, 죄송합니다."

수화기 너머의 사람에게 유난히 깍듯한 이헌이었다. 그가 대검 차장 검사라서가 아니라 다현의 부친이기 때문에 가능한 일이었다.

—그럴 시간이나 있었어야 말이지.

웃음기 가득한 목소리가 들려왔다. 잔뜩 긴장하고 있던 이헌의 마음을 달래 주는 듯한 차분하고 경쾌한 음성이었다.

—바쁠 테니까 용건만 하지.

"예. 말씀하세요."

—정호연 총장이 장현한테 제법 받은 모양이야.

그가 이 늦은 시간에 굳이 직접 전화를 건 이유가 장현 회장 때문이라는 것이 드러나는 순간이었다.

사방천지 장 회장을 궁금해하지 않는 사람이 없었다. 그 사실은 그가 검찰에 지대한 영향력을 끼치고 있다는 것을 단편적으로 보여 주는 예였다.

불행 중 다행이라면 권수찬 차장 검사는 차기 검찰 총장으로 거론되고 있었다. 그뿐만 아니라 중립을 지키며 검찰 총장과 노선을 완벽히 달리하는 인물로 검찰 내부에서 유명하기도 했다.

정권의 눈엣가시가 된 정호연 검찰 총장에 대적할 유일한 인물이라는 정치적 관점에서도 그는 불의와 타협하지 않는 전형적인 검사였다.

물론 수찬의 뒤에 부친인 권석윤 전 검찰 총장이 있기에 그가 자신의 능력을 마음껏 발휘할 수 있었다.

"그 부분은 잘 알고 있습니다."

수찬에게 장 회장에 관한 자신의 플랜을 숨겨야 할지 드러내야 할지 이헌은 곰곰이 생각에 잠기기 시작했다.

검찰 총장이 장 회장에게 오래전 뇌물을 받은 사실을 알고 있다는 건 굳이 숨기지 않았다. 그 점에 대해선 검찰 내부에서도 알면서 쉬쉬하는 일이었으나 석원기 이사가 건넨 USB 덕분에 혐의가 입증됐다고 할 수 있었다.

—총장이 지검장한테 다이렉트로 지시를 내린 거야.

긴말이 필요 없었다.

부장 검사를 통해 이미 총장의 지시라는 것을 들었지만 그 위에 다른 누가 있을 거라고 막연하게 짐작만 하고 있었던 이헌은 입 안이 쓰기만 했다.

장현 회장을 배제한 채 기소를 하라는 지검장의 지시가 어디서부터 내려온 것인지 보다 명확해지는 순간이었다.

—청와대도 장관님도 여전히 확고한 상태야.

대통령과 법무부 장관의 생각은 전과 변함이 없다는 말이었다.

마약 사건까지 터지면서 여야 막론하고 대통령 비서실장의 딸까지 연루된 상황에서 국민들은 정권 자체를 비판하며 정치권에 쓴소리를 아끼지 않았다.

이런 상황에서 장현 회장을 눈감아 준다는 것은 어불성설이라는 윗선의 입장이 여전하다는 것에 이헌은 안도했다.

—이번에 봐줬다간 앞으로 검찰은 장 회장 꼭두각시 노릇만 하게 되겠지.

수화기 너머에서 들려오는 수찬의 음성이 매섭기만 했다.

"지검장님은 총장님과 뜻이 같습니다."

—총장이랑 지검장이랑 고향 선후배 사이지.

두 사람이 노선을 같이한 까닭은 고작 고향이 같다는 이유였다. 검사로서의 입장은 안중에 없었다.

그저 정치적으로 얼마나 더 높은 자리에 올라갈 수 있는지, 어떻게 해야 매 정권 살아남을 수 있는지 그것이 더 중요한 이들에겐 동향이라는 것이 제법 잘 먹혀들었다.

"장현 회장은 단독으로 진행할 생각입니다."

이헌은 다소 경직된 표정으로 말했다. 자신의 플랜을 그 누구도 아닌 권수찬 차장 검사에게 말하는 것은 적어도 그는 뒤에서 공작을 펼칠 사람이 결코 아니란 답을 얻어서였다.

장 회장의 꼭두각시 노릇은 하지 않겠다는 의중이 담긴 단단한 그 음성이 생각 많은 이헌을 붙잡고 말았다.

─단독?

"이번 사건에 연루된 K그룹 임원들과 같이 묶어서 가기엔 처음부터 시간이 없었습니다. 그래서 애초에 공판 자체를 따로 진행할 생각이었습니다."

피의자들의 구속 여부가 불확실했다. 판사가 구속 영장을 기각하는 순간 검찰의 시야에서 벗어난 이들이 장 회장과 무슨 뒷거래를 할지 알 수 없었다. 그리고 석원기 이사처럼 그에게 매수당하는 일이 벌어질지 몰랐다.

그렇게 된다면 장 회장을 조사실에 앉혀 두는 일이 생각보다 오래 걸릴 수 있었다. 해서 이헌은 처음부터 장 회장을 따로 놓고 K그룹 비자금 사건을 별개로 진행했다.

피의자들의 구속을 반드시 끌어 낼 생각으로 강도 높은 참고인 조사를 하느라 이틀을 꼬박 매달려 있었다. 불행 중 다행이라고 K그룹 임원들에 대한 구속 영장은 곧바로 발부됐다.

남은 것은 재판을 진행하며 그들의 입을 통해 장 회장을 음지에서 양지로 끌어내는 것뿐이었다. 재판정에서 내뱉은 말은 결코 주워 담을 수 없는 쏟아진 물과 같으니까.

─눈속임으론 총장이 믿지 못할 거야.

"시간이 더 걸리겠지만 장현 회장, 이번엔 절대로 놔줄 생각이 없습니다."

그는 단호했다. 검사로서 해서는 안 될 내부 기밀 문건을 언론사에 유출하면서까지 장현 회장을 비롯해 지난 사건에 연루됐던 이들에게 합당한 죗값을 받게 하려 했다.

옷 벗을 각오로 시작된 이번 일이 또다시 꼬리 자르기로 거둬들인 잔챙이들만 손에 넣고 끝낼 수 없었다.

검사 신분증을 반납할 때 반납하더라도 능구렁이 같은 장 회장을 제 손으로 재판정에 앉혀 둘 생각이었다.

─문 검사가 특수부에 있어서 다행이야.

수화기 너머의 음성이 한결 부드러워졌다.

"전화 주셔서 고맙습니다."

─다현이랑 같이 밥 먹으러 와.

"조만간 찾아뵙겠습니다."

그렇게 수찬과의 전화가 끝났다.

그는 다현의 부친이 아닌 철저히 대검 차장 검사로 후배 검사에게 정보를 주기 위해 개인적으로 전화를 걸어 왔다.

여자 친구의 아버지가 아닌 선배 검사로 수찬과 통화를 마친 이헌은 서둘러 식당 문을 열고 들어와 젓가락을 입에 물고 있는 다현의 맞은편에 앉았다.

"먼저 먹으라니까."

"누구랑 전화를 그렇게 오래 해요?"

굳이 나가서 받는 정성까지 보이며 누구와 통화를 한 것인지 궁금한 다현은 젓가락을 내려놓으며 큰 눈을 껌뻑였다.

"대검 차장 검사님."

다현을 빤히 바라보던 이헌은 대수롭지 않게 툭 내뱉고 숟가락을 들었다.

"대검 차장 검사님이면…… 우리 아빠?"

밥맛이 뚝 떨어지는 소식이었다. 평소 무뚝뚝하고 무관심한 부친이 이 시간에 이헌에게 전화를 걸어 왔다니.

그의 전화번호를 아는 건 그다지 어려운 일이 아니었다. 검찰 비상 연락망을 통하면 아는 거야 식은 죽 먹기보다 쉬운 일이니 그다지 놀랍지도 않지만, 그 상대가 이헌이라는 것이 문제였다.

"아, 아빠가 왜!"

당황한 기색이 역력한 다현을 보며 이헌은 손에 쥐고 있던 자신의 숟가락을 그녀의 손에 꼭 쥐어 줬다.

"권다현 아버지가 아니라 대검 차장 검사로 전화하신 거야."

그러면서 그녀의 앞에 가지런히 놓인 숟가락을 가져와 시원한 콩나물국을 떠먹었다.

"무슨 얘기 했어요?"

권다현 아버지든 대검 차장 검사님이든 중요한 건 직책이 아니었다. 일면식도 없는 사이에서 부친이 이헌에게 먼저 전화를 걸었다는 사실만이 다현에겐 중요한 듯 보였다.

무슨 대화를 나누면 불고기 전골 속의 당면이 불어서 몸집을 부풀릴 때까지 전화를 붙잡고 있을 수 있을까.

이헌의 대답을 기다리며 다현은 물컵을 집어 들었다. 찬물을 들이켜며 이헌을 빤히 쳐다보던 그녀는 곧 그의 입에서 김빠지는 대답을 듣고야 만다.

"비밀이야."

입꼬리가 쓱 올라간 이헌의 얼굴이 개구쟁이 아이처럼 보였다. 얄미워 죽겠다.

"식사나 하세요. 권다현 검사님."

그의 앞에 놓인 밥그릇을 뺏고 싶은 걸 꾹 참으며 다현은 하얀 쌀밥을 푹 떠서 한입 가득 밀어 넣었다.

그 모습을 힐긋거리는 이헌의 얼굴엔 여전히 미소가 번져 있었다.

골드서클 첫 공판이 며칠 남지 않았다.

다현이 특수부로 발령이 난 뒤 첫 재판이기도 했다. 혼자 맡게 된 재판이라 자칫 실수할 수 있었다. 흔한 형사 재판이 아니라 마약이 연관

된 거물급들의 재판이기 때문이다.

공판 전 재판장이 공판 준비 절차를 요청하면서 검사와 피고인 측에 서면으로 제출을 원했다.

피고인만 12명이었다. 해서 담당 판사는 모두 서면으로 제출하라는 요청을 해 왔고 다현은 골드서클의 대담한 마약 파티의 실태를 적나라하게 서면으로 작성 중이었다.

마지막 마침표를 찍은 다현은 기지개를 켰다. 블라인드가 반쯤 내려간 창문 밖으론 어느새 눈살이 찌푸려질 만큼 강렬한 햇볕이 그녀를 기다리고 있었다.

뻐근해진 목을 이리저리 움직이며 손목시계를 확인했다. 어느새 오전 11시였다.

상해에서 압송되어 오는 이준호를 마중 나간 수사관과 혹시라도 누락된 증거물이 있진 않을까 확인하러 간 실무관이 없어 다현은 오롯이 혼자였다.

공판 준비 절차를 위한 서면을 제출한 그녀는 아무도 없는데도 누가 보기라도 할까 싶어 눈치를 살피며 인터넷 창을 켰다.

포털 사이트의 뉴스 메인 페이지엔 온통 이번 사건에 관한 언론사들의 입장이 적나라하게 드러난 기사들이 판을 치고 있었다.

댓글은 그야말로 난장판으로 진흙탕 싸움도 이보다는 덜하지 싶을 만큼 소위 악플이라 불리는 댓글들이 주를 이뤘다.

골드서클에 관해선 이렇다 할 수사 진행 상황을 일절 브리핑하지 않고 있기에 기자들이 집어 나른 정보들로 범벅이 된 카더라식의 기사들이 주를 이뤘다.

그중에 SC항공사 사주의 딸이자 전무로 근무했던 정은아에 관한 기사도 보였다.

정은아는 조사 이후 마약 밀반입 혐의가 아닌 관세법 위반 혐의로 기소를 한 상태였다.

항공사 관계자들과 정은아의 진술이 일치했다. 그 누구도 고가의 가구와 미술품, 주류를 몰래 들여오면서 그 속에 마약을 숨길 거라고 생각하지 못한 것이다.

정은아에 대한 불구속 기소가 이뤄졌고 공판은 다음 달로 잡힌 상태였다. 특수한 상황만 없다면 재판부의 선고는 검사의 구형에 딱 절반에서 집행 유예로 끝나지 않을까 전망하고 있었다.

어차피 핵심은 정은아의 관세법 위반 혐의가 아니었다.

그 혐의가 인정된다면 장민준의 혐의 또한 재판부에서 인정할 수밖에 없는 상황이 전개될 터였다.

똑똑.

인터넷을 점령한 국민들의 분노에 찬 댓글들을 보던 다현은 노크 소리에 서둘러 창을 닫아 버렸다. 절대 인터넷을 보지 말라던 선배들과 이헌의 말을 청개구리처럼 듣지 않은 탓에 걸릴까 봐 조마조마해 심장이 세차게 뛰어 댔다.

"들어오세요."

언제 그랬냐는 듯 컴퓨터 전원을 대기 상태로 바꿔 놓은 다현은 곧바로 문이 열리고 들어온 수사관을 보며 몸을 일으켰다.

"이준호 조사실에서 대기하고 있습니다."

지난 사건에서 엮여 나와 부실기업에 불법 대출을 해 준 한영식 은행장과 더불어 뇌물 수수 혐의로 현재 2차 공판을 준비 중인 이경제 의원의 아들인 이준호를 드디어 한국으로 붙잡아 왔다.

"마지막 남은 피의자네요."

이로써 골드서클 마약 리스트에 거론된 인물 모두가 한자리에 모이게 됐다.

장민준보다 그 죄질이 더 무거운 이가 이준호였다.

"약물 검사 결과입니다."

그는 해외에서 수년 전부터 골드서클에 마약을 공급해 왔고 그것에 물든 장민준이 직접 움직여 그 규모가 사교 모임 전체로 번지게 됐다.

현재 상해와 홍콩 현지에서 마약 공급을 전문적으로 하고 있는 것으로 파악된 상태였다. 섬유 수출 사업체를 버젓이 페이퍼 컴퍼니로 운영하면서 일본 등지에도 밀매하는 것으로 상해 현지 경찰을 통해 확인했다.

다현은 깊게 심호흡을 하며 조사실 문을 열었다.

"먼 길 오시느라 고생하셨습니다."

수갑을 손목에 찬 이준호는 깍지를 끼고 테이블에 바짝 당겨 앉아 눈을 마주치며 웃었다. 자포자기의 심정으로 웃는 게 아닌 것만은 분명했다.

다현은 맞은편에 앉아 수사관이 전달한 그의 약물 검사 결과표를 들여다봤다.

음성

소변 검사와 모발 검사 결과 마약 반응은 나오지 않았다고 적힌 결과지를 다현은 가볍게 내려놓았다.

"오랜만이네."

고개를 든 다현과 눈을 마주치자마자 이준호가 미소를 머금은 채 말했다. 그의 안부 인사에 그녀는 살짝 눈살을 찌푸렸다.

정은아도 그러더니 이 사람까지 오랜만이라며 아는 체를 해 온다.

일면식이 전혀 없었다. 정은아는 오다가다 한 번쯤 지나쳤을지 몰라도 고교 졸업 이후 상해에 거주하기 시작한 이준호와 오다가다 만났을 리 없었다.

"우리가 아는 사인가요?"

이준호에 관한 자료들을 한 장 두 장 넘기며 그의 시선을 회피한 다현이 넌지시 물었다. 그러자 이준호는 실소를 터트리며 고개를 끄덕였다.

"권 검사님은 몰라도 나는 잘 알죠. 민준이 절친 아닙니까."

"언제 적 얘기를 하시는 건지 모르겠습니다."

그놈의 장민준. 지겨워 죽겠다. 다현은 정색했다. 눈빛이 확 바뀐 그녀를 보며 이준호는 등받이에 몸을 기댄 채 수갑을 찬 두 손을 테이블 아래로 떨어트렸다.

"골드서클 내에서 이뤄진 마약 거래 내역입니다."

지난번에 준비해 놓았던 증거 자료들이었다. 폐기해 버리라던 부장 검사의 지시를 어기고 몰래 하나도 빠짐없이 챙겨 둔 덕분에 재판 준비에 큰 무리는 없었다.

그중 하나인 골드서클 멤버들의 계좌 내역을 이준호 앞에 내밀었다.

단번에 알아보기 어려웠지만 색색의 형광펜으로 칠해 놓아 거래된 내역의 흐름은 어렵지 않게 파악할 수 있었다.

출입금 내역의 금액이 일정했다. 나름 머리를 써서 여러 명의 계좌를 통해 이동한 돈의 최종 목적지는 장민준이었다. 그는 다시 그 계좌를 자신이 소유하고 있는 K그룹의 차명 계좌를 통해 이준호에게 마약 대금을 보냈다.

"30%가 이준호 씨 아내 명의의 통장으로 매달 입금된 것을 확인했습니다."

그는 자신의 계좌도, 그렇다고 차명 계좌도 아닌 아내의 개인 계좌로 마약 판 돈을 입금받았다. 등잔 밑이 어둡다는 속담을 잘 이용하고 있었던 그는 아내의 계좌 거래 내역을 보며 쓰게 웃었다.

"장민준과 함께 상해는 물론 홍콩에서도 자주 만난 사실을 확인했습니다. 여기 두 사람이 홍콩으로 출국한 날짜가 일치하는 출입국 기록입니다."

이준호는 검사가 내미는 증거 자료들을 보면서 한 마디도 하지 않았다.

"상해에서도 마약 유통으로 수배 중이었던 걸로 압니다. 한국보다 중국이 더 마약에 관대하지 않은 건 잘 아실 겁니다."

"……."

"마약 복용보다 유통한 죄질이 더 무겁다죠?"

중국은 마약 유통을 한 자에 대해선 그 죄질을 무겁게 여기며 15년의 유기 또는 무기 징역을 받고 재산 몰수를 하거나 극단적으로는 사형에 처하기도 했다.

잘 생각하라는 말인 동시에 한국 국적을 가진 한국인이라는 것에 다행이라 여기라는 소리였다.

현지 경찰도 처음 협조 공문을 보냈을 땐 선뜻 나서서 협조하겠다고 했지만, 막상 중대한 범죄를 저지른 범죄자를 내줄 수 없다는 입장을 표명했다.

그가 연루된 마약 사건이 한국 사회에 얼마나 악영향을 끼쳤는지 구구절절 설명해야만 했다.

특히 그가 국회의원의 아들이며 연루된 이들 모두 재벌 2, 3세와 정치권과 관계된 이들이라는 말이 가장 효과적으로 먹혀들었다.

"집행 유예를 받게 되면 이준호 씨는 다시 중국으로 송환될 겁니다. 약속했거든요. 범죄자가 다시 중국에서 활개 치지 못하게 하겠다고. 이건 외교적으로도 중요한 일입니다."

입을 닫고 있던 이준호의 표정이 험상궂게 일그러졌다. 범죄자로 다시 중국에 돌아가는 건 그의 플랜에 조금도 없던 일인 모양이다.

"나는 한국에서 마약이 합법인 줄 알았습니다."

그는 낯빛을 바꿔 심드렁하게 말했다. 입가에 걸린 조소는 여전했다.

"지금 마약 유통, 판매 모두 인정하신 겁니까."

중국으로 돌아갈 생각은 없지만 인정하지 않고는 달리 뾰족한 방법도 없었다. 눈앞에 펼쳐진 기본적인 증거만으로도 혐의가 인정되고 있었다.

그저 피의자의 자백이나 반성의 기미 따위를 보기 위해 마련된 조사가 뭐 그리 중요하겠는가 싶어 이준호는 눈썹을 꿈틀거리며 어깨를 으쓱였다.

"애들은 잘 있어요?"

수갑을 찬 손으로 귀를 매만지던 그가 넌지시 물었다. 애들이란 구치소에서 바닥을 기고 다니고 있는 약쟁이들을 말하는 거겠지.

"잘 있을 거 같습니까?"

"……."

"중독자들이 약 없이 맨 정신으로 얼마나 버틸 수 있겠습니까."

주기에 맞춰 약을 투약하던 이들이 검찰 조사가 무(無)로 돌아가자 폭주하듯 매일같이 마약을 즐겼다. 그 결과 나연수가 죽었고 최지은은 심각한 중독 증세를 보이며 매일같이 수액을 맞고 있다고 했다.

그나마 장민준의 상태가 제일 괜찮지만 그래도 멀쩡한 건 아니라고. 조금만 심기가 불편해도 난동을 부린다 했다.

"그렇게 만들어 놓은 장본인은 정작 마약에 손도 안 대셨네요."

"……."

"너무했네."

이준호는 마약 유통을 하면서도 단 한 차례도 그것에 손을 대지 않았다.

마약이란 것이 얼마나 지독한 것인지 직접 눈으로 본 탓이었다. 마약은 자신을 피폐하게 만들고 주변을 괴롭혔다.

한 가정의 가장인 그가 할 수 있는 일은 아니었다. 마약으로 돈을 벌지언정 그것에 좀먹어 가긴 싫었던 그는 허탈한 듯 웃었다.

"더 하실 말씀 있으십니까."

"……."

"없으시면 혐의 인정한 걸로 알고, 법정에서 뵙겠습니다."

그는 아무 말도 하지 않았다. 더 이상의 신문은 의미가 없다고 판단한 다현은 증거 자료들을 챙겨 서둘러 조사실을 나왔다.

이준호에 관한 공소장은 이미 작성을 해 둔 상태였고 오늘 신문한 내용만 첨부해 부장 검사의 결재를 받으면 곧바로 기소할 생각이었다.

골드서클에 관한 재판이 열둘. 이준호까지 열셋이었다. 텀을 두지 않고 한날한시에 모든 재판을 끝내려면 빨리 움직여야 했다.

"어……."

걸음을 재촉하던 다현은 조사실 복도에서 형사로 보이는 두 명의 남자 사이에 수갑을 찬 채 고개를 푹 숙이고 오는 석원기 이사를 발견하고 걸음을 멈췄다.

"어떻게 된 거예요?"

석원기 이사가 옆을 지나쳐 가자마자 뒤따라오던 이헌을 붙잡고 다그치듯 물었다.

연락 두절에 중요한 증거를 퀵으로 보내 놓고도 연락이 되지 않던 사람이었다. 수배하느니 마느니 하던 사람이 수갑을 차고 나타나자 어리둥절해진 다현은 이헌의 대답을 기다렸다.

"모텔 방에 숨어 있는 거 찾았어."

퀵서비스를 이용한 석원기가 지방으로 갔을 리 만무했다. 퀵서비스 업체 직원은 편의점에서 해당 물건을 픽업했다고 했다.

서울과 경기도를 중심으로 긴급 수배를 내렸고 카드 사용 내역, 위치 추적으로도 그의 행방을 파악할 수가 없어 지검을 나간 시점부터 택시 회사와 CCTV 기록을 전부 뒤졌다.

두 번에 걸쳐 택시를 갈아탄 그가 최종적으로 내린 목적지를 중심으로 건물 상가와 도로 CCTV를 모두 뒤졌다. 그 결과, 그가 모텔촌으로 들어가는 것을 확인한 후 수십 개의 모텔을 모두 뒤져 석원기를 찾아냈다.

"그럼 이제 끝난 거예요?"

K그룹 수사의 핵심 인물이자 마지막 피의자인 석원기 이사가 검찰 손에 들어왔다.

"몸통을 찾았는데 혼자 남은 머리가 얼마나 오래 가겠어."

그는 조사실로 들어가는 석원기 이사의 풀죽은 뒷모습을 바라봤다. 마치 주인에게 버려진 개 같았다. 사냥을 마친 죽기 전의 사냥개도 저보다는 나을 듯했다.

"고생해요."

이헌의 팔을 토닥이며 다현은 미소 지었다. 그는 가볍게 눈을 마주친 뒤 서둘러 조사실로 향했다.

며칠을 모텔 방에 숨어 있었던 석원기는 몰골이 말이 아니었다. 패색이 짙은 얼굴로 한껏 움츠러든 그는 이헌이 맞은편에 앉아 자신을 빤히 바라보는데도 고개를 제대로 들지 못했다.

"며칠 동안 숨어 계시느라 고생하셨습니다."

나지막한 목소리가 잔잔히 울렸다. 석원기는 고개를 슬쩍 들어 이헌을 곁눈질했다.

"자료만 넘긴다고 끝이 아닙니다."

혼자 모든 것을 짊어지고 자백하겠다고 찾아온 사람이 조사가 끝나자마자 행방이 묘연했다.

며칠 뒤 증거 자료가 담긴 USB를 보내 놓고도 여전히 연락 두절이었다. USB의 진위와 상세한 증언이 필요했다. 그러기 위해선 자료를 보관하고 있었던 석원기 이사의 진술이 절대적으로 필요한 상황이었다.

장현 회장의 팔다리라 불리는 전략 기획실 임원들은 여전히 잘 모른다며 묵비권을 행사하며 좀처럼 입을 열지 않았다. 그들의 곁엔 K그룹에서 붙여 준 법무 팀 변호사가 있기에 가능한 일이었다.

그들이 변호사가 아닌 감시자 자격으로 피의자 옆에 변호인으로 앉아 있다는 걸 모르는 사람은 아무도 없었다.

그래도 석원기 이사처럼 총대를 메겠다는 사람이 없는 것만으로도 다행이라고 해야 했다.

"……그거면, 장 회장이 시켜서 했다는 증거가 되지 않습니까."

그가 보내온 USB엔 장현이 K그룹을 이끌게 된 이후부터의 자료들이 담겨 있었다. 압수 수색 당시 전략 기획실 컴퓨터에 보관되어 있던 서류들은 조작된 서류라는 걸 입증하는 중요한 증거물이기도 했다.

석원기가 어떻게 자료들의 원본을 빼돌린 건지는 중요하지 않았다. 이미 장현 회장의 친필 사인이 담긴 서류의 스캔본까지 고스란히 담겨 있는 USB가 좋은 미끼가 될 수 있는지만 중요했다.

"시켜서 했다는 건, 어쨌든 했다는 거 아닙니까?"

"……."

"시켜서 하면 죄가 없다고 누가 그럽니까."

"이, 이건 말이 다르잖아요!"

자백하러 온 자신에게 회유하던 이헌이 태도를 바꾸고 나오자 석원기는 버럭 소리를 지르며 고개를 치켜들었다.

순간 날카롭게 번뜩이는 이헌의 시선과 마주치고 말았다.

피하긴 늦었다. 그의 눈빛은 심장을 꿰뚫는 것만 같았다. 숨이 차오르고 머릿속이 어지러웠다.

"혼자 짊어지지 말라고 했지 석원기 씨 죄가 없던 거로 된다는 말은 하지 않았습니다."

그의 말이 끝나기 무섭게 가쁜 숨이 터져 나오고 어깨가 축 늘어졌다. 수갑을 찬 손으로 마른세수를 하며 석원기는 고개를 떨구고 만다.

"그래도 가족들은 1, 2년 정도 살다 나오시면 볼 수 있겠네요."

다른 이들과 달리 적극적으로 조사에 임했기에 형량이 작게 나올 수 있다는 소리를 이헌은 에둘러 말했다.

"이젠 K그룹에서 변호사는 안 붙여 줄 거 같은데, 어떻게 하시겠습니까."

재판에 들어가면 무엇보다 변호사가 중요했다. 감시자로 붙여 뒀던 법무 팀 변호사의 지원을 더는 받지 못하게 된 석원기는 짙은 한숨을 내뱉으며 수갑에 묶여 불편한 손으로 주머니를 뒤적였다.

이윽고 그의 손에 잡힌 종이 쪼가리들이 테이블 위로 우수수 떨어졌다.

구겨진 영수증과 동전 몇 개. 반대쪽 주머니도 뒤적거려 안에 들어 있던 내용물을 쏟아 냈다. 마찬가지로 구겨진 영수증과 그 속에서 꼬깃꼬깃해진 명함을 찾아내 이헌에게 건넸다.

그는 석원기의 주머니에서 황금빛 명함이 나오자마자 눈살을 찌푸리고 어금니를 꽉 깨물었다. 황금빛으로 번쩍이는 명함을 받아 든 이헌은 굳이 그것을 들여다보지 않아도 알 수 있었다.

조금도 달갑지 않았다.

"저도, 돌파구가 있어야죠······."

"돌파구에 꽤 비싼 값을 지불하셨습니다."

명함을 내려놓으며 이헌은 조소했다. K그룹 전략 기획실 임원의 월급이라면 가능한 일도 아니지만 그건 어디까지 시니어 변호사에 한해서였다. 파트너 변호사는 그 수임료가 책정 불가였다.

그런데 석원기가 가지고 있던 명함 속 박상건 변호사는 파트너 변호사로, 시안에서도 승소율이 높아 수임료가 상당하다고 알려진 이였다.

"동창이라 싸게 해 준답니다."

지금 그걸 농담이라고 하는 건가. 석원기의 말에 이헌은 실소를 터트렸다.

"한 달이라도 덜 살다 나오는 게 제가 할 수 있는 최선이네요."

그의 입에선 연신 한숨이 쏟아져 나왔다. 고개를 떨군 채 손톱을 못살게 구는 피의자를 바라보는 이헌도 입 안이 쓰기만 했다.

"걱정하지 마세요······. 있는 죄를 없앨 방법 같은 건 모르니까."

사냥개가 쓰임을 다하고 주인에게 버려져 갈 길을 잃었다. 버려진 사냥개가 마지막으로 할 수 있는 일은 주인을 무는 일이었다.

17장

서울 시내가 내려다보이는 스위트룸.

소파에 앉아 태블릿 PC 화면 속 기사를 읽어 내려가던 남자는 커피한 모금을 마시며 흡족한 미소를 지었다.

한편 창틀에 걸터앉아 야구공을 만지작거리던 남자는 그런 친구의눈치를 살피며 조심스레 입을 뗐다.

"동생 면회는 안 갈 생각?"

"내가 간다고 반가워하지도 않을 거야."

처연하기만 한 말이었지만 음성은 담백했고 얼굴엔 미소가 잔잔히스며들어 있었다.

"하긴, 너랑 네 동생이랑 딱 봐도 안 맞아."

야구공을 하늘 높이 던지고 받으며 부산스러운 친구를 보며 남자는웃었다. 그의 시선은 친구가 던진 야구공을 따라가다 그 뒤로 펼쳐진풍경에 머물렀다.

서울이 이렇게 생겼던가?

기억도 잘 나지 않았다. 어디가 어딘지 알 수 없었다. 집으로 가는길은 잊은 지 오래였다.

초등학교를 졸업하기도 전에 한국을 떠났다. 낯선 미국에 홀로 떨어져 십수 년을 살았다.

자신에게 가족이 있었던가. 그의 기억 속 가족이라곤 야구를 좋아하는 헨리와 그의 양부모가 전부였다.

"주총까지 2일 남았어."

야구공을 던지던 헨리가 창틀을 벗어나 협탁 서랍에 넣어 두었던 서류 봉투를 꺼내 민혁에게 건넸다. 그는 태블릿 PC를 소파에 내려 두고 봉투를 건네받았다.

그 속에 들어 있는 여러 장의 서류가 민혁을 한숨 짓게 했다.

"주총 끝나고 해임안 통과되면 바로 대표 선출안이 발의될 거야."

헨리는 또 다른 하얀 봉투를 민혁에게 툭 건네며 야구공을 만지작댔다.

이건 또 뭐야? 민혁은 그를 쏘아보며 안에 들어 있는 서류를 꺼냈다.

"K그룹 왕좌에 장민혁이 앉게 되는 거야."

주식을 전부 양도하겠다는 서류였다.

민혁은 서류를 확인하자마자 두 개의 봉투를 헨리가 걸터앉아 있는 소파에 툭 내던졌다.

"전문 경영인 찾아봐."

그는 심드렁하게 말하며 오렌지주스를 한 모금 가볍게 들이켰다.

"What?"

예상하지 못했던 민혁의 반응에 헨리는 예민한 반응을 보였다.

전문 경영인이라니. 친구이자 가족인 민혁에게 제 몫을 찾아 주기 위해 그동안 물밑 작업만 1년이 걸렸고 언제 휴지 조각이 될지 모를 주식을 끌어모으느라 들인 돈이 얼만데.

물론 민혁은 처음부터 반대했었다. 주식 몇 주 샀을 때 쓸데없는 짓을 했다며 그만두라는 말을 했다. 그 뒤로 한국에서 뇌물 리스트가 터지면서 K그룹이 오르내리고 주가가 흔들리는 바람에 주식이 제법 풀려 하나둘 긁어모으기 시작했다.

그러다가 터진 마약 사건에 치명타를 입은 K그룹은 후계자인 장민준의 책임을 묻기 위해 그가 소유하고 있던 지분을 전략 매도했고 꾸준히 주시하고 있던 헨리는 매수를 감행했다.

회사로선 도박이었다. 의도한 대로 흘러가지 않으면 회사의 자본이 흔들리는 일이었다. 대신 잘만 하면 K그룹을 통째로 손쉽게 먹을 수 있는 절호의 기회였다.

명분을 준 것은 민혁이었지만 이왕 일이 이렇게 된 이상 K그룹을 삼켜야 했다.

"그 자리는 내 자리가 아니야."

민혁은 단호했다.

처음부터 줄곧 그랬다. 원래 자신의 자리였어야 할 장민준의 자리에도, 한국에도, K그룹에도, 가족에게도 미련이 없었다.

"명분이 없어서 그래? 아버지 내쫓은 아들 되기 싫어서 그런 거야?"

기업 M&A를 하는 민혁은 부드러운 미소와 웃는 얼굴로 냉정하게 움직이는 사람으로 업계에 유명세를 떨쳤다. 안 그렇게 생긴 사람이 뒤에서 무서운 짓을 벌이니 속아 넘어가는 기업들이 한둘이 아니었다.

그런 장민혁이 유난히 K그룹에 관해서 만큼은 냉정하지 못했다. 평정심을 찾지 못하고 이리저리 휘둘리는 사람처럼 갈피를 잡지 못해 소극적인 태도를 보였다.

이번에 한국에 들어오는 문제만 해도 정기 주주 총회가 잡히지 않았더라면, 헨리가 가자고 조르지만 않았어도, 그의 부모가 사정만 하지 않았더라면 비행기를 타지 않았을 그였다.

헨리의 계획을 뻔히 알면서 하지 말라고, 그만두라는 말만 할 뿐 딱히 나서서 제동을 걸지도 않았다.

그의 마음은 두 갈래였다. 그 갈림길 앞에서 여전히 고민을 거듭하고 있었다.

"애초에 내가 바라던 건 딱 여기까지였어."

K그룹의 일원으로서 권리를 행사할 수 있는 것. 그렇게 자신을 버린 아버지를 가족의 품으로 보내는 것.

"장현 회장의 끝."

한 기업의 회장님이 아닌, 자식까지 매몰차게 내쳐야만 하는 그런 자리에 있는 사람이 아닌.

"마침표를 내 손으로 찍고 싶었던 거지, 그 더러운 자리는 사양이야."

가족의 가장이자 아이들의 아버지 자리로 그 사람을 돌려보내고 싶었던 것뿐이다.

"미친놈."

헨리가 한국말로 욕을 하자 민혁은 웃음을 터트렸다.

유치원에 채 들어가기도 전에 미국으로 입양된 헨리는 부유한 미국인 부모님 밑에서 자라면서 모국어를 잊어 갔다.

그러다 아카데미 시절 민혁을 만나면서 한국어를 배우기 시작했다. 지금은 유창하게 한국말을 하지만 욕을 구사하는 헨리의 억양은 기묘하기만 했다.

"넌 억울하지도 않아?"

억울이라는 단어가 적합한지 모르겠다. 그보다는 더 깊은 감정이다.

민혁은 그저 바보처럼 웃기만 했다.

"회장님 말대로 나는 그릇이 못 돼."

아버지의 아들로, K그룹의 장남으로 버림을 받을 때 그랬다. 너는 그릇이 안 된다고. 이제 겨우 열 살일 뿐인데. 여전히 로봇이 좋고 장난감이 좋은 그 나이에 그릇을 논하는 것이 우스웠지만 그땐 풀이 죽어 아무것도 하지 못했었다.

그 어린아이의 기를 죽이던 그 말은 아직도 민혁의 목을 조르고 있는지도 몰랐다.

"그 그릇은 장민준이 더 작아."

배포 하나만큼은 높이 살 만한 동생이었다. 어릴 때도 대담했고 거짓말에 능통했다. 그래서 매번 혼나는 건 자신이었다. 자기가 잘못한 것도 형이 했다고 고자질을 하는 건 다반사였다.

그런 동생은 커서도 여전히 악동이었다. 한국에서 간도 크게 마약을 팔았다니. 미치지 않고서야 그딴 일로 자신의 앞에 놓인 것들을 처참히 무너트릴 수 없었다.

무슨 심정으로 내가 쫓겨났는데. 어떤 마음으로 그 자리를 너에게 준 것인데. 그 자리를 버리고 박찬 것은 장민준이었다.

더는 자격이 없다. 그래서 면회에 갈 생각이 없었다.

"힘들게 돈 써 가면서 회사 인력 낭비해 가면서 판 벌여 놨더니 쓸모없게 만드네."

"내가 하지 말라고 했잖아."

애초에 손대지 말라고 했다. K그룹 일에, 한국 일에 신경을 끊으라고. 당장 미국에서 해야 하는 일도 중요하고 회사의 사활이 달린 일이 한둘이 아닌데 그런 쓸데없는 것으로 시간 낭비하지 말라고 했지만, 헨리는 요지부동이었다.

어차피 한번 마음먹은 일은 무슨 일이 있어도 해내고 마는 그의 집요함을 알기에 민혁은 더는 말리지도 못했다.

그 일의 끝이 아버지의 자리를 대물림하는 것인 줄 알았으면 때려서라도 못 하게 필사적으로 막았을 것이다.

민혁은 작은 마카롱 하나를 입에 쏙 밀어 넣었다. 달콤함에 머릿속이 평온해진다.

"Oh, shit!"

마카롱의 단맛에 한결 기분이 가라앉던 민혁은 갑자기 휴대폰을 들여다보며 욕을 내뱉는 헨리를 보며 고개를 갸웃댔다.

몰래 사 놓은 주식이 떨어졌거나 M&A를 준비 중이던 기업의 주가가 치솟았거나 회사 직원 누군가가 실수로 쓸데없는 기업의 주식을 사들였거나. 그중 하나일 거라고 생각했다.

그런데 헨리가 건네는 휴대폰 속 문자 메시지를 본 순간 시종일관 평온한 미소뿐이던 민혁의 얼굴이 움찔거리며 미간이 깊게 패기 시작했다.

〈K그룹 전략 기획실 임원 전원 기소, 장현 회장 검찰 수사 제외.〉

헨리의 정보원이자 회사의 정보원이기도 한 데이빗의 문자였다. 민혁은 서둘러 태블릿 PC를 켜 인터넷 기사들을 확인했다.

새로 올라온 기사 속엔 K그룹 전략 기획실 임원들에 대한 기소 소식만 있을 뿐, 그 어디에도 장현 회장에 관한 기사는 찾아볼 수 없었다. 태블릿을 쥔 민혁의 손에 힘이 들어갔다.

"이번에도 능구렁이처럼 빠져나간 모양인데?"

원래 그런 인간이라는 걸 알고 있다. 절대, 결코, 무슨 일이 있어도, 반드시 그 자리를 지키고야 말겠다는 욕망에 가득 찬 사람이라는 걸 아는데도 매번 이렇게 당하고 만다.

"대한민국에서 못 살겠네."

민혁은 조소했다. 어차피 살 생각도 없지만.

"이러면 해임안 통과 어려울 수도 있겠는데?"

방만한 경영과 회사를 위기로 몰고 간 경영자에 대한 해임안은 그가 검찰 조사를 받지 않는다면 반쪽짜리 명분에 불과했다.

장현 회장이 여전히 자신의 자리를 건재하게 지키고 앉아 있는 한 통과될 리 만무했다.

주주들도 그가 검찰 조사를 받고 재판까지 가게 될 거라는 생각에 회사라도 살리고 보자는 심리가 작용해 해임안을 발의했으니 이대로라면 배신자를 축출하는 일밖에 되지 않았다.

결국 장현 회장에게 좋은 일이었다.

민혁은 커피 잔을 들었다. 반쯤 식은 커피였지만 여전히 부드럽게 넘어갔다. 입 안에 남아 있는 뒷맛에 다크초콜릿 향이 강했다.

"담당 검사가 누구랬지?"

커피 잔을 내려놓으며 그가 물었다.

"문이헌 검사라고, 그 바닥에서 유명해. 독사라고. 성질도 더럽대."

야구공을 만지작거리며 헨리가 대답했다.

사전에 특수 1부 검사들의 뒷조사가 끝난 상태였다. 장현 회장의 끄나풀 같은 검찰 수뇌부들 또한 리스트업 되어 있었다.

"만나서 확인해 봐야겠어."

민혁이 해사하게 미소 지으며 말했다. 그의 만면에 번진 미소에 헨리는 움찔거리며 야구공을 한 손에 꼭 쥐었다.

"뭐, 뭘 확인해?"

부드럽고 온화한 미소 뒤에 감춰진 장민혁의 두 얼굴.

"성질이 얼마나 더러운지."

순식간에 미소를 감추고 눈빛을 반짝였다. 마치 사냥감을 기다리는 범의 눈빛이었다.

아버지의 성에 안 찼을지언정, 그는 누가 뭐래도 장현 회장의 아들이었다.

✢ ✦ ✢

다현은 이준호의 공소장을 작성 중이었다. 그와 관련된 증거 자료들은 이미 첨부를 해 둔 상태라 공소장 작성에 어려움은 없었다.

상해에서 도주한 전력이 있어 구속 영장이 곧바로 발부되었고 현재 구치소에 들어가자마자 변호사를 선임했다.

거기다 마약 파티를 일삼은 피의자들은 변호사에게 코치를 받아 한순간 유혹을 이기지 못해 손을 댔다며 잘못을 시인하고 반성한다고 재판부에 반성문을 무더기로 제출했다고 한다.

조사실에 앉아 아무것도 모른다며 반성의 기미는커녕 배짱을 부리던 이들이 맞는지 의심스러울 정도였다.

똑똑.

노크 소리가 들렸다. 시종일관 모니터만 쳐다보고 있던 다현의 시선이 조심스레 열린 문틈 사이로 비집고 들어온 이헌에게 향했다.

뻐근하던 어깨가 갑자기 가벼워지는 기분이었다. 공소장을 작성하며 심각했던 표정이 느슨해지고 입가에 미소가 번졌다.

"권다현 검사님 얼굴 한번 보기 힘드네요."

검사실로 들어온 이헌은 작은 종이 가방을 책상 한편에 내려놓으며 말했다. 기지개를 켜며 피식 웃던 다현은 그가 가져온 종이 가방 속을 힐긋 확인하고는 등받이에 몸을 잔뜩 기댔다.

"오늘은 저녁 같이 못 먹겠어."

일이 많은 건지 같이 저녁을 먹지 못한다며 그가 가져온 것은 도시락이었다. 수사관과 실무관에게 집에 다녀오라며 퇴근시킨 다현의 검사실엔 산더미처럼 쌓인 서류들과 그녀뿐이었다.

"밥 먹을 시간도 없이 바빠요?"

"밥 먹을 시간 없이 바쁜 건 나 말고 딴 사람 같은데."

책상 앞을 떠날 새가 없는 다현을 턱으로 가리키며 그가 말했다.

"이번 사건 첫 공판이니까. 스타트 잘 끊어야죠."

"권다현 검사 특수부 첫 공판이기도 하고?"

웃음기 가득한 얼굴로 그가 물었다. 다현은 고개를 가볍게 끄덕이며 주먹을 불끈 움켜쥐었다.

"내가 아는 권다현 검사는 충분히 잘할 거라고 생각해."

"그럼요. 누구 여자 친구인데."

달콤한 이헌의 칭찬에 대답은 시원하게 했지만, 걱정이 아예 없는 것은 아니었다.

특수 2부에 넘겼던 지난 사건 중 구속 기소됐던 한영식 은행장과 불구속 기소된 이경제 의원의 1심 재판 결과가 생각했던 것만큼 나오지 않아 걱정은 배가됐다.

한영식 은행장에 대해 검사는 징역 5년을 구형했다. 하지만 혐의를 인정하고 반성하고 있고 실제로 불법 대출이 전액 이뤄지지 않았다며 재판부는 징역 3년에 벌금 40억 원을 최종 선고했다.

그는 항소하지 않았다. 아들의 마약 사건도 터진 마당에 자숙하는 의미였는지 정말 반성을 하는 건지 알 수 없었지만, 고작 불법으로 대출 하나만 엮인 것이 못내 씁쓸하기만 했다.

하지만 이경제 의원은 재판 결과에 항소했다.

불법 정치 자금과 제주도 리조트 단지 인허가 건을 대가로 뇌물을 받은 것에 대해 뇌물수수를 적용해 검사 측은 징역 10년을 구형했고 재판부는 징역 5년을 선고했지만 받아들일 수 없다는 태도를 고수했다.

재판부의 선고에 언론에선 보기 좋게 떠들었고 감형이나 다름없는 처사인데도 불구하고 이경제 의원은 그마저도 마음에 들지 않는다는 듯 심드렁했다.

아들을 위해 자백을 하던 부성애는 어디 가고 이제 와 실형을 살 수 없다며 변호인단을 거대하게 꾸린 이경제 의원은 아들의 죄는 신경도 쓰지 않는 듯했다.

"항소 안 할 거야. 아니, 못 하는 게 맞겠지."

다현이 걱정하고 있는 것이 무엇인지 단번에 파악한 이헌이었다. 그는 골드서클 피의자들이 아무도 항소하지 못할 거라고 단정했다.

양심이 있다면 그렇겠지만 그런 게 애초에 있었다면 이런 일이 생기진 않았을 것이다.

"증거가 많아서 별수 없을 거야. 결과가 생각만큼 안 나오면 우리 쪽에서 항소하면 되고, 걱정할 건 없어."

"저쪽 변호사들이 어떻게 나올지 봐야죠."

"뾰족한 수 있겠어? 현행범들인데."

현행범으로 긴급 체포된 후 곧바로 구속된 이들의 파티 장소에서 다량의 마약이 증거물로 채택됐다.

돈으로 따지면 그게 얼마라더라. 못해도 억은 가뿐할 거라던 담당 형사의 말에 혀를 내둘렀다.

하다하다 이젠 마약 쇼핑이냐며, 차라리 그 돈으로 명품이나 살 것이지 이게 뭐 하는 짓인지 모르겠다고 형사들이 단체로 학을 떼기도 했다.

"좀 쉬면서 해."

자못 심각한 얼굴을 한 다현을 내려다보던 이헌은 고개를 숙여 그녀의 입술에 가볍게 입맞춤을 했다. 그러고는 머리 위로 손을 흔들며 등을 보였다.

어디 가냐는 다현의 목소리가 닫힌 문 너머에서도 들렸지만 이헌은 뒤돌아보지 않았다. 그저 샐쭉 웃으며 걸음을 재촉할 뿐이었다.

그렇게 서둘러 지검을 나온 이헌은 차를 몰았다.

휴대폰으로 걸려 온 낯선 전화를 받지 않았더니 검사실 직통 전화로 다소 발랄한 목소리의 남자가 그를 찾았다.

─문이헌 검사님?

"누구십니까."

─안녕하세요. 전 모먼트 투자 전문가 헨리라고 합니다.

이헌은 낯선 이의 소개가 의아스러울 따름이었다.

─이렇게 말하면 누군지 모르겠다. 그죠?

정말 이상한 사람이라고 생각했다.

─K그룹 장현 회장님의 큰아들인 장민혁이 모먼트 M&A 총책임자입니다.

뜻밖이었다. 자신에게 전화를 걸어 와 신분을 밝힌다는 것은 곧.

─민혁이가 검사님을 꼭! 만나고 싶어 합니다. 빠르면 빠를수록 좋지만, 오늘이면 더 좋겠네요. 시간이 없어서.

만나자는 의미였다. 수화기 너머 남자는 깔깔거리며 웃었다.

―장소는 메시지로 보내겠습니다.

그렇게 전화가 끊어졌고 장소가 적힌 문자 메시지가 곧바로 들어왔다. 호텔에 도착한 이헌은 메시지를 다시 확인했다. 커피숍이 아니었다. 호텔 룸 번호가 남겨져 있었다.

마치 은밀하게, 아무도 모르게 만나자는 듯했다.

그게 아니라면 굳이 자신들이 투숙하고 있을 법한 호텔 방에서 만나자고 할 이유가 없을 것이다.

이헌은 벨을 눌렀다. 곧이어 문이 열리고 깔끔한 옷차림의 남자가 그를 맞이했다.

"안녕하세요. 전화드렸던 헨리예요."

악수를 청하는 남자는 누가 봐도 한국 사람이었지만 그는 자신을 헨리라 소개했다. 마치 한국 이름이 없다는 듯.

이헌은 악수를 받으며 가볍게 고개를 숙였다.

"문이헌입니다."

"들어오세요!"

쾌활하게 이헌을 맞이한 헨리는 그를 복도 끝에 펼쳐진 엔틱한 응접실로 안내했다.

"바쁘신데 여기까지 오시게 해서 죄송합니다. 장민혁입니다."

야경이 눈앞에 펼쳐졌다. 창밖으로 내려다보이는 강변북로와 올림픽대로가 은하수처럼 반짝였다. 새삼스럽지 않은 풍경이지만 장소가 주는 생소함이 있었다.

그렇다고 넋 놓고 풍경에 젖어 있을 수 없었다.

슈트 차림의 익숙한 얼굴을 한 남자가 온화한 미소가 번진 얼굴로 악수를 청하며 다가와 자신을 장민혁이라 소개했다.

다현의 말이 맞았다. 장민준과 닮았다. 쌍둥이라고 해도 믿을 정도로 똑같은 얼굴을 한 남자는 장민준보다 키는 한 뼘 정도 더 크고 골격은 그보다 조금 왜소했다.

"앉으세요."

장민혁의 흔적을 좇았었다. 다현이 알아본 것이나 자신이 알아본 바나 다를 게 없었다.

그는 한국에서 미국으로 출국한 뒤 성실한 학생처럼 학교만 다녔다. 다만 그 학교가 미국 명문 사립 기숙 학교라는 것이 의아했다.

연간 학비가 대학 못지않게 드는 명문 보딩 스쿨로 손꼽히는 필립스 아카데미를 졸업한 장민혁은 당연하다는 듯 하버드 경영학과에 입학해 우수한 성적으로 졸업했다.

아들을 내쫓은 아버지는 금전적인 지원조차 하지 않았다. 그의 학비는 고스란히 모친의 주머니에서 흘러나온 돈이었다.

하버드 비즈니스 스쿨이라 불리는 경영 대학원에서 MBA 과정을 수료한 그는 한순간에 사라져 버렸다.

장민혁이라는 이름의 한국인을 더는 미국에서 찾을 수 없었다. 학창 시절이 그의 삶 전부인 듯 아무리 뒤져 봐도 마치 증발이라도 한 것처럼 흔적조차 없었다.

작정하고 모습을 감춰 버린 그를 다시 찾은 건 스페인이었다.

그저 출국자 명단에만 있을 뿐 스페인 내에서도 그를 찾는 건 어려웠다. 자신의 이름으로 된 휴대폰 하나, 카드 하나, 통장조차 없는 그는 금융 거래 내역이 전무했다.

다현이 장민혁의 출입국 기록을 조사해 달라고 하기 전까지 그는 어린 시절 자신의 아버지가 그랬듯 자신이 유령이라도 되는 것처럼 살았다.

그에 대해 알면 알수록 연민 비슷한 것이 생기려 했다. 후계자로 일찌감치 낙점된 장민준보다 부족할 게 조금도 없어 보이는 이력들에 안타까움은 절로 생겨났다.

장민준이 아닌 장민혁이 K그룹의 후계자였다면 지금과 같은 일련의 일들은 일어나지 않았을까, 하는 생각이 들 만큼 그는 반듯하게 자란 사람 같았다.

아버지에게 버림받은 그늘 따위는 눈 씻고 찾아보려야 찾아볼 수 없었다.

민혁은 안주머니에서 명함을 꺼내 이헌에게 건넸다.

카드처럼 단단한 명함은 묵직하기까지 했다. 검은색 바탕에 금박으로 찍힌 영문들 속에서 베일에 가려져 있던 그의 영어 이름이 새겨져 있었다.

Ian

학창 시절 내내 한국 이름을 써 왔던 민혁에게 무슨 심경의 변화가 찾아와 그 이름을 버리게 된 건지 알 수 없었다.

고작 영어 이름 하나 알아내지 못해 그의 흔적을 찾을 수 없었던 허탈함 속에서 이헌은 자신의 명함을 그에게 건넸다.

"갑작스러우셨을 텐데 와 주셔서 감사합니다."

그는 정중했다. 비아냥거리며 비열하게 웃던 장민준과 완벽히 다른 분위기가 묻어 나왔다. 얼굴은 닮았을지언정 성격은 반대인 듯했다.

"무슨 일로 보자고 하신 겁니까."

마치 비서라도 되는 양 헨리는 커피를 테이블 위에 조심스레 내려놓았다.

"장현 회장과 장민준 사건을 맡고 계신 담당 검사라고 들었습니다."

그의 음성은 유난히 나긋하고 부드러웠다. 마치 악의가 없다는 것을 보여 주기라도 하듯이.

"장민준 씨 사건 담당 검사는 아닙니다."

"아, 제가 잘못 알았나 보군요."

"아닙니다. 두 사건 모두 지휘 검사긴 합니다."

"장민준 사건은 크게 중요하지 않으니까 괜찮습니다."

민혁은 웃으며 커피 잔을 들었다. 어딘가에서 나오는 에어컨 바람에 주변 공기가 서늘하기만 했다.

"장현 회장의 소환 조사가 왜 자꾸 미뤄지고 있는지 궁금해서 굳이 여기까지 검사님을 모셨습니다."

커피 잔을 내려놓으며 그는 물었다. 온화하던 미소 뒤에 감춰진 서늘함이 목소리에 단단히 배어 나왔다.

"수사 상황은 외부에 알릴 수 없습니다."

감정 한 자락 엿보이지 않는 음성과 시종일관 표정 변화라곤 하나도 없는 이헌을 보던 민혁은 언제 그랬냐는 듯 찬기를 감추고 포근히 미소를 지었다.

"역시 듣던 대로 대쪽 같은 검사님이시네요."

"제가 재판 준비를 해야 해서 시간이 없습니다."

시답지 않은 소리는 그만하고 본론만 하라며 민혁을 채근하는 듯했다.

어쩐지 그와 한 공간에 앉아 있는 것이 유쾌하지만은 않았다. 그럴 이유가 없는데도 불구하고.

"그럼 용건만 간단히 하죠."

민혁은 맞은편에 앉아 있던 헨리에게 눈짓했다. 헨리는 미리 챙겨 두었던 서류 봉투를 이헌의 앞에 살포시 내려놓으며 확인해 보라는 듯 손짓했다.

"뭡니까."

테이블 위에 덩그러니 놓인 서류 봉투를 빤히 바라보며 이헌은 물었다. 그 속에 든 게 뭐든지 간에 썩 유쾌하지 않을 것만은 분명했다.

"제 작은 선물입니다."

민혁은 웃으며 말했다. 그는 어서 확인해 보라며 손짓했다. 찝찝했지만 이헌은 잠깐의 망설임 끝에 서류 봉투 속을 열어 보았다.

K그룹의 복잡한 지분 구조 재편을 위해 몇 개의 계열사들이 자사 계열사에 흡수되거나 타 기업에 합병되며 정리된 적이 있었다.

그중 하나였던 K제약의 매각 상황이 자세히 정리된 서류에 시선을 뗀 이헌은 민혁을 바라봤다.

"그 신약은 시판되지 않았어요. 아니, 시판할 수 없었죠. SD에서 부작용이 있다는 걸 뒤늦게 알아차렸으니까요."

K제약이 개발한 신약은 고혈압에 특효가 있다 알려져 한때 주가가 치솟았다. 신약 덕분에 기업의 가치는 올라갔고 제약 회사에 더는 투자할 계획이 없던 K그룹은 SD제약에 K제약을 팔았다.

당시 천문학적인 돈이 오갔다고 알려졌다. K제약의 비밀 병기라고 알려졌던 신약 탓이 컸다. 하지만 신약은 SD제약이 K제약을 인수한 후 아직껏 시판되지 못하고 있었다.

부작용 사례를 들여다보던 이헌의 미간에 주름이 깊게 패기 시작했다.

K제약은 임상 시험을 조작했다. 당초 계열사를 정리하기 위해 물밑 작업을 하던 K그룹은 개발 중이던 신약의 임상 시험을 조작해 심각한 부작용 사례를 뺀 채 기업 평가를 받았다. 그 결과 K제약을 SD제약에 넘긴 뒤 현금을 두둑이 챙겼다.

"SD에서 가만히 있었습니까."

부작용으로 심장 수술을 받은 임상 시험 대상자들이 꽤 많았다. 그 중엔 심장 이식 수술을 받아야 할 만큼 부작용이 심한 사람들도 2명이나 있었다.

"감히 누구라고 대들겠어요. 손실을 감당하더라도 함부로 대들 수 없죠."

민혁은 해사하게 웃으며 이헌의 물음에 대답했다.

신약의 부작용이 결코 사소한 게 아니라는 걸 뒤늦게 알게 됐지만 SD제약은 아무것도 하지 못했다.

왜 진작 말하지 않았느냐며 소송을 걸겠다고 나섰다. 그러나 자사에서 개발 중이던 신약이 타 제약 회사에서 한발 앞서 시판되는 소동이 벌어졌다. 결국 그들은 꼬리를 내려야만 했다.

누가 봐도 K그룹에서 손을 쓴 상황이었다.

기업의 기밀이 누출된 것이다. 그것도 경쟁 업체에. 그리고 이는 K그룹이라서, 장현 회장이었기에 가능했다.

"하지만 이걸로 할 수 있는 건 아무것도 없습니다."

부작용을 감춘 채 시판된 약이면 몰라도 시판은커녕 개발이 중단된 상태였다. SD제약에서 나서서 소송을 걸지 않는 이상 먼저 나설 수 없었다.

"석원기 이사가 장 회장님을 배신했잖아요? 그 정도 딜이면 석 이사 카드로 장현 회장 검찰 조사는 무난할 겁니다."

"아버지를 사지에 몰아넣고 싶어서 나를 이용하는 겁니까."

작은 선물이라며 그가 준 것은 누가 봐도 기업 내부 자료였다.

그가 K그룹 내부의 자료를 어떻게 손에 쥐게 된 것인지 굳이 궁금해하진 않았다. 민혁이 건넨 명함만으로도 그가 기업 M&A 전문가라는 사실을 충분히 인지했고 그렇다는 것은 기업 내부 정보를 얻는 것쯤은 식은 죽 먹기일 테니 말이다.

그저 뒤에서 빼돌린 기밀 자료로 자신에게 얻고자 하는 것이 무엇인지 명확히 할 필요성을 느낀 이헌은 직구를 던졌다.

웃는 낯으로 이헌을 바라보던 민혁은 이마를 긁적이며 대답했다.

"장현 회장님은 이미 사지에 몰리셨고, 그 마침표를 본인이 직접 찍을 생각이 없는 거 같아 대신 찍어 드리려고 하는 겁니다."

그가 말한 마침표가 어떤 방향을 말하는 것인지 어림짐작할 뿐. 웃고 있는 민혁의 속내를 좀처럼 읽을 수 없어 이헌은 한숨을 삼켰다.

"저도 시간이 없어서 한국에 오래 있을 수가 없네요. 빨리 끝내고 집에 가야죠."

그는 이곳을, 한국을 집이 아니라 여겼다. 집일 수 없었다. 반겨 주는 이 하나 없는 이 낯선 땅이 주는 위화감은 생각보다 썩 유쾌하지 않았다.

깍지를 낀 채 앉아 이헌은 민혁을 가만히 바라봤다.

그의 얼굴에 번진 미소를 이헌은 마냥 해맑다고 생각할 수 없었다.

눈동자 뒤편에 서린 서늘함 탓이리라.

"자세한 건 말씀드릴 수 없지만, 장현 회장에 대한 검찰 수사는 계속 진행 중입니다."

총장은 그를 내버려 두라 했고 지검장도 그 뜻을 따라 장 회장을 배제한 채 공판 준비에만 몰두하라고 했다. 그가 머리라면 결국 재판 끝에 딸려 나오게 될 것이라고.

뻔한 얘기지만 실현 가능성이 제로에 가까운 입바른 소리에 불끈 화를 내면서도 겉으론 말 잘 듣는 검사인 척, 장현 회장을 내버려 둔 채 임직원들을 기소했다.

물밑으론 석원기 이사가 몰래 빼돌려 놓았던 비자금, 뇌물 리스트를 토대로 계좌 추적을 진행 중이었다.

누가 장현에게 돈을 많이 받고, 그 돈으로 뭘 했을까.

실질적인 증거들을 찾아 뒷걸음질조차 치지 못하게 장 회장을 법정에 세울 생각이다. 그러나 민혁은 이헌의 계획이 못내 마음에 들지 않는 듯 이마를 매만지며 뜸을 들였다. 가지런하던 그의 눈꼬리가 움찔거리며 날카로워졌다.

"진행만 해서는 제시간에 못 끝냅니다."

민혁의 말에 이헌은 그게 무슨 말이냐고 반문하는 대신 굳은 표정으로 그를 바라봤다. 마치 검사와 검찰을 제멋대로 휘두르려고 하는 누군가와 몹시 닮은 듯했다.

"이틀 뒤에 주총이 있어요. 그때 맞춰서 장현 회장이 검찰 포토 라인에만 선다면, 마침표는 간단히 찍을 수 있습니다."

표정 변화가 다채로웠다. 신경질 가득한 눈빛은 어느새 사라지고 온화한 미소가 만면에 번진 민혁은 은연중에 자기 생각을 내비쳤다.

"재판을 받아서 실형을 사는 건 관심 없습니다. 그건 장 회장님도 관심 밖일 거예요."

그는 처음부터 지금껏 자신이 홍길동이 된 양 자신의 아버지를 회장님이라 불렀다. 마치 그와는 혈연관계가 아니라는 듯, 가족이 아니라 완벽한 타인이 된 것처럼 굴었다.

"검사님은 장현 회장님이 제일 두려워하는 게 뭔지 아세요?"

때로는 짓궂은 아이처럼 그렇게 민혁은 자신을 철저히 감췄다.

"검찰 조사? 재판? 교도소?"

"……."

"그 사람이 K그룹 오너 자리를 지키고 있는 한, 별일이 없다면 실현 가능성 제로."

결코, 절대로 장현 회장이 법의 심판을 제대로 받을 리 없다는 말이었다.

"장현 회장은 자신의 자리를 잃지 않는 거, 그 자리를 지키는 거. 그거 말고는 안중에도 없는 사람이에요."

피도 눈물도 없는 냉혹한 아버지를 떠올리면서도 민혁은 미소를 잃지 않았다.

"지금 일어난 모든 일은 왕좌에 앉아 있어서 그런 거예요. 왕좌에서 쫓겨나면 유배 말고 뭐가 있을까요."

그 자리에서 자신의 아버지를 끌어내리고 자리를 빼앗긴 아버지를 유배 보내겠다는 말을 웃으면서 하는 민혁을 보며 이헌은 속으로 조소했다.

역시 그 아버지에 그 아들이다. 유약해 동생의 자리를 넘볼 생각조차 하지 못한다고 하던 다현의 말은 그저 어린 시절의 착각일 뿐.

못 하는 게 아니라 하지 않는 것이었다. 그는 고작 동생의 자리 따위 관심 없었다.

"그래서 장 회장을 끌어내리는데, 검찰이 도와 달라는 겁니까?"

아버지의 자리. 자신을 내쫓은 아버지의 파멸과 그 끝.

그는 슬프게도 그런 것을 바라고 있었다.

"장 회장을 포토 라인에 세워 달라?"

겁을 상실한 듯했다. 아니면 그런 것도 없는 놈이거나.

이헌은 어처구니없다며 실소를 터트렸다.

입맛대로 공권력에 빌붙어 힘을 얻어 보겠다는 의지가 민혁의 온화한 미소 속에 감춰져 있었다는 사실을 깨달은 이헌은 푹신한 소파에 몸을 잔뜩 기대었다.

검찰의 도움이 없으면 장민혁의 계획은 실패다. 지금 급한 건 장민혁이다. 그 사실을 완벽히 인지한 이헌은 보다 부드러워진 인상으로 민혁을 바라봤다.

"소환장만 보내 주셔도 고맙겠습니다."

이헌의 틈을 비집고 들어갈 생각이었다. 그도 사람인데. 어딘가 빈틈이 있을 거라고 생각했다. 그런데 그는 시종일관 굳은 표정으로 조금도 자신의 이야기를 받아들이지 않고 있었다.

나는 당신의 편이니까 걱정하지 말라고 모든 것을 다 내보였음에도 경계하는 그를 보며 민혁은 한발 물러나 고개를 숙였다.

"검찰이 얻는 건 뭡니까."

배타적인 태도였다. 그는 조금도 장민혁을 믿지 않았다.

"가진 거 다 잃고 힘 떨어진 장현 회장님이죠."

상상만 해도 가슴을 짓누르고 있던 돌덩이가 깨지는 기분이었다.

민혁은 머릿속에 그리기만 했던 아버지의 몰락을 꿈꾸며 이헌의 방어적인 태도에도 불구하고 미소를 잃지 않았다.

"장현 회장이 그렇게 호락호락해 보입니까."

자신의 아비가 얼마나 냉혹하고 잔인한 인간인지 본인이 직접 겪어 놓고도 이런 말도 안 되는 짓을 벌이는 이유가 고작 복수 때문이라니.

차라리 그 아비 밑에서 자라지 않은 걸 다행으로 여기라고. 당신은 적어도 장민준처럼 타락한 인생은 아니니 스스로를 아끼라고 그런 말 같지도 않은 충고를 해 주고 싶었다.

진흙탕 싸움에 이제 와 끼어들기엔 장민혁이 가진 재능과 능력이 아까웠다.

장현은 결코 자신의 등에 칼을 꽂은 아들을 봐주지 않을 사람이니까.

"사람은 궁지에 몰리면 빈틈이 생기기 마련입니다."

"……."

"검찰 조사 대비하느라 경영권 방어는 생각도 못 하는 상황이라고 유능한 정보원이 알려 주더라고요. 비서실장 혼자서 소액 주주들 만나 위임장을 받아 내려고 발버둥 친다는데, 협조해 주는 사람이 없다네요?"

"한 가지만 여쭙겠습니다."

"네. 얼마든지요."

이헌은 웃는 낯의 민혁을 빤히 바라봤다. 아비를 끌어내리지 못해 안달이 난 사람의 모습 같아 보이지 않는 평온함에 그는 생각했다.

"장민준이 소유하고 있던 K그룹 주식을 사들인 사람이 본인입니까."

참고인과 피의자로 조사실 테이블에 앉아 있는 듯했다. 이헌의 날카로운 물음에 민혁은 가볍게 고개를 끄덕였다.

순간 맞은편에 앉아 있던 헨리가 미쳤냐며 소리 없는 아우성을 쳤다. 민혁은 아랑곳하지 않았다. 이 남자에겐 아무것도 숨기면 안 되겠다는 판단이 든 탓이었다.

"역시 검사는 검사네요."

동시다발적으로 장에 쏟아져 나온 주식을 사들인 건 헨리의 컨트롤을 받은 모먼트 투자 팀 직원들이었다.

물론 그 직원들 역시 차명을 이용해 사들인 것이지만 불법이 아닌 엄연한 합법이었고 모먼트의 자금 일부를 해외 투자 명목으로 승인을 받아 이뤄진 일이었다.

장민혁이라는 사람에 대해 알지 못한다면 접근할 수 없는 방식이었다. 그러나 이헌은 단번에 그 뒤에 숨어 있던 민혁을 알아차리고 말았다.

그저 그의 입에서 '경영권 방어'라는 단어가 툭 튀어나오자 기민하게 알아차린 것뿐이었다.

장현 회장을 그 자리에서 끌어내리기 위해, 그 마침표를 제 손으로 찍겠다는 민혁이 할 수 있는 일이 무엇일지 생각해 보는 것도 필요했다.

검사의, 검찰의 도움을 받아 장 회장의 입지를 흔들어 경영권을 찬탈하겠다는 그의 계획이 생각보다 머릿속에 빠르게 그려졌다.

"장 회장이 왜 당신이 아닌 장민준을 선택했는지 알겠습니다."

"저도 모르는 걸 검사님이 아신다니, 역시 듣던 대로 대단하시네요."

그는 조소를 흘리며 말했다. 자신도 버림받은 이유를 모르는데 타인이, 그것도 일개 검사가 안다고 멋대로 단정 지어 버리니 괜히 심사가 뒤틀리려는 것 같았다.

반면 이헌은 그런 민혁의 기분을 헤아릴 시간과 여유도 필요 없다는 듯 자리를 박차고 일어났다.

덩달아 몸을 일으킨 헨리와 비틀린 미소를 싹 감춘 민혁은 보기 좋게 휜 입술을 뗐다.

"잘 부탁드립니다."

자신의 제안을 그가 받아들이지 않을 수 있다는 전제는 기저에 깔려 있지 않은 듯 민혁은 고개를 숙였다.

"주총이 언제라고 했습니까."

한 걸음도 채 가지 않아 이헌은 살짝 고개를 돌려 민혁을 힐긋 바라보며 넌지시 물었다.

"이틀 남았습니다."

이 밤이 지나면 하루가 채 남지 않을 시간이었다. 여유를 부리고 있을 틈이 없었지만, 민혁의 입가에 드리워진 미소 속에 초조함은 조금도 없었다.

민혁의 대답을 들은 이헌은 더는 뒤돌아보지 않고 호텔 방을 나갔다. 그가 나간 뒤 가볍게 문이 닫히는 소리가 복도 끝에서 들리자마자 헨리는 참았던 숨을 터트리며 소파에 털썩 주저앉았다.

"와. 살벌한데?"

헨리는 혀를 내둘렀다. 그의 눈에 문이헌 검사는 웃는 얼굴에도 침을 뱉을 사람으로 보였다. 사람 좋은 미소로 나긋하게 구는 민혁을 보고도 그는 단 한 번도 맞장구를 친다거나 웃지 않았다.

"잘생겼지?"

십년감수한 듯 몸을 축 늘어트린 헨리를 보며 민혁이 짓궂은 얼굴로 물었다.

"검사만 하기엔 아까운 얼굴이지만, 검사로 만나고 싶지는 않아."

그는 상상만으로도 끔찍한지 넌덜머리를 쳤다. 그와 조사실에 마주 보고 앉아 신문을 받는다 생각하면 소름이 돋을 것 같았다.

분명 지금보다 더하면 더했지 절대 덜하지 않을 검사님이었다. 나지막한 목소리는 목을 죄는 것 같았고 날카로운 눈빛은 심장을 꿰뚫는 것 같았다.

자신이 한국인이 아니라 범죄를 저질러도 그와 만날 리 없다는 사실에 헨리는 안도하며 생수병 속에 든 물을 남김없이 들이켰다.

"민준이 재판이 언제라고 했지?"

차게 식은 커피 잔을 든 민혁이 빈 생수병을 한 손으로 찌그러트리는 헨리에게 물었다.

"다음 주."

야구 말고 농구도 좋아하는 그는 찌그러진 페트병을 창가 아래에 덩그러니 놓인 휴지통으로 던지며 대답했다.

"재판 보고 출국하면 되겠네."

주주 총회 결과에 따른 뒷일은 조금도 생각하지 않았다. 그저 빨리 집으로 돌아가고 싶은 마음뿐이었다.

"동생 감방 가는 거 구경하는 거야?"

헨리의 호들갑에 민혁이 웃었다.

친구이자 가족인 민혁에게 K그룹을 통째로 주려던 헨리는 자신의 계획이 수포가 되는 소리가 들려도 민혁의 장단에 맞췄다.

그가 자신이 주는 생일 선물을 받지 않아도 상관없었다.

조금 싱거워진 건 사실이지만 대리인을 내세워 자리만 지키게 해 놓으면 그만이었다.

어차피 주인은 민혁일 테니까.

✦　　✦　　✦

지검으로 돌아온 이헌은 특수 1부가 있는 10층에 도착하자마자 이정우 검사실의 문을 두드렸다. 굳게 닫힌 문 너머에서 들어오라는 이 검사의 목소리가 카랑하게 들려왔다.

문을 열고 검사실로 들어선 이헌은 책상 앞에 앉아 잔뜩 쌓여 있는 서류들을 검토하고 있는 이 검사를 보며 가볍게 고개를 숙였다.

"어쩐 일이야?"

그는 1차로 증거 제출을 마치고 더 채택할 증거들이 없을까 싶어 남아 있는 서류들을 꼼꼼히 살펴보고 있었다.

윗선의 지시대로 K그룹 전략 기획실 임원들을 전원 기소했다. 곧 공판일이 잡힐 것이다.

양심이란 게 없는 이들이니 1심이 채 끝나기도 전에 항소를 대비할 사람들이었다. 그런 비양심적인 계획을 세울 수도 없게 재판을 유리하게 이끌고 나가기 위해 사전에 준비를 철저히 해야 했다.

재판으로 시간을 끌어 봤자 체력 소비만 심할 뿐. 하등 유리할 게 없는 질긴 싸움이다.

"참고인 조사 소환장 보낼 생각입니다."

높다랗게 쌓인 서류들 사이에서 의아한 듯 고개를 갸웃거렸다. 누구에게 소환장을 보내겠다는 걸까.

이미 참고인 조사를 가장한 피의자 조사까지 모두 마친 상황에 추가 조사를 할 명분이 있는 이는 아무도 없었다.

"장현 회장 말입니다."

K그룹 담당 검사로 이름을 올린 건 이 검사와 이헌이었다. 뒤에서 함께 힘을 보태고 있는 다현도 있었지만, 실질적으로 진두지휘하는 건

두 사람이었다.

누구보다 장현 회장에 대한 플랜을 알아야 하는 게 이 검사라는 생각에 이헌은 망설임 없이 그의 앞에 섰다.

이 검사는 이윽고 들려온 이헌의 말에 한숨을 푹 내쉬며 안경을 벗었다.

"생각지도 못한 선물을 받았습니다."

좀처럼 속내를 읽을 수 없는 후배의 계획 같은 건 짐작조차 할 수 없었다. 그저 선배가 돼서 후배를 총알받이로 적진 앞에 세운 것이 마음에 걸릴 뿐.

선배들을 대신해 좌천까지 당했던 후배가 더는 가시밭길을 걷지 않기를 바라며 특수 1부 검사 중 그 누구도 이헌의 의견에 핏대를 세워 반대하는 사람은 없었다.

"무슨 선물?"

평소 표정이라곤 조금도 다채롭지 못한 이헌이 꽤 들떠 보여 이 검사는 신이 나 되물었다.

"선물은 원래 서프라이즈가 제맛입니다."

그건 비밀이라는 말.

"서프라이즈고 뭐고, 괜찮겠어?"

들떠 보이는 후배를 침착하게 만드는 물음이었다. 윗선엔 장 회장을 건드리지 않고 일단 내버려 두겠다고 보고를 했고 모든 이들이 그렇게 알고 있었다.

그러나 이헌의 계획은 검찰 수뇌부들을 정면으로 들이받는 일이었다.

"매도 맞던 놈이 맷집도 세지고 잘 맞습니다."

자신의 신변이 괜찮을 리 없는데도 이렇게까지 집요하게 물고 늘어지는 이헌의 모습에 이 검사는 부끄러워져 연신 한숨뿐이다.

"이번엔 어디 시골 같은 데 보내면 일 안 하고 쉬다 와야죠."

농담이 아닌 상황인데 이헌은 대수롭지 않아 보였다. 그래서 입 안이 쓰기만 했다.

"선배가 돼서 면목이 없다."

"아닙니다."

"……."

"가진 게 워낙 없어서 괜찮습니다."

"그게 괜찮아지는 게 아니야. 대검에 갔어도 수십 번은 갔을 자식이……."

특수부에 온 뒤로 이헌의 앞길이 꽉 막힌 것 같았다. 모두가 그렇게 생각했다.

공안부에서부터 윗선의 심기를 건드렸던 그였다. 여야 할 것 없이 봐주지 않고 쑤셔 댄 그를 대놓고 총알받이 만들어 특수부에 앉혀 놓은 이들의 심보가 고약했지만, 그 누구도 나서지 않았다.

문이헌이 만지는 사건은 어떤 식으로든 대박이 나지만 그의 인사 고과엔 조금도 영향을 미치지 못했다. 벌써 대검 소리만 몇 년째인지.

이헌은 웃기만 했다.

"말 한 번 듣는 게 뭐가 그렇게 어려워."

눈 질끈 감고 딱 한 번 모른 척하면 꽃길만 펼쳐질 후배가 수년째 가시밭길만 걷고 있으니 선배로서 답답하기만 했다.

그렇다고 나서서 이헌을 이끌어 줄 만큼 가진 게 없는 건 마찬가지였다.

"한 번 반항이 어렵지 자꾸 하다 보면 요령도 생깁니다."

"하여튼 널 누가 말려."

고개를 내젓는 이 검사를 보며 이헌은 짧게 웃음을 터트렸다.

이번 일이 잘되든 잘되지 않든 서랍 속 깊숙이 넣어 둔 사직서를 꺼낼 생각이다.

✦　　✦　　✦

이른 아침부터 비서실장은 정신이 없었다.

새벽까지 주주들을 붙잡고 술 상무를 도맡아 가며 설득에 설득, 부탁하고 여차하면 무릎까지 꿇을 기세로 손이 발이 되게 빌어야 했다.

자신이 잘못한 것이 없는데도 비서실장이라는 이유만으로 그는 장현 회장을 대신해 회사를 정상 궤도에 올려 두어야 하지 않겠냐며, 마치 총수가 된 듯 연설을 해야 했다.

해가 밝아 회사로 들어오자마자 책상에 엎어진 그는 곧이어 굳은 표정으로 출근한 장 회장에게 커피를 내어주고 자리로 돌아왔다.

잡혀 있었던 해외 스케줄까지 전면 취소된 상황에서 현재 오너인 장현 회장은 사무실에 틀어박혀 자신의 자리를 지키고 앉아 있는 것 외에 할 수 있는 게 아무것도 없었다.

회사 내에선 그가 곧 검찰 조사를 받으러 가면 바로 실형이라는 소리까지 나돌고 있었고 회장의 결재란을 비워 둔 채 부회장 체재로 일 처리가 진행 중이었다.

"저, 실장님……."

술 상무를 도맡아 주주들을 설득하고 다니느라 혈색이 짙어진 그를 인포메이션 직원이 난감하다는 듯 불렀다.

데스크 직원이 회장실까지 올라올 이유가 있을 리 만무했다. 인터폰 놔두고 뭐 하러 이 꼭대기까지 올라온단 말인가.

"뭐예요?"

헝클어진 넥타이를 고쳐 매며 직원이 건네는 편지 봉투를 받은 그는 '서울 중앙 지검'이라 적힌 글자와 검찰 로고를 본 순간 머릿속이 새하애지는 것 같았다.

"퀵으로……."

직원은 제대로 말을 끝맺지 못했다. 그녀도 지검에서 날아온 우편이 무엇을 뜻하는지 짐작이 가는 바, 받는 사람이 회장님이면 말 다 한 거 아니냐고 호들갑 떨던 동료들이 떠올라 입을 꾹 다물었다.

"가 보세요."

비서실장은 인포메이션 직원에게 내려가 보라며 손짓했다. 그녀는 쭈뼛거리다 빠르게 데스크를 벗어났고 그는 우편물을 확인했다.

소환장

그것은 장현에게 참고인으로서 검찰 조사를 받으러 이튿날까지 오라는 통보였다.

이럴 리가 없는데. 비서실장은 마른세수하며 고쳐 맨 넥타이를 다시 풀었다.

고작 며칠 전에 검찰 총장에게 금고 속 서류를 보냈다. 그 후로 장 회장과 직접 통화까지 했다. 불과 어제만 하더라도 검찰 조사는 없을 거라는 연락을 받았는데, 이게 무슨 날벼락인가.

똑똑.

비서실장은 곧바로 회장실 문을 두드렸다. 기척이 들리기도 전에 그는 소환장을 들고 문을 열었다.

장 회장은 창가 앞에서 골프채를 잡고 스윙 연습을 하며 무슨 일이냐 넌지시 물었다.

"지검에서 참고인 조사를 받으러 오라는 소환장이 왔습니다……."

말을 하면서도 그는 장 회장의 눈치를 살피지 않을 수 없었다.

삽시간에 표정이 굳은 장 회장은 손에 쥔 골프채를 멋대로 휘두르며 골프공인 양 잘 가꿔 오던 난초들을 깨부수기 시작했다.

귀가 찢어질 듯한 굉음들이 난무했다. 깔끔하던 집무실 안이 순식간에 엉망진창이 돼 버리고 말았다.

장 회장은 화를 참지 못했다.

그는 참는 법을 모르는 사람이었다. 골프채를 집어 던지며 비서실장 손에 들린 소환장을 뺏어 들어 처참히 구겨 버린 그는 소파에 걸쳐 둔 재킷 주머니를 뒤적였다.

"돈값 못 하는 새끼가 자리만 지키고 앉아 있으니 이 사달이 나지!"

한껏 격양된 음성이었다. 신랄한 비난은 검찰 총장에게 하는 말이었
다.

"분명 지검장을 불러서 지시한 걸 확인했습니다……."

어제 지검장이 직접 전화를 걸어 오기도 했다. 안심하라며, 장현 회
장에 대한 검찰 조사는 없을 거라고.

제대로 뒤통수를 맞은 장 회장은 재킷 안주머니에서 휴대폰을 꺼내
들었다.

"총장이든 지검장이든 말발이 안 먹혔나 보지. 진작 우리 사람들로
채워 넣었어야 했는데!"

장 회장이 전적으로 지원을 아끼지 않았던 한민당이 정권을 이어받
지 못해 생긴 불상사였다. 정권은 교체됐고 그렇게 서민들을 위한 정
책, 살기 좋은 나라를 외치며 재벌 개혁을 심심치 않게 입에 올리던 사
람이 대통령이 되면서 민정당이 여당 됐다.

민정당의 그 누구도 K그룹의 사람은 없었다.

정권 그 어디에도 K그룹의 사람들로 채워 넣을 수 없어 정치욕에 눈
이 먼 자들에게 슬쩍슬쩍 돈을 찔러 줬다.

물욕이 없는 사람은 없었다. 한 번 맛보면 절대 잊을 수 없는 것이
권력, 명예욕과 물욕이었다.

그렇게 붙잡아 둔 이들이 정권 전반에 포진되어 있었지만, 돈으로
산 환심은 그리 오래 가지 못했다.

지난번에 터진 사건을 막느라 환심을 이용했더니 이번엔 아무도 나
서지 않았다. 결국, 가지고 있던 마지막 보루를 검찰 총장에게 건넸지
만 그마저도 무용지물이 된 듯한 상황이었다.

"……내일이 주총입니다. 시간이 없습니다."

소환장을 받은 사실은 금방 새어 나갈 일이었다. 주주들이 알게 될
테고, 내일 있을 주주 총회 안건에 불리하게 작용할 가능성이 짙었다.

비서실장이 술 상무를 도맡은 보람이 사라지는 순간이다.

"요즘 내 말 들어 처먹는 놈들이 왜 이렇게 없는 거야."

통화 버튼을 누르며 그는 구시렁댔다. 곁에 선 비서실장은 비지땀을 흘리며 현 상황을 어떻게 수습해야 할지 머리를 굴리느라 바쁘기만 했다.

이윽고 장 회장은 수화기 너머에서 목소리가 들려오자 매서운 눈빛과 비틀린 입매 사이로 괴이한 음성을 내뱉었다.

"……그간 별고 없으셨습니까."

―문 대표 아들 덕분에 흰머리가 더 생겼네요.

로펌 시안의 대표이자 이헌의 부친인 문주호 대표는 갑작스레 걸려 온 장현 회장의 전화에 얼굴이 굳어지고 말았다.

―정 총장한테 정리하라고 작은 선물을 하나 보냈는데, 중간에서 누가 말을 안 들었는지 TV에 얼굴이 대문짝만하게 나오게 생겼습니다.

"유감입니다."

장 회장이 말하는 말 안 듣는 이가 누군지 뻔히 알아서 휴대폰을 움켜쥔 문 대표의 손에 힘이 실리기 시작했다.

―문 대표가 유감이면 안 되죠.

괴이하고도 비틀린 음성에 그는 한숨을 삼켰다.

지난번 사건 이후 외부 법무 팀인 시안을 따로 호출한 적이 없어 이번 일에 대해 자세히 알려고 들지 않았지만 알게 모르게 들려오는 말들까지 차단할 수는 없었다.

아침부터 속보라며 검찰에서 장현 회장의 조사를 위해 소환장을 발부했다는 보도가 쏟아진 탓에 그가 이토록 불같이 화를 내는 이유를 모를 수 없었다.

검찰 조사를 피하고자 검찰 총장을 또 쥐고 흔들었을 텐데, 담당 검사인 제 아들이 그 명령을 거부한 것이 발단일 터.

내일 K그룹 정기 주주 총회가 열리고, 대표이자 총수인 장현 회장의 해임안이 발의된다는 사실 또한 알고 있는 그는 눈썹 위를 긁적였다.

—명색이 외부 법무 팀인데, 식구가 다치면 발 벗고 나서야 하는 거 아닙니까?

"……."

—왜 뒷짐 지고 계시나요?

"아비 말 들을 놈이었으면 지금 검찰에 있지도 않았습니다."

청와대고 법무부고 장 회장과의 연락을 단절해 버렸다. 그의 마지막 보루인 검찰 총장의 말발은 평검사에게 통하지 않았다.

벌써 몇 번째인데. 아비 말은커녕 저 혼자 사는 놈이 누구 말을 들을까.

억만금을 준다고 해도 말을 들을 아들이 아니었다. 장 회장이 자신을 협박한다고 해도 소용없는 일이었다.

—자식 교육을 어떻게 시킨 건지. 쯧쯧.

혀 차는 소리가 들려왔고 동시에 문 대표의 입에선 조소가 새어 나왔다. 누가 누구에게 자식 교육을 운운하는 건지. 기가 막혀 말이 안 나올 지경이었다.

—외부 법무 팀이니까 잘 처리하세요. 곧 재계약이지 않나?

K그룹 외부 법무 팀은 1년 단위로 본사와 재계약을 해야 했다. 세부적인 계약 조건을 조율하고 비밀 유지 서약서를 다시금 확인하는 자리였다.

웬만한 덩치의 의뢰인이 아닐 수 없었다. 다른 사건 다 팽개치고 K그룹에만 매달려도 평생 먹고 살고 수백 명의 직원 월급을 챙겨 줄 수 있었다.

—내일이 주총입니다. 상황 잘 아실 거라고 생각해요.

나긋해진 목소리에 문 대표는 쓴웃음을 지었다.

—저 카메라 싫어하는 거 아시죠?

"……."

—잘 좀 합시다.

나이도 어린 놈이 매번 갑질을 해 대니 부아가 치밀어 화병이 날 듯했다.

통화는 지극히 일방적이었다. 문 대표가 뭐라 말도 내뱉기 전 전화가 끊어졌다. 이제 와 아들 단속이 웬 말인가.

사건을 놓고 협박을 해야 겨우 선을 보던 놈이었다. 제 엄마 말도 안 듣고 형과도 데면데면 지내는 놈이 아비 말은 들을까. 막내아들 녀석 얼굴을 본 게 언젠지 기억도 나지 않았다.

소환장은 장 회장의 품속에 떨어졌고 주총은 내일이고, 고로 시간은 겨우 오늘 하루뿐.

휴대폰을 움켜쥐고 있던 문 대표는 나지막이 한숨을 내뱉으며 주소록을 뒤져 통화 버튼을 꾹 눌렀다.

연결음이 제법 길어졌다. 로펌 일이 아닌 외부 일로 전화를 걸어 부탁하는 것은 처음이라 괜히 가슴이 콩닥거렸다.

달칵. 전화가 연결됐다.

"아침은 드셨습니까."

―아침부터 어쩐 일인가. 로펌에 일이라도 생겼어?

"로펌이 아니라…… 지검에 일이 생겼습니다."

재계약 그까짓 거 안 하면 그만이다.

K그룹 없다고 무너질 로펌이 아니다. 그렇게 허술하게 키워 온 터전이 아니었다.

끼얹은 찬물이 차게 얼어붙어 살얼음판을 걷는 분위기가 따로 없었다. 숨을 쉬는 것조차 눈치를 봐야 할 만큼 지검장을 필두로 둘러앉은 이들 모두가 경직된 상태였다.

"문이헌 이 자식은 왜 만날 제멋대로야!"

거칠게 넥타이를 풀어헤치며 지검장은 언성을 높였다.

"알아듣게 말했으면 들어먹는 시늉이라도 해야 하는 거 아니야?"

꼬박꼬박 말대답에 화는 있는 대로 돋우던 놈이 척만 해 놓고 뒤에서 뒤통수를 제대로 쳤다. 뉴스 보도가 나오기도 전에 장현 회장의 비서실장에게서 전화가 수십 통 왔고 지금도 여전히 책상 위에 올려 둔 휴대폰은 불이 나고 있었다.

"소환장을 도대체 언제 보낸 거야."

화를 참아 내느라 시뻘게진 얼굴로 그는 3차장 검사를 노려보며 물었다.

"아침에 다이렉트로……."

그는 제대로 말을 잇지 못했다. 3차장 검사 역시 전혀 예상하지 못했던 일이라 손에 땀이 흥건하기만 했다.

"당장 불러."

이를 바득바득 갈며 지검장은 주먹을 움켜쥐었다.

문이헌을 안일하게 생각했다.

부장 검사에게 맡겨 둔 게 잘못이었다. 처음부터 지휘권을 맡기면 안 되는 것이었다. 터진 일 수습하겠다고 다시 불러들인 것부터가 잘못됐다고 그는 생각했다.

"지검장님. 언론 반응이, 예상보다 좋습니다."

긴 테이블을 사이에 두고 마주 앉은 2차장 검사가 3차장 검사의 말에 놀란 듯 그만하라며 눈짓을 보냈지만 그는 눈치채지 못한 듯했다.

"그게 중요해? 자리 뺏기고 싶은 거 아니면 똑바로 하자."

지검장의 엄포에 3차장 검사는 고개를 떨궈야만 했다.

이번 일은 제대로 해야 한다고 문이헌을 다시 불러올린 사람이다. 그사이 자신에겐 귀띔조차 없이 총장의 지시로 장현 회장을 묻기로 했으면서 이제 와 누구에게 화를 내는 건지 알 수 없었다.

하지만 그는 턱밑까지 차오르는 말 대신 지검장이 원하는 말을 내뱉을 수밖에 없었다.

"……문이헌 검사, 호출하겠습니다."

한숨을 삼켰다. 휴대폰을 꺼내 든 손끝에서 망설임이 엿보였다.

그때였다. 굳게 닫혀 있던 지검장실 문 너머에서 왁자지껄 소란스러운 소리가 들린 것은.

갑작스러운 소란에 지검장을 비롯해 차장 검사들의 시선이 일제히 같은 곳을 향했다.

"자, 장관님?"

말끔한 양복 차림의 노신사가 지검장실로 성큼성큼 들어왔다. 출입을 말리던 직원들은 난감한 기색으로 뒤따라 들어왔지만, 지검장의 반응에 한 발 물러나기 시작했다.

"여긴 어쩐 일로!"

지검장은 노신사의 등장에 놀란 듯 자리에서 벌떡 일어나 자신의 자리를 양보하기까지 했다. 그의 행동에 놀란 것은 차장 검사들이었다.

차장 검사들은 어딘가 익숙하지만 낯선 노신사가 누군지 머리를 굴려야만 했다. 분명 현직 장관은 아니었다. 그러나 지검장이 자신의 자리까지 내어준 걸 보면 보통 사람은 아니라고 생각했다.

"언제 적 장관이야. 집어치워."

노신사는 인상을 팍 쓰며 손을 휘휘 저었다. 어쩐지 그 음성마저 익숙해 차장 검사들은 서로 눈치를 주고받으며 노신사의 정체에 대해 유추해 나가기 시작했다.

"지, 지검까진 무슨 일이십니까. 전화하시면 제가……."

"자네, 나랑 친한가?"

지검장의 말을 끊어 버렸다. 그를 당황하게 만드는 물음에 차장 검사들은 괜히 통쾌한 듯 속에서 터져 나오는 웃음을 참으려 입술을 깨물었다.

"예?"

뜬금없는 물음에 지검장은 당황스러워 식은땀을 삐질삐질 흘리기 시작했다. 후배들 앞에서 낯이 뜨거워지고 체면이 서지 않아 눈을 흘기며 노신사의 시선을 피해 버렸다.

"난 자네 전화번호를 몰라. 그래서 아침밥 먹다가 온 거야."

노신사 석윤에게 지검장은 까마득한 후배였다. 조금의 접점도 없는. 전화를 주고받을 만큼 가까운 사이가 아니었다.

"······먼저 인사를 드렸어야 했는데, 죄송합니다."

저자세로 나오는 지검장의 태도에 차장 검사들은 놀란 듯 숨을 크게 들이켰다. 불과 1분 전만 해도 자신들을 앞에 두고 언성을 높이고 화를 내던 사람이 맞는지 의심스러울 정도였다.

검찰 총장을 등에 업고 호령하던 지검장이 이토록 굽신거릴 정도라면 눈앞의 노신사가 누군지 굳이 멀리 가지 않아도 눈치껏 알 수 있었다.

"안 친하다고 죄송할 건 없지. 자네 가는 길이 내 식구들이랑 안 맞는 건데."

뼈가 있는 말이었다. 너는 내 편이 아니라는 명백한 선 긋기였다.

"시간도 없고, 노인네는 기력도 달리니까 본론만 하겠네."

법무부 장관 자리에서 임기를 마치고 물러난 뒤 대외적인 활동을 하지 않아 얼굴조차 뵙기 힘든 분이 눈앞에 있다는 사실만으로도 차장 검사들은 신기하기만 했다.

그런 석윤 앞에서 지검장이 맥을 못 추고 있으니 통쾌한 건 말할 것도 없었다. 물론 2차장 검사와 3차장 검사는 지검장 라인이긴 하나, 고소한 건 고소한 것이다.

"애들 불러."

안색이 파리해진 지검장을 보며 석윤은 단호한 음성을 내뱉었다. 그가 무슨 말을 할지 지켜보고 있던 이들 모두가 의아한 듯 한 박자 늦은 반응들을 보였다.

"네, 네?"

지검장이 반문했다.

"장현 그놈 때문에 우리 애들 들들 볶고 있는 거 아닌가?"

"그, 그게 무슨 말씀이신지······."

칩거라고 봐도 무방할 정도로 모습을 드러내지 않던 석윤이었다. 그가 지검까지 연락도 없이 찾아온 이유가 결코 예사로운 것이 아닐 거라고 짐작하고 있던 이들은 마른침을 꿀꺽 삼켰다.

석윤의 입에서 '장현'이라는 이름이 나왔다. 예상하지 못했던 상황이었다.

"쯧. 정호연이랑 놀더니 까마귀 고기라도 먹은 건가?"

석윤은 힐난했다. 현(現) 검찰 총장인 정호연 총장을 대놓고 비난하는 말이었다. 지검장은 안절부절못하며 입술을 깨물어 댔다.

석윤의 말을 조금도 이해하지 못해 생긴 불상사였다. 그가 말하는 우리 애들의 범주에 누구를, 어디까지 넣어야 하는지 계산되지 않았다.

그의 직계 가족들을 일컫는 말인지 아니면 일명 권 가(家) 라인을 붙잡고 있는 이들 모두를 얘기하는 건지. 좀처럼 종잡을 수가 없어 난감하기만 했다.

"내 손녀랑 손녀사위 여기 있는 거 다 안다면서."

"아……."

지검장의 입에서 탄식이 터져 나왔다.

현직에 있을 때도 자신과 뜻을 함께하는 이들을 대놓고 감싸 준 적 없던 사람이 권석윤 총장이었다.

언제나 공명정대했다. 인사권을 손에 쥐고 멋대로 후배들을 조종하려 들지도 않았고 정권의 뜻에 반하는 일이 있더라도 한길만 고집했다.

그가 검찰 총장과 법무부 장관으로 재직했을 당시엔 검찰 개혁을 해야 한다는 소리가 쏙 들어갔을 만큼 검찰에 대한 국민들의 신뢰가 높았다.

한때 그런 검찰을 만들었던 석윤이 자신의 식구를 대놓고 찾는다는 게 무슨 뜻인지 그의 입을 통해 듣지 않아도 지검장실에 있는 이들 모두가 그 의중을 파악할 수 있었다.

"장관님 손녀랑 손녀사위를 호출해 달라는 말씀입니까."

지검장이 조심스레 되물었다.

"정신 상태도 썩어 빠지더니, 귀까지 먹었어?"

지검장을 대놓고 비난했다. 어떻게든 권가 라인을 붙잡아 보려 했던 지검장은 낯이 빨개져 이를 꽉 깨물었다.

석윤에게 자신의 입지는 조금도 없다는 것을 기어코 확인하고 말았다. 그의 손녀사위에게 미끼를 던져 포섭하려 한 계획은 진전도 없는 마당에 그가 누군지 알아내지도 못해 계획이 수포가 된 느낌이었다.

지검장은 낮게 한숨을 내쉬며 3차장 검사에게 눈짓을 보냈다. 빨리 석윤의 손녀인 권다현 검사를 호출하라고. 손녀사위는 누군지 모르니 알아서 데려오게 하라는 뜻이 담긴 다급한 눈빛이었다.

"누군지 몰라?"

지검장과 차장 검사들의 눈치에 석윤은 되물었다. 기가 찬다는 듯 웃음을 뱉으며 눈살을 찌푸렸다.

"내 새끼들이 누군지 몰라서 그동안 우리 애들을 괴롭혔구먼."

'감히'라는 말은 그 어디에도 없었지만 듣는 이들의 귀엔 그렇게 들렸다. 감히 너희 따위가. 그 눈빛에 뒷골이 오싹하기만 했다.

"빨리 권다현 검사 불러. 빨리!"

지검장이 3차장 검사의 옷깃을 잡아당기며 낮게 읊조렸다. 권다현 검사만 부르면 어떻게 하나, 손녀사위도 찾는데 어떻게 하라는 거냐는 3차장 검사의 말에 지검장은 석윤의 눈치를 살폈다.

차라리 누군지 말을 해 줬으면 했다. 오금이 저리는 이 상황을 1초라도 벗어나고 싶은 마음이 컸다.

"고종석이 밑에 막내 둘 있잖아."

자신의 손녀는 누군지 아는 것 같은데, 손녀사위를 몰라 서로 눈치만 보고 있는 이들을 보다 못해 석윤이 턱을 치켜들며 말했다.

지검은커녕 검찰 내부에서도 자신의 손녀에 대해 아는 이들은 극소수였다. 하물며 아직 식도 안 올렸는데 손녀사위를 알 리가 없었다.

든든한 방패가 되어 주겠다던 자신의 마음만 감사히 받은 이헌이 기특해 더는 제 울타리 밖에서 떠돌게 하고 싶지 않았다.

─장현 회장한테 이헌이가 소환장을 보낸 모양입니다.

─자식 교육을 어떻게 시킨 거냐고 한 소리 들었습니다.

─주총이 내일입니다. 장 회장 소유 지분만으론 경영권 방어는 어려울 거 같습니다.

─장 회장을 기어이 재판정에 세울 생각인가 봅니다.

─정 총장 지시였다고 알고 있습니다. 이번엔 좌천으로 끝나지 않을 겁니다. 이대로 불명예 퇴직은…… 도와주십시오.

아들의 일에 매사 언성만 높이고 불만이 가득했던 문 대표가 처음으로 도와 달라 전화를 걸어 왔다. 로펌의 일이 아닌 개인적인 일로. 그것도 아들이 검사직을 내려놓기를 바라면서 그 아들을 도와 달라 했다.

자신과 같은 전철을 밟지 않길 바라는 아비의 마음에서 비롯된 부탁이었다.

아침밥을 먹기도 전에 뉴스에서 속보가 뜨자마자 안 그래도 옷을 챙겨 입던 와중이었다. 문 대표의 전화가 없었어도 지검으로 걸음을 할 작정이었다. 뒷방으로 물러나 바둑이나 두면서 시간이나 때우고 있는 늙은이지만 세상 돌아가는 것쯤 모르지 않았다.

이미 검찰 총장의 지시로 장현 회장을 덮기로 했고 특수 1부에서 오케이 했다는 말까지 들었는데, 하루 만에 발부된 소환장이 뜻하는 바가 무엇인지 검찰 밥 수십 년 먹은 뒷방 늙은이는 단번에 알 수 있었다.

검사다운 검사가, 좋은 검사가 이렇게 또 사장되는구나 싶어 더는 방관자로 있을 수 없었다.

그길로 전화를 끊자마자 지검으로 달려온 석윤은 방패막이를 자처하고 나섰다.

"듣자 하니, 이헌이 부르라고 바깥에 다 들리게 소리치더구먼."

찬물을 끼얹은 듯 삽시간에 고요해졌다. 지검장과 3차장 검사가 그토록 궁금해하던 석윤의 손녀사위가 누군지 그의 입을 통해 밝혀진 순간, 숨소리조차 들리지 않았다.

"뭐 하나. 시간 없어."

석윤이 손목시계를 탁탁 치며 재촉하자 그제야 멍하니 넋을 놓고 있던 지검장과 차장 검사들이 서둘러 움직이기 시작했다.

지검장은 인터폰을 통해 특수 1부 부장 검사와 문이헌, 권다현 검사를 호출했고 3차장 검사는 사내 메신저를 통해 지검장실로 빨리 올라오라는 메시지를 보냈다.

분주하던 움직임이 일제히 멈췄다. 빨리 누구든 올라와서 이 무겁고 답답하고 삭막한 분위기를 깨 주길 바라지만 누가 온다 한들 석윤이 있는 한 어림도 없을 거라는 생각이 지배적이었다.

그때 노크 소리와 함께 지검장실 문이 열렸다. 석윤이 찾던 이들이 아닌 뜻밖의 인물이 헐레벌떡 들어와 허리를 굽혔다.

"여기 계신다고 듣고 왔습니다. 제 방으로 오시지. 누추한 곳에 모셔서 죄송합니다."

검찰 총장이었다.

"안 그래도 자네한테도 갈 생각이었어. 잘됐네. 다 보였으니 두 번 걸음하지 않아도 되겠어."

검찰 총장으로 임명된 후 석윤의 초대로 그의 집에서 밥 한 끼 대접받는 것은 관행이었다. 석윤 이후의 역대 검찰 총장 중 그의 집에서 식사하지 않은 이는 아무도 없었다.

후배에게 따뜻한 집밥 한 끼 대접하는 것이 뭐 그리 어렵겠냐며, 앞으로 검찰을 잘 이끌어 가길 바란다는 의중이 담긴 식사 자리였다.

검찰 총장으로서 맡은 바 일을 잘 해내는 이들은 종종 석윤과 사석에서 만나 밥을 먹기도 했다. 하지만 정호연 검찰 총장은 임명 이후 단한 차례, 석윤의 집도 아닌 외부에서 밥을 먹은 것이 전부였다.

지난 정권에서 검찰 총장으로 임명된 정호연은 바른 검찰, 좋은 검찰을 바라는 권석윤의 뜻과 반대되는 인물이라 눈 밖에 난 것이라는 평이 지배적이었다.

1년 만에 석윤과 얼굴을 마주한 검찰 총장은 그의 눈을 제대로 마주치지도 못했다.

권석윤의 말 한 마디면 당장 자신의 자리를 다른 이에게 내줘야 한다는 걸 알기에 자세를 낮출 수밖에 없었다.

권석윤은 날카로운 발톱을 항상 숨기고 있을 뿐이지, 언제나 검찰 최상위에 군림하는 포식자였다.

18장

"나한테 미리 보고는 했어야지!"

특수 1부 회의실 안은 부장 검사의 노기에 분위기가 얼어붙었다.

"시간이 없었습니다."

장현 회장에게 검찰 조사를 받으러 오라는 소환장을 멋대로 발부한 이헌이 말했다. 시간이 없었다는 건 핑계에 불과했지만, 그는 뻔뻔하리만큼 당당했다.

"너희도 알고 있었어?"

부장 검사의 물음이 테이블에 둘러앉은 후배 검사들에게로 향했다. 서로 시선을 회피하며 딴청을 피우는 후배들을 보며 그는 이를 바득바득 갈았다.

어쩜 이렇게 하나같이 제 말을 들어먹는 놈들이 없는 건지 속에서 천불이 났다.

"이것들이 진짜! 단체로 책상이라도 빼고 싶은 거야?"

소환장을 발부하기 전날 늦은 밤.

이헌은 K그룹을 함께 담당하고 있는 이정우 검사에게 미리 알렸다. 그 후, 소환장을 보내기 직전 특수 1부 선배 검사들과 다현을 불러 모아 자신의 계획을 간단명료하게 말했다.

"이틀 뒤, 장현 회장이 검찰에 출석할 겁니다. 소환에 응하지 않으면 강제 집행 형식으로라도 조사실에 앉힐 생각입니다."

생각지도 못했던 장민혁이 꽤 큰 도움이 됐다는 말까지는 하지 않았다.

그는 자신의 모습을 드러내고 싶어 하지 않았다. 집이 있는 미국으로 하루라도 빨리 돌아가고 싶다고 말한 이였다.

검찰 내부에서 그의 존재를 알게 된다면 어떤 식으로든 밖으로 새어 나갈 것이다.

해서 이헌은 장민혁의 플랜 일부와 자신의 플랜 일부를 공조한다는 말은 일절 입 밖으로 꺼내지 않았다.

장현 회장에게 소환장이 발부된 것으로 장민혁의 플랜은 완성되었고, 그렇게 K그룹의 왕좌에서 쫓겨나는 장 회장을 조사실에 앉히는 것으로 이헌은 플랜을 앞당길 수 있게 됐다.

장민혁의 카드가 없었더라면 K그룹에 대한 재판이 시작될 때까지 장현 회장을 넋 놓고 내버려 둬야 했을 것이다.

그에 대한 구속 영장은 어림도 없었겠지.

이번엔 장현 회장이 검찰 포토 라인 너머 구치소에 들어가는 모습까지 실시간으로 생중계되지 않을까 싶었다.

"검찰 조사에 불응할 수도 있지 않을까요?"

불응하면 강제 집행 형식을 띠고서라도 장 회장을 조사실에 앉혀 놓겠다고 단언한 이헌의 계획은 입 밖으로 내지 않았다.

그저 남 검사는 부장 검사의 노기를 조금이라도 달래 보고자 했을 뿐이다.

"이 상황에서 불응했다가 무슨 봉변을 당하려고?"

K그룹 총수가 검찰 포토 라인에 서는 것은 사상 유례없는 일이었다.

지난 사건 검찰 조사 때 장 회장은 포토 라인을 피해 수십 명의 경호원을 이끌고 조사실로 쳐들어왔었다. 그래서 장현 회장에게 소환장이 발부됐다는 언론 보도에 아침부터 반응은 뜨거웠다.

현재 MK건설의 사장과 대호그룹의 부회장이 기소된 상태에서 K그룹에 대한 수사만 지지부진하다며 이번에도 K그룹은 특혜를 받는 거냐는 말들이 쏟아지는 상황이었다.

장 회장에 대한 검찰 조사는 K그룹에 대한 검찰의 특혜는 조금도 없었다는 것을 보여 주는 행동이었다.

좋은 반응들이 쏟아지기 시작했고 이 상황에서 검찰 조사를 불응한다면 장현 회장은 수세에 몰려 돌팔매질을 당하게 될 수 있었다.

"장 회장 기소까지 못 가면 욕먹고 배 터져 죽는 건 이제 우리야."

"장 회장 친필 사인 서류마다 있는 거 못 보셨습니까."

석원기 이사가 증거 자료라며 건넨 USB 속 수백 장이 넘는 결재 서류 서명란에 현재 구속 기소된 K그룹 전략 기획실 임원들과 장현 회장의 친필 사인이 있었다.

최종 결재권자가 장현 회장이었다.

갤러리 벗을 통해 세탁된 비자금 중 일부가 차명 계좌를 통해 조세 피난처의 페이퍼 컴퍼니로 들어가고 또 다른 일부는 정치권에 로비 되는 자금으로 쓰인다는 내역서들이었다.

장 회장은 비자금이 사용될 때마다 누군가에게 뇌물로, 청탁으로 돈을 건넬 때마다 서류로 그 증거를 남겼다.

그 서류의 원본이 금고 속에 보관되어 정호연 총장에게 식용유 세트와 함께 배달됐다는 것까지 이미 확인한 상황이었다.

사본이자 스캔본이 USB에 담겨 있었고 그 원본은 장 회장의 개인 금고 속에 고이 간직되고 있었다. 유용하게 쓰일 협박용 자료들이라고 봐도 무방했다.

"그게 뭐. 딴 놈이 했다고 하면 어쩔 거야. 사인 위조는 아무나 할 수 있어."

"이미 자필 감정 받았습니다."

"그래, 너 잘났다."

그 짧은 시간에 자필 감정까지 받았다는 이헌의 말에 부장 검사는 할 말을 잃었다.

"석원기 이사의 증언만으로 이미 비자금 규모는 입증된 거나 마찬가집니다. 혐의 인정 안 하면, 뇌물 리스트 터트리면 됩니다. 그거 터지면 엮여 나올 분들이 제 발 저려서 장 회장 가만히 안 둘 겁니다."

이헌이 언론에 제보한 K그룹 비자금과 뇌물 리스트는 빙산의 일각이었다.

압수 수색을 통해 발견된 문건들과 석원기 이사의 USB 속 뇌물 리스트는 바닷속에 잠겨 있던 빙산의 실체가 드러나고도 남을 지경이었다.

정계를 떠나 노후를 보내고 있는 이들도 있었고 명을 달리한 이들도 있었다.

이미 이름이 잊힌 이들까지 줄줄이 엮여 나올 뇌물 리스트는 핵폭탄이나 마찬가지였다.

터지는 순간, 대한민국은 쑥대밭이 되는 것이다.

"지금 비자금이랑 뇌물이랑 거래하자는 거야?"

"어차피 뇌물 리스트까지 손대면 특수부에서 끝날 일 아닌 거 아시지 않습니까. 특검까지 가게 되면 부담은 고스란히 검찰 몫입니다. 그 정도면 위에서도 눈감아 줄 겁니다."

피할 수 있는 건 피해야 했다. 피한다고 해도 다치는 거라면 온몸으로 감당할 수 있지만 피해서 다치지 않는다면 굳이 제 살을 도려낼 필요는 없었다.

장현 회장의 뇌물 리스트엔 청와대와 국회에 한 번이라도 입성했던 초선 의원들은 물론 검경 수뇌부, 역대 대법원장들과 사법부, 각 부처 장관과 그 아래까지 있었다.

차라리 이름이 없는 사람을 찾는 것이 더 빠를 만큼 수많은 이들이 K그룹의, 장현 회장의 검은돈을 받았다.

언젠가는 터져야 할 일이지만 그 시기가 지금은 아니었다.

"……처음부터 이러려고 했어?"

"장 회장 잡으려면 한 번으론 안 되는 거 여기 모르는 사람 있습니까. 대비할 시간 없이 차례대로 터져야 회복 불능 상태가 될 겁니다."

비자금으로 먼저 장현 회장을 기소하기만 하면 된다.

"뇌물 리스트는 적당한 때 흘릴 겁니다."

이 검사가 슬쩍 거들었다. 이미 이헌과 K그룹과 장현 회장에 대해 의논을 마친 그는 부장 검사를 바라보며 빙그레 웃었다.

이렇게 고생을 했는데, 온갖 일 다 겪으며 날밤을 새우고 개고생 한 게 누군데. 다 차려 놓은 밥상을 특검에 넘길 수는 없었다.

"장 회장 재판 다 끝나고 최종 선고 내리는 날이 딱 좋지 않겠어요?"

장난스러운 이 검사의 음성과 웃음에 혀를 내두르는 사람들이 더 많았다.

뇌물 리스트를 어떤 식으로 활용할지에 대한 이헌의 생각은 선배들도 모르는 일이었다.

이정우 검사를 제외한 이들은 시종일관 표정 하나 없는 이헌을 힐긋 바라보며 속으로 생각했다.

저 미친놈이 후배라서 다행이라고. 저 정신 나간 놈이 우리 부에 있는 한 밥그릇 뺏길 일은 절대 없을 거라고.

그래서 선배로서 면목이 없다고.

같이 미쳐 주지 못해서 씁쓸했다.

"적이 방심하고 있을 때 급소를 찌르는 게 가장 효과적이라고, 부장 검사님이 가르쳐 주신 겁니다."

혀를 내두르는 부장 검사를 보며 이헌은 자신이 특수 1부에 발령을 받고 첫 출근을 했을 때 그가 제게 한 말을 떠올리며 말했다.

배임과 횡령으로 재판이 끝나는 날, 최종 선고가 어떤 식으로 내려 질지 알 수는 없으나 그 흔한 벌금형이나 집행 유예로 끝난다 해도 절 대 구치소 밖으론 나갈 수 없을 것이다.

또 다른 죄목이 그의 앞에 떨어질 테니.

"징그러운 놈들."

이헌은 그렇다 치고 이정우 검사까지 거들고 나서니 부장 검사는 가타부타 더는 말하지 않았다. 이미 엎질러진 물이고 잘 닦아 내는 일에만 총력을 다해야 할 때였다.

똑똑.

부장 검사 입에서 한숨이 터져 나오고 그가 머리를 긁적거릴 때 노크 소리와 함께 회의실 문이 열렸다.

부장 검사의 실무관이 빼꼼 고개를 내밀고는 분위기를 살피며 안으로 들어섰다.

"저, 지검장실 호출이⋯⋯."

현재 상황이 엉망이라는 걸 알고 있기에 지검장실 호출이 마냥 좋은 일이 아니었다. 그사실을 아는 실무관은 부장 검사에게 다가와 조심스레 말했다.

"나?"

실무관의 말에 부장 검사는 깜짝 놀라며 인상을 찌푸렸다. 한바탕 또 난리가 나겠구나 싶어 벌써 숨통이 꽉 조여드는 것 같았다.

"문 검사님, 권 검사님도 같이 올라오라고⋯⋯."

알 수 없는 조합에 실무관도 되물었다. 문이헌 검사와 권다현 검사가 맞냐고. 그렇다는 말에 무슨 일이냐고 묻기까지 했다. 자세한 건 모른다는 대답이 들려왔다.

실무관과 마찬가지로 회의실 안의 검사들도 이상한 조합에 고개를 갸웃거리기 시작했다.

부장 검사와 이헌은 그렇다 치더라도 두 사람 사이에 생뚱맞게 다현은 뭐란 말인가.

"진짜 권다현 검사 올라오라는 거 맞아?"

부장 검사가 되묻자 실무관은 고개를 세차게 끄덕였다. 부장 검사의 시선이 멀뚱멀뚱 눈을 깜빡이고 있는 다현에게로 향했다.

지검장에게 까이러 가는 조합에 권다현은 말이 안 된다.

"권 검사, 뭐 사고 쳤어?"

엘리베이터를 타자마자 부장 검사가 의아한 듯 물었다.

이헌과 부장 검사 사이에서 손가락만 만지작거리던 다현은 세차게 고개를 내저으며 손사래를 쳤다.

사고라니. 가당치도 않다. 그럴 시간도 없었고, 여유도 없었고, 정신도 없었다.

"그럼 도대체 넌 왜 부르는 거야."

부장 검사가 구시렁거렸다. 누가 봐도 교무실에 혼나러 가는 분위긴데 조용히 공부하던 녀석까지 함께 불려 가는 그런 모양새였다.

"아하하, 하하."

다현의 입에선 멋쩍은 웃음만 나왔다. 부장 검사도 모르는데 제가 어찌 알겠는가.

지검장실이 코앞이었다. 부장 검사는 흐트러진 옷매무시를 가다듬었고 이헌은 표정 하나 없이 말끔한 얼굴로 정면을 주시했다.

마치 혼나는 게 한두 번이 아니라 익숙하다는 듯, 그는 지검장의 호출에 무감각했다.

지검장실의 문이 열렸다. 다현은 긴장감에 마른침을 꿀꺽 삼키며 어금니를 꽉 깨물었다.

"뭐야. 고 부장이랑 문이헌 검사는 왜……."

벽에 가로막힌 부장 검사와 이헌의 걸음이 멈춰 섰다. 덩달아 다현도 멈칫했다. 너른 이헌의 등 너머로 지검장실에 모여 앉아 있는 차장 검사들이 보였다. 그리고 옆으로 지검장과 맞은편에 검찰 총장까지.

다현은 놀란 듯 크게 숨을 삼키다가 낯익은 얼굴에 입을 틀어막았다. 하마터면 소리를 빽 지를 뻔했다.

"내가 불렀네."

할아버지였다. 조부의 목소리가 검찰 총장의 삐딱한 음성을 뚫고 들려왔다. 총장은 갑자기 등장한 부장 검사와 이헌을 노골적으로 바라보다 석윤의 말에 고개를 휙 돌렸다.

다현은 이 상황을 이해해 보려 머리를 굴렸다. 답은 하나밖에 없었다. 집에서 바둑만 두시던 할아버지가 손녀 검사 생활에 제대로 훼방을 놓을 생각인 듯했다.

"총장 자리에 앉아서 감 다 떨어졌는가?"

꿀꺽. 침 넘어가는 소리만 들렸다.

석윤을 바라보던 눈동자들이 쉴 새 없이 움직여 댔다.

특수 1부 부장 검사와 문이헌 검사, 그리고 난감한 기색이 역력한 권다현 검사를 훑으며 귀를 쫑긋 세워 석윤과 검찰 총장의 대화에 집중했다.

"내 새끼들이야. 인사해."

기함할 일이었다. 쥐구멍이 있다면 숨고 싶을 만큼 낯이 뜨거워져 다현은 얼굴을 손으로 가린 채 고개를 푹 숙였다.

검찰 총장은 순식간에 얼굴이 시뻘게졌다. 이마에 선 핏대가 그의 심경을 대변했다.

인사를 하라니. 인사를 받아도 모자랄 판국에 누구에게 무슨 인사를 하라는 건지 온전히 이해하지 못한 검찰 총장은 석윤을 바라보며 어금니를 꽉 깨물었다.

"고 부장은 아들놈 후배고, 옆엔 내 손녀랑 손녀사위."

석윤은 '내 새끼들'을 검찰 총장에게 소개했다.

권수찬 차장 검사와 고종석 부장 검사가 학연을 떠나 막역한 사이라는 건 검찰 내에서 모르는 사람이 없었다.

그렇다고 해서 권씨 집안 라인을 탄 건 아니지만 영향이 아예 없다고 할 수는 없었다. 거기다 수찬의 딸은 연수원 시절부터 꿰뚫고 있었기에 놀랍지도 않았다.

하지만 문이헌 검사는 뜻밖이다 못해 입이 다물어지지 않았다.

손녀사위라니. 권수찬 차장 검사가 말한 지검에 있던 그 사위가 문이헌이라니.

차장 검사들을 비롯해 지검장과 부장 검사까지 일제히 이헌을 힐끗

거렸다. 아침부터 급하게 잡힌 회의는 그의 돌발 행동에서 비롯된 일이었다.

불러다 앉혀 놓고 윽박이든 협박이든 욕이든 뭐든 퍼부어 주려고 했던 지검장은 마른세수하며 한숨을 삼켰다.

잘못돼도 한참 잘못됐다. 라인을 타긴커녕 이젠 후배 눈치까지 보게 생겼다. 그것도 평검사를.

"손녀랑 손녀사위한테 혼날 거 각오하고 온 거니까, 긴말은 하지 않겠네."

석윤은 갑자기 왜 이러시냐고 원망 가득한 눈빛으로 자신을 바라보는 손녀와 시종일관 표정 하나 없이 맑간 얼굴을 하고 있는 이헌의 시선을 피했다. 그러고는 목청을 가다듬었다.

"장현 그놈은 애들이 하겠다는 대로 놔둬."

표정을 굳힌 석윤은 단단한 음성으로 검찰 총장을 바라보며 말했다. 네놈은 이 이상 절대 끼어들지 말라는 듯 그의 눈빛은 매서워졌다.

"자네가 현이한테 받아먹은 거, 여기 모르는 사람 없어."

K그룹의 분식 회계 사건이 터지면서 검찰 총장이 장현 회장에게 돈을 받은 게 틀림없을 거라는 이야기들이 검찰 내부에서 돌았었다. 받아먹은 게 아니라면 누가 봐도 기소를 해야 마땅한 사건이 무혐의로 끝날 리 없다는 것이 그 이유였다.

알면서도 모른 척한 수뇌부들이 많았다. 평검사들은 설마 검찰 총장이 대놓고 그러기야 하겠냐는 말들이 지배적이었다.

석윤이 확인 사살을 하자 차장 검사들은 서로 눈치를 보며 마른침을 삼켰다.

총장의 낯빛이 좋지 않았다. 그 불똥이 자신들에게 튈까 봐 몸을 사려야 했다.

그저 입을 다물고 관심 없는 척하는 것이 상책이었다.

"그거 빌미로 현이 놈이 생떼 부리는 거면 말해 봐."

"……"

"그 돈 내가 갚아 줄 테니까."

총장의 눈치를 보던 이들의 놀란 시선이 일제히 석윤을 향했다. 곁에 서 있던 이헌과 부장 검사 역시 놀란 토끼가 되어 석윤을 바라봤다.

다현은 당장이라도 할아버지를 뜯어말리고 싶은 마음에 움찔했지만 이헌의 손에 손목이 붙들려 입을 꾹 다물었다.

이헌을 슬쩍 올려다봤다. 그는 지금 여기에선 우리가 나서면 안 된다는 눈빛을 그녀에게 보내고 있었다.

"언제까지 그놈한테 질질 끌려다닐 건가."

비단 검찰 총장에게만 향하는 질책이 아니었다. 석윤의 시선은 차장 검사들에게까지 머물렀다.

모두를 책망하는 눈빛이었다.

"청와대도 모자라 검찰까지 이 모양이면 나라 꼴 잘 돌아가겠다."

혀를 찼다. 고개를 숙인 채 아무 말도 하지 못하는 이들을 보며 석윤은 고개를 내저었다.

권력이 문제였다. 이들이라고 욕을 먹어 가며 아닌 걸 아니라고 말하지 못하는 나라에서 검사로서 살고 싶진 않을 것이다.

분명 좋은 검사가 되겠다는 마음으로 검찰에 몸을 담았을 텐데, 그 끝은 매번 권력 앞에 무릎이나 꿇는 무능한 검사가 되고 만다.

"곧 끈 떨어질 놈이야. 그놈 옆에서 똥 닦아 줄 거 아니면 줄 잘 서."

장현을 놔 버리라고 말하며 석윤은 몸을 일으켰다. 더는 할 말이 없다는 듯.

이만큼 얘기했으면 알아듣겠지. 못 알아듣고 또 반편이 짓을 하면 그땐 타이르는 것으로 끝나지 않을 거라며 그는 덩달아 엉덩이를 뗀 검찰 총장을 노려봤다.

석윤의 사나운 시선에 눈을 마주친 총장은 움찔거리며 고개를 가볍게 숙이며 굳게 다물고 있던 입을 뗐다.

"식사라도 하시고……."

"늙은이는 됐고, 여기 애들이나 챙겨."

두 손을 맞잡고 서 있는 차장 검사들을 고갯짓으로 가리켰다. 후배들이나 잘 챙겨 주라고 석윤은 검찰 총장에게 마지막까지 핀잔을 아끼지 않았다.

"이 셋은 꼴이 이게 뭐야. 밥도 못 얻어먹고 다녀?"

그의 발걸음은 오도 가도 못하고 입도 뻥긋하지 못하고 분위기만 살피느라 눈치나 보고 서 있는 부장 검사와 이헌의 앞에 멈춰 섰다.

두 사람은 그제야 석윤에게 고개를 숙이며 인사를 했다. 밑에 애들 챙기랴 위에 눈치 보랴 스트레스가 극에 달했을 부장 검사의 어깨를 톡톡 토닥이던 석윤은 키가 훤칠해 고개를 들어야 눈이 마주치는 이헌을 보며 말을 이어 갔다.

"빨리 끝내고 밥이나 먹으러 와."

검찰 총장조차 석윤의 집에서 밥 한 끼 먹지 못했는데 일개 평검사가 식사 초대를 받았다. 그 사실만으로도 이미 분위기는 이헌 쪽으로 흐르고 있었다.

총알받이로 불리던 문이헌이 검찰은 물론 법조계의 실세라 불리는 권석윤의 손녀사위라는 사실이 실감되는 순간이었다.

"네 아빠가 사위랑 밥 먹겠다고 목 빠져라 기다린다."

다현은 당장이라도 뭐 하시는 거냐고 소리를 치고 싶은 욱하는 성미를 꾹 눌렀다.

이헌의 옆에서 그의 옷깃을 붙잡고 이를 꽉 물고 있던 다현에게 석윤의 시선이 머물렀다.

그는 손녀의 성미를 잘 알았다.

다현은 자기 일에 누군가가 간섭하는 걸 몹시 싫어했다. 그래서 사사건건 간섭하려 드는 조부의 눈을 피해 독립을 선언했고 결혼을 종용하는 3년 동안 손에 꼽을 정도로 본가에 걸음했다.

그런 손녀가 할아버지며 아버지며 가족들을 드러내는 걸 좋아하지 않는 건 당연한 일이었다. 누군가의 도움, 그것이 가족이라면 더더욱 사양한다는 것이 다현의 생각이었다.

그래서 석윤은 자신을 찾아와 부탁하던 손녀의 청을 거절하지 않았다.

무지렁이가 아닌 이상 검찰 밥 먹으면서 제 조부의 권력을 모르고 산다는 것은 불가능했다.

옳은 일에 권력을 잘 이용할 줄만 안다면 무엇이 문제일까. 비단 다현 때문만은 아니었지만, 결과적으로 손녀의 입김이 작용한 건 부정할 수 없었다.

명분을 가져오라 했더니 결혼을 하겠다고 했다.

그렇다면 나서 줘야지. 방패막이가 되어 줘야지.

도움이 필요하게 되면 그때 가서 도와 달라던 이헌은 자기 스스로 제자리를 찾아 돌아왔다. 자신의 능력을 스스로 입증한 셈이었다. 그런 유능한 검사를 또 놓칠 수는 없었다.

이헌과 다현이 누구의 울타리 안에 사는 귀한 자식들인지 머리에 똥만 가득한 놈들에게 똑똑히 알려 줘야 했다. 그래야 다시는 허튼짓하면서 총알받이로 이헌을 쓰지 않을 테고 좋은 검사가 사라지는 일이 없을 테다.

"조사 끝나는 대로 찾아뵙겠습니다."

조부에게 왜 자기까지 끌어들이냐고 따져 묻고 싶은 걸 꾹 참고 있는 다현의 손을 맞잡은 채 이헌은 정중히 고개를 숙였다.

반면 다른 이들의 입에선 한숨이 새어 나왔다. 이렇게 쑥대밭을 만들고 가 버리면 남은 사람들은 뒷수습을 걱정하지 않을 수 없었다.

"바빠서 집에 못 오면 너는 네 어미한테 전화라도 자주 하고."

보는 눈이 몇 갠데 여기서까지 잔소리를 하는 조부를 보며 다현은 앙다문 입술을 떼며 시무룩이 대답했다.

"네. 어서 가세요. 바래다 드릴게요."

이헌의 손을 놓고 조부의 손을 잡아끌며 다현은 1초라도 빨리 지검장실을 벗어나려 걸음을 재촉했다.

검찰 총장과 지검장, 차장 검사들이 허리를 숙이며 석윤을 배웅했다.

그는 손녀의 손에 이끌려 뒤도 돌아보지 않고 지검장실을 나섰다.

꼿꼿한 허리와 너른 보폭의 걸음걸이에는 주저함이 없었다.

석윤의 목소리가 더는 들리지 않고 그의 모습도 자취를 감췄지만, 지검장실의 수뇌부들은 검찰 총장 앞에서도 이헌과 부장 검사의 눈치를 살피며 숨을 들이켰다.

머릿속으로 계산조차 제대로 이뤄지지 않았다. 누구의 손을 들어줘야 이 시끄러운 정국에 고요함이 찾아올지 알 수 없었다.

그래도 한 가지 분명한 것은 검찰 총장은 아니라는 것이다.

이번에도 임기를 다 채우지 못하고 검찰 총장이 바뀔 것 같았다. 그것만은 확실했다.

✢　　✦　　✢

K그룹 사옥에서 열린 정기 주주 총회엔 주주들이 대거 모여 북새통을 이뤘다.

사전에 대표 해임안이 의결에 부쳐질 것이라 말이 떠돈 상태라 삼삼오오 모인 이들은 장현 회장의 검찰 조사에 관한 이야기뿐이었다.

온종일 언론 보도를 통해 검찰 조사를 받게 된 장현 회장의 죄질과 재판으로 이어진다면 형량이 어느 정도 나올 거라 예상하냐는 예측 보도들이 쏟아졌다.

덕분에 K그룹 주식은 또다시 하한가를 기록했고 계열사들도 고스란히 타격을 받아야 했다. 대표 이사 해임안이 부결된다면 주식은 휴지 조각이 되고 말 거라는 말들이 장내를 떠들썩하게 만들었다.

"53회 정기 주주 총회를 시작하겠습니다."

안내 방송이 울렸다. 자리에 앉은 이들의 시선이 일제히 단상 위를 향했다. 부회장이 마이크를 쥐고 인사를 하자 그 뒤로 장현 회장이 올라와 테이블 앞에 앉아 물을 마셨다.

뻔한 인사말이 스피커를 통해 흘러나왔다. 곧이어 정기 주주 총회답

게 사업 실적 보고부터 이어졌다.

주주 총회에 참석한 주주 중 부회장의 실적 보고를 귀담아듣는 이는 아무도 없었다.

전년도 상반기 대비 올해 상반기 실적이나 이익이 중요한 것이 아니었다. 그룹 전체에 위태로운 분위기가 조성되고 있는 판국에 당장 내일 장현 회장이 검찰 포토 라인에 선다면 공든 탑이 무너지는 건 순식간인 상황이었다.

애써 준비한 PPT 자료 따위에 시선을 두는 대신 거만하게 앉아 있는 장현 회장을 바라보는 이들이 대부분이었다.

"여전하시네."

그중에서 말린 장미꽃 같은 빛깔을 가진 슈트를 깔끔하게 차려입은 남자가 선글라스를 벗으며 단상 위의 장 회장을 바라봤다.

씁쓸함이 입가를 스치고 지나갔다.

"그렇게 나약해서 세상을 어떻게 살아."
"아무짝에 쓸모없는 녀석."

단 한 순간도 아비였던 적이 없는 사람이었다. 물론 옆에서 방관하고 있던 어머니란 사람도 다를 바 없었다.

아들을 불쌍히 여기기는 하나 남편의 말을 거역할 힘 같은 건 그녀에게 허락되지 않은 일이었다.

그저 뒤에서 몰래 아들의 학비를 대 주는 것으로 눈 가리고 아웅할 뿐이었다. 학비를 대 줬으니 고맙다고 절이라도 해야 하나 싶었지만 단한 번도 아들을 찾은 적 없는 여자는 어미이길 포기한 것과 다르지 않았다.

여전히 욕심으로 번들거리는 장 회장을 보며 민혁은 조소했다. 역시 사람은 변하지 않는다.

한 손에 야구공을 쥔 채 입구에서 나눠 준 자료들을 뒤적이던 헨리

역시 단상 위를 힐긋댔다.

민혁과 헨리 두 사람은 오물이라도 묻을까, 장 회장과 최대한 멀찍이 떨어진 곳에 앉아 재미라고는 눈곱만큼도 없는 부회장의 실적 보고를 들었다.

연초부터 터진 한빛은행장의 뇌물 리스트 때문에 실적 이익이라고 해 봐야 뒤에서 죄다 사건 수습하는 데 쓰였을 돈이었다. 이 숫자 중 얼마가 경찰, 검찰에 흘러 들어갔을지 알 수 없었다.

무의미한 실적 보고라는 생각이 든 순간, 그의 표정은 차게 식었다.

"지난 임시 주총 때 발의된 장현 회장에 대한 경영자 해임안 투표를 진행하도록 하겠습니다."

장내가 술렁이기 시작했다. 휴대폰보다 작은 크기의 버튼을 저마다 손에 쥔 채 눈치를 살폈다.

사전에 위임장을 제출한 민혁은 장현 회장이 보유하고 있는 K그룹의 지분율과 같은 13.2%를 보유하고 있었다.

헨리는 해임안이 부결됐을 때를 대비해 장 회장을 곧바로 자리에서 끌어내리기 위해 소액 주주들과 물밑 접촉을 했었다. 덕분에 장 회장이 갖고 있던 경영권 방어를 위한 최소한의 지분이 현재는 2%를 웃돌고 있었다.

검찰 아니, 이헌이 협조를 해 준 덕분에 해임안이 부결될 일은 없을 거라고 그는 장담했다.

당장 내일이면 그룹 총수의 자리가 검찰 조사를 이유로 텅 비게 된다. 그룹의 모든 결정권이 부회장 체재로 돌아가게 된다.

그룹 내 신망이 두텁지 않은 부회장을 그룹 이사진들이 어떻게 받아들일지 뻔했다.

"과반수의 찬성이 나올 시, K그룹의 최고 경영권자인 장현 회장의 해임안은 통과됩니다."

단상 위에 앉아 있는 장 회장의 낯빛이 거무죽죽했다. 노기가 띤 얼굴은 당장이라도 앞에 놓인 테이블을 뒤집어엎을 기세였다.

평생을 하나만 보고 산 사람이었다. 형제들을 밀어내고 왕좌에 앉은 그는 태어난 순간부터 지금까지 하나만 지키기 위해 살았다고 해도 과언이 아니었다.

아버지라는 사람이 자신의 일평생이 고스란히 녹아 있는 왕좌에서 쫓겨나게 된다면 어떤 삶을 살게 될지 예측할 수 없었다.

죽는 것 말고 달리 뭐가 있을까 싶은 생각에 민혁은 아버지를 바라보던 시선을 거둬 주주들의 뒷모습을 훑었다.

"투표를 시작하겠습니다."

경영자의 방만한 경영과 각종 비리를 더는 좌시하지 못한다는 이유로 해임안이 발의됐다는 말이 끝나기 무섭게 투표가 시작됐다.

사람들은 빠르게 손가락을 움직였다. 장내는 숨소리조차 거슬릴 정도로 고요하기만 했다. 스크린에 띄워진 숫자는 빠르게 머릿수를 채워 갔다. 정기 주총에 참석한 100여 명의 주주가 모두 투표를 마쳤다.

민혁은 빨간 버튼을 눌렀다. 그와 동시에 투표가 끝났다는 문구가 떴다.

"축하해."

야구공을 만지작거리던 헨리가 야트막한 목소리로 축하를 전했다. 아직 결과가 나오지 않았지만 김칫국부터 마셨다.

민혁은 담백한 미소를 지으며 테이블 위로 손에 쥐고 있던 버튼을 툭 내려놓았다.

사람들의 시선은 이내 스크린으로 쏠렸다. 디지털 집계를 마친 기계는 빠르게 숫자를 업데이트했다.

찬성과 반대가 적힌 칸 안에 빠르게 돌아가는 숫자가 멈추고 다목적 홀 안은 적막강산을 이뤘다.

"……."

윗선들이 줄줄이 구치소에 들어간 덕분에 사회자가 되어 정기 주총을 이끌게 된 전략 기획실 팀장이 마이크를 쥔 채 마른침을 삼켰다.

"……개새끼들."

단상 위에 앉아 있던 장 회장이 욕설을 읊조렸다. 그 소리를 들은 건 곁을 지키고 서 있던 비서실장과 새로 기획 팀을 맡은 팀장 그리고 옆으로 서 있던 임원들이었다.

찬성 63, 반대 32.

집계되지 않은 표는 기권이었다.

어느 쪽으로도 표를 던질 용기가 없었던 이들의 표가 반대했다고 해도 결과는 달라지지 않았을 것이다.

"찬성 63표 반대 32표, 기권 22표로…… 장현 회장의 해임안이 통과되었음을 알려 드립니다."

100여 명의 주주들이 술렁이기 시작했다.

해임안 표결을 위해 엄선된 주주들만 참석한 정기 주주 총회였다. 표결 행사가 가능한 주주들이 모인 홀 안은 그야말로 시장통이 되어 가고 있었다.

장 회장이 일선에서 물러나면 그룹은 어떻게 되는 거냐는 이야기들이 지배적이었다.

자신들의 주머니를 챙기기 위해 일단 찬성은 했고 더는 비리 가득한 그룹 이미지를 좌시할 수 없어 장 회장이 해임해야 한다고 목청을 높였지만, 이제부터가 문제였다.

왕국을 다스릴 왕좌가 비었다. 아무도 없었다.

망나니 후계자도 구치소에 들어앉아 있는 판국에 부회장에게 그룹을 맡기는 건 시기상조였다.

"회장님……."

수습되지 않는 분위기 속에서 비서실장이 장 회장 곁으로 다가왔다. 경직된 얼굴로 주먹을 움켜쥔 장 회장은 당장이라도 자리를 박차고 일어날 기세였다.

주주들도 그렇고 제 말을 들어먹는 인간들이 이렇게 없어서야.

당장 내일 검찰 조사를 받으러 가야만 하는 상황에서 해임안이 통과되다니. 이건 재앙이었다.

어떻게 지켜 온 자리인데. 수십 년을 어떻게 버텨 냈는데!

형제고 뭐고 가족의 연은 다 끊어 내고 지켜 낸 자리였다. 아들까지 내쳐 가며 잡고 있던 줄이 끊어져 버렸다.

공든 탑이 한순간에 와르르 무너져 내린 심정은 참담하기만 했다. 비서실장이 두 팔 걷어붙이고 나서 소액 주주들을 설득했음에도 결과는 비참했다.

이렇게 뒤통수를 맞을 줄이야.

이윽고 장 회장은 허탈한 듯 웃어 댔다. 사람들의 이목이 쏠렸다.

"회, 회장님⋯⋯."

진행을 맡고 있던 전략 기획실 팀장은 식은땀을 뻘뻘 흘렸다. 장 회장의 눈치를 보지 않을 수 없었다. 노기가 가득한 얼굴로 앙다문 입술 사이에서 진득한 욕설이라도 쏟아질까 봐 노심초사하며 마이크를 쥔 손에 흐르는 땀을 바지에 닦아 냈다.

"장내를 정돈해 주시기 바랍니다."

시장터가 따로 없었다. 여기저기 고함도 들리고, 엉망진창이었다.

팀장은 마이크를 들었다.

"공석이 된 회장직은 이사회를 통해 후보자를 선정한 뒤 임시 주총을 통해 뽑을 예정입니다."

이미 전략 기획실에선 장현 회장의 해임안이 가결될 거라는 생각은 하지 않은 듯했다.

여론은 물론 그룹 내에서도 장 회장이 일선에서 물러나야 한다는 의견이 지배적이었다. 주주들의 동향 역시 장 회장을 따르는 이들이 돌아서고 있었다.

그룹을 위해선 이후 조치를 빨리해 공석을 만들지 않고 빠르게 정상화하는 것만이 수십, 수백, 수만의 직원들이 살길이라고 결론지었다.

"임시 주총 전까지 회장 권한 대행직을 바로 선출하도록 하겠습니다."

반발조차 할 수 없는 상황에서 장 회장은 자리를 옮기자는 비서실장의 말에도 불구하고 자리를 지키고 앉아 단상을 내려가지 않았다.

당장 내일 있을 검찰 조사를 대비할 시간도 부족한데 주총을 끝까지 지켜볼 심산인지 그는 옴짝달싹하지 않았다.

난감한 건 비서실장이었다. 경영권을 되찾아 오기 위해 움직여도 모자랄 시간이었다.

이대로 검찰 조사를 받으러 간다면 바로 구속이다. 왕좌에서 쫓겨난 이를 어느 누가 지켜 준단 말인가.

"주총 시작 전에 위임장을 제출하신 이안 님? K물산 주식 13.2%로 현재 장현, 회장님과 지분율이 같습니다."

회장 권한 대행직의 경영권 승계가 가능한 최대 주주가 1순위였다. K그룹의 계열사 모두를 지배하고 있는 K물산의 지분율을 제외한다면 민혁이 위임받은 지분은 장 회장을 웃돌았다.

그 사실을 알 리 없는 이들은 술렁이기 시작했다. 장 회장 역시 단상에서 눈살을 찌푸리며 홀 안에 있을 이안이라는 사람을 눈으로 찾기 시작했다.

곱씹어 봐도 한국 이름은 아니었다. 외국인이 그룹을 삼키게 되는 거냐는 소리가 터져 나오기 시작했다. 한국 기업을 외국에 통째로 넘기게 되는 거냐며 소란은 끊이지 않았다.

"K전자와 자동차, K생명까지 위임을 받으신 이안 님?"

표결을 행사할 주주들의 위임장을 받았다고 해서 그가 회장 대행직을 맡을 수는 없었다.

그저 위임일 뿐이었다. 주주들의 권한을 잠시 빌려 쓰는 것과 다르지 않았다. 그가 가진 K그룹의 주식은 단 한 주도 없었다.

입구와 가까운 곳에 앉아 있던 민혁은 손을 들었다. 헨리는 서류 가방에서 봉투를 꺼내 민혁의 손에 쥐여 주며 엄지손가락을 치켜들었다.

"이안 밴버그 님?"

마이크를 통해 흘러나온 팀장의 목소리에 주주들의 시선이 일제히 민혁을 향했다. 자리에서 일어난 민혁은 슈트 단추를 여미며 큰 보폭으로 성큼성큼 앞으로 다가왔다.

고개를 돌려 그를 바라보던 이들은 어느새 단상 앞에 선 민혁을 보며 고개를 갸웃거렸다. 이름과 달리 그는 누가 봐도 한국인에 아주 젊은 청년이었다. 대리인이나 변호사쯤 되는가 보다 싶은 찰나, 민혁은 서류 봉투를 자신에게 다가온 전략 기획실 직원에게 건넸다.

서둘러 봉투 안을 살펴보는 직원들을 뒤로한 채 민혁은 고개를 돌려 단상 위에 앉아 있는 장 회장을 바라봤다.

눈이 마주치고 시선이 얽혔다.

만족스러운 웃음이 민혁의 입가에 번졌다. 그를 바라보는 장 회장의 눈썹이 움찔거렸다. 자신을 바라보며 짓는 그 웃음에 놀란 듯 눈이 커진 그는 소스라치듯 우뚝 자리를 박차고 일어섰다.

장민혁. 십수 년 만에 마주한 아들이 낯설지 않아 등줄기에 소름이 돋아났다.

"대리인으로 주총에 참석해 주신 이안 님이 제출한 주주들의 양도 서류입니다."

법률상 대리인이 아니라 정말 그룹을 삼켜 먹으려던 호랑이였다.

"아, 그러니까…… K물산 13.2%와 K전자 2.9%, K생명 2.5%, K자동차 0.3%로 최대 주주가 되셨네요……."

단상 아래에서 바쁘게 움직이던 직원들이 건넨 서류를 읽어 내려가던 팀장은 민혁을 바라보며 이를 악물고 있는 장 회장의 눈치를 살폈다.

조금도 낯설어하지 않았다. 그저 분노에 들끓어 온몸이 바들바들 떨리고 있는 장 회장의 눈치를 보며 그는 다시 천천히 입을 뗐다.

"최대 주주이신 이안 님이 회장 대행직을 수락하신다면, 별도의 검증 절차 없이 현 시간부로 회장 대행직을 맡게 됩니다."

민혁을 바라보며 팀장은 침착하게 설명했다. 옆에서 느껴지는 장 회장의 뜨거운 시선에도 불구하고 그는 마이크를 민혁에게 넘겼다.

민혁은 아버지를 바라보던 시선을 거둬 마이크를 건네받으며 고개를 돌렸다.

"죄송하지만, 제가 아주 바쁩니다."

젊은 청년의 부드러운 목소리가 스피커를 통해 장내에 퍼지자 웅성 거리던 주주들이 집중하기 시작했다.

어딘가 모르게 낯익은 얼굴이었지만 잘생긴 청년이 뭐 하는 사람인 지, 누군지는 그다지 중요하지 않다는 듯 주주들은 경청하기 시작했다.

"회장 대행직은 제가 출국하기 전까지만 맡을 예정입니다."

미운 병아리 새끼였다. 백조가 아니라 닭이 될 게 뻔한 그런 아이. 자신의 감정을 숨기지 못하고 동정하기 바쁜 아이. 욕심이라곤 하나도 없이 동생에게 무조건 내주던 유약한 아이. 그래서 가차 없이 내쳤다.

장남 계승이 당연시되던 시절에 형제들을 밀어내고 그룹을 차지했 다. 지키지 못할 자식은 필요 없었다. 싹수가 노란 둘째였지만 눈물 바 람뿐이던 첫째보다 욕심이 많아 제 몫을 지켜낼 그릇이라 봤다.

그렇게 뒤도 돌아보지 않았다. 하버드를 졸업했다고 들었지만, 관심 없었다. 공부를 잘하면 뭘 하나. 그 성정은 어디 가지 않는다.

사람은 바뀌지 않으니까.

아들의 소식은 다시는 찾아 듣지 않았다. 호적에서 파내지 않은 것 만으로도 감지덕지하며 조용히 살길 바랐다.

그렇게 소식은 들리지 않았고 그렇게 후계자 자리에 앉혀 둔 둘째는 매사 사건, 사고의 연속이었다.

결국 이렇게 제자리를 찾아와 저를 버린 아비의 등에 칼을 꽂았다.

범 새끼를 버린 모양이다.

"앞으로 K그룹은 전문 경영인 체제로 이끌 생각입니다. 여기 계신 주주분들과 임원분들 모두가 만족할 만한 사람으로 리스트 보내 드리 죠. 이사회에서 잘 뽑아 주실 거라 믿습니다."

전문 경영인이라는 말이 그의 입을 통해 흘러나오자마자 장내는 다 시 술렁였다.

최대 주주를 넘어 경영권 방어가 가능한 지분을 확보하게 된 민혁의 말은 곧 회장 대행이 아니라 회장으로서 내리는 명령과 다르지 않았다.

온화한 미소와 보기 좋게 휜 눈은 선한 인상을 만들어 냈다. 보는 이들로 하여금 악의가 조금도 느껴지지 않는 모습이었다.

그룹을 조금이라도 좋은 방향으로 이끌어 나가고자 하는 결심이 엿보일 정도로 민혁은 시종일관 미소를 잃지 않았다.

"이사회에서 다시 뵙겠습니다."

민혁은 허리를 숙였다. 정중한 인사였다. 회장 권한 대행이라 취임식이 따로 없기에 이 시간에 그가 뱉은 말들은 취임사나 다름없었다.

민혁이 마이크를 건네자 직원이 우물쭈물하며 건네받았다.

그는 그대로 뒤돌아 아버지를 바라보며 입을 뗐다.

"식사는 그렇고, 차라도 한잔하시죠."

십수 년 만에 다시 만난 아버지에게 건네는 인사치고는 냉랭했다. 스피커를 통해 향후 있을 이사회와 임시 주주 총회에 대한 안내가 흘러나왔지만, 민혁과 장 회장의 귀엔 그저 이명처럼 들려왔다.

민혁은 조소를 띠며 고개를 돌렸다. 자리를 뜨는 주주들 사이에서 앞으로 빠르게 걸어 나오는 헨리와 함께 유유히 홀을 벗어났다.

"회장님."

비서실장이 그의 걸음을 재촉했다. 왕좌에서 쫓겨났다고 해도 그는 장현이었다. 복귀할 가능성이 0.1%라도 남아 있는 그에게 굽신거리려 다가오는 주주들과 임원들을 훑으며 눈에 담았다.

날카롭게 번뜩이는 눈빛이 칼날과도 같았다. 장 회장의 눈길에 고개를 숙이며 물러나야만 했다.

그는 뒤돌아보지 않았다. 뒤따라 나오는 이사진들의 눈길조차 외면한 장 회장은 집무실로 올라오자마자 거칠게 넥타이를 풀어헤쳐 집어던졌다.

"개새끼들! 미친것들! 누구 덕분에 주머니 채우고 살았는데!"

주총 내내 참았던 화를 터트리며 그는 악담을 퍼부어 대기 시작했다. 뒤통수를 때린 주주들을 향한 외침임과 동시에 제 뜻대로 움직여 주지 않은 이들에 대한 분노였다.

"계약 위반으로 시안 그것들 당장 고소해!"

검찰 조사가 철회되지 않았다. 그것만 아니었더라면 주총 결과가 이 따위로 나올 리도 없었을 것이다. 외부 법무 팀으로서 제대로 역할을 해내지 못한 로펌을 상대로 고소를 하라며 언성을 높였다.

마땅히 엮어서 고소할 명분이 없었다. 계약서상엔 비밀 유지 조항은 있지만 이런 사태를 대비한 조항은 없었다.

이런 일이 벌어질 거라고 누가 예상이나 했을까.

장현 회장이 왕좌에서 쫓겨나게 될 거라고 누가 예측이나 했을까. 훗날이라도 왕좌가 위태로워질 때를 대비해 지분 구조를 한차례 개편했지만, 이 상황에선 그마저도 무용지물이 되고 말았다.

그룹의 총수가 가진 지주사 지분이 고작 13.2%. 계열사 지분도 합이 10%를 넘지 못했다. 절대적으로 경영권 방어가 가능한 구조가 아니었다.

주주 개개인의 지분으로는 왕좌가 뒤바뀌는 일은 불가능했지만, 오늘과 같은 상황에선 주주들의 지분이 합쳐진다면 왕좌는 주인을 잃게 되는 것이었다. 간단하고 당연한 상황을 알면서도 내버려 둔 것은 추후 일어날 승계 과정 때문이었다.

간단한 방식으로 승계 작업이 이뤄져 시간 낭비를 덜 수 있었고 세금 문제도 깔끔했다. 가지고 있는 지분이 많으면 많을수록 천문학적인 돈을 세금으로 낭비해야 했다. 필요 없이 세는 돈을 막기 위해 위험을 감수하고서라도 주주들이 가지는 힘을 내버려 뒀다.

이렇게 주식을 끌어 모아 아비의 뒤통수를 칠 범 새끼가 나타날 줄은 모르고.

"오랜만입니다. 장현 회장님."

닫히지 않은 문을 자연스레 넘어 집무실로 들어선 이는 민혁이었다. 데스크 앞에서 야구공을 던져 대는 헨리가 민혁의 등 뒤로 어렴풋이 보였다.

비서실장은 화들짝 놀라 고개를 돌렸다. 가볍게 고개를 숙인 남자가 주총에서 회장 권한 대행을 맡게 된 젊은 남자라는 것을 확인했다.

어딘가 많이 낯이 익다고 생각했는데, 십수 년 전 자신이 직접 비행기를 태워 보냈던 어린아이였다는 사실을 깨닫게 된 그는 숨죽인 채 민혁을 바라봤다.

"네가 어떻게 여기에 있어."

장 회장은 이를 악물었다. 오랜만에 부자의 해후라고 하기엔 핏대를 세우는 장 회장의 낯빛은 붉기만 했다.

"비행기 타고 왔죠."

능청스러운 웃음과 친근한 말투였다. 마치 어제오늘 본 사이가 아니라는 듯, 매일같이 마주 앉아 밥을 먹는 부자지간이라도 된 듯했다.

"감히, 감히! 네놈이 내 등에 칼을 꽂아?"

온몸을 바들바들 떨었다. 분노가 쉽게 가라앉지 않았다.

"부모고 형제고 다 잡아먹을 새끼인 줄 알았으면 아예 싹을 잘라 버리는 건데."

떨리는 입술 사이로 새어 나오는 말들은 충분히 비수가 되어 꽂힐 만큼 잔인하기만 했다. 하지만 민혁은 대수롭지 않은 듯 담담했다. 어린 시절로 돌아간 듯도 했다. 아버지라는 사람에게 종종 듣던 악담이었으니까.

"죽여 버리지 못해서 후회스럽습니까?"

"그래. 차라리 죽여 버리는 거였는데."

"픕."

민혁은 웃음을 터트렸다. 자신의 예상을 한 치도 벗어나지 않아서 다행인 웃음이었다. 잘못했다고 무릎이라도 꿇고 손이 발이 되게 싹싹 빌기라도 할까 봐 긴장하고 있었는데. 다행이었다.

자리를 돌려 달라며 빌어 대면 죽여야 하나 말아야 하나 고민했던 마음이 싹 사라지고 안도가 그를 찾아왔다.

"자식까지 버려 가면서 지키고 싶었던 자리를 잃으셨으니 노후는 편하게 사세요."

"장민혁!"

"제가 언제부터 장 회장님 아들이었습니까. 그 이름 버린 지 오래됐습니다."

선득할 정도로 차가운 미소가 드리웠다. 화를 억누르기라도 하는 듯 주먹을 움켜쥐고 있던 민혁은 바닥에 붙어 있던 발을 뗐다.

으르렁거리는 아버지를 지나친 그는 검은 명패를 바라보다 손으로 쓱 매만졌다.

이게 뭐라고. 고작 이 가벼운 명패 하나 때문에 가족을 잃었다. 쓸모없는 것.

민혁은 명패를 손에 쥐고 비릿하게 웃으며 바닥으로 내던졌다. 대리석 바닥에 떨어진 장 회장의 이름이 박힌 명패는 보란 듯이 부서져 나뒹굴었다.

그 모습을 보고 있던 비서실장은 파랗게 질렸다. 장 회장의 앞에서 그의 명패를 던져 버리다니. 강심장이 아니고선 할 수 없는 행동이었다.

"좋은 사람한테 잘 물려주겠습니다."

모멸감에 이를 악물고 있는 장 회장을 보며 그는 비아냥조로 말했다. 입가엔 여전히 서늘한 미소가 머물러 있었다.

"하나뿐인 아들이랑 교도소 동기 될 날도 머지않았네요."

"이, 이 개자식!"

"여긴 깨끗이 비우고 가세요."

분노를 이기지 못해 몸을 떨어 대는 장 회장을 비웃기라도 하듯 조소를 흘렸다. 민혁은 발에 치이는 명패를 한 번 툭 쳐 내고는 발을 한 걸음 두 걸음 뗐다.

"검찰 조사 잘 받으시고요."

마지막 인사였다. 차 한잔 나누지 못하고 그렇게 그는 소리치는 아비를 거들떠보지 않고 앞으로 걸어 나갔다.

뒤돌아보는 법이 없었다. 한국에서 쫓겨난 뒤로 단 한 번도 제 뒤를 돌아 후회라는 것을 하며 산 적이 없었다.

후회도 되돌아갈 곳이 있는 사람이나 하는 법. 평생 정처 없이 떠돌아다녀야만 하는 제겐 후회도 사치였다.

그저 앞만 보고 걸어 나가는 것 말고 할 수 있는 건 아무것도 없었다.

"자리에 앉힐 좋은 사람 찾아봐."

엘리베이터에 올라타며 그는 헨리에게 말했다. 비리의 온상을 깨끗하게 청소하고 정화시킬 사람이 이곳엔 필요하다고 생각했다.

왕좌에 앉기만 하면 욕망을 내비치는 그저 그런 사람 말고 좋은 사람을 모두가 원할 것이다.

✤　　✦　　✤

―오전에 있었던 K그룹 정기 주주 총회에서 장현 회장의 해임안이 통과됐다는 소식입니다.

속보였다. 뉴스 하단에 긴급 속보라는 자막으로 대문짝만하게 'K그룹 회장 해임안 통과'가 빨간 글씨로 박혀 있었다.

"컥컥!"

콩나물국밥을 먹던 다현은 사레가 들려 가슴을 두드렸다.

TV에 시선을 박고 있던 이헌은 다현의 기침 소리에 물컵을 건넸다. 허겁지겁 컵을 건네받은 그녀는 함께 늦은 아침을 먹으러 나온 선배들의 시선 또한 TV에 쏠린 것을 보고 꿀꺽 물을 삼켰다.

마치 세상에 이런 일에 나올 법한 기이한 광경을 본 사람들처럼 입에 넣은 밥을 삼키지도 못한 이도 있고 숟가락을 든 채로 동작이 멈춘 이도 있었다.

TV에선 주주 총회가 있었던 사옥에서 급히 빠져나오는 장현 회장의 모습을 보여 주고 있었다.

생각지도 못했던 전개였다.

식탁에 둘러앉은 이들 중 단 한 사람, 이헌을 제외하고 그 누구도 장현 회장이 해임될 거라고 짐작한 이는 아무도 없었다. 낌새조차 차리지 못했다.

주식 변동이라곤 고작해야 등기 이사에서조차 해임된 후계자의 지분을 팔아 현금을 챙긴 것 말고는 이렇다 할 움직임조차 없었다.

그런데 해임이라니. 부지불식간에 벌어진 일에 어안이 벙벙해진 검사들은 서로 눈치를 보며 얌전히 숟가락을 내려놓았다.

"……이거, 우리한테 좋은 일인 건가?"

"살다 보니 원숭이도 나무에서 떨어지는 날을 다 보네요."

남 검사의 물음에 물을 마시던 이 검사가 혀를 내두르며 대꾸했다.

"내일 장 회장 참고인 조사 받는 날이지?"

최 검사가 이헌을 보며 물었다. 그는 고개를 끄덕였다.

"너무 밀어붙이는 거 아닌가 걱정했는데, 이럴 거 알고 있었던 거 맞지?"

김 검사가 만족스러운 웃음을 지으며 이헌의 계획에 토를 달지 않았다.

후배였지만 지휘 검사였고 한차례 좌천을 당해 돌아온 후배에게 힘을 실어 주진 못할망정 방해하고 싶은 생각은 조금도 없었다.

오히려 수사를 방해하는 수뇌부들이 못마땅할 뿐. 내색하진 않았지만 그래도 욱하는 마음에 무턱대고 밀어붙여서 일이 틀어지면 어쩌나 걱정했었던 김 검사는 뉴스를 보자마자 회심의 미소를 지었다.

이미 알고 있었구나. 장현의 이름 뒤에 회장이라는 단어가 더는 따라붙지 않게 될 거라는 걸 알고서 밀어붙였던 거냐며 감탄할 뿐이었다.

"참고인 조사는 무조건 강행할 거라고 다 같이 들었잖아요."

대답 없이 희미하게 웃는 이헌을 대신해 이 검사가 거들었다. 이른 아침부터 회의를 소집하더니 장현 회장에게 소환장을 보냈다며 무조건

강제로라도 강행하겠다는 의사를 보인 이헌에게 그 누구도 고개를 내젓지 않았다.

어쨌거나 이번 사건의 핵심인 장 회장은 죄를 인정하긴커녕 미꾸라지처럼 빠져나갈 길만 찾고 있었다. 이미지를 생각해 자백하거나 죄를 인정해 감형이라도 받으려는 대호그룹이나 MK건설과 달리 K그룹은 처음부터 완벽히 다른 노선을 택했다.

검찰 조사는 절대 받을 수 없다는 태도를 고수하며 그룹의 핵심이라 불리는 전략 기획실 임원들을 제물처럼 내줬다. 자신의 위치만큼은 지키겠다며.

이젠 그 위치마저 사라졌으니 죽기보다 싫어도 검찰 포토 라인 앞에 모습을 드러내는 일밖에 남지 않은 듯했다.

"선물 받았다던 게 이거야?"

이 검사가 옆구리를 쿡 찌르며 넌지시 물었다. 이헌은 여전히 입을 뻥긋거리는 대신 미소를 지을 뿐이었다.

"누가 이렇게 큰 선물을 문 검한테 준 거야?"

장민혁이라는 이름은 이헌의 입에서 곧 죽어도 나오지 않을 것 같았다. 언론에서 집요하게 파 댄다면 언젠가 모두가 알게 될 일이 될 테지만 지금은 시기상조였다.

정보원을 보호하는 것 역시 검사가 해야 할 일 중 사소한 한 가지였다.

"뭐야. 이 검사한테만 비밀 얘기 한 거야? 실망이야."

장난스레 입을 삐죽거리며 고개를 내젓는 김 검사의 입에 정 검사가 된장에 푹 찍은 고추 하나를 욱여넣었다.

"아는 사람이 많으면 은밀하게 안 되는 거 아시지 않습니까."

물을 마시던 이헌이 담백한 어조로 말했다.

정기 주총에서 장현 회장이 해임될 거라는 파격적인 이야기를 할 수 없었던 이유였다. 아는 사람이 많을수록 아무리 입단속을 한다고 해도 새어 나가게 되는 법이었다.

비단 그것은 선배들을 믿지 못해서가 아니라 당연한 이치였다.

"그래서 권 검도 몰랐나 봐?"

장 회장의 해임안이 통과되고 K그룹의 전망을 내다보는 뉴스를 힐긋 거리던 다현에게 김 검사가 돌발 질문을 툭 던졌다. 화들짝 놀란 그녀는 눈을 껌뻑이며 대답했다.

"제가 어떻게 알았겠어요."

다현은 멋쩍은 듯 웃었다.

문이헌은 검사로서 철두철미한 남자였다. 부장 검사에게도 말하지 않은 걸 제게 말할 리 없었다. 그가 말해 주지 않았다고 해서 서운하다거나 섭섭한 감정은 조금도 없었다.

당연한 일이었다. 검사가 사건에 대한 정보를 누설하거나 발설하는 건 가당치도 않은 일이니까.

"애인한테도 말을 안 했다니. 역시 문이헌이야."

김 검사가 고개를 잘게 끄덕이며 자랑스럽다는 듯 한껏 가슴을 펴고 말했다. 그러자 다른 이들도 그럼, 그래야지 하면서 작게 손뼉을 치기까지 했다. 그 모습에 다현은 아연실색하며 입을 앙다물었다.

어제 그녀의 조부가 지검장실을 습격한 이후 지검에 말들이 나돌기 시작한 건 순식간이었다. 선배들은 당연하다는 듯 그 이야기를 입에 담았고, 민망한 건 오롯이 다현의 몫이었다. 검사들이 동경하는 이가 조부라는 건 좋은 의미로만 받아들일 수 없는 탓이었다.

앞으로 얼마나 많은 눈총이 자신에게 쏠릴지 알 수 없었다. 어디 얼마나 잘하나 두고 보자, 조부와 부친, 그리고 그 집안을 믿고 얼마나 멋대로 구는지 지켜보겠다는 눈길들이 더 많아질 건 자명한 사실이었다.

"하, 하하……."

그저 다현은 멋쩍은 듯 웃는 것 말고 달리 아무 말도 하지 못했다.

"애, 애인이라니? 무슨 소리예요?"

지검의 경비원은 물론 환경미화 아주머니들의 귀에까지 닿게 된 얘기를 이 테이블에 앉은 이들 중에 이 검사만 모르는 듯했다.

무지한 눈치에 이 검사를 제외한 이들은 저마다 눈빛을 주고받으며 이헌과 다현을 가리켰다. 이 검사는 선배들의 눈치에 마주 앉은 한 쌍의 남녀에게서 눈을 떼지 못했다.

"뭐야. 다 알아? 나만 몰라? 나만 모르는 거야?"

순식간에 퍼져 삽시간에 지검을 장악한 새로운 뉴스를 가십에 발 빠른 이 검사만 몰랐다는 것이 의외였지만 그는 생각보다 눈치라는 것이 없었다.

"두 사람이랑 제일 많이 붙어 있어 놓고 모르는 이 검이 신기할 뿐이야."

가십에 제일 관심 없어 하는 정 검사까지 알고 있다는 사실에 이 검사는 머리를 감싸 쥐었다. 그의 말처럼 K그룹을 조사하면서 누구보다 이헌과 다현과 함께 붙어 있던 시간이 많은 사람은 이 검사였다.

회의실과 검사실을 불문하고 붙어 있으면서도 수상한 낌새는 조금도 없었다. 이건 제가 눈치가 없는 게 아니라 문이헌과 권다현이 철두철미한 거라고 말하고 싶었다.

"형사 2부 장 검사네 실무관이 남친이랑 헤어진 것도 아는 양반이 왜 둘이 연애하는 건 몰라요?"

후배인 최 검사까지 거들고 나섰다. 졸지에 혼자 바보가 된 느낌이었다. 이쯤 되면 지검 사람 모두가 안다고 봐도 무방한 소식을 자기 혼자 몰랐다는 게 확실해지는 순간이었다.

"둘이 결혼한다고 지검에 쫙 퍼졌어요."

최 검사가 결정타를 날렸다.

출처는 지검장실 실무관이었다. 사내 메신저를 통해 지검장실에서 있었던 일이 실시간으로 생중계됐다고 봐도 무방할 정도로 이헌과 부장 검사가 검사실로 돌아갔을 땐 이미 지검에 쫙 퍼진 상태였다.

시시콜콜한 이야기까지 모두 퍼져 검찰 총장과 지검장이 제대로 엿먹었다는 소식이 지검 곳곳에 소문났다. 동부, 북부, 서부 지검 할 것 없이 수도권 내 검찰청엔 그야말로 일대 파란이 일었다.

고작 한 시간 만에 검찰 총장이 곧 옷을 벗게 될 거라는 루머까지 생성되었다.

현재 검찰의 핫이슈는 K그룹이 아닌 전직 검찰 총장과 현직 검찰 총장의 대립, 그리고 문이헌 검사와 권다현 검사의 열애설과 그들의 집안에 관한 가십이었다.

"무, 뭐? 결혼?"

연애한다는 얘기도 지금 들은 마당에 결혼이라는 얘기에 이 검사는 옆에 앉은 이헌의 팔을 붙잡고 무슨 말이라도 하라며 눈을 껌뻑였다.

이헌은 어깨를 들썩이며 입을 닫았다. 여기저기 퍼진 이야기에 불을 지피고 싶은 생각은 조금도 없었다.

이 검사의 다음 타깃은 다현이었다. 진짜냐고 물었는데 그녀 역시 할 말이 없었다. 당장 결혼하는 건 아니었으니까. 딱히 부정하는 것도 아니었기에 그저 웃음으로 때우고 넘길 뿐이었다.

"어제 지검장실 뒤집혔을 때 권 검사 조부님께서 결정타를 날렸답니다. 크으. 그 자리에 있었어야 했는데."

K그룹 소식을 신랄하게 떠드는 앵커와 기자들의 목소리가 TV를 통해 흘러나왔다. 놀라서 식사를 멈췄던 검사들은 다시 숟가락을 들고 늦은 아침을 서둘러 먹기 시작했다. 그러나 최 검사는 여전히 상황 파악이 더딘 이 검사에게 어제 하루 지검의 핫이슈를 감탄하며 흘렸다.

이건 또 무슨 소린지 알다가도 모를 상황에 이 검사만 낙동강 오리알이 된 듯 눈을 껌뻑이며 식탁 위 동료 검사들을 훑었다.

"권 검사 할아버지가 여기서 왜 나와. 지검장실은 또 뭔데!"

어제 하루 검사실에 틀어박혀 일주일 앞으로 다가온 K그룹 전략 기획실 임원들에 대한 재판을 준비하느라 바빠 자장면 배달을 시켜 먹은 게 문제였을까.

아무리 그렇다고 해도 실무관이나 수사관이 얘기를 해 줬을 법도 한데 지금까지 아무 언질이 없는 걸 보면 그들도 모르는 게 확실했다. 지검에서 제 검사실만 은근히 따돌림을 당하고 있는 게 아닌가 하는 의심이 피어나기 시작했다.

"도대체 나 빼고 왜 다 아는 건데? 뭐냐니까. 최 검사! 현수야, 말해 봐. 어서."

이제 막 다시 숟가락을 든 최 검사를 붙들고 재촉했다. 그 모습을 힐 긋거리며 보던 다현은 괜히 미안해 맞은편에 앉은 이헌의 다리를 툭 건 드렸다.

이제 어찌할 거냐. 모르는 사람이 없다. 다현은 완전히 망했다, 라는 눈빛으로 밥을 먹고 있는 이헌을 쳐다보며 숟가락을 입 안으로 밀어 넣 었다.

테이블 아래로 다현이 발로 차는 걸 알면서도 이헌은 태연하게 밥을 먹었다. 그녀의 눈치는 조금도 보지 않았다.

이미 엎질러진 물 어쩌겠는가. 주워 담기엔 이미 늦었고 그저 물기 가 증발할 때까지 기다리는 수밖에. 그저 당사자들이 입 꾹 다물고 첨 언하지 않으면 금세 잠잠해질 일이었다.

그저 옆에서 혼자 아무것도 몰라 안달복달인 이 검사가 안타까웠지 만 묵묵히 국밥 한 그릇을 비워 냈다.

"이모님! 여기 계산할게요!"

남 검사가 영수증을 들고 일어났다. 하나둘 식사를 마친 이들이 몸 을 일으키자 숟가락을 채 놓지 못한 이 검사가 허겁지겁 국밥을 비우기 시작했다.

식당을 나간 검사들은 커피 한잔을 즐겼고 담배를 태웠다. 이 검사 를 기다려 주는 건 다현과 이헌뿐이었다. 숟가락을 놓기 전까지 자기만 몰랐다며 구시렁거리는 그를 보며 다현은 웃음을 꾹 참았다.

"나만 몰라. 나도 좀 알려 줘. 응?"

답답함에 물을 들이켠 이 검사가 자리에서 일어나자 이헌과 다현도 몸을 일으켰다. 계산대를 지나면서 이 검사가 다현을 붙잡고 끈질기게 물어 댔다.

할아버지가 누군데 저러냐. 지검장실에서 무슨 일이 있었냐. 혼나러

간 거 아니냐 등등. 따발총처럼 물어보던 그는 이윽고 다현의 곁으로 성큼 다가온 이헌이 그녀의 어깨를 감싸고 나가자 입을 꾹 다물었다.

뭐라고 딱 꼬집어 얘기하기엔 너무 장황했다. 한마디로 축약할 수가 없어 난감해하던 다현의 어깨를 감싸 안은 이헌은 선배인 이 검사를 보며 싱긋 웃었다.

대답보단 행동이 확실했다.

둘은 연애를 하고 결혼인지 뭔지도 곧 할 모양이었다. 그걸 특수 1부는 물론 지검에서 모르는 사람이 없는데 저 혼자만 모르는지 몰라.

특수부 정보통이라 불리던 명성에 쩌어억, 금이 가는 소리가 들려왔다.

19장

자정을 넘긴 시간이었다. 내일, 아니 오늘 있을 골드서클 첫 공판을 위해 회의실에 모여 재판 준비를 도와주던 최 검사가 퇴근을 외치며 나 가자마자 다현은 기지개를 켰다.

법정에서 판사가 피고인에게 검사의 공소 사실을 인정하냐는 첫 질 문에 인정한다는 대답만 곧바로 나온다면 재판이 길어질 일은 없을 테 다.

반성하고 있다며 재판부에 반성문을 매일같이 무더기로 제출한다고 하니 공소 사실을 부인하진 않을 거라는 전제하에 재판 준비를 했다. 물론 부정한다고 해서 문제 될 것은 없었다.

변호인 측이 무리하게 재판을 끌고 가려는 게 아니라면 제출된 증거 자료들만 봐도 이건 무조건 지는 싸움이었다.

무슨 말을 하든, 무엇을 제시하든 피고 측이 승소할 확률은 제로였 다.

"집에 가자."

뻐근해진 어깨를 주무르며 벽에 걸린 시계를 확인하던 다현은 화들 짝 놀라며 회의실 문을 열고 들어온 이헌을 확인했다.

날이 밝는 대로 장현 회장의 참고인 조사가 진행될 예정이었다. 그 탓에 그 역시 퇴근을 하지 못하고 책상 앞을 지키며 방대하게 쌓인 자료들을 마지막까지 정리하고 있었다.

"지금 집에 가자는 거예요?"

재판과 참고인 조사. 중요한 두 가지 과제를 목전에 두고 한가로이 집에 가서 숙면을 할 수 있을 리 없었다.

그러고 보니 집에 못 간 지 며칠이 지났더라. 새 옷을 챙겨 올 때가 되었는데.

"재판 전날엔 푹 자는 거야. 흐릿한 정신으로 법정에서 무슨 말을 했는지 기억이나 하겠어?"

맞는 말만 하니까 반박할 수도 없었다. 며칠째 제대로 잠을 편히 자지 못해 지금도 머릿속이 멍한 상태였다.

"몇 시간이라도 편히 자자."

이헌이 손을 뻗어 다현의 머리를 가볍게 톡톡 쓰다듬으며 재촉했다. 그도 며칠째 신경을 곤두세우고 있었던 덕분에 정신적으로나 체력적으로나 바닥을 치기 시작한 상태였다.

범 같은 장 회장을 앞에 두고 신경전을 벌일 체력조차 남아 있지 않은 듯했다. 그저 단 한 시간이라도 푹신한 침대에 누워 다현을 꽉 끌어안고 자고 싶었다.

오늘은 밥보다 잠이 우선이었다.

"정말 잠만 자는 거죠?"

"왜, 아쉬워?"

긴장이 풀려 해이해진 눈으로 편하게 자고 싶다고 말하는 이헌 때문에 결국 다현은 보고 있던 서류를 덮었다. 자료들을 주섬주섬 챙기면서도 의심의 눈초리를 지울 순 없었다.

"원래 이런 캐릭터 아니었는데……."

가방에 자료들을 넣던 손길이 그의 물음 앞에 멈칫했다. 능글맞은 이헌을 힐긋 쳐다보던 다현은 고개를 내저으며 가방을 챙겨 들었다.

"무슨 캐릭터?"

"되게 능글맞고 막 작업 거는 아저씨 같아요."

진중하고 묵직하던 남자는 어디로 사라졌는지 알 수 없었다.

갑자기 어딘가에서 툭 튀어나온 낯선 이헌의 모습에 그때마다 다현은 깜짝깜짝 놀라곤 했다. 지금처럼.

"아저씨는 모르겠고, 작업 거는 건 맞는 거 같아."

그가 피식 웃으며 맞장구를 쳤다.

목에 걸고 있던 검사 신분증을 벗던 다현은 코를 찡긋거리며 이헌의 옆구리를 팔꿈치로 쿡 찔렀다. 회의실에 아무도 없다고 서슴없는 이헌에게 주의를 시키는 눈빛이었다.

이미 그들의 사이를 모르는 사람이 아무도 없는 지검에서 굳이 비밀스럽고 은밀하게 대화할 필요를 느끼지 못한 이헌은 어깨를 으쓱거리며 회의실 문고리를 잡았다.

"원래 아무도 없는 데선 나라님 욕도 하는 거야."

문을 열던 이헌의 얼굴이 바짝 다가왔다.

쪽.

눈 깜짝할 새 입술이 맞닿았다 떨어졌다.

누가 보기라도 했을까, 놀란 다현은 입을 틀어막은 채 손을 뻗어 이헌의 등을 찰싹 때리며 걸음을 재촉했다.

"같이 가."

새어 나오는 웃음을 참으며 이헌은 다현의 뒤를 쫓았다. 그는 자연스레 그녀의 손을 잡아챘다. 구둣발 소리가 유난히 크게 들리는 복도에서 더는 이헌의 손길을 뿌리치지 않았다.

뒤를 힐긋 돌아보며 아무도 없는 걸 확인한 다현은 그의 단단한 팔을 껴안았다. 고개를 들자 눈이 마주쳤다.

자연스레 떠오른 미소를 감추지 않았다. 지검을 나오면서도 연신 웃음뿐이었다.

오랜만에 집에 가서 좋은 건지, 그와 함께여서 좋은 건지 알 수 없었지만 그냥 다 좋았다.

그렇게 서둘러 주차장을 빠져나온 이헌의 차는 목적지와 반대 방향으로 향하기 시작했다.

"집에 간다면서요?"

"오늘은 권다현 집."

재판이 있는 그녀를 배려하는 것이 분명한 목적지였다. 다현은 거절하지 않았다.

집에 가지 않은 지 꽤 됐다. 가더라도 간단히 옷가지만 챙겨 서둘러 나오기 부지기수. 매번 지검과 5분 거리에 있는 이헌의 집에서 시간을 보내는 것에 익숙해져 있었다.

오랜만에 찾은 집은 사람의 온기라곤 하나도 없이 썰렁하기만 했다. 도어락 비밀번호조차 헷갈릴 지경이었다.

불을 켜자 먼지 하나 없이 깔끔한 풍경이 눈에 띄었다. 아마도 본가에서 모친이 사람을 보내 또 청소를 시킨 모양이었다. 그러지 말라고 하는데도 혼자 나가서 사는 딸을 걱정하는 모친을 말리는 것은 역부족이었다.

"나 몰래 우렁 각시라도 둔 거야?"

거실 테이블조차 반짝거렸다. 이헌이 이상하게 생각하는 게 당연할 정도였다. 다현은 어깨를 으쓱거리며 서둘러 옷을 갈아입었다.

"우렁 각시가 내 옷은 버렸나?"

넥타이를 잡아당기며 소파에 앉아 있던 이헌이 침실 쪽을 바라보며 넌지시 물었다. 서랍장을 닫고 고개를 빼꼼 내민 다현은 아차 하며 빨래 통을 뒤적였다.

그걸 넣어 둔 지가 언젠데. 아직 빨래 통에 얌전히 있을 리가 없었다. 아주머니가 빨래까지 해서 서랍에 곱게 넣어 둔 듯했다. 모친의 귀에 들어가지 말란 법 없었다.

다현은 머리를 긁적이며 침실로 돌아와 서랍장들을 뒤적여 깨끗한 이헌의 옷을 꺼내 나왔다.

"다행히 안 버리고 빨래까지 해 놨네요."

얼핏 보면 남자 옷인지 모를 정도로 무난한 면바지와 하얀 티셔츠였다. 이헌은 넥타이를 소파 팔걸이에 걸쳐 두며 옷을 받아 들고 일어나 곧장 욕실로 들어갔다.

그녀 역시 침실에 있는 작은 욕실로 들어가 샤워를 마치고 젖은 머리카락을 대충 수건으로 감싼 뒤 밖으로 나왔다.

"저녁 안 먹어도 돼요?"

머리카락을 대충 말리고 거실로 나온 다현은 가방 가득 챙겨 온 서류들을 테이블 위에 꺼내 놓으며 소파에 앉아 있던 이헌에게 넌지시 물었다.

"쉬라고 퇴근시킨 건데."

자신의 젖은 머리카락을 털어 낸 수건으로 다현의 머리카락을 말리기 시작한 이헌이 퉁명스레 말했다. 그녀는 피식 웃으며 그에게 손길을 맡겼다.

다현은 어느새 두 다리를 끌어 앉아 이헌의 다리 사이에 폭삭 기대 있었다.

씻고 나왔으니 이제 밀린 잠이나 자면서 떨어진 체력을 보충해도 시원치 않은데 한가득 가져온 서류들을 보겠다고 또 펼쳐 놓으니 이헌의 입장에선 불만스러울 수밖에 없었다.

정말이지 말이라곤 들어먹지 않는 청개구리 같은 후배 검사다.

"드라이기."

수건으로 머리카락을 말리던 이헌이 드라이기를 찾았다. 다현은 손을 뻗어 침실을 가리켰다. 파우더 룸에 있다는 말이었다. 그는 단번에 드라이기를 찾아와 콘센트에 꽂았다.

소음과 같은 소리가 들리고 이내 따뜻한 바람에 머리카락이 흩날리기 시작했다.

다현은 눈을 감은 채 이헌의 손길에 고개를 뒤로 젖혔다. 그의 단단한 허벅지가 뒤통수에 닿았다. 이대로 잠을 자면 정말 좋을 것 같았다.

"배 안 고파?"

드라이기 소리가 끊어지고 이헌의 나지막한 목소리에 다현은 눈을 떴다. 어느새 바짝 마른 머리카락 사이로 이헌의 손가락이 들어와 헝클어진 머릿결을 쓸어내렸다.

"난 괜찮은데. 선배 배고프면 간단한 거라도 먹을까요?"

여전히 이헌의 허벅지에 머리를 기댄 채 고개를 든 다현이 눈을 껌뻑이며 물었다. 턱을 내려 그녀와 눈을 맞추던 그의 시선 끝에 종알거리는 입술이 신경을 건드려 댔다.

잠만 자겠다고 했는데, 쉬자고 퇴근시켜 놓고 못살게 굴 게 분명했다. 하지만 인내는 그리 길지 못했다.

이헌은 망설임 없이 고개를 숙여 다현의 입술을 한입 가득 베어 물었다. 다디달아서 목이 마를 지경이었다. 순식간에 얽히기 시작한 혀끝에서 전율이 일었다.

자세가 불편한지 다현이 이헌의 다리를 툭툭 때리기 시작했다. 아랫입술을 깨물며 입술을 뗀 그는 가쁜 숨을 몰아쉬는 그녀의 발그레해진 뺨을 한 손으로 쓸어내렸다. 짓궂다며 다현이 팔꿈치로 다리를 툭 건드렸다.

그 모습을 못내 이기지 못한 이헌은 두 팔을 뻗어 다현을 가볍게 들어 자신의 다리 사이에 앉히고는 옴짝달싹 못 하게 휘청이는 허리를 끌어안았다.

"이거, 반칙이에요."

이헌의 얼굴이 가깝게 다가오자 손을 뻗어 그의 하관을 가리며 다현은 삐죽댔다. 푹 쉬라더니, 잠만 자겠다더니 일하겠다는 사람을 붙잡고 제대로 방해하는 그에게 작은 심통을 부려 본다.

이대로라면 내일 아침까지 가져온 재판 자료들을 들여다볼 시간이 없을 것이다.

이 남자를 믿고 집에 온 자신이 멍청했다고 속으로 구시렁대며 다현은 이내 그에게 손이 붙들려 입술을 가로막은 손을 힘없이 떼야만 했다.

"예쁘지 말든가."

"……."

"이제 보니까 권다현 되게 예쁘네."

밭은 숨을 고르고 애써 달아올랐던 얼굴이 제 색을 내기 시작했는데 아무 소용이 없었다.

심장이 불규칙적으로 널뛰기 시작했다. 그에게 붙잡힌 손을 빼내려 힘을 써 봐도 역시 제자리였다.

예쁘다는 말에 이토록 달아오를 줄 몰랐다. 열이 오른 얼굴을 숨기려 다현은 고개를 푹 숙였다. 그는 손을 뻗어 턱선을 타고 흘러내린 머리카락을 귀 뒤로 넘겨 주며 가느다란 목선을 쓰다듬었다.

"약속 지키려고 했는데, 반칙은 네가 먼저 한 거야."

순 억지라고 말하려던 다현은 순식간에 다가와 입술을 삼켜 든 이헌 때문에 말을 끝내 내뱉지 못했다.

"읍!"

단단한 이헌의 가슴팍을 양팔로 힘껏 밀어내 보지만 역부족이었다. 목을 그러쥔 채 빈틈없이 입을 맞춰 온 이헌은 다현의 입 안을 구석구석 탐하기 시작했다.

적성에 맞지도 않은 비밀 연애는 둘째 치고 여기저기서 일이 터졌다. 덕분에 꼼짝없이 지검에 갇혀 데이트는 고사하고 마음 놓고 밥 먹을 시간조차 빠듯했다.

둑이 무너져 갇혀 있던 물이 쏟아진 듯 티셔츠 안으로 들어간 손이 거침없이 다현의 속살을 쓸어내렸다.

"으응……, 읏!"

타액을 삼키며 이헌은 닿았던 입술을 떼고 말간 목을 진득하게 빨아 댔다. 앙다문 입술 사이로 참지 못한 신음이 잘게 터져 나왔다.

이헌의 목에 팔을 둘러 꽉 끌어안은 채 그의 어깨에 이를 박아 넣었다. 단전 아래에서부터 끓어오르는 열감을 참아 보려 했지만 속수무책이었다.

몸을 감싸고 있던 커다란 티셔츠는 어느새 소파 아래로 떨어진 지 오래였다.

푹신한 쿠션감이 느껴졌다. 품에 안겨 밭은 숨을 내뱉던 다현을 소파에 눕힌 이헌은 쇄골 아래부터 시작해 자신의 흔적을 그녀의 몸 곳곳에 남기기 시작했다.

"그, 그만……! 하읏! 가, 간지러워요……. 아핫."

허리를 쓰다듬는 손길에 몸을 움찔거렸다. 간지럽다며 터져 나오는 웃음을 삼킨 그녀는 어느새 피어난 열꽃에 달뜬 숨을 뱉으며 이헌의 얼굴을 두 손으로 감싼 채 그를 끌어 올렸다.

그녀의 아래로 향하던 그의 손이 멈칫한 순간, 다현은 타들어 가는 목을 축이려 이헌의 입술을 머금었다.

그 순간 당장 있을 재판이며 참고인 조사 따위 머릿속에서 아득히 잊혔다.

바리바리 챙겨 온 재판 자료들이 무용지물이 되는 건 한순간이었다.

알람이 없어도 눈이 저절로 떠지는 건 습관이었다. 무거운 눈꺼풀을 비비적거리며 눈을 뜬 다현은 이마에 닿는 단단한 감촉에 고개를 들어 잠들어 있는 이헌을 바라봤다.

새벽까지 그의 품에서 좀처럼 놔 주지 않던 손길에 자지러졌던 자신이 낯뜨거워 두 손으로 얼굴을 가려 버렸다.

굶주린 짐승도 그보단 덜할 거라고 생각했다. 지쳐서 손가락 하나까딱할 수 없을 때까지 물고 늘어지던 이헌 덕분에 기절하다시피 잠이 든 것 같았다.

그렇게 잠이 든 다현의 몸 구석구석을 따뜻한 물에 적신 수건으로 닦아 낸 이헌은 바스 가운까지 입혀 준 뒤 그녀를 품에 안고 잠들었다.

다현은 말간 이헌의 얼굴을 힐끔 쳐다보다가 손을 뻗어 이마를 덮은 머리카락을 톡톡 건드렸다. 단정하게 왁스로 올린 스타일보다 부드럽고 선한 인상을 만들었다.

그렇게 몇 분을 이헌의 얼굴 여기저기를 살짝살짝 건드리며 놀던 다현은 무심결에 벽에 걸린 시계를 확인했다.

침대에서 뒹굴거릴 시간이 없었다. 화들짝 놀라 상체를 일으킨 그녀는 여전히 미동조차 없이 잠들어 있는 이헌의 입술에 가벼운 입맞춤을 하고는 몸을 일으켰다.

순간 아래에 저릿한 감각이 몰려와 휘청이며 침대에 주저앉은 다현의 손목이 어느새 이헌에게 붙들려 있었다.

"괜찮아?"

부스스 눈을 뜬 이헌이 휘청이며 주저앉은 다현을 보고는 격양된 목소리로 물었다.

그녀는 고개를 내저었다. 괜찮을 리가 없었다. 그만하라니까 끝까지 못살게 굴더니 결국 민망할 정도로 곳곳에 남은 붉은 흔적과 다리 사이가 오늘 새벽의 격한 정사를 떠올리게 했다.

"법원까지 걸어서 못 가면 어떡해요."

지검에서 지법까지는 걸어서 5분 거리에 있었다. 출근은 고사하고 화장실까지 걸어갈 힘도 없었다. 심통이 난 다현은 이헌을 노려보며 움켜쥔 작은 주먹으로 그의 가슴팍을 내려쳤다.

"안아서라도 데려다줄 테니까 걱정하지 마."

다현의 이마를 톡 건드리며 그는 침대를 내려왔다. 이내 그녀를 번쩍 안아 든 이헌은 욕조가 있는 바깥 욕실로 성큼성큼 걸음을 옮겼다.

욕조에 다현을 내려놓으며 흘러내릴 듯한 바스 가운을 벗기고 뜨거운 물을 켠 이헌은 칫솔에 치약을 짜서 그녀에게 건넸다.

"세수도 시켜 줄까?"

입에 칫솔을 밀어 넣으며 다현은 고개를 세차게 내저었다. 따뜻한 물이 하체를 온전히 감싸기 시작했다. 뻐근해서 저릿하던 감각이 차츰 옅어지기 시작했다.

"기자들 많을 거야."

물기에 젖은 칫솔을 꽂아 놓으며 그가 말했다. 욕조로 바짝 다가선 이헌은 가득 차서 찰방거리는 물을 보며 수도꼭지를 잠갔다.

"결과가 어떻든 기자들, 대꾸해 주지 마."

두 다리를 바짝 끌어안은 다현이 멀끔히 이헌을 올려다보며 고개를 끄덕였다. 집요한 기자들에게 대꾸할 정신도 없을 것이다. 몰래 후문으로 빠져나가도 될 것 같기도 하고.

"씻고 나와. 아침은 먹고 가야지."

머리를 쓰다듬던 이헌이 욕실 문을 닫고 나갔다. 따뜻한 수증기에 훈훈해진 욕실 안에 온전히 혼자 남은 다현은 머리끝까지 물속으로 밀어 넣었다가 고개만 빼꼼 내밀었다.

밤새 재판 생각이 하나도 나지 않았다. 이헌이 괴롭힌 덕분에 아무 생각도 없이 잠만 잔 것 같았다. 아니었으면 밤새 재판 자료만 들여다보며 신경을 쓰느라 한숨도 자지 못하고 재판정에 들어섰을 것이다.

"하여튼 치밀한 남자야."

문밖에서 달그락거리는 소리가 들렸다. 이헌이 텅 빈 냉장고에서 또 뭔가를 찾아 아침을 만드는 모양이었다.

기분 좋은 소음에 다현은 또다시 머리까지 물속에 밀어 넣었다.

"현재 시각, 서울 중앙 지검 정문엔 참고인 조사를 위해 모습을 드러낼 예정인 K그룹의 전 회장이었던 장현을 기다리는 기자들로 북적이고 있습니다."

포토 라인을 등진 채 카메라 앞에 선 기자가 현 상황을 브리핑했다.

"K그룹은 현재 해외 자본이 들어와 전문 경영인 체제로 그룹 전반을 개편할 것으로 내다보고 있습니다. 최대 주주로서 회장 대행을 맡은 이안 밴버그는 뉴욕을 기점으로 미국과 유럽 전반에서 기업 투자와 M&A

를 전문적으로 하는 투자회사 모먼트의 M&A 총책임 이사라고 알려져 있습니다."

뉴스 특보로 생중계되는 현장 상황에 별다른 진척이 없자 기자는 K 그룹에 대한 사족을 달았다.

끈 떨어진 장현 회장이 검찰에 모습을 드러낼 수밖에 없을 거라는 의견들이 지배적인 상황에서 정문 앞에 포토 라인이 생긴 뒤로 한 시간이 넘도록 감감무소식이라 기자들은 초조해했다.

스튜디오에서 현장 상황을 연결해 이원 생중계를 하고 있어서 스튜디오에서도 앵커와 기자, 법률 전문가, 정치권 인사가 시간을 벌기 위해 토론 아닌 토론을 벌이기도 했다.

"K그룹 전략 기획실의 핵심 멤버인 성기준 상무와 석원기 재무 이사, 나상호 기획 팀장이 전원 기소된 가운데 오늘 검찰 조사가 끝날 장현 회장에 대한 구속 여부 또한 관심을 끌고 있습니다. 또한, 장현 회장의 아들인 장민준의 마약 수수와 투약에 관한 첫 공판이 오늘 열릴 예정입니다. 전례가 없던 정, 재계 2, 3세들의 마약 수수에 관한 재판 또한 초미의 관심사로 떠오르고 있습니다."

같은 날 아비는 검찰 조사를, 아들은 재판을 받는 일 또한 유례없는 일이기도 했다.

그때 웅성거리는 소리가 차츰 커지기 시작했다.

발 디딜 틈조차 없이 기자들이 진을 치고 있는 정문 앞으로 이윽고 검은 세단 세 대가 연달아 모습을 드러냈다. 순식간에 쏟아져 나온 기자들은 세단을 에워쌌다.

K그룹 총수가 검찰 포토 라인 앞에 서게 된 역사적인 순간을 카메라에 담기 위한 기자들의 움직임이 분주해졌다.

뒤따라 들어온 세단에서 경호원이 쏟아져 나왔다. 기자들을 비집고 자리를 만들기 시작한 그들은 어느새 인간 바리케이드를 치고 기자들 사이에 길을 텄다.

보조석 문이 열리고 장현 회장의 비서실장으로 알려진 중년의 남자가 슈트를 여미며 모습을 드러냈다. 그는 기자들을 한번 훑으며 뒷좌석 문을 조심스레 열었다.

검은 슈트에 검은 넥타이를 매고 까만 구두를 신은 장현이 모습을 드러냈다.

"한 말씀만 해 주시죠!"

"횡령 혐의를 인정하십니까!"

"뇌물 리스트가 더 있다는 얘기가 있습니다!"

기자들은 벌 떼와 같이 달려들었지만 수십의 경호원 앞에선 무용지물이었다.

손에 손을 잡은 경호원들을 밀치고 좀처럼 앞으로 다가가지 못했다. 그저 녹음 기능을 켜 놓은 휴대폰이나 녹음기, 마이크 등을 뻗어 볼 뿐이었다.

차에서 내린 장 회장은 슈트 단추를 잠그며 옷매무시를 가다듬었다. 기골이 장대한 그는 꼿꼿하게 편 허리와 당당한 걸음걸이로 이내 포토라인 앞에 서 기자들을 내려다봤다.

그의 앞엔 사전에 준비되어 있던 방송사 마이크들이 한 덩어리를 이뤄 존재감을 드러내고 있었다.

커프스단추를 만지작거리던 장 회장은 이내 마이크 앞에서 굳게 다물고 있던 입을 뗐다. 그 묵직하고 나지막한 목소리에 카메라 셔터 소리마저 잦아들었다.

"국민들에게 실망감을 안겨 드려 죄송합니다."

한 자, 한 자 집중하며 숨소리를 죽였다.

"한 기업을 이끄는 사람으로서 검찰 조사를 받게 돼서 믿고 따르던 직원들에게도 미안한 마음뿐입니다."

장 회장의 입에서 나올 거라 기대했던 말들이 아니었다. 한마디만 해 줘도 감지덕지했다. 그런데 그는 마치 검찰 조사를 받으러 나온 이 자리가 기자 회견장인 양 말을 아끼지 않았다.

"하루라도 빨리 그룹 내부가 정상화될 수 있게 도울 것이며, 저 역시 검찰 조사에 성실히 임하도록 하겠습니다."

장 회장이 허리를 반쯤 숙이자 분위기가 숙연해졌다. 이내 고개를
든 그는 미련 없이 뒤돌아 소리치는 기자들을 거들떠보지 않았다.

비서실장과 변호사, 그리고 뒤따르는 경호원들과 함께 지검 안으로
발길을 돌렸다. 밀고 들어오는 기자들을 막아선 것은 수사관들이었다.

그는 집을 나설 때부터 포토 라인 앞에 서서 자신의 입장을 잘 포장
해 고개를 숙일 때까지 일관된 표정이었다. 조금의 죄스러운 마음 혹은
체념 같은 알량한 감정 따위는 없다는 듯 담백한 얼굴을 하고 있었다.

어느새 10층에 내린 그는 큰 보폭으로 성큼성큼 조사실을 향해 걸어
갔다. 그때 복도 쪽 문이 열리고 그의 눈앞에 모습을 드러낸 건 지법에
가려고 자료들을 챙겨 나오는 다현이었다.

"아······."

수사관과 함께 지법으로 가기 위해 검사실을 나온 다현은 복도 한가
운데 서 있는 장 회장과 맞닥뜨렸다.

"오랜만이구나."

할 말을 잃은 다현에게 먼저 말을 건넨 건 장 회장이었다. 그녀는 고
개를 숙이고 수사관에게 눈짓했다. 먼저 내려가 있으라고.

수사관이 서둘러 장 회장과 그 뒤에 병풍같이 서 있던 새까만 경호
원들을 지나쳐 걸음을 재촉하고 나서야 다현은 그와 눈을 마주쳤다.

"재판 가는 길인가 보지?"

그녀는 법복을 입고 있었다. 그 모습이 아니었더라도 오늘 자기 아
들의 첫 공판이 있는 날임을 알고 있었기에 대수롭지 않게 물었다.

"네."

그녀 역시 담백하게 대답했다. 장 회장 앞에서 작아질 이유가 없었
다.

그래도 한때는 부친의 절친한 친구였고 제 친구의 아버지였으며 제
게 심심치 않게 용돈을 쥐여 주고 생일엔 축하한다며 곰돌이 인형도 사
주시던 좋은 아저씨였다.

"수찬이 닮아서 아주 똑 부러지는 검사가 됐어."

장 회장은 희미하게 웃으며 말했다.

"우리 민혁이 한번 만나 볼래?"

그러면서 시답지 않은 소리를 한다. 그의 입에서 낯설면서도 익숙한 이름이 나오자 다현은 흠칫 놀라며 눈살을 찌푸렸다.

한국에 입국한 기록은 있는데 그 뒤로 아무리 찾아도 흔적이 없었다. 혹시라도 장 회장의 해임과 관련해 민혁이 나섰을 가능성을 염두에 둬서 뒤져 봤지만, 그의 이름은 주주 명단에도 없었고 그를 대신했을 법한 사람들 역시 찾을 수 없었다.

민혁의 뒷조사를 하던 이헌 역시 별다른 말이 없었다. 그도 감쪽같이 사라져 버린 민혁을 찾지 못한 듯했다.

어디서 뭘 하고 있는지 알 수 없는 사람이었다. 그런데 십수 년 동안 아들을 내팽개쳐 놓은 사람이 그 이름을 입에 올렸다. 민혁이 아무래도 장 회장의 울타리 안에 들어간 듯한 기시감을 떨쳐 낼 수가 없었다.

"수찬이한테도 슬쩍 얘기는 했는데, 네가 며느리로 탐나서."

기가 막힌 얘기였다. 아버지 역시 어처구니없는 얘기에 무시했을 것이다. 그러니 딸에게 언질조차 없는 것이지.

다현은 가방을 꽉 움켜쥔 채 꾹 닫고 있던 입을 떼며 카랑한 목소리를 냈다.

"저 결혼할 사람 있습니다."

부드러운 음성과 눈빛 너머에서 날카롭게 꽂히는 장 회장의 묘한 시선을 다현은 거부감 없이 받아들이며 단단한 목소리를 냈다.

어쭙잖게 던져 보는 그의 농담 같은 진담이 거북하기만 했다.

"문이헌 검사라며?"

거봐. 다 알면서. 알면서도 묻는 건 뒤에서 얼마든지 다른 짓을 할 수도 있다는 뜻을 시사하는 태도였다.

그는 여전히 자신이 마음만 먹으면 무엇이든 할 수 있다고 생각하는 것 같았다. 그렇게 할 수 있었던 자리에서 쫓겨났으면서도 아직도 돌아갈 수 있다고 굳게 믿고 있는 사람이었다.

"떠보는 건 여전하시네요. 저도 마음대로 하고 싶으세요?"

"그냥 탐이 나니까. 어릴 때 민혁이랑 잘 지냈잖아."

"그랬죠. 회장님께서 쫓아내지만 않았으면 계속 잘 지냈을 수도 있겠네요."

한 치의 망설임도 물러서는 것도 없이 대꾸하는 다현을 보며 장 회장은 가볍게 웃음을 터트렸다.

"역시 수찬이 딸이야. 딱 내 며느릿감인데."

다현을 보며 흐뭇하게 미소를 짓기까지 했다. 어이가 없어 헛웃음만 나왔다. 뭐라 더는 대꾸할 필요성도 느끼지 못한 다현은 입을 꾹 다물었다.

"여기서 뭐 하십니까."

그때 조사실에서 장 회장을 기다리고 있던 이헌이 오지 않는 그를 마중 나왔다. 그의 묵직한 구둣발 소리가 유난히 또렷하게 들려왔다.

"시간 없습니다."

발치에 다가온 이헌의 눈살이 찌푸려졌다. 그는 날카롭게 번뜩이며 장 회장을 바라봤다.

"문 검사도 오랜만이네."

"들어가시죠."

적대감이 가득한 이헌을 보면서도 장 회장은 느긋했다.

그는 입가에 번진 미소의 흔적을 지우지 않고 인사를 건넸다. 하지만 이헌은 한가하게 인사를 받아 줄 여유가 없다는 듯 그를 재촉했다.

병풍처럼 서 있던 경호원과 비서실장이 허리를 깊게 숙여 조사실로 들어가는 그를 배웅하고 대기실로 들어갔다.

다현은 조사실로 들어가는 장 회장의 뒷모습을 눈에 담으며 기가 막혀 혀를 찼다. 그는 끝까지 자존심을 굽히지 않았다.

마치 자기는 여전하다는 듯 말이다.

"무슨 얘기 했어?"

조사실 문이 닫히는 걸 지켜보던 이헌이 고개를 돌리며 넌지시 물었다. 그와 눈이 마주친 다현은 대수롭지 않다는 듯 손을 휘저으며 말했다.

"별 쓸데없는 말이었어요. 신경 쓸 거 없어요."

장 회장이 다현을 붙잡고 할 얘기가 뭐가 있을까 하는 생각을 할 틈은 없었다. 그녀의 반응을 봐선 정말 쓸데없는 소리였나 보다 싶어 이헌은 사족을 붙이지 않았다.

"조사 잘해요."

그를 붙잡고 그녀는 웃었다.

"누구 스승인데. 걱정하지 마."

그의 입가에도 곧 미소가 번졌다. 이헌의 말에 다현은 고개를 끄덕이며 걱정을 덜어 냈다.

"재판 잘해."

이번엔 이헌이 다현을 붙잡고 당부했다. 특수부로 와서 처음 맡은 사건에 첫 공판을 혼자 보내야 해서 마음이 쓰였다.

물론 그녀를 백업하기 위해 최 검사가 재판에 함께 참여하긴 하지만 어디까지나 다현의 몫이었다.

곁에 있어 주지 못한 미안함에 그는 그녀의 머리를 쓰다듬으며 말간 뺨을 매만졌다.

"누구 제자인데, 걱정하지 말아요."

연수생 시절 비록 짧았지만 검사 직무 대리로 이헌의 밑에서 실습을 했던 다현은 그 두 달 동안의 강렬한 기억을 결코 잊은 적 없었다.

다현은 배시시 웃었다. 사방을 빠르게 둘러보며 복도에 아무도 없는 것을 확인한 그녀는 발꿈치를 들어 이헌의 입술에 가벼운 입맞춤을 했다.

흠칫 놀란 그가 채 붙잡기도 전에 그녀는 손을 흔들며 멀어져 갔다.

법복이 제법 잘 어울리는 다현의 뒷모습이 시야에서 사라질 때까지 이헌은 입술에 닿은 온기의 여운을 느꼈다.

조사를 빨리 끝내고 그녀의 재판을 보러 가야겠다는 생각에 조사실로 향하는 발걸음을 재촉했다.

✦   ✦   ✦

변호사와 나란히 앉은 장현은 긴장한 기색은커녕 제 안방에 있는 듯 편안해 보였다.

조사실로 들어온 이헌은 노트북 앞에 앉아 있는 이 검사와 시선을 마주쳤다. 이 검사는 고개를 짧고 간결하게 끄덕였다.

이헌은 시선을 돌려 장 회장을 주시한 채 이 검사의 옆자리에 앉으며 이윽고 그에게 건네받은 증거 자료를 테이블 위에 가지런히 펼쳤다.

"피의자의 사인이 맞습니까."

석원기 이사의 USB 속에 들어 있던 장현 회장의 친필 사인이 담긴 결재 서류들이었다. 비자금의 얼마를 어디에 쓰겠다, 어디에서 회계를 누락해 조성된 비자금을 어디 계좌에 나눠서 넣겠다는 식의 서류에 최종 결재권자인 장 회장의 허락을 받았다는 증거였다.

"검사님. 지금 참고인 조사 아닙니까? 피의자라뇨!"

장 회장의 곁에 앉아 있던 변호사가 이헌의 단어 선택을 꼬집으며 언성을 높였다. 엄연히 참고인 조사라는 명목으로 장현을 검찰로 소환했고 그래서 물러나지 않고 조사에 응했다.

그런데 검사가 참고인이 아닌 피의자라 불렀다. 변호인으로서 충분히 지적할 만한 사안이었다. 하지만 이헌은 변호사의 지적에도 아랑곳하지 않고 쓴웃음을 뱉으며 테이블 아래에 붙어 있던 빨간 버튼을 꾹 눌렀다.

영상 녹화를 일시 정지했다. 지금부턴 오프 더 레코드였다.

"체면을 워낙 중시하시는 분이라 편의를 봐 드린 겁니다."

이헌은 변호사를 노려보며 단단한 음성을 뱉었다.

"피의자 소환장을 보냈어야 마음이 좀 편했을까요?"

이내 그의 시선은 장현에게 머물렀다. 순식간에 감정을 갈무리한 눈빛이 담백하기만 했다. 그 음성조차 깔끔했다.

장 회장은 싱겁게 웃었다.

"참고인이든 피의자든 지금 그게 뭐가 중요한가. 내가 여기에 앉아 검사님과 마주하고 있다는 게 먼저지……. 계속하세요."

그 웃음에 이헌의 눈가 주름이 팽팽해졌다.

"피의자 사인 맞습니까."

이헌은 빨간 버튼을 다시 누르는 걸 잊지 않고 다시금 결재 서류를 장현의 앞으로 내밀며 물었다. 그는 슬쩍 눈을 내리깔며 서류를 쳐다보다 시선을 제자리로 돌렸다.

"글쎄요."

그 입가에 번진 미소는 여전히 간악하기만 했다.

"본인 사인이 뭔지 모릅니까."

"……."

"조사실에 들어와 기록한 인적 사항 확인 서류에 하신 사인과 동일한데요."

조사실에 들어오자마자 이 검사에게 확인을 받았다. 장 회장이 자신의 인적 사항을 확인해 준 서류에 사인했으며 그것이 결재 서류의 사인과 동일하다고. 그래서 이 검사는 이헌과 시선이 마주치자마자 고개를 끄덕였다.

그렇게 건네받은 결재 서류 틈에 인적 사항을 확인해 준 서류가 있었다. 그 서류를 느긋하게 꺼낸 이헌은 장 회장의 앞으로 내밀었다.

"습관이 참 무섭습니다."

방심했다. 당연한 절차라 생각했고 변호사도 별다른 눈치를 주지 않았다.

그저 인적 사항이 적힌 서류일 뿐이었다. 참고인 조사 시에 받는 서류라서 그런 줄로만 알았다.

담담한 어조의 담백한 목소리에 장 회장은 테이블 아래로 주먹을 움켜쥐었다.

"비자금 결재 서류에 직접 하신 사인이 맞습니까."

"……."

"이미 친필 감정을 받았습니다."

그는 친필 감정 의뢰서와 감정 결과 확인서를 함께 내밀었다.

장 회장은 입을 닫았다. 아무 말도 하지 않았다. 묵비권을 행사하며 침묵할 뿐.

그를 대신해 변호사가 친필 감정 결과서를 확인하며 입을 뗐다.

"스캔본으로 받은 친필 감정은 정확하다고 할 수 없습니다."

스캔을 받은 디지털 자료였다. 변호사는 그 부분을 기민하게 파고들었다. 증거물로 타당하지 않다며 인정하지 않았다.

"그래서 피의자의 개인 금고가 있는 한빛은행을 또 번거롭게 압수 수색 했습니다."

침착하게 대응하는 변호사를 가만히 바라보던 이헌이 허를 찔렀다. 언론에서도 알아차리지 못하게 은밀하고 빠르게 진행된 압수 수색이었다.

석원기 이사의 진술을 토대로 한빛은행에 있는 VVIP들의 개인 금고 중 장현 명의의 금고만 압수 수색이 이뤄졌다. 불과 이틀 전에 있었던 일이었다. 장 회장이 참고인 조사 소환장을 받음과 동시에 일어난 일이었기에 언론의 주목도가 그에게 쏠린 틈을 타 이뤄진 압수 수색이었다.

그 누구도 알아차리지 못한 은밀한 처리였다. 이정우 검사를 제외하고는 부장 검사에게조차 얘기하지 않은 일이었다.

담당 판사가 압수 수색 영장을 발부해 주지 않았다면 소용없는 일이 됐을 수도 있었다. 판사는 빠르게 영장을 발부했다. 이헌에 대한 가십이 사법부에까지 퍼진 탓이었다. 알면서도 이헌은 내색하지 않았다.

권석윤의 손녀사위라는 타이틀이 이렇게까지 힘을 발휘할 거라 생각하지 못했던 그는 내심 씁쓸하면서도 한편으론 다행이라 생각했다.

그 덕분에 가능하지 않을 줄 알았던 압수 수색이 이뤄졌으니 권력을 제대로 잘 사용한 셈이었다.

원본 서류를 보던 장 회장은 웃었고 변호사는 아연실색하며 주먹을 움켜쥐었다. 이헌은 그들의 눈치를 살피며 다시금 빨간 버튼을 눌렀다. 녹화는 다시 정지되었다.

"그리고 이건 피의자가 K그룹 회장으로 취임한 이후 직접 지시한 뇌물 리스트입니다."

현재 2심 재판 중인 이경제 의원과 지난 사건이 엎어진 뒤 흐지부지 무혐의를 받은 국토 교통부 장관과 제주도 시장 등이 포함된 뇌물 리스트였다.

이헌의 제보로 언론에 보도된 뇌물 리스트는 빙산의 일각이었다.

"이에 대한 사인이 담긴 결재 서류와 녹취록은 증거물로 채택할 예정입니다."

기소도 하지 않은 사건으로 증거물 채택을 하겠다고 이헌은 엄포를 놓았다.

대한민국 역사상 수천억 원에 이르는 비자금 규모는 전무후무했다. 그것만으로도 충분히 질타를 받고 실형을 선고받아도 할 말이 없는데, 뇌물 리스트라니.

심지어 그 속에 누가 있는지 알 수 없어 변호사는 식은땀을 흘리기 시작했다.

손가락 안에 꼽는 대형 로펌을 변호인단으로 선임한 장 회장은 자신의 모든 치부를 변호사에게 알리지 않았다.

난생처음 듣는 뇌물 리스트에 변호사가 기겁하는 건 당연했다.

어떤 식으로 의뢰인이 실형을 피할 수 있을지 머리를 굴렸는데, 이건 다른 문제였다.

"변호인도 확인해 보시죠."

"스케일이 어마무시해서 깜짝 놀랄 겁니다."

이헌에 이어 옆에 앉아 조서를 꾸미던 이 검사가 능글맞게 거들었다.

손수건으로 식은땀을 닦으며 이헌이 내민 뇌물 리스트를 한 장 한 장 넘기기 시작한 변호사는 그 이름들에 차마 말을 잇지 못하고 마른침을 꿀꺽 삼켰다.

"비자금과 뇌물 중에 뭐가 더 흡족하시겠습니까."

침묵을 지키고 있는 장 회장을 바라보며 이헌이 물었다. 시종일관 웃음기 가득한 얼굴을 하고 앉아 있던 장 회장의 표정이 한층 굳어 있었다.

"갤러리 벗을 통해 세탁되는 자금이 1년에 수백억이던데, 그렇게 빼돌린 돈으로 여기저기 찔러 주셔서 피의자가 한평생 바친 K그룹에 도움이 좀 되셨습니까."

장 회장을 바라보는 그의 두 눈엔 일말의 자비도 없었다. 그는 신랄하게 일갈하며 장 회장의 불편한 심기를 건드렸다.

이윽고 입을 꾹 닫고 묵비권을 행사하던 장 회장이 마른 입술을 떼며 목소리를 냈다.

"시간 없다고 하지 않았나? 변화구 말고 직구로 끝내지. 나도 휠체어나 구급차는 모양 빠져서 싫어."

심리전이나 펼치며 시간을 끌지 말라는 소리였다. 원하는 게 뭔지 명확히 말하라고 그는 인상을 찌푸렸다.

변호사가 보더니 석고상처럼 굳어 버린 뇌물 리스트와 이헌의 손에 들려 있던 비자금 파일이 나란히 장 회장의 앞에 놓였다.

"하나 선택하시죠."

"어차피 둘 다 끝까지 갈 거 아닌가?"

둘 중 하나를 고르는 것이 의미가 없다고 판단한 장 회장은 씁쓸하게 웃었다.

"파문은 반으로 줄게 될 겁니다."

한꺼번에 터지는 것보다 낫지 않겠냐는 말이었다.

이헌의 말뜻을 온전히 이해한 듯 장 회장은 호탕하게 웃으며 커프스 단추를 매만지던 손을 맞잡았다. 그는 테이블 앞으로 바짝 다가앉아 광기가 서린 눈으로 이헌을 노려보았다.

"네 손으로 날 집어넣고 싶은가 보지?"

괴이한 음성이었다. 비틀린 듯한 그의 낮은 목소리에 이 검사는 눈
살을 찌푸리며 이헌을 힐끔 쳐다봤다. 자신의 감정을 잘 다스리고 있는
이헌이 다소 걱정됐다.

역시 범은 쉽게 사냥꾼에게 잡히지 않았다. 다른 검사였다면 혹은
자신이 이헌의 자리에 앉아 있었다면 장 회장의 목소리조차 조사실에
서 듣지 못할 거라고 장담했다. 원본 서류를 들이미는데도 아랑곳없는
저 말간 얼굴에 목덜미가 뻐근해지기만 했다.

하지만 이헌은 감정 한 번 내비치지 않고 단단한 눈빛을 지켰다.

"그 두 개가 동시에 터지면 특수부 스케일로는 감당이 어렵지."

다 차려 놓은 밥상을 특검에 넘길 바에 둘 중 하나라도 완벽하게 옭
아매 특수부 손에서 끝내려는 게 아니냐고 그는 말했다. 내색하진 않았
지만 역시 문이헌 검사도 검사로서 야망이 있는 사람이라고 장 회장은
생각했다.

그렇게라도 실적을 올려 승진을 해 볼 심산인 게 분명해 보였다. 적
어도 그의 눈에 비친 문이헌은 그랬다.

"여기에 이름 적힌 양반들 대한민국에서 모르는 사람이 없어."

터지면 온전히 형태를 남긴 사람이 없을 거라고 일갈했다. 건드려
봤자 좋을 게 없을 거라고.

"그러니까 말입니다. 이게 터지면 여기 안에 잠들어 계신 분들 원성
까지 전부 피의자가 받는 겁니다."

리스트에 이름이 거론됐다는 것만으로도 참고인 조사를 피할 순 없
을 것이다. 작게는 지난 정권들의 장관부터 굵직하게는 파란 지붕 아래
를 지키고 있었던 전 대통령들까지.

뇌물 리스트의 실체가 밝혀지는 날엔 결코 조용히 넘어갈 리가 없었
다. 그 사실을 알기에 장 회장은 이를 꽉 깨물었다.

치부책으로 만들어 놓은 리스트였다. K그룹 앞날에 방해가 된다면

가차 없이 흘릴 요량이었다. 당시엔 요긴하게 협박용으로 쓰기도 했고 안전한 방패막이로도 사용하곤 했다.

현 정권에 들어선 가지고 있던 리스트를 모두 소각했는데 그 카피본이 석원기의 손에 있었을 줄이야.

죽여도 시원치 않을 새끼.

"이제 와서 딜을 하자는 건가?"

이를 꽉 깨문 채 그가 물었다.

"순순히 죄를 인정하고 시간 낭비하지 말자?"

"여기 있는 검사들 하루 두 시간도 제대로 못 자고 책상머리에 앉아 있는 사람들입니다. 장기전으로 가면 타격은 있겠지만 돌아갈 자리를 잃은 회장님만 하겠습니까. 그래도 우린 나랏밥 먹는 공무원이라 사표 내기 전까진 함부로 자르지도 못합니다. 어디 변방으로 내쫓기긴 하겠지만 어쨌거나 책상은 지킬 수 있습니다."

"……글쎄. 이게 터질까 봐 무서워 협조해 주는 내부 공모자도 있지 않겠어?"

"여전히 상황 파악을 못 하시는 거 같습니다."

이헌은 낮게 웃었다. 그가 처음으로 보인 감정 변화였다. 그만큼 장 회장의 안일한 태도가 어처구니가 없어 웃음이 삼켜지지 않았다.

그는 웃음을 갈무리하며 손을 뻗어 빨간 버튼을 눌렀다. 녹화가 다시 시작됐다.

"서류에 사인, 본인이 직접 하신 거 맞습니까."

표정을 다시금 굳힌 이헌이 재차 같은 질문을 했다. 장 회장의 변호를 위해 함께 조사실에 앉아 있는 변호사는 꿔다 놓은 보릿자루 같았다. 그는 검사와 피의자 사이의 간극에 끼어들지 못했다.

한편 피의자 장현은 사념에 빠져 커프스단추만 만지작거렸다.

그는 참고인 소환장을 받은 그날 더는 정, 재계에 자신의 편이 남아 있지 않다는 것을 깨달았다.

제가 가진 그 어떠한 협박 카드로도 검찰 총장은 물론 사법부조차 손을 쓸 수가 없었다. 좋다고 돈을 받아먹을 땐 언제고 이제 와 입 싹 닫고 나 몰라라 하는 행태들에 치가 떨렸다.

제 손으로 파기했지만, 다시 그 모습을 드러낸 뇌물 리스트 속의 사람들이라고 해서 별반 다르지 않을 터였다. 검사의 말대로 그 후폭풍을 돌려받는 건 고스란히 자신이 될 거라고 그는 확신할 수 있었다.

그런 생각이 당연하다는 듯 뇌리를 스치고 지나가자 장 회장의 입가엔 쓸쓸함이 묻어났다.

"……그런 거 같네요."

돌아가신 부친이 대학교에 입학했을 때 선물이라며 준 만년필로 자신이 직접 사인을 한 결재 서류들을 보며 장 회장은 이헌의 질문에 그렇다 대답했다.

그의 대답을 받아 타이핑을 치던 이 검사가 멈칫하며 장 회장을 쳐다봤다. 그의 얼굴엔 미련이란 것이 한 조각도 남아 있지 않은 듯 눈빛조차 담백하기만 했다.

생각보다 빠르게 입장을 결정한 듯 보이는 장 회장을 힐긋 쳐다보며 이헌은 그의 앞에 또 다른 검은색 파일 하나를 꺼내 보였다.

이건 또 뭘까 싶어 심장이 쿵쾅거리는 건 조사실 안에 단 한 사람, 장 회장의 변호사뿐이었다.

"이분은 K유통 마케팅 1팀 팀장의 친동생, 여기 이분은 K전자 홍보실 이사님의 어머니. 그리고 여긴 비서실 김상영 비서의 아버지, 이건 전략 기획실 성기준 상무의 네 살짜리 조카. 이것도 전략 기획실 나상호 기획 팀장의 조모, 여기는 석원기 이사의 아들."

그가 한 장씩 파일을 넘기며 읊조리던 건 K그룹 임직원들의 가족 명의로 된 차명 계좌였다.

그것을 보는 장 회장의 눈빛은 일말의 동조도 없었다.

"더 말할 것도 없이 전부 K그룹 임직원 가족들 명의의 차명 계좌입니다."

그 규모에 변호사는 식은땀을 닦았다. 장현의 변호를 맡았을 때 어느 정도 예상하던 규모가 있었다. 하지만 이건 로펌 측에서 감당할 수 있는 범주를 넘어선 범죄였다.

차명 계좌에 직원들의 가족 명의를 이용하다니. 혀가 내둘러지는 상황이었다.

"갤러리 벗에서 후원하는 작가들의 작품 대금 중에 작업비 일부를 제외한 전액이 이 차명 계좌들로 쪼개서 들어간 거로 확인됐습니다."

새로울 것도 없는 얘기였다. 비자금을 조성하고 자금을 세탁하기엔 미술품만 한 것도 없었다. 그렇게 재단을 설립해 갤러리를 운영하는 기업들이 제법 많았다. 암암리에 관행처럼 해 오는 일들이었다.

"계열사에서 인테리어 명목으로 산 작품 중에 대부분이 있어야 할 자리에 없는 것도 알고 계실 거라 생각합니다."

이름도 없는 허접한 그림을 걸어 둘 수 없었다.

"그 그림들이 모두 이은미 씨 소유의 개인 수장고에 보관 중이라는 진술을 받았습니다."

갤러리 관장의 진술이었다.

계열사에서 산 그림들의 행방이 묘연하던 찰나였다. 흔적조차 없어 어디로 빼돌린 거냐 집요하게 다현이 물었다. 그러자 관장은 말했다.

사모님의 개인 수장고에 보관 중이라고. 사모님이면 누굴 말하는 거냐 묻자 관장은 장현 회장의 아내라 말했다.

"이은미 씨가 부인 맞습니까."

이헌은 장 회장의 가족 관계 증명서를 내밀며 물었다. 아내의 이름이 이헌의 입에서 흘러나온 그 순간부터 장 회장의 미간 사이엔 깊은 골이 생겨 좀처럼 펴지지 않았다.

가족 관계 증명서 속 아내와 두 아들의 이름이 숨통을 조여 왔다.

피의자의 표정 변화를 살피던 이헌은 다시 빨간 버튼을 눌러 녹화를 정지시켰다.

"갤러리 수장고엔 내로라하는 작가들의 작품이 워낙 많아 비자금 조성을 위해 그린 작품들을 보관할 자리가 없었다고 합니다. 이은미 씨

개인 수장고엔 뭐가 얼마나 들어 있는지 압수 수색을 해 볼까 합니다."

'압수 수색'이라는 단어가 나온 순간 장 회장은 주먹을 내려치며 포효했다.

"원하는 게 뭐야!"

점잖은 신사처럼 감정을 제어하던 범이 더는 자신을 코너로 모는 사냥꾼을 피해 도망가지 않고 뒤돌아 으르렁댔다.

그 어떠한 내색도 하지 말라고 하던 변호사의 조언을 무시한 처사였다. 당황한 변호사가 장 회장의 팔을 잡아당기며 자리에 앉혔지만 그를 저지할 힘은 없었다.

"집에만 있는 사람이야. 아무것도 모르는 사람이라고!"

"일단 수장고 명의가 이은미 씨라면 충분히 조사할 가치가 있습니다. 그래도 의견을 묻고 싶어 갤러리 수장고 압수 수색 땐 제외했습니다."

"……."

"이 정도 편의는 봐 드려야죠."

"아내는 모르는 일이야."

장 회장의 태도로 짐작건대 수장고의 명의만 아내의 이름을 빌린 것으로 보였다.

전에 없이 흥분한 것만 봐도 죄 없는 아내를 검찰청 조사실에 앉히고 싶어 하지 않는 사람 같았다.

하지만 여기서 물러난다면 목적지를 코앞에 두고 돌아가는 것과 다르지 않았다. 조금만 더 장현을 자극한다면 그가 더는 혐의를 부인하지 못할 거라고 확신했다.

이헌의 눈빛이 날카롭게 번뜩인 건 찰나였다.

"이은미 씨가 아는지 모르는지 지검에 모셔 와 물어보는 게 빠를 거 같습니다."

기어코 아내를 조사실에 앉힐 요량인 이헌의 태도에 장 회장은 또 한 번 언성을 높이고 만다.

"문이헌 검사!"

포효하는 한 마리의 범은 이를 바득바득 갈았다. 변호사도 그를 막아설 수 없었다.

"피의자는 지금 검사 앞에 앉아 조사를 받는 중이라는 걸 알고 계시면 기자들 앞에서, 국민들에게 한 말은 지켜야 하지 않겠습니까."

"……."

"검찰 조사에 적극적으로 협조하겠다던 그 말. 지키십시오."

이를 꽉 깨물었다. 움켜쥔 주먹이 세차게 떨리고 분노가 좀처럼 가라앉지 않아 몸까지 떨리기 시작했다.

"저 문밖에 피의자를 감싸 줄 사람은 이제 없습니다."

화를 억누르며 마른침을 삼켜 바짝바짝 타들어 가는 목을 달랬다. 그리고 눈을 감았다. 아무것도 보이지 않는 암흑이 고요하기만 했다.

실로 평온했다. 이렇게 다 끝나면 호젓해질 수 있을까.

아무 말도 하지 않고 눈을 감아 버린 의뢰인을 바라보는 변호사의 낯빛은 어둡기만 했다.

차명 계좌의 존재는 전략 기획실에서 전적으로 담당하던 거라 알지 못한다고 밀고 나가려 했다. 비자금을 맡아서 관리하던 건 전략 기획실이었으니 세부적인 내용은 모른다고 그렇게 말하라고 신신당부를 했는데…….

문이헌 검사가 조사실에 들어선 순간 완벽히 그의 페이스대로 흐름이 흘러갔다. 할 수 있는 게 아무것도 없었다.

심리전에서 검사에게 졌다. 단두대 위에서 목을 내놓은 것과 다르지 않았다. 이기는 방법은 어쩌면 애초에 없었을지도 모른다.

지그시 감고 있던 눈을 뜬 장 회장은 이헌을 빤히 바라봤다. 이헌은 만지작거리던 빨간 버튼을 눌렀다.

"……수장고는 내 지시입니다."

녹화는 시작됐다.

"그림 판매 대금을 치르고 선물용으로 보관한 겁니다."

표면적으론 계열사에서 사들였고 갤러리는 그림을 판 것이지만 물건은 가져가지 않고 돈만 지급했다. 그 돈으로 작가에게 그림값을 소정 지급하고 모두 차명 계좌로 쪼개어 넣었다.

"그 그림을 다시 되팔 생각이었습니까?"

"누구한테 그걸 팔겠습니까. 풋내기들의 어설픈 붓 터치를 누가 돈 주고 삽니까."

그 정도의 실력밖에 되지 않는 어린 학생들이나 다름없는 작가들을 데리고 개인 작업실을 얻어 주고 그림만 그리게 했다.

그리는 족족 팔리니 그들은 자신의 실력을 자만하기도 했다. 생각보다 비싼 그림값에 대작가라도 된 듯 우쭐하기도 했다.

그 모든 것이 범죄였다니. 꿈과 희망은 그렇게 좌절되고 말았다.

"갤러리에서 후원하는 작가들 작품을 덤핑으로 계열사에 의무적으로 넘기고 비자금을 조성한 혐의를 인정하시는 겁니까."

일말의 감정 하나 없이 단호했다. 빈틈을 찾아 찔러 볼 새도 없었다. 그가 얼마나 집요하게 장 회장만 쫓은 건지 알 수밖에 없었다.

변호사는 단정한 이헌을 보며 꿀꺽 침을 삼켰다.

비자금이든 뇌물이든 그는 빈틈없이 준비를 마친 뒤였다.

무슨 말을 하더라도 그에겐 이미 반박할 증거 자료들이 충분하다 못해 차고 넘쳤다. 비자금과 뇌물 리스트를 함께 다룬다고 해도 잘 차려진 밥상을 특검에 넘겨줄 리는 없을 것 같았다.

"전략 기획실에서 올라온 기획안에 신진 작가들을 후원하는 기획안이 있길래 사인했습니다. 그게 이런 일인 줄 몰랐습니다."

"이 사인입니까."

기획안까지 카피본이 존재할 거라고 찰나에 예상은 했지만 바로 이헌이 꺼낼 거라고는 생각도 못 한 장 회장은 쓰게 웃었다.

전략 기획실에서 비자금 조성안을 대비해 갤러리를 통해 작가를 후원하고 그림을 통해 회사 자금을 세탁하는 방안에 대한 기획안을 작성해 올렸다.

나쁘지 않다고 생각해 사인했다. 그 뒤로 일은 전략 기획실의 비자금 담당자들과 갤러리 관장과 큐레이터가 알아서 진행했다.

그가 아는 건 제가 기획안을 오케이 했다는 것, 제가 비자금을 이런 식으로 조성하게 허락을 했다는 것뿐이었다.

"그러네요. 그 기획안이 맞네."

"피의자 지시로 갤러리를 통한 비자금 조성을 인정하는 겁니까."

이헌은 허탈한 듯 웃기만 하는 장 회장을 바라보며 재차 물었다. 그가 혐의를 인정할 때까지 밤새도록 물어볼 기세였다.

"후⋯⋯."

웃기만 하던 장 회장이 숨을 크게 내뱉으며 시선을 들어 자신을 바라보는 날카로운 눈빛과 마주하며 입을 뗐다.

"인정하지 않으면 집사람을 데려와 대질 신문이라도 할 기셉니다, 검사님?"

비아냥거렸다. 코너에 몰린 범의 마지막 발악이었다.

"혐의를 부인하면 형량만 높아질 겁니다."

이헌은 조금도 동요하지 않았다. 그저 검사로서 법이 하지 말라는 범죄를 저지른 피의자를 법정에 세울 생각뿐이었다.

"노후를 감옥에서 보낼 수야 없지."

빈틈이라곤 하나도 없는 답답한 검사 앞에서 장 회장은 이마를 긁적이며 혼잣말처럼 뇌까렸다.

그런 장 회장의 태도에 긴장한 건 병풍 신세로 전락한 변호사뿐이었다.

장 회장은 야릇하게 입꼬리를 올리며 깍지를 꼈다. 그리고 비틀린 입매를 가다듬고 입술을 뗐다. 그 입에서 나오는 말들은 법정에서 불리하게 작용할 수 있는 얘기들이었다.

"비자금은 모두 내 지시로 전략 기획실에서 움직인 겁니다."

그가 혐의를 인정한 순간 조서를 꾸미던 이 검사의 손이 빠르게 움직이기 시작했다.

서울 중앙 지방 법원 법정 522호.

법정에 들어서 피고인석에 앉은 민준은 수의를 입고 있었다.

그의 변호를 맡은 이는 K그룹 법무 팀 팀장이라던 이헌의 후배였다.

지분조차 남김없이 빼앗긴 민준을 K그룹에서 변호한다는 것이 의아했지만 굳이 시끄러운 속사정은 알고 싶지 않았다.

교도관이 수갑을 풀어 주자 자리에 앉은 민준은 뻐근한 목을 이리저리 돌리다가 맞은편에 앉은 다현과 눈이 마주치자 방긋 웃었다.

눈 밑에 드리워진 짙은 다크서클과 말라서 갈라진 입술이 피폐해진 그의 상태를 충분히 대변하고 있었다.

다현은 속으로 혀를 내두르며 그의 시선을 피해 공소장을 훑었다. 오후엔 나머지 피의자들의 병합 공판이 있을 예정이었다.

문이 열리고 법복을 입은 판사가 들어왔다. 자리에서 일어선 검사 측과 피고인 측은 판사가 자리에 앉고 나서야 엉덩이를 붙였다.

"서울 지방 법원 2019고단125, 재판을 시작하겠습니다."

판사는 사건 번호를 읊조린 뒤 곧바로 피고인에게 진술 거부권을 알렸다.

"피고인은 일체의 진술을 하지 아니하거나 개개의 질문에 대하여 진술을 하지 않을 수 있습니다. 또한 진술하지 않더라도 불이익을 받지 아니하며, 진술을 거부할 권리를 포기하고 행한 진술은 법정에서 유죄의 증거로 사용될 수 있습니다. 마지막으로 신문을 받을 때는 변호인을 참여하게 하는 등 변호인의 조력을 받을 수 있습니다."

민준이 판사를 빤히 쳐다봤다.

그때 재판정 뒤쪽에서 문이 열리고 다현의 첫 재판을 보기 위해 남경주 검사와 부부장 검사인 태진이 들어왔다.

그들이 방청석에 앉기 무섭게 다시 한번 더 문이 열리고 슈트 차림의 남자 두 명이 들어와 구석진 자리에 앉았다.

"피고인 장민준 맞습니까?"

판사는 피고인 자리에 수의를 입고 앉아 있는 민준을 보며 물었다.

"네에."

민준은 판사의 물음에 대답했다. 그 목소리가 제법 갈라져 듣기 좋은 소리는 아니었다.

곧바로 피고인의 주민 등록 번호 앞자리를 물어보고 등록 기준지와 주소, 직업 또한 차례대로 물었다. 민준은 더듬거리지 않고 쇳소리가 나는 목소리로 차분히 대답했다. 판사의 인정 신문이 끝났다.

판사의 시선은 이내 다현을 향했다. 그녀는 마른침을 삼켰다. 자신의 차례였다.

재판을 몇 번이고 했지만 오늘만큼 떨렸던 적도 없었던 것 같다. 검사가 된 후 처음 맡았던 재판에서도 이보단 덜했지 싶다.

"검사 측은 모두 진술 하세요."

공소장을 손에 꼭 쥔 채 다현은 최 검사와 눈을 마주쳤다. 그는 눈을 한번 깜빡거리며 그녀의 등을 토닥였다. 잘할 수 있다는 선배의 격려에 다현은 자리에서 일어나 말문을 열었다.

"피고인 장민준은 마약 운반 및 소지 그리고 매매와 알선, 투약한 혐의가 있습니다."

판사를 바라보던 다현의 시선이 이내 맞은편에 앉아 있는 민준을 향했다.

"피고인은 2009년 K메디컬과 K제약을 통해 빼돌린 모르핀을 투약, 이후 성인이 된 2010년경 사교 모임을 통해 친분을 쌓은 한준형을 통해 대마초를 공급하던 고등학교 선배였던 이준호를 알게 되면서 마약에 손을 대기 시작했습니다."

메마른 입술을 히죽이며 입매가 비틀려 있는 민준을 보며 그녀는 말을 이어 갔다.

"그 후 피고인이 코카인과 향정신성 의약품인 엑스터시를 중국 상해와 홍콩에서 선박과 항공편을 통해 밀반입한 뒤 유통한 사실을 포착, 피고인은 사교 모임 내에서 지속해서 판매하며 주 1회 모임을 통해 일명 마약 파티라 불리는 VIP 모임에서 마약을 투약해 왔습니다. 지난 8월 10일 강남 소재의 클럽 파라곤에서 폭행 사건 신고를 받고 출동한 경찰은 사건 현장에서 마약 파티를 벌이고 있던 피고인을 현행범으로 체포, 구속 조사를 했으며 피고인이 코카인과 엑스터시를 투약하고 대마를 흡연한 사실을 확인했습니다."

검사가 공소 요지를 읊을수록 피고인 측 변호사인 지수는 일찌감치 체념한 듯 한숨만 내쉬었다. 반면 민준은 자신을 쳐다보며 공소 사실을 말하는 다현을 보며 씁쓸한 듯 웃었다.

장황하기만 하던 공소장과 달리 간단한 요지 속에 자신이 저지른 범죄 사실이 일목요연하게 정리되어 있자 어쩐지 허탈하기까지 했다.

10년이 넘도록 범죄를 저지르고 있었다니. 그게 범죄였나. 그럼 왜 그동안 아무도 하지 말라고 말리지 않은 건지 우습기만 했다.

눈앞의 검사인 다현조차 그 모임이 마약 파티를 위한 모임이라는 걸 눈치채자마자 뒤도 돌아보지 않고 제게서 멀어져 갔다. 걸쭉한 욕 한 번 하지 않고.

민준이 고개를 숙인 채 히죽이고 있다는 걸 눈치채지 못한 다현은 판사를 바라보며 공소장의 마지막 문장을 그대로 읊었다.

"이와 같은 행위는 마약류 관리에 관한 법률 제3조와 제4조 1항 제1호, 2호를 위반한 것으로, 본 검사는 피고인 장민준을 기소합니다."

민준의 범죄 사실이 빼곡하게 들어찬 공소장의 요지만 읊은 다현은 이내 자리에 앉으며 한숨을 돌렸다.

공소장을 들여다보며 검사의 모두 진술을 듣던 판사가 고개를 들어 피고인석을 바라봤다.

공소장에 적힌 범죄 사실은 요컨대, 피고인이 미성년자일 때부터 마약에 손을 대기 시작했다는 것이었다.

성인이 된 이후엔 대범하게도 해외에서 직접 마약을 운반해 오고,

그것을 친구들에게 팔고 함께 투약하며 문란한 생활을 했다는 것에 판사는 속으로 혀를 내둘렀다.

피고인의 반성문은 물론 본 사건에서 파생된 재판들의 피고인들에게 받은 반성문도 꽤 많이 쌓여 있었다.

반성하는 모양인지 아니면 그런 척하는 건지는 몰라도 몰골이 썩 좋지 못해 보이는 게 구치소에서 약에 손을 대지 않은 듯했다. 이 정도 재력이면 그 삭막한 곳에서도 약을 구하려고 하면 얼마든지 구할 수 있을 텐데.

"피고인."

판사는 민준을 빤히 바라보다 그를 불렀다. 고개를 숙이고 있던 민준은 천천히 그 얼굴을 들어 판사와 눈을 마주쳤다.

"검사의 공소 사실에 대해 인정합니까?"

네가 저지른 범죄를 인정하냐고 묻는 것이다. 민준은 차가운 수갑이 채워져 있었던 자신의 손목을 만지작거리며 판사의 시선을 피하지 않았다. 바짝 마른 입술을 떼기까지 찰나의 시간이었다.

"……인정합니다. 깊게 반성하고 있습니다."

그는 공소 사실을 자백했다. 자신의 모든 범죄를 인정하고 반성한다고 말했다. 판사는 흘러내리는 안경을 추켜올리며 검사 측을 힐긋 쳐다봤다.

조사실에 앉아 미친놈처럼 히죽이며 말꼬리만 늘리던 장민준이 맞는지 의심스러웠다. 자백은커녕 불리한 질문엔 묵비권만 행사하던 그가 법정에서 판사의 앞에선 반성하고 있다며 고개를 숙였다.

묵비권이라도 행사할 줄 알았더니 피고인 신문 절차가 필요 없을 정도로 그는 깔끔하게 죄를 인정했다.

피고인이 죄를 인정했는데 변호사는 담담하기만 했다. 변호사가 코치한 모양이다. 다현은 쓰게 웃으며 피고인 신문을 위해 준비한 질의서를 내려놓았다.

"야근까지 했더니 다 필요 없게 됐어. 좋은 일이긴 한데 괘씸하네."

최 검사가 구시렁댔다. 그와 같은 마음이었다. 그들의 플랜이 눈에 빤히 보여 한심하기까지 했다.

"피고인 측."

판사 역시 같은 생각인지 반성한다는 민준을 보며 잠깐이었지만 말이 없었다. 혐의를 모두 인정하고 반성한다는 말을 믿어야 하나, 말아야 하나. 그런 갈등이 일고 있었다.

"모두 진술 하세요."

공소 사실을 인정했다고 하나 당연한 절차들을 피할 수는 없었다. 법정에 있는 모든 이들의 시선이 일제히 피고인 측에 앉아 있는 변호사를 향했다.

그녀는 사전에 준비해 온 서면을 훑고 있었다. 판사가 진술의 기회를 주자 변호인 자격으로 자리에서 일어났다.

"존경하는 재판장님. 피고인은 공소 사실을 모두 인정했습니다. 피고인이 행한 행위들은 명백한 범죄이며 죄질 또한 절대 가볍지 않습니다. 하지만 피고인이 이러한 범죄에 쉽게 노출될 수밖에 없었던 환경에서 자랐다는 것을 말씀드리고 싶습니다."

피고인과 함께 현행범으로 체포된 뒤 구속 기소 된 이들이 줄줄이 사탕처럼 엮여 다음 재판을 위해 대기 중이었다. 다른 이들은 마약 투약과 수수로 기소가 됐기 때문에 피고인 11명에 대해 재판을 병합했다. 그 담당 판사 또한 민준과 변호사를 바라보고 있는 이와 같았다.

굳이 구구절절 설명하지 않아도 범죄의 온상에 방치된 비행 청소년 같은 애들이라는 걸 인지한 판사는 계속하라며 고개를 끄덕였다.

검사 측은 변호인의 진술에 고개를 내저었지만, 판사는 그럴 수 있다는 반응이었다.

"피고인은 어린 시절부터 혹독하게 겪어 온 경영자 수업과 부친의 핍박이 일탈로 이어졌습니다."

변호사의 말을 가만히 듣고 있던 다현은 더 들어 줄 수 없다는 듯 자리를 박차고 일어나 목청을 높였다.

"재판장님. 변호인의 허황된 진술일 뿐입니다!"

그가 마약이라는 범죄에 쉽게 노출될 수밖에 없는 환경에서 자랐다 치더라도 어린 시절 부친으로부터 핍박을 받아 일탈했다는 건 배부른 소리에 불과했다. 순전히 재판을 조금이라도 유리하게 이끌고 나가 보려는 목적이 분명했다.

아무도 모르게 핍박이란 걸 받았다 하더라도 가만히 있었을 장민준이 아니었다. 제 아버지를 물어뜯어 버릴 놈이었다.

"인정합니다."

다현의 이의 제기를 판사는 받아들였다. 변호인의 진술이 받아들여지지 않았다.

"피고인 측 계속하세요."

그러면서 진술을 계속하라고 말했다. 변호사는 날카롭게 나온 검사 측을 힐긋 쳐다보다 재판장에게 다시 시선을 돌렸다.

자신의 이의 제기가 받아들여진 다현은 다시금 착석해 변호인의 진술을 지켜봤다.

"피고인은 정신과 진료를 꾸준히 받아 왔습니다. 그런데도 미약한 심신 탓에 주위에서 뻗쳐 온 유혹에 쉽게 휩쓸려 마약에 의존한 삶을 살았습니다."

말간 얼굴을 하고 담백한 목소리로 표정 변화 하나 없이 피고인을 대변하고 있는 변호사를 지켜봤다. 다현과 최 검사는 또 한 번 어처구니가 없어 실소를 터트렸다.

정신과 치료를 받았다는 건 어불성설이었다.

심신 미약으로 피고인에게 절대적으로 불리한 이 재판을 풀어 나가 보려는 생각이 분명했다.

진료 기록을 간과했다. 피고인 측에서 제출한 증거 자료들엔 병원 진료 기록은 없었다.

재판 중에 불시에 증거로 채택하려고 기습으로 준비한 게 분명했다. 미처 거기까지 생각이 닿지 못했다. 사전에 장민준의 진료 기록을 확인

191

하지 못한 자신을 스스로 책망하며 다현은 주먹을 움켜쥐며 다시 이의 제기 했다.

"재판장님. 확인되지 않은 사실입니다."

"인정합니다."

판사는 곧바로 검사 측의 이의 제기를 받아들였다. 변호사는 준비해 온 서면 아래에 함께 챙겨 온 서류를 만지작거리며 다현을 바라보고 말문을 열었다.

"병원 진료 기록을 증거물로 제출하고 싶습니다."

"사전에 등록되지 않은 증거물입니다. 받아들일 수 없습니다."

진료 기록으로 재판을 어떤 식으로든 흔들어 보겠다는 심산이 고약하기만 했다. 다현은 증거 자료를 인정할 수 없었다.

병원 기록쯤이야 간단히 조작할 수 있는 이들이었다. 증거물로 채택된다면 2차 공판 때까지 조작의 증거를 찾아야 했다. 그렇게 시간을 끌수 없었다.

"변호인. 병원 기록을 사전에 제출하지 않은 이유가 뭡니까."

시종일관 말간 얼굴이던 판사의 미간이 찌푸려지고 상체가 앞으로 쏠렸다. 그 음성이 다소 높았다.

피고인이 반성한다며 혐의를 모두 인정해 놓고 이제 와 심신 미약의 증거로 병원 기록을 제출하겠다는 저의가 불순했다.

"피고인이 치료를 받았던 정신과가 폐업하면서 진료 기록을 찾는 데 시간이 오래 걸렸습니다."

K그룹의 후계자가 구멍가게에서 불량 식품을 사 먹었다는 걸 이 법정에서 믿으라고 하는 말일까.

"의료 기록 발급을 굳이 해당 병원에서 하지 않아도 된다는 걸 변호인이 가장 잘 알고 있을 텐데요."

허를 찌르는 판사의 말에 변호인은 말을 이어 가지 못했다. 자신이 생각해도 어처구니없는 변명에 불과하다는 걸 느낀 탓이리라.

"얄밉네."

최 검사는 이를 꽉 깨물며 옆에 앉아 있는 다현에게만 들릴 정도로 작은 목소리로 읊조렸다. 그녀는 짜증이 가득 배어 나온 눈으로 민준을 노려봤다.

다현의 따가운 시선을 느낀 것인지 멍하니 앞을 바라보던 민준이 슬며시 고개를 돌렸다. 눈이 마주치자마자 가지런하던 입매가 휘기 시작했다. 보란 듯이 웃는 얼굴을 손톱으로 할퀴어도 성에 차지 않을 것 같았다.

"증거로 채택하지 않겠습니다."

검사 측에서 인정하지 못한다고 해도 증거로 받아들여질 거라 생각했던 변호사는 한숨을 삼켰다. 순간 민준의 표정도 굳어져 자신의 변호사를 힐긋 노려봤다.

"피고인 측 계속 진술하세요."

판사는 다시금 안색을 바꾸며 침착하게 말했다. 하지만 변호사는 입을 달싹이더니 그대로 착석했다.

더 이상의 진술은 없다는 듯 그녀는 입을 닫아 버렸다.

"변호인. 진술이 끝난 겁니까?"

당황한 건 판사였다. 장황한 사족들이 있을 거라고 생각했는데 변호사가 쉽게 진술을 포기하자 의아하기만 했다.

변호할 생각이 없는 건가?

"끝났습니다."

모두 진술이 어이없게 끝나 버렸다. 사실에 입각한 변명거리들이 없었던 게 문제인 듯했다.

피고인 측에서 사전에 등록한 증거는 하나도 없었다. 검사 측에서 등록한 증거들을 반박할 자료가 없는 탓이었다.

모두 사실이었고, 어떤 식으로든 실형을 피할 길이 없었다.

장민준은 제 아비처럼 돈을 써서 세관들을 매수했고 대범하게 마약을 밀반입해 판매했다. 그가 이 법정에서 할 수 있는 거라곤 판사의 물음에 변호사를 힐긋 쳐다보고 그녀의 반응대로 대답할 뿐이었다.

"피고인. 검사 측 증거를 확인했습니까."

변호사가 아무 반응이 없었다. 그렇다고 대답하라는 뜻이었다. 판사가 하는 말이 무슨 소린지도 이해가 되지 않는데 그냥 그렇다 대답한 민준은 어금니를 꽉 깨물었다.

"증거에 동의합니까."

판사가 재차 물었다. 민준은 다시 변호사를 힐긋거렸다. 아무 반응이 없었다. 변호할 생각이 눈곱만큼도 없는 년이다.

"네."

민준은 아래로 주먹을 움켜쥐며 갈라진 목소리로 판사의 질문에 결국 대답을 했다.

"씨발. 제대로 안 해?"

민준은 지그시 어금니를 깨문 채 낮게 읊조렸다. 그의 신랄한 욕설을 들은 변호사는 움찔했지만 이내 못 들은 척하며 마주 앉아 있는 검사에게 시선을 고정한 채 판사의 말을 듣기만 했다.

"검사 측. 증거 제출하세요."

판사의 말에 다현이 자리에서 일어나 공소장과 함께 첨부했던 증거 자료와 증거물들을 판사에게 건넸다. 하지만 민준은 다현과 판사가 아닌 자신의 변호사를 노려보며 이를 갈았다.

어제 변호사 접견 때 부친이 회장직에서 쫓겨나게 됐다는 말을 들었을 때 헛소리 작작 하라며 비웃었다. 그런데 변호사의 태도가 그를 더는 변호나 보호해 줄 생각이 없는 사람 같았다. 경영자 해임안이 통과되긴 한 모양이다.

더는 그룹과 관련 없는 이를 변호할 이유가 없어진 게 분명했다. 차라리 사임계나 내고 손을 뗄 것이지. 그럼 다른 변호사를 구했을 거다.

이렇게 무능한 인간과 앉아 재판을 받게 될 거라고 생각지도 못했던 민준은 화를 참으려 움켜쥔 주먹으로 자신의 허벅지를 내려치며 신경질을 표출했다.

"마약 반응 검사에서 양성 나왔네요. 모발, 소변 전부."

검사 측이 제출한 증거 자료 중 가장 먼저 마약 투약에 관한 증거로 제출된 검사 결과지를 보던 판사가 조곤조곤 말했다. 그리곤 증거물로 함께 제출된 마약을 들여다보던 판사는 쓰게 웃었다.

돈 있는 집 자식들은 일탈이 거하다 못해 상식 밖이라고 그는 생각했다. 검찰에서 정, 재계 자녀들의 마약 파티 현장을 적발했고 조사 중이라는 언론 보도가 나오자마자 지법에선 한바탕 소란이 일기도 했다.

풍문으론 이미 한 번 그들의 우두머리인 장민준의 아비인 장현이 대법원장을 건드려 사건을 덮었다고 했다. 그런 이야기들이 사법부 내에서 돌아다니는데 이번에 기소되면 누가 그 골치 아픈 사건을 맡을지 안타깝다며 서로 하기 싫다고 눈살들을 찌푸리기도 했다.

그렇게 최근 5년 동안 마약 관련 재판만 수차례 해 오며 자비라곤 없던 판사에게 사건이 배당됐다.

무서운 거 하나 없이 부유하게 자란 이는 범죄를 저지르고도 구치소 밥 몇 번 먹다가 풀려나 고삐 풀린 망아지마냥 미친 것처럼 폭주했다.

그 결과 대통령 비서실장 딸이 죽었으며 그들의 범죄는 세상에 낱낱이 드러났고 그 몸통이 지금 자신의 앞에 수의를 입고 앉아 있었다.

"차명 계좌가 있네요?"

판사는 계좌 내역들을 보며 속으로 혀를 찼다. 마약 사범 재판을 하면서 피고인에게 차명 계좌 거래 내역이 있는 건 또 처음이었다.

재벌가의 마약 재판이 처음이라 그런진 몰라도 확실히 스케일은 남달랐다.

"마약 파티 이후에 차명 계좌로 받은 약값을 본인 명의의 개인 계좌로 다시 옮겼네요."

변호사를 노려보던 민준의 시선이 재판장에게 향했다. 자신보다 한참 높은 곳에 앉아 있는 판사를 언짢은 기색으로 바라봤다.

"개인 계좌와 차명 계좌 거래 내역과 세관 담당자와 주고받은 거래 내역, 출입국 기록, CCTV 영상, 약물 반응 검사, 현장에서 발견된 코카인과 엑스터시 그리고 대마까지 증거 자료로 제출됐습니다."

판사의 입을 통해 제출된 증거 자료들이 무엇인지 처음 듣게 된 민준의 당연한 반응이었다. 검사 측에서 제출한 증거들을 본 적 없다. 물어보면 그렇다고 대답하라며 변호사가 시킨 대로 했을 뿐.

자신의 죄를 입증하기 위한 바탕이 되는 저 두꺼운 종이 뭉치와 당장이라도 입에 털어 넣고 싶은 약들을 두 눈으로 확인한 적 없었다.

"피고인 측은 증거 의견 말씀하세요."

판사가 고개를 들어 피고인 측 자리를 바라보며 당연한 순서들을 이어 나갔다. 그저 제 앞만 바라보고 있던 변호사는 고개를 비스듬히 돌리며 입을 뗐다.

"증거에 동의합니다."

변호사의 묵직한 음성에 법정엔 숨소리조차 또렷이 들릴 정도로 정적이 찾아왔다. 형량을 줄여 보겠다는 심산으로 다 인정하고 넘어가는 건지 아니면 정말 변호사로서 피고인의 변호를 포기한 건지 알 수 없었다.

그저 눈이 뒤집혀 이를 꽉 깨문 민준만 숨이 넘어갈 뿐. 죄질이 무거워 재판에 오랜 시간이 걸릴 거라 생각했던 판사만 의외라는 듯 피고인 측을 응시하던 시선을 거둬 검사 측을 바라보며 말을 이어 나갔다.

"검사 측. 의견 진술하세요."

애초에 길어질 재판이 아니었다. 1심 공판이 2차로 이어지지 않은 것에 안도하며 다현은 자리에서 일어났다.

"피고인 장민준은 마약 운반 및 소지 그리고 매매와 알선, 투약한 혐의를 모두 인정했습니다. 하지만 10년이라는 긴 시간 동안 꾸준하게 마약을 투약해 온 사실이 있으며 중국과 홍콩을 통해 지난 5년간 마약을 밀반입한 사실 또한 있습니다. 동일 범죄로 한 차례 집행 유예를 선고받은 사실 또한 있습니다."

공소 사실엔 증거 없이 허황된 정황은 단 하나도 없었다. 명백히 증거에 입각한 사실만이 담겨 있었다.

그것을 말하는 다현의 음성은 그 어느 때보다도 묵직하고 단단했다.

"골드서클이라는 사교 모임을 통해 집단으로 마약을 투약했고 그 장소 또한 사적으로 운영되고 있는 VVIP 룸입니다. 파라곤의 소유주는 명백히 피고인과 사적으로도 친분이 없으나, 건물의 소유주가 피고인이라는 점. 파라곤이 오픈하기 전부터 피고인이 사적으로 건물의 루프탑을 사용하고 있었다는 증언 또한 사실임을 확인했고 이는 피고인이 마약 파티에 장소를 제공한 것이라고 봐도 무방합니다."

부동산 등기부 등본까지 증거로 제출한 상태였다. 파라곤 매니저와 사장의 진술 역시 빠짐없이 판사에게 건넸다.

파라곤의 소유주는 건물에 임대를 얻은 것이고 루프탑은 엄연히 장민준의 사적인 공간이었다. 파라곤과 출입구를 공유하고 마치 한 공간인 것처럼 위장되어 있을 뿐.

장민준의 사적인 공간이었던 루프탑이 마약 파티를 위한 장소로 제공된 건 그가 약에 손을 대기 시작했을 무렵이었다. 그맘때 클럽을 오픈한다고 인테리어 공사를 하던 시기였다.

10년이라는 시간 동안 한곳에서 꾸준히 난잡한 짓을 벌였는데도 아무도 터치하지 않았다. 그 사실을 알면서도 묵인했고 간과한 자신도 범죄를 방치한 이들과 다르지 않다는 생각은 아직도 여전히 다현의 머릿속을 헤집어 놓았다.

그래서 반성은커녕 자신이 뭘 잘못한지 모르고 분노만 삭이고 있는 장민준을 좌시할 수 없는 것이었다.

"긴 시간 동안 꾸준히 똑같은 범죄를 저지른 것은 혐의를 인정하고 반성하고 있다고 해서 그 죄질이 결코 가벼워질 수 없는 것입니다."

번들거리는 눈빛으로 자신을 노려보고 있는 민준을 쳐다보며 다현은 묵직한 음성을 뱉었다. 가소롭다는 듯 그의 비틀린 입가엔 조소가 걸려 있었지만 그녀는 아랑곳하지 않고 이내 재판장 앞을 바라보며 말을 이어 나갔다.

"이에 본 검사는 마약류 관리에 관한 법률 제58조 1항 1호, 2호와 2항, 제59조 1항 7호와 9호, 2항, 그리고 제60조 1항 1호, 2호, 2항과 제

61조 4호, 6호에 의거…….”

다현의 입에서 마약류 관리에 관한 법률의 제8장 벌칙에서 피고인 민준이 받아야 할 죄목이 줄줄이 나열됐다. 하나하나 되짚기도 힘들 정도로 많은 죗값이었다.

“피고인 장민준에겐 무기 징역을 구형하는 바입니다.”

쾅! 법정에 들어설 때부터 억누르고 있던 화가 폭발한 민준은 주먹을 내리쳤다. 판사가 언성을 높였다.

“피고인! 자중하세요!”

당장이라도 검사에게 달려들어 주먹을 휘두를 것만 같은 민준을 교도관들이 붙잡아 자리에 앉히며 그의 어깨를 내리눌렀다.

이를 꽉 깨문 민준의 눈엔 광기가 어려 있었다. 살의가 가득한 두 눈으로 다현을 노려보며 온몸을 부들부들 떨어 댔다. 화를 삭이기 어려웠다.

무기 징역이라니. 어처구니가 없어서. 최종 선고가 아님에도 불구하고 그는 다현이 자신에게 무기 징역을 구형했다는 것에만 초점을 맞춰 분노했다.

상습적이었다. 10년이라는 시간 동안 그는 꾸준히 범죄를 저질렀고 한 번 기소됐던 사건이 재판도 없이 집행 유예로 끝나면서 폭주했다.

단발성이 아니었기에 검사 측에서 무기 징역을 구형할 거라 생각했던 민준의 변호사는 당연한 상황에 무덤덤하기만 했다.

최종 선고에서 어떻게 나올지 모르겠지만 그는 평생 교도소에 살아도 할 말이 없는 마약 사범이었다.

반성하고 있다고 했지만, 반성은커녕 이대로 자유를 찾게 된다면 이번엔 더욱더 폭주하게 될 게 자명했다.

이런 놈은 차라리 교도소에 처박혀 있는 게 선량한 시민들을 위해서라도 좋을 거라고 변호사는 생각했다.

“피고인? 최후 진술 하세요.”

혐의도 인정하고 제출한 증거도 인정한 피고인 측에 더는 다른 절차

들이 필요가 없었다. 상당 부분 혐의를 인정하고 일정 부분은 부인했다면 혹은 검사 측에서 제출한 증거에 동의하지 않았다면 피고인 신문 절차를 진행했을 테다.

그저 피고인의 마지막 진술만이 남은 법정엔 의자 끄는 소리가 유난히 크게 들려올 뿐이었다.

"……."

일그러진 얼굴로 변호사를 바라보던 민준이 자리에서 일어났다. 말 없이 일어난 그의 시선은 이내 판사를 향했다.

마른침을 삼킨 그는 갈라진 입술을 달싹였다.

"1년이라도 교도소에서 덜 살고 싶으면 혐의 인정하고 반성한다고 하는 수밖엔 없습니다."

"장난해? 변호사 맞아?"

"무죄는 가당치도 않고, 심신 미약은 어림도 없어요. 10년이나 넘게 해외에서 마약을 밀반입한 사람이 어떻게 심신 미약일 수 있겠어요. 병원 기록 조작한다고 해도 크게 도움 되진 않을 겁니다. 지난번에 집행 유예로 끝나서 이번엔 가중 처벌이 불가피 합니다."

"그게 변호사 능력 아니야? 그따위 능력으로 법무 팀 팀장이라니. 이 바닥에 발붙이고 살기 싫은가 봐."

"변호사로서 의뢰인을 변호할 최고의 방법입니다. 혐의 인정한다. 죄송하다. 반성하고 있다. 그거 말곤 없습니다."

무조건 엎드리라고만 하던 변호사의 말에 이가 갈렸다. 그녀가 서면으로 작성해 줬던 진술서를 봤을 때 기가 막혀 웃음을 터트렸었다.

뭐라고 적혀 있었더라.

"……어릴 때 호기심에 마약에 손을 댔습니다."

그래. 그렇게 시작했던 것 같다.

"해선 안 되는 줄 알면서, 절제하지 못합니다. 친구들과 어울려 유

199

혹을 뿌리치지 못했습니다."

그 유혹을 뿌리치지 못해서 직접 밀반입했다. 대놓고 세관에 돈을 찔러 주고 선박과 항공편으로 별 탈 없이 한국에 가지고 들어왔다. 참 쉬웠다. 덕분에 어렵지 않게 주기적으로 마약을 투약할 수 있었다.

"모임 안에서 친해진 형의 부탁으로 처음엔 대마와 코카인만 소량으로 한국에 가지고 들어왔습니다. 불법인 걸 알면서도 호기심에 몇 번 그렇게 하고 나니까 무서운 걸 몰랐습니다."

무섭긴커녕 g 수가 늘어나 kg이 됐다.

대담했고 무서운 걸 몰랐다. 아무도 모르니까.

그런 말들을 저 멍청한 판사 앞에서 해 줘야 하는데 변호사가 써 준 진술서를 나지막이 읊조렸다.

"죄를 인정합니다. 깊이 뉘우치며…… 반성하고 있습니다."

1년이라도 덜 살다 나오는 게 아니라, 그냥 이대로 자유를 만끽하는 게 자신이 원하는 것이었다. 일이 이렇게 된 건 모두 아버지 탓이다.

"다시는 이런 일 없을 겁니다. 전문 기관에서 치료도 받고, 앞으로 두 번 다시 마약에 손대는 일 없게 하겠습니다."

판사 하나 구워삶지 못한 무능함에, 검사들 하나 제대로 치우지 못한 탓에 일이 이 지경이 됐다. 기껏 붙여 준 게 능력도 쥐뿔 없는 무지렁이 변호사라니.

자기 자리 하나 지키려고 자식새끼 내팽개친 아비가 눈앞에 아른거리기 시작했다. 그러고 보니 구치소에 들어간 뒤 아버지를 본 적이 없다. 설핏 웃음이 나오는 걸 꾹 참으며 민준은 고개를 숙였다.

"본 사건의 재판은 이것으로 마칩니다. 선고 기일은 9월 3일입니다."

판사는 묵직한 증거 자료들을 들고 법정을 나갔다.

다현과 최 검사는 챙겨 왔던 자료들을 정리하기 시작했다. 변호사 역시 자리에서 일어났고 민준의 손엔 다시 수갑이 채워졌다.

"권다현! 네가 어떻게 이럴 수 있어!"

잡아먹을 기세였다. 그의 입에서 나온 걸쭉한 욕설에 남 검사와 부

부장 검사가 눈살을 찌푸리며 다현의 곁으로 다가왔다.

"너 가만 안 둬!"

악에 받쳐 고래고래 소리를 지르며 교도관에게 이끌려 법정을 나가는 민준에게 다현은 시선조차 주지 않았다.

"저 미친놈."

최 검사가 후배를 대신해 혀를 내둘렀다. 정신병자라며 머리도 내저었다.

"수고했어. 속이 다 시원하네."

남 검사가 통쾌하다는 듯 다현의 어깨를 두드리며 격려했다. 부부장 검사 역시 그녀에게 다가와 고개를 끄덕이며 잘했다고 말했다.

"특수부 첫 재판이었는데 별 탈 없이 끝난 거 축하해. 남은 재판도 순조롭겠어."

"딴 애들이라도 인정 못 한다고 발악이라도 해야 기껏 밤새운 보람이라도 찾을 거 같습니다."

부부장 검사의 말에 최 검사가 뻐근해진 어깨를 주무르며 너스레를 떨었다.

"오늘은 법원에서 바로 퇴근해."

오후에 있을 병합 재판이 끝나면 곧장 퇴근하라는 명령이 떨어졌다. 최 검사는 좋다며 가방을 챙겼고 다현은 지검에 들러 챙길 게 있다고 말했다.

"검사님?"

그때 민준의 변호사가 검사 측 자리에 옹기종기 모여 있는 특수 1부 검사들 곁으로 다가왔다. 등 뒤에서 낯선 목소리가 들리자 남 검사가 몸을 틀어 자리를 내어줬다.

"우리 구면이죠?"

경찰서에서 한 번 만났으니 확실히 구면은 구면이다. 다현이 가볍게 대답했다.

"마약 사건은 처음이라고 들었는데, 잘하시네요."

재판 내내 무표정한 얼굴을 하고 있던 변호사가 맞나 싶을 정도로 그녀는 화사하게 웃으며 다현에게 칭찬을 아끼지 않았다. 그런데도 껄끄러운 건 그녀가 민준의 변호사이기 때문인지, 아니면 이헌과 단순한 선후배 사이가 아닌 다른 무언가가 있었을 것 같다는 생각 때문인지 알 수 없었다.

어쨌거나 둘 다 별로였다.

"선배들도 오랜만이네요."

최 검사와 남 검사, 부부장 검사까지 모두 그녀와 동문이었다. 물론 다현도 함께.

종종 동문회에서 만나기도 했던 선배들이 특수부로 자리를 옮긴 뒤부터 사적인 연락은커녕 동문회조차 참석하지 않고 있어서 오랜만이었다. 그 탓에 그녀는 반갑게 인사를 건넸다.

"오랜만이긴 한데, 자리가 영 별로네."

남 검사가 말했다. 그녀가 로펌을 나와 K그룹 법무 팀으로 들어간 이후 동문회에서 만나도 인사나 주고받는 사이가 됐다. 대학 때도 그다지 친한 후배는 아니었기에 남 검사는 심드렁했다.

"권 검사님 특수부로 자리 옮긴 뒤에 첫 재판이라고 부부장 검사까지 격려 방문을 한 거예요? 권 검사님 선배들한테 사랑받는 후배였네."

악의가 느껴지진 않았지만 묘하게 얄미웠다.

쟤는 또 저런다며 최 검사가 구시렁거렸지만, 다현은 대꾸조차 하지 않았다. 괜히 모르는 사람한테 감정 낭비 같은 건 하고 싶지 않았다.

탈칵. 그때, 법정 입구에서 문 열리는 소리가 설핏 들려 다현은 부부장 검사 등 뒤로 고개를 내밀었다.

재판도 끝난 마당에 누가 오나 싶어 봤지만 장신의 남자 두 명이 법정을 나가는 뒷모습만 언뜻 확인될 뿐이었다.

20장

"재판, 너무 시시했어."

한편 법정을 나온 헨리는 고개를 내저으며 재미없었다고 불평했다. 기껏 없는 시간 쪼개서 싸움 구경 하러 왔더니 싱겁게 끝나 버려 불만인 듯했다.

"반성하는 척이라도 해서 1년이라도 감형하고 싶었겠지."

옷매무시를 가다듬으며 엘리베이터 앞에 선 민혁이 싱겁게 웃으며 말했다.

수의를 입고 피고인석에 앉아 시종일관 화를 참고 있던 동생은 기억 속 제 장난감을 빼앗던 얼굴과 똑같았다. 그 모습에 동정심이라곤 조금도 들지 않았다.

제가 뭘 잘못한 것인지 여전히 알지 못하는 그 무지함에 치가 떨렸다. 지금껏 누리고 산 것이 얼만데. 그게 아까워서라도 잘 살았어야지. 자신이 누리고 산 것들이 당연하다 생각해 그 모든 것들에 익숙해진 동생은 여전히 저밖에 모르는 무지렁이였다.

"근데 장민준 변호사 K그룹 법무 팀 국내 1팀 팀장인 거 알아?"

헨리의 물음에 이미 알고 있었다는 듯 민혁은 대꾸하지 않았다.

"이제 아무 상관 없는 사람이니까 도와줄 필요 없는 거 아니야?"

K그룹 법무 팀에서 그룹과 하등 상관없어진 장민준의 변호를 계속 맡는 것은 누가 봐도 이상했다. 이미 망가진 그룹의 이미지를 쇄신하기 위해서라도 장민준의 변호를 더는 맡기면 안 된다는 것이 헨리의 생각이었다.

주차장에 도착한 민혁이 보조석 문을 열며 말했다.

"선고 공판 끝나고, 항소하겠다고 하면 법무 팀 철수시켜."

그도 헨리의 의견에 동의했다. 어차피 선고기일에 형이 확정되면 더는 변호사가 필요 없어질 테니 그 며칠 기다려 주는 게 뭐 그리 어려울까. 변호사 정도 잠시 빌려줄 수는 있었다.

"어디로 갈까?"

운전석에 앉은 헨리가 시동을 걸며 물었다.

"이사회 참석해야지."

뭘 당연한 걸 묻냐는 듯 안전벨트를 맨 민혁은 이내 눈을 감았다.

오늘 오후에 있을 이사회는 K그룹이 전문 경영인 체제로 안착하기 위한 전쟁이 벌어질 전투 현장이 될 것이다.

✤　　　✤　　　✤

서울 중앙 지방 법원 법정 522호.

오전에 있었던 공판과 같은 양상으로 흘러가고 있는 재판의 다른 점이라면 피고가 한 명이 아니라는 것뿐이었다.

공소 사실이 토씨 하나 틀리지 않고 같아 병합하게 된 법정엔 성별 가릴 것 없이 수의를 입은 피고가 11명이나 앉아 있었다.

덕분에 변호인은 말할 것 없이 화려했다. 그런 그들의 맞은편에 앉아 있는 다현은 재판이 진행될수록 흐느낌만 더해 가는 지은과 그 옆에 앉아 덩달아 눈물을 훔치는 정민을 보며 눈살을 찌푸렸다.

구치소 안에서도 잘 지내는 모양인지 혈색이 좋았다. 약에 손을 대지 못하고 있는 중독자들치고 저토록 때깔이 고운 사람이 있을 수 있는

지 의심스럽기만 했다.

분명 변호사 접견을 하면서 그게 뭐든 마약을 대체하고 있는 약을 먹고 있는 게 틀림없었다. 그도 아니면 의무실에서 맞는 수액이 일반 수액이 아니거나.

그러면서 반성한다고 울기는. 악어의 눈물이 따로없었다.

"검사 측. 의견 진술하세요."

다현은 자리에서 일어났다. 일제히 자신에게 쏠린 시선을 외면하고 판사를 바라보며 그녀는 말문을 열었다.

"존경하는 재판장님. 피고인 한준형, 조현석, 최지은, 김정민, 이은준, 박상호, 정민석, 이은주, 강호철, 심지윤, 민성현은 마약 투약 및 수수 혐의를 모두 인정했습니다."

참 오래도 둘러서 여기까지 왔다. 그때 구속 기소까지 갔다면 목숨 하나는 살렸을 테고 이들이 무분별하게 폭주하지도 않았을 것이다.

자식 앞길에 방해물을 만들지 않겠다는 비틀린 애정들이 만들어 낸 비극이었다.

"그러나 피고인들은 지난 10년간 주기적으로 꾸준하게 코카인과 엑스터시를 투약해 왔으며, 대마를 흡연했습니다. 현재 피고인 최지은과 조현석, 박상호, 이은주, 민성현은 심각한 금단 현상으로 구치소에서 일상생활이 불가능하다는 진단을 받아 일주일의 절반가량을 의무실에서 수액을 맞고 있다는 의사의 소견이 있었습니다."

의무실 주치의의 소견서를 증거 자료로 이미 제출한 상태였다. 판사는 다현의 말에 미세하게나마 고개를 끄덕였다.

지난 사건 때 집행 유예가 선고된 것이 문제였다. 또 이런 일이 생겨도 별 탈 없을 거라 생각했던 이들은 1년 치 투약할 양을 그 짧은 시간 안에 마음껏 손댔다.

피고들의 혈액 샘플을 받아 간 법의관은 금단 현상이 생기지 않는 게 오히려 이상할 정도라고 말했다. 그나마 멀쩡해 보이는 이들은 나름대로 자제를 한 모양이었다. 그럼에도 보통의 마약을 투약하는 이들보단 확실히 많은 용량에 손을 댄 거라며 고개를 내저었다.

"반성하고 있다는 피고들의 말과는 달리 한차례 집행 유예에도 불구하고 여전히 골드서클이라는 모임 아래 파라곤 VIP룸에서 파약 파티를 즐겼습니다. 그 결과 함께 하던 나연수가 약물 과다로 인한 쇼크사로 사망에 이르렀습니다."

다현의 말이 길어지면 길어질수록 피고석에 앉은 이들의 낯빛은 어두워지기만 했다.

"본 검사는 마약류 관리에 관한 법률 제58조 1항 7호, 2항과 4항 제59조 4항에 의거. 피고 한준형, 조현석, 최지은, 김정민, 이은준, 박상호, 정민석, 이은주, 강호철, 심지윤, 민성현에게……."

검사가 구형한 대로 판사의 선고를 받아 내는 건 어려운 일이었다. 모든 사람이 같은 생각을 할 수 없으니 의례 벌어지는 일이다.

그래서 검사는 가능한 한 형량을 높게 불렀다.

"징역 5년을 구형하는 바입니다."

이중 절반만 살고 나와도 다행이라 생각했다. 마약에 관대한 나라가 아님에도 불구하고 대한민국은 마약 사범에게 제대로 된 법정 구속을 하지 않았다.

법률로 정해 놓은 위반 사항과 형량이 무의미해지는 순간들이었다. 그 사실을 누구보다 잘 알기에 최 검사와 논의한 다현은 장민준과 더불어 앞에 앉아 있는 11명에 대한 구형을 누구보다 높게 불렀다.

그 사실을 알 리 없는 피고들은 이를 깨물며 자신들의 징역을 말한 다현을 노려봤다.

"피고인 측. 최후 변론 하세요."

오전에 있었던 장민준 재판의 담당 판사와 같은 판사였다. 그는 재판이 시작된 후 시종일관 넋이 나간 사람처럼 혹은 모든 것에 달관한 것 같은, 때론 눈물만 흘리는 피고들을 보며 어처구니가 없을 뿐이었다.

뭐가 부족하다고. 뭐가 모자라서 이런 대담한 범죄를 대놓고 즐겼는지 도무지 이해가 되지 않았다. 피고인과 판사라는 관계를 넘어서 한마디 따끔하게 해 주고 싶은 심정이었다.

"흐흡! 흑……. 죄송합니다……. 호, 호기심에 저지른 일이, 흑. 이렇게 커질 줄, 몰랐습니다……. 정말! 이렇게 무서운 건지, 몰랐어요!"

장민준의 재판과 한 치도 다르지 않았다. 피고인 측은 모두 검사의 공소 사실을 인정했고 제출한 증거에도 의견이 없었다. 그저 반성하고 있다는 태도만 고수하며 여자들은 울기 바빴다.

마지막으로 일어나 최후 변론을 하는 지은이 판사에게 눈물로 호소했다. 죄송하다고, 다시는 이런 일 없을 거라며 차분히 얘기하던 남자들과는 달랐다.

구치소에서 무리 없이 지내고 있지만, 그곳은 끔찍했다. 그런 곳에 몇 년씩 산다는 건 있을 수 없는 일이었다. 그렇게 살 수 없다고 변호사를 협박까지 했지만 집에서 쫓겨나고 싶은 게 아니라면 변호사 말을 들으라고 부친이 엄포를 놓았다.

결국 판사 앞에서 눈물을 흘리는 것 말고 할 수 있는 게 아무것도 없었다.

"으흐흑……! 치, 친한 동생이 죽은 걸, 구치소에서 들었어요. 장례식도 못 갔단 말이에요! 얼마나 위험하고 무서운 짓을 저질렀는지, 흑흑. 깊이 깨달았습니다."

친한 동생은 무슨. 언제부터 지은이 대통령 비서실장의 딸과 친했는지 우스웠다. 그녀와 함께 앉아 있는 이들 역시 지은의 연기에 속으로 박수 칠 정도였다.

나연수가 죽기 전까지 투약 용량을 지키지 않고 마음 내키는 대로, 손에 잡히는 만큼 무턱대고 몸에 집어넣을 때 신경도 쓰지 않던 사람 중 한 사람이 지은이었다.

그녀는 약에 취해 조기철 의원의 장남인 조현석과 난잡하게 몸을 섞었지 흔한 통성명 하나 제대로 하지 않았었다. 그 사실을 알 리 없는 판사는 숨을 헐떡이는 지은을 가만히 바라보았다.

207

"……과거의 제 잘못을 모두 인정합니다. 흡. 정말 깊이 반성하고 있어요! 두 번 다시는 이런 일 없을 거라고, 흐흑. 재판장님 앞에서 맹세할게요. 정말이에요!"

눈물 콧물 다 쏟아 내며 최후 변론을 마친 지은은 휘청이며 자리로 돌아가 앉았다. 그녀의 감쪽같은 연기에 변호사까지 놀란 듯 보였고 다현과 최 검사는 혀를 내둘렀다.

누가 보면 정말 깊게 반성하는 사람 같았다. 말로만 반성한다고 잘못했다고 하던 장민준과 앞에 앉아 있는 다른 피고들과는 차원이 다른 연기였다. 여우 주연상감이 확실했다.

"연기 제대로인데?"

다현에게만 들릴 만한 작은 목소리로 최 검사가 감탄했다. 판사가 깜빡 속아 넘어갈 만큼 간절한 눈빛 연기는 덤이었다.

"영악해서 그래요."

최지은이 교도소에서 살게 되면 미쳐 버릴 수도 있다는 생각이 문득 들었다. 그러거나 말거나 신경 쓸 필요도 없는데. 역시나 그때 지은의 팔다리를 묶어서라도 골드서클에 가지 못하게 막았어야 했다는 생각은 변함없었다.

죄책감 같은 그런 단순한 감정이 아닌 것만은 확실했다.

복합적인 감정들이 뒤섞인 다현은 지은을 끝까지 쳐다보지 못하고 시선을 돌렸다.

"본 사건의 재판은 이것으로 마칩니다. 선고기일은 9월 5일입니다."

판사는 이내 피고가 11명이나 되는 바람에 두 손으로도 들기 버거울 정도의 증거 자료들을 거뜬히 들고 자리에서 일어나 법정을 나섰다.

나란히 앉은 피고들이 이야기라도 나눌세라 교도관들은 서둘러 그들을 데리고 빠져나갔다. 변호인단 역시 한숨을 뱉으며 빠르게 법정을 나갔다.

"기분도 찝찝한데 저녁이라도 거하게 먹고 들어가자."

자료를 챙기던 최 검사가 다현에게 말했다.

분명 검사 측에게 유리한 재판이었고 피고들은 그저 인정하며 반성하는 모습만 보여 준 게 전부인 재판이었다. 그런데도 이 찜찜하고 불쾌한 기분은 떨쳐 버릴 수가 없었다.

거짓된 모습으로 형량을 조금이라도 깎아 보려는 속셈이 눈에 빤히 보여 더욱 그런 듯했다.

"고기 먹으러 가요."

법정을 나서며 다현은 삼겹살과 소주가 불현듯 떠올라 최 검사를 이끌었다. 마음이 불편해 점심도 제대로 먹지 못해 허기가 순식간에 몰려왔다.

선고기일에 형량이 확정되면 항소하지 않는 이상 골드서클의 재판은 오늘로 끝이었다.

딱히 항소할 것 같은 기미가 보이지 않는 분위기 속에서 조금이나마 홀가분해져 보려 그녀는 법원을 나오자마자 뒤도 돌아보지 않고 눈앞에 보이는 고깃집으로 들어갔다.

✛   ✛   ✛

[속보] K그룹 전 회장 장현. 검찰 구속 영장 청구.

금일 검찰 조사를 받기 위해 검찰청 포토 라인 앞에 선 장현에 대해 강도 높은 조사를 펼친 특수 1부는 K그룹 장현 전 회장에 대해 구속 영장을 청구했다.

13시간에 걸친 강도 높은 조사를 통해 1,800억 원대의 비자금을 조성한 혐의를 포착했다고 밝히며 구속 영장을 청구한 한편, 장현 회장 측은 변호인을 통해 구속 영장 실질 심사를 신청했으며 결과는 내일 오전 중에 나올 것으로 보고 있다.

한편, 장 회장의 차남인 장민준에 대한 마약 운반 및 소지, 매매와 알선, 투약한 혐의로 열린 공판에서 검사 측은 무기 징역을 구형했다.

자정에 가까워진 시간이 돼서야 장현 회장은 조사실을 빠져나와 내일 오전에 있을 영장 실질 심사를 위해 대기실로 이동했다.

찌뿌둥해진 몸을 일으켜 기지개를 켠 이 검사와 무거워진 눈두덩에 저릿해진 관자놀이를 지그시 누르며 이헌은 조사실을 나왔다.

"설마 영장 기각되는 건 아니겠지?"

자료 뭉치를 옆구리에 끼고 밖을 나온 이 검사가 목덜미를 주무르며 우려를 표했다. 상황이 이쯤 되면 재판부에서 어련히 알아서 할까 싶지만, 마냥 태평하게 결과를 기다릴 수만은 없는 노릇이었다.

이번에 구속이 기각되면 불구속 기소로 진행해야 하는데 밖에서 장 회장이 무슨 허튼짓을 벌일지 알 수 없었다.

왕좌에서 쫓겨났다고 해도 왕은 왕이다.

"공소장으로 죽이면 됩니다."

생각보다 소환 조사가 잘 마무리된 듯해 이헌의 입가엔 만족스러운 웃음이 번졌다. 그는 설령 구속 영장이 기각된다고 하더라도 뾰족한 수가 없을 거라 단정 지었다.

오죽하면 변호사가 조사 내내 한숨을 지었을까. 그만큼 철저한 준비를 한 탓에 자료들을 내미는 족족 장현은 불리한 것엔 묵비권을 행사했다. 거기에 다소 죄질이 약하다고 생각되는 것들엔 적극적으로 대답하며 조사 내내 이랬다가 저랬다 하기를 반복했다.

그런데도 혐의가 워낙 뚜렷하다 보니 막판엔 입에 자물쇠를 채운 것처럼 아무 말도 하지 않았다.

목줄을 틀어쥐기 위해 본인의 지시로 만들어 놓은 서류들이 자신의 발목을 잡게 될 줄 그땐 미처 몰랐을 것이다.

수백 장이 넘는 문건들에 온통 친필 사인을 남겼고 그의 지시 사항이 담긴 석원기 이사의 메모가 버젓이 남아 흔적들이 되었다. 계좌 추적을 피하고자 수차례에 걸쳐 자금을 빼돌렸지만 무의미했다.

"그래. 검사는 공소장으로 죽이는 거지."

비자금 조성에 따른 횡령 혐의로 기소될 장 회장의 공소장엔 은근히 뇌물 수수에 대한 언급이 있을 예정이었다.

부득이하게 재판에서 언급될 수밖에 없게. 그렇게 뇌물 리스트가 수면 위로 떠오를 수밖에 없게 공소장을 작성할 예정인 이헌과 이 검사는 회심의 미소를 지으며 각자의 검사실로 돌아갔다.

영장 실질 심사가 내일 오전 중에 있을 예정이다. 결과는 바로 나올 테니 굳이 밤을 새워 가며 기다릴 필요는 없지만 퇴근할 힘조차 없이 검사실로 들어선 이헌은 곧바로 소파에 몸을 파묻었다.

자신의 자리까지 걸고 검사로서 해서는 안 될 일까지 저질러 가며 판을 키워 놓은 그 결실이 맺어진 오늘이었다.

아마도 다현의 조부인 석윤이 뒤늦게 나서 주지 않았더라면 오늘 참고인 조사에 장 회장은 끝내 나타나지 않을 수도 있었다.

괜한 자존심에 손을 벌리지 못했다. 자신이 알아서 하겠다며 큰소리를 쳤지만 역시 평검사가 할 수 있는 선이란 것이 검찰엔 분명 존재했다.

요 며칠 그 선을 확실히 느꼈고 몸소 깨달았다.

이 조직은 죽었다 깨어나도 변하지 않겠구나.

검찰 총장이며 법무부 장관 임기가 끝난 지가 얼마나 오래됐는데 아직도 법조계에 석윤의 힘이 미치지 않는 곳이 없다는 사실 또한 씁쓸하기도 했다.

좋은 곳에만 권력을 쓴다면 나쁠 것이 없다고 생각했다. 언젠가 이 조직에 지쳐서 자신도 그 권력에 기대게 되는 건 아닐까 싶어 마음이 마냥 편하지 않은 것도 사실이었다. 그래도 덕분에 범의 목줄을 틀어쥐었으니 일단은 석윤에게 감사했다.

불현듯 자신이 부친의 집착을 이해하기 시작했다는 것에 웃음이 나왔다. 그토록 검사 때려치우고 로펌으로 오라던 아버지의 집요함에 연민이 느껴졌다.

이미 한차례 인사 보복도 당해 봤으니 잘리는 것쯤 아무것도 아니었을 것이다. 아등바등 자신의 책상을 지켜야 할 필요가 정말 있을까 싶은 생각도 스치고 지나간다.

달칵.

이헌이 사념에 빠져 어슴푸레 잠이 들 무렵이었다. 검사실 문이 살 포시 열리며 고개를 빼꼼 내민 것은 다현이었다.

최 검사와 삼겹살에 술잔을 기울이던 테이블로 남 검사와 부부장 검 사를 비롯해 김 검사까지 합류해 저녁 자리가 뜻하지 않게 제법 길어졌 다.

가볍게 한잔하고 집에 가서 씻고 다시 나오려다가 깜빡 잠이 든 바 람에 그녀는 장 회장의 검찰 조사가 끝났다는 기사를 확인하자마자 부 랴부랴 지검으로 달려온 길이었다.

24시간 도시락을 배달해 주는 업체에서 도시락을 픽업해 온 다현은 테이블에 종이 가방을 내려 둔 뒤 소파로 다가갔다.

긴 다리가 소파 밖으로 삐져나올 만큼 뻗은 이헌을 발견한 그녀는 곤히 잠든 그를 차마 깨우지 못하고 조심스레 발길을 돌렸다.

13시간이 넘게 조사실에서 신경을 곤두세우고 있었을 이헌에게 필요 한 건 밥보다 휴식으로 보였다. 해서 조용히 돌아가려던 다현은 제 손 목을 덥석 잡아 버린 그의 손길에 화들짝 놀라 몸을 웅크렸다.

"어디 가."

다현이 들어올 때부터 잠이 달아났던 이헌은 눈을 떠 몸을 일으켜 앉았다. 놀란 가슴을 쓸어내린 그녀가 배시시 웃으며 말했다.

"쉬는 데 방해될까 봐 조용히 나가려고 했죠."

말이 끝나기 무섭게 붙잡은 손목을 제 몸 쪽으로 가볍게 당긴 이헌 은 다리 사이에 다현을 앉히고는 그녀의 허리를 바짝 끌어안았다.

"확실히 방해되긴 해."

헤어 라인을 따라 머리카락을 쓸어 넘겨 주던 이헌의 손길이 다현의 턱을 가볍게 쥐었다. 겸연쩍게 웃던 그녀의 까만 눈을 빤히 바라보던 그의 입가에 설핏 미소가 스며들었다.

문이 열리고 다현이 들어왔을 때부터 그녀를 껴안고 입 맞추고 만지고 싶었다. 배시시 눈웃음 짓자 이성의 끈이 싹둑 잘린 기분이었다. 자신이 누워 있는 곳이 검사실 소파가 아니었다면 분명 그랬을 것이다.

마주친 시선이 묘하게 끈적였다. 가벼운 옷차림과 머리카락 끝에서 풍겨 오는 향기에 엄지 끝으로 다현의 턱을 매만지던 그는 그대로 그녀의 아랫입술을 베어 물었다.

무겁던 눈꺼풀과 묵직하게 짓누르던 피곤함이 달아날 만큼 달았다. 안개가 가득 낀 것 같던 머릿속이 환해지는 기분이었다. 도망가기 바쁜 다현의 혀를 옭아매 뿌리까지 빨아 당겨 입 안에 머금은 채로 쓰다듬기를 반복했다.

어느새 이헌의 어깨 위로 올라온 다현의 팔이 그의 목을 감싸 안았다. 숨결까지 고스란히 느껴지는 거리감이 야속하기만 했다.

거친 숨과 타액을 삼키며 입술을 뗀 이헌은 양 볼이 발그레해진 다현을 보며 새어 나오는 웃음을 흘려보냈다.

뭔가에 홀린 게 분명했다. 피곤해서 정신을 놔 버렸거나. 이헌은 시선을 돌려 불을 채 다 켜지 않아 조도가 낮은 검사실 안을 훑어봤다.

하마터면 여기서 다현을 만져 대고 안을 뻔했다. 공과 사가 구별되지 않는 건 확실히 위험했다.

"계속 있다간 방해 제대로 할 거 같으니까 오늘은 먼저 갈게요."

다소 흐트러진 이헌의 머리카락 한 올을 쓸어 넘겨 주던 다현이 그의 어깨를 짚으며 몸을 일으켰다.

도시락만 주고 가려고 했는데 제대로 방해가 된 듯해 민망해져 버렸다.

"도시락 잘 먹을게."

다현이 맡은 첫 공판이 별 탈 없이 무난히 끝났다는 얘기는 이미 선배 검사들을 통해 들어 알고 있었다. 이헌은 그에 대한 내색은 조금도 하지 않았다.

재판은 온전히 담당 검사의 영역이었다. 조언을 구한다면 첨언을 해 주는 건 어렵지 않지만 잘하고 있는데 부러 나설 필요는 없다고 그는 생각했다.

"어서 쉬어요. 갈게요."

다현은 손을 흔들었다. 소파 헤드에 팔을 괸 채 그녀를 바라보고 있던 이헌은 문이 닫히고 마치 신기루처럼 사라진 다현을 아쉬워했다.

어차피 영장 실질 심사는 오전에 하니까 굳이 밤새 검사실에 앉아 결과를 기다릴 필요는 없는 것이었다.

그냥 집에 갈까 하는 갈등이 그를 좀먹기 시작했다.

잡념이 짙어졌다. 머릿속을 비워 내려 퍼뜩 눈을 감아 버린 이헌은 결국 다현이 사다 준 도시락 앞에 앉아 숟가락을 들었다.

✤　　✤　　✤

모처럼의 주말이었다. 주말을 주말답게 보낸 지가 언젠지 기억도 나지 않는 지경에 이르러서야 토요일을 통으로 쉴 수 있게 됐다.

그 이면엔 바로 어제 오전, 장현에 대한 구속 영장이 발부된 데 대한 작은 보상이었다.

그는 구속 영장 실질 심사에서 담당 판사 앞에서 검찰 조사에 성실히 임하겠다는 태도를 보였다.

하지만 비자금 규모가 결코 일반적이지 못하다는 의견과 증거 인멸의 우려로 구속 영장이 나왔다. 그가 한차례 석원기 이사를 통해 꼬리 자르기를 시도한 정황까지 있었기에 가능한 일이었다.

그렇게 장현이 구치소로 이동하는 장면까지 실시간으로 생중계되면서 드디어 검찰과 사법부가 일다운 일을 했다고 온종일 언론과 인터넷이 뜨거웠다.

"모처럼 쉬는 날인데 귀찮게 해서 미안해요."

차에서 내린 다현의 얼굴엔 난감한 기색이 역력했다. 꽃다발과 홍삼 선물 세트를 양손 가득 든 이헌은 초인종을 누르며 어깨를 으쓱거렸다. 귀찮은 일이 아니라는 듯 괜찮다며 미소를 보이기도 했다.

초인종이 울리기 무섭게 대문이 열렸다. 성큼 걸어 나가는 이헌을 뒤따르는 다현의 발걸음은 무겁기만 했다.

부친이 그토록 이헌과 밥을 먹으러 오라고 채근을 하시더니 결국 모처럼 얻은 황금 같은 주말에 본가에 끌려 나오게 됐다. 물론 아버지의 전화는 딸인 다현이 아니라 예비 사위라 일컫는 이헌에게 걸려 왔지만 말이다.

"여보! 애들 왔어요. 아버님! 애들 왔어요!"

현관문을 열고 집 안에 들어서자마자 모친의 경쾌한 목소리가 쩌렁쩌렁 울렸다.

"초대해 주셔서 감사합니다."

이헌은 제법 커다란 꽃다발을 다현의 모친에게 건네며 가볍게 고개를 숙였다. 강 여사는 꽃다발을 받아 들며 환한 미소를 지었다.

"어머, 이게 얼마 만에 받아 보는 꽃인지. 고마워요. 너무 예쁘다."

남편에게도 꽃을 받아 본 기억이 가물가물했다. 예쁘게 포장된 꽃다발은 그대로 화병에 꽂아 둬도 손색없을 정도로 색과 구도가 조화로웠지만 그 향기가 더욱 일품이었다.

"딸보다 낫네."

농담인 듯 진담 같은 장난스러운 어투에 다현은 날카로운 눈초리로 모친을 째려보며 옆구리를 찔러 댔다.

하나뿐인 딸을 감싸도 모자랄 판에 면박을 줬다. 모친은 처음 이헌을 봤을 때부터 호감을 숨기지 않았었다. 첫인상이 나쁘지 않은 건 좋은 일이지만 딸보다 낫다니. 사위 사랑은 장모라는 옛말이 틀린 게 하나 없는 모양이다.

"엄만 어떻게 오랜만에 본 딸은 안중에도 없을 수가 있어?"

"이만큼 예쁘게 키워 줬잖아."

동문서답이 따로 없었다. 어처구니가 없어 기가 막힌 다현의 앞으로 어느새 안방 문을 열고 나온 그녀의 부친이 다가왔다.

"어서들 와. 모처럼 주말에 쉬는데 불러서 미안하네."

"아닙니다. 늦게 찾아 봬서 죄송합니다."

"바쁜데 별수 있겠어? 덕분에 오랜만에 딸 얼굴도 보고 좋네. 오랜만이다, 권다현?"

이헌과 대화를 나누던 수찬의 시선이 곁에 선 딸 다현에게 향했다. 부녀 사이에 있을 법한 인사는 아닌 게 확실했다. 다현은 멋쩍은 듯 웃으며 이마를 긁적였다.

평범한 부녀의 관계는 아니었다. 무뚝뚝한 부친에게 살갑지 않았고 매번 조부의 잔소리에 신경질만 내는 딸이었다. 독립한 뒤론 안부 전화는커녕 자주 찾아뵙지도 않아 얼굴을 마주한 게 언젠지 기억이 가물가물할 지경이었다.

"내 그렇게 전화를 자주 하라고 해도!"

그때 서재 문을 열고 나온 조부의 언성이 크게 들려왔다. 손녀를 나무라는 어투가 분명했지만 괜히 그러신다며 다현은 입술을 삐죽 내밀었다.

그래도 하루에 한 번은 얼굴을 보고 살던 부녀가 이렇게 서먹해진 건 전부 할아버지를 피해 독립한 탓인데 이제 와 어쩔 수 없었다.

"식사부터 하시죠."

다현의 부친이 말하자 석윤은 그러자며 주방으로 걸음을 옮겼다. 뒤에서 다현은 이헌의 따가운 눈총을 받아야 했다.

왜 그렇게 쳐다보냐는 듯 다현이 눈을 깜빡였다. 이헌이 고갯짓을 하며 그녀의 부친을 가리켰다. 조부처럼 잔소리하려는 모양이 분명했다. 그녀는 고개를 끄덕이며 상황을 모면해 보려 그의 등을 떠밀어 주방으로 들어섰다.

"오늘 무슨 잔치 해요?"

식탁 앞에 선 다현은 불현듯 상다리가 정말 휘어질 수도 있다는 생각이 들었다. 상석에 앉은 조부와 대각선으로 나란히 앉은 부친과 모친, 부모님과 마주 앉은 이헌의 옆자리에 앉으며 다현은 혀를 내둘렀다.

식탁에 빈 곳이 없을 정도로 빼곡하게 들어찬 음식들은 조부의 생신날에도 좀처럼 보기 어려울 만큼 거한 상차림이었다.

"평소에 먹던 대로 차린 건데 무슨 소리야. 문 검사 많이 먹어요."

모친의 말에 다현은 코웃음을 쳤다. 언제부터 평소에 잡채를 먹었다고. 갈비찜에 보리굴비에 냉채는 집에서 먹어 본 기억도 없었다.

"말씀 편하게 하세요."

"어머, 그럼 그럴까. 문 서방?"

괜히 민망해진 다현은 찬물을 벌컥벌컥 들이켰다. 이내 석윤이 숟가락을 들자 그녀의 부친이 수저를 들었다.

"잘 먹겠습니다."

마지막으로 강 여사가 숟가락을 드는 걸 보고 나서야 이헌은 숟가락을 들어 말간 소고기 뭇국을 떴다.

"현이 놈은 구치소에서 살 만하다더냐."

식탁 앞에서 나눌 가벼운 대화는 결코 아니었다.

석윤이 먼저 장현에 관한 얘기를 꺼냈다. 아들에게 묻는 건지 이헌에게 묻는 건지 알 수는 없었지만 대답은 담당 검사의 입을 통해 흘러나왔다.

"변호사 접견을 거부하고 있다고 합니다."

구속 영장이 발부되고 곧장 구치소에 수감된 장현이 오늘까지도 변호사 접견을 거부하고 있다며 교도관들을 통해 확인된 상태였다.

석윤은 젓가락을 내려놓으며 혀를 차고는 물을 들이켰다.

"그놈의 자존심 때문에 이 사달을 내놓고도 아직도 정신을 못 차렸어."

"신경 쓰지 마세요. 더 나서시면 말만 많아집니다."

"나도 이제 귀찮아서 신경 끌 참이다."

아들의 말에 석윤은 퉁명스레 말하며 다시 숟가락을 들었다.

"그럼 이제 지검 근처엔 절대 오지 마세요."

그런 조부를 보며 다현이 넌지시 툭 던졌다. 지난번에 예고도 없이 불쑥 들이닥쳐 지검은 물론 검찰 전체를 들썩이게 만든 조부의 돌발 행동에 대한 작은 경고 같은 말이었다.

"저, 저 말하는 본새 좀 보게."

"할아버지 때문에 얼굴을 들고 다닐 수가 없어요."

투덜대는 말투와 달리 조부를 바라보는 눈빛은 단호했다.

"지법에서도 담당 판사가 절 알아보더라니까요."

오후 재판까지 모두 끝난 뒤 법정을 나온 다현에게 담당 판사가 넌지시 묻기까지 했었다.

"권석윤 장관님 손녀 맞습니까?"

너무 대놓고 물어봐서 당황했었다. 대답 대신 놀라서 고개를 끄덕이니 만나서 영광이라는 이상한 소리를 하고는 가 버리던 담당 판사의 행동에 덩달아 최 검사까지 당황해했다.

재판 내내 별다른 낌새가 없던 판사가 그런 소리를 하니 어떻게 받아들여야 할지 난감하기 짝이 없었다.

괜히 불똥이 튀지 않을지, 혹은 선고기일에 특혜라도 받게 되는 건 아닐지 벌써 뒷덜미가 쭈뼛 서기만 했다.

"모르는 거보다 아는 게 나을 때가 있을 거다."

"할아버지!"

"몇 년 더 검찰 밥 먹다 보면 너도 알 거다."

이미 알고 있다. 조부가 지검에 다녀간 뒤로 더는 수뇌부들이 이번 사건에 왈가왈부하지 않았고 확률이 반반이던 장현의 구속 영장은 당연하다는 듯 발부됐다.

이목이 쏠린 사건이라 구속 영장을 기각할 수 없었을 수도 있지만, 먼발치에 있는 석윤의 존재를 무시할 수 없었을 거라는 그녀의 생각은 여전했다.

조부의 권력이 분명 좋은 작용을 한 것은 맞지만 대적할 수 없는 권력이 누군가의 손에 쥐어져 있다는 건 그다지 끝이 좋지 않다는 사실을 이번 사건을 통해, 장현을 통해 깨달은 바가 컸다.

"검찰 총장님 일은 감사드립니다."

권력의 쓴맛과 단맛을 모두 본 이헌은 식탁 아래로 다현의 손을 꼭 붙잡고 석윤에게 고개를 숙였다.

지검에서 그 난리가 난 뒤 석윤에게 따로 인사를 드리지 못했던 그는 다현이 달가워하지 않는다는 걸 알면서도 인사를 해야만 했다.

결과적으론 석윤의 힘으로 장현의 구속까지 탈 없이 진행됐다. 제아무리 계획을 잘 세웠다고 하지만 빈틈이란 것이 있기 마련이고 변수는 언제든 생길 수 있는 일이었다.

그 변수를 피할 수 있었던 결정적인 역할을 해 준 것이 석윤이었다.

일개 평검사가 그룹의 총수를 구속하는 건 감히 엄두도 내지 못하는 일이 분명했다.

"기소하는 대로 그 자리 비워 주기로 했다."

묵묵히 젓가락질하던 석윤의 입에서 검찰 총장이 사임하기로 했다는 말이 툭 튀어나왔다. 순간 다현과 이헌의 시선이 마주 앉은 수찬에게로 향했다.

그는 대검 차장 검사로서 차기 검찰 총장으로 유력한 인사였다. 그 사실을 누구보다 잘 알기에 생각보다 빠르게 검찰 총장 자리에 앉게 될지도 모를 수찬이 염려스러웠다.

사법 연수원 기수 중에 가장 빠른 승진이라고 봐도 무방했다. 수찬의 동기들은 모두 그보다 아래에 포진하고 있었다. 무능한데도 권력에 기대 자리를 차지하고 있다면 온갖 질타를 받지만 그는 그 반대였다.

그 아비에 그 아들이라는 말대로, 수찬은 청렴했다. 연수원 기수와 상관없이 유능한 후배들은 가감 없이 발탁했고 이끌었다.

무능하게 자리만 차지하고 있는 이들에겐 뒤도 돌아보지 않았다. 그렇다고 외골수적인 면은 없었다. 적당히 타협할 줄 알았다. 부친과 다른 점이라면 그것이었다.

그래서 검찰 내에 수찬을 따르는 선, 후배 검사들과 동료 검사들이 많았다. 따르는 검사들이 많다는 건 곧 힘을 가지는 것과 다르지 않았다.

그는 그렇게 부친인 석윤의 전철을 밟아 갔다.

그래도 차기 검찰 총장으론 현재 시기가 좋지 않은 건 물론 수찬에 겐 너무 이르다고 생각한 다현과 이헌은 다소 부정적인 듯 표정이 굳어 있었다.

수찬이 대검 차장 검사를 맡게 된 것도 이례적인 일이었는데, 뒷말이 생길지 모르는 일이었다.

"빈자리 주인은 청와대에서 알아서 고르지 않겠냐."

손녀와 이헌의 걱정스러운 시선을 읽었음에도 석윤은 모른 체했다. 아들의 인사에 관여할 생각은 조금도 없었다. 청와대에서 알아서 하겠지. 시기가 맞으면 그렇게 되는 거고 아니면 말고.

검찰 총장 자리에서 제 역할을 다해 낼 인물들이 검찰에 없는 게 아니었다. 있지만 줄이 없어 묻힌 이들이 대부분.

그러고 보니 지난번 인사에서 대구 지검장으로 내려간 놈이 심지가 곧았지.

"다현인 특수부에서 계속 일하고 싶으냐?"

검찰 총장 자리에 어떤 검사가 어울릴까 잠시 생각하던 석윤은 갈비를 뜯다가 손녀를 힐긋 쳐다보며 넌지시 물었다. 제 부친을 보며 차마 말을 꺼내지 못하고 입만 달싹이는 손녀의 머릿속에서 쓸데없는 생각을 지워 버리기라도 할 요량으로 말이다.

"내년에 다시 옮겨 주랴?"

"할아버지!"

석윤의 예상은 적중했다. 제 아비를 걱정하던 손녀가 어느새 자신을 노려보며 이를 바득바득 갈아 댔다. 그 모습에 석윤은 능청스럽게 대꾸했다.

"귀청 떨어지겠다."

며느리가 건넨 티슈에 손을 닦으며 석윤은 어깨를 으쓱거렸다.

"아무것도 안 하시는 게 저 도와주는 거예요. 제발 내버려 두세요. 네?"

손녀 몰래 인사권에 손을 댄 전적이 있었다. 무려 2차례나. 그걸 눈치채지 못했던 건 정말 멍청했다.

연수원 성적으로 동부 지검이라니. 형사부에 3년이나 박혀 있었던 검사가 단숨에 특수부라니. 지금 생각해 보면 기가 막힌 노릇이 분명했다.

꼬리표처럼 따라붙어 버린 권석윤의 손녀, 권수찬의 딸이라는 수식어에 조금도 부끄러워선 안 된다는 게 그녀의 생각이었다.

혼자 힘으로 해내고 싶었다. 언제든지 필요하면 말만 하라고 하시지만 자꾸 기대다 보면 무능해지는 건 순식간일 테니까. 조부에게 도움을 청하게 되는 일은 더는 없어야 했다.

"싫으면 말아라."

조부가 퉁명스레 대꾸하자 다현은 한숨을 작게 내쉬며 젓가락으로 국을 휘저었다. 언제 또 돌발 행동을 할지 모르는 양반이기에 하지 말라고는 했지만 어디서 또 뭐가 튀어나올지 몰라 조마조마하기만 했다.

"이헌이는 어디로 가고 싶은 데 없냐."

아니나 다를까 타깃이 이헌으로 넘어갔다. 당장이라도 조부에게 언성을 높일 듯 다현은 젓가락을 식탁에 탁 내려놓았지만 또다시 손을 잡아 오는 이헌 때문에 애꿏은 입술만 깨물었다.

"그 문제로 드릴 말씀이 있습니다."

이헌의 입에서 예상과 다른 말이 툭 튀어나왔다. 식탁에 둘러앉은 이들 모두가 눈을 껌뻑이며 이헌을 바라봤다.

"그래. 밥 먹고 얘기하자."

식탁에 앉아서 할 얘기가 아닌 듯했다. 그냥 농담으로 툭 던진 말에 이헌의 반응이 예사롭지 않아 석윤은 숟가락을 들면서 눈치를 살폈다.

"이번 일은 언제쯤 마무리될 거 같아?"

분위기가 가라앉았다는 걸 기민하게 알아차린 수찬이 이헌에게 넌지시 물었다. 화제를 돌려 보려고 했지만 검사들이 둘러앉은 식탁에서 할 이야기라곤 결국 일 이야기뿐이었다.

"항소심까지 가게 되면 내년 상반기, 상고심까지 가면 하반기까지 예상하는 중입니다."

"구속 기간 연장까지 생각 중인가 보네."

"변수가 생길 수도 있어 구속 기간 연장은 염두에 두고 있습니다."

분위기는 다시 차분해졌다.

"끝나거든 식구들 다 같이 밥이나 먹자."

국을 떠 입에 넣던 다현은 놀라서 숟가락을 씹을 뻔했다. 사레가 들려 컥컥거리면서 이헌이 건넨 물컵을 받아 벌컥벌컥 마셨다.

비단 밥을 먹자는 말에 놀란 게 아니었다.

"결혼 준비는 언제부터 하면 좋겠니?"

삭막하게 식탁 앞에 둘러앉아서 일 얘기만 하는 식구들 사이에서 묵묵히 굴비 가시를 발라내고 시아버지의 냅킨과 남편의 물을 챙기던 강 여사가 넌지시 물었다.

다 같이 밥이나 먹자는 대목이 문제였다. '다 같이'에 놀라 사레가 들려 컥컥댄 다현은 결혼 얘기에 조부에게 참았던 언성을 모친에게 뱉었다.

"엄마!"

밥 한 끼 먹자고 초대한 게 그냥 밥이나 먹으려는 게 아니라는 걸 알기에 극구 자리를 피해 왔던 다현이었다.

딱히 시간이 나지도 않아서 자연스레 부친의 초대를 피해 왔는데, 결국 이헌의 손에 붙들려 오면서 불안하던 예감이 한 치도 틀리지 않았다.

그놈의 결혼. 결혼 못 해서 죽은 귀신이 붙었나. 왜들 이래, 정말.

"어차피 넌 바빠서 신경도 안 쓸 거 아냐? 걱정하지 마. 엄마가 다 알아서 할게."

모친은 흥분에 들뜬 기색이 역력했다. 입가에 번진 해사한 미소와 보기 좋게 휜 눈가의 웃음에 다현은 한숨을 삭여야 했다.

웃는 얼굴 앞에서 뭐라고 더는 말을 잇지 못한 그녀는 끙끙대며 숟가락을 내려놓았다. 밥맛이 뚝 떨어졌다.

"서로 다 아는 사이끼리, 상견례는 차차 하도록 해. 문 대표랑 시간 맞춰 보고."

"예."

조부가 거들자 부친이 대답했다. 뭐라고 말 좀 해 보라는 듯 다현은 이헌의 옆구리를 쿡쿡 찔러 댔지만 그는 그녀의 손길을 무시해 버리기로 작정한 건지 연신 젓가락질만 했다.

당사자들은 입도 뻥긋하지 않았는데 북 치고 장구를 치는 건 가족들이었다. 결혼을 누가 하는 건데 누가 들뜬 건지 알 수가 없었다.

✤ ✤ ✤

"하고 싶은 얘기 속 시원히 한번 해 봐."

그윽한 녹차 향이 퍼질 때쯤 먼저 말문을 연 것은 석운이었다. 그는 향을 맡으며 한 김 식은 녹차를 입 안에 머금었다. 역시 친우가 재배한 녹차는 향이 깊었다.

"이번 재판까지가 제 역할이라고 생각합니다."

찻잔을 들어 차를 마시려던 다현의 부친인 수찬이 멈칫했다. 제자리로 돌아온 찻잔에선 녹차가 식어 가기 시작했다.

"그게 무슨 소리야."

설마 하면서 수찬이 당혹스러운 눈빛으로 마주 앉은 이헌을 바라봤다.

"검사로서 해선 안 될 일을 했습니다."

검찰 내부의 문건을 언론사에 유출했다. 그것도 압수 수색을 통해 발견된 증거 자료들을.

빙산의 일각에 불과한 자료들이었지만 밖으로 새어 나가선 안 될 중요한 문건들이었다. 그것들이 언론 보도를 통해 터지면서 지검으로 다시 돌아왔고 검찰 조사가 본격적으로 시작됐다.

표면적으론 별 탈이 없었지만, 양심의 문제였다. 법을 수호할 검사가 불법을 저질렀다는 것만으로도 충분히 옷을 벗어야 할 중차대한 문제였다.

"언론사에 제보한 거 때문이라면, 허튼 생각은 하지 말게."

말끔하게 빈 찻잔을 내려놓던 석윤은 담담한 어조로 말했다. 그가 모르는 게 과연 있긴 한 건가 싶을 만큼 이헌은 놀라서 입을 벌렸다.

"문건 유출할 간 큰 놈이 검찰에 누가 있겠어."

능청스럽게도 턱으로 이헌을 가리키며 석윤은 입을 삐죽댔다.

"과정도 중요하지만, 결과가 더 중요한 조직인 거 아직도 모르는 건 아니지?"

수찬이 옅게 웃으며 말했다. 다현의 조부는 물론 부친까지 언론에 제보한 자가 누군지 일찌감치 알고 있었던 게 분명해지는 순간이었다.

"그래도 감봉은 피할 수 없을 거야. 3개월 정도?"

원하는 결과를 얻기 위한 과정이 순탄치 않은 조직이라는 것만 배웠다. 이번 일은 완벽히 예외였다. 이해관계가 철저히 얽혀 진흙탕 싸움이 될 뻔한 사건을 석윤이 나선 덕분에 노선 정리가 깔끔하게 마무리됐다.

죄지은 놈은 벌을 받아야 한다는 가장 기본적이고 당연한 결과를 도출해 내기 위한 과정이야 문제 될 게 없다는 말이었다.

"물론 그것도 감찰부에서 제보자가 문 검사라는 걸 알게 된다면 말이야."

아직도 대검 감찰부에서 움직이지 않았다는 숨겨진 뜻이 담긴 수찬의 말에 이헌은 허탈한 한숨을 삼켜야 했다.

이마저도 수찬이 나선 게 분명했다. 대검 차장 검사가 알고 있는 일을 감찰부에서 모를 리 없었다. 내버려 두라고 했겠지. 그냥 놔두라고.

224

일이 불거지면 그때 처벌을 내려도 늦지 않다고 시간을 벌어 놓았을 것이다.

분명 고마운 일인데 입 안은 쓰기만 했다. 하루 이틀도 아니면서.

"내 밥그릇도 잘 챙겨야 해. 그래야 상이 엎어져도 내 몫은 남는 거야."

검사 생활이 1년, 2년, 3년. 그렇게 연차가 올라갈 때마다 밥그릇 싸움에 밀려 한직으로 쫓겨나는 동료 검사들을 보면서 단 한 번도 욕심낸 적 없었다.

검사가 자리 욕심을 부려 봤자 남는 건 윗선의 눈치 보는 일밖에 없다는 걸 알기에 현재의 자리에 만족했다.

겪고 나서 보니 밥그릇 싸움을 해야 하는 이유가 비단 높은 자리로 오르기 위한 욕심 때문만은 아니라는 현실을 깨달았다.

수찬의 말이 옳았다. 내 자리를 지키는 것 또한 밥그릇 싸움이 될 수 있었다.

"검사로서 자네 역량은 높이 사지만, 검사로 오래 살고 싶으면 타협하는 법도 배울 필요가 있어."

수찬은 조언을 아끼지 않았다. 검사로서 재능과 능력을 포기하기엔 그가 가진 것들을 아직 반도 보여 주지 못했다는 생각이 자꾸만 머릿속을 맴돌았다.

사직은 일렀다. 소신 있는 검사가 할 일은 이제부터가 시작이었다.

"그렇다고 나쁜 놈들 봐주라는 건 절대 아니야."

능청스럽게 웃으며 수찬은 강조했다. 타협의 정도를 잘 지켜서 좋은 검사로 남길 바란다고.

"정호연이 사임하면 시끄러워질 테니까 분위기 타지 말고 마무리 잘해."

빈 찻잔에 녹차를 따르며 석윤은 차분해진 음성을 뱉었다. 이헌은 가볍게 고개를 숙였다.

청와대에서 들어오라고 연락이 왔는데 가야 하나, 말아야 하나 아직도 결정하지 못했다. 그저 석윤의 걱정거리는 검찰 분위기가 뒤숭숭해지는 것 말고는 없었다.

검찰 총장의 사임으로 언론이 시끄러워질 테니 분위기가 붕 뜰 수밖에 없는 건 자명했다.

그래도 정호연 검찰 총장을 따르던 검사들이 많았다. 그들이 새로운 검찰 총장을 신뢰하고 믿고 따를지도 의문이었다. 지난 정권에서 임명했던 검찰 총장이었다. 현 정권과 완벽히 대립각을 이루고 있는 이들이기에 분위기가 살얼음판을 조성할 가능성도 있었다.

"참, 그리고 혹시 K그룹 일에 대해 좀 아는 거 있어?"

찻잔을 들던 수찬은 걱정에 수심이 짙어진 아버지를 눈치채지 못하고 이헌에게 넌지시 툭 물었다.

그는 검찰 총장 일에 조금도 관심이 없는 듯했다. 부친의 말대로 그건 청와대와 법무부의 일이었다. 제 몫이 아닌 일에 관심을 두는 것만큼 미련한 건 없다는 게 그의 지론이었다.

그의 물음에 이헌이 흠칫하며 시선을 수찬에게로 옮겼다. 석윤 역시 사념에서 빠져나와 아들의 말간 얼굴을 바라봤다.

"이사회에서 고심하고 있다고 알고 있습니다."

전문 경영인 체제로 그룹을 운영하겠다고 밝힌 회장 대행직을 맡은 최대 주주는 여전히 베일에 가려져 있었다. 언론에서조차 뚜렷하게 '이안 밴버그'라는 사람에 대해 알아낸 것이 없었다. 그는 한국 언론을 통해 재미 교포라는 정도로만 알려진 상태였다.

그래서 문제였다. 대한민국 경제의 핵심인 K그룹을 손에 쥐고 있는 사람이 누군지 몰라서. 그 사람의 뿌리가 미국이라는 것이. 한국 기업이 통째로 남의 나라에 넘어가는 게 아니냐는 소리가 심심치 않게 흘러나오고 있었다.

수찬이 궁금해하는 것도, 걱정하는 것도 그 문제일 거라고 이헌은 생각했다. 아마 석윤도 그렇겠지.

"탈은 없을 거 같습니다. 걱정하지 않으셔도 될 듯합니다."

장민혁의 존재를 홀로 알고 있기에 이헌은 걱정하지 않았다.

그는 K그룹이라는 좋은 먹잇감에 조금도 관심이 없는 사람이었다. 그저 자신을 버린 아버지에 대한 복수 정도. 딱 그 정도만큼 K그룹을 미끼로 쓴 것뿐이었다.

"그렇다면 다행이고."

이헌의 말을 철석같이 믿는 듯했다. 아마도 나라 안팎으로 시끄러워질 일에 괜한 신경을 쓰고 싶지 않은 걸지도 모른다.

"다현인 잘하고 있는가?"

이번엔 석윤이 찻잔을 내려놓으며 물었다. 자신의 입김으로 원치도 않았을 특수부에 밀어 넣은 손녀가 그래도 걱정은 된 모양이다. 걱정했으니 발걸음조차 조심하던 지검에 들이닥친 것이겠지만 말이다.

"잘하고 있습니다."

이헌의 대답엔 망설임이 없었다. 다현의 발령에 의혹을 품었었던 올해 초만 하더라도 걱정이란 걸 하긴 했었지만 그녀는 생각보다 더 단단한 검사였다.

검사는 친인척은 물론 자신과 조금이라도 관련 있는 인물이 얽힌 사건은 맡지 않는 법이었다. 어떤 식으로든 사심이 들어갈 수밖에 없기에 검사에겐 치명적이었다.

하지만 다현은 어린 시절의 추억을 함께 나눴던 이들에 대해 가차 없었다. 집요하다고 혀를 내두를 정도인 문이헌만큼이나 끈질기게 마약 사건을 붙들고 있었다. 정보원을 심어 두고 안테나를 꺼트리지 않았다. 위험할 수도 있는데, 좌천이라는 인사 보복을 당할 수도 있었는데 그런 것들엔 안중에도 없는 듯했다.

결과적으론 현행범으로 긴급 체포와 동시에 구속이 결정되고 기소까지 일사천리로 이뤄진 건 담당 검사인 다현이 사건을 손에서 놓지 않은 덕분이었다.

마약 밀매 조직이라고 봐도 무방할 정도로 덩치가 큰 골드서클을 그것도 정, 재계가 얽힌 이들의 공판까지 직접 맡은 건 전례 없는 일이 분명했다. 마약 수사과는커녕 강력부에서 일해 본 경험이 전혀 없었던 검사로는 그녀가 최초이지 않을까 싶었다.

"앞으로도 잘할 거라고 봅니다."

선배 검사로서 다현은 탐나는 후배 검사였다. 집요하게 물고 늘어지는 끈기와 집념을 높이 샀다.

"그럼, 누구 손녀인데."

"아버지. 제 딸입니다."

이헌의 칭찬에 어깨가 으쓱해진 석윤과 수찬은 서로 우쭐댔다.

그 모습에 이헌은 새어 나오는 웃음을 삼키며 찻잔을 들었다.

다현의 앞에서 내색만 없을 뿐이지 생각보다 딸과 손녀에 대한 두 분의 기대가 절대 작지 않은 듯했다.

✦   ✦   ✦

과한 대접을 받고 어른들과 이야기를 마친 이헌은 다현의 성화에 몸을 일으켜야만 했다.

다급히 딸과 예비 사위의 손에 반찬 꾸러미를 들려 보내면서 또 놀러 오라며 손을 흔드는 모친을 뒤로한 채 조부의 잔소리를 피해 그녀는 본가를 서둘러 빠져나왔다.

"셋이서 무슨 얘기 했어요?"

집에 돌아가는 길에 본가 근처에 있던 마트에 들른 참이었다. 모처럼 쉬는 주말에 배달 음식만 먹을 수 없다는 다현의 주장에 텅 빈 냉장고를 채우러 온 길이었다.

카트를 끌고 마트에 들어서자마자 이헌의 옆에 찰싹 달라붙은 다현이 궁금증을 참지 못하고 조잘조잘 캐물었다.

그런 그녀의 시선을 애써 무시한 그는 카트에 우유 하나를 담으며 시큰둥하게 대답했다.

"별 얘기 안 했어."

별 얘기 했다. 이번 사건만 마무리되면 관두겠다는 말. 절대 안 된다던 그런 얘기. 감찰부에서 알아차린다면 가벼운 감봉 정도로 징계가 마무리될 거라는 그런 씁쓸한 이야기들이 서재에서 오갔다.

"그러니까 그 별 얘기가 궁금하다니까요?"

호기심 가득한 두 눈으로 이헌의 팔을 잡아당기며 다현은 집요하게 물었다.

서재를 나오던 이헌의 표정이 마냥 편안해 보이지 않았기 때문일지도 몰랐다. 배웅하던 조부와 부친의 낯빛도 식사 자리에서보다 더 칙칙해 보였다면 셋이서 심각한 얘기를 한 게 틀림없다고 그녀는 단정 지었다.

"결혼 언제 할 거냐고."

우유에 이어 오렌지주스를 카트에 담던 이헌이 말간 얼굴로 대꾸했다. 그의 옷깃을 붙잡고 늘어지던 다현의 손길이 멈칫한 순간이었다.

호기심 가득한 두 눈을 말똥말똥 뜬 채로 조잘거리던 다현은 꿀 먹은 벙어리가 되어 입을 꾹 다물어 버렸다.

"언제 할까, 결혼."

그런 다현을 넌지시 바라보며 이헌은 가볍게 물었다. 결혼 얘기만 나오면 마치 아무것도 모른다는 어린아이처럼 수줍어하는 그녀는 제법 귀여웠다.

"바쁜 거 대충 끝나 가는 거 같은데."

대꾸조차 없는 다현에게서 시선을 거둔 이헌은 카트를 밀며 천천히 앞으로 걸어 나갔다. 입술을 삐죽 내밀며 뚱해 있던 다현은 한 발짝 멀어져 가는 그를 보다가 걸음을 재촉해 팔짱을 꼈다.

"이번엔 마트야, 마트."

작은 소리로 구시렁거렸지만 이헌의 귀엔 유난히 잘 들린 듯 그는 피식 웃었다.

편의점도 모자라 김치찌개를 먹다가 불쑥 결혼을 말했었다.

벌써 세 번째였다. 그저 흘러가듯이 편안하게 툭툭 내뱉는 결혼이라는 화제에 다현은 마냥 반가워하지 않았다. 그녀에게도 현실과 동떨어진 로망이란 게 존재하긴 하는 모양이다. 그래서 그녀의 반응이 귀여워 이헌은 부러 더 가볍게 툭 내뱉는다.

"이제 와서 나랑 못 살겠다는 건 아니지?"

팔짱을 낀 채 냉동식품을 훑고 있는 다현과 시선을 맞추려 고개를 내민 이헌이 능청스레 물었다. 그 입가에 번진 미소가 얄미워 그녀는 헛웃음을 내뱉었다.

"이 뻔뻔한 남자 좀 보게."

잘 손질된 스테이크용 소고기를 카트에 담으며 이헌은 대꾸했다.

"먼저 들이댄 게 누군데."

그의 반응에 어처구니없다는 듯 다현은 실소를 터트렸다.

"싫다고 깐 사람이 누구더라?"

카트를 밀던 이헌이 멈칫했다. 정곡을 찔리기라도 한 듯 마른침을 삼켰다. 그는 새초롬한 눈빛으로 자신을 바라보고 있는 다현을 힐긋 쳐다보며 카트 손잡이를 꽉 움켜쥐었다.

"그래서 복수라도 할 생각이야?"

"생각 중이에요."

단호한 입매에 이헌은 어처구니가 없어 웃었다.

"말했을 텐데, 싫다고 깐 게 아니었다고."

다현의 대꾸를 곱씹던 이헌이 말했다. 똑바로 짚을 건 짚고 넘어가야 했다. 분명 다현이 싫었던 건 아니었다.

"마지막으로 얘기하는 거야. 잘 들어. 권다현이 싫었던 게 아니라 바빠서 누굴 만날 시간이 없었던 것뿐이야."

당시엔 그랬다. 그렇다고 지금은 그렇지 않다는 건 아니었다. 바빠서 일할 시간이 부족해 밥도 제대로 못 먹고 있는 건 예나 지금이나 똑같았다.

그런데도 이렇게 틈만 나면 다현과 붙어 있는 걸 보면 분명 그땐 이 여자에게 마음 한편을 내어줄 여유가 없었던 게 아닐까 싶다.

"나 쉬운 여자 아니에요."

고목나무 매미처럼 여전히 이헌의 팔에 찰싹 달라붙어 있던 다현이 샐쭉 웃었다. 그 얼굴을 가만히 내려다보던 그는 손을 뻗어 얼굴선을 타고 내려온 머리카락을 귀 뒤로 넘겨 주며 말했다.

"그래. 권다현 되게 어려워."

이헌의 입가에 번진 웃음기에 다현은 만족스럽게 고개를 끄덕였다. 그의 커다란 손이 그녀의 머리를 가볍게 헝클어트렸다. 기분 좋은 손길이었다. 괜히 마음이 간질거렸다.

"저녁에 뭐 먹을까요?"

카트를 끄는 이헌의 손등 위로 다현은 손을 겹쳐 왔다.

"말만 하면 다 해 주는 거야?"

"맛은 보장 못 해요."

"왜. 어머님 닮아서 음식 솜씨도 좋을 거 같은데."

다현은 어깨를 으쓱대며 고개를 내저었다. 엄마를 닮은 건 인정하지만 오늘 식탁에 올랐던 음식들이 전부 모친의 손맛이라고 장담할 수 없었다.

본가에 조부가 손님들을 초대할 때마다 그녀를 도와 음식을 해 주는 아주머니가 있었다. 큰 주택의 살림을 모두 모친이 도맡아 하고 있지만 요리 솜씨는 별개였다.

그녀 역시 오랜만에 부엌에서 도마에 칼질 소리를 내며 만들었던 된장찌개는 이헌이 못살게 구는 바람에 제대로 먹지도 못하고 차게 식어 갔다. 간도 채 보지 못했던 된장찌개의 맛은 어땠는지 기억도 나지 않았다.

"잡채는 확실히 우리 엄마 솜씨는 아니었어요."

식탁 위에 오른 음식 중 엄마의 손길이 느껴지는 음식은 소고기뭇국밖에 없었다고 말할 수는 없었다. 모친의 요리 실력을 깎아내릴 생각은 없었지만 이헌의 기대치를 낮출 필요는 확실히 있었다. 벌써 모친을 닮아 자신이 요리를 잘할 거라 말하는 것만 봐도 알 수 있었다.

"그럼 권다현이 잘하는 거로 먹어."

그나마 된장찌개라고 말하는 대신 다현은 두부를 슬쩍 집어 들어 카트에 넣었다. 이헌의 집에 된장이 있었나?

"내일까지 푹 쉴 생각이니까 먹고 싶은 거 다 사."

집 밖으론 나올 생각이 없다는 말을 그럴싸하게 포장하는 이헌을 게슴츠레한 눈으로 힐긋 쳐다보며 다현은 식빵 한 줄을 품에 쏙 끌어안았다.

푹 쉬겠다는 말이 야릇하게 들리는 건 무엇 때문인지 알 수 없었다. 음란마귀가 씌었나. 괜히 얼굴이 발그레해지려는 걸 다현은 식빵을 카트에 툭 던져 넣고는 걸음을 재촉했다.

잘 익은 사과를 끝으로 텅 비었던 카트가 제법 묵직해졌다. 양손 가득 챙겨 들고 서둘러 집으로 향했다.

"저녁에 영화 보러 갈까?"

주말이라 차가 생각보다 많이 막혔다. 직진 신호 앞에서도 정체된 탓에 멈춘 차 안에서 이헌의 목소리가 낮게 퍼졌다.

"이번엔 또 누구랑 마주치려고요?"

데이트 같지 않았던 첫 데이트였다. 심야 영화를 보러 갔다 남 검사 내외와 마주치는 바람에 식은땀을 한 트럭 흘렸던 기억이 아득한 추억처럼 떠올랐다. 그렇게 오래된 것도 아닌데 마치 오래전 일인 것처럼.

그때의 기억이 떠올라 난감한 기색이 역력한 다현을 바라보는 이헌의 입가엔 미소가 번들거렸다.

"이젠 마주쳐도 상관없을 거 같은데."

번들거리던 미소가 능청스럽게 변했다. 그의 말에 동의한다는 듯 끄덕이면서도 한편으론 찝찝한 마음을 떨칠 수 없어 입매가 비틀리며 어색한 웃음이 터져 나왔다.

본의 아니게 이헌과의 연애 사실이 만천하에 밝혀졌지만 가깝게 일하는 동료들을 밖에서 마주치는 건 썩 유쾌하게 다가오지 않았다. 괜히 일에 영향을 주진 않을까, 뒷말은 나오지 않을까 하는 쓸데없는 생각들이 많은 탓이었다.

그럴 선배들이 아니라는 걸 알면서도 어떤 식으로든 입방아에 오르내리는 건 좋은 일은 아니었다.

더군다나 조부와 얽혀 가족사가 오르내리고 있었다. 현시점에서 이헌과의 연애까지 함께 거론되는 건 어딘가 모르게 불손해 보일까 봐 염려스러웠다.

"지검에서 우리 사이 아는 사람보다 모르는 사람 찾는 게 더 빠를 거야."

사념에 빠져 자못 심각해진 얼굴을 한 다현을 힐긋거리며 액셀을 밟은 이헌이 넌지시 말했다.

"남들이 무슨 얘길 하든 무슨 상관이야. 신경 쓰지 마."

"나는 둘째 치고 선배한테 이상한 소리 할까 봐……."

앞을 보고 운전을 하고 있는데도 이헌의 따가운 시선이 옆에서 느껴지는 것 같아 말이 잦아들었다.

이헌의 복귀에 힘쓰겠다던 조부가 원하던 명분이 그와의 맞선과 결혼이었다.

순서가 잘못됐다고, 남들이 보기엔 복귀를 위해 타협한 것처럼 보일 거라고 바른 소리를 하던 이헌과 눈앞에 있는 남자는 분명 동일 인물이 맞았다. 그런데 그사이에 가치관이 바뀌기라도 한 사람처럼 굴었다.

"권다현이 누구 딸인지, 누구 손년지 뒤통수치듯 알게 된 거 아니니까 상관없어."

"그게 무슨……."

"좌천됐던 내가 갑자기 지검에 복귀하고 나서 알고 보니까 그게 권다현 검사 할아버지가 손쓴 거더라, 그 할아버지가 누구더라 하는 얘기가 돌았다면 우리 관계가 남들 눈에 좋게 보일 리 없다는 소리였어, 그때."

이헌의 복귀는 순전히 지검장의 지시로 이뤄진 정상적인 복귀였다. 누군가 손을 쓴 것이 아니라 당연한 수순. 마치 뒷말이 돌기라도 할까 봐 염려하던 이헌의 마음을 알아차리기라도 한 듯 타이밍도 절묘했다.

"지금은 그때랑 상황이 다른 거 너도 잘 알잖아."

거리낄 게 조금도 없었다. 연수생 시절 만난 지도 검사와 자연스레 만난 거라 생각하고들 있었다. 다현이 중앙 지검 특수부로 오기 전부터 일종에 썸 타던 관계였다는 말까지 파다했다.

굳이 바로잡아 주지 않았다. 대놓고 물어보는 사람들이 없는데 일일이 찾아가 바로잡아 주는 수고까지 할 필요는 없었다.

지검 사람들 입을 통해 퍼진 얘기들 속엔 다현이 법조계에 힘깨나 쓴다는 권가 집안의 무남독녀라는 타이틀이 둘의 관계엔 크게 작용하지 않았다. 두 사람이 오래전부터 알고 지낸 사이라는 얘기들이 결정적이었다.

"떠드는 사람들은 어차피 좋은 일도 나쁜 쪽으로 떠드는 법이야."

괜히 자신 때문에 이헌의 평판이 나빠질까 우려한 것이 사실이었다. 주객이 전도된 것처럼 보일까 봐 염려하던 그는 이제 없었다.

상황이 그때보다 나아진 건 분명한 사실이지만 검찰 내부의 모든 사람이 권가 사람들을 좋아하는 건 아니었다. 그런 사람들이 뒷말을 떠들어 대는 것까지 어쩔 수 없다는 게 이헌의 생각이었다.

"네가 신경 써야 할 건 할 일 없어서 떠드는 것밖에 모르는 그 사람들이 아니라 옆에 있는 나라는 것만 알아 둬."

그들이 뒤에서 수군대고 안 좋은 소리를 할까 봐, 가뜩이나 윗선에 밉보인 그를 깎아내리기라도 할까 싶어 신경 쓰고 있던 다현은 농담 같은 진담을 툭 내뱉은 이헌 때문에 웃음을 터트렸다.

"웃으라고 한 소리 아니다."

농담이 아니었다. 그는 진지했다. 그래서 더 웃음을 참기 힘들었다. 어쩐지 이헌이 투정이라도 부리는 것 같아 단정한 입매까지 귀여워 보였다.

"예전에 누가 뒤에서 네 욕 한 거 들은 적 있어?"

"네? 그런 적 없어요."

"그런데 왜 이렇게 민감해. 누구 눈치 볼 성격도 아닌데 유난히 신경 쓰는 거 같아."

"좋은 일이면 뒤에서 얘기 안 하죠. 뒷말 도는 거 자체가 안 좋은 얘 긴데 그거 좋아할 사람이 어디 있어요. 그리고 난 선배까지 같이 안 좋 은 쪽으로 매도를 하니까……."

아파트 입구가 얼핏 보였다. 빨간불 앞에 이윽고 차가 멈춰 섰다. 브 레이크를 밟은 이헌은 핸들에서 뗀 손을 뻗어 그대로 다현의 작은 머리 위에 가져다 댔다.

"내가 그런 거 신경 쓰는 사람 같아?"

그가 물었다. 다현은 절레절레 고개를 흔들었다. 지나가다 쓴소리라 도 안 하면 다행이지.

"내가 신경 쓰는 건 예전에도 지금도 권다현 하나뿐이야."

뒷머리를 그러쥐며 쓰다듬는 손길이 느껴졌다. 괜히 얼굴에 열이 올 랐다.

"나 때문에 괜히 한 세트로 묶여서 안 좋은 소리란 소린 다 들을까 봐 널 걱정한 거라고."

"아……."

"나야 검사 생활 하면서 뒤에서든 앞에서든 욕 많이 들어먹었어. 덕 분에 면역력도 세."

"지금 농담이 나와요?"

"4년 차 검사님은 아직 면역력이 생기기 전이지. 그 면역력 생기려면 독한 소리 많이 들어야겠는데?"

"얼마나 들었는데요?"

"뭐, 그 아버지에 그 아들이라는 건 가벼운 정도고 아버지 따라 변호 사나 할 것이지 검사 하겠다고 설쳐서 물을 흐리네 마네, 그런 거? 간 간이 욕도 듣고."

지금에야 웃으면서 말하지만, 그때 당시엔 다현처럼 막 검찰의 어두 운 맛을 보기 시작했을 무렵이었다.

형사부와 공안부를 거치면서 아버지가 불명예 퇴직한 정확한 이유를 알게 된 계기가 되기도 했다. 뭐만 하려고 하면 선배 검사들이 아버지 얘기를 해 대니 모를 수 없었다. 패기 넘치던 후배 검사에게 제동을 걸던 부장 검사는 앞에서 막말을 서슴지 않던 사람이었다.

물론 뒷말을 하던 사람들은 무수히 많았다.

아버지의 로펌 때문이었다. 시안 소속의 변호사가 변호인으로 이름을 올리게 되면 선배 검사들은 은근히 눈치를 주며 언제까지 검찰에서 놀다 갈 생각이냐는 농담 같은 뼈 있는 말들을 하기도 했다.

처음엔 그런 말들에 아버지에 대한 불신과 미움만 더 키웠었다. 물론 지금은 아버지를 이해하지 못하는 건 아니지만 여전히 로펌의 운영 방식이나 마인드는 불만이었다. 그래도 전처럼 아버지만 떠올리면 속이 얼어붙진 않으니 그것으로 인생 공부를 했다고 생각했다.

그런 일들이 반복되면서 무뎌졌다. 뒤에서 험담하는 사람들은 어차피 접점조차 없는 사람들이었다. 결국 내 편인 사람들은 무슨 말이 나돌아도 끝까지 곁에 남아 있었다. 그러니 굳이 거슬린다고 신경 쓸 필요가 없다는 답을 내린 이헌은 지금도 뒤에서 수군대는 남 말은 신경 쓰지 않았다.

다만 자신 때문에 애꿎은 다현과 그녀의 가족들이 피해를 보게 될까 봐 저어하던 것이지 자신의 평판이 깎일까 염려하던 건 결코 아니었다.

"도대체 누가 그런 말 같지도 않은 말을 했어요!"

이헌의 얘기를 듣던 다현이 발끈하며 주먹을 움켜쥐었다. 당장이라도 찾아내 불끈 쥔 주먹을 휘두를 기세였다.

"왜. 누군지 알면 대신 때려 주게?"

"혹시라도 같이 일하게 되면 커피에 침이라도 뱉어서 줘야죠!"

뭐 때문에 제 마음이 언제 불편했냐는 듯 씩씩거리는 다현을 흐뭇하게 바라보던 이헌은 그녀의 머리를 가볍게 헝클어트렸다.

자신을 대신해 화를 내 주는 사람이 있다는 게 낯선데 좋았다. 무슨 이유에서든 자신의 편이 되어 주는 것 같아 어깨가 으쓱하고 마음이 포근해졌다.

"그래. 그 마음가짐으로 누가 뒤에서 뭐라고 하든 신경 쓰지 마. 뒷말하다 걸리면 침 뱉어 주고 말아."

그래서 누구냐고, 누가 그런 소리를 했냐고, 지금도 그러냐고, 아직도 그런 얘기들을 하느냐고 집요하게 물었다. 자신이 알기론 이헌의 아버지가 로펌을 차린 건 그가 검사가 되기도 훨씬 전이었다.

시베리아 벌판에서 불어오는 북풍설한보다 차갑고 어둡던 이헌이었다. 이 남자가 그런 말도 안 되는 소리를 들어 가며 버텨 내 지금의 자리까지 올라온 게 대견하기만 하다는 생각이 불현듯 든 순간, 다현은 주차를 마치고 안전벨트를 푸는 이헌의 오른쪽 뺨을 제 작은 손으로 감싸 쥐며 어루만졌다.

"참 잘 컸어요."

어쩐지 그에겐 어울리지 않는 말이었지만 잘 컸다는 말 외에 어울리는 말도 없었다. 검사로서 우여곡절이 아직도 끊이질 않는 그이기에, 그저 잘 컸다는 생각밖에 들지 않았다.

입가에 번진 잔잔한 미소로 뺨을 어루만지는 다현의 손을 감싸 쥔 이헌은 그녀의 손을 자신의 입가로 끌어 내려 가볍게 입을 맞췄다.

"권다현도 잘 클 거야. 이미 잘 크고 있고."

완벽한 내 편이 주는 안온함이었다.

집으로 돌아온 지 5분도 채 되지 않은 시간이었다.

식탁 위에 마트에서 사 온 식자재들을 내려 두고 냉장고 정리를 시작할 때 온종일 고요하던 휴대폰에 전화가 들어왔다.

때가 때인 만큼 개인 전화를 걸러 받던 이헌이지만 차마 거절할 수 없는 이름이 액정에 뜬 바람에 전화를 받자마자 다현을 집에 홀로 둔 채 근처 카페로 걸음해야 했다.

카페에 들어서자마자 창가 테이블에 앉아 있던 형과 눈이 마주친 이헌은 표정을 읽어 내렸다. 반갑게 손을 흔들어 보이는 걸 보니 다행히 공적인 일로 만나자고 한 게 아닌 것만은 분명해 보였다.

중요한 사건을 맡을 때 개인적인 전화를 받지 않는다는 걸 누구보다 잘 아는 형이기에 청탁 같은 부탁을 하려고 이 시기에 전화하진 않았을 거라고 짐작했던 만큼 이헌은 보다 편안한 마음으로 자리에 앉았다.

그러고 보니 형과 얼굴을 마주하고 앉은 게 얼마 만인지 기억조차 나지 않았다.

하버드 로스쿨을 졸업하자마자 미국 로펌으로 들어갈 거라고 생각했던 형이 귀국하자마자 아버지의 로펌으로 들어간 것에 실망감이 적지 않았다.

당시에 시안은 이미 대한민국에서 잘나갔고 아시아권에서도 알아주는 로펌으로 승승장구하고 있었다.

로펌을 경영하는 아버지의 삐뚤어진 마인드가 마음에 들지 않았던 찰나 형까지 거들고 나서니 형제 사이가 좋을 리 없었다.

그땐 이미 이헌의 초임 검사 시절이 끝나 갈 무렵이었다.

"오랜만이다?"

"그러게."

"바빠서 정신없는 거 아니었어? 얼굴이 좋은데?"

우스갯소리를 하는 그를 보며 이헌은 설핏 웃었다. 형이야말로 얼굴이 좋아 보였다.

"전화로 하면 안 되는 중요한 얘기가 뭐야. 뭔데 집 앞까지 찾아왔어."

꼭 얼굴을 보고 얘기해야 한다며 웃던 음성에 거절할 수 없었다. 그러기엔 형제는 우애가 좋았다.

형이 귀국하고 부친의 로펌에만 들어가지 않았어도, 들어가서도 아버지와 노선을 조금만 달리했더라도 지금처럼 어쩌다 한 번, 아주 가끔 얼굴을 보는 일은 없었을 것이다.

"사적인 거니까 까칠할 필요는 없다?"

그렇게 말하며 형 이준은 옆자리에 놔둔 에메랄드빛이 감도는 작은 종이봉투 하나를 이헌에게 슬쩍 건네며 환하게 웃었다.

그 웃음이 낯설어 이헌은 봉투를 받아 들면서 형의 눈치를 살폈다. 어쩐지 싱글벙글한 게 수상하기만 했다. 조심스레 봉투를 펼쳐 안에 들어 있는 종이를 꺼냈다.

제법 단단한 질감을 가진 종이의 앞엔 고운 리본이 묶여 있었다. 굳이 안을 들여다보지 않아도 무엇인지 단번에 알 수 있는 모양에 이헌은 고개를 들어 형과 눈을 마주쳤다.

"제수씨랑 같이 와."

다현을 말하는 게 분명해 보였다.

"아버지가 좋아하시더라."

그녀를 말하는 게 확실했다.

"네 덕분에 청첩장 찍을 수 있었어."

농담처럼 말하지만 그 속에 담긴 무수히 많은 얘기는 굳이 듣지 않아도 짐작할 수 있었다.

이준은 부친의 로펌에 들어가면서 정략결혼을 했다. 흔히 있는 법조계 혼맥이 아닌 재계 혼맥이었다. 로펌을 기업으로 만들고자 했던 부친의 야망이 만들어 낸 비극과 같은 일이었다.

부모의 말을 잘 듣는 첫째는 어릴 때부터 아버지가 원하는 대로 살았다.

진로 역시 마찬가지였다. 법대보다 의대를 가고 싶어 했지만 내색 한 번 하지 않고 유학까지 가서 로스쿨을 나왔다. 미국 로펌 대신 귀국하라는 한마디에 곧장 부친의 로펌으로 들어와 맞선을 보고 결혼을 했다.

아내의 집안이 망하지만 않았더라면 별일 없이 사는 재미는 없었겠지만 그냥저냥 살았을 것이다. 결혼에 불만은 없었다. 그냥 결혼이 끝날 무렵부터 아버지와 처가의 사이가 급격히 나빠지면서 아내와 불화가 커졌을 뿐이었다.

결국 이혼 절차를 밟았다. 아버지가 처가의 변호인단을 거절했다. 승산이 없다는 이유로. 수임료가 형평성에 맞지 않는다는 이유가 더 적절하겠지만 대충 그런 이유로 법률 자문을 거절하면서 아내와 완벽히 틀어졌다.

그 뒤로 이준은 1년 전, 로펌에 입사한 주니어 변호사와 연애를 시작했다. 그녀는 경영학과 재학 중에 법대로 재입학한 특이한 이력의 소유자였다. 로펌에 있는 주니어 변호사 중 가장 나이가 많았지만 그래서 더욱 어른스러웠고 판단력도 좋았다.

그녀는 파트너 변호사인 이준의 밑에서 일을 배우기 시작하면서 자연스레 가까워졌다. 그러다 보니 어느새 편해졌고 친밀해졌다.

하지만 결혼은 완벽히 별개의 문제였다. 두 사람의 비밀 연애가 1년을 채 넘지 못하고 사내에 퍼지면서 부친의 귀에 들어갔고 결혼 문제가 불거졌다.

평범한 집안의 장녀. 결코 부친의 성에 차지 않는 조건이었다. 시안에 입사한 좋은 성적 외엔 뭐 하나 충족되는 게 없는 조건에 결혼은 절대 안 된다고 으름장을 놓던 부친이었다.

그 무렵 동생인 이헌에게 부친의 야망이 옮겨 가기 시작했다.

검사 때려치우라는 얘기는 그전에도 왕왕 있었지만 그 수준이 도를 넘어섰고 급기야 맞선을 보라며 사건을 놓고 협박도 불사했다. 이헌이 그토록 싫어하던 행동이었다.

그래도 그 과정이야 어떻든 결과는 아버지가 원하는 대로 됐다. 청첩장을 찍게 된 건 아버지의 야망을 이헌이 충족시켜 줬기 때문이었다.

물론 동생은 아버지의 야망이 기업형 로펌을 넘어 대한민국 법조계를 꽉 틀어쥐고 싶어 한다는 걸 평생 모르겠지만 말이다. 이렇게 계속 검사로 검찰에 남아 있는 한 아버지의 속내를 동생이 알게 될 일은 절대 없을 것이다.

검사로서 성공하지 못한 아버지의 야망이 삐뚤어져 엉뚱한 곳에서 터져 버린 걸 아는 건 자신으로 족했다. 그 검은 속내를 아는 건 저 혼자면 충분하다고, 동생이 더는 아버지를 미워해선 안 된다고 생각했다.

자식이 아니면 누가 부친의 한을 알아줄까 싶었다.

오죽했으면 사사건건 검찰을 물먹이고 싶어서 언론이 집중하는 사건들만 도맡을까. 이젠 자신의 행복을 찾았으니 부친이 원하는 행복을 위해선 저 혼자쯤은 눈감아 주는 게 뭐 대단한 일일까 싶어 기꺼이 말 잘 듣는 장남 흉내를 계속 내려 한다.

그게 뭐가 어렵다고. 동생 덕분에 원하는 사람과 결혼을 하게 됐는데. 이헌은 이대로 검사로 남길 바랐다.

좋은 검사가 있어야 그래도 세상이 돌아가지 않을까.

"고마운 건 고마운 건데, 그래도 의외였어."

동생 덕분에 부친의 반대가 없어졌어도 궁금한 건 궁금한 것이었다.

"난 아버지가 원하는 대로 네가 집안 맞춰서 결혼할 거라고 생각도 못 했어."

아버지라면 치를 떨던 동생이었다. 형도 싫다고 얼굴 안 보고 산 지 꽤 오래됐다.

졸지에 집에 계신 어머니까지 동생 얼굴 한 번 제대로 보지 못하고 산 지 몇 년째지. 이러다간 열 손가락이 모자랄 때까지 가족이라는 울타리는 온전한 형태를 띠지 못할 것 같았다.

그런데 뜬금없는 타이밍에 정말 어처구니없게도 동생이 맞선을 오케이 했다는 말에 잠시 멍해졌었다.

의아함이 가득 서린 형의 말에 이헌은 살포시 웃으며 입을 뗐다.

"걱정하지 마. 아버지가 아니라 우리가 먼저였으니까."

관계가 얽히고 감정이 쌓이기 시작한 게 먼저였다는 말이었다. 그 감정에 부친의 개입은 조금도 없었다는 동생의 말에 이준은 만족스럽게 웃음을 지었다.

부친이 맞선을 종용하지 않았더라도 알아서 잘 됐을 커플이었다는 예감이 들자 괜히 얼굴도 본 적 없는 제수씨가 감사할 지경이었다. 아버지조차 마음대로 좌지우지하지 못하는 차가운 동생의 마음을 손에 틀어쥔 여자가 더욱 궁금해지는 순간이다.

"그런 거라면 다행이야."

입가에 미소가 잔잔히 번진 채로 이헌은 청첩장을 펼쳤다.

신랑 문이준 신부 김소람
두 사람의 시작을 함께 축복해 주시길 바랍니다.

청첩장에 적힌 형의 이름이 근사해 보이긴 처음이라 괜히 덩달아 기분이 좋아지는 듯했다.

"잘 살아."

청첩장을 봉투에 다시 넣으며 이헌이 말했다. 커피를 마시던 이준은 잘못 들었나 싶어 눈을 껌뻑이며 고개를 내밀었다.

"너한테 그런 얘기 들을 줄 몰랐어. 내가 알던 문이헌 맞아?"

"아버지 욕심은 내가 채워 드렸으니까 더는 욕심 안 부리실 거야."

부친의 욕심을 채워 줄 생각은 눈곱만큼도 없었다. 가진 것에 비해 욕심이 과하다고 생각했었다. 더 많은 욕심은 화를 부를 게 뻔한데 버리지 못해 아등바등 붙들고 있는 것처럼 보였다. 야망을 위해 형처럼 또 다른 정략적인 결혼으로 아버지의 욕심을 채워 줄 생각은 추호도 없었다.

본의 아니게 상대가 다른 누구도 아닌 다현이었다. 아버지의 기대에 부응하는 아들이 안 되려고 발버둥 치기엔 감정이 짙어져 별수 없었다.

이미 신경을 쓰고, 걱정하고, 생각하고, 보고 싶고, 마음을 쓰고 있는데 뒷일을 생각할 겨를이 없었다.

그냥 그렇게 그 자리에서 다현의 손을 잡아 버렸다. 부친의 일은 차후의 문제였다. 이젠 그 문제마저 별것이 아닌 게 돼 버렸다.

알 게 뭐야. 아버지 욕심 따위 알아서 챙기라고, 우리 둘은 그냥 내버려 두고 어른들끼리 알아서 잘 나눠 드시라고 말하고 싶은 걸 아직 그 누구도 건들지 않아 타이밍을 찾고 있을 뿐이었다.

"너 로펌에 앉혀 두는 게 마지막 욕심일 수도 있어."

이준이 우스갯소리를 하며 빨대로 커피를 휘저었다.

꼴 보기 싫은 검찰 조직에 자기 아들이 앉아 눈칫밥을 먹는 걸 못마땅하게 여기던 아버지였다. 그래서 자신도 대학을 졸업하고 로스쿨로 빠진 것이었다.

굳이 로스쿨까지 필요가 없었음에도 시안에 부족한 것이 해외 파트라는 걸 파악한 건 이미 미국행 비행기 표를 끊은 뒤였다.

이헌은 형의 말에 싱겁게 웃음으로 답했다. 그것이야말로 절대 이뤄지지 않을 아버지의 욕심이었다. 검사실 책상을 비운다고 해도 절대 아버지의 로펌엔, 아니 그 어떤 로펌에도 들어갈 생각이 없다.

"말도 안 된다고 정색할 타이밍에 왜 웃어. 웃을 타이밍 아니다?"

"아버지가 로펌에 목숨 거는 이유를 이젠 조금 이해해서라고 쳐."

지난 몇 달 동안 몸소 겪은 조직의 무자비함에 아버지를 이해하게 됐지만 그래도 로펌에 변호사로 명패를 파서 들어가는 일은 결코 없을 것이다.

자신의 성격에 변호사가 맞지 않다는 생각은 법대에 들어갈 때부터 지금까지 단 한 차례도 변한 적 없었다.

"그럼 들어와."

마음에도 없는 소릴 농담 삼아 해 보는 이준이었다.

"변호사는 내 체질에 안 맞아."

피해자는 물론 가해자인 의뢰인이 찾아와 변호를 맡아 달라 수임료를 주면 해야 하는 게 로펌에 소속된 변호사들이었다.

의뢰인을 골라 받는 건 파트너 변호사 중에서도 손에 꼽을 정도였다. 로펌 수익의 3분에 1가량을 벌어들이는 파트너 변호사가 아니고서야 의뢰인을 가려 받는 건 있을 수 없는 일이었다.

그렇다고 개인 변호사 사무실을 차리는 건 어불성설이다. 아무리 잘 나갔던 검사라고 해도 1년 안에 사무실 보증금도 회수하지 못하고 셔터를 닫는 게 이 바닥이었다.

"그래. 넌 누굴 변호하는 거보단 판단하는 게 더 어울려."

형의 말에 동감했다. 피해자만 변호할 수 없는 게 변호사였다. 살인을 저지른 죄인일지라도 변호를 해 줘야 하는 게 변호사다. 그만의 고충은 있겠지만 썩 좋은 변명들은 없었다.

"아버진 걱정하지 마. 더는 너한테 들어오란 소린 안 하실 테니까."

"언제 또 변덕 부리실지 모르지."

"그땐 내가 책임지고 아버지 맡을게."

"미리 고맙다고 해야 하나."

이준이 호탕하게 웃었다. 오랜만에 형의 웃음소리를 듣는 것 같았다. 모처럼 좋은 주말 오후였다.

21장

주말이라 차가 생각보다 꽤 막힌 탓에 저녁 시간에 가까워서야 집으로 돌아온 이헌은 거실에 들어서던 발걸음을 주춤했다.

언제부터 잠이 든 건지 어둠이 내려앉은 거실 소파엔 다현의 인형이 창밖으로 들어온 불빛에 어슴푸레 보였다.

피곤했을 것이다. 연이은 재판도 모자라 모처럼 찾아온 주말엔 쉬지도 못하고 본가부터 쫓아가야 했으니 긴장이 한꺼번에 풀릴 만도 했다.

이헌은 발걸음 소리를 최대한 죽이며 조심스레 다현에게 다가갔다. 멀쩡한 침대를 놔두고 소파에 앉아 불편하게 자는 그녀를 그는 살포시 안아 들었다.

다현은 뒤척이듯 꼼지락거리더니 어느새 이헌의 가슴팍에 얼굴을 폭 파묻었다. 그는 침실로 걸음을 옮겼다. 가지런히 정돈된 침구를 발로 툭 걷은 이헌은 품 안의 다현을 살포시 침대 위에 눕히곤 새하얀 이불을 덮어 줬다.

그리고 침대 맡의 작은 스탠드 불을 켰다. 불빛에도 다현의 얼굴은 평온하기만 했다. 말간 얼굴 옆으로 흐트러진 머리카락을 만지작거리던 그의 손길은 어느새 하얗고 얇은 손가락 끝에 닿아 있었다.

그는 주머니에서 손바닥보다 작은 벨벳 상자를 조심스레 꺼냈다. 창

245

밖으로 들어오는 불빛에 유난히 반짝거리는 반지가 상자 속에서 빛을
내고 있었다.

결혼할 여자의 손에 끼워 줄 반지를 제 손으로 고르는 날이 올 거라
고 생각지도 못했던 이헌은 반지를 꺼내 들고 곤히 잠들어 있는 다현을
한참 동안 바라봤다.

형의 청첩장을 본 순간 그녀의 손에 반지를 끼워 주고 싶다는 생각
이 불쑥 튀어나와 스스로가 낯설 지경이었다.

조심스레 다현의 왼손을 살포시 잡고는 약지에 반지를 천천히 끼웠
다. 웃음이 났다. 어쩐지 허전해 보이는 그녀의 가느다란 손가락에 자
리 잡은 반지를 보고 있자니 기분이 썩 괜찮았다.

크지도, 작지도 않게 딱 맞아떨어진 반지는 제 주인의 손가락 위에
서 반짝이기 시작했다.

"으음, 언제…… 왔어요?"

잠에서 깰까 봐 조심한다는 게 결국 다현을 깨우고 말았다. 눈을 뜬
다현은 어쩐지 침대에 걸터앉아 제 왼손을 잡은 이헌의 자세가 불편해
보여 고개를 갸웃거렸다.

그러다 그의 온기가 닿은 제 손끝으로 시선이 머물렀다. 낯선 감촉
탓이었다.

맞잡은 손 때문이 아니라 손가락에서 느껴지는 조금은 무게감이 느
껴지는 매끈한 촉감에 다현은 곧장 상체를 일으켜 앉았다.

"오다가 주운 건 아니야."

약지에 끼워진 반지를 확인한 다현이 고개를 들어 이헌을 가만히 바
라봤다. 이 상황에 할 대사가 아닌데 그의 입에서 나온 말은 하나도 이
상하지가 않아 신기하기만 했다.

"이제 그만 튕기고 결혼하자."

어안이 벙벙해져 이헌을 멍하니 바라보던 다현은 입가에 드리워지던
웃음을 참지 못하고 내뱉었다.

정말 끝까지 문이헌스러워서 좋았다.

자신이 좋아한, 마음에 담은 남자는 이런 남자였다. 나에겐 존재 자체가 특별한 남잔데 다른 게 필요할 리 없었다. 그 자체로 마냥 좋은 그런 사람이다.

할아버지처럼, 아빠처럼 존경할 수 있는 남자. 그분들처럼 배울 게 많은 남자가 자신의 앞에 나타나 줘서 고마울 뿐이었다.

"반지 받았다고 바로 오케이 하면 쉬운⋯⋯!"

설레고 떨려서 심장이 터질 것 같았다.

애써 괜찮은 척 능청스럽게 웃음 띤 얼굴로 이헌을 놀리려던 다현은 애써 꺼낸 말을 끝맺지 못했다.

목덜미를 감싼 채 한입에 입술을 삼켜 버린 이헌은 그녀의 말까지 삼켜 들었다. 윗입술을 쓰다듬듯 빨아 당기며 빈틈을 비집고 들어가 다현의 입 안을 샅샅이 훑어 댔다. 약올리듯 도망 다니는 혀를 옭아매 흡입하듯 빨아 당기자 타액이 목 뒤로 넘어갔다.

숨결이 고스란히 느껴져 단전 아래가 간질거릴 지경이었다. 목덜미를 타고 허리까지 내려온 이헌의 손이 셔츠 안으로 들어오자 그에게 빼앗긴 입술 사이에서 달뜬 신음이 얕게 새어 나왔다.

귓전에 들리는 다현의 달뜬 음성에 이헌은 타액으로 번들거리는 입술을 떼어 내곤 굴곡진 허리춤을 쓰다듬며 말했다.

"이대로 같이 살자, 나랑."

싫다고 하면 이대로 잡아먹힐 기세였다. 허리를 쓰다듬는 손길이 불에 덴 듯 뜨거웠다. 바라보는 두 눈 속의 동공이 흔들림 없이 곧았다.

다현은 두 팔을 뻗었다. 그에게 안기듯 몸을 일으켜 목을 감싸 안고 한쪽 어깨에 발그레해진 얼굴을 폭삭 파묻으며 고개를 끄덕였다.

"사랑해요."

속삭이듯 들려온 고백에 이헌은 으스러지듯 다현을 끌어안았다. 한 손에 들어오는 작은 머리를 감싸 안은 채 그가 말했다.

"나도⋯⋯."

기분이 좋아지는 그녀의 웃음소리가 들려왔다.

"나도 권다현 사랑해."

사랑하게 됐다. 그것이 당연하다는 듯 그렇게 그녀가 왔다.

사랑하고 있다.

그녀를 나보다 더.

이 사랑이 평생 온전하기를 바랐다.

다현의 여전한 미소가 오래도록 간직되기를.

✤　　✦　　✤

구름 한 점 없는 맑은 날이었다. 지법 앞으로 이헌의 차가 속도를 늦추며 들어왔다.

오늘은 장민준에게 마약을 공급하고 유통을 도맡았던 이준호의 첫 공판이 열리는 날이었다.

눈치 빠른 기자들은 이경제 의원의 아들이 골드서클 마약 사건에 연루된 것도 모자라 중국에서 마약 유통을 업으로 삼았다며 발 빠르게 기사들을 쏟아 냈다.

덕분에 항소심을 코앞에 둔 이경제 의원에게까지 불똥이 튀어 한민당은 그야말로 쑥대밭이 된 상태였다.

다현은 안전벨트를 풀고 뒷좌석으로 팔을 뻗어 가방을 챙겨 들었다. 재판에 필요한 서류가 든 가방은 제법 묵직했다.

"재판 잘해."

혹시라도 빠진 게 없는지, 수사관을 통해 증거 자료들은 따로 챙겨 놓았지만 중요한 재판이었기에 다현은 가방 안을 살피며 싱긋 웃어 보였다.

"선배도 잘해요."

다현이 주먹을 불끈 움켜쥐며 파이팅을 외쳤다. 오늘 이헌에겐 장현의 2차 검찰 조사가 있는 날이었다. 그가 구속된 뒤 처음 있는 검찰 조사였고 이번이 마지막이 되어야만 했다.

구속 기간은 법적으로 정해져 있다. 그 안에 기소와 재판과 선고까지 마무리되려면 턱없이 부족한 시간이었다. 쟁점이 복잡하고 피고인 측에서 어떻게 나올지 미지수라 재판이 길어지게 된다면 구속 기간이 그 전에 끝날 수도 있었다.

구속 기간 연장을 염두에 두고 있지만 재판부에서 받아들여 주지 않는다면 장현이 집으로 돌아가 남은 재판을 받게 되는 불상사가 벌어질 수 있었다.

그런 일은 절대, 결단코 일어나선 안 될 일이다. 그러나 언제 어디서 무슨 돌발 상황이 발생할지 알 수 없어 수많은 경우의 수를 준비해 둬야 했다.

"어서 가. 늦겠다."

손가락 끝에 닿는 버튼을 눌러 잠겨 있던 차 문을 연 그가 다현의 머리를 쓰다듬으며 싱겁게 웃었다. 그녀는 대답 대신 고개를 돌려 이헌의 입술에 가벼운 입맞춤을 했다.

쪽 하는 소리가 차 안에서 유난히 크게 들려왔다. 그가 손을 뻗기 전에 다현은 서둘러 문을 열고 차 밖으로 몸을 내던졌다. 걸음을 재촉해 지법으로 빠르게 걸어 들어가면서 그녀는 머리 위로 손을 흔들었다.

창밖으로 보이는 다현의 뒷모습에서조차 그녀의 붉게 물들었을 얼굴이 보이는 듯해 이헌의 입가엔 포근한 미소가 번졌다.

다현이 지법으로 들어가는 걸 확인한 뒤에야 이헌은 서둘러 지검으로 향했다.

빠르게 지법을 빠져나와 바로 옆에 있는 지검 주차장까지 막힘없었다. 특수 1부가 위치한 10층까지 엘리베이터 한 번 멈추지 않고 올라온 이헌은 자신의 검사실에서 장현의 2차 조사에 필요한 자료들을 챙겨 조사실로 향했다.

조사실에 들어서기에 앞서 영상 녹화실 문을 연 이헌은 특수 창 앞에 서서 무표정하게 조사실 안을 들여다보고 있는 부장 검사를 향해 가볍게 고개를 숙였다.

등 뒤에서 이헌의 기척을 느낀 부장 검사는 고개를 살짝 틀어 눈인 사를 건넸다.

"마무리 잘해서 오늘 끝내."

이헌은 짧게 대답했다. 피의자로서 구속까지 된 마당에 기소까지 오랜 시간을 끌 수 없다는 것이 부장 검사의 뜻이었다.

그 뜻에 이헌도 동의했다. 물증이 명확하고 또 다른 재판의 피고인 이면서 장현의 재판에 증인으로 직접 나서겠다고 말한 석원기도 있었다.

어느새 부장 검사의 곁에 선 이헌은 그의 시선을 따라 특수 창 안쪽으로 짙게 보이는 조사실을 바라봤다.

이미 변호사와 나란히 앉아 조사를 기다리고 있는 장 회장의 모습이 보였다.

그는 수의 대신 넥타이를 하지 않은 슈트 차림이었다.

"내일 석원기 재판이지?"

장현을 바라보고 있던 부장 검사가 이헌 쪽으로 고개를 슬쩍 돌리며 물었다. 이헌은 고개를 가볍게 끄덕였다.

석원기는 물론 K그룹 전략 기획실에서 재단을 통해 세탁된 계열사와 본사의 자금으로 비자금 조성에 가담한 상무와 팀장의 재판도 예정되어 있었다.

그를 제외한 두 사람의 재판은 병합되어 진행되며 이정우 검사가 단독으로 맡아 이뤄질 예정이었다. 오전에 있을 석원기의 첫 공판은 무엇보다 중요한 재판이라 남경주 검사의 백업까지 받아야만 했다.

석원기는 장현 사건의 핵심 증인이었다. 끝까지 신의를 지키겠다며 입을 다물고 단독 행동이었다고 밀어붙이고 있는 상무와 팀장의 재판에까지 영향을 미칠 피의자였다.

그것이 부장 검사까지 촉각을 곤두세우는 이유였다.

K그룹 비자금 리스트가 터지면서 연쇄적으로 이뤄질 재판의 뉘앙스가 첫 공판인 석원기의 재판 분위기에 달려 있었다.

"다음 회식 때 소고기 어떠냐."

"좋죠."

김칫국을 먼저 마시는 걸로도 모자라 축배를 미리 들겠다고 사전 예고한 것과 다름없는 물음이었지만 이헌은 가볍게 웃음을 흘렸다.

그동안 부장 검사가 얼마나 많은 압박에 시달렸을지 짐작하는 것만으로도 죄송스러웠다. 말 잘 듣는 후배 검사가 아니라서 밑에 데리고 있는 게 껄끄러울 만한데 그래도 지금까지 내치지 않은 것만으로도 감사했다.

지휘 검사가 막무가내라 그동안 고생한 선배 검사들에게 미안해서라도 껄끄러운 장현을 법정에 하루라도 빨리 앉혀 둬야 했다.

이미 대호그룹 부회장과 MK건설 사장의 첫 공판이 잡힌 상태였다.

그야말로 재계의 비리가 한꺼번에 불거져 대공황 상태나 다름없었지만, K그룹의 비자금 규모가 상상을 초월할 지경이라 상대적으로 대호그룹과 MK건설이 묻힌 경향이 없지 않아 있었다.

또 다른 사건이 터진다면 가령 장현이 정계에 뿌린 숱한 뇌물에 관한 리스트라든가 하는 그런 것들이 불거지게 된다면 더 크고 중요한 사회적인 일들이 묻히게 될지 몰랐다. 대중들의 관심이 정말 필요한 그런 일들이.

그런 일을 방지하기 위해서라도 이헌은 하루빨리 장현을 법정에 세워 사건을 끝내고자 했다.

"수고해라."

사념에 빠져 있던 이헌의 어깨를 토닥이며 부장 검사가 이내 자리를 떴다. 숙였던 고개를 든 이헌은 조사실 안을 짧게 바라보다 문을 열고 밖으로 나왔다.

복도 끝으로 부장 검사의 뒷모습이 보였다. 이헌은 숨을 들이쉬고는 조사실 문고리를 비틀었다.

달칵.

석원기 재판 준비로 오늘 조사실엔 이헌뿐이었다.

"구치소 밥은 입맛에 맞으십니까."

장현의 맞은편 자리의 의자를 빼내 앉으며 이헌이 넌지시 물었다. 그의 옆에 앉아 있는 변호사는 벌써 손수건으로 식은땀을 닦고 있었다.

구치소에 들어간 순간부터 변호인단의 접견을 거부하고 있다는 장현과 조사실에서 오랜만에 만난 듯 보이는 변호사는 무겁게 가라앉은 조사실 분위기에 당장이라도 사임계를 던지고 싶은 표정이었다.

그에 반해 장현은 마주 앉은 이헌의 눈을 빤히 쳐다보며 입매를 일자로 굳혔다. 그 무표정에 이헌은 지난번 조사 때 작성한 피의자 진술서를 훑으며 또 다른 물음을 던졌다.

"내일 하나밖에 없는 아드님 선고기일인 건 아십니까."

단정하던 입매가 비틀리며 조소가 새어 나왔다. 장현의 반응에 애꿎은 말만 해 대는 이헌이 못마땅해 변호사는 인상을 찌푸렸지만 그는 아랑곳하지 않고 말을 이어 갔다.

"아, 그러고 보니 하나뿐인 아들은 아니네요."

진술서를 훑던 이헌이 눈을 치켜떠 앞에 앉은 장현을 쳐다봤다. 조소를 흘리던 입매를 앙다물고 눈살을 찌푸리는 모습에 그는 고개를 들어 진술서를 넘기던 손으로 깍지를 꼈다.

"피의자가 그토록 지키고 싶어 했던 자리를 그래도 핏줄이 지키고 있으니 구치소에 있어도 안심이겠습니다."

도발이었다. 언론에서도 알아내지 못한 사실을 자신이 알고 있다고 대놓고 얘기한 것과 다름없었다.

어떻게 아느냐고, 뭘 얼마나 어디까지 아느냐고 장현은 묻지 않았다. 그저 표정을 굳히며 테이블 아래로 주먹을 움켜쥘 뿐이었다.

변호사 접견은 물론 아내의 면회까지 거부한 이유가 뭔데.

호적에서 파내지 못해 한 자리를 아직 빌려주고 있는 아들의 얘기를 그들의 입을 통해 듣게 될까 봐. 그것이 싫어서 자신의 자리를 빼앗고 차지한 녀석의 소식을 듣고 싶지 않아 독방에 있는 TV 전원도 켜지 않았던 장현은 하나부터 열까지 모든 것을 다 알고 있는 듯한 눈치에 속이 불편하기만 했다.

"오늘이 마지막 조사일 겁니다."

이헌은 테이블 아래에 부착되어 있던 빨간 버튼을 가볍게 눌렀다. 그와 동시에 조사실 문이 열리면서 수사관이 들어왔다. 그는 손에 꼭 쥐고 있던 노란 서류 봉투를 이헌에게 건네곤 그의 옆자리에 앉아 피의자 진술서 작성을 서둘러 준비했다.

서류 봉투를 건네받은 이헌은 그 속에 들어 있던 서류 뭉치를 꺼내 훑기 시작했다.

"피의자 명의의 스위스 은행 계좌에서 한화로 대략 900억 정도가 확인됐습니다."

서류의 마지막 장을 확인한 이헌은 그다지 놀랍지 않다는 듯 평이한 음성을 내뱉으며 말했다.

수사관을 통해 건네받은 서류 봉투는 10분 전 스위스 은행에서 국제우편을 통해 보내온 서류였다. 서류의 마지막 장엔 스위스 은행의 도장이 찍혀 있었다. 그는 원본 서류를 장현에게 내보였다.

1천 8백억 원대의 비자금 조성이라는 타이틀이 붙은 이번 사건에서 국내 계좌를 통해 확인된 비자금은 200억 원. 명의는 모두 차명이었다.

갤러리를 통해 조성한 100억 원대의 비자금은 고가의 미술품과 골동품을 사들여 장현 회장의 아내인 이은미 소유의 개인 수장고에 보관 중인 것으로 확인됐다.

수장고를 압수 수색 하겠다고, 아내도 참고인 조사를 받게 해야 하냐는 물음에 평정심을 잃었던 이유가 그 때문이었다.

그 외 나머지 600억 원은 조세 피난처를 통해 페이퍼 컴퍼니 열 곳과 위장 계열사 두 곳을 통해 분산시켜 놓았다. 찾는 게 어려워서 그렇지 뻔한 수법들이었다. 등잔 밑이 어둡다는 옛말 하나 틀린 게 없었다.

그렇다면 나머지 비자금은 어디에 잠들어 있는 건지 뻔했다. 과거에서부터 이어져 왔던 방식으로 스위스 은행 금고에 보관 중인 것이다.

K그룹의 시초였던 K물산에서부터 이어져 왔던 비자금이 스위스 은

행에 잠들어 있다는 풍문은 유명했다. 그 돈이 드러난다면 억 소리가
절로 날 거라는 우스갯소리들이 지금까지 이어져 오고 있었다.

상황이 이쯤 되면 풍문으로만 흘려들을 이야긴 아니었다.

장현의 부친과 그의 조부가 이용하던 스위스 은행이었다. 당시엔 스
위스 연방법에 따라 계좌 정보를 타인에게 함부로 넘겨줄 수 없게 되어
있었다.

철저한 비밀 보장이 가능했던 시스템이었지만 현재는 아니었다. 계
좌에 있는 돈이 범죄 행위를 통해 만들어진 돈이거나 범죄와 관련된 돈
이라면 계좌 정보를 넘겨주는 건 물론 그 계좌를 동결시킬 수 있게 됐
다.

더는 성역이 아니었다. 그 사실을 장현이 모를 리 없었고 K그룹 전
략 기획실 임원들이 모르지 않았을 것이다. 그럼에도 여전히 그 계좌에
막대한 비자금이 은닉되어 있었던 건 모두 선대에서부터 잠들어 있었
던 돈이었기 때문에 섣불리 건들 수 없었던 탓이었을 것이다.

덕분에 검찰에선 손쉽게 계좌 정보를 1에서부터 10까지 낱낱이 알 수
있었다. 그 많은 돈을 한꺼번에 빼내는 것은 둘째 치고 은닉해 놓을 만
한 장소를 물색하는 게 쉽지 않아 지지부진 시간을 끌다가 결국 이렇게
덜미를 잡혔다.

국내 차명 계좌를 더 늘리는 건 위험했다. 조세 피난처를 통해 은닉
하는 것도 액수가 워낙 많아 또 다른 페이퍼 컴퍼니를 최소 다섯 군데
이상은 만들어야 했다.

그렇게 골치가 아프다는 이유로 선대에서 물려받은 비자금은 몸집을
거대하게 부풀려 버렸다. 그중 1할 정도는 장현의 손길이 미쳤을 게 자
명했다. 상속과 동시에 비자금 계좌까지 물려받은 건 돈을 숨기는 것에
만 끝나지 않을 거라는 명확한 뜻이 담긴 현상이었다.

"마지막으로 피의자가 계좌를 확인한 게 일주일 전이던데, 그사이에
검찰에서 계좌 동결이라도 시켰을까 봐 확인하신 겁니까?"

"……."

"아마 지금쯤이면 동결됐을 겁니다."

비자금을 부인할 방법이 없어 체념하며 계좌에 들어 있는 액수를 확인했을 뿐이지만 장현은 이헌의 물음에 입을 떼지 않았다.

계좌가 동결됐을 거라는 말에도 담담하기만 했다. 그 비자금의 출처를 묻는다면, 알지 못한다. 부친과 조부가 어떻게 그 비자금을 만들어 둔 건지 모르니까 대답할 수가 없는 것이었다.

물론 그중 일부는 자신의 지시에 따라 부하 직원들이 은닉해 놓은 것이지만 그 모든 것들에 대한 죗값을 받을 생각은 조금도 없었다.

"재판이 어떻게 끝날지는 모르지만, 아마도 국고로 환수되지 않을까요?"

횡령에 대한 추징금이 절대 적지 않을 것이다. 그가 손을 댄 돈이 고작 법인 카드로 자동차 한 대, 아파트 리모델링 정도가 아니었다.

"이것도 부하 직원이 올린 결재 서류에 그냥 사인만 했을 뿐이리고 말할 겁니까."

무슨 지시를 어떻게 내렸는지, 사인한 결재 서류가 무엇이었는지 묻지 않았다. 그저 또 교묘히 빠져나갈 궁리만 하는 거냐고 힐난할 뿐이었다.

"구치소 밥보다 교도소 밥이 더 맛있을 거라고 생각하는 겁니까?"

스위스 은행에 묶어 둔 비자금에 대한 건 석원기가 건넨 USB에서 일부분 확인할 수 있었다. 장현의 부친과 조부 때 작성된 리스트가 일부분 남아 있었다.

오래전에 작성된 문건들이라 입증할 다른 증거 자료들이 부족했고 리스트엔 그저 계열사 어디에서 얼마, 하청 업체 어디에서 얼마란 식으로 간략하게 적혀 있을 뿐이었다.

십수 년은 된 것들이라 리스트가 있는 것만으로도 스위스 은행으로 빼돌린 비자금이 모두 장현의 지시가 아니라는, 피의자에게 조금이나마 유리한 증거 자료기도 했다.

하지만 이헌은 섣불리 말하지 않았다. 오래된 문건들까지 들춰낼 생각은 없었다. 그건 피의자가 입증해야 할 문제였다. 자신의 죄가 아니라고, 제가 한 건 이런 것들이 전부라고. 이렇게 입을 다물고 있는 것만이 능사는 아닐 것이다.

"올해가 피의자가 K그룹 회장으로 취임한 지 20년째 되는 해 맞습니까."

"……그러네요."

시종일관 입을 꾹 다물고 있던 장현이 말문을 열었다. 마치 생각에 잠긴 듯 단단하던 눈동자가 잘게 흔들렸다.

"20년 동안 1천 8백억 원이라……. 1년에 90억씩 꾸준히 남겨 먹으신 거네요."

볼펜으로 빈 종이에 끼적이던 이헌은 계산을 마치곤 가볍게 웃음을 흘리며 말했다. 뚜렷한 표정 변화가 없던 이헌이 내비친 감정 표현을 해석하기 어려웠다.

뭐가 웃긴 걸까. 그 돈이 작다고 생각하는 건지 많다고 생각하는 건지 어린애 소꿉장난 같아 보이나.

"1년에 90억씩 남겨 놓은 거, 피의자는 증명할 수 있습니까."

검사가 피의자에게 네가 저지른 죄의 증거를 대라고 말하고 있는 게 맞는 건지 의심스러웠다. 장현은 지금 자신이 뭘 제대로 듣고 있는 게 맞기는 한 것인지 눈살을 찌푸렸다.

"증거가 없다면 돌아가신 조부와 부친이 조성한 비자금에 대해서까지 모두 피의자의 죄가 될 겁니다."

그가 모르는 범죄가 이 세상에 있긴 한 걸까. 도대체 어디까지 아는 건지 전신에 소름이 끼쳐 목덜미가 서늘하기만 했다.

"공소 시효는 지났지만, 이 정도 스케일이면 보수적인 한국 사회에서 질타를 피할 순 없을 겁니다."

"……."

"1천 8백억에 대한 횡령 혐의로 법정에 서게 되면 그 죄질이 얼마나 무거울지 가늠이 되지 않는 건 아니시겠죠."

혐의를 인정하고 네가 행한 범죄에 대해서만 죗값을 받아라. 선대의 죄까지 어깨에 짊어지고 질타를 받을 필요가 뭐가 있느냔 말들이 이헌의 입을 통해 흘러나왔다.

그는 피의자에게 협상 카드를 내미는 명석한 검사였다. 외골수적이고 앞뒤 꽉 막혀 타협하는 법이 없다는 소문은 순 거짓부렁이었던 모양이다.

뒷배가 되어 주겠다 제안한 자신의 손은 단번에 내쳐 놓고, 좌천까지 시킨 지검장에게 끝내 무릎 꿇지 않던 그 패기는 어디 가고 피의자에게 협상을 유도하는 검사라니.

장현의 입가에 또 한 번 조소가 걸렸다.

"피차 시간 끌어 봤자 좋을 거 하나도 없지 않습니까."

맞는 말이었지만 장현은 이런 식으로 죄를 자백하게 만드는 이헌에게 조금도 협조할 생각이 없어 보였다.

"묵비권을 행사하는 게 재판에서 유리하게 작용할 거라는 생각, 안 하는 게 좋을 겁니다."

테이블 아래로 손을 뻗은 이헌이 빨간 버튼을 누른 건 찰나였다. 영상 녹화를 하던 카메라가 일시 정지된 순간이었다.

"다른 검사들은 형량을 줄여 주겠다고 입에 발린 소리 하면서 피의자와 협상하고 거래하겠지만, 나는 아닙니다."

언제 웃었냐는 듯 이헌의 눈매는 날카로워져 있었고 음성은 차갑게 가라앉아 있었다.

"고인이 되신 분들도 가족이라고 감싸겠다면 굳이 말리진 않겠습니다."

"……."

"조금이라도 일찍 귀가하실 생각이 있다면 여기에 있는 900억에 대해 소명해야 할 겁니다."

이헌은 피의자 앞에 내민 계좌 정보가 적힌 서류를 손가락 끝으로 톡톡 가리키며 단단한 음성을 뱉었다.

그런 그와 시선이 마주친 순간, 피의자 장현의 입매가 비틀렸다.

어느 쪽으로든 검사가, 검찰이 유리했다. 피의자에겐 절대적으로 불리한 상황이 펼쳐졌다. 비자금 규모가 결코 일반적이지 않았다. 그 일반적이지 않은 행태가 온전히 피의자의 행위로 본다면 형량이 어느 정도로 나올지 짐작조차 가지 않았다.

본인이 행한 범죄만 인정하고 정당한 법의 심판을 받으라고 말하는 검사 앞에서 장현은 낮게 조소했다.

이렇게 조사실에 앉아 있는데 검사가 내민 두 개의 답안 중 그 어느 것도 자신에게 유리한 것은 없었다.

변호하라고 비싼 수임료를 들여 앉혀 놓은 변호사조차 꿀 먹은 벙어리가 됐는데, 무슨 의미가 있을까. 우습기만 했다.

그 어느 것도 원하는 답이 아니었다.

"스위스 은행에 피의자 본인 명의로 된 계좌에서 한화로 900억 상당의 비자금을 확인했습니다."

이헌은 녹화 버튼을 다시 눌렀다. 마치 처음으로 돌아간 듯했다.

"이 계좌, 피의자 본인의 계좌가 맞습니까."

영문 이름이 적혀 있는 서류 속 계좌의 주인은 장현이었다. 확인 사살을 뜻하는 물음이었다.

"……내 계좌가 맞습니다."

검사가 내민 답안엔 관심 없었다. 그저 증거가 명확한 혐의에 대해 부인해 가며 시간을 낭비하고 싶은 마음이 조금도 없다는 것이 중요했다.

자신이 있을 곳은 검찰 조사실이 아니었다. 돌아가야 할 곳이 있는데 여기서 허튼 시간을 낭비한다는 건 무의미했다.

받아먹은 돈값을 조금도 하지 않으려는 것들의 알량한 도움 따위 더는 필요 없었다.

내 자리는 내가 알아서 찾아갈 것이다.

"마지막으로 계좌를 확인한 게 일주일 전, 맞습니까."

조사는 원점으로 돌아왔다.

✤　　　✤　　　✤

"검사 측. 구형하세요."

재판이 예상보다 길어졌다. 장민준과 골드서클 멤버들의 재판이 생각보다 쉽게 끝났다면 이준호의 재판은 예상했던 것과 그다지 다른 방향은 아니었지만, 피고인의 묵비권 행사로 인해 지지부진 애꿎은 시간만 흘러갔다.

"존경하는 재판장님. 피고인 이준호는 중국 상해를 거점으로 두고 섬유 수출 사업을 하고 있습니다."

다현은 자리에서 일어나 미리 정리해 놓았던 공소장을 손에 쥔 채 판사를 바라보며 말문을 열었다.

"하지만 무늬만 수출업일 뿐, 실상은 상해와 홍콩의 마약 밀매 조직들로부터 돈을 받고 배편을 이용해 한국과 일본, 베트남, 필리핀 등지에 코카인과 엑스터시, 필로폰, 대마와 같은 마약을 유통하고 있습니다."

그에 대한 증거 자료들이 이미 판사의 손에 들려 있었다.

법인 명의의 배가 항만에 선적과 하역한 기록만 봐도, 그 컨테이너들의 이동 경로만 겉핥기식으로 찾아봐도 섬유를 취급하는 공장이 아닌 엉뚱한 곳으로 배송되었음을 알 수 있었다.

인천항을 통해 들어온 기록 역시 같았다. 사전에 장민준을 통해 섭외된 세관에서 검역 절차 없이 컨테이너를 하역했다. 그 속에 함께 들어온 약들은 모두 그 자리에서 장민준의 손으로 넘어갔다.

"인천항을 통해 들어온 컨테이너에서 작은 상자를 꺼내는 장민준의 모습이 담긴 CCTV를 증거로 제출했습니다."

혐의를 부인하면 증인으로 장민준을 채택할 작정이었다. 그러나 피고인은 인정도 부인도 하지 않고 입을 다물었다. 그것이 법정에서 불리하게 작용할 수 있다는 걸 알면서도 그는 끝내 입을 열지 않았다.

"피고인은 고교 동창이었던 한준형의 소개로 같은 고등학교 출신인 후배, 장민준을 소개받았고 당시 모르핀 투약을 일삼던 그에게 대마와 코카인을 권했습니다."

장민준의 진술서가 그 증거로 제출된 상태였다. 세 개 사건의 교집합이 상당하지만 모두 병합해서 진행하지 않는 건 장민준과 이준호 때문이었다.

두 사람의 혐의는 상당 부분 동일했다. 그러나 인과 관계 때문에 함께 진행해서는 좋은 결과가 나오기 어렵다는 판단에 담당 검사인 다현이 선배들의 의견에도 불구하고 사건을 분리해 버렸다.

장민준의 재판이 다른 골드서클 멤버들과 분리된 이유이기도 했다. 물론 마약 투약과 소지만 한 그들과 달리 장민준은 공급은 물론 한국 내에서 유통까지 손을 댔으니 그 죄질이 더욱 무거웠다.

"피고인은 장민준이라는 매개체를 통해 코카인과 대마를 정기적으로 유통했으며, 지난 7월 집행 유예를 받은 골드서클 멤버들에게 엑스터시까지 공급했습니다."

집행 유예로 흐지부지 사건이 종결된 뒤, 장민준과 이준호의 전화 통화는 그 전보다 부쩍 잦아졌다. 메시지 기록을 봐도 알 수 있었다.

"상해에서도 마약을 유통하던 피고인은 현지 경찰에게 덜미가 잡혀 도주 중이었으며 검찰은 현지 경찰과의 긴밀한 협조 끝에 체포된 피고인을 국내로 송환하였습니다."

이준호는 여전히 표정 하나 미세하게 변하지 않았다. 다만 마지막에 검사의 입에서 무슨 말이 나올까 빤히 바라보고 있을 뿐이었다.

"피고인은 유학을 목적으로 상해로 거주지를 옮긴 뒤 지금까지 현지 마약 밀매 조직의 심부름꾼으로 돈을 벌면서 부를 축적했습니다. 이는 심각한 범죄입니다."

정치인 아버지의 눈치를 보고 살다가 자유를 찾은 것이 화근이었다. 어렵게 얻은 자유가 엇나가기 시작한 건 순식간이었다.

처음엔 심부름꾼이었다. 동네나 돌아다니며 배달만 해 줬는데도 한 학기 등록금이 금방 쌓였다. 아버지의 눈을 피하고자 대학은 계속 다녔지만 학업엔 뒷전이었다.

배만 하나 있으면 아시아 유통책으로 쓰면 딱 좋을 놈이라던 말에 솔깃해 그길로 모아 놓았던 돈으로 섬유 수출 사업체를 만들었다. 약을 만들어 상자를 주던 형님의 의견이었다. 심부름꾼이 승진한 것이다.

과거가 주마등처럼 스쳐 지나가자 쓴웃음이 새어 나오려는 걸 이준호는 억지로 삼켜 냈다. 그리고 검사의 벙긋거리는 입을 주시했다.

"이에 피고인 이준호를 마약류 관리에 관한 법률 제58조 1항 1호, 2호, 5호와 2항 그리고 제59조 1항 7호, 9호, 12호와 2항. 제611조 1항 6호와 2항에 의거……."

기분 나쁜 정적이었다.

"무기 징역을 구형하는 바입니다."

이준호의 조소가 흘러나왔다. 시종일관 표정 변화 하나 없던 그가 입꼬리를 올리며 비웃음을 뱉어 냈다.

누구를 향한 웃음인지 알 수 없었다.

혐의를 인정하냐는 판사의 물음에도 대답하지 않던 그는 모든 물음의 답과 마지막 진술에서조차 아무 말도 하지 않았다.

법정에 들어선 이준호가 한 것이라곤 숨 쉬는 것 말곤 없었다. 재판 결과가 어떤 식으로 나오든 상관없는 사람처럼 굴었다. 마치 자신의 재판이 아닌 것처럼.

"본 사건의 재판은 이것으로 마칩니다. 선고기일은 9월 12일입니다."

판사는 증거 자료들을 한 아름 안고 법정을 나섰다. 그 뒤로 손목에 수갑을 차고 있던 이준호가 교도관들에 의해 법정을 벗어났다.

장민준처럼 소리라도 칠 줄 알았는데 의외로 담담한 모습에 다현은 그의 변호사들에게 시선을 돌렸다.

변호인단 역시 담담하기만 했다. 검사 측 구형을 예상이라도 한 사람들 같았다. 증거는 물론이고 판례에서도 좀처럼 찾기 힘든, 아니 아예 존재하지도 않는 사건이었다.

　중국 상해와 홍콩의 마약 밀매 조직의 심부름꾼이 한국 국적의 남자인 건 물론, 그 남자가 한국에까지 마약을 유통했다. 거기에 함께 손을 잡고 마약을 공급한 사람이 재벌가 태생이라는 것은 국외에서도 이슈가 될 사건이었다.

　"후, 그래도 한시름 덜었네."

　기지개를 켜며 일어난 최 검사가 자료들을 챙기기 시작했다. 법정을 서둘러 빠져나가는 변호인단을 뒤로한 채 다현도 재판 자료들을 주섬주섬 챙겼다.

　"이대로 끝나면 얼마나 좋겠어요."

　쓴웃음이었고 그녀의 바람이었다. 분명 누군가는 항소할 거라고 확신할 수 있었다. 그게 누가 됐든 간에 피곤해지는 건 똑같지만 대법원까지 가는 일은 없길 바랄 뿐이다.

　"선고기일까지 며칠 안 남았으니까 쉬엄쉬엄하자고."

　"선배님, 대호그룹 재판 다음 주 아닙니까?"

　"거긴 걱정할 것도 없어. 조사도 세 시간 만에 끝났잖아. 재판도 금방 끝날 거야."

　그룹 이미지를 생각해 모든 혐의를 인정한 대호그룹 부회장과 계열사 사장단들은 이례적으로 자필 사과문을 공식 보도 자료로 낸 상태였다.

　재판에서 말썽을 부릴 여지가 조금도 없는 상황이라 다음 주에 있을 대호그룹의 재판은 싱겁게 끝날 전망이었다.

　"덕분에 내가 이렇게 지원도 나올 수 있었던 거고."

　"선배님 덕분에 재판 잘 끝났어요. 그런 의미로 오늘 점심은 제가 쏘겠습니다."

　"후배님이 쏜다니까, 감자탕이나 먹으러 갈까?"

　"좋죠."

　서둘러 서류 가방을 챙기고 법복을 벗은 두 사람은 법정을 나왔다.

지법 건물을 나오면서 다현은 휴대폰을 꺼내 이헌에게 재판이 끝났다
고 간단히 메시지를 남겼다.

장현의 조사가 저녁까지 이어져 휴대폰 볼 시간조차 없겠지만 그래
도 소식을 남기고 싶었다.

"그나저나, 총장님 사임한다는 얘기가 있던데……. 뭐 아는 거 있
어?"

감자탕집에 들어서자마자 주문을 마치고 다현과 마주 앉은 최 검사
가 물을 마시며 넌지시 물었다.

수저를 놓던 다현이 고개를 내저었다.

뭘 알고 있지만 아는 체할 수 없었다. 그 정도로 무지하지 않았다.
남들이 보기엔 누구보다 권력에 가까이 있는 사람이 권다현이기에 더
더욱 몸을 사려야 했다.

"총장님 사임하고 나면 누가 그 자리에 올진 몰라도 여기저기 시끄
럽게 생겼어. 골치 아파서 그 자리에 어떻게 앉아 있나 몰라."

"그, 그러게요."

다현은 멋쩍은 듯 웃으며 물을 들이켰다. 오늘 아침 뉴스에서만 하
더라도 검찰 총장은 물론 법무부 장관까지 책임을 물어야 한다는 여론
을 형성하고 나섰다.

재계의 비리에 검찰이 일조했다는 것이 그 이유였다. 한빛은행장 뇌
물 리스트 사건 때 진작 제대로 조사했다면 범죄 행위들이 낱낱이 밝혀
졌을 게 아니냐는 의견들이 지배적이었다.

거기다 마약 사건까지 얽히면서 골드서클에 대해 집행 유예가 나왔
다는 것이 언론을 통해 밝혀졌다.

재판부에도 한차례 후폭풍이 예상되었고, 검찰 총장이 사임하게 될
거라는 얘기는 이미 수면으로 떠오른 상태였다. 이미 장현이 기소되면
검찰 총장이 사임할 거라는 언질을 조부를 통해 들은 다현은 그다지 대
수롭지 않게 생각했다.

현 검찰 총장은 그야말로 재계의 끄나풀이나 다름없었으니까 잘된

일이라 여겼다.

"근데 문 검도 밥 먹으러 왔나 봐?"

보글보글 끓는 감자탕을 국자로 휘젓던 최 검사의 시선이 다현의 등 뒤쪽을 향했다. 뜬금없는 말에 화들짝 놀란 다현은 최 검사의 시선을 따라 고개를 휙 돌렸다.

"재판 수고하셨습니다."

슈트 재킷 단추를 풀며 다현의 옆자리에 자연스레 앉으며 이헌이 말했다.

"내가 뭘 한 게 있나. 권 검이 다 했지."

백업을 자처했지만 법정에서 피고인의 혐의를 두고 집요하게 물고 늘어질 일들이 벌어지지 않은 덕분에 전적으로 나설 일이 없었던 최 검사는 고개를 내저었다.

"선배님 덕분에 놓친 부분 없이 잘 끝난 거예요."

재판이 여기서 끝날지, 더 이어질진 아직 알 수 없지만 최 검사 덕분에 놓쳤던 증거들을 더 꼼꼼히 챙길 수 있어 1차 공판이 검사 측에 유리하게 흘러간 건 사실이었다.

장민준의 차명 계좌를 찾아낸 것도 최 검사의 피드백 때문이었고, 이준호가 오래전부터 마약 밀매 조직의 심부름꾼이었다는 검사의 주장을 뒷받침해 줄 자료 역시 최 검사의 도움으로 현지 경찰에게 전해 받았다.

"끝나고 나면 부장 검사님이 소고기 먹자네요."

"오랜만에 포식하는 건가?"

최 검사는 감자탕을 먹는 와중에 소고기를 떠올리며 입맛을 다셨다. 다현은 그의 눈치를 보며 옆자리에 앉아 태연하게 공깃밥을 주문하는 이헌의 옆구리를 콕콕 찔러 댔다.

"밥 먹으러 간다고 문자했잖아."

"조사 길어지는 거 같아서, 재판 끝났다고 보낸 건데 벌써 조사 끝났어요?"

설마 하는 다현의 물음에 이헌은 고개를 내저었다. 그의 입가엔 희미한 웃음이 자리 잡고 있었다.

"금강산도 식후경이라잖아. 갈비탕 주문해 주고 나도 밥 먹으러 나온 거야."

구치소 밥이 입맛에 맞지 않는 듯 며칠 사이에 핼쑥해진 장현에게 갈비탕을 시켜 준 뒤 조사실을 나왔을 때 다현에게서 문자가 도착했다.

수사관에게 점심 드시라 말하고 곧장 지법 앞에 있는 식당으로 향했다.

다현을 찾는 건 어렵지 않았다. 백반집과 국밥집 그리고 고깃집을 지나 감자탕집에 들어섰을 때 최 검사를 먼저 발견한 이헌은 망설임 없이 가게 문을 열었다.

"많이 먹어."

다현의 앞접시에 큼지막한 뼈 한 덩이를 덜어 주며 이헌은 싱긋 웃었다.

✦　　✦　　✦

─바로 어젯밤, 2차 검찰 조사를 받았던 K그룹 장현 회장에 대해 검찰은 피의자의 진술을 토대로 보강 조사를 마쳤다며 이례적으로 언론을 통한 브리핑을 했습니다.

창을 통해 들어오는 아침 햇살이 좋았다. 커피 잔을 내려놓고 밤새 보고 있던 서류들에 시선을 옮기면서도 민혁의 귀엔 TV에서 흘러나오는 기자의 목소리가 또렷하게 들려왔다.

─검찰은 피의자의 혐의가 뚜렷하고 물질적 증거가 명확해 피의자의 진술을 받아 내는 데 큰 어려움이 없었다며 장현 회장을 기소했다고 밝혔습니다.

TV 속 기자의 목소리 뒤로 흘러나오는 자료 화면은 첫 검찰 조사 때 포토 라인에 섰던 장현의 모습과 구속으로 인해 구치소로 향하는 모습들이 자연스레 이어져 나왔다.

—장현 회장의 기소로 인해 검찰은 지난 한빛은행장 뇌물 리스트 사건을 제대로 수사하지 못한 질타를 피하기 어려워 보입니다.

속보로 다뤄진 보도는 이미 인터넷을 장악해 버린 상태였다. 실시간 검색어는 물론 각종 포털사이트와 SNS를 통해서도 퍼진 장현의 기소 소식에 검찰은 뭇매를 맞고 있었다.

그땐 왜 못 했냐. 이럴 거면 진작 잡아넣었어야지. 욕먹으니까 이제야 수사하는 척하는 거냐는 식의 여론이 주를 이뤘고 다른 한편으론 이제라도 잘됐다는 여론이 형성됐다.

이러나저러나 욕을 먹는 건 검찰이었다. 잘하든 못하든 이미 검찰의 이미지는 국민들에게 신뢰를 잃은 무능한 집단일 뿐이었다.

—한편, 한빛은행장 뇌물 리스트 사건을 제대로 조사하지 못해 이번 재계 비자금 리스트 조사까지 오랜 시간을 들여 국민들에게 심려를 끼쳐 죄송하다며 정호연 검찰 총장은 장현 회장의 기소 소식이 들리자마자 사임을 표했습니다.

장현의 기소 소식을 알리던 기자가 보도 말미에 검찰 총장의 사임 소식을 전해 왔다.

가만히 듣고만 있던 민혁은 고개를 들었다. 앵커가 나오고 빠르게 검찰 총장 사임에 관한 얘기를 쏟아 내기 시작했다.

"시끄럽게 뭐 하러 보고 있어."

그때 TV가 꺼지면서 헨리가 리모컨을 소파에 툭 던지며 다가왔다.

그는 1인용 소파에 앉아 바싹 구워진 빵을 한입 크게 베어 물고는 야구공을 허공에 높이 던지고 받기를 반복했다.

"한국도 뉴스는 시끄럽긴 마찬가지네."

누구보다 뉴스를 가까이해야 할 사람이 헨리였다. 기업 투자와 M&A를 전문으로 하는 그였지만 세상사 시끄러운 것엔 관심이 없었다.

그런데도 제법 알아주는 기업사냥꾼이 된 건 헨리의 안목이 예사가 아님을 시사하는 것이라고 봐도 무방했다.

TV 소리가 사라진 호텔 방 안에 고요함이 찾아왔다. 민혁은 손에 쥐고 있던 서류를 내려놓으며 커피 잔을 들었다.

"오늘 회의는 취소해."

시끄러운 세상일에 관심 없는 건 그도 마찬가지였다.

아버지라는 사람이 기소됐든 말든, 검찰 총장이 사표를 냈든 말든. 누가 검찰 총장이 되든 말든, 한국 소식엔 정말이지 조금도 관심이 없었다.

그저 현재 그의 관심사는 당장 귀국행 티켓을 끊어 놨는데 지지부진 시간만 끌고 있는 K그룹 주주들과 임원진들이었다.

"갑자기 왜?"

허공에 던져졌던 야구공이 손안에 떨어진 순간 공을 움켜쥐고 화들짝 놀란 헨리가 미간을 찌푸리며 물었다.

전문 경영인 선임을 놓고 지지부진 시간을 끌고 있는 주주들과 민혁의 능력을 반신반의하며 부정적으로 바라보는 이사진들 때문에 차일피일 미뤄진 출국이 한 달 남짓 남아 있었다.

대대적인 그룹 개편을 일주일 안에 마무리해야 했다.

그 안에 전문 경영인 선임은 물론이고 K그룹의 방향성을 바로잡아야 하는 작업을 완벽하게 끝내 놔야만 했다. 아무리 자리 욕심이 없다곤 하지만 사적인 자금이 아닌 공적인 자금이 꽤 많이 들었기에 이번 일은 회사 차원에서의 투자로 봐야 했다.

투자 대비 효율성과 이익적인 면이 떨어진다면 기업 이미지가 엉망이 된 K그룹에 투자한 대외적인 명분이 사라지는 것이었다.

눈에 보이는 평가를 얻어 내야 했다. 이미 회사에서 쓸데없는 짓을 했다는 얘기들이 심심치 않게 들려오고 있었다.

하루라도 빨리 한국 상황을 정리하고 돌아가야 하는데 회의를 취소해 버리면 또 시간을 낭비하게 되는 것이었다.

"설마, 오늘 네 동생 선고 공판 가려는 거야?"

아, 그날이 오늘이었나?

민혁은 커피 잔을 내려놓으며 싱겁게 웃었다. 별로 생각하지도 않고 있던 일이었다.

보수적인 한국 사회는 말도 안 되게도 마약 사범에게 참으로 관대하다고 생각했다. 그래서 검사가 무기 징역을 구형했을 때 기대한 바가 없었다.

대충 몇 년 살다가 나오겠거니 했다. 그마저도 싫다면 항소를 하겠지. 그런 뒷일은 궁금하지 않았다. 어차피 이제 장민준은 돌아갈 자리를 잃었다.

"쓸데없는 일에 낭비할 시간이 어디 있어."

"그럼 회의를 왜 취소해. 이사진들 모아 놓고 혼을 내도 모자란 판에."

그룹 내부 분위기는 그야말로 살얼음판을 걷는 듯했고 내부적으론 확인되지 않은 뜬소문들로 평사원들까지 동요하며 일 처리가 더디기만 했다.

일하는 사람이 단 한 명도 없는 것 같은 분위기에 한창 진행 중이던 프로젝트들이 멈춰 버린 게 한두 개가 아니었다.

전반적으로 모든 일이 정상 궤도에 올라야 하는 시점인데도 이사진들은 도통 협조라는 걸 하지 않았다.

이대로 망해 가는 걸 두고 볼 생각이 아니라면 이렇게까지 비협조적일 수 없다는 게 헨리의 생각이었다.

"그 늙은 사람들 장현 눈치 보느라 시간만 끌고 있는 게 분명해."

혹시라도 돌아올까 봐. 그렇게 되면 민혁에게 적극적으로 협조했던 이들을 향해 철퇴라도 휘두를까 봐 몸을 사리는 게 아니라면 현 상황을 달리 해석할 수 없었다.

"돌아올지도 모른다는 기대를 하는 건지, 무서워서 눈치 보는 건지."

민혁은 쓰게 웃으며 햇살이 가득 들어오는 창밖으로 시선을 돌렸다. 음성은 한없이 단조롭기만 했다.

그는 이사진들은 물론 평사원들 사이에서 도는 얘기들을 알고 있었다.

집행 유예 정도로 풀려나게 될 거라고, 잠시 자리를 비운 것뿐이니 돌아오면 배신자들부터 정리되지 않겠느냐고.

"후자 아니겠어?"

야구공을 만지작거리던 헨리는 지레짐작했다. 미치지 않고서야 장현이 돌아올 수 있다는 기대를 하면서 그를 기다리고 있다니. 그런 걸 바로 망상이라고 생각했다.

"스킵된 기획안까지 전부 다시 검토할 테니까 준비해 줘."

"기획안 전부를?"

"부서별로 올라온 올해 하반기 기획안부터 전부."

"내년 하반기까지 프로젝트 기획안이 다 몇 갠 줄 알아?"

"많아 봤자 서류 뭉치들이야."

고리타분한 시각으로 버려진 참신한 아이디어를 찾는 것 또한 중요했다. 버려진 기획안들이 모두 형편없는 것은 아닐 것이다. 최종 결정권자의 시각에 따라 휴지통에 처박혔을 기획안을 빌미로 이사진들을 압박하는 것도 하나의 좋은 방법이었다.

너희들이 없다고 일이 안 될 거 같으냐. 대체할 수 있는 사람이 이렇게나 많다는 걸 보여 줄 좋은 계기가 될 것이다.

"기획안 전부 검토한다고 흘리는 것도 잊지 말고."

헨리의 손에 들린 야구공을 뺏어 들고 일어난 민혁은 그대로 드레스 룸으로 향했다.

법정 안에 감도는 무겁고 차게 가라앉은 분위기였다. 그 속에서 판사는 사건 번호를 읊은 뒤 피고인석을 한번 바라보고는 판결문으로 시선을 옮겼다.

"주문."

판사의 목소리가 나지막이 울렸다. 수의를 입고 변호사 옆에 앉아 있는 장민준의 안색은 썩 좋아 보이지 않았다.

다현은 판사의 말에 귀를 기울이며 마주 앉은 민준의 일그러진 얼굴을 가만히 바라봤다.

그는 이윽고 판사의 말 한 마디 한 마디에 시시각각 표정이 변하기 시작했다.

"피고인 장민준이 마약류로 분류된 의약품인 모르핀을 K메디컬과 K제약을 통해 빼돌리고 투약했다는 검사 측 의견은 정황 증거만 있을 뿐, 실제로 피고인이 불법으로 취하여 투약했다는 증거가 불충분하다. 따라서 피고인의 모르핀 투약 혐의는 인정하지 않는다."

수많은 공소 사실 중 한 가지를 판사는 인정하지 않았다. K제약은 몇 년 전 계열사 정리로 인해 더는 K그룹의 영향력 아래에 놓이지 않은 곳이었다.

오래전 기록들이나 자료 혹은 CCTV 같은 것들이 아직 남아 있을 리 만무했다.

K메디컬 역시 상황은 마찬가지였다. 병원 CCTV는 최대 2년까지밖에 보관하지 않았고 10년이 다 되어 가는 일에 이제 와 증인이 나타날 일도 만무했다.

따라서 증거가 될 만한 것이라곤 골드서클 멤버들의 자잘한 진술들뿐이었다.

그 진술마저 재판부는 정황 증거로만 받아들였지만 명확한 사실로 인정하지 않았다. 그것이 장민준의 시작이었는데, 그 시작을 인정하지 않은 것이다.

내심 불안한 마음을 감출 길이 없어 다현은 불안해진 시선으로 판사를 바라봤다.

"하지만 사교 모임을 통해 대마, 코카인, 엑스터시를 판매한 사실과 피고인이 직접 홍콩을 통해 배편과 항공편으로 대마, 코카인, 엑스터시를 들여온 점은 인정한다."

검사 측이 제출한 증거들을 모두 받아들이고 인정한 처사였다. 어디 하나 모자람 없이 완벽히 피고인의 범죄를 입증해 줄 증거들이었다.

다현과 최 검사는 언제 불안했냐는 듯 회심의 미소를 빙그레 지었다.

반면 피가 날 정도로 입술을 꽉 깨물며 얼굴을 붉히는 장민준은 화를 참지 못해 미세한 떨림이 전신으로 퍼지기 시작했다.

"피고인이 대마초를 흡연하고 코카인과 엑스터시를 직접 투약한 점역시 인정된다. 하지만 피고인 소유의 오피스텔에서 사교 모임의 사람들과 자주 모여 마약 파티를 벌였다는 검사 측 의견은 오피스텔을 클럽 파라곤의 실소유주인 서도철에게 월세로 세를 놓아 준 점, 오피스텔이 클럽 파라곤의 영업장 일부인 점을 보아 인정하지 않는다."

천국과 지옥을 오가는 심정이랄까. 판사의 말 한 마디 한 마디가 법정에 앉아 있는 이들의 마음을 쥐락펴락했다.

"피고인 장민준은 오랜 기간 마약 유통에 가담하였고 영리를 목적으로 마약 판매까지 하였으며 상습적으로 대마, 코카인, 엑스터시를 투약하였다. 이와 같은 행위들은 심각한 범죄이다."

판결 주문이 끝나 가는 듯했다. 생각했던 것만큼만 나와 주면 재판은 성공적이었다.

판사가 인정하지 않는다고 했던 혐의들은 애초에 기대하던 바도 아니었기에 아쉽기는 하지만 담당 검사로서 분통이 터지는 정도는 아니었다. 조금이라도 인정이 됐다면 어느 정도 형량에 영향은 있었을 테니 아쉬운 건 별수 없었다.

다현은 맞은편 피고인석을 가만히 바라봤다. 낯빛이 좋지 않은 민준의 눈빛엔 살기가 보일 정도로 날카로웠다. 그리고 그의 옆에 앉아 담담한 변호사는 피고인의 변호인으로서 재판에 참석한 것이 아닌 듯 판사의 판결문에 귀 기울이지 않는 듯했다.

"또한 피고인은 지난 7월, 징역 5월에 집행 유예 1년의 법정 판결을 받았음에도 같은 범죄를 저지른 것은 결코 반성하고 있다고 볼 수 없다. 따라서……."

다현은 마른침을 삼키며 판사를 향해 고개를 돌렸다. 이 재판의 결과에 따라 골드서클 멤버들과 이준호의 선고 공판 결과도 뒤바뀔 수 있었다.

"피고인 장민준에게 1억 5천만 원을 추징하며 징역 10년을 선고한다."

판결 주문이 끝났다. 피고인에게 법정형이 선고됐다.

그와 동시에 장민준은 화를 참지 못하고 몸을 일으켰다.

"뭐? 지금 뭐랬어!"

앞뒤 생각 없이 덤벼드는 게 약을 하지 못해 한껏 예민해진 성격 때문인지 아니면 원래 그런 사람인지 알 수 없었다.

"피고인! 자중하세요!"

판사의 언성이 높아졌다. 아직 판결문의 반도 읽지 못했는데 피고인이 법정에서 욕설을 내뱉으며 소란을 부리자 판사의 얼굴 역시 보기 싫게 일그러졌다.

장민준은 서둘러 교도관들에게 제지당했다. 옆에 앉은 변호사에게 뭐라고 하는 것 같은데 검사 측 자리에선 그의 읊조리는 소리가 잘 들리지 않았다.

판사는 판결 이유를 차례차례 읽어 내리기 시작했다.

피고인의 범죄 사실을 시작으로 증거의 요지와 법령의 적용, 마지막으로 양형의 이유까지 긴 판결문을 읽은 판사가 텅 빈 방청석을 바라보며 마지막 문장을 읊었다.

"한 차례 집행 유예에도 불구하고 더욱 대범하게 마약을 유통, 판매, 투약한 점 등을 고려하여 주문과 같이 형을 정하여 선고한다."

벌금 1억 5천만 원. 징역 10년의 실형이 최종 선고됐다.

"권 검. 고생했어."

판사가 채 자리를 뜨기도 전에 최 검사가 다현의 등을 토닥이며 나지막한 목소리로 말했다.

"선배님도 고생하셨어요."

다현은 옅은 미소를 보였다. 생각했던 것보다 꽤 많은 추징금과 법정형이 선고돼 놀란 참이었다.

기껏해야 5천만 원 안쪽이나 징역 5년 정도 선고되면 잘 쳐 준 거라고 생각했는데, 생각보다 담당 판사가 꽤 꽉 막힌 사람인 것 같아 다행이었다.

"이거 놔! 재판 다시 해! 다시 하라고!"

교도관들에 의해 법정을 끌려 나가다시피 벗어나면서 민준은 고래고래 소리를 질러 댔다. 그 목소리가 찢어질 듯 고막을 자극해 절로 미간이 찌푸려질 정도로 듣기 싫은 음성이었다.

장민준은 실형이 선고됐으니 구치소에서 교도소로 옮겨질 것이다. 항소한다고 해도 그 재판은 교도소에 수감된 채 진행될 것이다.

"오후 재판도 생각보다 잘 나오겠는데?"

시끄러운 장민준의 목소리가 더는 들리지 않자 슬그머니 몸을 일으킨 최 검사가 너스레를 떨며 방긋 웃었다.

골드서클 마약 파티 사건의 핵심이었던 장민준이 벌금과 실형을 선고받았으니 나머지 재판도 똑같은 흐름으로 갈 수밖에 없는 상황이 됐다.

이준호의 담당 판사는 다른 사람이었지만 골드서클 멤버들의 병합 재판의 판사는 장민준의 담당 판사와 같았다. 기대해 볼 만하다.

다현 역시 오늘 재판 결과가 꽤 마음에 들어 흡족한 듯 최 검사의 너스레에 덩달아 웃으며 가방을 챙겨 들었다.

"수고 많았어요."

그때 민준의 변호사인 지수가 두 사람 앞에 섰다. 그녀는 여전히 차분한 얼굴로 해사한 미소를 띠고 있었다.

"너도 고생 많았어."

지수와 한국대 동문인 최 검사는 지난 재판에서도 그렇고 이번에도 장민준의 변호인으로 자리를 지키고 앉아 있던 그녀를 조금도 반가워하지 않았다.

분명 같은 캠퍼스에서 같은 공간을 공유한 후배인데 대학 때도 썩 친했던 사이가 아니었다. 사석에서조차 만난 적이 없는 건조한 선후배 사이인데 법정에서 만난다고 해서 반가울 리 없었다.

그래도 최 검사는 의례적으로 수고했다는 인사를 건넸다.

"수고하셨어요."

다현 역시 그녀에게 형식적인 인사를 건넸다. 지수는 입꼬리를 올린 채 입을 뗐다.

"나머지 재판들도 문제없겠는데요? 축하해요."

축하받을 일인지 의문이었다. 애초에 이런 일들이 없었다면 어땠을까.

"아마 항소할 거예요."

그녀는 장민준의 변호사였다. 괜한 말이 아닌 걸 안다. 하지만 다현도 최 검사도 대수롭지 않게 여겼다. 이미 장민준이 항소할 거라고 짐작하고 있었고 그에 따른 준비는 이미 철저히 대비 되어 있었다.

"항소심엔 나 말고 다른 변호사가 변호인석에 앉을 거예요."

지수는 싱겁게 웃으며 말했다.

"사임하는 거야?"

최 검사가 의아한 듯 물었다.

그녀는 재판 내내 피고인이자 자신을 변호인으로 선임한 장민준에 대해 변호를 할 생각이 눈곱만큼도 없어 보였다. 그녀가 이제 와 변호

274

인 사임을 하는 것이 의아하기만 했다. 변호할 생각이 없었다면 애초에 왜 장민준의 변호를 맡은 건지 이해할 수 없었다.

"내 소속은 K그룹 법무 팀이에요. 장민준은 이제 회사랑 아무 상관 없는 사람이니까, 더는 법무 팀에서 나설 필요가 없죠. 이제 손 떼라고 하길래 흔쾌히 그런다고 했죠."

미소 뒤에 홀가분함이 엿보였다. 애초에 그녀가 장민준의 변호를 맡게 된 건 K그룹 법무 팀 소속이라는 것이 그녀의 발목을 잡아서였다.

당시 장민준은 K그룹 장현 회장의 아들이었고 그것은 곧 그가 K그룹의 후계자나 다름없었기에 회사 차원에서 나설 수밖에 없는 일이었다.

하지만 법무 팀 이사가 첫 공판을 마치고 회사로 복귀한 그녀에게 선고 공판이 끝나면 장민준의 변호에서 손을 떼라는 말을 해 왔다. 더는 회사 차원의 변호와 지원은 없을 거라며.

범죄자인 것도 모자라 여전히 자기가 뭘 잘못했는지 모르는 머저리 도련님을 변호하는 건 정말이지 감정 노동이나 다름없었다.

항소할 게 뻔한 장민준의 성격에 두 손 두 발 들기 전에 사임할 수 있어서 얼마나 다행인지.

"다음에 기회 되면 또 봐요. 반가웠어요."

선배인 최 검사가 아닌 다현에게 지수는 악수를 건넸다. 그녀의 손을 가만히 바라보던 다현은 쭈뼛거리며 손을 맞잡았지만 다른 말은 일절 하지 않았다.

그렇게 지수는 잔잔한 미소만을 남긴 채 법정을 떠났다.

"쟤도 참 애가 특이해."

최 검사는 고개를 내저으며 옷가지를 챙겼다.

"점심은 간단히 먹고 오자."

"뭐 드실래요?"

오후에 골드서클 멤버들의 병합 재판의 선고 공판이 있었다. 지법으로 다시 돌아와야 했기에 멀리 가지 않으려 했다.

"오늘은 권 검이 먹고 싶은 거로 먹자고."

그렇게 다현은 최 검사와 나란히 법정을 나왔다.

✦   ✦   ✦

한편, 이헌은 지검장의 호출에 검사장실로 걸음을 재촉했다.

호출이 있기 전, 발 빠른 기자들의 기사를 보곤 다현에게 연락하려던 찰나였는데 휴대폰을 채 꺼내기도 전에 그는 검사장실로 향해야만 했다.

옷매무시를 가다듬고 이헌은 검사장실로 들어섰다. 등 뒤로 문이 닫히고 그를 발견한 지검장이 버선발로 반겼다는 말이 떠오를 만큼 자리에서 벌떡 일어나 전에 없이 환한 얼굴로 다가왔다.

"어서 앉게."

그런 지검장에게 이헌은 정중히 고개를 숙였다. 지검장은 걸음을 멈칫하며 이헌에게 다가서던 발걸음을 돌렸다.

지검장이 앉은 자리에서 대각선 방향으로 한 칸 빈자리를 만든 채 소파에 앉은 이헌의 앞에 따뜻한 차 한 잔이 놓였다.

"총장님이 사임했어."

이헌을 앉혀 두고 제일 처음 지검장이 꺼낸 말이었다. 찻잔을 드는 그의 기분이 어쩐지 좋아 보여 이헌은 속으로 한숨을 삼켰다.

자신의 야망을 위해 사임했다는 정호연 검찰 총장과 한배를 탄 사람이 지검장이었다.

아닌 줄 알면서, 그러면 안 된다는 걸 알면서도 검찰 총장의 뜻이 마치 제 뜻인 양 굴던 사람의 모습이라고 하기엔 그 태도가 썩 좋아 보이지 않았다.

"그동안 고생 많았어. 장현이 재판받을지 누가 예상이나 했겠어?"

기분 좋게 따뜻한 차로 들뜬 속을 달랜 지검장은 찻잔을 내려놓고 이헌을 바라보며 격려 비슷한 말을 넌지시 던졌다.

그동안 누구 때문에 고생을 했는데. 중간에서 검찰 총장에게 붙어 윗선의 뜻을 관철하고야 만 사람이 지검장이었다. 이제 와 자신은 깨끗한 척해 봐야 이헌의 눈엔 그저 속물처럼 보일 뿐이었다.

"그래. 재판 준비는 차질 없는 거지?"

그의 물음 속에 염려가 느껴졌다. 지검장의 걱정이 무엇인지 파악하는 건 어려운 일이 아니었다.

재판이 하루라도 빨리 마무리돼 시끄러운 상황들이 더는 없길 바랐다. 그러나 만에 하나 잘못됐을 경우 또다시 장현의 손에 권력이 쥐어지게 될까 노심초사하는 마음이 하나로 뒤엉켰다.

그는 불안한 심리가 겉으로 드러날 정도로 눈에 띄게 입술을 달싹였다.

"준비하고 있습니다."

동문서답이나 다름없는 대답이었다. 그런 이헌의 대답에 지검장은 헛기침을 삼키며 찻잔을 들어 식어 가는 차를 들이켰다.

"주목하는 눈들이 많아."

그러니까 잘하라고, 장현이 이대로 다시 세상 밖으로 모습을 드러내는 일이 없게 하라는 무언의 압박이나 다름없었다. 하지만 이헌은 마치 한 귀로 듣고 한 귀로 흘려버리는 사람처럼 무표정하기만 했다.

속에서 불이 나는 건 지검장이었다. 자신의 말뜻을 이해하지 못할 만큼 눈치 없는 놈이 아닌데 아무것도 모르는 무지렁이처럼 굴고 있는 이헌이 못마땅하기만 했다. 제대로 잘하라고 직언할 수가 없어 더 답답하기만 했다.

지난번 권석윤 전 검찰 총장이자 법무부 장관이었던 어르신의 방문 이후 첫 독대였다.

이헌의 배경을 알게 된 이상 전처럼 굴 수는 없었다. 자신의 편으로 만들 수 없다면 적으로 남겨 둬선 안 된다는 게 그의 생각이었다.

최대한 마찰을 피해야 했다. 새까맣게 어린 후배에게 잘 보여야 자리를 보존할 수 있는 현실에 화가 나는 한편, 정호연 검찰 총장과 같은 전철을 밟지 않으려면 어떻게든 이 조직에서 버텨야 했다.

지난 수십 년, 이 검찰 조직에서 이 자리까지 올라오기 위해 수차례 위기를 겪으며 절망하고 번뇌했다. 어이없이 자리를 뺏길 수는 없지.

"자네, 초임 때부터 계속 중앙 지검에만 있었다지?"

당분간이지만 자세를 한껏 낮추고 몸을 사려서라도 현 상태는 유지해야겠다고 가닥을 잡은 지검장은 이헌에게 넌지시 물었다.

"네."

"문 검사 실력이면 대검에 가도 한참 전에 갔어야 했는데, 많이 늦었네."

차라리 눈앞에서, 자신의 울타리 안에서 지뢰나 다름없는 이헌을 치워야 자리를 지킬 수 있을 거란 생각에 지검장은 무리수를 던졌다.

지검장은 찻잔을 내려놓으며 고개를 들어 사람 좋은 웃음을 흘렸다. 마치 아무 뜻 없다는 듯, 호의로 받아들이라는 듯 압박이라도 하려는 모양새가 분명해 이헌은 입 안이 쓰기만 했다.

"이번엔 대검으로 가야지."

후배를 생각하는 선배의 마음이 아닌 게 분명했다. 미소 속에 감춰진 비열함을 엿본 이헌은 쓴웃음을 삼켰다.

눈앞의 지검장은 당시 중앙 지검 지검장이었던 정호연 검찰 총장이 자신의 검사장실을 물려주고 검찰 총장실로 자리를 옮기면서 동부 지검에서 중앙 지검으로 옮겨 왔다.

한마디로 정호연 검찰 총장 덕분에 승승장구하던 사람이었다.

전 국무총리 로비 리스트가 터졌을 당시에도 정호연 검찰 총장을 임명했던 대통령의 라인이라는 이유로 국무총리를 소환 조사하기까지 꽤 많은 시간 낭비를 하기도 했었다.

현 지검장의 지시로 수사 라인이 엎어지기도 했고 재판까지 고난과 역경이 많았다. 그런데도 이헌은 실형을 받아 냈다.

하지만 인사 고과는 엉망진창이었다. 대검은커녕 당장 책상을 내줘도 문제가 없을 정도였지만 부장 검사와 차장 검사 덕분에 특수 1부에서 지금까지 자리를 지킬 수 있었다.

그럼 뭘 하나. 결국 이헌을 좌천시켰던 장본인 역시 지검장이었다. 그의 말 한마디에 바로 검사실을 비워야 했던 이헌은 사념을 애써 떨쳐 내며 지검장을 바라봤다.

"내가 자네 자리 하나 못 만들어 주겠어?"

성과가 좋은 후배 검사를 추천하는 건 당연한 일이었다.

매번 있는 인사이동에서 조금이라도 나은 자리에, 앞길이 보장되는 자리에 가려고 권력과 가까이 있는 선배 검사에게 줄을 대는 것이 일상이었다.

그렇게 스폰받는 검사가 비일비재해지기 시작했고 그것이 당연해지는 악순환이 반복되면서 제일 청렴해야 할 검찰 조직이 더러워지기 시작한 것이다.

인사권을 틀어쥐고 있는 법무부 장관과 검찰 총장. 그들에게 인재를 추천하는 검사장들과 차장 검사 혹은 그 아래 부장 검사까지.

"마음은 감사하지만 괜찮습니다."

웃는 얼굴에 침을 뱉었다. 이헌은 지검장의 제안을 단칼에 거절했다. 그의 단호한 음성에 웃음기가 사라진 지검장의 입꼬리가 거칠게 올라갔다.

"부담 가질 필요 없어. 잘하는 후배 이끌어 주는 게 나 같은 사람이할 일이지."

잘하는 후배의 범주에 분명 이헌은 없었다. 눈에 거슬려서 치워 버려도 시원치 않을 후배일지언정.

"그동안은 위에 눈치 보느라 소원했지만, 앞으론 걱정할 거 없어."

비틀린 입매가 미소를 짓고 있었지만 분명 좋은 웃음은 아니었다. 귀에 거슬리는 것 없이 부드럽기만 하던 음성이 단단해졌고 날카롭게 꽂히듯 들렸다.

신경이 날카로워진 게 분명했지만 이헌은 아랑곳없었다.

그는 시종일관 무표정한 얼굴을 한 채 필요 이상의 말을 내뱉지 않았다.

굳게 다물고 있던 입술 사이로 어김없이 나지막한 음성이 흘러나왔다.

"대검이든, 지검이든, 지방 지청이든 상관없습니다."

지검장을 바라보는 이헌의 눈빛엔 조금의 흔들림도 찾아볼 수 없었다.

"어딜 가든 제가 검사라는 사실은 변함없을 겁니다."

망설이는 기색 하나 없이 확신에 찬 모습에 이를 꽉 깨문 지검장의 움켜쥔 주먹이 미세하게나마 떨렸다. 그러나 이헌은 그마저도 못 본 체 시선을 거둬 버렸다.

지검장의 의중을 모르는 게 아니었다. 알면서 모른 척할 뿐이었다.

불안하겠지. 위태롭겠지. 동아줄이라 여겼던 검찰 총장이 보기 좋게 물먹는 모습을 목격했다. 뿐만 아니라 자의가 아닌 타의로 자리까지 비웠으니 그다음은 자신의 차례가 아닐까 노심초사하는 마음을 모르지 않았다.

조금이라도 지켜 보려고 눈엣가시 같은 후배 검사를 핑계 좋게 대검으로 치워 버리려는 속셈이 눈에 빤히 보여 우습기만 했다.

검찰 총장 자리에 누가 올지 알고. 끈 떨어진 검사장의 의견은 묵살될 게 뻔한데 어떻게든 버텨 보겠다는 그 마음이 안쓰럽기도 했지만 신경 쓰지 않았다.

"지난 일은 불가항력이었으니 너무 마음에 담아 두지 말고."

애써 모른 척하고 있던 이헌의 시선을 붙잡은 건 어처구니없는 지검장의 변명이었다. 고개를 돌린 이헌은 애써 미소를 지은 채 비틀린 입매를 바로잡는 지검장을 바라보며 입을 뗐다.

"불가항력이었단 말은 적절하지 않은 거 같습니다."

음성의 온도 차가 컸다. 등골에 소름이 돋을 정도로, 뒷덜미의 머리카락이 삐죽 설 만큼 싸늘한 표정과 차게 식은 목소리에 지검장은 숨통이 조이는 듯했다.

"시키는 대로 할 수밖에 없었다고 변명하고 싶으시겠지만, 얼마든지 중재할 수 있는 자리에 앉아 계신 분이 지검장님입니다."

"……."

"애초에 중재할 생각이 없으셨던 거 아닙니까?"

"……."

"그런 건 불가항력이라고 표현하지 않습니다."

시종일관 평이한 대답만 하던 이헌의 태도가 한순간에 돌변하면서 그 눈빛이 내비치는 살기에 지검장은 꿀 먹은 벙어리처럼 아무 말도 하지 못했다.

마치 조사실에 검사와 마주 앉아 신문을 받는 피의자가 된 듯했다.

"지검장님도 검사 아닙니까. 이런 상황을 뭐라고 하는지 잘 아실 거라 생각합니다."

마른침을 꿀꺽 삼켰다.

"우린 이런 상황을 보고 알면서도 동조하고 적극적으로 가담했으니 공범이라고 하죠."

대검 감찰부에서 파고든다면 검찰 총장은 사임으로 끝나지 않을 것이다. 사임하는 것으로 일단락된 게 지검장으로선 천만다행인 일이었다. 죄를 묻고자 한다면 그 타격이 지검장에게까지 고스란히 돌아올 게 뻔했다.

"재판 준비로 바빠서 이만 가 보겠습니다."

그 이상의 말은 줄였다. 피곤하게 지검장과 입씨름할 여유도 시간도 없었다.

이헌은 자리를 박차고 일어나 가볍게 고개를 숙이곤 뒤도 돌아보지 않고 서둘러 지검장실을 벗어났다.

그의 등 뒤에선 어두운 그림자가 지검장을 집어삼킬 뿐이었다.

22장

"피고인 한준형, 조현석, 최지은, 김정민, 이은준, 박상호, 정민석, 이은주, 강호철, 심지윤, 민성현에게 2천 5백만 원을 추징하며…… 징역 3년을 선고한다."

나란히 앉은 피고인들을 향해 판사의 단호한 음성이 마침표를 찍었다.

피고인들의 모든 혐의가 인정됐다. 검사의 구형보다 2년이 감형된 징역 3년이 최종 선고됐다.

주문을 끝으로 판결 이유를 읊기 시작했다. 피고인석에 앉은 이들의 귀엔 판사의 음성이 더는 들리지 않는 듯 얼굴이 하얗게 질렸다. 한편으론 붉으락푸르락해진 이도 있었고 체념한 듯 한숨만 터트리는 이도 있었다.

공판 때처럼 지은은 눈물만 흘렸다. 선고 공판에선 피고인은 물론 검사도 발언할 수 없었다. 오롯이 판사가 작성한 판결문을 처음부터 끝까지 토씨 하나 틀리지 않고 읽어 내리는 일만이 존재했다.

상습적이고 주기적인 마약 투약이 모두 인정됐지만, 자발적으로 약물 중독 치료를 받겠다고 눈물로 호소한 것이 먹혀들어 2년이 감형됐다.

실제로 구속된 이후 보여 주기식인진 몰라도 약물 치료를 받기 시작했다. 하지만 그 효과가 모두에게 보이는 건 아니었다. 피고인들 사이에서 대호그룹 부회장의 딸인 김정민만 눈에 띄게 안색이 좋아진 걸 보니 그녀에게만 그 효과가 있는 듯했다.

"한 차례 집행 유예에도 불구하고 마약을 지속해서 투약하였으나 약물 중독 치료를 받고 있고, 반성하고 있는 점을 고려하여 주문과 같이 형을 정하여 선고한다."

기껏해야 징역 2년에 집행 유예 2, 3년 정도 받을 거라 생각했던 다현은 판사의 선고가 모두 끝나자마자 안도의 숨을 터트렸다.

검사의 구형보다 감형되긴 했지만 애초에 감형을 고려해 형량을 그 두 배로 구형했기에 실망은 없었다. 다만 법률로 정해 놓은 형량이 무의미하기만 한 것 같아 조금 아쉬울 뿐이었다.

"씨발……."

판사가 법정을 나가고 피고인들이 하나둘 자리에서 일어날 때 나지막한 욕설이 유난히 또렷하게 다현의 귓가를 파고들었다.

조현석이었다.

그는 실형을 예상하지 못한 듯 얼굴이 달아올라 상기된 상태였다. 거무튀튀하던 혈색 때문에 검붉어 보이는 얼굴에 다현의 옆에 앉아 있던 최 검사는 혀를 찼다.

수갑을 차고 그대로 교도관들에 의해 법정을 끌려 나가듯 벗어난 조현석은 힘없이 휘청거리기도 했다. 약물 치료를 받는다고 들었는데 그에겐 조금도 효과가 없는 듯했다.

잠깐 치료받았다고 좋아질 문제였으면 애초에 마약에 빠져들 일도 없었을 테니 다현은 동요 하나 없이 몸을 일으켰다.

"드디어 다 끝났네! 권 검사. 수고했어."

드디어 골드서클의 공식적인 공판이 모두 끝났다. 장민준의 항소를 모두가 예상하지만 어쨌든 한숨 돌릴 수 있게 돼 다현은 방긋 웃었다.

특수부로 와서 맡은 첫 사건의 첫 공판이 예상보다 빠르게, 그것도 모두 실형으로 형량을 잘 받아서 기분이 좋았다. 이준호의 선고 공판이 남았지만 장민준과 나머지 피고인들의 재판 결과가 실형으로 나왔으니 문제없을 터였다.

"난 정우 선배 부탁으로 구치소로 나상호 접견 가야 해. 권 검 먼저 들어가."

법정을 나온 최 검사가 말했다.

곧 K그룹 전략 기획실 직원들의 첫 공판이 있었다. 그들의 재판을 맡은 이 검사는 구속 기소 된 성기준 상무와 나상호 팀장의 공판을 동시에 진행 중이라 대호그룹 재판을 맡은 최 검사에게 SOS를 보낸 상태였다.

대호그룹은 기소된 부회장을 비롯해 계열사 임원들 모두가 혐의를 인정했기에 재판이 수월하게 진행될 상황이었다. 비교적 할 일을 덜게 된 김 검사와 최 검사가 MK건설과 K그룹 재판을 도와주고 있었다.

"수고하세요!"

접견을 빙자해 마지막까지 자백을 받아 내기 위해 피의자를 신문하러 가는 최 검사에게 파이팅을 외친 다현은 지법을 나와 지검으로 발걸음을 돌렸다.

엘리베이터에서 내리자마자 그녀는 굳게 닫힌 문 앞에서 가볍게 노크했다.

1024호 특별 수사 제1부 문이헌 검사

이헌의 검사실이었다. 노크 소리와 함께 검사실 안에선 익숙한 실무관의 목소리가 들려왔다. 조심스레 문을 연 다현은 검사실 주인이 없는 것을 확인했다.

"문 검사님 식사하러 가셨어요."

실무관이 다현을 보자마자 말했다. 그녀는 손목시계를 확인했다. 오후 3시를 넘긴 시간에 밥이라니.

"점심을 이제 먹으러 갔다고요?"

"이제 틈이 나서 이 검사님이랑 식사하러 가셨어요."

재판 준비로 정신없는 이헌과 이 검사가 이제야 점심을 먹으러 갔다는 실무관의 말에 다현은 씁쓸한 듯 웃으며 고개를 끄덕였다.

"검사님 들어오시면 찾으셨다고 말씀드릴게요."

대답 대신 실무관님도 고생이 많다며 수고하시라는 인사를 하곤 다현은 발걸음을 돌렸다.

그녀는 재판 준비 지원을 나가 아무도 없는 자신의 검사실로 들어와 책상 위에 가방을 아무렇게나 내팽개쳐 두곤 소파에 털썩 앉아 등받이에 몸을 한껏 기대 눈을 감았다.

한고비를 넘겼다는 사실에 그동안 쌓였던 피로가 한꺼번에 몰려오는 듯했다.

재판 때문에 또 며칠 집에 들어가지 못해 말끔한 겉모습에 비해 머리는 무겁고 눈꺼풀은 좀처럼 떠지지 않았다. 이대로 깨지 않고 이틀 밤은 잘 수 있을 것 같았다.

분명 장민준이 항소를 해 올 텐데, 그에 대한 준비를 미리 해 두었지만 만에 하나라는 것에 대비해야 했다.

몸을 일으켜 책상 앞에 앉아야 하는데 수면의 유혹이 그녀를 가만두지 않았다.

다현이 소파에 앉은 채 삐딱한 자세로 잠이 든 그 순간 노크 소리와 함께 살며시 열린 문틈으로 검은 셔츠 차림의 이헌이 모습을 드러냈다.

그는 기척 하나 없는 검사실로 들어와 소리 없이 문을 조심히 닫고는 소파에 불편하게 앉아 잠들어 있는 다현의 곁으로 다가섰다. 잠든 다현의 한쪽으로 쏠린 고개에 보는 사람이 다 목이 뻐근해지는 것 같았다.

그 모습을 본 이헌은 그녀의 옆에 살포시 앉아 손을 뻗었다. 그의 손이 그녀의 머리에 닿았다. 오른쪽으로 삐딱하게 기울었던 다현의 머리를 받쳐 든 이헌은 자신의 어깨를 내주었다.

잠든 다현을 가만히 내려다보던 이헌도 눈을 감았다. 그녀와 마찬가지로 그도 며칠째 퇴근을 하지 못하고 있었다. 장현의 기소와 더불어 곧바로 재판 준비에 박차를 가하며 쉴 틈조차 없었다.

모처럼 편하게 이헌이 눈을 붙이려던 찰나 까무룩 잠들었던 다현이 눈살을 찌푸리며 눈을 떴다. 머리에 느껴지는 감촉에 화들짝 놀라 고개를 들었다. 시선 끝에 걸린 이헌의 얼굴에 놀란 것도 잠시였다.

눈을 뜬 이헌이 손을 뻗어 왔다. 그의 손길이 자연스레 머문 곳은 그녀의 머리 위였다. 이헌은 다현의 머리를 다독이듯 톡톡 치더니 당연하다는 듯 머리를 쓰다듬었다.

"고생했고, 잘했어."

그의 음성이 부드럽게 귓가를 간질이며 감겨들어 왔다. 이헌의 칭찬은 언제 들어도 들을 때마다 온몸을 전율케 했다.

"기특해, 권다현."

선배가 후배에게 하는 일반적인 칭찬과는 거리가 멀었다. 스승이 제자에게 하는 칭찬이라고 하기에도 괴리감이 상당했지만 다현은 아무 상관 없다는 식이었다.

칭찬은 고래를 춤추게 하는 게 아니라 그녀의 마음을 간질여 종국엔 포근하고 따뜻하게 만들기 충분했다.

"오늘은 일찍 들어가서 쉬어."

✤   ✦   ✤

이 검사와 늦은 점심을 막 먹기 시작할 무렵 식당 TV에서 골드서클 재판 결과가 속보로 나오기 시작했다.

재판 결과가 다현의 예상보다 좋게 나온 듯해 덩달아 기분이 좋아져 공깃밥을 두 그릇이나 비우고 온 길이었다.

큰 고비를 넘겨 한시름 덜어 낸 다현에게 그는 쉬라고 말했다. 그녀는 오늘은 당연히 그럴 자격이 있었다. 하지만 다현은 쉴 생각이 없는

지 고개를 내저었다.

"다들 재판 준비에 정신없는데, 후배가 혼자 집에 가서 어떻게 발 뻗고 잘 수가 있겠어요."

코앞으로 다가온 재판만 네 건이었다. 그녀가 맡은 사건들은 아니었지만 선배들을 백업해 충분히 재판 준비를 도울 수 있었다.

애초에 함께 시작한 사건들이었고 매번 함께 회의를 진행하며 진행 상황을 체크했기에 무리는 없었다.

"일단 오늘은 그래도 돼."

"음⋯⋯."

"내가 누누이 말했지. 체력 관리 잘해야 한다고."

다현은 고개를 끄덕였다. 당장 눈이 감길 정도로 피곤한 건 사실이니까. 며칠 밤을 제대로 자지 못하고 지새웠기에 도움은커녕 방해가 될 수도 있었다.

"그럼 잠시만 이러고 있을게요."

지금 퇴근하면 내일 출근 시간 전까지 이헌과는 단절이었다. 그 생각에 다현은 팔을 뻗어 그의 허리를 감싸 안으며 품 안을 파고들었다.

갑작스러운 다현의 행동에 움찔하던 이헌도 포근한 미소를 띤 채 그녀를 두 팔 가득 안았다.

"집에 가랬더니 방해할 생각이야?"

어쩐지 투정처럼 들려 그의 품을 파고들던 다현이 웃음을 터트렸다.

"문 검사님 얼굴도 매일 보고, 같이 일해서 너무 좋은데 일이 안 끝나니까 그건 진짜 별론 거 같아요."

다현은 맞장구라도 치듯 입을 삐죽이며 투덜대는 어투로 말했다. 가만히 듣고 있던 이헌은 다시금 그녀의 뒷머리를 쓰다듬으며 입을 뗐다.

"내년에 같이 다른 부로 옮겨 달라고 할까?"

그의 손길에 미소로 가득하던 얼굴에 놀란 기색이 역력해진 다현이 고개를 들었다. 이헌의 품에서 몸을 뗀 그녀는 커다란 눈을 껌뻑이며 조심스레 물었다.

"농담이죠?"

어디 가고 싶은 데 없냐며 인사이동에 적극적으로 관여할 것처럼 묻던 조부에게 그가 뭐라고 대답했는지 기억이 나지 않았다. 그 문제로 드릴 말씀이 있다고 했던 것 같은데, 부친과 조부와 함께 서재에서 셋이 무슨 대화를 나눴는지 알 길이 없었다.

이헌은 아무것도 아니라고 했지만 이쯤 되면 그가 조부에게 특수부가 아닌 다른 부로 옮겨 달라 말했을 가능성을 아예 배제할 순 없을 것 같았다.

자신이 아는 문이헌은 절대 조부에게 인사에 관한 얘기를 꺼내지 않았다. 하지만 이헌의 말이 마냥 농담처럼 들리지 않는다는 게 문제였다.

"농담 같은 거 모른다니까."

장난처럼 들리라고 웃으며 말하는 게 분명한데 그녀에겐 도무지 농담처럼 들리지 않았다. 조금도 심각한 얼굴이 아닌데도 진지하게 받아들여야만 할 것 같았다. 그래도 다현은 내색하지 않았다.

"일밖에 모르던 문이헌 검사님 맞으세요?"

농담을 모른다고 하지만 농담처럼 말하는 그에게 그녀 역시 장난스레 대꾸했다. 그녀의 반짝이는 눈을 가만히 바라보던 이헌은 손을 올려 살며시 다현의 얼굴을 감싸 쥐었다.

"누구 덕분에 일 말고도 할 일이 많더라고."

볼을 가볍게 쓰다듬는 그의 손길에 다현은 미소 띤 채 물었다.

"할 일이 뭐예요?"

천진난만한 물음에 이헌은 뺨을 쓰다듬던 손길을 거두고 다현을 품에 꼭 끌어안았다.

"이런 거."

물음에 대한 답이 분명했다. 그는 다현을 품에 꼭 안고 있더니 어깨를 밀쳐 내며 고개를 틀어 그녀의 입술을 가볍게 한 입 베어 물었다.

"이런 것도."

입술을 뗀 그가 말했다. 그의 행동과 대답에 다현이 웃음을 터트렸다. 그녀의 웃음이 이헌에게도 번진 듯 덩달아 미소를 지었다.

일에만 몰두했던 과거의 자신이 불현듯 떠오른 이헌의 미소 속엔 씁쓸함이 서려 있었다.

검사라는 자부심에 이 일이 좋아 앞만 보고 달렸다. 숨 쉴 틈 없이 일만 했다. 그랬더니 남은 게 아무것도 없었다. 여전히 사회는 변하지 않았고, 검찰 조직 역시 꼿꼿했다. 이젠 쉴 틈이 필요한 시간이었다.

잠자는 시간을 빼놓곤 모든 신경이 사건에만 쏠려 있었는데 언젠가부터 다현이 곁에 있을 땐 온통 그녀 생각뿐이었다.

쉴 틈을 찾은 것 같았다.

"더 있다간 방해 제대로 할 거 같으니까 집에 빨리 가야겠어요."

이헌의 품을 벗어난 다현이 몸을 일으켰다. 덩달아 일어나려던 그의 행동을 다현이 제지하고 나섰다.

"데려다줄게."

이헌의 어깨를 내리눌러 그를 다시 소파에 앉혀 둔 다현이 고개를 내저었다.

"해도 쨍쨍한데 데려다준다고 하면 팔불출 소리 들어요."

"차 타고 가."

"별로 멀지도 않잖아요. 지하철 한번 타면 금방이에요. 문 검사님은 일하세요."

데려다주겠다는 이헌을 극구 말린 다현은 허리를 숙여 그의 뺨에 가볍게 입맞춤을 하고는 서둘러 가방을 챙겨 들었다.

"내일 봐요."

이헌이 따라오기라도 할까 봐 걸음을 재촉한 다현은 검사실 문을 닫아 버렸다. 눈 깜짝할 새 다현이 사라졌다. 소파에 앉아 멍하니 있던 이헌은 피식 웃었다.

다현은 눈앞에서 자취를 감췄는데 그녀의 향기가 가득한 검사실은 위험했다.

어느새 그도 몸을 일으켜 주인 없는 검사실을 벗어났다.

❖   ❖   ❖

이른 아침부터 언론과 인터넷이 시끌시끌했다. 역사상 전례가 없던 공판이 무더기로 시작되는 날이기 때문이었다.

대호그룹과 MK건설. 그들이 시작이었다.

불구속으로 기소된 김반석 부회장이 지법 앞에 모습을 드러냈다. 그 상황이 실시간으로 보도되면서 같은 시각 구속으로 호송차에서 내리는 MK건설의 재무 이사와 사장 또한 집중 조명됐다.

두 회사 간의 온도 차는 극심했다. 혐의를 인정했고 모든 업무에서 빠르게 손을 뗀 김반석 부회장에겐 혀를 찰지언정 서로를 탓하기 바쁜 MK건설 측엔 여론의 갖은 질타가 이어졌다.

국면을 제대로 전환한 대호그룹은 조촐하게 단 한 명의 변호인만을 피고인이 된 김반석 부회장의 곁에 세웠다.

반면 MK건설 측은 호화스러운 변호인단을 꾸려 하나의 혐의라도 벗어 보려 안간힘을 써 댔다. 그러면 그럴수록 언론은 대호그룹에만 호의적이었고 편파 보도는 극심해졌지만 그 누구도 그것이 문제라고 지적하는 이가 없었다.

"……정말 죄송합니다."

지법 앞엔 기자들에 의해 세워진 포토 라인에서 김반석 부회장이 허리를 숙였다. 그 장면은 카메라를 통해 고스란히 중계되었다.

그는 경호원 두 명과 변호사 한 명만을 대동한 채 기자들 앞에 섰다. 검은 정장 차림에 말끔한 얼굴이었지만 그 눈빛만큼은 애처롭기 그지없었다.

그는 연신 죄송하다며 고개를 숙인 채 기자들의 플래시 세례에서 빠르게 벗어나 지법 안으로 모습을 감췄다.

"오늘 오후엔 K그룹 전략 기획실 성기준 상무와 석원기 이사, 나상호 팀장의 첫 공판이 열릴 예정입니다. 검찰 측에 따르면 석원기 이사는 모든 혐의를 인정했다고 합니다. 따라서 검찰 조사에 협조적인 석원기 이사의 공판은 빠르게 끝날 것으로 내다보고 있습니다."

김반석 부회장의 모습이 보이지 않자 하나둘 철수를 시작한 포토 라인 앞에서 기자가 마이크를 쥔 채 보도를 이어 나갔다.

오후 공판 역시 전 국민이 주목하고 있을 만큼 중요한 재판이었다. 비자금 규모가 역사상 최고라고 알려진 K그룹 임원들의 첫 공판이 그것이었다.

기자들은 포토 라인을 철수할지언정 지법 앞에서 한시도 자리를 뜨지 않고 서성였다. 곧 모습을 드러낼 K그룹 측의 변호인단을 카메라에 담기 위함이었으며 호송차를 타고 지법 후문을 통해 들어올 피고인들을 포착하기 위해 치열한 눈치 싸움을 벌이고 있었다.

"또한 내일은 K그룹 장현 회장의 첫 공판이 열릴 예정입니다. 검찰 측에 따르면 일정 부분 혐의를 인정한 장현의 재판은 결심까지 다소 시일이 걸릴 것으로 전망하고 있습니다."

마치 기다렸다는 듯 줄줄이 잡힌 공판 일정 속에서 장현의 재판은 다소 이른 감이 있었다. 여론을 의식함과 동시에 정권의 부담으로 작용한 장현의 기소는 하루라도 빨리 사건을 종결시키기 위해 공판 일정이 더욱 빠르게 잡힌 거라고 봐도 무방했다.

K그룹 비자금 관련 공판만 두 건. 장현의 재판까지 도합 세 건.

긴밀하게 연관된 일련의 사건이다 보니 검찰 측 입장으론 공판이 연달아 있는 것도 나쁘진 않았다. 상대방의 재판 분위기와 결과를 지켜보고 자신의 재판을 준비해야 하는 장현에게는 매우 불리하게 작용할 수 있는 공판 날짜였지만 검찰 측엔 매우 유리하다고 봐야 했다.

"한편 장현 회장의 둘째 아들로 알려진 장민준 씨는 마약류 관리에 관한 법률 위반에 따른 재판 결과를 받아들이지 못해 항소한 것으로 알려졌습니다. 장민준의 1심 재판에서 검사 측은 무기 징역을 구형했으며 재판부는 1억 5천만 원의 추징금과 징역 10년을 선고했습니다."

줄줄이 사탕처럼 엮여 나온 재판들에 머리가 어지러울 지경이었다. 카메라 앞에서 사전에 준비해 두었던 대본을 읽는 기자도 헷갈릴 지경이니 사회, 경제면이 하루도 바람 잘 날 없는 게 현실이었다.

"현재 뇌물 수수 혐의로 2심에서 징역 5년을 선고받은 이경제 의원의 차남인 이준호 씨는 장민준이 속해 있던 사교 모임에 마약을 유통한 혐의로 재판을 받았으며 장민준과 마찬가지로 검사 측은 무기 징역을 구형했습니다. 그에 대한 선고 공판은 내일 있을 예정입니다."

한빛은행장 뇌물 리스트 사건으로 잘려 나간 이경제 의원은 10년 구형에 5년 선고를 받고도 항소를 했지만 2심에서 여전히 5년의 구형을 받은 채 욕심을 버리지 못해 그의 재판은 대법원까지 가게 됐다.

덕분에 정치면도 연일 시끄러웠고 그의 아들로 인해 파생된 정, 재계 마약 사건까지 대한민국은 그야말로 지금 바람 앞의 등불과도 같은 형국이었다.

✤　　　✤　　　✤

"주문."

판사의 목소리로 법정 안은 긴장감이 감돌기 시작했다.

"피고인 이준호는 중국 상해와 홍콩에서 대마와 코카인, 엑스터시를 항공편과 배편을 통해 불법적으로 국내로 들여온 혐의가 인정된다. 영리를 목적으로 지속해서 마약을 판매한 점 또한 인정되는 바다."

판사의 입을 통해 흘러나오는 말 한 마디 한 마디에 다현은 마른침을 삼켰다. 장민준이 재판 결과를 받아들이지 못해 항소했다. 하지만 항소심 결과가 바뀔 리 없다는 걸 누구보다 잘 알기에 그녀에겐 이 선고 공판이 골드서클 마약 파티 사건의 마지막 재판이라고 해도 과언이 아니었다.

"혐의를 모두 인정하고 반성하고 있으나 피고인이 공범인 장민준을 통해 공급, 유통한 마약의 양이 상당한 점, 오랜 시간 지속적이자 주기적으로 국외에서 국내로 마약을 유통한 점 역시 인정되는 바다. 또한, 공범의 집행 유예 판결 이후 대마와 코카인에 그치지 않고 엑스터시까지 공급한 것은 재판부를 기만한 행위로 볼 수 있다."

판결문을 읊는 판사의 음성이 단호했다. 그 억양은 한껏 날카로웠다. 법정에 들어선 이후 이준호는 시종일관 허공을 바라봤다. 체념한 듯한 표정으로 읽혔지만 그 속내는 알 수 없었다.

장민준 혹은 제 아비처럼 항소할 수도 있었다. 항소를 해 봤자 자신이 인정한 혐의에선 조금도 감형을 받지 못할 텐데 그 사실을 알면서도 미련을 버리지 못하는 장민준처럼 어리석게 굴 수 있었다.

"이에 피고인 이준호에게 8천 5백만 원을 추징하며, 징역 10년을 선고한다."

판결 주문이 끝났다. 그와 동시에 변호사의 한숨이 터져 나왔고 이준호의 입에선 마른 웃음이 새어 나왔다.

판사가 판결의 이유를 세세히 읊기 시작했다. 변호인단은 더 들을 필요조차 없다는 건지 고개를 내저으며 저들끼리 숙덕거리기 바빴고 이준호는 여전히 허공을 응시한 채 히죽거렸다.

장민준처럼 언성을 높이며 욕을 내뱉지 않는 모습이 의외였다. 재판 결과를 담담히 받아들이는 피고인의 참된 모습처럼 보였다.

재판부는 이준호가 마약을 공급하고 유통한 사실은 모두 인정했고 죄질이 무겁다고 한 것과 달리 10년의 징역만을 선고했다.

수년째 영리를 목적으로 마약을 유통한 사실이 인정되는데도 법률에서 정해 놓은 무기 징역이 받아들여지지 않는다는 사실은 여전히 아이러니했지만 어디 이뿐만일까.

죄질이 무겁기로 따지자면 살인, 성범죄, 폭행 치사도 만만치 않은데 이와 같은 형태의 재판 결과가 나오곤 했다. 그러니 뇌물 수수나 배임, 횡령죄는 두말할 것 없이 그 죄의 무게를 가볍게 내렸다.

이럴 때마다 사법부도 정상은 아니지 싶어 터져 나오는 쓴웃음을 삼킬 수 없었다.

"……국외에서 마약을 유통, 공급한 죄질이 매우 나쁘므로 주문과 같이 형을 정하여 선고한다."

판결문의 마지막 마침표가 끝났다. 판사가 자리를 뜨기 무섭게 피고인 측의 변호인단은 우르르 일어나 이준호를 못 본 체하며 법정을 서둘러 벗어났다.

손목에 차디찬 수갑을 찬 채로 양팔을 교도관에게 붙들린 이준호는 조소를 머금었다. 법정에서 그의 음성은 끝까지 들을 수 없었다. 그가 무슨 생각을 하는지조차 짐작하기 어려웠다.

바로 어제 있었던 대호그룹 김반석 부회장의 재판으로 이준호의 공판에 함께 참여했던 최 검사가 오늘은 다현의 옆자리에 없었다.

최 검사의 속 시원한 한마디를 그리워하며 다현은 몸을 일으켰다. 그녀는 곧 법복을 훌훌 벗어 버리고 가방을 챙겨 들고 법정을 나왔다.

재판이 끝났지만 다현의 발걸음은 또 다른 법정으로 향하고 있었다.

526호

재판 중이라 떠 있는 법정 앞에서 다현은 조심스레 문을 열었다. 안으로 들어서자마자 무거운 공기가 그녀를 맞이했다.

발걸음 소리를 내는 것조차 조심스러운 법정 안은 피고인 장현에 대한 재판이 한창 진행 중이었다.

구속 중인 장현은 수의 대신 하얀 셔츠에 정장 차림으로 피고인석에 평온한 얼굴을 하고 앉아 있었고 그의 곁엔 다섯 명의 변호인들이 있었다.

K그룹의 지분을 가지고 있지만 회장 자리에서 내쫓겨진 그의 변호는 회사 법무 팀이 아닌 외부 법무 팀에서 꾸려졌다. 시안 다음으로 국내에서 덩치가 큰 로펌이었다. 그곳의 파트너 변호사 다섯 명이 붙어 초호화 변호인단이라고 언론 보도를 통해 몇 번이고 강조되기도 했었다.

장현의 검찰 조사 당시 함께 했던 변호사는 보이지 않는 듯했다. 변호해야 하는데, 어떻게든 형량을 낮춰서 받아야 하는데 그럴 자신이 없었는지 사임을 한 듯했다.

법정 뒤편에 조심스레 앉은 다현은 자리에서 일어난 이헌과 수의를 입은 채 증인석에 앉아 있는 석원기를 바라봤다.

사냥개가 주인을 완벽하게 무는 순간이었다.

"증인은 K그룹에서 무슨 일을 하셨습니까."

"……전략 기획실 재무 이사로 재직했습니다."

"재무 이사로서 증인은 무슨 일을 했습니까."

이헌의 질문이 시작됐다. 증인 신문을 한다는 것은 피고인이 자신의 혐의를 인정하지 않았거나, 자신에게 조금이라도 유리한 것만 골라서 범죄 사실을 인정했다는 뜻이 된다.

장현은 이미 검찰 조사 당시 일정 부분 혐의를 인정하면서도 그 규모에 대해선 정확히 아는 바가 없다는 둥, 비자금을 관리하는 석원기 이사나 전략 기획실 임원들의 의견에 따라 최종 결재만 해 줬을 뿐이라며 책임을 회피하고 나섰다.

그 결과 바로 어제 자신의 혐의를 모두 인정하고 법정에서까지 자백을 이어 나간 석원기가 장현의 재판에 증인으로 채택된 것이었다.

숨겨져 있던 장현의 비자금 문건들이 검찰 손에 들어오게 된 경위가 모두 석원기의 USB 덕분이었으니 그의 증언이 무엇보다 중요했다.

"……그룹의 전체 예산을 짜고 관리하고 있습니다."

"구체적으로 무슨 예산을 관리하고 있습니까."

법정 뒤에서 보이는 석원기 이사의 어깨가 유난히 넓어 보였다. 그는 자신을 버린 주인을 문 사냥개가 됐지만 후회하는 기색이 없었다.

장현의 앞에서 검사인 이헌의 질문에 망설임 없이 대답을 이어 나갔다.

"그룹 전체 한 해 예산을 3년 단위로 미리 세워 둡니다. 계열사 예산도 분기별로 세세히 짜 둡니다. 모두 전략 기획실 재무 팀에서 이뤄지는 일입니다.”

장현의 표정은 조금의 변화도 없었다. 말간 얼굴로 정면만 주시한 채 증인석에 앉아 검사의 질문에 미리 준비라도 한 듯 차근차근 대답해 나가는 석원기에게 눈길조차 주지 않았다.

“K그룹 내부 예산은 계열사까지 전부 증인의 손을 거친 후에야 집행이 가능한 거, 맞습니까?”

“네. 그렇습니다.”

정권과 정치권의 압박으로 묻어야만 했던 한빛은행장 뇌물 리스트 사건 때 압수 수색 이후 나왔던 K그룹의 전략 기획실 하드에서 발견한 대외비 문건 또한 같은 맥락이었다.

정권 교체에 따라 작성된 대처 방안과 플랜, 그리고 그에 따른 정치권으로 흘러 들어간 후원금 역시 그룹 예산안에 있지도 않은 직원 사내 교육이란 이름으로 포함시켜 놓고 비자금으로 빼돌려 로비한 것이었다.

그 내막을 속속들이 알고 있는 이헌은 어떤 식으로 증인의 입을 통해 피고인의 혐의를 완벽히 입증할 것인지 사전에 뽑아 놓은 질문지들을 토대로 신문을 이어 갔다.

“그렇다면 증인이 얼마든지 예산안을 조작할 수 있겠습니다?”

“……할 수, 있습니다.”

의미심장한 질문이었다. 어떤 식으로 해석하든 증인이 문서를 위조하고 회계 자료를 조작했다는 대답으로 들릴 만큼 피고인 측을 난감하게 만드는 대답이 터져 나왔다.

그와 동시에 피고인 측의 변호사 한 명이 자리를 박차고 일어나 목청을 높였다.

“재판장님! 검사 측은 유도 신문을 하고 있습니다!”

“자발적이든 타의에 의해서든 증인이 회사 예산안과 회계 자료에 얼마든지 손을 댈 수 있다는 사실을 입증하기 위한 질문입니다.”

검사의 신문에 제지를 가해 달라 호소하는 변호인을 앞에 두고 이헌은 판사를 향해 질문의 뜻을 명확히 밝혔다. 이를 가만히 지켜보고 있던 판사가 묵직하게 입술을 떼 말을 뱉어 냈다.

"검사 측, 인정합니다. 하지만 검사 측은 유도 신문을 유의해 주세요."

"감사합니다, 재판장님."

변호인의 호소가 판사에게 먹혀들지 않은 순간이었다. 변호인은 인상을 쓰면서 자리에 앉아 주먹을 움켜쥐었다.

여론부터 좋지 않게 형성된 의뢰인의 혐의를 입증할 증거들은 차고 넘쳤고, 증인까지 완벽했다.

한마디로 빼도 박도 못 하는 상황. 실형은 살 수 없다는 태도를 고수하고 있는 의뢰인에게 감형하는 쪽으로 노선을 바꾸자는 말조차 하지 못한 채 첫 공판이 열렸다.

그 탓에 다섯 명의 변호인들도 저마다 의견이 달라 난감한 상황에서 검사 측 증인은 툭 건드리면 피고인에게 불리한 대답만을 우수수 내뱉었다.

그들은 알지 못했다. 의뢰인인 장현이 사냥개였던 석원기를 어떻게 잘라 내려 했었는지. 비밀이 많은 그들의 의뢰인은 자신의 변호인단에게 사소한 이야기까지 털어놓지 않았다. 해서 증인의 신문이 이어질수록 사색이 되어 갔다.

"증인. 다시 묻겠습니다. 본인이 관리하는 그룹 전체의 예산안과 회계 장부, 조작 가능합니까."

"……네. 가능합니다."

검사의 질문에 난감한 기색 없이, 거리낌 없이 대답하는 증인을 보며 판사는 잘게 고개를 끄덕였다. 그 모습에 변호인단은 탄식을 삼켜야 했다.

유도 신문을 한다고 호소해 봤자 먹혀들지 않았다. 검사 측 증인이 검사에게 호의적이었다. 강압적인 분위기 속에서 압박하는 듯한 느낌이 아니었다. 판사도 그 점을 인지하고 있기에 피고인 측에선 제지할 수 없었다.

"그렇다면 증인. 예산안과 회계 장부를 조작한 적이 있습니까."

대놓고 물었다. 피고인 측 증인에게 검사가 묻는 것이었다면 대답을 기대하기 어려웠을 테지만 현재 증인석에 앉아 있는 석원기는 검사 측에서 신청한 증인이었다.

그는 분명 단조로운 어조로 당연하다는 듯 묻고 있는 검사의 질문에 성실하게 대답할 게 뻔했다. 대답을 듣지 않았는데도 벌써 그 대답을 들은 것만 같아 변호인단은 차마 못 보겠다는 듯 서로 시선을 돌리기 바빴다.

"······있습니다."

역시나 증인의 대답은 정직했다. 이렇게까지 진실할 거라 생각지 못했던 판사는 다소 놀란 듯 움찔거렸다.

법정 안의 모든 사람의 시선이 일제히 피고인 장현을 향한 순간이었다.

그는 능숙하게 포커페이스를 유지하고 앉아 시선 하나 흐트러짐이 없었다. 이미 자신의 사냥개가 제 목을 물어뜯고 있다는 걸 받아들인 것처럼 보이기도 했다.

"분기별로, 항목별로 예산안을 기본적으로 2배씩 잡아서 결재받고, 실질적으로 집행하는 예산은 따로 결재받아 각 계열사와 부서에 내려보냈습니다."

어제 있었던 자신의 재판에서도 그는 똑같은 말을 했다. 그래서 더욱 증언에 신빙성이 더해지는 순간이었다.

"그렇게 이중 결재를 받으면 조작된 문서와 원본은 어떻게 사용됩니까."

이현의 부드러운 음성이 낮게 퍼졌다. 핵심만 파고드는 날카로운 질문임에도 그의 표정이나 음성엔 조금의 압박도 느껴지지 않았다.

"실제 예산안과 부풀려 놓은 예산안의 차액만큼 차명 계좌로 쪼개넣습니다."

주인이었던 장현의 앞에서, 한 마리의 범 앞에서 그는 조금의 주저함도 없었다. 자신이 한 일에 대해 명확하고 보다 정확하게 설명했다.

이헌은 석원기의 말이 끝나기 무섭게 검사 측 자리에 앉아 있던 이 검사가 건네는 서류 뭉치를 건네받아 증인에게 보여 주며 말을 이어 나갔다.

"거기에 적힌 계좌들이 전부 증인이 앞서 말한 차명 계좌들이 맞습니까."

서류를 받아 든 석원기는 한 장 한 장 꼼꼼히 살핀 뒤 더는 볼 것도 없다는 듯 서류를 덮어 이헌에게 다시 건네며 고개를 끄덕였다.

"네. 맞습니다."

계좌 명의와 그 내역들이 나와 있는 서류 뭉치를 손에 든 이헌은 증인에게 등을 돌린 뒤 재판장을 향해 말을 이어 나갔다.

"재판장님. 이 서류는 사전에 증거물로 제출한 차명 계좌 내역입니다."

판사는 고개를 끄덕였다.

"차명 계좌는 모두 K그룹 임직원들의 명의와 그의 가족 혹은 친지들의 명의를 무단으로 도용하여 사용했으며 이는 금융 실명 거래 및 비밀 보장에 관한 법률 위반 행위입니다."

죄는 늘어만 간다.

"이 차명 계좌는 따로 관리하는 겁니까, 증인."

"차명 계좌 관리는 제가 직접 합니다."

"차명 계좌는 왜 만들었습니까."

"비자금 조성을 위해 만든 겁니다."

주고받는 질문과 대답에 쉼이 없었다. 첫 공판이 오늘 끝나지 못한다면 판사가 증언을 토대로 증거 자료들을 다시 확인할 것이다. 그리고 혹여라도 피고인 측에서 추가 증거 자료나 증인을 신청한다면 2차 공판까지 갈 수 있었다.

재판이 길어질수록 2차, 3차 공판 때까지 쟁점만 논하다가는 여론이 급격히 기울어 검찰의 힘을 잃게 되면 좋을 게 하나도 없었다.

이헌은 검사 측 자리에서 준비해 두었던 증거물이 담긴 지퍼백을 집어 들었다. 원본 USB로, 사본은 증거물로 재판부에 넘겨진 상태였다.

"검찰 조사 당시 증인이 본 검사에게 건넸던 USB입니다."

법정 안의 시선은 또 한 번 증인을 향해 쏠리기 시작했다. 그의 입을 통해 나올 말들이 향후 재판에 끼칠 영향력이 지대할 것이라는 게 모든 이들의 생각이었다.

"증인이 전달한 USB 속에 있던 문건 중 하나입니다."

이헌의 말이 끝남과 동시에 법정 앞에 마련되어 있던 대형 TV 속엔 스캔본으로 보이는 문서가 화면에 떴다. 검사 측 자리에 앉아 TV와 연결된 노트북을 주시하고 있는 건 이 검사였다.

"해당 문서는 K그룹의 문화, 예술 사업의 일원으로 설립된 재단 벗에서 전략 기획실로 올린 결재 서류입니다."

시선은 화면을 향했지만 이헌의 목소리에 귀를 기울였다.

"갤러리 벗에서 판매한 그림값으로 15억 원을 지급하라는 내역서 서명란에 증인의 사인이 되어 있습니다. 이 사인, 증인 것이 맞습니까?"

갤러리에서 판매한 그림값을 재단에서 결제 내역서를 보낸 것부터 어딘가 이상하다고 여기는 사람은 방청석에 앉아 있는 부장 검사와 부부장 검사, 그리고 다현뿐이었다.

피고인 측에 앉아 있는 변호인단은 찝찝하게 여기면서도 내색하지 않았다. 그저 증인에 대한 검사의 신문이 언제 끝날지 시계만 들여다볼 뿐이었다.

"……제 사인이 맞습니다."

"갤러리에서 판매한 그림을 왜 재단에서 K그룹 전략 기획실 재무 이사의 사인을 받아야 하는 겁니까."

이상한 걸 안다.

판도라의 상자 같았던 USB 속 문건들을 하나씩 살펴보면서 그 답을 찾았다. 왜 이런 시스템이 생긴 건지 알면서도 증인의 입으로 들어야 했다. 이미 검찰 조사에서 모두 나왔던 얘기들이었다. 석원기의 진술서에도 빠짐없이 적혀 있었고 그 진술서는 재판부에 넘어간 상황이었다.

그런데도 법정에서 다시 한번 더 짚고 넘어가야만 하는 건 모두 피고인석에 앉아 시종일관 태연해 보이는 장현 때문이었다.

"재판장님! 검사 측은 사건과 무관한 질문으로 사건의 본질을 흐리고 있습니다!"

이번엔 또 다른 변호사가 이헌의 증인 신문에 제지를 가했다. 높아진 언성만큼이나 그 절박함이 판사를 바라보는 눈빛에서 보였다.

"증인이 직접 차명 계좌를 관리하고 있다고 증언했습니다. 그와 관련된 질문이며 무관하지 않습니다."

이헌은 차분하게 반박했다. 변호인단을 바라보던 판사의 시선이 검사를 향했다. 그는 고개를 끄덕이며 입을 뗐다.

"인정합니다. 검사 측, 계속하세요."

이번에도 판사는 검사의 증인 신문에 제지를 가하는 피고인 측의 손을 들어주지 않았다. 입술을 질끈 깨물며 자리에 앉은 변호인은 발을 동동 굴렀다. 뭘 하든 국면이 전환될 기미가 보이지 않아 답답하기만 했다.

비자금을 조성한 것에 대해 인정하나 검찰 조사 결과 밝혀진 규모에 대해선 아는 바가 없다고 피고인 장현은 모든 진술 당시 그렇게 말했다.

그 말은 즉, 비자금이 수천억 원이 된 것에 대해 아는 바가 없다. 자신이 한 일이 아니다로 해석할 수 있었다.

그러나 지금까지 나온 증인의 증언에 따르면 K그룹 전략 기획실에서 비자금을 조성했다는 사실이 드러난 셈이었다. 전략 기획실은 회장 바로 아래에 있는 K그룹의 핵심 부서로 그곳에서 비자금이 조성됐다면 결코 피고인이 몰랐을 리 없었다.

재판은 철저히 검사 측에 유리하게 돌아가고 있었다.

"증인. 왜 그림 대금을 K그룹 측에서 결제하는 겁니까."

기분 나쁜 적막이 흘렀다. 알면서도 묻는 검사의 저의에 피고인 측 변호인들은 서로 눈치를 살피기 바빴다. 피고인 앞에 막힌 이 산을 어떻게 넘어야 할지, 그 돌파구를 좀처럼 찾지 못했다.

그때 마른침을 삼키며 증인이 앙다문 입술을 뗐다.

"……회사에서 그림을 삽니다."

"매달 왜 이렇게 많은 그림을 사는 겁니까."

이헌의 손끝은 TV 화면을 향해 있었다. 화면 속에 질서 정연하게 띄워진 것은 갤러리에서 재단으로, 재단에서 K그룹 전략 기획실로 보내진 결재서였다.

이헌은 손에 쥐고 있던 포인터의 버튼을 쉴 새 없이 눌러 댔다. 그럴 때마다 화면이 휙휙 바뀌었다. 석원기가 건넨 USB에는 없던 문서들이었다. 재단과 갤러리를 압수 수색 했을 당시 발견된 문서들이었으니 증인석에 앉아 화면을 보고 있던 석원기도 흠칫 놀란 듯 보였다.

수십, 수백 건의 서류들이 빠르게 지나갔다. 손톱을 못살게 굴면서 바짝바짝 타들어 가는 입술을 혀끝으로 건드려 대던 석원기는 곧장 말을 이어 나갔다.

"그림을 사면, 그 값의 일부는 작가와 갤러리로 가고…… 나머진 재단 차명 계좌를 통해 비자금으로 조성합니다."

사전에 알지 못했던 일이었지만 그는 망설임 없이 대답했다. 물러설 곳이 없었다. 이미 주인에게 버림을 받은 사냥개였고 주인을 물어 버릴 작정으로 증인석에 앉았으니 뒤를 돌아볼 생각을 할 수 없었다.

"사회 문화 예술 사업의 일원으로 재단을 설립한 거로 알고 있는데, 애초부터 비자금 조성이 목적이었습니까?"

순간 검찰 조사실에 앉아 있을 때가 떠올라 석원기는 말문이 탁 막혀 버렸다. 법정에서 이렇게까지 자세하게, 세세하게 파고들 거라는 생각을 하지 못했던 탓이었다.

자신은 증인으로서 법정에 앉아 있었다. 검사인 이헌은 마치 증인이 피고인이라도 된 듯 사납게 물었다.

법정 안은 숨소리조차 거슬릴 만큼 고요해졌다. 증인의 입에서 나올 말에 귀 기울이며 숨죽여 마주한 두 사람을 바라봤다. 갈라진 입술을 달싹이던 석원기가 숨을 크게 내뱉으며 입을 뗐다.

"……그런 줄 알고 있습니다."

재단 설립의 목적이 비자금 조성에 있었다는 대답에 시종일관 태연하기만 하던 피고인 장현이 눈살을 찌푸렸다. 다 같이 죽자는 마음이 아니고서야 법정에서 이렇게까지 전부 실토할 줄은 상상도 하지 못했던 사람처럼 장현은 이를 꽉 깨물었다.

이럴 줄 알았으면 석원기에게 총대를 주지 말고 그 총으로 쏴 버릴 것을. 저놈만 아니었으면 그 USB도 검찰 손에 넘어가지 않았을 텐데. 이렇게까지 낱낱이 까발려져 벌거벗겨지진 않았을 텐데.

애초에 죽여 버렸어야 했다. 쓸모없어진 사냥개에게 너무 많은 걸 맡겨 버렸다.

그런 생각들이 머릿속을 잠식해 버리자 비틀린 입매 사이로 새어 나온 조소와 살기 띤 눈빛이 이내 증인석을 향했다. 그러나 석원기는 자신을 향해 느껴지는 따가운 눈총을 애써 무시하며 증언을 이어 나갔다.

"페이퍼 컴퍼니를 통한 자금 세탁도 한계가 있었고, 회장님의 지시로 전략 기획실에서 비자금 조성을 위한 플랜을 짜고 기획안을 작성했습니다."

K그룹의, 피고인 장현의 비자금을 관리하는 사람의 입에서 나온 말은 서기에 의해 빠르게 기록되었다.

"이게 그 플랜이 담긴 기획안입니까."

포인터를 한 번 딸깍 누르며 이헌은 증인이 화면을 잘 볼 수 있도록 한 발짝 옆으로 물러났다. 화면 속엔 이헌이 언론사에 제보했던 대외비 문건 중에서 일부러 빼놓았던 부분이었다. 정권이 어느 당으로 바뀌느냐에 따라 짜 놓은 플랜도 함께 있었지만, 훗날을 도모하기 위해 그 문건들은 따로 증거로 채택하지 않았다.

"이 중에서 재단 사업과 갤러리가 선택된 겁니까?"

기획안이라는 타이틀로 비자금 조성을 위해 총 세 가지 방법이 제시되어 있었다. 기획안 작성은 10년도 더 지난 일이었지만 그중 첫 번째가 재단이었고 두 번째가 갤러리, 세 번째가 조세 피난처를 통한 비자금 조성이었다.

결과적으론 첫 번째, 두 번째도 모자라 세 번째 방법까지 동원해 비자금을 조성했지만, 그 얘긴 장현을 통해 직접 듣는 것을 선택한 이헌은 문서의 뒷부분은 따로 언급하지 않았다.

"……그렇습니다."

"그래서 피고인의 결재를 받아 재단이 설립됐고 갤러리까지 오픈했네요."

화면 속 스크롤이 올라갔다. 기획안 상단에 있는 3개의 서명란에 재단 관계자와 재무 이사 그리고 회장 순으로 친필 사인이 남겨져 있었다.

비자금 조성의 루트를 알지 못한다고, 그래서 인정할 수 없다던 피고인의 모두 진술을 뒤엎는 증언과 증거였다.

분명 참고인 진술 때도, 구속 후 피고인 진술 때도 친필 사인에 대해 이헌은 장현에게 두 번씩이나 언급했었다. 본인의 사인이 맞느냐 물었고 친필 감정까지 받았다는 검사의 말에 그렇다고 대답한 장현이었다.

그런데 그는 법정에서 자신의 검찰 진술을 뒤엎는 모두 진술을 했다. 검사의 강요에 의한 진술이라고 밀어붙이자는 변호인단의 의견을 받아들인 것이었다.

하지만 증인이 증언을 해 버리니 난감해진 건 피고인의 변호인단이었다. 그들은 석원기와 장현 사이에서 일어난 세세한 일들을 조금도 알지 못했다.

이렇게까지 증인이 모든 것을, 자세하게 증언할 거라고 생각지도 못했기에 식은땀을 흘리며 초조해했다. 이건 명백히 사냥개를 버렸다는 얘기를 변호인단에게 하지 않았던 장현의 안일함이 낳은 뼈아픈 결과였다.

"비자금과 관련된 건 회장님의 결재 없이는 진행할 수 없고, 진행되지도 않습니다."

증인의 시선은 정면을 향했다. 검사가 아닌 판사에게 하는 말이었다. 빈틈없이 단단한 음성에 판사의 시선이 증인을 향했다.

"피고인의 친필 사인이 되어 있는 비자금 관련 서류들을 사전에 증거물로 제출했습니다. 친필 감정서까지 함께 첨부해 제출하였으니 재판장님, 다시 한번 확인해 주시기 바랍니다."

법정 앞을 향해 몸을 돌린 이헌은 판사를 바라보며 말했다.

"증인 신문은 이것으로 마칩니다."

이헌은 곧바로 자리로 돌아가 앉았다. 증인의 증언은 딱 여기까지만이었다.

장현의 혐의가 인정될 만한 증거 자료들이 가득한 USB를 건네준 것만으로도 이미 충분했다. 하지만 그것의 출처에 대해 명확히 하기 위해 증인석에 앉아 달라고 부탁했었다.

출처가 불분명하면 재판부에서 증거로 채택하지 않을 가능성이 농후했고 피고인 측에서도 증거로 인정하지 않는다고 나올 수 있었다. 그들에겐 장현의 치부가 낱낱이 담긴 USB는 판도라의 상자 그 이상이었다.

"피고인 측. 반대 신문 하세요."

판사의 말에 다섯 명의 변호인들은 서로 눈치를 살피기 시작했다.

뭔가 더 있을 거라고 생각했던 검사의 증인 신문이 이렇게 끝난 것에 대해 의구심을 표했다.

한편 검사 측에 이토록 우호적으로 나오는 증인에게 반대 신문을 한다면 비협조적으로 나올 게 뻔하니 피고인에게 전혀 도움이 되지 않을 거라는 생각이 지배적이었다.

분명 검사 측에서 신청한 증인에 대해 사전 준비와 질문들도 완벽하게 준비했는데, 변호인단이 모르는 증인과 피고인 사이의 무언가가 자꾸 걸려서 몸을 사릴 수밖에 없게 분위기가 조성됐다.

그런 변호인단을 보며 장현은 또 한 번 조소를 흘렸다. 이런 머저리들에겐 수십억 원의 수임료가 아까울 뿐이었다.

"……반대 신문, 하지 않겠습니다."

서로 눈빛을 주고받던 변호인단 가운데 연수원 기수가 가장 높은 파트너 변호사 한 명이 증인의 반대 신문을 포기하고 나섰다. 피고인의 눈치를 보느라 선뜻 나서지 못하는 후배들을 대신한 것이다.

"반대 신문 하지 않아도 정말 괜찮습니까."

판사가 물었다. 자리에서 일어난 변호인이 짧게 대답했다. 그는 재판부에 제출하기 위해 사전에 준비해 뒀던 반대 신문 사항을 가볍게 구겨 버렸다.

"그럼 바로 다음으로 넘어가겠습니다."

판사가 피고인을 불렀다. 장현이 자리에서 일어나 증인석이었던 자리로 가 앉았다. 피고인 신문이 시작된 것이다.

✛　　　✛　　　✛

피고인 측에서 장현의 비서실장을 증인으로 채택해 달라며 변론 재개를 신청했다. 검사 측은 증인 채택을 받아들였고 결국 장현의 재판은 2차까지 이어지게 됐다.

피고인 신문에서 장현은 검사의 강요에 의한 진술이었다며 참고인 진술과 피의자 진술 당시 인정했던 혐의들을 부인했다. 그래서 비서실장을 증인으로 채택해 달라던 피고인 측의 의견을 받아들였다.

나쁘지 않은, 오히려 검사 측으로선 좋은 일이었다. 참고인 조사 당시 일부러 비서실장을 빼놓았던 이헌이었다. 누구보다 장현의 가까이에서 그를 살피고 보필하는 사람으로서 모르는 것보다 아는 게 더 많은 사람은 비서실장임이 틀림없었다.

그가 숨기고 있는 것이 무엇이든 법정이 주는 위압감 속에서 터트릴 말들이 참고인 조사보다 더 낫다는 판단에 마지막까지 숨겨 놓았던 카드였다.

그 카드를 보기 좋게 피고인 측에서 먼저 꺼내 주었으니 반대할 이유가 없었다. 어차피 혐의에 대한 증거들은 완벽했고 여차하면 법정에서 뇌물 리스트를 흘리게 되면 판세는 더욱 기울 테니 어느 쪽으로든 문제없었다.

"배고픈데 저녁이나 먹고 들어가자."

지법을 나오면서 이 검사가 주린 배를 움켜쥐고 말했다.

"지검 앞에 일식집 괜찮은 거 하나 생겼는데, 맛있더라."

"바빴는데 거긴 또 언제 갔다 오셨습니까."

농담인 듯 진담 같은 이헌의 말에 이 검사가 그의 옆구리를 푹 찌르며 능글맞은 웃음을 흘렸다.

"어제 여은이랑 갔었지."

앞서 걷던 이헌이 멈칫하며 걸음을 멈추고는 고개를 획 돌렸다.

"형수님이랑 다시 합치시는 겁니까?"

"무, 무슨 소리야! 그냥 밥 한번 먹은 거야!"

이헌의 진지한 물음에 이 검사는 화들짝 놀라며 손사래를 쳤다. 자연스레 전처의 이름이 나왔다. 그걸 이런 식으로 해석할 줄 몰랐던 탓에 이 검사는 말도 안 된다며 고개를 내저었다.

"저만 수상한 겁니까?"

"전처랑 밥 먹는 게 왜, 왜 수상해!"

"그냥 그렇다는 겁니다. 강하게 부정하시니까 더 수상한데요."

"밥만 먹은 거야!"

"알겠습니다."

"진짜라니까!"

"네. 그렇게 알고 있겠습니다."

저 꽉 막힌 놈! 이 검사는 속으로 구시렁거리며 이헌을 뒤따랐다.

절대 합치는 게 아니라고, 일이 있어서 근처에 왔다기에 정말 밥만 먹은 게 다라며 지검에 도착할 때까지 이헌에게 변명을 늘어놓았다.

변명할 필요도 없는데 마치 잘못을 저지른 사람처럼 후배에게 쩔쩔매는 꼴이라니. 스스로가 어처구니없었지만 엘리베이터에 타서까지 이 검사는 전처와 아무 사이도 아니라며 손사래를 쳤다.

"어디까지 따라오시려고요."

이헌을 바라보며 조잘거리던 이 검사가 눈을 깜빡거렸다. 이헌의 눈 빛이 검사실 옆에 붙은 명판을 가리켰다.

1027호 특별 수사 제1부 권다현 검사

이헌의 검사실이 아니었다. 다현의 이름을 발견하고 나서야 이 검사 는 멋쩍은 듯 웃으며 한 발 뒤로 물러났다.

"내일 보자고!"

그러더니 손을 흔들며 이 검사는 자신의 검사실로 재빠르게 사라졌 다. 조잘거리던 이 검사가 사라진 복도에서 이헌은 굳게 닫힌 다현의 검사실 문에 가볍게 노크를 했다.

"네, 들어오세요."

검사실 안에서 다현의 목소리가 들려왔다. 문고리를 돌려 문을 연 이헌은 텅 빈 검사실에서 책상 앞에 앉아 있는 다현을 발견했다.

법정에서 증인 신문이 끝나고 자리에 앉았을 때 분명 방청석에서 다 현을 봤었다. 그런데 피의자 신문이 끝났을 때 그녀는 자리에 없었다. 부장 검사와 부부장 검사는 재판이 끝날 때까지 방청석에 자리를 지키 고 있었던 반면, 다현은 언제 가 버린 건지 그녀의 모습을 찾을 수 없었 다.

다현은 당연하다는 듯 자신의 검사실 책상 앞에 앉아 일하고 있었 다. 법정에서 분명 허깨비를 본 게 아닐 텐데. 이헌은 검사실 안으로 걸 음을 옮겼다.

"언제 끝났어요?"

서류에 시선을 고정하고 있던 다현이 노크 소리와 함께 검사실 안으 로 모습을 드러낸 이헌을 보며 환하게 웃었다. 종일 쌓여 있던 피로감이 사라지는 기분이었다.

그는 어느새 다현의 책상 앞에 있는 테이블에 기대섰다. 들려 있던 가방을 테이블에 내려놓는 이헌을 보며 그녀는 책상을 돌아 나와 그의 앞에 섰다.

"오늘 너무 수고했어요."

두 팔을 벌려 그를 꼭 안아 주며 다현은 미소 지었다.

검사 측과 피고인 측의 피의자 신문이 얼추 끝날 때쯤 그녀는 법정을 나왔다. 재판 결과는 장민준의 항소심을 준비하면서 기사를 통해 접했다. 불과 5분 전에.

재판만 몇 시간을 한 건지. 거기다 2차 재판까지 준비해야 하는 이헌이 안쓰럽기만 했다.

일밖에 모르는 천하의 문이헌을 안쓰러워하는 사람이 있다는 걸 선배들이 알게 된다면 징그럽다고들 하겠지만 솔직한 그녀의 심정이었다.

그동안 멀쩡하기만 하던 그의 혈색이 며칠 사이에 부쩍 나빠져 있었고 볼살이 쏙 빠져 핼쑥해져 버렸다. 누적된 피로와 고단함, 그리고 알게 모르게 쌓인 스트레스가 터진 듯했다.

"권다현도 오늘 수고했어."

그는 옅은 미소를 머금은 채 다현의 품에 안겨 말했다.

"잘했어."

손을 뻗어 올린 이헌은 그녀의 머리를 부드럽게 쓰다듬었다. 이준호의 선고 공판 결과에 대한 칭찬이 분명했다. 장현의 1차 재판이 끝나자마자 부장 검사에게서 들은 기분 좋은 얘기였다.

특수부 검사로서의 첫 사건의 재판 결과가 모두 좋게 나온 다현이 그는 기특하기만 했다. 이럴 땐 무슨 말을 해 줘야 하는지 몰라 잘했다는 말만 되풀이했다.

"너무 잘했어."

그러면서 다현의 어깨에 고개를 푹 파묻었다. 잘했다고 칭찬을 더

해 주고 싶은데, 그녀에게 기대고도 싶은 건 분명한 모순이었다.

"2차 공판 때문에 또 제대로 쉬지도 못하고……. 진짜 다른 부로 옮겨 달라고 할까 봐요."

어깨에 얼굴을 파묻고 기댄 이헌의 등을 토닥이며 다현이 퉁명스레 말했다. 제대로 쉬지도 못하는 건 그녀도 마찬가지였다. 장민준이 항소를 하는 바람에 항소심 준비를 해야 했다. 오늘 선고 공판을 마친 이준호 측에서도 항소한다면 마찬가지.

끝날 때까지 끝난 게 아니었다.

"권다현이 잘도 그러겠다."

다현의 품에서 이헌이 싱겁게 웃으며 대꾸했다. 특수부에서 다른 부로 옮겨 달라고 말해 볼까 하던 사람이 분명한데 모른 척하는 걸 보면 괜한 기우였다고, 괜한 걱정이었다고 그녀는 생각했다.

다현의 웃음에 이헌은 이내 그녀의 품에서 고개를 들고 상체를 일으켰다. 다현의 품에서 벗어난 그는 그녀와 마주 선 채로 느슨하게 묶여 흘러내린 머리카락을 쓸어 넘겨 주며 말했다.

"뭐 하고 있었어?"

"항소심 준비 중이었어요."

"최 선배한테 들었는데. 항소심까지 공판 전에 다 준비해 놨다고."

"한 꼼꼼 해서 미리 준비는 해 놨지만, 그래도 만에 하나라는 게 있으니까요. 혹시나 해서 다시 살펴보는 중이었어요."

안일한 검사가 되고 싶지 않았다. 맡은 사건엔 최선을 다하고 최고의 결과가 나와야 한다고 생각했다. 동부 지검에 근무했을 당시 그녀에게 배당 온 사건은 재배당이 없을 정도였으니 악바리 같은 집요함은 정평이 나 있었다.

그러니 하지 말라는데, 이헌이 그토록 신경 쓰지 말라던 골드서클 사건을 끝까지 물고 늘어져 모두 실형을 선고받았다.

"누구한테 배웠는지 몰라도 잘 배웠네."

우스갯소리가 분명한데 반박할 수 없어 다현은 고개를 끄덕였다. 검사로서의 집요함과 근성은 이헌 못지않았다.

물론 하지 말라는 것도 제 욕심에 멋대로 한다는 게 문제였지만 이렇게 한 뼘 더 성장해 가는 계기가 될 테니 이헌은 굳이 입에 올리지 않았다.

"오늘 오랜만에 같이 퇴근할까요?"

이헌의 손을 붙잡은 채 다현이 물었다. 이헌은 몸을 일으키며 대답했다.

"그래. 그러자."

벌써 퇴근 시간이 훌쩍 넘은 시간이었지만 모처럼 이른 퇴근임은 분명했다. 이헌은 다현의 손을 꼭 붙잡고 그녀의 검사실을 나왔다. 마치 두 사람을 기다렸다는 듯 엘리베이터는 10층에 멈춰 서 있는 채였다.

서둘러 엘리베이터에 올라탔다. 두 사람을 태운 엘리베이터는 빠르게 1층으로 향했다.

"저녁 먹고 들어가자."

"오늘은 선배 먹고 싶은 거로 해요."

이헌의 팔에 매달리듯 팔짱을 끼며 다현이 말했다. 그는 잠깐 생각하는 듯하더니 이내 입을 뗐다.

"지검 앞에 일식집 생겼다더라."

엘리베이터에서 내리며 그가 말했다.

"그래요?"

"맛이 괜찮다더라고."

"누가 그래요?"

"정우 선배."

"어제까지 재판 때문에 바빴을 텐데 언제 갔었대?"

"형수님이랑 어제 저녁 먹으러."

지검을 나오자 가을밤 찬바람이 몸을 감쌌다. 순간 불어온 바람에 머리카락이 휘날리던 다현은 멈칫했다.

"형수님이요?"

뭘 잘못 들었나 싶어 다현은 되물었다. 계단을 내려가는 이헌의 발걸음은 가볍기만 했다.

"이 검사님 만나는 분 있었어요?"

팔짱을 낀 채 그를 따라 걷는 다현은 호기심 가득한 눈으로 이헌을 바라봤다.

이 검사의 이혼 사유는 대충 알고 있지만 그가 언제 돌싱이 됐는지 다현은 알지 못했다. 하여튼 그녀가 특수부로 발령을 받고 왔을 땐 이미 이 검사는 돌싱이 되어 있었다.

요즘 세상에 이혼한 게 뭐가 흠이라고. 정우 선배의 나이와 능력이면 얼마든지 새 사람을 만나 재혼하는 것도 나쁘지 않다고 생각하며 다현은 넌지시 물었다.

"연애는 무슨. 바빠서 집에 갈 시간도 없는 건 선배도 마찬가지야."

그래서 이혼을 했다고. 집엘 못 가서 이혼한 거라고 사족을 달진 않았다. 바빠서 집엘 못 가는 건 이 검사의 전처도 마찬가지였다. 의사 아내도 검사 남편도 서로 일이 너무 바빠서, 가정을 돌보는 대신 일에만 치우친 삶을 살다 보니 자연스레 이혼까지 가게 된 것이었다.

"그럼 형수님이 누군데요?"

"전 형수님."

"전 형수님이면…… 설마!"

"맞아. 이혼한 형수님."

어느새 일식집에 다다랐고 다현은 벌어졌던 입을 다물었다.

"자세한 건 몰라. 오늘 일식집 얘기 하다가 갑자기 나온 얘기야."

직원의 안내를 받으며 작은 방으로 들어갔다. 이헌과 마주 앉은 채로 다현은 물 잔에 따뜻한 녹차를 따르며 말했다.

"다시 잘됐으면 좋겠어요."

비록 이헌이 말하는 전 형수님, 즉 이 검사의 전처를 알지는 못하지만 그냥 그랬으면 했다.

"거기 걱정은 하지 말고 우리 걱정이나 해."

A코스로 주문을 마친 이헌이 녹차 향을 맡으며 말했다. 그의 입 안
엔 어느새 따뜻한 녹차가 그윽이 퍼졌다.

"우리 걱정이요? 우리가 무슨 걱정이 있다고."

걱정이라곤 조금도 없다는 듯 잔을 들어 녹차를 마시려던 다현이 퉁
명스레 말하자 이헌은 녹차가 담긴 잔을 내려놓으며 대꾸했다.

"재판도 대충 끝나 가고, 상견례 해야지."

녹차를 마시던 다현이 이헌의 말에 사레가 들려 컥컥댔다. 그녀는
가슴 중앙을 손으로 가볍게 내려치며 따가운 눈총을 그에게 보냈다.

매번 밥 먹을 때마다 생각지도 못한 말들을 툭툭 무심히 내뱉는 이
헌에게 약이 올랐다.

벌써 몇 번쨀지. 좋은데 얄미운 건 별개였다.

"상견례는 시간 봐서 우리가 정하고 부모님께 말씀드리는 게 좋을
거 같아요. 우리도 비는 시간이 언젠지 아직 정확하지 않으니까."

상견례라니. 아직 거기까지 생각하지도 못했던 다현이었지만 서둘러
태연한 척, 미리 다 생각을 해 본 척 능청스레 대꾸해 나갔다.

사실 재판 준비와 함께 연이은 재판들에 상견례는커녕 이헌에게 프
러포즈를 받았다는 사실 자체를 잊고 있었다고 하는 게 맞을 만큼 그동
안 정신이 없었다.

손에 끼워진 반지만 없었다면 꿈이었을까 싶을 정도로 믿기지 않는
현실이기도 했다.

결혼하기 싫다고 그렇게 할아버지를 피해 도망만 다니던 제가 결혼
이라니. 그것도 불쑥 좋아한다고 고백했던 첫사랑 지도 검사와. 그동안
믿기지 않는 일투성이였기에 아직도 가끔 꿈인가 싶다가 눈앞의 이헌
을 보면 현실인 걸 깨달아 웃음이 새어 나왔다.

정말 이 남자가 내 앞에 있구나.

이 사람이랑 사랑이란 걸 하는구나.

진짜 내 사람이구나.

"상견례 전에 같이 갈 데가 있어."

"어디요?"

이헌을 보며 웃고 있던 다현은 그의 말에 고개를 갸웃거렸다.

"결혼식."

이건 또 무슨 말인가.

"우리 형 결혼식."

괜히 놀라 순간 굳었던 얼굴에서 안도의 미소가 찾아왔다.

"2주 뒤였나? 형 결혼식이 있어. 너랑 같이 오라고 청첩장 받았거든."

이헌의 입에서 가족 얘기를 듣는 건 처음이었다. 그에게 형이 있다는 건 선배 검사들을 통해 알고 있었지만 직접 듣는 건 역시 처음이었다.

"상견례도 안 했는데 결혼식에 가면 집안 어르신들이 놀라는 건 아닐까요?"

집안 어르신들이라 칭했지만 실은 이헌의 부모님을 에둘러 말하는 것이었다.

가벼운 노크 소리와 함께 종업원이 코스 요리 일부를 내왔다. 테이블 위에 가벼운 죽과 계란찜, 샐러드와 해산물 몇 가지가 놓였다.

이헌이 젓가락을 들자 종업원이 룸을 나갔다.

"걱정하지 마. 집안 어르신들은 너 말고 날 봐서 놀랄 거야."

그게 무슨 말이냐고 다현이 물었다.

"내가 집안 행사에 안 간 지 오래됐거든. 물론 집에도 잘 안 가고."

"아들이 정말 너무하네."

이헌의 말에 다현은 젓가락을 입에 문 채 고개를 내저었다.

"집에 잘 안 가는 건 권다현도 마찬가지인 거 같은데."

정곡을 찔린 듯 다현은 멋쩍은 듯 웃었다. 바빠서 못 가는 건 둘째 치고 잔소리를 피해 가지 않는 것이었다.

결혼하라는 조부의 끈질긴 잔소리를 피해 가지 않는 것이었는데, 이젠 결혼을 하겠다고 했으니 조부의 잔소리에 막이 내린 것이나 다름없었다.

이제 본가에 가지 않을 이유는 바쁜 것 말고 아무것도 없었다.

"밥 먹고 오랜만에 영화 보러 갈까?"

감도는 윤기에 신선해 보이는 회 한 점을 집어 든 이헌이 물었다. 다현은 고개를 세차게 끄덕이며 대답했다.

"보고 싶은 거 있어요!"

한창 바쁘기 전, 이헌과 공식적인 첫 데이트로 봤던 영화가 마지막 영화였다.

그때 갔던 영화관을 마지막으로 밖에서 데이트다운 데이트를 해 보지 못했던 것 같다. 일만 하다가 모처럼 찾아온 여유에 괜히 기분이 들뜨는 그녀였다.

✦ ✦ ✦

"캐러멜 팝콘이랑 콜라 큰 거 하나요."

티켓을 발권하러 간 이헌이 다가와 스트로우를 무심히 건넸다. 모처럼 시간에 쫓기지 않고 마음 편히 밥을 먹어 포만감이 상당했지만 팝콘을 빠트릴 순 없었다.

다현의 품엔 어느새 달달하고 고소한 팝콘 통이 보기 좋게 안겨 있었고 큰 콜라 잔은 이헌의 손에 들린 채로 영화표를 확인하며 나란히 머리를 맞댔다.

"아직 30분이나 남았어요."

액션 코미디 영화였다. 장르를 가리진 않지만 요즘 같을 땐 별생각 없이 웃는 게 좋다는 다현의 생각에 따라 발권한 영화 상영 시간은 제법 남아 있었다.

"가서 기다리자."

고개를 끄덕이며 다현은 팝콘 하나를 입으로 밀어 넣었다. 영화 시작 전에 팝콘을 다 비워 버리는 건 아닐까 싶을 정도로 그녀의 손은 쉴 새 없이 팝콘 통 속으로 빨려 들어갔다.

상영관을 찾아 고개를 두리번거리던 이헌이 다현의 어깨에 팔을 둘러 감싼 채 이끌었다.

그때 팝콘을 먹으며 걷던 다현의 발걸음이 우뚝 멈춰 섰다. 덩달아 이헌까지 발길을 세웠다. 무슨 문제가 있나 싶어 다현을 살피던 그는 품에 안고 있던 팝콘 통을 손에 들며 반가운 기색을 보이는 그녀의 시선을 따라 고개를 돌렸다.

"선배님!"

다현의 목청이 높아졌다. 팝콘이 뒷전이 됐다. 그녀의 시선 끝엔 넥타이를 하지 않고 단추를 풀어 느슨해진 셔츠와 슈트 차림의 이 검사가 마치 메두사의 눈을 본 것처럼 단단히 굳은 채 서 있었다.

"여긴 어쩐 일이세요."

어느새 굳어 있는 이 검사의 코앞까지 다가선 이헌이 퉁명스레 물었다. 이 시간에 이 검사와 영화관은 조금도 어울리지 않는 조합이었다.

아니나 다를까 이헌의 물음에 이 검사가 난감한 기색을 보였다. 그는 머리를 긁적이며 쉽사리 입을 떼지 못했다.

마치 데자뷔 같았다. 이 검사의 모습에서 오래전 자신의 모습이 보이는 듯해 다현은 마른침을 꿀꺽 삼켰다. 검사의 촉이란 이런 걸까.

양손에 카페 로고가 그려진 테이크아웃 잔을 들고 이 검사의 등 뒤로 빠르게 다가오는 여자가 시야에 가득 들어왔다. 괜히 손에서 땀이 나는 것 같아 다현은 손을 꼼지락거렸다.

"오랜만에 뵙습니다, 형수님."

잘못 들었나 싶어 다현은 고개를 돌려 이헌을 곁눈질했다. 그는 놀라지도 당황해지도 않았다. 몹시 자연스럽게 이 검사에게 손에 들린 커피를 모두 넘긴 여자가 고개 숙여 인사하는 이헌을 보고 활짝 웃었다.

"문 검사님! 이게 얼마 만이에요. 못 본 사이에 더 잘생겨지셨네."

"형수님도 더 좋아 보이십니다."

반가운 인사 속에 뼈가 있었다. 머리를 긁적이던 이 검사의 따가운 눈총이 이헌을 향했다. 그러거나 말거나 이헌은 조금도 선배를 신경 쓰지 않고 반갑게 인사를 이어 갔다.

이혼했다는 전처와 바쁜 와중에 재판이 끝나자마자 저녁을 먹질 않나, 이젠 한가로이 영화관 데이트라니. 아무 사이도 아니라고 그냥 밥만 먹었을 뿐이라고 펄쩍펄쩍 뛰던 사람이 맞나 싶을 만큼 이 검사는 난처해 보였다.

그에 반해 누가 봐도 이 검사의 전처로 보이는 여자는 한없이 밝아 보였다.

"옆엔 여자 친구 맞죠?"

반갑게 이헌과 인사를 하던 여자의 호기심이 다현을 향했다. 이헌은 대답 대신 희미하게 웃음을 띤 채 고개를 끄덕였다.

"이 검사한테 들었어요. 이헌 씨 연애한다고. 문 검사님을 누가 데려갈까 궁금했었는데, 이렇게 예쁜 짝이 생겼네요."

남 선배 내외와도 이 영화관에서 마주쳤던 것 같다. 그때가 불현듯 생각났다. 갑자기 마주친 남 검사와 그의 아내를 보고 나쁜 짓 하다가 선생님한테 딱 걸린 학생의 심정이 돼서 민망하게 인사를 해야 했다.

그에 반해 이젠 이헌과 같이 있다가 걸려도 거리낄 게 없었다. 그런 심리가 기저에 깔려 오히려 이 검사에게 먼저 알은척을 한 게 다현이었다.

이 검사의 태도로 봐선 알은척하지 말았어야 했나 싶지만 이미 엎질러진 물이었다. 전처로 보이는 여자와 이헌이 제법 친해 보였다. 그러고 보니 그때 남 검사의 아내와도 그는 스스럼없었다.

생각보다 이헌이 선배들과 사적으로도 꽤 많이 가까운 것 같아 의외였다.

"반가워요. 난 여기 덜떨어진 이정우 검사 엑스 와이프. 손여은이라고 해요."

이 검사에겐 거침없었지만 도회적인 외모에서 밝은 미소가 유난히 예뻐 보였다. 다현은 그녀가 뻗어 온 손을 맞잡으며 인사를 건넸다.

"이 검사님 후배 권다현이라고 합니다."

"이렇게 예쁜 검사님이 특수부에서 고생이 많겠어요."

"아닙니다. 선배님이 많이 도와주고 계세요."

"누가요. 이정우가요? 자기밖에 모르는 이 인간이 설마요."

맞잡은 손을 놓은 채 자신의 옆에 멀뚱히 서 있는 이 검사를 흘깃 쳐다보며 고개를 내저었다.

그 모습에 다현이 웃음을 꾹 참았다. 전처를 쩨려보는 이 검사의 모습도 웃기긴 매한가지였다.

"언제 한번 우리 병원에 와요."

핸드백을 뒤지더니 명함 한 장을 다현에게 건넸다.

손병원 순환기 내과 전문의 손여은

명함을 살피던 다현이 그녀의 타이틀에 화들짝 놀라 고개를 치켜들었다.

이 검사의 전처가 의사였다니. 같은 대학 선배인 건 맞지만 학번 차이가 제법 나서 같이 대학을 다닌 게 아니었고 연수원 기수는 말할 것도 없어 이 검사와 접점이 없었다.

해서 그가 돌싱인 것도 특수부에 온 뒤에 선배들의 사담을 통해 얻어들었을 뿐이었다.

손병원이라면 국내 빅5에 드는 3차 병원으로 의학 분야에서 제법 알아주는 병원이었다. 병원을 설립했던 초대 병원장이 자신의 성을 따서 병원 이름을 지었다고 알고 있다.

동부 지검 근무 당시에 의료 소송으로 손병원을 상대로 재판을 한적이 있어 잘 알고 있었다.

딱히 의료 과실도 아닌데 피해자가 병원을 상대로 금전적인 보상을 과하게 원하면서 생긴 의료 소송이었다. 그때도 사건의 당사자가 내과 전문의였다. 이름이 손 뭐였는데 알고 보니까 병원장 아들이었다.

명함을 보고 옛일을 떠올리던 다현이 눈을 깜빡이며 여은을 멀뚱히 바라봤다. 그러고 보니 여은도 손씨였다.

에이, 설마.

"피로 회복 잘되게 비타민 주사 공짜로 팍팍 놔 줄게요."

"나보곤 돈 내라고 하더니, 권 검은 언제 봤다고 그래."

"엑스 남편 뭐가 예쁘다고 공짜로 놔 주니. 넌 딴 병원에 가."

다현을 보고 해사하게 웃던 사람이 맞나 싶을 정도로 투덜대는 이 검사에게 뾰로통하게 대꾸하며 눈살을 찌푸리는 여은을 보며 이헌은 고개를 갸웃댔다.

"이헌 씨도 같이 와요. 둘 다 피로 회복 만땅으로 해야 할 거 같아."

다현은 감사하다는 인사를 잊지 않았다. 꼭 가겠다는 말도 덧붙였다.

"그런데 두 분, 영화 보러 오신 겁니까?"

말로만 그러지 말고 꼭 오라며 당부하는 여은과 옆에서 입이 삐죽 나와 있는 이 검사를 보며 이헌이 넌지시 물었다. 뜨끔해선 괜히 눈을 마주치지 못하는 이 검사 대신 쾌활한 목소리로 여은이 대답했다.

"내가 모처럼 오프에 호출이 없어서 할 일이 없더라고요. 혼자 뭘 잘 못해서 일찍 퇴근했다길래 끌고 왔어요."

두 사람이 이혼 서류에 도장을 찍은 지 1년은 넘은 듯했다. 이헌이 공안부에서 특수부로 넘어왔을 때 한창 이 검사가 변호사를 만나고 가정 법원을 뻔질나게 들락거렸던 것 같다.

그렇게 이혼한 두 사람이 언제부터 다시 만나게 된 건지 알 길이 없었다. 괜히 없던 호기심까지 생겨 이헌은 의심의 눈초리를 좀처럼 거두지 못했다.

"우린 영화 시간이 다 돼서 먼저 들어가 볼게요."

그냥 밥 한 끼 먹었을 뿐이라고 이헌의 속을 딱 잡아떼던 이 검사는 민망했는지 후배와 눈 한 번 제대로 마주치지 못하고 전처의 손에 붙들렸다.

"다음에 뵙겠습니다, 형수님."

"다현 씨랑 병원에 꼭 같이 와요."

투덜대는 이 검사는 철저히 투명 인간 취급이었다. 상영관 쪽으로 끌려가는 이 검사가 괜히 안쓰러운 다현만 목청을 높여 선배에게 인사를 했다.

"선배님! 내일 뵐게요!"

다현의 인사에 이 검사는 괴롭다는 듯 이마를 손으로 짚으며 발걸음을 재촉했다. 그런 이 검사에게 여은이 뭐라고 하는 것 같았지만 멀어진 두 사람의 대화는 조금도 들리지 않았다.

"두 분 합치는 거 조만간일 거 같죠?"

멀어져 가는 두 사람을 보며 다현은 물었다. 그녀는 이헌의 손을 잡으며 그 손에 들린 콜라 잔 스트로우를 쪽 빨아 당겼다.

"남 걱정 할 때 아니라고 하지 않았나?"

그런 다현을 보며 이헌은 퉁명스레 대꾸했다. 그러자 그녀는 팔짱을 끼며 배시시 웃었다. 그 개구쟁이 같은 미소에 이헌은 픽 웃음을 터트렸다.

그녀의 미소엔 답이 없다. 다현이 제 미소가 방패가 된 걸 평생 몰랐으면 하고 바랐다.

23장

모처럼 깊은 잠을 잔 것 같다. 창밖으로 떠오르는 햇살에 눈이 부실 무렵 이불 속에서 꼼지락대는 이헌의 손길에 다현은 게슴츠레 눈을 떴다.

피곤해서 기절해 버렸다는 표현이 맞을 만큼 그녀는 새벽녘, 이헌의 손길에서 벗어나자마자 씻지도 못하고 깊은 수마에 빠졌다.

정신을 차리고 눈을 떠 보니 어느새 아침이었다. 그리고 맨살에 닿는 촉감에 반대쪽으로 몸을 돌리자 허리를 감싸 안는 이헌과 마주했다.

씻지도 못하고 잤는데 옷인들 입고 잘 정신이 있었을까 싶지만 다현에겐 커다란 이헌의 하얀 티셔츠가 입혀져 있었다.

새벽녘 기절하듯 잠든 다현이 혹여라도 감기에 걸리지 않을까 그는 따뜻한 물수건으로 그녀를 닦아 주고 자신의 티셔츠를 입혔다.

자신의 품에 쏙 안겨 오는 다현의 헝클어진 머리카락을 쓸어 넘기며 그는 그녀의 이마에 가벼운 입맞춤을 했다. 그럴수록 다현은 이헌의 허리를 꼭 껴안고 그의 가슴팍에 얼굴을 묻었다.

"출근하기 싫어?"

진득한 손길로 다현의 머리를 쓰다듬으며 그가 물었다. 가슴팍에 파묻은 고개를 잘게 끄덕이며 다현이 대답했다.

"상당히 위험한 생각이야."

뒤통수를 쓰다듬던 그의 손길이 목선을 지나 등을 쓸었다. 위험하다는 말이 내포하고 있는 뜻을 빠르게 캐치한 다현은 고개를 들어 이헌을 올려다봤다. 블랙홀처럼 티셔츠 안으로 빨려 들어간 그의 손은 그녀의 굴곡진 허리선에 머물렀다. 더 올라오면 정말 위험했다.

괜히 아득해져 가는 정신을 바로잡은 다현은 자신의 허리선에 머물러 있는 이헌의 손을 빠르게 잡아챘다.

간질거리는 손길만큼이나 마주한 시선에 가슴이 간질거렸다. 번들거리는 그의 눈빛에 시선을 피해 버리기도 전에 입술부터 점령당하고 만다.

조금이라도 철벽을 치겠다고 앙다문 입술을 베어 물고 윗입술을 집요하게 빨아 당겼다. 그 틈에 벌어진 입술 사이를 파고들었다.

목이 말라 찾은 샘물의 바닥을 보고야 말겠다는 집요한 움직임이 시작됐다. 도망가고 밀어내려는 혀를 쫓아 그 뿌리까지 옭아맸다. 다디단 타액에 목마름은 커져만 갔다.

고개를 내젓는 다현 때문에 허리선에 멈춰 있던 손을 티셔츠 안에서 빼 올린 이헌은 그녀의 뺨을 한 손에 그러쥐었다. 그러자 다현이 얼굴을 뒤로 내뺐다. 그럴수록 입술을 빨아 당기고 혀를 옭아매는 그의 행동이 급박해져 갔다.

"읍……!"

이헌을 밀어내려 두 손을 뻗었다. 하지만 단단한 가슴팍에 닿은 손길은 무용지물이었다. 모로 누워 있던 몸이 반듯한 자세로 바뀌어 있었다. 오른손으로 다현의 얼굴 옆을 짚으며 자신의 몸을 한쪽 팔로 지탱하고 있던 이헌은 어느새 그녀를 위에서 내려다보고 있었다.

"출근, 안 할 생각 아니죠?"

부드러운 키스와 거친 혀 놀림에 반쯤 암전됐던 정신에 불이 켜진 순간이었다. 타액으로 번들거리는 다현의 입술을 핥으며 입을 뗀 이헌에게 그녀가 달뜬 숨을 뱉으며 물었다.

뺨을 그러쥐고 있던 손으로 발그레해진 볼을 쓰다듬으며 대답 대신 이헌은 묘한 미소를 띠었다. 입으론 웃고 있는데 다현을 바라보는 눈빛은 맹수의 그것과 흡사했다. 볼을 쓰다듬던 손은 기어코 반쯤 말려 올라가 있는 티셔츠 안으로 들어가 가슴의 정점을 톡톡 건드려 댔다.

"으읏."

손가락을 이리저리 움직이며 간질이는 그의 손길에 짧은 신음이 약하게 터져 나왔다. 매번 아침마다 진을 빼 놓는 이헌 때문에 퇴근을 각자 집으로 해야 하는 게 아닐까 깊게 생각하게 됐다.

그런 다현의 생각을 알아차리지 못한 그는 그녀의 몸을 감싸고 있는 티셔츠를 슬쩍 올리더니 그 안으로 고개를 들이밀었다.

이헌의 머리가 들어가고도 남을 만큼 옷이 큰 건 둘째 치고 생각지도 못했던 그의 행동에 화들짝 놀란 다현은 손으로 밀어내기 바빴다.

"제시간에 출근은 할 수 있을 거야."

티셔츠 안에서 이헌의 목소리가 나지막이 들려왔다. 그러곤 상큼한 사과를 베어 물듯 그녀의 살결을 입 안 가득 베어 물었다. 터져 나오는 신음을 삼키는 게 더는 어려웠다. 창에서 들어오는 햇살에 눈이 부셔 두 눈을 꼭 감은 거라고 위안하며 다현은 달뜬 숨을 토했다.

"하아……."

점점 아래로 내려오는 그의 손길에 머리에서부터 발끝까지 전율이 일었다. 다시 머릿속이 아득해져 가고 그대로 암전이다.

"후……. 대신 아침은 출근해서 먹어야겠어."

굳이 먹지 않아도 될 거 같기도 하다. 티셔츠 밖으로 나온 그의 얼굴에 번진 웃음에 다현은 손을 뻗었다. 상기된 그의 얼굴을 두 손으로 감싸 쥔 다현은 상체를 반쯤 일으켜 미소가 번져 있는 이헌의 입술을 빼앗았다.

오늘처럼 출근 시간이 야속한 적이 없었던 것 같다.

재판만 다 끝나면 에라 모르겠다 하고 휴가를 확 써 버릴까?

＊　＊　＊

모처럼 일찍 퇴근한 보람은 아침에 눈을 떴을 때 날아가 버렸다. 제 시간에 출근은 가능할 거라더니, 가능할 리가 없었다. 결국 30분이나 지각을 하고 말았다.

주차를 마친 이헌은 지각에도 느긋했다. 반면 다현은 눈을 흘기며 뒤도 돌아보지 않고 내달려 더 늦기 전에 검사실로 뛰어 들어왔다.

여름도 아닌데 땀이 비 오듯 흐르는 것 같았다. 화장할 시간도 없어서 차에서 대충 팩트만 두드렸는데 땀에 다 지워지지 않았길 기도했다. 책상 앞에 앉은 다현은 한숨 돌리며 머리를 질끈 묶었다.

휴가를 쓰긴 개뿔, 이렇게 책상에 쌓인 서류가 많은데 휴가는 무슨. 검사 신분증 반납하기 전까지 일에 치여 휴가고 뭐고 주말에 풀로 쉬는 날만 있어도 좋을 것 같았다.

"계장님. 이준호 쪽은 어때요?"

장민준의 항소심 날짜가 아직 나오지 않았다. 그런데도 쌓여 있는 서류는 항소심을 위한 자료들이었다.

재판 전부터 항소심을 염두에 뒀기에 사전 준비는 철저했다. 만일을 위해 빠져나갈 티끌만 한 구멍이라도 차단하기 위해 처음부터 다시 훑고 있어 수사관도 실무관도 K그룹 재판 준비에 지원을 나갔다가 제자리로 돌아온 상태였다.

다현은 장민준의 차명 계좌 내역에 시선을 고정한 채 수사관에게 물었다. 모니터를 보고 있던 수사관이 고개를 빼꼼 내민 채 대답했다.

"아직도 조용합니다."

이준호에 대한 선고 공판이 끝난 지 이제 겨우 하루가 지났을 뿐이다. 장민준처럼 항소할 가능성이 90%라고 예상하기에 그가 언제쯤 항소장을 재판부에 제출할지 주목하고 있었다.

1심 판결이 나면 7일 이내 항소장을 제출해야만 했다. 그 기간이 지나면 재판부의 판결이 확정되기 때문에 결과에 불복할 수 없었다.

"항소할 생각이 없을 수도 있지 않을까요?"

실무관이 조심스레 자기 생각을 말했다. 그러자 옆에 앉은 수사관이 말도 안 된다며 고개를 내저었다.

하지만 다현은 그럴 가능성이 10%였던 재판 전과 달리 지금은 30% 정도는 이준호가 항소하지 않을 수도 있을 거란 생각을 했다.

검찰 조사 당시엔 비협조적으로 나오면서 비아냥대던 그가 재판에 임하던 모습은 담담했다. 이준호는 판사 앞에서 혐의도 인정했다.

중국에 돌아가면 사형 정도는 우습다던 다현의 반협박 같던 말이 먹혔던 건진 알 수 없었다. 어쨌든 피의자 진술서 절반을 묵비권으로 대답했으니까.

자기 아버진 2심 판결에도 불복하며 상고심까지 불사했다. 그 영향 때문에 그의 심리에 변화가 있진 않을까 일말의 기대를 아주 살짝, 약간 가진 채 다현은 태연히 말했다.

"아직 6일이나 남았으니까 지켜보죠."

왠지 그 6일이라는 시간이 참 더딜 것만 같은 예감이 들었다.

"어."

그때 실무관이 모니터를 보더니 약간은 놀란 기색으로 눈을 껌뻑였다.

"왜? 뭔데?"

옆자리에 앉은 수사관이 뭐냐며 다가와 실무관의 모니터를 쳐다봤다.

"오늘 정시 퇴근 후에 회식이래요."

사내 메신저에 부장 검사의 실무관이 메시지를 보내왔다. 정말 뜬금없이 이상한 타이밍에 회식이라는 단어에 실무관은 놀란 듯했다. 옆에 앉아 같이 메시지를 읽던 수사관 역시 고개를 갸웃댔다.

"네? 회식이요?"

다현 역시 실무관의 말에 놀라서 눈을 껌뻑였다.

"다들 고생 많다고 몸보신이라는데요?"

메시지를 보던 수사관이 황당하다는 듯 웃으며 말했다.

"대박 갈비로 7시까지 모이시랍니다."

정시 퇴근을 하고 어영부영하면 7시였다. 정말 회식을 할 모양인가 보다.

"권 검사님 오신 날 1년 만이었나? 소고기 회식 했었는데, 몸보신용으로 돼지갈비라니."

수사관이 이마를 짚으며 고개를 내저었다. 물론 지검 앞에 돼지갈빗집 중에 가장 맛있는 집이긴 했지만 소와 돼지의 괴리감은 상당했다.

"그날 부장 검사님 카드 값에 사모님한테 된통 깨지셨다고 들었어요. 강 실무관이 그러더라고요."

부장 검사의 사비로 진행되는 100% 사적인 회식이었다. 그때 오랜만에 마주 앉은 이헌을 의식하느라 비싼 소고기를 입으로 먹었는지 코로 먹었는지 기억이 잘 나지 않았다.

어마무시하게 나온 카드 값을 대신 걱정해 줄 만큼 여유로운 마음이 아니었다. 그래서 실무관을 통해 이제야 듣게 된 첫 회식의 후일담에 다현은 웃음을 터트렸다.

그때 정말 오랜만의 회식이라고 했던 것 같다. 수사관의 말처럼 1년 만이었을 수도 있다.

그녀의 첫 출근을 축하한다는 타이틀이 붙은 회식이었지만 선배들은 오랜만의 회식에 양껏 먹고 거나해질 때까지 마신 게 분명했다.

그러니 부장 검사님이 사모님께 혼쭐날 정도로 카드 값이 왕창 나왔겠지.

중간에 이헌이 데려다준다며 회식을 빠져나왔기에 다현은 뒷일까지 알지 못했다. 그러고 보니 그때가 찬바람이 불던 올해 초였는데. 벌써 낙엽이 떨어지고 있었다.

"모처럼 단체로 칼퇴근이네요."

사건의 모든 피의자를 기소한 뒤, 재판 준비에 들어가면서 맡은 사건별로 팀을 이룬 선배들이 각자 검사실에 틀어박혔던 탓에 격조하기만 했다. 실로 오랜만에 다 같이 모이는 자리임엔 틀림없었다.

"칼퇴 전에 장민준 항소심 관련 자료들 다시 한번 더 체크 부탁드릴 게요."

"예!"

"그리고 2010년 이후로 장민준 재산 상황은 꼼꼼히 체크해 주세요. K그룹 지분 때문에 늘어난 자산까지 같이요."

"자산 내역은 계좌 내역 뒤에 첨부해 뒀습니다."

"혹시 빠진 게 있을 수도 있으니까 국내에서 거래 가능한 금융권부터 시작해서 부동산, 해외 자산까지 전부 뽑아 주세요. 제가 볼게요."

이미 1심 전에 장민준의 자산에 대해선 꼼꼼히 조사한 바가 있었다. 지금 다현이 말한 해외로 나갔을 재산까지 훑었고 그 자료는 그녀의 책상 위에 놓여 있었다.

그런데 다시 조사를 부탁하는 검사의 의중을 읽지 못한 수사관은 입을 달싹거렸다.

뭐라 얘기하고 싶은 것 같은데 섣불리 말을 꺼내지 못하는 게 분명했다. 담당 수사관이 미심쩍어하는 기색을 보이자 다현은 조곤조곤 설명을 덧붙였다.

"우린 장민준이 영리를 목적으로 판매를 지속해 왔다는 거로 밀고 나가야 합니다."

그녀의 음성이 한층 단단해졌다.

"10년 실형을 받았는데 집행 유예로 나갈 생각으로 항소하진 않을거예요. 그쪽 변호사도 머리가 있다면 그렇게 무식한 생각은 안 할 테니까 분명 감형 쪽으로 갈 텐데, 그러면 돌파할 쪽은 돈밖에 없어요."

그녀의 말에 수사관과 실무관이 고개를 끄덕였다.

맞는 말이었다. 조금의 반박도 할 수 없었다.

그 어디에도 장민준이 돌파할 곳이 없었다. 마약 투약은 모발, 소변 검사에서 빼도 박도 못하게 나와 버렸고 현장에서 수거된 증거물 역시 상당했다.

세관에게 입막음용으로 건넨 거래 내역과 주기적으로 항만으로 들어

오던 이준호의 컨테이너 하역 기록은 장민준의 손발을 다 묶기에 충분했다.

장민준은 1차 재판 당시 정신적으로 문제가 있었다는 식의 언급을 했었다. 분명 항소심에서도 그렇게 밀고 나갈 게 뻔했다.

절제하지 못하는 건 정신적으로 제대로 된 사고를 하지 못함이며 그것은 어린 시절부터 억눌려 강압적으로 살아와 발현된 문제라고 되지도 않는 진단서를 증거로 제출할 것이었다.

그들의 주장을 전면으로 반박할 수 있는 건 장민준이 마약을 판매한 돈으로 자신의 사적 재산을 불렸다는 사실에 초점을 맞춰야 했다.

숨어 있는 단 1%의 자산이라도 찾아내 빈틈을 줄 수 없다는 게 다현의 생각이었고 그것은 즉, 재판을 맡은 검사 측 입장이었다.

"재판 준비하면서 출력해 놓은 자료들 분명 지금 뽑아 보면 단돈 1원이라도 변동 사항 있을 거예요."

국외로 재산을 빼돌렸을 가능성을 말했다.

"장민준이 구속된 동안 뒤에서 장난쳤을 가능성이 아예 없는 거 아니니까 다시 한번 뽑아서 더블 체크하는 거로 하죠."

그녀의 말에 수사관과 실무관은 고개를 끄덕이며 빠르게 움직였다.

협조 공문을 보내는 일은 이제 너무 쉬운 일이 됐다. 빠르게 팩스가 오가고 여전히 특수 1부에 수사 지원을 나와 있는 수사 지원과에서 원본 자료들이 산더미처럼 쌓여 검사실로 들어왔다.

수사관과 실무관도 모자라 다현까지 붙어 장민준의 재산과 관련된 자료들을 추려내느라 어느새 시곗바늘이 점심시간을 가리키고 있었다.

"계장님이랑 실무관님, 식사하고 오세요."

헤아릴 수 없을 만큼 빼곡한 숫자 위에 노란 형광펜을 긋던 다현은 손목시계를 확인하더니 서류를 덮으며 말했다.

"검사님도 같이 가시죠."

눈에 피로가 쌓일 정도로 들여다보고 있던 서류를 내려놓은 수사관이 안경을 벗으며 말했다.

"선약이 있어요. 전 괜찮으니까 맛있는 거 먹고 오세요."

다현은 가볍게 웃었다. 그러자 실무관이 지갑을 챙겨 들고는 우물쭈물하는 수사관의 옷깃을 잡아당기며 작게 읊조렸다.

수사관에게 하는 말이 분명했지만 어쩐지 너무 잘 들려 다현은 괜히 헛기침을 뱉었다.

"눈치가 왜 이렇게 없어요. 빨리 나와요!"

"내가 뭘?"

실무관에게 이끌려 나갈 때까지 수사관은 어리둥절했다.

그 모습에 다현은 웃으며 책상 위에 아무렇게나 널브러진 자료들을 가지런히 정리하며 몸을 일으켰다.

검사실 문을 열기 전 다현은 휴대폰을 꺼내 들었다. 그녀는 이헌에게 점심 먹으러 가자는 문자를 짧게 남겨 두고는 불을 끄고 문을 열며 검사실을 나왔다.

점심시간임에도 특수 1부 검사실이 모여 있는 복도는 한없이 조용하기만 했다. 이헌의 답장이 오지 않는 휴대폰을 한 손에 쥔 채 다현은 그의 검사실로 발걸음을 옮겼다. 또각또각 구두 굽이 타일 바닥에 닿는 소리가 유난히 가벼웠다.

그때 손에 들린 휴대폰에 짧은 진동이 울렸다. 이헌의 메시지였다.

10분만 기다려 달라는 메시지를 확인한 다현은 검사실에서 기다려야겠다고 생각하며 고개를 들었다.

"아……."

순간 눈앞에 나타난 낯선 얼굴에 그녀는 당황해 버리고 말았다.

"안녕."

남자는 옅은 미소를 머금은 채 다현을 보고 정답게 인사를 건넸다. 엘리베이터에서 봤던 미소가 틀림없었다.

한 발짝 거리에 서 있는 남자를 보고 놀라 뒷걸음질을 치기도 전에 다현은 입술을 달싹거렸다.

"민혁 오빠……, 맞죠?"

칙칙한 잿빛 슈트에도 환한 얼굴에 다현은 긴가민가할 새도 없이 조심스레 물었다.

분명 기억 속에 어렴풋이 남아 있는 민혁의 얼굴과 불과 며칠 전 법정에서 마주한 장민준의 얼굴이 눈앞의 남자와 똑같아 고민할 새가 없었다.

"몇 년 만인지 모르겠는데, 기억하는 게 신기하네."

그가 웃으며 말했다. 장민혁이었다.

"아, 오빠도 저 누군지 아는 거 같은데."

20년도 훌쩍 넘은 일이었다. 기억이 정확하진 않지만 검은 양복을 입은 남자들에게 끌려가던 그의 눈물 젖은 얼굴이 아직도 뇌리에 박혀 잊히지 않고 있었다.

정원이 훤히 보이는 창문 앞에서 장민준과 함께 그 모습을 지켜봤다. 그렇게 끌려갔던 사람이 신기루처럼 눈앞에 나타났다. 묘한 기분이었다.

"민준이한테 친구라곤 너뿐이었는데, 기억 못 할 리가 없지."

민혁이 미소 지어 보였다.

"얼굴도 어릴 때 그대론 거 같고."

그는 마치 어제오늘 본 사이처럼 친근하게 굴었지만 다현은 마냥 미소가 지어지지 않았다. 멋쩍은 듯 웃는 것도, 겸연쩍게 구는 것도 모두 어려웠다.

"한국엔 언제 들어오신 거예요?"

그의 미소를 보면서도 다현의 어투는 차갑기만 했다. 그도 그럴 것이 병원 엘리베이터에서 민혁을 봤다고 생각했을 때 그의 행방을 찾았었다.

장민혁은 마치 존재하지 않는 사람이었다.

어릴 때 한국을 나간 뒤로 미국에서 흔적이 끊어졌다고 할 정도로 그의 행적은 추적 불가능이었다. 얼마 전에도 한국에 입국한 기록을 찾았지만 그 뒤 행적에 대해 알아내기가 쉽지 않았다.

그런 사람이 갑자기 눈앞에, 그것도 지검 복도에서 우연히 마주칠 수 있는 걸까.

의심의 눈초리를 거둘 수 없는 이유가 그 때문이었다.

다현이 자신을 마냥 편하게 보고 있지 않다는 걸 알면서도 민혁은 조금도 내색하지 않았다. 얼마든지 그럴 수 있다고 생각하며 그는 웃음을 잃지 않고 대답했다.

"좀 됐지, 아마? 근데 곧 다시 돌아갈 거야."

하루라도 빨리 집으로 돌아가고 싶었다. 그래서 보는 눈이 많은데도 불구하고 불쑥 지검으로 찾아온 참이었다.

장현이 실형을 피할 일이 생기진 않을까, 제자리로 돌아와 또다시 절대 권력을 손에 쥐게 되는 게 아닐까 염려하며 아무것도 결정하지 못하는 이사진들과 임원진들의 경각심을 깨워 주기 위해 담당 검사를 찾았다.

이사회에서 전문 경영인 선임을 질질 끌고 있었다. 빨리 전문 경영인을 자리에 앉혀 둬야 이 지긋지긋하고 숨만 쉬어도 불쾌한 한국을 벗어날 수 있는데 말이다.

"지검엔 어쩐 일로……."

하나부터 열까지 전부 의문투성이인 남자였다. 쫓아지지 않는 그의 흔적들이 그랬다. 유령처럼 발자국 하나 남기지 않은 민혁이 한국에, 그것도 이렇게 지검에 갑자기 나타난 건 시사하는 바가 컸다.

결코 일반적이고 평범한 일이 아님이 분명하다고 그녀는 생각했다. 하지만 민혁은 대수롭지 않다는 듯 농담처럼 툭 가볍게 대답했다.

"친구 하자고 조를까 싶은 사람이 있어서. 인사하러 왔어."

무슨 말인지 단번에 이해하기 힘들었다. 이헌이 보낸 메시지를 확인하느라 민혁이 걸어온 발자취를 확인할 수 없었다.

그래도 그가 서 있는 방향을 보면 분명 특수부 검사실이 빼곡히 들어찬 10층 복도였다. 괜히 신경 쓰였지만 다현은 내색하지 않았다.

"민준이 담당 검사 이름 보고 설마 했었는데, 아저씨랑 할아버지 따라서 검사가 됐네."

대답 대신 어색하게나마 미소를 지어 보였다. 동생의 담당 검사가 마냥 곱게 보이지 않을 수 있었다. 물론 그가 평범한 가정에서 평범하게 자란 아들이라면 당연히 그럴 수 있었지만 장민혁은 아니었다.

미소 속에 감춰진 그의 진심을 속속들이 알 순 없었지만 어쩐지 그의 환한 얼굴이 마냥 좋아 보이진 않았다.

한국에서 쫓겨난 뒤 그 모습을 드러낸 적 없던 그가 지금과 같은 혼란스러운 상황에 자신의 존재를 세상에 드러낸다는 건 결코 좋은 의미일 수 없었다.

"민준이랑 아저씨는……."

"신경 쓸 거 없어. 담당 검사라며. 검사님이 원하시는 대로 하셔야죠."

그의 눈웃음에 왠지 모르게 전신이 차게 식는 듯했다.

"나도 그 문제에 별로 신경 쓰지 않아."

K그룹의 최대 주주가 된 이안 밴버그가 실은 K그룹 장현 회장이 내친 장남이라는 사실을 아는 사람은 아무도 없었다.

이안 밴버그와 장민혁의 접점을 찾을 수 없다는 게 가장 컸다. 아무도 연관 지어 생각하지 못했다. 그저 외국 기업 사냥꾼 정도로 인식한 채 어떻게든 그룹을 지키려 몸을 사릴 뿐이었다.

"오랜만이라 커피라도 한잔하면 좋겠지만, 내가 스케줄이 풀이라."

그가 손목에 찬 시계를 확인하며 말했다. 다현은 괜찮다며 손사래를 쳤다.

그와 마주 앉아 커피를 마시며 나눌 추억거리가 없었다. 아니, 기억나지 않는다고 하는 게 맞겠다.

"다음에 또 기회가 있겠죠."

그가 어디서 뭘 하는지 모르지만 어쩐지 두 번 다시 민혁과 만날 일이 없을 것만 같은 예감이 들었다.

"먼저 가 볼게. 수고해."

민혁은 가볍게 인사를 하고는 빠르게 멀어져 갔다. 다현은 고개를 돌려 멀어져 가는 민혁을 바라봤다. 하지만 그는 눈 깜짝할 새 그렇게 신기루처럼 사라져 버렸다. 그 뒷모습조차 기억나지 않을 정도였다.

허깨비를 본 건가 싶을 정도로, 그와 나눈 대화조차 꿈인가 싶을 만큼 이상한 기분이었다.

"지금 딴 남자 보는 건가?"

실루엣마저 완벽히 사라진 복도 끝을 멍하니 바라보고 있던 다현의 귓가에 묵직한 음성이 불쑥 치고 들어왔다.

아득히 멀어졌던 정신이 돌아온 순간이었다. 화들짝 놀란 가슴을 부여잡은 채 고개를 휙 돌린 다현은 얼굴 옆으로 바짝 다가온 이헌을 보고는 한 발짝 물러나 안도의 한숨을 내쉬었다.

"벌써 한눈팔고 그러면 곤란한데."

당황해서 달아오른 얼굴의 열기를 식히려 손부채질에 열심히 한 다현을 보며 이헌이 퉁명스레 말했다. 어쩐지 뾰로통해 보이는 그의 표정에 다현은 웃음을 터트리며 자연스레 팔짱을 스르르 꼈다.

"이렇게 근사한 남자를 두고 한눈을 어떻게 팔겠어요. 그건 걱정할 필요가 없을 거 같습니다, 문이헌 검사님."

언제 당황했냐는 듯 능청을 떠는 다현을 힐긋 내려다보며 이헌은 주머니에 손을 찔러 넣으며 발걸음을 뗐다.

"방금 내가 본 건 뭐였지?"

"뭐 봤어요?"

이헌을 따라 걸으며 다현이 커다란 눈을 끔뻑이며 물었다.

"멀어져 가는 남자의 뒷모습을 지켜보고 있던 권다현?"

슬쩍 올려다본 이헌의 표정이 좋지 않았다. 다현을 물끄러미 바라보는 눈빛도 어쩐지 평소와 달랐다. 마치 여자 친구를 의심하는 전형적인 남자 친구의 표정과 눈빛이랄까?

헛기침을 내뱉으며 다현은 고개를 내저었다. 절대 아니라고. 그랬던 이유가 있다고. 그게 뭐냐는 물음에 다현은 엘리베이터 버튼을 누르며 대답했다.

"민혁 오빠를 봤어요."

"누구?"

"장민준 형, 장민혁이요."

"……."

"여기에 아는 사람이 있나 봐요. 누굴 만나러 왔다고 했어요."

딱히 숨겨야 하는 일이 아니었다. 그래서 그와 나눴던 이야기를 넌지시 말했는데 어쩐지 이헌의 표정이 놀라는 것 같지도, 더는 뭔가를 궁금해하지도 않는 사람처럼 평이해진 게 이상했다.

콕 집어 묻기도 전에 그가 먼저 훅 치고 들어왔다.

"그때 그렇게 찾던 남자?"

장민혁이 아는 사람이 지검에 있다는 것에 초점을 둔 질문이 아니었다. 생각지도 못했던 엉뚱한 질문이 툭 튀어나오자 수상한 이헌의 반응 따위 생각할 겨를 없이 다현은 손사래를 쳤다.

"찾긴 뭘 찾아요! 이 남자 봐라. 생사람 잡네."

"그래서 오랜만에 만난 소감은?"

"소감이랄 게 있어야……. 그냥 아저씨 저렇게 되고 나니까 한국에도 마음대로 들어올 수 있었나 보다 싶은?"

"아. 마음이 짠했다고 말하는 거야?"

이헌에게 말려들고 있는 것 같았다. 아니. 100% 그에게 말려들었다. 말을 하면 할수록 그의 의도대로 흘러가기만 했다.

삐죽 내민 입술을 앙다물던 다현은 굳게 닫힌 엘리베이터 문 앞을 가로막아 선 채로 이헌의 두 팔을 붙잡고 배시시 웃었다.

"지금, 질투하는 거예요?"

속마음을 들킨 것 같아 당황해할 줄 알았는데 이헌은 오히려 시선을 맞춘 채 자신의 팔을 붙들고 있는 다현의 오른손을 가볍게 쳐냈다.

"그 오빠라는 호칭도 굉장히 마음에 안 들어."

누군 오빠고 누군 선배냐며 낮게 읊조리는 소리까지 또렷하게 들려왔다. 질투하는 문이헌은 낯설지만 기분은 썩 좋았다. 다현은 새어 나오는 웃음을 참지 못했다.

"그러고 보니까 민혁 오빠랑 선배랑 나이가 같았던가?"

괜히 한 번 더 건드리면서 다현은 이헌의 눈치를 슬쩍 살폈다.

"계속 그렇게 오빠라고 해 봐."

그의 질투가 나쁘지 않은 건 분명했다.

"그러고 보니까 생일도 기억하고 있었던가?"

멋쩍어서 웃는 게 아니었다. 굳은 얼굴로, 찌푸린 눈으로 질투를 하는 그가 좋아서 웃음이 멈추지 않았다.

다현은 얼굴에 가득한 웃음기를 빠르게 감추며 이헌의 팔짱을 꼈다. 이윽고 10층에 멈춰 선 엘리베이터 안으로 그를 이끌었다.

"문 검사님 뒤끝 장난 아닌 거 유념하겠습니다!"

실소가 삐죽삐죽 새어 나왔다. 이헌은 곧바로 1층 버튼을 누르며 다현의 머리를 가볍게 헝클어트렸다.

"오랜만에 백반집에 갈까요?"

"권다현 먹고 싶은 거 먹어."

1층에 도착한 엘리베이터 문이 열렸다. 다현은 여전히 이헌의 팔짱을 낀 채였다. 엘리베이터를 타려고 기다리던 사람들이 다정히 내리는 두 사람을 보면서도 자연스레 지나쳤다.

지검 내에 파다하게 퍼진 이헌과 다현의 관계는 더는 사람들의 가십거리가 될 수 없었다. 그렇게 관심에서 멀어진 두 사람의 발걸음은 어느 때보다 가벼웠다.

모처럼 이른 퇴근이었다. 정확히 말하면 정시 퇴근.

부장 검사의 주도하에 성사된 회식 덕분이었다. 다행히 2차 공판과 항소심을 준비 중이었던 터라 시간적인 여유가 많아서 갑작스럽게 잡힌 회식이 나쁘지 않았다.

수사관과 실무관을 먼저 회식 장소로 보낸 뒤 마지막으로 자료를 정리하고 나온 다현은 엘리베이터 앞에서 선배들과 마주쳤다. 남 검사와 이 검사, 그리고 이헌까지.

그녀는 고개를 가볍게 숙이며 이헌의 곁에 자연스레 섰다.

"오늘은 부장님 카드 잘 사수해 드리자고."

엘리베이터를 기다리는 남 검사가 말했다.

"사수하려고 돼지갈비가 채택된 게 아닌가 싶습니다."

이 검사가 능청을 떨며 웃었다.

"그러다 또 사모님한테 혼나시면 어떡해. 우리가 지켜 드려야지."

"우리 부장 검사님 사모님 눈치 살피랴 후배들 챙기랴 노고가 이만 저만이 아니라니까요."

남 검사와 이 검사는 장단이 잘 맞았다. 엘리베이터에 오르면서도 장난기 가득한 입은 쉬질 않았다.

"정우 네가 유부남의 고충을 어찌 다 이해하겠어."

1층 버튼을 누르는 다현의 옆으로 남 검사의 팔이 훅 들어와 이 검사의 어깨를 토닥였다.

"지금 돌싱이라고 무시하세요?"

"이럴 땐 돌싱이 좋은 거야. 계속 혼자 사는 걸 추천할게."

진담인지 농담인지 알 수 없었다. 분명한 건 이 검사가 농담으로 받아들이지 않았다는 게 다현의 눈에 보일 뿐이었다.

"토끼 같은 자식도 있는 양반이 지금 염장 질러요? 와. 이 선배 안 되겠네."

이 검사가 고개를 내저으며 남 검사를 째려봤다. 그 순간 한 발짝 뒤, 두 사람 사이에 서 있던 이헌이 자연스레 끼어들었다.

"토끼 같은 자식은 없어도 선배도 금쪽같은 형수님 계시지 않습니까."

"푸읍!"

농담으로 들리지 않는 말이 진지한 목소리를 비집고 흘러나왔다. 동시에 선배들의 투닥거림을 보고만 있던 다현이 웃음을 터트렸다.

이헌의 돌직구에 벌게진 이 검사의 낯빛을 가만히 보던 남 검사가 눈을 껌뻑이며 물었다.

"뭐야. 이 바쁜 와중에 애들 보고 본받아서 솔로 탈출이라도 한 거야?"

잘못 걸렸다 싶은 순간 엘리베이터 문이 자연스레 열렸다. 뒤도 돌아보지 않고 내달리기 시작한 이 검사를 집요하게 쫓아가 어깨동무를 해 가며 남 검사는 어떻게 된 일이냐고 캐묻기 시작했다.

"하여튼 은근히 짓궂다니까."

이헌과 나란히 엘리베이터에서 내린 다현이 그의 옆구리를 팔꿈치로 푹 찌르며 혀를 내둘렀다. 놀리기로 작정을 한 게 아니라면 남 검사 앞에서 굳이 하지 않아도 될 말이었다. 농담 같은 거 모른다던 남자가 분명한데 짓궂음은 별개인 듯했다.

"정우 선배 반응이 재밌잖아."

그가 피식 웃으며 다현의 손을 잡았다. 저만치 앞서가는 이 검사는 남 검사에게 붙잡혀 시달리고 있는데 재밌다고 하는 이헌을 보며 그녀도 웃음을 터트렸다.

회식 장소에 도착할 때까지 이 검사는 남 검사 손에서 벗어날 수 없었다. 두 사람의 말소리가 들리지 않는 거리라 정확한 내용을 유추하긴 어려웠지만 문 검사가 헛걸 본 거라고 둘러대는 것 같았다.

그렇게 식당에 도착하자마자 이 검사는 남 검사를 피해 부부장 검사의 옆에 착석했다.

"빨리들 먹어."

약속 시각보다 10분 늦었는데 벌써 한 잔씩 한 모양이었다. 돼지갈비가 노릇노릇 구워져 있는 테이블에 이헌과 나란히 앉은 다현은 최 검사가 건네는 술잔을 받아 들었다.

"그간 다들 고생 많았어."

빈 술잔이 채워지자 부장 검사가 말을 이었다. 바삐 움직이던 젓가락질이 멈추고 테이블에 둘러앉은 특수 1부 식구들은 술잔을 들었다.

"고지가 코앞이다. 다들 조금만 더 힘내 보자."

부부장 검사까지 후배들을 격려했다. 건배가 이어지고 술잔이 비워지기 시작했다.

재판 결과는 둘째 치더라도 반년이 넘도록 붙들고 있었던 사건들의 끝이 보였다. 결과가 좋지 않게 나온다면 그 타격은 고스란히 재판부로 갈 터였다.

이미 한차례 후폭풍으로 검찰은 머리를 잘라 내야 했다. 이미 공석이 된 검찰 총장이 그 대가였다. 재판 결과에 따라 검찰 측은 항소를 하면 그만이었다. 이젠 판결을 내리는 판사에게 포커스가 옮겨질 시간이다.

"공석에 곧 누가 앉더라도 앉을 거 같아."

부장 검사가 낮게 읊조렸다. 검찰 총장 자리가 며칠째 공석이었다. 법무부와 청와대에서도 고심하고 있음이 역력히 드러나는 상황이었다.

"자릿값 하겠다고 뭘 할진 모르겠지만 신경들 쓰지 말고 맡은 일 잘 마무리하자."

검찰 총장이 바뀌면 인사부터 파란이다. 그 사실을 누구보다 잘 아는 이들이 모여 앉아 있기에 짧은 한숨이 터져 나왔지만 찰나였다.

모처럼 다 같이 모인 테이블 위엔 이야기꽃이 피기 시작했다.

✣　　✦　　✣

"어서 와요."

일개 평검사가 자주 찾을 수 없는 곳임이 분명한데 검찰 총장실로 들어선 이헌의 모습은 자연스러웠다. 그는 바로 어제 오후 임명된 검찰 총장에게 가볍게 허리를 숙였다.

쓰고 있던 안경을 벗은 검찰 총장은 자리에서 일어나 까마득한 후배를 맞이했다.

그는 검찰 총장 임명 직전에 서울 동부 지검 검사장 자리에 있었던 인물로 사임한 정호연 전 검찰 총장과는 연수원 동기였다. 하지만 지방 대 출신으로 학연과는 거리가 멀 것이라 예상되는 인물이었다.

그래서 파격 인사라는 기사들이 쏟아졌다. 수도권 대학이 아닌 지방 대 출신으로 지검장까지도 대단한 이력인데 검찰 총장이라니. 검찰 수 뇌부 내에서는 인사가 발표되자마자 술렁거렸고 그가 검찰 총장으로서 가장 먼저 보일 행보를 주목하는 눈들이 많았다.

검찰 총장으로 임명되자마자 그는 고검장급 회의부터 열어 검찰 단 속에 나섰다. 항간엔 장관과 함께 검찰 개혁을 단행하지 않을까 조심스 럽게 추측하고 있었다.

"바쁠 텐데 호출해서 미안해요. 감투를 쓰니까 처리할 일이 많아서, 내가 자리를 비울 수가 없네."

그는 호방하게 웃으며 이헌의 곁으로 다가와 단단한 어깨를 토닥였 다. 이내 소파로 걸음을 이끌며 그는 상석이 아닌 이헌과 마주 보고 앉 았다.

30분 뒤엔 지검장급 회의가 잡혀 있었다. 잠시 빈 시각을 틈타 평검 사를 검찰 총장실까지 호출한 그는 후배 검사를 바라보며 인자한 웃음 을 머금었다.

"말을 놔도 되겠어요?"

그러더니 상체를 앞으로 약간 내밀며 이헌에게 넌지시 물었다. 새로 운 검찰 총장에 대한 파악이 끝나지 않은 이헌은 갑작스러운 물음에 흠 칫 놀란 것도 잠시, 이내 평정심을 되찾아 입을 뗐다.

"말씀 편하게 하셔도 됩니다."

"그래, 그럼 편하게 말하지."

검찰 총장으로 임명된 지 채 24시간도 되지 않은 이가 평검사를 호 출해 앉혀 두고 할 말이 뭔지 굳이 궁금해하지 않아도 알 만했다.

"내가 왜 문이헌 검사를 불렀는지 혹시 알겠어?"

"짐작하고 있습니다."

검찰 총장의 물음에 대답하는 이헌의 음성은 단단했다.

"그럼 돌려 말할 필요가 없겠어."

심각한 이야기가 분명할 텐데 검찰 총장은 부드러운 미소를 잃지 않은 채 말을 이어 나갔다.

"내일 재판, 최선을 다해 방어해 줘."

이헌은 검찰 총장의 속내를 읽기라도 하려는 모양새로 가만히 바라봤다.

신임 검찰 총장이 어떤 유형의 사람인지 파악되지 않아 그의 말을 여러 갈래로 해석할 수밖에 없었다. 그 어떤 해석이든 종착점은 같다는 게 다행이라면 다행일까. 감투가 아직은 낯선 신임 검찰 총장에 장현이란 사람은 어떤 식으로든 부담으로 다가온다는 말인 건 분명했다.

"어떤 재판이든 최선을 다하지 않은 적은 없습니다."

재판 결과에 따라 여론의 질타가 재판부냐, 검찰이냐의 기로에 서 있는 현재. 이헌이 검찰 총장에게 할 수 있는 말은 그것뿐이었다.

"그렇지. 그렇겠지. 대충할 리가 없는데 내가 염려가 많아."

검찰 총장은 멋쩍은 듯 웃으면서 관자놀이 부근을 긁적였다.

"걱정하시는 게 뭔지 짐작하고 있습니다."

재판에서 꼭 이겨 달라고, 검찰이 짓밟히는 일이 더는 생기지 않길 바란다는 마음을 후배 검사에게 속 시원하게 털어놓지 못하던 그에게 이헌의 묵직한 음성은 마음을 다독여 주는 것 같았다.

갈 곳을 잃고 방황하던 양손을 꼭 움켜쥐며 그는 말했다.

"저 윗분들 생각은 나도 잘 모르겠는데, 더는 검찰이 뭇매 맞는 일이 없길 바랄 뿐이야."

속내를 말하는 그의 음성은 온화한 표정만큼이나 여전히 부드러웠다.

"우리 충분히 욕 많이 먹지 않았어?"

어쩐지 장난기까지 느껴져 마주 앉아 있으면서도 이헌은 마치 다른 시공간에 있는 것 같았다.

"문 검사처럼 청렴한 검사들도 아직 많은데, 다 같이 나쁜 놈 돼서 욕먹는 건 이제 그만할 때도 됐어."

장난처럼, 농담처럼 듣고 있기에 그 말 속에 뼈는 단단했다.

"바쁜 사람 붙들고 내가 말이 많았네."

그는 너털웃음을 터트리며 몸을 일으켰다. 이쯤 되면 이헌을 아침 일찍부터 부른 이유가 명확해진다.

"아닙니다. 가 보겠습니다."

자리에서 일어난 이헌은 허리를 숙였다. 검찰 총장은 아침부터 멀리까지 와 줘서 고맙다며 배웅을 마다하지 않았다.

고맙다며 이헌의 손을 덥석 잡은 그는 환한 웃음을 보이며 마치 속삭이듯 말했다.

"문 검사 수찬이 예비 사위라며?"

지금까지와 다른 음성이었다. 한껏 들떠 그 웃음마저 짓궂어 보일 만큼이었다. 그가 수찬, 즉 다현의 부친과 막역한 사이인지 알 수 없었다.

"다현이가 어릴 때도 총명하더니, 제 짝 하나는 기가 막히게 잘 골랐네."

짓궂어 보이던 웃음 속에서 흐뭇함이 배어 나왔다. 그는 이헌의 어깨를 두드리며 듬직해서 보기 좋다고 스스럼없이 말했다.

다현의 부친은 물론 그녀의 어린 시절까지 잘 아는 듯 말하는 걸 보면 수찬과 그다지 멀지 않은 듯하다.

"결혼 미리 축하해."

"감사합니다."

손을 맞잡은 채 이헌은 가볍게 고개를 숙였다. 신임 검찰 총장까지 개인사를 알고 있는 걸 보면 지검을 넘어 검찰 내부에 모르는 사람이 없다고 봐도 무방할 듯싶었다.

"청첩장은 수찬이한테 받으면 되겠지?"

다시 짓궂게 너털웃음을 터트리는 모습에 이헌은 멋쩍은 듯 어색한 웃음을 지었다. 검찰 총장의 위치와 감투를 내세워 또다시 정경 유착의 본보기가 되는 게 아닐까 염려하며 대검에 들어선 게 무색해지는 순간 이었다.

다행히 그는 검찰 수뇌부들 사이에서 보기 드물게 검사의 긍지를 여전히 간직하고 있는 이가 분명해 보였다.

"바쁠 텐데 주책맞게 계속 붙잡고 있네. 어서 가 봐."

"그럼 가 보겠습니다."

고개를 숙이는 이헌의 옆으로 낯선 팔이 훅 들어왔다. 굳게 닫힌 문을 손수 열어 주는 친절이 묻어난 행동이었다.

수고하라고 말하며 그는 문을 활짝 열어 둔 채 후배 검사의 뒷모습이 보이지 않을 때까지 자리를 지키고 서 있었다.

⁜   ✛   ⁜

몇 신지 알 수 없었다. 눈을 뜨니 사위가 밝았다.

이헌은 졸린 눈을 반쯤 뜬 채 협탁 위에 놓인 시계를 확인했다. 7시에 가까워지고 있는 시곗바늘을 확인한 그는 베개에 얼굴을 파묻으며 오른쪽으로 팔을 뻗었다.

따뜻한 품을 찾아가던 팔이 푹신한 매트리스 위를 정처 없이 더듬거리기 시작했다. 옆자리가 휑하다고 느꼈다.

옆에 자고 있던 다현이 없다는 걸 인지하자마자 이헌은 고개를 들어 빈자리를 확인했다. 온기가 사라진 느낌이었다. 매끈한 상체를 타고 흘러내린 이불이 매트리스 위로 헝클어진 건 순식간이었다.

바닥에 널브러져 있는 티셔츠를 집어 든 그는 곧장 침실 문을 열었다. 도마에 닿는 칼질 소리와 인덕션 위 냄비에서 물이 끓는 소리, 대파를 씻는 물소리들로 고요한 아침을 깨웠다.

싱크대 앞에서 분주히 움직이는 다현의 뒷모습을 문설주에 기대어 바라보고 있던 이헌은 자신도 모르게 입가에 피어난 미소를 감추지 않았다.

"일어났어요?"

국자를 들고 국에 간을 보던 다현은 헝클어진 머리가 제법 귀엽기까지 한 이헌을 발견하곤 배시시 미소를 띠었다.

"언제 일어난 거야?"

문설주에 기대서 있던 이헌이 성큼 앞으로 다가왔다.

"새 나라의 어린이는 못 됐지만, 어른이가 돼 봤어요."

감자가 덜 익어 냄비 뚜껑을 다시 닫으며 다현은 국자를 내려놨다.

"어서 씻고 와요."

가만히 저만 바라보는 이헌의 시선에 괜스레 민망해진 다현은 욕실로 등을 떠밀기 시작했다. 피식 웃으며 그가 욕실로 들어가고 나서야 그녀는 텅 빈 식탁 위에 이른 아침부터 서툴게 준비한 반찬들을 냉장고에서 꺼냈다.

이헌의 집 냉장고 사정이 자신의 집만큼이나 궁핍해 새벽에 근처에 문을 연 마트나 슈퍼를 찾아야 했던 다현은 다행히도 아파트 단지 슈퍼에서 간단히 장을 볼 수 있었다.

콩나물무침과 잘 익은 것도 같고 탄 듯도 해 보이는 어설픈 계란말이와 냉장고에 유일하게 있던 김치 옆엔 노릇하게 구운 두부와 양념간장이 어우러져 있었다.

거기에 말간 감잣국은 출근하는 아빠의 아침상을 책임지던 엄마의 유일한 요리를 비슷하게나마 따라 해 봤다.

흰 쌀밥을 가득 떠 감잣국 옆에 내려놓을 때 이헌이 젖은 머리카락을 털며 식탁 앞에 앉았다.

"맛 보장은 못 해요. 그래도 많이 먹어요."

이헌의 맞은편에 앉아 다현은 능청스레 웃으며 말했다. 그의 앞엔 그릇에 넘칠 만큼 많이 담긴 밥이 놓인 채였다.

"오늘 무슨 날이야?"

"엄청 중요한 날이죠!"

아침밥을 챙기던 건 항상 이헌이었다. 그래서 그는 혹시 자신이 놓친 게 있나 싶어 선뜻 숟가락을 들지 못하고 조심스레 물었다. 그러자 다현이 맞장구를 치며 고개를 끄덕였다. 하지만 아무리 생각해 봐도 답이 없었다.

"미역국이 아니니까 누구 생일도 아니고……. 설마, 무슨 기념일이야?"

여자들이 기념일에 민감하다는 걸 다른 누구도 아닌 선배인 이 검사를 통해 귀에 못이 박히도록 들었던 적이 있기에 이헌은 불안한 듯 눈을 껌뻑이며 물었다.

대개 보통의 남자들은 어떤지 몰라도 본인은 기념일에 둔감하다는 걸 누구보다 잘 알고 있다. 부모님의 생일조차 매번 까먹으면 말 다 했지.

"기념일 챙길 정신이 어디 있어요. 먹고사는 게 중요하지."

속으로 내심 다행이라고 안도의 한숨을 삼켰다. 다현은 기념일에 관심이 조금도 없는 게 분명했다. 물론 챙기면 좋겠지만, 그럴 시간이 없다는 게 그녀의 생각인 듯했다.

인정한다. 기념일은커녕 자신의 생일을 기억하고 챙기기도 쉽지 않았다.

재판일은 기억하면서 어째서 그런 일들은 사소하게 넘기고 마는지. 그만큼 일에 치여 산다고 봐도 무방하지 싶다.

"그럼 뭐야. 뭔데 아침부터 진수성찬이야?"

기념일도 아니라고 하면 답을 찾을 수 없어 이헌은 고개를 갸웃거렸다.

"오늘 중요한 재판 있잖아요. 미리 내조해 보는 거예요."

그녀의 대답에 괜히 마음이 묵직해지기 시작했다.

"앞치마 딱 매고 잘 다녀오라고 주차장까지 배웅하는 게 포인트인데, 그건 평생 불가능할 거 같아서. 대신 아침밥은 꼭! 챙겨 줄게요."

앞치마를 매고 있는 다현이 상상이 가질 않아 이헌은 미소를 지었다.

"잘 먹을게."

희미한 미소를 머금은 채로 이헌은 숟가락을 들어 감잣국을 떠먹었다. 괜스레 긴장한 다현은 마른침을 삼키며 눈을 껌벅였다.

"맛 평가는 속으로 해요. 안 들을 거니까."

평소 요리와 거리가 멀었다. 이 정도 차려 낸 건 어깨 너머로 어렴풋이 익힌 덕분이었다. 그 어깨가 엄마의 어깨가 아닌 게 문제지만 말이다.

"걱정 마. 맛있으니까."

맛없어서 못 먹을까 봐, 맛없다는 말을 할까 봐 긴장하고 있는 다현이 귀여운 건 말할 것도 없었다. 기특해서 꼭 안아 주고 싶은 걸 참으며 이헌이 말했다.

나쁘지 않았다. 아니, 맛있어서 그녀의 호들갑이 겸손으로 느껴지기까지 했다.

"우리 아빠도 만날 엄마 밥 맛있다고 했어요. 그래서 난 아빠 혀가 고장 났다고 생각했는데."

"내 혀는 멀쩡해. 고장 난 데 없어."

어릴 때 엄마 밥을 맛있게 먹는 아빠를 보며 그런 생각을 했던 다현은 이헌의 말에 새어 나오는 웃음을 꾹 참으며 그제야 자신도 숟가락을 들어 국을 떠먹었다.

엄마가 유일하게 잘하는 요리가 감잣국이었다. 그 흔한 떡볶이도 엄마가 하면 맛이 없었는데 감잣국은 정말 맛있었다. 엄마 맛은 아니지만 이 정도면 나쁘지 않다고, 못 먹을 정도는 아니라 다행이라고 안도했다.

"집에서 같이 저녁 먹을 수 있는 날이 별로 없을 테니까, 아침엔 꼭 같이 밥 먹어요."

앞으로도 단둘이 보내는 시간이 많지 않을 거라는 걸 누구보다 잘 알기에 다현의 음성은 담백했다.

시간이 없는 건 서로 같았다. 바빠서 힘들다고 투정을 부릴 시간조차 없는 게 현실이었다. 그래서 함께 아침을 맞이하는 이 시간이 더욱 귀하고 소중했다.

"피곤할 땐 아침에 그냥 자. 무리 안 해도 돼."

"나름 내 로망이에요."

야근하는 날까지 아침밥을 준비하는 건 누가 봐도 무리가 따르는 일이었다. 다현을 걱정해 괜찮다고 말했지만 그녀는 단호했다.

"엄마가 아빠 아침밥은 꼭! 챙겼어요. 같이 저녁 먹는 날이 없다고."

"장모님도 권다현처럼 야근을 밥 먹듯 하셨으면 장인어른 아침밥은 못 챙겨 주셨을 거야."

"내 로망은 스스로 잘 충족시켜 볼게요."

전업주부인 엄마를 보며 자랐다. 그래서 이상한 소망이 생긴 걸 수도 있었다. 벌써 염려를 표하는 이헌에게 다현은 괜찮다는 식으로 빙그레 미소를 지어 보였다.

"그러니까 오늘은 내가 지법까지 출근시켜 줄게요!"

그것 또한 로망을 충족하는 방법이었다. 앞치마를 매고 주차장까지 배웅하는 건 같이 출근을 해야 하니 평생 못 할 것 같아서 나름대로 생각해 낸 차선책이었다.

"극진한 대접에 몸 둘 바를 모르겠습니다."

"문이헌 검사님 출근은 앞으로 종종 제가 책임지죠."

우쭐대며 말하는 다현에게 육성으로 귀엽다는 말을 뱉을 뻔했다. 젓가락을 식탁에 내려놓고 물을 들이켜며 이헌은 손으로 입을 막아 웃음을 삼켰다.

"차 키는 어디 있어요?"

밥을 다 먹자마자 넥타이를 매고 있는 이헌의 앞으로 다현은 분주히 움직였다. 데려다주겠다는 게 직접 운전을 하겠다는 말이었을 줄이야.

넥타이를 매고선 슈트 재킷을 입으며 그는 협탁 위에 올려 뒀던 차

키를 집어 들었다.

"운전은 그냥 내가 하는 게 좋을 거 같은데."

"어허. 설마 못 믿는 거예요? 나 무사곤데."

"무사고가 운전을 아예 안 해서 무사고잖아."

"거참, 그냥 마음을 탁! 놓고 차 키를 맡기세요. 이래 봬도 도로주행 100점 맞은 수재랍니다."

"면허 따고 운전해 봤어?"

"몰랐겠지만, 나 차도 있어요. 비록 지하 주차장에서 먼지가 쌓여 가고 있지만."

출퇴근길에 꽉 막혀 오도 가도 못 하는 도로 사정이 못마땅해 이사하던 날을 제외하고 운전을 하지 않은 지 1년이 넘어간다는 말은 아꼈다.

이헌은 미심쩍어하면서도 현관 앞에서 다현의 손에 차 키를 쥐여 주고 만다. 호기롭게 차 키를 받아 든 그녀는 그에게 팔짱을 끼며 서둘러 집을 나섰다.

지하 주차장에서 이헌의 차를 찾는 건 어렵지 않았다. 전날 밤 입구와 가까운 곳에 빈자리가 있었던 덕분에 다현은 그가 반듯하게 주차를 해 놓은 차 문을 자연스레 열며 운전석에 몸을 실었다.

"벨트 매시고, 출발합니다!"

시동을 걸자마자 다현은 매끄럽게 핸들을 돌려 지하 주차장을 빠져나왔다. 그녀가 운전을 못할 거라고 생각했던 이헌은 의외라는 듯 다소 편안해진 자세로 보조석에 앉아 흐뭇한 미소를 머금은 채 다현을 바라봤다.

5분 거리의 짧은 운전이었지만 다현은 막힘없이 안전하게 지법 앞에 차를 댔다. 안전벨트를 푸는 이헌을 따라 다현의 손이 안전벨트로 향했다.

"법정까지 데려다주려는 거야?"

그 모습에 이헌이 설핏 웃으며 물었다. 다현은 고개를 내저으며 안전벨트를 풀고 몸을 이헌이 앉은 보조석 쪽으로 반쯤 틀었다. 그리고 말했다.

"거긴 문이헌 검사님 영역이니까, 난 여기까지예요."

그러면서 두 팔을 활짝 벌리며 턱짓을 했다. 마치 안기라는 듯. 그 행동에 이헌의 입가엔 미소가 번졌다.

그는 똑같이 두 팔을 벌린 채 상체를 앞으로 내밀어 그녀에게 다가갔다. 안기라고 했는데 이헌의 너른 가슴팍에 다현이 안긴 모습이었다.

"난 지검에서 일하면서 기다릴게요."

"방청석에 몰래 앉아 있어도 내 눈엔 잘 보여."

"오늘은 내가 떨려서 안 돼요."

오늘은 장현의 2차 공판이 열리는 날이었다. 주위의 모든 사람이 더는 재판이 길어지길 원하지 않았다. 그건 담당 검사인 이헌도 마찬가지였다.

그래서 이번 재판에서 확실히 끝내야 한다는 생각에 이헌은 지난밤 밤잠을 설치기도 했다.

그 모습을 새벽까지 고스란히 지켜본 다현은 그저 잘하라는 말밖엔 할 수 없어 미안하기만 했다.

그를 도와주는 건 재판 전까지였다. 재판은 오롯이 법정에 들어선 검사의 몫이었다.

"얌전히 기다리고 있을게요."

기다리는 거 말고 할 수 있는 게 이젠 없다.

"저녁 뭐 먹고 싶은지 생각해 놔."

다현은 고개를 끄덕였다. 재판이 길어지지 않기만을 바라며 그녀는 이헌의 품 안에서 고개를 들어 그의 입술에 입을 맞췄다.

✤　　　✤　　　✤

"검사 측. 피고인 신문하겠습니까?"

"네. 피고인 신문하겠습니다."

무거운 분위기 속에서 재판은 진행됐다. 피고인 측에서 신청한 증인인 장현의 비서실장이 법정에서 증언을 회피하면서 재판은 검사 측에 유리한 측면으로 흘러갔다.

증인은 검사 측 신문에 기억이 나지 않는다, 잘 모르겠다는 식으로 대답했다. 기획안을 본 적도, 장현이 사인을 직접 했는지 보지 못해 잘 알지 못한다는 것이었다. 피고인 측 입장으로 본다면 군이 증인 신청을 재판 과정 중에 한 보람이 전혀 없는 것이었다.

피고인 측의 증인 신문에서조차 비서실장은 장현에게 유리한 증언을 하지 않았다. 전략 기획실 직원들은 매뉴얼에 따라 일을 했을 뿐이라며, 그 매뉴얼은 자신이 알기 훨씬 전부터 존재하고 있던 것이라 누구의 잘못인지 모르겠다는 대답을 했다.

그 말은 즉, 비자금 조성을 위한 매뉴얼이 오래전부터 존재했다는 말과 다름없었다. 이쯤 되면 비서실장이 장현을 등졌다고 볼 수밖에 없는 증언이었다.

그렇게 피고인 측의 성과는 조금도 없는 증인 신문이 끝나고 다시 피고인 신문이 이어졌다. 판사는 검사 측에 물었다. 이헌은 자리에서 일어나 피고인이 앉아 있는 신문석으로 향했다.

"피고인 이름이 장현, 맞습니까."

"네."

"피고인은 지난 1차 공판 당시 비자금 조성 기획안과 예산안에 본인이 사인한 것은 맞으나 그 내용에 대해선 알지 못한다고 했습니다. 맞습니까?"

"네."

1차 공판 당시를 떠올리게 만드는 질문이었다. 피고인 장현은 단답형으로 대답했다. 그는 법정에서 검찰 조사 당시 있었던 진술을 번복하는 것과 다를 바 없는 진술을 했다.

혐의를 인정하던 검찰 조사 때와 달리 그는 판사 앞에서 혐의를 부인했다. 그렇다고 강압적인 검찰 수사 때문에 어쩔 수 없이 거짓을 말했다는 식으로 논점을 흐리진 않았다. 그래서 그의 속내를 쉽게 헤아릴 수 없는 이헌과 이 검사는 오늘도 법정에서 머리를 이리저리 굴려 보느라 바빴다.

"1차 공판 당시, 증인이었던 석원기와 현재 업무상 배임과 횡령으로 재판이 진행 중인 성기준, 나상호는 이틀 전 구치소에서 본 검사에게 자필 진술서를 보내 왔습니다."

이헌의 말이 끝남과 동시에 이 검사는 자필 진술서를 판사에게 가져가 건넸다. 판사는 진술서를 받아 들었고 이 검사는 자리로 돌아왔다.

그 순간 법정 앞에 설치되어 있던 스크린 화면이 켜지고 진술서가 나타났다. 총 3장의 진술서를 화면에 차례대로 보여 주는 건 노트북 앞에 앉은 이 검사의 손이었다.

"해당 진술서에 따르면 비자금 조성 기획안과 그룹 3년 예산안, 그에 따른 결재 서류와 비자금을 어디에 쓰라고 지시한 결재 서류까지 모두 본인들이 직접 피고인에게 보여 주고 설명하며 확인받고 최종 결재 사인까지 받았다고 말하고 있습니다."

생각지도 못한 자필 진술서에 피고인 측 자리에 앉아 있던 변호사들이 아연실색하며 입술을 깨물기 시작했다.

반면 장현은 덤덤하게 앞을 바라봤다. 화면 속 자필 진술서를 읽어 내려가던 그 얼굴에 조소가 흐르기 시작했다.

"해당 자리에 비서실장도 함께 있었다고 세 사람 모두, 똑같이 진술했습니다."

피고인을 향했던 판사의 시선이 방청석에 앉아 재판을 지켜보던 비서실장에게로 향했다.

이헌의 말을 빌리자면, 자신의 눈으로 보지 못해 아무것도 모른다던 비서실장은 증인석에 앉기 전 판사 앞에서 했던 위증의 벌을 받겠다던 선서를 대놓고 어긴 것과 다름없었다.

"피고인, 사실이 아닙니까?"

비서실장의 증언까지 의심받는 상황에서 이헌은 태연히 물었다.

스크린 화면을 바라보던 장현은 고개를 들어 검사를 바라보며 단단한 음성을 내뱉었다.

"기억이 안 납니다."

판사 앞에서 위증의 벌을 받겠다고 말한 건 피고인도 마찬가지였다. 그러나 그는 조금 전 자신이 판사 앞에서 무슨 말을 했는지 기억할 필요도 없는 모양인지 시치미를 뗐다.

피고인에겐 진술 거부권이 있다. 차라리 아무 말을 하지 않는 게 그에게 더욱 도움이 될 듯했다.

"검찰 조사 당시 피고인의 진술서입니다."

또다시 스크린 화면엔 워드로 작성된 피고인의 참고인 진술서와 피의자 진술서가 올라왔다. 진술서 마지막 장엔 피고인의 친필 사인과 지장이 찍혀 있었다.

"피고인은 검찰 조사 당시 비자금은 모두 본인 지시로 전략 기획실에서 움직인 거라고 진술했습니다. 아닙니까?"

검찰 조사 당시 녹화된 영상이 화면에서 재생됐다. 스피커를 통해 그의 음성이 또렷하게 들려왔다. 이미 기소 당시 공소장에 첨부되어 재판부에 제출된 증거 자료였다. 피고인 측에서 검사 측이 제출한 증거에 모두 동의를 했고 아무 문제가 없는 증거 영상이었다.

―비자금은 모두 내 지시로 전략 기획실에서 움직인 겁니다.

피고인 장현의 육성이었다. 그는 스크린을 보지도 않고 검사의 물음에 입을 닫았다.

"이건 K그룹 임직원과 그 가족, 그리고 친지들 명의의 차명 계좌입니다. 이 차명 계좌에 대해선 직접 관리를 했던 전략 기획실 석원기 재무 이사가 지난 1차 공판 당시 증언했던 사안입니다. 이것에 대해 피고인은 아는 바가 없습니까?"

이헌은 200개가 넘는 차명 계좌가 적힌 리스트를 피고인석에 무심히 내려놓았다. 장현은 그것을 쳐다도 보지 않은 채 또다시 입을 열지 않았다.

"K그룹 산하의 재단에서 운영하는 갤러리 벗에서 후원 중인 작가들의 그림 대금 일부가 이 차명 계좌들로 흘러 들어간 사실을 확인했습니다. 피고인은 이에 대해 아는 바가 없습니까."

피고인이 입을 닫고 진술을 거부해도 검사인 이헌의 질문은 끝이 없었다. 피고인이 묵비권을 행사하는 것이 피고인 측엔 조금도 도움이 되지 않는다는 걸 누구보다 잘 알기에 그는 멈추지 않았다.

"값을 치른 그림들이 그림을 산 사람이 아닌, 개인 명의의 수장고에 보관 중인 사실 또한 확인했습니다."

어쩐지 검찰 조사 당시 조사실에서 나눴던 신문이 되풀이되는 기분에 장현은 그제야 시선을 올려 검사를 바라보며 입술을 달싹였다.

곧이어 스크린엔 캔버스에 그려진 그림 수백 점이 보관된 수장고 내부 모습이 찍힌 사진이 떠올랐다. 거기까지 압수 수색을 해야겠냐며, 대질 신문의 뉘앙스까지 풍기던 이헌이 결국 수장고를 확인했다는 사실에 입 안이 쓰기만 했다.

"분명히 갤러리에선 그림을 팔았다고 했고, 그 대금은 K그룹 전략기획실과 그 계열사에서 지급했는데 왜 그림은 저기 수장고에 있는 건지, 피고인은 아십니까?"

입을 열지 않는다면 불리해서 진술하지 않겠다는 뜻과 다르지 않다는 걸 누구보다 잘 알기에 장현의 시선은 이윽고 피고인 측에 앉은 자신의 변호사들에게로 향했다.

그들은 자신들의 변호가 절실한 피고인의 냉담한 시선에 마른침을 삼켰다. 그중에서 대표 변호사 격인 변호인이 자리를 박차고 일어나 목소리를 높였다.

"재판장님. 현재 검사는 피고인에게 유도 신문을 하고 있습니다!"

검사 측 신문에 이의를 제기하고 나섰다. 이렇게라도 브레이크를 한

번 걸어야 변호사 체면이 설 것 같았다.

"피고인 측 인정합니다. 검사 측은 유도 신문을 자제해 주세요."

피고인 측의 이의 제기가 받아들여졌다. 이헌은 죄송하며 고개를 숙이고는 곧바로 피고인 신문을 이어 갔다.

"그림이 보관 중인 수장고의 명의가 이은미 씨로 확인됐습니다. 피고인의 아내 맞습니까."

유도 신문이라며 이의 제기를 했더니 이젠 난감한 부분을 건드려 댄다. 변호인들은 식은땀을 흘리며 자신들에게 돌아올 피고인의 살기 어린 시선을 미리 회피해 버리고 만다.

"아내가, 맞습니다."

이쯤 되면 검찰 조사를 재연하고 있다고 봐도 무방하지 싶다. 검찰 조사 당시 진술을 번복하고 혐의를 부인하는 피고인에게 이헌은 똑같은 질문들로 되돌려 주고 있었다.

같은 패턴의 질문에 그가 어떻게 나올지 궁금한 건 판사도 마찬가지인 듯했다.

"개인 수장고에 그림이 보관 중이라는 걸 아내인 이은미 씨는 알고 있습니까?"

허를 찌르는 질문이었다. 비자금 조성에 아내도 함께 동조한 것인지 묻는 것이었다.

알고 있다고 대답하면 그의 아내는 방조와 동조를 함께했으니 공범이 될 수 있었다. 만약 모른다고 한다면 피고인은 아내마저 이용한 몰상식한 인간이 될 터였다.

그는 입을 닫았다. 몰상식한 인간이 되는 건 한순간이었다.

"전략 기획실에서 피고인에게 직접 올렸다는 기획안을 보면, 갤러리를 통한 비자금 조성 루트가 상세하게 명시되어 있습니다. 피고인은 이 사실을 정말 몰랐습니까?"

마지막 질문이 될 터였다. 여기서 또 모른다고 하면 그냥 그렇게 끝이었다.

알았다고 한들 뭐가 달라질까. 재판이 시작된 뒤, 아무것도 모른다고 하던 성기준 상무와 나상호 팀장이 변심하고 검사에게 자필 진술서까지 구구절절 보냈다. 비서실장까지 자기부터 살고 보겠다는 식으로 법정에서 증언했다.

살아서 악착같이 버틴 것이 모두 무의미해지는 순간이었다. 그는 한숨을 삼키며 시종일관 다물고 있던 입을 뗐다.

더는 이렇게 버티는 것이 볼썽사나웠다. 어차피 내팽개쳐진 거 스스로 거두고 싶었다.

"제가 사인했습니다."

그의 진술이 시작되자 피고인 측 변호인단은 술렁이기 시작했다. 아무 말도 하지 말라고 지시한 건 변호인단이었다. 그렇게라도 하지 않으면 하나라도 유리한 것이 없다고.

유리하긴커녕 입을 다물고 있을수록 불리해지기만 했다. 자폭하는 것과 다르지 않다는 생각에 정신을 차리고 보니 입이 제멋대로 움직이고 있었다.

"사인은 했지만 무슨 내용인지 정확히 알지 못합니다. 그리고 내가 사인을 했다고 해서 일을 직접적으로 처리한 건 내가 아니지 않습니까. 그 결재 서류를 들고 일 처리를 한 건 담당 직원입니다."

나 혼자의 잘못이 아니라고 말하고 있었다.

"하루에 내 사인과 결재를 받아야 하는 서류가 얼마나 많은지 검사님은 아십니까? 그걸 어떻게 전부 기억하겠습니까."

거침없이 말했다. 그의 음성엔 노기가 가득했다. 당장이라도 법정에 있는 모두를 찢어 죽일 듯 눈빛에 살기가 가득했다. 그러나 이현은 한두 번 본 것이 아니라는 듯 대수롭지 않게 받아쳤다.

"비자금 관련 서류들이 피고인에겐 전혀 중요한 사안이 아니었습니까? 중요한 건 보통 기억하는 법입니다."

"증인이 위증한 것일 수도 있지 않겠습니까."

장현은 고개를 비스듬히 틀어 방청석에 앉아 있는 비서실장을 시선

끝에 담았다. 그리고 다시 이헌을 향해 시선을 올렸다.

"그렇다면 피고인은 본 법정에서 검찰 조사 당시 진술과 상반되는 진술을 하고 있는데, 어디에서 거짓말을 하고 계신 겁니까."

자신들의 의견과 다르게 제멋대로 검사를 들이받는 피고인을 바라만 보고 있던 변호인단에서 막내 변호사가 검사의 뾰족한 신문에 불쑥 책상을 치고 일어났다.

"재판장님! 검사는 본 재판과 상관없는 질문으로 피고인을 위협하고 있습니다!"

가만히 피고인 신문을 지켜보고 있던 판사의 시선이 변호인을 향했다. 그는 안경을 추켜올리며 천천히 입을 뗐다.

"인정합니다."

피고인 측의 이의 제기가 또 받아들여졌다. 인정한다는 판사의 말에 변호인단은 흡족하다는 듯 고개를 끄덕였다. 그러나 그것도 잠시였다.

"하지만 피고인."

판사가 피고인을 불렀다. 피고인 신문 도중에 판사가 끼어드는 건 전례가 없는 일이었다.

"검찰 조사 당시의 진술서와 피고인이 법정에서 한 말들은 모두 상반된 게 사실입니다. 그 어느 쪽도 피고인에게 유리하지 않다는 거, 알고 있습니까?"

피고인을 위해서 하는 말인 건 분명한데 그 음성은 물론 표정에까지 판사로서 가져선 안 될 사심이 가득 묻어 있었다. 짜증이 배인 그 표정을 정면에서 바라보고 있던 피고인 장현은 조소를 흘리며 대답했다.

"모르는 걸 모른다고 하지, 안다고 할까요."

기가 막힐 따름이다.

"검사. 신문 계속하세요."

마치 피고인과 말을 섞기 싫다는 듯 판사의 혀 차는 소리가 법정 안에 들리는 듯했다.

"재판장님."

피고인 신문을 계속하라는 판사의 말이 끝나기 무섭게 법정 앞을 향해 이헌이 몸을 틀며 판사를 올려다봤다.

"피고인 장현의 아내인 이은미 씨를 증인으로 신청하고자 합니다."

술렁이기 시작했다. 이미 검사 측은 이야기가 다 된 사안인지 담담한 반면, 피고인 측 변호인단은 소란스러워졌다.

"증인으로 채택되면 다음 공판 기일을 잡아야 하는데, 검사 측 괜찮겠습니까."

판사는 속삭이듯 검사 측을 바라보며 조심스레 물었다. 재판이 길어지면 재판부는 물론 검찰에도 이득이 되는 게 없었다. 특히 이번 사건은 더더욱이 양쪽 모두에게 부담스러운 일이었다.

"피고인 측이 괜찮은지 물어봐 주십시오."

동문서답이나 다름없었지만 어차피 사전에 협의가 이뤄지지 않은 증거물 또는 증인은 상대방의 동의를 얻어야만 그 효력이 있었다. 피고인 측에서 거부한다면 증인 신청은 받아들여지지 않고 재판은 속행될 것이다.

"피고인 측. 검사 측 증인 신청을 받아들이겠습니까?"

판사가 물었다. 검사 측 증인 신청이 하필 장현의 아내라는 것이 문제였다. 그녀를 앉혔다가 검사가 뭘 물어볼지 예측조차 어려워 난감하기만 해 머뭇거렸다.

한편 증인으로 자신의 아내를 신청한 검사를 바라보는 장현의 눈엔 핏발이 선 채였다.

더는 화를 억누르지 못했다. 지그시 어금니를 깨물며 바닥에 남아 있는 이성의 끈을 붙잡으려 안간힘을 썼다.

"재판장님. 현재 이은미 씨는 건강 악화로 병원에 입원 중이라 법정에 증인으로 서지 못할 거 같습니다."

검사 측 증인 신청을 받아들일 수 없다는 말이었다. 그 이유가 다소 믿기진 않지만.

"의료 기록과 담당 의사의 소견서와 진단서를 다음 재판 때 제출하겠습니다."

이유야 어떻든 피고인 측에서 증인 신청을 받아들이지 않았으니 피고인의 아내를 증인석에 앉힐 수는 없었다.

"검사 측의 증인 신청은 받아들이지 않겠습니다."

피고인 측 변호인들이 증인 신청을 받아들이지 않을 거라고 예상한 듯 이헌은 물론 그와 시선을 주고받는 이 검사도 덤덤하기만 했다. 그러면서 이 검사가 고개를 끄덕이자 이헌은 재판장 앞으로 한 발짝 더 다가와 음성을 한 톤 높이며 말했다.

"재판장님. 새로 나온 증거 자료가 있습니다. 이를 채택하여 주십시오."

새로 나왔다는 증거 자료라는 말에 또다시 피고인 측 변호인단은 술렁였다. 반면 판사는 그게 뭐냐며 검사에게 넌지시 물었다.

"K그룹 내에서 그리고 갤러리를 통해서 조성된 비자금 일부가 정치권으로 흘러 들어간 내역이며 이는 피고인 소유의 개인 금고를 압수 수색 해서 나온 겁니다."

변호인단은 아무것도 몰랐다는 듯 놀랐다. 거기에 검찰 조사 당시 혐의를 인정하면 일단 덮어 두겠다고 했던 뇌물 리스트를 불쑥 건드리는 이헌의 행태에 장현의 눈엔 광기가 어리기 시작했다.

한빛은행의 개인 금고에 보관 중이던 뇌물 리스트와 훗날을 위해 식사 자리를 핑계 삼아 만들어 두었던 녹취록이 검사의 손 안에 있었다. 언제고 터질 일이겠지만 현재의 타이밍은 장현에겐 그야말로 최악이었다.

"피고인 측. 증거물 신청, 어떻게 받아들이겠습니까?"

피고인 측의 반응을 예상이라도 한 듯 판사의 물음엔 비아냥조가 섞인 듯했다. 변호인단은 서로 의견을 짧게 주고받더니 그중 대표 변호사가 몸을 일으켰다.

"사전에 등록해 협의가 이루어진 증거물이 아니라 받아들일 수 없습니다."

역시 모두의 예상대로였다. 검사 측도 예상한 듯 변호인단의 태도에 설핏 웃음을 터트렸다. 그러나 판사는 못마땅하다는 듯 피고인 측을 쏘아봤다. 그리곤 한숨을 터트리며 입을 뗐다.

"피고인 측. 지금 증인 신청도 증거물 신청도 모두 받아들일 수 없다고 하는데, 진술 거부권 행사에 모른다고만 하는 피고인이 현재 얼마나 불리한지 알고 있습니까?"

마치 화가 나 따지듯 묻는 것 같았다. 중립을 지키며 평정심을 유지해야 하는 판사로서 그는 분명 자격 미달의 행동을 한 것이지만 멈추지 않았다.

"이렇게 증인도 증거도 모두 거부해 버리면 그 뜻을 재판부에서 어떻게 해석할 거라고 생각합니까."

그는 부장 판사였다. 수십, 수백, 수천 번의 재판에서 자신의 감정을 드러낸 적이 결코 없던 이였다. 피해자를 생각하면 화가 나고 뻔뻔한 피고인을 보면 열이 받지만 지금껏 한 번도 감정을 표출한 적 없었다.

이렇게까지 감정이 널뛰는 건 피고인을 기점으로 현재 나라를 시끄럽게 만들고 있는 숱한 재판들 때문이라고 지난번 사법부에서 한차례 사건을 모른 채 덮었던 탓이다.

그리고 그 중심에 자신이 있었기에 법조인으로서 정경 유착의 뿌리를 도려내야 한다는 생각에서 비롯된 거라고 생각했다.

그런 판사를 비웃기라도 하듯 장현은 히죽이듯 웃음을 터트렸다. 갑작스러운 웃음소리에 법정에 있던 모든 이들의 시선이 일제히 그를 향했다.

마치 코미디 프로그램을 본 사람처럼 박장대소하듯이 웃더니 언제 그랬냐는 듯 웃음기가 싹 가신 얼굴을 하곤 차갑게 가라앉은 목소리를 내뱉었다.

"답이 다 나온 거 같으니 이쯤 하지."

피고인의 말에 판사는 어이없다는 듯 실소했고 변호인단은 아연실색했다. 그러나 이헌은 표정에 변화가 없었다. 그는 그저 피고인 장현을 차갑게 바라보고 있었다.

"그만하자고. 더는 피곤해서 못 하겠으니까."

주어가 없었다. 누구에게 하는 말인지 명확하지 않았지만 법정 안의 그 누구에게 하는 말이든 있을 수 없는 일임엔 분명했다. 아니나 다를까 판사가 언성을 높였다.

"피고인! 여긴 법정입니다."

"법정인 거 아는데, 내 변호사들도 더는 변호할 방법이 없어서 쩔쩔매고 있는 거 여기 모르는 사람 있나? 이제 나도 더는 할 말이 없습니다."

피고인의 말과 행동, 그 태도에 할 말을 잃은 판사는 어처구니없다는 듯 허탈한 웃음을 토해 냈다.

"검사님, 의견 진술하세요."

마치 자신이 판사가 된 양 장현은 몸을 일으키며 이헌을 향해 말했다. 그 어조엔 비아냥거림이 가득했다.

"피고인! 지금 법정을 모독하는 겁니까!"

판사의 언성은 더욱 높아져만 갔다.

"구치소에 박혀 있는 내가 어디 모욕이나 되겠습니까."

그는 판사에게까지 비아냥거리며 히죽였다. 재판을 계속할 이유도 명분도 없다는 듯 제멋대로 굴었다. 그런 장현을 보며 이헌은 한 발짝 다가와 작게 읊조렸다.

"이러면 좋을 게 하나도 없습니다."

충고였다. 자중하라는 말과 다르지 않았다. 그러나 장현은 검사의 충고에 아랑곳하지 않았다.

"지금 나한테 좋을 게 있긴 한가?"

그 태도에 판사는 결국 피고인 신문을 중단시키고 만다.

"피고인! 자리로 돌아가세요!"

장현의 태도는 당장 오후 뉴스에 나와도 놀랍지 않을 만큼 전례 없는 일이었다. 그는 피고인석으로 돌아가며 웃음기를 삼켰다. 아연실색한 변호인단 한 명 한 명을 눈에 모두 담으며 그렇게 자리에 앉아 정면을 주시했다.

"검사 측, 의견 진술하세요."

재판은 속행됐다. 정해진 절차에 따라 검사 측의 마지막 발언권이 주어졌다. 이헌은 사전에 작성해 두었던 의견서를 한 손에 꼭 쥔 채 자리에서 일어나 말문을 열기 시작했다.

"존경하는 재판장님. 피고인 장현은 대한민국 경제의 핵심이라 할 수 있는 K그룹의 총수로서 그 누구보다도 투명하고 바른 경영을 해야 할 책임이 있는 사람입니다. 그런데 피고인은 그룹의 전략 기획실을 움직여 조직적으로 회사 자금을 횡령하고 사문서를 위조해 비자금을 조성한 혐의가 뚜렷합니다."

피고인의 태도에 이미 재판을 포기한 변호인단은 그냥 가만히 검사의 의견 진술을 듣기만 했다. 반면 당사자인 장현은 일말의 변화도 보이지 않았다.

"피고인은 문화 예술에 이바지하겠다고 선전하며 만든 재단과 페이퍼 컴퍼니를 통해 비자금을 꾸준히 부풀려 갔습니다. 그렇게 조성된 비자금은 5년 전부터는 조세 피난처를 통해 국외 페이퍼 컴퍼니로 돌려 조세포탈까지 하였습니다."

그의 죄명은 한 줄로 축약할 수 없을 만큼 많았다.

"또한, 비자금 조성을 목적으로 만든 차명 계좌 269개 모두 K그룹 임직원의 가족, 친지 혹은 그 지인들로 확인됐으며 이는 사적인 개인 정보까지 불법적으로 확인한 것으로 개인 정보 보호법에 위반됩니다. 이와 같은 행위는 회사에 대한 믿음과 신의가 있는 직원들을 기만한 것으로 그 죄질이 결코 가벼울 수 없습니다."

의견서를 보며 막힘없이 읽어 내려가던 이헌이 고개를 들어 맞은편에 앉아 있는 피고인 장현을 주시했다. 그의 눈에 비친 장현은 평온해 보였다. 마치 모든 것을 달관한 사람처럼.

이에 이헌은 법정 앞, 판사를 바라보며 말을 이어 나갔다.

"이에 따라 특정 경제 범죄 가중 처벌 등에 관한 법률 제3조, 제4조와 범죄 수익 은닉의 규제 및 처벌 등에 관한 법률과 조세범 처벌법 제3조와 개인 정보 보호법 제71조에 의거……."

길고 길었던 터널의 끝이 보이고 있었다.

"피고인 장현에게 징역 20년을 구형하는 바입니다."

어둡던 터널 끝엔 환한 빛이 기다리고 있을 거라고 믿었다.

24장

옷장 문을 닫고 화장대 앞에 앉아 마지막으로 말린 장밋빛 립글로스를 바른 다현은 거울에 자신의 모습을 비춰 봤다.

역시 낯설었다. 몸매의 굴곡이 드러나는 원피스 아래로 보이는 맨다리까지 어색했다. 펀칭 레이스가 유난히 고급스러워 보이는 하늘색 원피스는 분명 그녀의 옷장에서 가장 화려한 옷임이 틀림없었다.

사법 고시를 패스하고 연수원에 들어가기 직전 부친이 직접 백화점에 딸을 데려가 앞으론 입을 일이 없을지도 모른다며 여성스러운 원피스 한 벌을 선물했다. 그 옷이었다.

부친의 말처럼 지금껏 한 번도 입어 보지 못한 옷이었다. 그래서 옷장에서 원피스를 꺼내서 가장 먼저 한 일은 아직도 남아 있던 태그를 뜯어 버리는 것이었다.

그렇게 곱게 옷을 차려입고 모처럼 색조 화장까지 심혈을 기울였다. 거실에 틀어 놓은 TV가 시끄럽게 떠들어도 그녀는 거울 앞에서 길게 흐트러진 머리카락을 빗으로 빗고 핸드백을 챙겨 들었다.

―장현에 대해서 검사 측은 징역 20년을 구형했는데요. 선고가 어떻게 나올 거라고 예상하십니까.

—검사 측 의견에 따라 선고될 거 같진 않습니다. 그런 전례도 없었고요.

—실형은 가능할까요? 지금까지 그룹 총수들의 비자금에 대한 재판들을 봤을 땐 실형을 선고받더라도 집행 유예로 나오거나 보석 신청이 받아들여지지 않았습니까.

—이번엔 집행 유예는 어렵지 않나, 예상해 봅니다. 비자금 규모가 수천억 원대 아닙니까. 재단까지 가담한 상황에서 실형을 면하긴 어렵다고 봅니다.

—그렇다면 보석을 신청할 수도 있겠습니다.

—그럴 가능성이 아예 없진 않습니다. 하지만 국민 정서상 당장 실형을 선고받더라도 때를 기다리지 않겠습니까. 지금 장현의 차남인 장민준이 마약 공급책과 투약을 상습적으로 일삼아 재판에서 징역 10년을 선고받는데 항소했지 않습니까. 그거 때문이라도 당장은 어렵지 않나, 싶습니다. 그리고 적폐라고 손가락질 받는 검찰과 법무부, 사법부까지 전부 작정하지 않고서야 이번 사건을 오점으로 남기고 싶진 않을 겁니다. 보석도 쉽게 받아들여지진 않을 거라고 예상합니다.

토요일 아침은 바로 전날 있었던 장현의 2차 공판 결과에 대해 여기저기서 떠들어 대는 통에 시끄럽기만 했다.

—K그룹 임직원들의 재판이 남아 있습니다. 어떻게 끝날 거라고 예상하십니까.

—석원기 재무 이사에 대한 선고 공판이 내일이지 않습니까? 그쪽이야말로 집행 유예로 매듭이 지어지지 않을까 합니다.

—석원기 이사는 장현의 재판에 증인으로 출석해 범죄 사실을 소명했습니다. 충분히 감형될 만한 사안으로 보입니다. 또 결정적인 증거도 검찰에 직접 제출했고 항소할 뜻이 없다고 미리 밝히기도 했습니다.

—성기준 씨와 나상호 씨는 3일 뒤에 2차 공판이 열릴 예정입니다.

—집행 유예까진 안 되지 않겠나, 그렇게 봅니다. 실형이 선고될 거라고

생각합니다.

─전례 없던 규모의 비자금이 터지고 대기업 3곳이 동시다발적으로 검찰 조사를 받은 그야말로 역사상 전무후무할 사건들이 서서히 끝이 나는 듯 보입니다.

─K그룹에 비하면 대호그룹이나 MK건설은 소꿉장난에 불과했다고 봅니다.

기자 출신 앵커와 정치권 인사, 법조계에 종사했던 인물들이 토론하듯 저마다 의견들을 표출했다. 좋은 날까지 굳이 듣고 싶지 않은 얘기 투성이라 다현은 과감히 TV를 꺼 버렸다.

그녀가 리모컨을 소파에 무심히 던질 때 기다렸다는 듯 초인종 소리가 들려왔다. 한 손에 들려 있던 핸드백까지 리모컨과 함께 소파에 내던져진 채 다현의 발걸음은 황급히 현관으로 향했다.

초인종을 누른 사람이 누군지 확인조차 하지 않고 그녀는 현관문을 벌컥 열었다. 밝은 네이비 톤의 슈트를 깔끔하게 차려입은 이헌이 서 있었다.

"모처럼 주말에 쉬는 건데 괜히 같이 가자고 했나?"

허전한 손을 확인한 다현이 다급히 집 안으로 들어가 소파에 널브러져 있는 핸드백을 챙겨 나오자 이헌이 조심스레 말했다.

근래에 주말에 제대로 쉰 적이 없는 건 사실이었다. 그렇다고 해서 그녀가 쉬겠다고 할 리가 없었다.

"아주버님의 초대를 거절하면 안 되죠. 안 그래도 바빠서 상견례도 계속 미루고 있고, 결혼식장에서 가족들 처음 뵈는 거라 죄송한데……."

이헌의 팔에 팔짱을 낀 채 집을 나서며 다현이 고개를 내저었다.

오늘은 이헌의 형인 이준의 결혼식이었다. 같이 오라고 청첩장을 준 그의 성의를 모른 체할 수 없었다. 다현은 오늘만 주말인가, 이제 주말마다 쉴 수 있으니 괜찮다며 이헌을 이끌고 엘리베이터에 올랐다.

"나 오늘 괜찮아요? 참한 며느리 컨셉인데, 얌전해 보여요?"

오랜만에 밝은 톤에 여성스러운 원피스를 입은 다현은 스스로가 어색하기만 했다. 이헌에게 괜찮냐고 물어보면서도 다시 올라가서 옷을 갈아입을까 싶어 초조하게 눈꺼풀을 움직였다.

"예쁘니까 걱정하지 마."

치마 정장을 입는 날도 드물 만큼 활동적인 바지 정장을 선호하는 다현에게 확실히 낯선 옷차림인 건 분명했지만 그래서 유난히 눈에 들어왔다.

낯선데 예뻐서 안전벨트를 매면서도, 시동을 걸면서도, 핸들을 잡으면서도 이헌은 옆에 앉은 그녀를 몇 번이고 눈에 담았다.

"끝나고 가고 싶은 데 있어?"

신호 앞에서 차가 부드럽게 멈춰 섰다. 이헌은 저 멀리 보이는 호텔을 확인하고는 다현에게 넌지시 물었다.

다현의 집과 그리 멀지 않은 호텔에서 결혼식이 있었다. 주말이라 막히는 도로 사정을 걱정할 필요도 없이 사거리를 한 번 지났을 뿐인데 곧 도착이었다.

"오늘은 나랑 놀지 말고 집에 가요."

신호가 바뀌고 액셀을 밟던 이헌이 옆을 힐긋 쳐다봤다. 다현의 말을 해석하는 데 찰나의 시간이 필요했다.

"오늘 같은 날 가족들이랑 시간을 보내야 하지 않을까요? 본가 간 지 오래됐다고 한 거 같은데."

"나 본가에 보내 놓고 권다현도 본가에 가나?"

"난 집에서 밀린 잠 좀 자고 있을게요."

어느새 호텔 정문 앞에 차가 멈췄다. 다현은 안전벨트를 풀며 배시시 웃었다. 본가에 가는 건 조부의 잔소리를 적립하러 가는 것이나 다름없는 건데 굳이 주말에 잔소리를 들으러 갈 필요가 없다는 게 그녀의 생각이었다.

이헌은 발렛 직원에게 키를 넘기며 차에서 내려 발걸음을 재촉하는 다현을 뒤따랐다. 유난히 큰 보폭으로 걸음을 따라잡은 그는 자연스레 그녀의 손을 맞잡았다.

"저녁은 같이 먹고 들어가."

저 멀리 고운 한복을 입고 해사한 미소로 하객들을 맞이하고 있는 이헌의 어머니가 제일 먼저 눈에 들어왔다.

그리고 그 옆에 서서 이따금 미소를 보이며 하객들에게 인사하는 이는 누가 봐도 이헌의 아버지였다.

다현은 이헌을 힐긋 올려다봤다. 그는 아버지를 닮았다.

한 걸음씩 그의 부모님과 가까워져 올수록 괜히 심장이 쿵쾅거렸다. 긴장한 다현의 마음을 아는지 모르는지 이헌은 부모님 앞으로 그녀를 이끌었다.

"어머니."

그는 모친부터 찾았다.

"이헌아!"

하객들 틈에서 고개를 빼꼼 내민 그의 모친은 반가운 기색이 역력한 음성으로 아들을 불렀다. 이헌의 모친은 하객을 맞이하다 말고 막내아들을 보자마자 손을 뻗어 왔다.

"우리 아들 얼굴이 반쪽이 됐네."

"별일 없으셨죠?"

"얼굴이 이게 뭐야. 그러게 집에서 지내면 얼마나 좋아."

핼쑥해진 아들의 얼굴을 매만지며 그의 어머니는 안쓰러운 기색을 드러냈다.

얼마 만에 막내아들의 얼굴을 보는 건지 기억이 가물가물할 지경이었다. 이곳이 결혼식장만 아니었다면 아들을 부둥켜안았을지 모른다.

"네 눈에 난 안 보이냐."

눈물겨운 모자 상봉이 아닐 수 없었다. 이헌을 마치 어린아이 대하듯 하는 어머니를 보고 놀란 것도 잠시였다. 그의 아버지가 성큼 다가와 불만 가득한 음성으로 투덜대셨다. 그러자 이헌이 아버지를 보곤 고개를 까딱 숙였다.

엄마와 아빠를 대하는 아들의 반응이 극명히 엇갈렸다. 옆에서 지켜보던 다현은 괜히 민망해 어색한 웃음을 짓고 있었다.

"인사해. 아버지랑 어머니야."

그때 이헌이 다현을 보며 부모님을 소개했다. 마음의 준비를 할 새도 없이 훅 들어오는 바람에 제대로 웃고 있는지 가늠할 새도 없이 다현은 고개를 푹 숙였다.

"처음 뵙겠습니다. 권다현이라고 합니다."

아들 옆에 여자가 있을 거라고 생각지 못했던 부모님의 반응이 딱 이럴까 싶었다. 분명 계속 손을 잡고 있었고 옆에 서 있었는데 모친의 눈에도 부친의 눈에도 자기 아들밖에 보이지 않았던 듯했다.

그도 그럴 것이 아들을 제대로 본 지 1년이 넘은 듯했다. 안부를 묻는 것에 온통 정신이 팔려 옆에서 손을 잡고 있던 다현을 눈치채지 못했던 부모님은 눈을 껌뻑이며 그녀를 한참 뚫어져라 쳐다봤다.

"아! 이헌이랑 맞선 본 아가씨 맞죠? 권 고문님 손녀딸이던가?"

먼저 정신을 차린 건 이헌의 모친이었다. 생각 끝에 익숙한 이름을 찾아낸 모친은 반갑게 웃으며 다현을 아는 체했다.

"네. 할아버지가 권 석 자 윤 자 되세요."

"반가워요! 정말 예쁜 아가씨였네."

"할아버님한테 얘기 많이 들었네. 잘 왔어."

이헌의 부친도 그제야 다현을 알아보곤 반갑게 그녀를 맞이했다.

"먼저 찾아뵀어야 했는데, 이렇게 인사드려서 죄송합니다."

바쁘다는 핑계로 상견례를 미뤄 뒀다. 재판이 산적해 있었다. 상견례를 하고 나면 어른들에게 쫓기듯 결혼 준비를 해야 할 텐데 그럴 시간조차 없어 미뤄 둔 거라고 봐야 했다.

그래서 이헌의 부모님을 따로 만나 뵀어야 했다는 걸 알면서도 기회가 있겠지 싶어 그마저도 뒷전이었다.

이렇게 그의 부모님을 뵈니 괜히 더 죄송스러웠다. 이헌은 벌써 부모님과 조부님을 몇 번 뵈었고 저녁도 함께 먹었다. 이쯤 되면 며느리로 실격 처리 당하지 않은 것만으로도 다행이지 싶어 다현은 죄송하다며 고개를 숙였다.

"서로 바쁜 거 잘 아는데 시간 낭비 할 필요 있나. 이렇게라도 보면 되지."

이헌의 부친이 별일 아니라고, 괜찮다며 대수롭지 않게 말씀하자 다현은 그제야 어설프게나마 환한 미소를 지어 보였다.

"이 녀석이 결혼식장 들어갈 때까지 며느리 얼굴 안 보여 줄 줄 알았는데, 어쩐 일인가 싶긴 하네."

"여보! 애들 앞에서 별소리를 다 해요."

아들을 노려보고 있는 아버지와 그런 아버지의 시선을 무시하는 아들은 누가 봐도 상극이었다. 그 모습에 다현은 멋쩍은 듯 웃었다.

"다현 씨가 이해해요. 부자지간 사이가 평범하진 않아요."

"말씀 편하게 하세요!"

"그럼, 그럴까?"

"네! 이헌 씨랑 상의해서 식사 자리 빨리 잡도록 할게요. 저희 부모님도 기다리고 계세요."

"너희들 편한 시간에 맞춰서 보도록 해."

"네."

"오늘은 편하게 있다 가고."

어느새 이헌의 모친은 다현의 손을 꼭 붙잡은 채 그 위를 토닥이며 환한 미소를 지었다.

다른 건 차치하고, 아들이 결혼하겠다는 마음을 먹게 만들어 줘서 고마운 아이였다.

막내아들이 일에만 미쳐서 평생 혼자 살다가 고독사라도 하는 게 아닐까 하는 염려를 안고 살았다. 이젠 그런 불필요한 걱정은 하지 않아도 돼서, 두 다리 뻗고 편히 잘 수 있어서 좋았다.

"너는 오늘 저녁에 집에 오고."

다현의 손을 살며시 놓아 주며 이헌의 모친은 아들에게 따끔하게 당부했다. 저녁엔 친지들과 집에서 식사하기로 했기에 막내아들의 참석을 강요할 수밖에 없었다.

대신 친척들이 온다는 얘기는 일절 입 밖으로 내지 않았다. 안 올 게 분명하니까. 따뜻한 집밥 한 끼 먹이고 싶은 어미의 마음이었다.

"네."

어쩐지 순순히 알겠다고 하는 아들이 수상했지만 모처럼 막내아들이 좋아하는 갈비찜을 많이 해야겠다고 생각했다.

"들어가 있어라. 네 형은 사진 찍는다고 신부 대기실에 있다."

"먼저 들어가 볼게요."

다현은 꾸벅 고개를 숙였다. 이헌의 손에 이끌려 부모님에게서 멀어진 그녀의 발길은 이내 신부 대기실 문 앞에서 멈췄다.

사진을 다 찍은 건지 카메라를 든 남자와 여자가 신부 대기실을 나오고 있었다.

"형."

대기실 안으로 한 발짝 들어선 이헌이 형을 불렀다. 신부 앞에 서 있던 그의 형이 익숙한 목소리에 고개를 휙 돌렸다.

이헌의 형에게선 아버지와 어머니 얼굴이 모두 보였다. 마주 선 형제는 가볍게 포옹을 하며 축하와 고맙다는 말을 주고받았다.

"제수씨. 와 주셔서 고맙습니다."

그때 이헌의 형이 빙그레 웃으며 먼저 알은척을 해 오자 다현은 허둥대며 꾸벅 고개 숙여 인사를 건넸다.

"아, 아니에요! 당연히 와야죠. 결혼 축하드려요."

이헌의 형은 스스럼이 없었다. 마치 어제도 만난 사람처럼 친근하게 굴었다.

"신혼여행 갔다 와서 언제 한번 같이 식사해요. 제가 사겠습니다."

"우리 형 로펌에서 월급 제일 많이 받아. 비싼 거 사 달라고 해."

다현은 웃음을 터트리며 고개를 끄덕였다. 두 분이 약속 잡으시면 군말 없이 따르겠다고 말했다.

"참, 소람아. 여기 내 동생이랑 예비 제수씨. 인사드려. 네 형수야."

메이크업을 고치느라 정신없던 신부에게 그제야 이헌과 다현을 소개해 주는 이준이었다. 새하얀 웨딩드레스를 입은 신부는 온화한 인상에 백합이 연상되는 미인이었다. 그녀는 드레스 자락을 붙들고 일어나 가슴팍을 한 손으로 가리며 가볍게 고개를 숙였다.

"서방님이라고 해야 하는 거 맞죠?"

"처음 뵙겠습니다. 형수님."

"이준 씨한테 얘기 많이 들었어요. 이렇게 뵙게 돼서 영광입니다."

"아, 아닙니다. 먼저 인사를 드렸어야 했는데, 틈이 없었습니다."

"아니에요. 서로 바쁜 거 잘 아는데요, 뭘. 괜찮아요."

"이쪽은 저랑 결혼할 사람입니다."

서로 인사를 주고받다가 이헌은 곁에 서 있던 다현을 소개했다. 신부는 활짝 웃었다.

"반가워요. 김소람이에요."

"권다현이라고 합니다. 결혼 축하드려요."

"아, 고마워요. 다현 씨라고 불러도 되죠?"

"편하게 불러 주세요."

"아직 우리 둘 다 결혼은 안 했으니까 호칭은 생략해요."

신부는 유쾌하게 웃음을 터트렸다. 그러자며 다현도 맞장구를 쳤다.

"저흰 먼저 들어가 있겠습니다."

이헌이 다현의 손을 잡으며 말했다. 가족석이 앞쪽에 따로 있으니까 잘 보고 앉으라는 형의 당부에 알았다며 그는 신부 대기실을 나와 그녀를 이끌고 결혼식장 안으로 들어섰다.

가족석이라고 적혀 있는 테이블이 가장 먼저 눈에 띄었지만 이헌은 앞으로 나가지 않았다. 가족들의 관심에서 멀어지려 가장 멀리 떨어져 있는 곳에 다현을 앉히고 옆자리에 앉았다.

"선배는 앞으로 가야 할 거 같은데."

"저기 앞에 가면 귀에서 진물 날 거야."

어느 집이든 가족들의 잔소리는 끊이질 않고 이헌의 집도 예외는 아닌 것 같았다.

"저녁엔 꼭! 본가에 가요. 알았죠?"

"저녁은 먹고."

"가서 먹어요. 나랑은 만날 먹었고, 앞으로도 계속 먹을 거면서."

"이제 보니까 권다현 잔소리도 만만치 않은 거 같아."

이헌이 절레절레 고개를 흔들었다. 그의 말에 다현은 손을 뻗어 팔뚝을 찰싹 때리며 입을 삐죽 내밀었다.

잔소리라니. 잔소리라면 누구보다 치가 떨리는데 어림없는 소리였다.

"잠시 뒤 신랑 문이준 군과 신부 김소람 양의 결혼식이 시작될 예정입니다. 하객 여러분들은 결혼식장 안으로 들어와 자리에 앉아 주시길 바랍니다."

환하던 결혼식장 안의 불이 약하게나마 조도를 낮췄다.

이윽고 하객들이 하나둘 비어 있던 자리를 가득 메우자 불이 꺼지고 결혼식이 시작됐다.

환한 얼굴로 혼자 식장 안에 걸어 들어온 신랑은 잠시 후 순백의 드레스를 입은 신부와 손을 맞잡고 함께 버진 로드를 걸어 나갔다.

주례가 없었던 결혼식은 그 어느 때보다 빠르게 끝났다. 하객들은 자리에 앉은 채 피로연을 기다렸다.

"이헌이 형! 빨리 와, 빨리!"

낯선 사람들 틈에 앉아 결혼식을 보고 있던 이헌의 귀에 낯익은 목소리가 들려왔다. 다현이 고개를 휙 돌려 등 뒤에서 손짓하는 남자를 확인했다.

"사촌 동생이야. 잠시만 앉아 있어."

이헌에게 형이라 부르는 사람을 처음 봐서 그 호칭이 낯설었다. 그는 사촌 동생을 따라 그렇게나 꺼리던 가족석으로 자리를 옮겼다.

잔소리가 시작되려나 싶어 괜히 걱정스러운 마음에 먼발치에 앉아 있어도 시선을 이헌에게 고정하고 있던 다현은 갑자기 우르르 일어나 결혼식장 앞으로 나가는 사람들을 보며 고개를 갸웃거렸다.

그때 사람들 틈에서 카메라 앞에 선 남자를 발견했다. 신랑 신부와 함께 양가 가족이 사진을 찍어야 해서 이헌을 급하게 부른 모양이었다. 가족들의 잔소리를 피하게 된 듯해 다행이라 생각하며 다현은 물을 마셨다.

그 순간이었다.

"다현아!"

저 앞에서 그녀를 부르는 이헌의 목소리가 또렷하게 식장 안을 가득 메웠다.

"제수씨! 빨리 오세요!"

덩달아 이준까지 다현을 부르며 손짓했다. 식사를 기다리며 식장 안에 앉아 있던 수많은 사람의 시선이 그녀에게 쏠렸다.

다현은 민망함에 멋쩍은 듯 웃으며 손사래를 쳤다. 그러자 이헌이 가족들 틈을 비집고 단상을 내려와 그녀에게 달려왔다.

"뭐 해. 같이 가."

이헌이 손을 덥석 잡아 왔다. 저 앞에선 빨리 오라는 신랑과 신부의 목소리가 들려왔다.

"시간 없어. 사진 다 찍어야 밥 먹을 수 있대. 빨리 가자."

"아니, 난 진짜 괜찮아요!"

저 사람은 누구냐는 호기심 가득한 시선들이 부담스러워지기 시작했다. 결혼식장에 와서 사진을 찍을 때가 돼서야 이헌을 처음 본 가족들은 다현을 신기하게 쳐다보는 게 당연했다.

"권다현도 가족인데 같이 찍어."

결국 다현은 민망한 듯 고개를 숙인 채 이헌에게 이끌려 걸어 나왔다. 순간 그녀는 마른침을 꿀꺽 삼키며 고개를 들었다.

"이제 와서 나랑 결혼하기 싫다는 거 아니지?"

이헌이 짓궂게 웃으며 물었다. 다현은 고개를 세차게 내저었다.

여기서 결혼 얘기가 뜬금없이 왜 나온 건지 생각할 틈은 없었다. 도망이라도 갈까 싶은지 순식간에 허리를 감아 온 그의 팔 때문에, 너무 가깝게 다가온 얼굴 때문에 단상에 올라가면서 사진에 얼굴이 붉게 나올까 봐 괜히 걱정됐다.

"우리도 빨리 결혼하자."

귓가에 속삭이듯 그가 말했다. 주위에 가족들이 듣기라도 할까 봐 불안한 건 잠시였다.

"하나, 둘, 셋 하면 찍겠습니다! 다들 여기 앞에 봐 주세요!"

가족들이 웅성거렸고 사진작가의 목소리는 유난히 컸다.

"다음 주에 상견례 하자고 하자. 그 다음 달에 결혼하고."

여기서 할 말이 아닌 건 분명한데, 이헌의 입을 틀어막아야 하는데 사람들 틈에서 아무것도 할 수 없었다. 그저 다현은 마른침만 삼키며 이헌의 말도 안 되는 계획을 가만히 듣고 있어야 했다.

"하나 둘! 셋!"

셔터 소리가 들리지 않았다. 사람들의 웅성거리는 소리도 전혀 들려오지 않았다. 앞을 비추는 핀 조명이 유난히 밝았다.

"사랑해."

녹아 버릴 듯한 목소리만 또렷했다. 고개를 돌려 그를 바라봤다. 포근하게 미소 짓는 그녀의 얼굴은 그 어느 때보다도 해사했다.

"사랑해 줘서 고마워요."

이헌은 그녀에게서 시선을 떼지 못했다. 버진 로드를 걷던 형의 환한 얼굴이 잊히지 않았다.

그녀와 함께라면 평생 환하게 살 수 있을 것 같다고, 그렇게 살고 싶다고 생각했다.

사랑하기 좋은 날이었다.

❖   ❖   ❖

"지검에 도착했어요."

지검 로비로 막 들어선 다현은 휴대폰 너머 이헌에게 도착을 알리며 엘리베이터 쪽으로 발걸음을 재촉했다.

—데리러 간다니까, 하여튼 되게 말 안 들어.

"치. 내가 뭐 앤가?"

—말 안 듣는 건 애 못지않아.

이헌의 투덜거리는 핀잔이 흘러나왔지만, 다현의 얼굴엔 웃음꽃이 만개했다.

모친과 조부의 잔소리는 그토록 지겹고 싫더니, 이헌의 핀잔과 걱정, 잔소리는 들어도 들어도 질리지 않았다. 이율배반적이지만 하는 수 없다.

좋은 걸 어떡해.

투덜대는 나지막한 목소리마저 달콤하게 들리니 확실히 정상은 아니었다.

"오랜만에 어머님 밥도 먹고, 좋았죠?"

—네가 해 주는 게 더 맛있어.

"에이. 설마."

—나 거짓말하고 그러는 사람 아니다. 검사가 거짓말하면 못써.

아닌 걸 알면서도 어깨가 으쓱해질 만큼 기분이 좋았다. 한껏 올라간 입꼬리가 좀처럼 내려올 줄을 몰랐다.

과거 형이 신혼여행을 다녀온 후에도 바쁘다는 핑계로 본가에 가지 않았던 이헌의 등을 떠밀어 억지로 집에 보낸 참이었다.

주말인데 집에 가서 놀다 오라며 말도 안 되는 핑계로 그를 본가에 보내 놓고 모처럼 밀린 잠을 보충하고 상쾌하게 출근을 하는 길이었다.

"나중에 봐요. 늦지 말고 빨리 오고."

—나도 곧 도착. 좀 이따 보자.

그렇게 이헌과 통화를 마치자 10층에 엘리베이터가 멈춰 섰다.

또각또각 구두 굽 소리가 경쾌했다. 걸음을 재촉해 문고리를 비틀던 그녀의 시선이 머문 곳은 검사실 이름표가 붙은 벽이었다.

1027호 반부패 수사 제1부 권다현 검사실

검찰 총장이 바뀌었다.

재판 결과를 떠나 법무부 장관에게까지 책임을 묻는 여론이 형성되면서 여, 야당의 압박을 견디지 못해 사퇴가 결정됐고 신임 장관은 검찰 개혁 카드를 꺼내 들었다.

검찰 총장도 동의하면서 일대 파란이 불었다. 누가 철퇴를 맞게 될 것인가 하는 초미의 관심사에 잘려 나간 건 검찰 내의 수뇌부들이었다.

그들이 자신의 권력으로 사건을 멋대로 쥐고 흔들던 특수부를 없애 버리자는 의견들이 팽배했고 그 결과 나온 절충안은 특수부의 축소였다.

중앙 지검을 비롯해 대구와 광주 지검에만 특수부를 남겨 됐지만, 그 이름을 '반부패부'로 변경했다. 검찰의 직접 수사권을 대폭 축소하겠다는 의지가 담긴 개혁의 일원이었지만 일각에선 여전히 부정적인 시선을 보내고 있었다.

뭘 하든 바뀌겠냐는 눈초리는 여전했다.

잘 알고 있다. 바뀌지 않는다는 사실을.

그래도 바꾸겠다는 의지와 노력이라도 보이니 다현은 불행 중 다행이라고 생각했다.

"오셨어요."

"어제 말씀하신 자료 올려 됐습니다."

문을 열고 검사실로 들어서자마자 실무관과 수사관이 그녀를 맞이했다.

실무관이 책상 위에 둔 자료를 확인하며 코트를 벗은 다현은 곧장 자리에 앉아 컴퓨터부터 켰다.

"참, 부장 검사님이 호출하셨어요."

"아침부터 무슨 일로? 뭐, 나만 모르는 일 같은 게 있는 건 아니죠?"

"에이. 그런 게 있을 리가요."

실무관이 부장 검사의 호출을 알려 오자 괜히 불안한 마음에 선뜻 검사실을 나서기가 망설여졌다.

현재 그녀의 검사실은 사학 재단인 선일 학원의 비리를 조사 중이었다.

학생들의 등록금과 학비를 사적으로 운용하며 배를 불리고 있는 이 사장이 타깃이었다.

그 사건 때문에 아침부터 호출이 온 건가 싶어 다현은 조마조마한 마음으로 부장 검사실의 문을 두드렸다.

이내 그녀는 들어오라는 기척에 조심스레 문을 열었다.

"어, 권 검사."

미처 발을 다 들이기도 전에 부장 검사가 반갑게 그녀를 맞이했다.

얼떨결에 고개 숙여 인사를 하며 안으로 들어선 다현은 웬 낯선 남자의 등이 보이자 잠시 주춤했다.

부장 검사가 씨익 웃자 그 앞에 서 있던 남자가 고개를 휙 돌렸다.

"기영…… 선배?"

뒷모습이 낯설던 남자는 몹시 익숙한 사람이었다.

설마 하며 가까이 다가간 다현은 꽤 놀란 눈으로 남자를 확인했다.

"권다현, 막내 탈출이야. 축하해."

"아……."

"근데 막내 탈출이긴 한데, 연수원 기수는 한 검사가 높지?"

"네. 그렇습니다."

차마 말을 잇지 못하고 얼떨떨해하던 다현은 눈을 동그랗게 뜨며 부장 검사를 바라봤다.

상반기 정기 인사는 다음 달에 발표될 예정이었다.

한기영의 등장은 시기적절하지 못했다. 특수부, 아니 반부패부 막내

376

를 1년 내내 도맡고 있는 다현에게 그의 발령은 시사하는 바가 컸다.

"특수부 축소되고 일이 워낙 많아져서 한 달 일찍 발령 난 거니까 너무 놀라진 말고."

때마침 가려운 곳을 긁어 주는 부장 검사의 명쾌한 답에 다현은 고개를 끄덕였다.

"특수부 일은 처음이라 많이 힘들 거야. 한 검사가 1년 선배 맞지? 직속 선배니까 후배가 잘 알려 주고."

대학 때 기영과 다현은 스터디 동아리에서 함께 사법 시험을 준비하던 선후배였다. 기영이 사법 시험에서 한 차례 떨어져 연수원 기수도 한 기수밖에 차이가 나지 않았다.

"바쁠 텐데 그만 가 봐도 좋아."

그렇게 부장 검사에게 인사를 하고 검사실을 나온 다현은 뒤따라 나온 기영이 문을 닫자마자 호기심 가득한 눈으로 그에게 물었다.

"선배. 광주였나, 대전에 있지 않았어?"

"생각보다 나에 대해 잘 알고 있는데?"

"진지함은 여전히 찾아볼 수 없구나."

"세상이 이토록 삭막한데, 진지하기까지 하면 무슨 재미로 살아."

"어휴, 말이나 못 하면."

다현은 고개를 절레절레 흔들었다.

기영은 대학 때도 공부보다는 노는 걸 더 좋아하던 선배였다. 그래서 사법 시험도 한 번에 통과하지 못한 거라는 우스갯소리를 들으면서도 괜찮다고 세상 사는 게 다 그런 거 아니겠냐며 시답지 않은 소리를 했었다.

전형적인 검사의 틀에서 완벽히 벗어난 사람인데 어쩌다 반부패부에 뚝 떨어진 건지 의문이었다.

"그래도 아는 사람이 있어서 얼마나 다행인지."

"도대체 선배가 어떻게 여길 온 거야?"

주객이 전도된 느낌이었다. 처음 특수부에 왔을 때 이헌이 이런 기분이었을까.

분명 그보단 더 의아한 기분이 틀림없을 테다.

"이래 봬도 내가 광주에서 꽤 잘나갔다고."

"아, 광주에 있었구나."

"소식을 들으려면 제대로 듣고 살아야지. 넌 예나 지금이나 반만 듣고 사는구나."

"나랑 상관없는 얘기들이잖아. 골치 아프게 뭘 다 듣고 살아. 가뜩이나 머리에 든 게 많아서 선배 소식까진 수집할 여력이 없어."

그녀의 말에 기영이 터져 나온 웃음을 삼키며 가볍게 쥔 주먹으로 입을 가렸다.

"하여튼 앞으로 잘 부탁해."

그가 손을 뻗어 와 악수를 건네자 다현은 가볍게 손을 잡았다.

"미리 말해 두는데, 내 코도 석 자라 선배 도와줄 짬은 안 돼."

이제 겨우 1년 차를 막 넘긴 참이었다.

그 1년 동안 정말 많은 우여곡절과 시련들이 있었지만, 덕분에 이젠 어지간한 공격에 꿈쩍도 하지 않을 만큼 세상에 제법 초연해졌달까.

"여기서 뭐 해."

기영과 가볍게 악수를 하고 손을 떼자마자 등 뒤에서 불쑥 굵직한 목소리가 들려왔다.

"아, 깜짝이! 진짜, 제발 기척 좀 내고 다녀요. 응?"

다현은 놀란 가슴을 쓸어내렸다.

소리도 없이 다가온 목소리의 주인공은 이헌이었다.

짙은 고동색의 코트를 걸친 그는 유난히 잘 어울리는 와인색 슈트에 검은 타이와 검은 셔츠를 입고 우두커니 서 있었다.

"여기서 뭐 하냐고, 누구야."

그는 다현의 앞에 우두커니 서서 잔뜩 굳어 있는 기영을 고갯짓으로 가리키며 눈을 흘겼다.

"서로 인사해요. 여긴 반부패부 문이헌 검사님. 이쪽은 오늘부터 우리 부에서 같이 근무하게 된 한기영 검사."

"입이 없어?"

웃음기 가득한 다현의 시선은 시종일관 이헌을 향해 있는데, 다소 험상궂어 보이는 그의 싸늘한 시선은 잔뜩 얼어 있는 기영을 향해 있었다.

"아, 반갑습니다. 선배님. 연수원 43기 한기영입니다!"

힐긋 올려다봐야 할 것 같은 훤칠한 키와 딱 벌어진 어깨에서 이미 압박을 느낀 기영은 이헌의 싸늘한 눈초리에 퍼뜩 정신을 차리고 고개를 숙였다.

문이헌이라니!

후배들에겐 선망의 대상이 된 선배 검사였다. 특히 초임 검사 시절엔 문이헌 선배는 검사계의 교과서 같은 인물이었다.

갑자기 그를 영접할 거라 생각지 못했던 후배 검사의 떨림이 손끝에 고스란히 전해졌지만, 이헌은 코트 주머니에 찔러 넣은 손을 끝까지 빼지 않았다.

"둘이 복도에서 뭐 한 거야."

"부장님이 인사시켜 줬어요. 나 처음 왔을 때 선배한테 했던 거처럼?"

얼마 되지 않은 것 같은데, 그게 벌써 1년 전이라는 사실이 새삼 놀라웠다.

"어디 있다 왔습니까."

기영을 바라보는 그의 시선은 아래로 향하고 있었다. 기영은 존경해 마지않는 초롱초롱한 눈빛으로 목청을 가다듬으며 입을 뗐다.

"광주 지검 공안부에 있었습니다!"

군기가 꽉 잡힌 기영은 우렁차게 대답하며 악수를 청했다.

"잘 부탁드립니다, 선배님!"

다현과 악수한 손을 당당히 뻗어 오는 기영을 그는 위아래로 낱낱이 훑었다. 노골적인 시선에 기영의 울대가 꿀렁였다.

"여긴 알아서 잘해야 합니다."

묵직한 그 음성에 눈을 동그랗게 뜬 다현이 움찔거릴 만큼 이헌의 목소리는 서늘함, 그 이상이었다.

악수를 청한 손을 거두며 기영은 멋쩍은 듯 웃었지만 이헌은 뒤도 돌아보지 않고 그의 앞을 쌩하니 지나쳐 가 버렸다.

"아하하……. 아침부터 기분이 안 좋으신가? 하하하."

괜히 중간에서 어색해진 다현은 머리를 긁적이며 웃었다.

이헌의 너른 뒷모습을 빤히 바라보던 기영의 시선이 이내 그녀를 향했다.

그의 눈동자는 그 어느 때보다도 빛을 내고 있었다.

"나 여기, 완전 마음에 들어."

"갑자기 무슨……."

"다현이 너도 모자라 문이헌 선배님까지. 여기 완전 대박이야."

이헌의 싸늘한 태도에 기가 죽거나, 아니면 욕이라도 하지 않을까 싶어 난감하던 다현은 한껏 들뜬 기영의 모습에 어리둥절함을 느끼며 눈을 껌뻑였다.

뭘 잘못 먹었나.

기영은 마치 놀이동산 입구에서 잔뜩 들뜬 어린아이처럼 흥분을 감추지 못했다. 그 모습에 다현은 어색한 미소를 지으며 멀어져 가는 이헌을 시선으로 좇았다.

"선배! 수고해. 나중에 봐."

가기 싫다는 본가에 억지로 보내서 짜증이 난 게 아닌 건 분명한데.

저 멀리 사라져 가는 이헌을 뒤따라가는 걸음을 재촉하며 다현은 기영에게 인사를 했다.

그런 그녀를 바라보는 기영의 입가엔 기운을 알 수 없는 묘한 웃음이 걸려 있었다.

어느새 나란히 걸어가는 두 사람을 보니, 기를 써서 서울로 올라오길 잘했다는 생각이 절로 들었다.

"본가는 잘 다녀왔어요?"

그런 기영의 마음을 아는지 모르는지, 다현은 성큼성큼 걸어가는 이헌의 큰 보폭에 맞춰 잔걸음을 걸으며 곁에 바짝 다가섰다.

"어머님이 주말엔 꼭 같이 오라고 했어요."

이헌의 부모는 연락조차 없는 막내아들을 구워삶을 사람이 다현밖에 없다는 사실을 빠르게 깨달았다. 덕분에 다현은 모친도 모자라 예비 시어머니의 전화까지 심심치 않게 받는 중이었다.

며느리 덕에 그동안 소원했던 아들과 밥이라도 먹고 싶은 어머님의 마음이랄까.

그 마음을 전달하면서 다현은 고개를 기울여 이헌을 올려다보며 씨익 웃었다.

"웃지 마."

시선을 내리깔아 다현을 쳐다보며 그는 검사실 문고리를 비틀었다.

"응? 뭐라고요?"

"웃는 것도 문제야……."

혼잣말이 분명했다. 그는 뭐라 구시렁대면서 검사실로 들어갔고 황당한 채로 다현은 검사실 문 앞에 멀뚱히 서서 그의 혼잣말을 곱씹었다.

웃지 말라며 정색하던 그 얼굴은 분명 아는 얼굴이었다.

질투로 들끓는 마음을 애써 숨기려고 입매까지 굳은 모습에 다현은 삐죽삐죽 새어 나오는 웃음을 손으로 가리며 검사실 안으로 들어섰다.

코트를 옷걸이에 걸어 두고 가방 속 자료들을 차곡차곡 꺼내는 이헌에게 가까이 다가선 다현은 그의 옆구리를 손가락으로 콕 찌르며 실실 웃었다.

"문이헌 검사님, 질투가 너무 잦은 거 아닌가요?"

"알고 있으면 자제 좀 하시죠, 권다현 검사."

그가 다현을 물끄러미 바라보며 낮게 읊조렸다. 그녀는 이헌의 옷깃을 가볍게 쥐며 속삭였다.

"문 검사님이 질투의 화신인 줄 미처 몰라뵀습니다. 반성할게요."

고개를 빼꼼히 들어 웃는 다현을 빤히 쳐다보고 있던 이헌은 몸을 움직여 바짝 다가서며 그녀의 입술을 가볍게 베어 물었다.

순식간에 입술이 빨렸다가 떨어진 다현은 이헌의 옆구리를 팔꿈치로 쿡 찌르며 발그레해진 양 볼을 손으로 감쌌다.

"어디 가서 함부로 웃지 마. 특히, 내가 모르는 남자."

기영을 두고 하는 말이 분명했다.

아무도 없는 검사실이었지만 누가 보기라도 했을까 싶어 쿵쾅거리던 심장이 차분히 가라앉음을 느꼈다.

"딱 걸려 봐. 그땐 키스로 안 끝나."

분명 혼나고 있는데 왜 자꾸 함박웃음이 지어지는지 모르겠다.

✢   ✤   ✢

"계장님. 선일 학원 이사장 재산 조회 꼼꼼히 부탁드려요."

"예. 걱정하지 마세요. 아주 탈탈 털어서 드리겠습니다."

선일 재단 소유의 수도권 내 사립 고등학교 한 곳과 지방 대학 세 곳의 서류를 살펴보던 다현이 수사관에게 당부했다.

학생들의 등록금과 학비로 잇속을 채우는 건 교육자라고 할 수 없었다.

설립 때부터 지난해까지 납부된 학비를 먼저 대조해 보고, 등록금도 꼼꼼히 체크하는 다현의 눈동자가 바삐 움직였다.

"와. 이거 큰일 났습니다."

그때 수사관이 다급한 목소리를 냈다.

무슨 일이냐는 실무관과 다현의 시선이 그를 향했다.

"공군 전투기 추락했답니다."

다현은 빠르게 인터넷 창을 켜 뉴스 카테고리를 클릭했다.

[속보] 공군 전투기 훈련 중 추락. 조종사 2명 사망.

기사는 비상 탈출을 하지 못했다는 안타까운 부고를 알려 왔다.

전투기가 훈련 중에 추락이라니. 결코 가볍게 볼 수 없는 사안이었다.

"작년에도 공군 전투기 추락하지 않았어요?"

"아마 그랬던 거 같은데……."

실무관이 기억을 더듬자 수사관이 고개를 끄덕였다.

다현 역시 기억하고 있었다. 당시에 마약 파티와 재벌들의 비자금이 연달아 터지면서 공군 전투기 추락 사건은 뉴스에 짤막하게 보도되고 묻혀 버렸었다.

조종사의 과실이라 보도했던 것 같은데, 반년이 채 되지 않아 또 같은 일이 일어났다는 건 결코 사고가 조종사의 과실만으로 벌어진 일이 아님을 시사하고 있었다.

"작년엔 조용히 넘어갔었는데, 이번엔 제대로 수사하려나요?"

"글쎄요, 지켜봐야죠."

수사관의 염려에 다현은 쓰게 웃으며 인터넷 창을 닫았다.

"정담에서 회식 있다고 검사님들 정시 퇴근 하시라네요."

그때 실무관이 사내 메신저를 통해 부장 검사실로부터 내려온 지시 사항을 전달했다.

새 식구가 올 때마다 소고기 회식을 한다며 수사관과 실무관은 좋아했다. 이럴 때가 아니면 수사관과 실무관까지 다 같이 모여 앉아 밥 먹을 일이 지극히 드문 만큼 모처럼 회식 자리가 시끌벅적하지 않을까 예상했다.

다음 달 정기 인사이동의 대상이 된 선배들이 꽤 있어 어쩌면 이번이 다 같이 하는 마지막 회식일지도 몰랐다.

"일찍 퇴근합시다."

정시에 퇴근하는 게 당연한데도 입에선 일찍이라는 말이 서슴없이 나왔다.

기록문들을 정리하고 다현은 코트를 챙겨 입었다.

수사관과 실무관과 함께 검사실을 나오자 맞은편 검사실에서 선배들이 우르르 쏟아져 나왔다. 그 맨 앞에 이헌이 있었다.

"아직도 삐졌어요?"

선배들에게 꾸벅 인사를 하고 이헌의 곁으로 빠르게 다가가 팔짱을 낀 다현은 고개를 기울였다.

"내가 그렇게 뒤끝 있는 남자로 보여?"

"아니죠. 세상 쿨한 남자죠."

키득거리며 웃는 다현과 그런 그녀를 잔잔한 미소를 머금은 채 응시하는 이헌의 정다운 모습을 기영은 한참 뒤에서 졸졸 따라가며 지켜보고 있었다.

다현의 조잘거리는 모습도 낯설고 아침엔 그렇게 찬바람이 쌩하니 불던 이헌이 웃고 있는 것도 신기했다. 결정적으로 그녀가 낀 팔짱이 영 수상했다.

"저 두 사람, 친한가요?"

궁금한 건 절대 못 참는 성미라 기영은 뻐근한 어깨를 주무르며 자신과 나란히 걷고 있던 이정우 검사에게 조심스레 물었다.

이 검사는 누구, 하면서 기영의 시선을 따라 엘리베이터 버튼을 누르는 다현을 발견했다.

"아아. 문 검이랑 권 검?"

"네."

"그럼. 우리 부 안에선 둘이 제일 친하지."

이 검사는 기영의 어깨 위에 팔을 두르며 활짝 웃어 보였다. 그 입가에 걸린 미소는 짓궂은 아이의 장난기 가득한 웃음과 흡사했다.

"이헌이가 권 검 연수원 실무 실습 때 지도 검사였어."

"아. 그랬구나."

"그러니까 둘이 저렇게 친하지."

엘리베이터를 기다리면서 이헌에게 끊임없이 조잘거리는 다현은 친밀하게도 그의 머리에 묻은 티끌을 떼어 준다거나 옆구리를 쿡 찌르는 행동도 서슴지 않았다.

단순한 지도 검사와 실습생 사이라기엔 괴리감이 상당했다. 저 자연스러운 팔짱까지.

그런데 엘리베이터 앞에 모여 있는 반부패부 사람들 중 그 누구도 이헌과 다현을 신경 쓰지 않았다.

마치 하루 이틀이 아니라는 듯, 익숙하게 받아들이는 사람들처럼 그들은 서로 밀린 얘기들을 하느라 바빴다.

단순히 제일 친한 사이라 그런가 보다, 하고 생각한 기영은 무리와 함께 지검을 나와 회식 장소로 향했다.

"어서들 와."

식당으로 들어서자 부장 검사와 부부장 검사가 나란히 앉아 후배 검사들을 맞이했다.

속속들이 자리를 채우고 앉았다. 그 와중에 나란히 앉은 이헌과 다현의 맞은편 빈자리에 기영과 이 검사가 자리를 채웠다.

"한 검사랑 안면 있는 사람도 있을 거고, 초면인 사람도 있을 테지만 잘들 지내 보자고."

부장 검사가 맥주가 가득 든 잔을 들며 말했다. 빈 잔에 술을 채워 짧은 건배사가 끝났다.

"한 검, 어디 있었어?"

기영의 대각선 자리에 앉아 있던 남 검사가 빈 소주잔에 소주를 따라 주며 물었다. 기영은 잔을 받아 마시고는 남 검사의 빈 잔에 술을 따르며 말문을 열었다.

"광주 지검 공안부에 있었습니다."

"다음 달이면 여기도 새 사람들이 태반이겠지만, 그동안 잘 부탁해."

상반기 정기 인사가 다음 달이었다. 평균적으로 2년에 한 번 정기 인사이동이 있으므로 반부패 1부 검사들 가운데 태반은 다른 부로 발령이

385

날 예정이었다.

"선배님. 제 술 한 잔 받으시죠."

기영이 대각선에 앉아 있는 이헌에게 말했다. 소주병을 들고 빈 잔에 술을 따르려 하자 이헌이 소주잔을 가볍게 엎어 버렸다.

"다시 들어가 봐야 해서, 괜찮습니다."

후배에게 깍듯하게 존댓말을 하는 모습이 어쩐지 거리감이 느껴졌다. 기영은 멋쩍은 듯 웃으며 술병을 테이블에 내려놔야 했다.

"하필 권 검 위에 기수가 떨어져서, 권 검 막내 탈출은 물 건너갔네."

이 검사가 마주 앉은 다현에게 말했다. 한창 잘 익은 소고기를 이헌의 접시 위로 쉴 틈 없이 나르던 그녀는 괜찮다며 활짝 웃어 보였다.

"지금 고기 차별하는 거야?"

그러자 이 검사가 새초롬한 표정으로 투덜댔다. 이헌의 앞접시에 그득히 쌓인 소고기 탓이었다.

멋쩍게 웃으며 다현은 재빠르게 고기 한 점을 이 검사의 접시 위로 빠르게 집어 날랐다.

"선배님도 많이 드세요."

"이 검사. 괜한 데 심술부리면 후배들이 안 좋아한다."

남 검사가 기영과 술잔을 기울이다 이 검사를 보며 고개를 내저었다.

"아니, 나도 고기 먹을 줄 알아요."

"그럼 너도 제수씨한테 챙겨 달라고 해."

"아, 선배님!"

남 검사가 마주 앉아 있던 최 검사와 함께 키득거리며 이 검사를 놀렸다. 전처와 재결합할 것도 아니라면서 틈만 나면 만나고 있는 걸 아는 그의 짓궂은 장난이었다.

이 검사는 입을 삐죽대며 잔에 담긴 소주를 입에 털어 넣고 다현이 챙겨 준 소고기를 오물오물 씹었다.

"막내는 자기 남친 챙기게 내버려 두자고."

이 검사를 놀리는 게 분명한데 정작 놀라는 사람은 빈 잔을 내려놓던 기영이었다.

식도를 타고 꿀꺽 넘어가던 쓰디쓴 소주에 사레가 들려 컥컥대자 남 검사가 그에게 물컵을 건넸다.

"뭘 그렇게 놀래."

옆에 앉은 최 검사가 기영의 등을 두드려 줬다. 알코올의 알싸함이 코끝에 찡하게 맴돌자 기영은 물컵을 내려놓으며 마주 앉은 다현을 힐긋거렸다.

"아, 아니, 남친……."

"아직 광주까진 소문이 안 났나 봐?"

"그러게. 몰랐어?"

남 검사와 최 검사가 의외라는 듯 물었다.

소문이라니, 무슨? 몰랐냐니, 뭘!

기영은 금시초문이라는 듯 눈을 크게 뜨며 고개를 내저었다.

씹고 있던 고기를 꿀꺽 삼킨 이 검사가 기영의 어깨를 톡톡 치며 맞은편에 나란히 앉은 이헌과 다현을 턱짓과 눈짓으로 가리켰다.

"지검 공식 커플이야. 곧 결혼한다지."

태연히 물을 마시는 이헌과 해사하게 웃고 있는 다현을 한 프레임 안에 담은 기영은 믿기지 않는다는 듯 입을 떡 벌렸다.

"아, 아니 아까 이 검사님이 지도 검사였다고……."

"그래. 지도 검사였는데, 그러다 눈이 맞은 거지."

남몰래 흠모하고 있던 후배와 존경해 마지않는 선배가 그렇고 그런 사이였다는 사실을 뒤늦게 알게 된 기영은 머리를 강타한 아찔한 충격에 그대로 얼어붙었다.

"다음 달에 결혼이랬나?"

남 검사가 옆에 앉은 다현을 보며 넌지시 물었다. 그러자 다현이 고개를 끄덕이며 자신의 가방에서 뭔가를 왕창 꺼내기 시작했다.

"미리 드렸어야 했는데, 정신이 없어서 이제야 드리네요."

그녀의 손엔 반짝이는 핑크빛의 봉투가 들려 있었다.

다현이 봉투를 건네자 사람들의 손을 통해 자연스레 끝에 앉아 있던 부장 검사에게까지 봉투가 전달됐다.

당연히 기영의 손에도 핑크빛이 감도는 봉투가 저도 모르는 사이에 들려 있었다.

"드디어 문이헌 장가가는 날이야?"

부부장 검사가 너스레를 떨며 봉투를 펼쳤다. 부부장 검사의 말에 기영은 퍼뜩 정신을 차리고 손에 들린 봉투를 허겁지겁 펼쳤다.

문주호 나선영 차남 신랑 문이헌
권수찬 강은정 장녀 신부 권다현

이건 청, 청첩장이잖아……?

신랑, 신부라 적힌 검은 글씨가 집채만큼 커다랗게 보였다.

여기저기서 이헌과 다현에게 축하한다는 말들이 쏟아졌지만 기영은 멀뚱히 마주 앉은 두 사람을 바라봤다.

"융통성이라곤 쥐꼬리만큼도 없는 놈 데려가 줘서 내가 다 고맙네."

부장 검사가 청첩장을 들여다보다 흡족한 미소를 지었다.

"감사합니다."

잘 들으라는 듯 다현이 이헌의 팔꿈치를 툭 치며 대답했다.

"축하해."

부장 검사가 이헌과 시선을 나누며 말했다. 그의 입에서도 감사하다는 말이 자연스레 흘러나왔다.

이쯤 되면 우상이던 선배와 흠모했던 후배의 결혼이 한 달밖에 남지 않았다는 것이 기정사실인 듯했다.

기영은 청첩장을 곱게 내려놓고 한숨 대신 이 검사가 따라 주는 술을 받아 마셨다.

"많이 놀랐나 봐?"

"아, 네. 뭐, 조금······."

"혹시 우리 권 검한테 관심 있었어?"

능청스레 물어 오는 이 검사가 얄미웠지만 기영은 멋쩍은 듯 웃으며 고개를 내저었다.

"골키퍼 있어도 골은 들어간다지만, 문이헌은 EPL 주전 골키퍼 정도라 어려울 거야."

불난 집에 부채질을 하려는 걸까?

어깨에 팔을 두르며 속닥거리듯 말을 하는데 그 목소리가 절대 작지 않아 옆에 앉은 김 검사가 웃음을 꾹 참으며 옆구리를 쿡 찔렀다.

"뭐 어때. 괜찮아. 첫사랑만 아니면 되지."

말리는 시누이가 더 밉다더니, 딱 그 짝이었다.

절대 아니라고, 그냥 친한 후배였을 뿐이라는 기영의 말에도 불구하고 맞은편에 앉아 물컵을 만지작거리는 이헌의 날카로운 시선은 그를 향하고 있었다.

첫사랑이란 말이지······.

이거 아주 많이 거슬리는 녀석이 들어왔다.

✢　　✢　　✢

바스 가운 차림의 다현이 젖은 머리카락을 수건으로 가볍게 닦으며 욕실을 나왔다.

그녀의 시선이 닿은 곳엔 타이를 길게 늘어트린 채 침대에 걸터앉아 있는 이헌이 있었다.

"지검 간 거 아니었어요?"

거나해진 선배들을 뒤로한 채 다현을 집에 데려다주고 다시 지검에 돌아간다던 그가 어기적어기적 다가왔다.

"언제 왔어요?"

다시 일하러 갈 생각이 없는 게 분명해 보였다.

다현의 손에서 수건을 가볍게 뺏어 들고 그녀를 스툴에 앉히더니, 마주 선 채로 물기에 흠뻑 젖은 머리카락을 말리기 시작했다.

"내일 해도 돼."

어쩐지 노곤하게 들려오는 그의 음성과 젖은 머리카락 끝에 닿는 간질거리는 손길에 다현은 눈을 감은 채 배시시 웃음을 보였다.

거짓말도 이젠 곧잘 한다.

일밖에 모르던 문이헌 검사는 언제나처럼 자신에게 있어 최우선이었던 일을 은근슬쩍 뒤로 미루는 법이 늘어 갔다.

물론 당장 날밤을 새워 가며 뜬눈으로 기록문들을 들여다봐야 할 만큼 시간에 쫓기는 일이 아니었기에 가능한 것임을 누구보다 잘 아는 다현은 그저 두 팔을 벌려 이헌을 꼭 끌어안았다.

수건을 머리에 뒤집어쓴 채 품에 안긴 다현을 물끄러미 내려다보던 그는 그녀의 허리춤을 붙들어 화장대 위에 가볍게 앉혔다.

그리고 이렇게 말했다.

"형사부로 갈래?"

그의 목에 팔을 두른 채 싱긋 웃고 있던 다현의 얼굴이 미세하게 일그러지는 순간이었다.

"이 얘긴 다 끝난 거 아니었어요?"

그렇게 물으며 이헌의 목을 감싸고 있던 그녀의 두 팔이 스르르 떨어졌다.

"힘들잖아."

"어디든 다 똑같아요."

"난 옮기면 좋겠는데."

지나가는 말로 몇 차례 이런 얘기를 나눴었다.

그때마다 다현은 말했다.

걱정하지 말라고. 힘들더라도 검사로서 내 몫을 다하겠다고.

검사라면 누구나 꿈꾸기 마련인 특수부에 한자리 차지하고 앉아 있는 것만으로도 주위의 눈총을 단단히 받는 터라 빈틈을 보이기 싫었다.

어차피 평생 특수부에 묶여 있는 것도 아니었고, 언젠가 다른 부로 발령이 날 테니 그때까지 최선을 다하자고 했다.

그 의견을 존중해 준 건 이헌이었다. 그랬던 그가 또다시 불편한 얘기를 꺼내고 말았다.

이번엔 제 뜻을 명확히 말했다. 이렇게까지 말하는 건 처음이라 다현은 큰 눈을 깜빡거리며 이헌을 물끄러미 응시했다.

그가 또 다른 말을 하진 않을까 하며. 하지만 이헌은 그저 웃어 보일 뿐이었다.

"형사부가 얼마나 사건 많고 바쁜지 알죠?"

아무 말도 하지 않는 그를 붙들고 다현은 퉁명스레 물었다. 마치 투정이라도 부리는 어린아이처럼 입술을 삐죽 내민 채.

"동부 지검에 있을 땐 만날 야근했다고요. 야근 일수나 시간으로 따지면 특수부보다 더했을 거예요."

자잘한 민사, 형사 사건들이 매일 오후 4시가 되면 배당되는데 그 기록문이 어마어마하게 많았다.

배당 사건을 미제로 남기지 않기 위해서 동료 검사들보다 더 많이 야근해 가며 사건을 쳐냈었다. 열정 빼면 시체뿐이라 여기던 시절이었다.

분명 중앙 지검 형사부는 그보다 더하면 더했지 절대 덜하지 않을 터였다. 기록문에 파묻혀 사는 게 뭔지 똑똑히 알 수 있을 것이었다.

물론 반부패부보다 심적으론 덜 힘들겠지만, 1년 만에 형사부로 보내 달라고 부장 검사에게 말을 넣을 수는 없었다.

엄연히 월권이나 다름없는 일을 다른 사람도 아닌 이헌이 말하고 있었다.

상반기 정기 인사이동 리스트에 권다현이라는 이름이 없는 건 분명하게 알고 있으니까.

"그래도 얼굴 볼 시간은 있을 거야."

한참이나 말이 없던 이헌이 웅얼거리는 것처럼 작은 목소리를 냈다.

웅? 무슨 말이냐는 다현의 입술이 떨어지기 무섭게 그의 얼굴이 가까이 훅 다가와 그녀의 말을 한입에 삼켰다.

이헌에게 먹힌 말은 그 뒤로 이어지지 못했다.

입술이 완벽히 그에게 점령당했다. 다현은 부드럽게 감싸 오는 이헌의 입술을 밀어내지 않았다.

눈을 감고 밀려 들어오는 혀를 따라 움직이며 온전히 입술을 내줬다.

서로의 혀가 자연스레 얽혔다. 아이스크림을 핥듯, 사탕을 입 안에서 굴리듯 그의 움직임은 느긋했다. 입천장을 훑는 동시에 다현의 목덜미를 손가락으로 느리게 쓰다듬으며 귓불을 만지작댔다.

아랫입술을 빨아 당기며 입술을 뗀 그가 이마를 맞댄 채 나지막한 음성을 내뱉었다.

"잘 생각해 봐."

숨을 가볍게 내쉬며 다현은 눈을 떠 이헌과 시선을 맞췄다.

"내가 그렇게 못 미더워요?"

"설마."

"그럼 왜 자꾸 다른 데에 보내려고 해요. 혼자 사고라도 칠까 봐 그런 거 아닌가?"

"사고 쳐 봤자 내 손바닥 안이야."

"치. 다음 달이면 선배 손바닥 안에서 벗어나거든요."

인사이동 리스트에 문이헌 이름 석 자가 있는 걸 알고 있었다.

벌써 특수부에서 2년을 꽉 채운 그는 다음 달이면 다른 곳으로 간다.

중앙 지검이 아닐 수도 있었다. 분명 다른 곳으로 갈 가능성이 있는 상황에서 이헌은 그녀를 반부패부에 혼자 두는 것이 못내 마음에 걸리기만 했다.

분명 오늘 아침까지만 해도 이 정도로 찝찝하진 않았는데.

"내 손바닥 벗어나는 게 좋은가 봐?"

"에이. 설마."

"이 웃음은 뭐지."

보기 좋게 휜 입꼬리를 이헌이 손가락을 가볍게 튕기며 가리켰다.

"내면의 슬픔을 애써 미소로 승화한 거죠."

"말이나 못 하면."

"이제 집에서만 봐야 하는데, 난 이제 누구랑 밥을 같이 먹어야 하나."

다현은 새초롬한 목소리를 내며 이헌의 목에 한껏 매달린 채 아이처럼 배시시 웃었다.

그런 그녀를 살포시 끌어안은 그는 달큰한 향이 은은하게 풍겨 오는 목덜미에 고개를 파묻어 가볍게 입을 맞췄다.

바스 가운이 어깨선을 따라 자연스럽게 흘러내려 허리춤에 아슬아슬하게 걸렸다.

"하아…… 진짜, 일하러 안 가나 보네……. 훗."

목덜미를 타고 내려온 온기 가득한 입술이 가슴 언저리에 머물렀다.

가벼운 입맞춤이 계속되자 이헌의 머리를 감싸 안은 다현은 기분 좋은 웃음소리와 함께 옅은 신음을 흘렸다.

정말 지점에 돌아갈 생각이 없는 사람처럼 이헌은 고개를 들어 곧장 그녀의 입술을 부드럽게 삼켰다.

틈새를 비집고 나오는 신음까지 모조리 삼켜 버린 이헌은 다현의 허리를 꽉 붙들어 품에 안았다. 그에게서 떨어지지 않겠다는 듯 그녀의 다리가 허리춤에 감겨 있었다.

"마지막 기회야. 잘 생각해."

푹신한 매트리스와 부드러운 이불의 촉감이 등에서 고스란히 느껴졌다.

바스 가운은 저만치 달아난 지 오래였다. 이헌은 반쯤 마른 다현의 머리카락을 만지작거리다 눈썹 위를 쓰다듬었다.

"내가 불안해서 혼자 못 두겠다는 거야."

"나 유치원생 아니에요. 사고 칠까 봐 불안해하는 거면 걱정할 필요가 없다니까 그러네."

"네가 사고 칠까 봐 불안한 건 아니야."

걱정하던 건 분명했다. 옆에서 봐줄 수도 없고, 이끌어 주지 못하니 당연했다. 다른 곳이었다면 이렇게까지 걱정하진 않았을 것이다. 반부패부에 혼자 두는 게 걱정스러웠던 것이었다.

그런데 이젠 웬 애송이 하나가 별안간 하늘에서 툭 떨어져 신경에 거슬렸다.

이 불안은 첫사랑인지 뭔지, 군기 바짝 든 까마득한 후배 검사에서부터 기인한 것이 틀림없었다.

이럴 줄 알았으면 결혼을 앞당기는 거였는데, 바쁘다는 핑계로 양가 부모님에게 결혼식을 모두 떠넘겨 놓고 일만 한 대가로 뜻밖의 뒤통수를 맞게 될 줄이야.

쪼잔하게 보일까 봐 말도 못 하겠고, 속만 새까맣게 타들어 가는 중이었다.

의아해하면서도 히죽거리며 웃는 다현 때문에 이헌은 애꿎은 그녀의 귓불만 못살게 굴었다.

문이헌이 어쩌다 이렇게 여자에게 목매는 놈이 됐나 싶었다.

25장

"들어와요."

노크 소리와 함께 문이 열리고 말끔한 슈트 차림의 이헌이 모습을 드러냈다. 결재 서류를 보고 있던 검찰 총장은 가볍게 고개를 숙이는 그를 보며 몸을 일으켰다.

"오랜만이네, 문 검사."

검찰 총장은 반갑게 이헌을 맞이하면서 손을 뻗어 가볍게 악수를 했다.

"요즘 뭐 만지고 있지?"

소파에 앉은 두 사람 앞에 찻잔이 놓였다. 비서관이 나가자마자 검찰 총장은 찻잔을 들며 이헌에게 넌지시 물었다.

"사건에 대해서 외부에 발설할 수 없습니다."

"뭐? 하하, 나도 외부 사람으로 치는 건가?"

"죄송합니다."

죄송하다고 말하는 이헌의 음성은 담백했다. 조금의 죄송함도 담겨 있지 않았다. 그 모습에 검찰 총장은 찻잔을 내려놓으며 한바탕 크게 웃었다.

정말이지 문이헌은 만만한 검사가 아니라는 걸 다시 한번 더 깨닫게 해 주는 대목이었다.

"지금 만지고 있는 거 말이야."

이헌을 바라보는 검찰 총장의 얼굴엔 화색이 돌았다.

"예. 말씀하십쇼."

"그거, 여기 와서 하지."

이헌이 말하지 않는다고 해서 모르지 않았다. 명색이 검찰 총장인데. 검찰 내부 사정을 누구보다 훤히 꿰뚫어 보고 있는 그였다.

대검도 아니고 중앙 지검 반부패부 검사 하나가 손에 뭘 쥐고 간을 보고 있는지 정도 아는 건 그에겐 어려운 일이 아니었다.

아니나 다를까. 검찰 총장의 말이 떨어지기 무섭게 이헌의 눈매가 날카롭게 번뜩였다.

어차피 알고 있을 테니 굳이 길게 말하지 않은 건데, 검찰 총장은 다른 의중이 있는 듯했다.

"곧 인사 발표 있을 거야."

"총장님."

"여기로 와서 잘해 봐. 중앙 지검보다는 대검 타이틀 달고 건드려야 잔챙이들이라도 솎아 내지 않겠어?"

검찰 총장의 입가엔 미소가 번져 있었다. 그는 찻잔 대신 결재 서류철 하나를 손에 쥐었다. 그리고 이헌에게 가볍게 툭 건넸다.

이헌의 시선은 이내 테이블 위로 떨어진 서류철에 머물렀다. 검찰 총장의 의중을 완벽히 파악한 듯 그는 서류철을 펼쳐 보지 않았다.

저 안에 뭐가 있을지 빤히 아는 사람처럼.

"민감한 사안입니다."

"문 검사보다 내가 더 잘 알지."

"대검에서 만지면 주목도만 더 높아져 쉽게 건드리지 못할 수도 있습니다."

"지난해에도 한번 이런 일이 있었지? 그전에도 마찬가지고."

"반년 사이에 벌써 두 건입니다."

"어디 이번에만 그런가. 추락 사건 있을 때마다 국방부 쪽에선 쉬쉬하기 바빠."

이헌은 한숨을 삼켰다. 찻잔을 들어 향을 음미하는 검찰 총장을 힐긋 보던 그는 테이블에 덩그러니 놓인 서류철을 집어 들었다.

공군 F-16, KF-16, F-15K 전투기 추락 사건 개요

절대 편하지만 않은 문제들이 산적되어 있는 사건이었다.

손대는 것 자체가 도박이나 다름없는 사건들의 개요가 간단명료하게 서술된 서류를 살핀 이헌은 검찰 총장의 눈치를 살폈다.

찻잔을 기울이는 그의 얼굴엔 여전히 편안한 미소가 감돌고 있었다. 조금의 거리낌도 찾아볼 수 없는 모습에 이헌은 서류철을 덮었다.

"보는 대로야. 조종사가 사망한 추락 건만 조종사 과실인 게 어쩐지 찝찝하지?"

"그 부분은 군에서 발표한 조사 결과를 토대로 살펴보고 있었습니다."

"역시 문이헌이야."

이미 이헌의 검사실은 공군 전투기 추락 사건에 대한 각종 기록이 넘쳐 나고 있었다.

국방부에서 발표한 사건 자료들과 공군에서 실시한 조사 결과들 또한 한차례 검토를 마친 상태였다.

"대검에 책상 하나 놔줄 테니까 자네가 맡아서 해 봐."

"대검에서 제가 만질 만한 사건이 아닙니다."

"강 부장이 못살게 굴거든 나한테 꼭 말하고."

잔뜩 들뜬 목소리와 신이 난 얼굴을 하고선 검찰 총장은 다른 서류철 하나를 이헌의 손에 직접 쥐어 줬다.

총장의 말에 옅게 일그러진 미간을 한 채 서류철로 시선을 옮긴 이헌은 이내 어안이 벙벙해져 고개를 들었다.

문이헌

現 서울 중앙 지검 반부패 수사 제1부 평검사

인사이동

대검찰청 반부패 · 강력부 수사 지휘 과장

"다른 생각은 하지 말도록. 절대 입김 같은 건 없었어."

혹여라도 자신의 인사이동에 입김이 작용하진 않았을까 염려하는 이헌의 마음을 백 번이고 천 번이고 이해하는 검찰 총장의 단호한 의중이었다.

"순전히 내 생각이고, 내가 문이헌 검사가 필요해."

"제가 있을 자리는 아닌 거 같습니다."

"대검엔 자네같이 직구를 날릴 줄 아는 검사가 필요해. 문이헌처럼 눈치 안 보고 일만 하는 검사가 어디 흔해야 말이지."

"하지만 이건……."

"패기 넘치던 문이헌 검사는 어디 죽었나 봐?"

이헌은 다시 한번 더 인사이동 서류에 시선을 옮겼다.

연수원 기수를 확실히 뛰어넘은 파격적인 인사 단행이었다. 이렇게 평검사를 불러다 앉혀 놓고 대검에 와 달라고 검찰 총장이 얘기할 정도면 법무부에서도 이미 알고 있다는 것이었다.

대검 내부에서는 물론 대검찰청으로의 인사이동은 특히 외부적으로도 주목도가 높은 탓에 신중에 신중을 기하는 편이었다.

수사 지휘 과장이라는 타이틀은 이헌에게 날개를 달아 주는 것과 다르지 않았다.

문이헌 검사의 위로 부장 검사와 차장 검사, 고작 두 계단만 거치면 곧바로 검찰 총장이었다.

확실히 부담스럽고 불편한 자리인 것만은 확실했다.

"대검은 특히 성과 위주인 거 자네도 잘 알지?"

"잘 알고 있습니다."

"이번 사건 맡아서 잘 만져 봐. 문 검사 정도는 돼야 강 부장도 쫄아서 함부로 제동은 못 걸 거야."

"강진모 부장 검사 말씀입니까."

"분명 사사건건 제동을 걸 테지만, 강 부장 위에 있는 사람이 누군지는 알지?"

찻잔을 든 총장이 웃어 보이며 차를 마셨다.

반부패와 강력부 부장 검사로 있는 강진모는 지난해 자진 사퇴를 한 검찰 총장 라인으로 현 검찰 총장과는 사이가 좋을 수 없었다.

그런 그가 아직도 부장 검사 자리를 지키고 있을 수 있는 것 역시 성과 위주의 인사 단행 때문이었다. 물론 그 성과를 자기 입맛에 맞는 것만 고른다는 게 문제였지만.

"강진모 부장 검사 눌러 버릴 수 있는 검사는 지금 검찰 내부에 아무도 없어."

"……."

"문이헌 말고는."

강진모 부장 검사 위의 차장 검사가 권수찬, 이헌의 장인이었다.

"강 부장은 뭐 지금도 수찬이 눈치는 하나도 안 보고 있지만. 괘씸하잖아. 그치?"

"저를 굳이 강진모 부장 검사 밑으로 보내는 이유가 있었네요."

"꿩 먹고 알 먹고, 도랑 치고 가재 잡고, 임도 보고 뽕도 따고. 뭐 그런 거?"

여전히 들떠 있는 검찰 총장의 모습은 생경하기만 했다.

"이 사건 손에 쥐고, 제가 뭘 어떻게 하면 됩니까."

"나는 문이헌이라는 창을 써서 강진모한테 항복만 받아 내면 돼."

"어떤 식으로의 항복이든 상관없으시다는 겁니까."

"검사라는 지위 이용해서 제멋대로 휘두르는 거, 더는 못 봐 주겠어."

웃음기가 싹 가신 검찰 총장의 얼굴에서 단호함이 엿보였다. 이헌은 서류철을 덮어 총장에게 건네며 자리에서 일어났다.

"조만간 다시 뵙고 인사드리겠습니다."

이헌은 고개를 숙였다. 총장의 입가엔 흡족한 미소가 만발했고 멀어져 가는 이헌의 뒷모습을 바라보며 만족스럽다는 듯 고개를 끄덕였다.

든든한 아군이 자신의 밑으로 와 준다면 이보다 더 좋은 나날일 수 없을 것이다.

✤   ✤   ✤

대검에서 돌아오자마자 이헌이 향한 곳은 부장 검사실이었다.

그는 가벼운 노크와 함께 문을 열었다. 검찰 총장과 마찬가지로 결재 서류를 보고 있던 부장 검사는 고개를 들어 이헌을 확인하고는 안경을 벗으며 뻐근해진 목을 주물렀다.

"그래. 총장님이 뭐라고 하시든."

검찰 총장의 호출을 받아 대검에 이헌을 보낸 것이 부장 검사였다.

"다 아시면서 일부러 물어보시는 거죠."

"인마. 내가 너 대검에 보내려고 얼마나 애썼는지 아냐?"

"지금 생색내고 싶으세요?"

"어쭈. 이제 대검 간다 이거냐."

"거기서 또 좌천되면 부장님이 받아 주시는 겁니까."

"좌천 같은 소리 하네. 살아남을 생각을 해야지, 쫓겨날 생각부터 하면 어떡해!"

버럭 소리를 지르는 부장 검사를 보며 이헌은 웃음을 짧게 터트렸다.

2년 동안 고종석 부장 검사 밑에서 윗선에 밉보이는 사고를 굵고 짧게 많이도 쳤었다.

갖은 눈총과 핀잔을 주면서도 내치지 않은 부장 검사 덕분에 윗선에 단단히 찍히면서도 지금껏 검사로서 자리를 지킨 거라고 봐도 무방했다.

그는 이헌에게 좋은 선배이자 스승이었다.

"부장 검사님도 저랑 같이 책상 비우실 거면서 괜히 그러신다."

"이제 다 피곤하다. 저기 어디 지방이나 내려가고 싶은데, 네 장인이 군이 또 옆에서 같이 놀자고 징징거리는 중이야. 골치 아파 죽겠어."

부장 검사는 고개를 내저었다.

절친한 후배가 지방의 지청으로 내려가는 걸 극구 말리고 있는 이헌의 장인, 권수찬 차장 검사는 고종석 부장 검사에게 대검으로 오지 않을 거면 지검에 남아 달라고 매일같이 전화를 해 오고 있었다.

홧김에 사표라도 낼까 싶어도 집에선 아내가 극구 말리고 있어 그마저도 힘들었다.

또다시 후배들의 뒤치다꺼리나 하면서 골치 아픈 자리를 지키고 있어야 한다니. 생각만으로도 머리가 지끈거렸다.

"차장 검사님이 부장님 좋아하시나 봅니다."

"난 사양이라고 전해 줘."

이헌이 새어 나오는 웃음을 참으며 짧게 헛기침을 내뱉었다.

"그동안 말 안 듣는 후배 데리고 있느라, 정말 고생 많으셨습니다."

"알면 좀 잘하고."

"잘해 드릴 테니까 같이 대검 가실래요?"

"미친놈. 빨리 나가. 나가서 일이나 해!"

결재 서류를 집어 던질 기세에 이헌은 짓궂게 웃으며 뒷걸음질 쳤다.

"같이 가면 좋을 거 같은데."

"저놈이 진짜!"

이번엔 정말 서류가 날아왔다. 이헌은 재빠르게 움직여 문을 열고 쏜살같이 달아났다. 닫힌 문 너머에서 구시렁거리는 소리가 들려왔지만 개의치 않았다.

누구보다 부장 검사의 성정을 잘 알기에, 그가 대검에 오지 않더라도 지검에 남아 있을 테니 저 잔소리도 오늘이 마지막이 아닐 것이다.

한편 반부패 수사 제1부에 새 식구가 된 기영은 좀처럼 검사실 분위기에 적응하지 못하고 있었다.

배당 사건이 없는 반부패부 특성상 근무 첫날임에도 기록문 하나 없이 깔끔한 사무실 때문이기도 했지만, 점심시간인데도 사내 메신저가 조용하기만 했다.

광주 지검에 있을 땐 점심시간마다 사내 메신저가 제법 떠들썩했다. 형사부는 물론 공안부에 있을 때도 점심시간에 뭘 먹을까 하는 동료 검사들의 사소한 대화들로 말이다.

그런데 세상 조용한 사내 메신저는 물론이고 수사관과 실무관도 제 일만 묵묵히 하고 있었다. 점심시간이 벌써 5분이나 지났는데 말이다.

"저, 계장님? 점심 드시러 안 가세요?"

이 묵직하고 무거운 분위기는 더는 안 되겠다 싶어 기영은 수사관에게 넌지시 물었다. 그제야 수사관과 실무관이 시계를 확인하고는 서둘러 자리에서 일어났다.

"검사님, 식사 맛있게 하세요."

그러더니 자기들끼리 밥 먹으러 가려는 모양새를 갖추며 인사를 해왔다. 당황한 기영은 자리에서 벌떡 일어나 수사관을 붙잡았다.

"가, 같이 안 드세요?"

"검사님들은 원래 저희랑 같이 잘 안 드셔서……. 하하."

이게 무슨 소릴까. 광주에선 수사관과 실무관들과 종종 밥도 먹고 회식도 자주 했는데.

어쩐지 같이 밥을 먹는 게 불편해 보이는 두 사람의 어색한 태도에 기영은 멋쩍은 듯 머리를 긁적였다.

"여기 검사님들은 사건 맡으시면 거의 독수공방 수준이라, 끼니 거르는 건 다반사예요."

"밥도 안 먹고 일을 한다고요?"

"다른 부는 안 그렇겠죠? 이쪽 부 검사님들은 그런 성향들이 살짝……."

"일하느라 바빠서 밥 먹을 시간도 없는 거죠."

수사관과 실무관의 말에 기영은 고개를 내저었다. 다 먹고 살자고 하는 일인데 끼니도 거르고 일만 한다는 건 어불성설이었다.

"가시죠! 제가 맛있는 거 사 드릴게요!"

그렇게 말하며 기영은 재킷을 챙겨 들고 검사실 문을 벌컥 열어젖혔다.

재킷을 입으며 복도로 나온 그는 수사관과 실무관이 정면을 향해 꾸벅 고개를 숙이자 의아해하며 시선을 돌렸다.

검은 코트 속 검은 슈트를 입고 맞은편 검사실 문고리를 막 붙잡던 문이헌 검사가 기영을 응시하며 서 있었다.

"아, 선배님! 안녕하십니까."

영락없이 군기가 바짝 든 후배였다. 언제부터 여기가 군대였나 싶을 만큼 기영은 90도로 허리를 숙여 이헌에게 인사를 했다.

그런 후배 검사의 행동에 이헌은 눈살을 찌푸렸다.

누가 잘못했다고 혼내기라도 했나. 아니면 때리길 했나. 왜 이래.

부담스러울 만큼 깍듯한 기영의 태도가 마냥 불편한 그는 문고리에서 손을 떼고 정면으로 몸을 틀었다.

"한기영 검사."

"네! 선배님. 말씀 편하게 하십시오!"

존경해 마지않는 선배의 목소리에 귀를 쫑긋 세우며 기영은 한껏 기대에 찬 눈빛으로 이헌을 바라봤다.

여기가 검찰인지 군대인지 헷갈려야 하는 걸까. 우렁찬 목소리와 흥분에 젖은 얼굴빛을 띤 기영을 보며 이헌은 낮은 음성을 내뱉었다.

"우리 아는 사입니까."

"네?"

"학교를 같이 다녔습니까, 아니면 연수원에서 보기를 했나. 묻는 건데."

"아……. 아닙니다! 말씀은 많이 들었습니다."

"그럼 아는 사이는 아닌데."

"아, 그렇죠. 그렇습니다!"

"그럼 이렇게 깍듯할 필요 없습니다."

상대방이 말을 잇지 못하게 만드는 철벽이었다. 괜히 수사관과 실무관이 눈치를 볼 만큼 이헌의 태도는 시베리아 벌판에 부는 바람처럼 싸늘했다.

기영은 마른침을 꿀꺽 삼켰다.

"다음에 같이 일하게 되면 그때 깍듯하기로 하죠."

"아……. 선배님도 그럼 이번에 인사이동을……."

"반부패 수사 1부 대부분이 이번 인사이동으로 바뀔 겁니다. 나뿐만이 아니라."

대부분인 게 아니라 다현을 제외한 모두가 그 대상이었다. 그래서 문제였다.

기영을 바라보는 이헌의 눈빛이 차츰 날카로워지고 있는 이유가 바로 그 때문이었다.

"그럼 권 검사도 혹시……."

"권다현 검사는 아닙니다."

"휴……. 다행입니다! 그나마 아는 사람이 있어서."

안도의 한숨을 내쉬며 기영은 활짝 웃었다. 그 웃음이 거슬렸다.

"한기영 검사."

매서운 음성이 날카롭게 뚫고 나왔다. 안도하던 기영이 흠칫 놀라며 이헌의 눈치를 살폈다.

잡아먹을 듯한 눈으로 자신을 응시하고 있는 그의 살벌한 눈빛에 저도 모르게 뒷걸음질을 살짝 치고 말았다.

"지검에 눈 많습니다."

"네?"

"귀도 많고."

"아……."

"인터넷도 잘 터지고, 와이파이도 빵빵하고."

"그게 무슨……?"

"한기영 검사가 오늘 신은 양말 색깔까지 북부 지검 청소해 주시는 아주머니도 알 겁니다."

도무지 무슨 소리인지 알아들을 수 없는 말을 해 대는 통에 기영은 머릿속이 뒤죽박죽이었다. 어디에 장단을 맞춰야 하는지 알 수 없어 고개만 갸웃거렸다.

"점심 맛있게 하세요."

멍하게 서 있는 기영을 뒤로한 채 이헌은 수사관과 실무관에게 인사를 건네곤 굳게 닫혀 있는 검사실의 문고리를 비틀었다.

무슨 소리냐고 묻기도 전에 이헌은 문 저편으로 사라져 버렸다.

기영은 눈을 껌뻑이며 시선 끝에 걸린 검사실 명판을 확인하고 또 확인했다.

1027호 반부패 수사 제1부 권다현 검사실

자신의 맞은편 검사실은 문이헌 검사실이 아니라, 권다현 검사실이었다.

동료 검사실에 가는 게 뭐 이상한 일인가 싶다가도 뒤에서 숙덕이는 수사관과 실무관의 얘기에 기영은 한껏 풀이 죽어 무거운 발걸음을 뗐다.

"문 검사님은 권 검사님 식사는 꼭 챙기는 거 같아요."

"점심시간마다 둘이 꼭 같이 밥 먹잖아. 지검 앞에 식당에서 두 사람 밥 먹는 거 본 사람 꽤 많아."

"문 검사님 이번에 다른 데로 가시면 권 검사님 식사는 누가 챙겨 주나 몰라."

"그나저나, 좀 전에 문 검사님 한 검사님한테 뭐라고 한 거 맞죠?"

"어쩐지. 어제 회식 때 한 검사님 눈치가 수상하더라니."

"문 검사님 단속 제대로 들어가셨네."

그렇게 키득거리며 재밌다고 숙덕거리면 안 들릴 수가 없는데. 일부러 그러는 건지 낯뜨거운 소리가 계속해서 들려왔다.

이래서 선배님이 눈도 많고 귀도 많고…… 와이파이 빵빵. 하…….

양말 색깔은 물론이고 아침에 집에서 밥은 먹었나 안 먹었나까지 저 멀리 지청에서도 알 판이었다.

정말 발 없는 말이 천 리 간다는 게 뭔지 새삼 온몸으로 느끼게 된 기영은 엘리베이터에 오르며 한숨을 꿀꺽 삼켰다.

존경해 마지않는 선배님과 가까워지긴커녕 제대로 밉보이고 말았다는 사실이 첫사랑이 결혼한다는 것보다 더 절망적이라는 걸 수사관과 실무관이 믿기나 할까 싶다.

도대체 뭘 했다고?

그냥 반가워서 악수 한번 했을 뿐인데. 그저 청첩장을 보고 놀란 것뿐인데.

어디서부터 잘못된 걸까…….

선배님은 이제 다른 곳으로 가는데. 두 번 다시 가까워질 기회 같은 건 없는 거겠지.

중앙 지검에 온다고 좋아했는데, 다 말짱 꽝이다!

그렇게 풀이 죽은 기영이 탄 엘리베이터가 1층으로 내려가는 사이, 다현의 검사실로 들어선 이헌은 수사관과 실무관에게 점심을 먹고 오라는 눈짓을 해 보였다.

일에 빠져 시간 가는 줄 모르는 검사님 덕분에 종종 같이 끼니를 놓치는 다현의 수사관과 실무관을 챙기는 것도 이헌의 몫이 된 지 꽤 됐다.

두 사람이 검사실을 허둥지둥 나가자마자 이헌은 서류를 들여다보고 있는 다현의 책상 위에 가볍게 노크를 했다.

"밥 먹으러 가자."

서류에서 눈을 뗀 다현이 고개를 들어 이헌의 얼굴을 확인했다.

해사한 미소를 지으며 자리에서 벌떡 일어난 그녀가 기지개를 켰다.

"어제는 내가 먹고 싶은 거 먹었으니까 오늘은 선배가 먹고 싶은 거 먹어요."

"밖에 추워."

옷걸이에 걸린 코트를 챙겨 다현에게 입혀 주며 이헌은 잊지 않고 목도리를 둘러 줬다.

그렇게 나란히 지검을 나와 약한 눈발이 흩날리는 하늘을 보며 걸었다.

"내가 말한 거, 잘 생각해 봤어?"

손을 맞잡은 채 걷던 다현의 발걸음이 느려지는 순간이었다.

"설마, 어제 말한 거요? 형사부?"

그는 지그시 그녀를 바라보는 것으로 대답했다.

다른 곳도 아닌 대검이었다. 같이 출퇴근하는 건 고사하고 얼굴 보는 게 더 힘들어져 버린 상황에서 부장 검사는 물론 동료 검사들까지 모조리 뒤바뀌는 곳에 다현을 혼자 두는 게 불안했다.

그것도 무려 반부패부. 사방의 눈초리가 언제나 날카롭게 향해 있는 곳이었다.

다현이 제 뜻을 굽히지 않을 거라는 걸 알면서도 이헌은 염려되는 마음을 숨길 수 없었다.

그가 무겁게 입을 뗐다.

"……대검으로 가게 됐어."

그녀의 발걸음이 완전히 멈추는 순간이었다. 건널목을 코앞에 두고 놀란 토끼처럼 눈을 동그랗게 뜬 다현이 입을 벌리며 환하게 웃었다.

"진짜? 정말요? 대박!"

걱정하는 마음을 아는지 모르는지, 다현은 다물어지지 않는 입을 양

손으로 가리며 폴짝폴짝 뛰었다.

"역시 선배는 대검에 갈 인재였어! 내가 남자 보는 눈 하나는 정말!"

그러면서 손뼉을 마구 치며 기뻐했다.

다현은 자신이 사시를 패스했을 때보다 더 기뻐하고 있었다.

위에 밉보여 찍혀 버린 탓에 승승장구는커녕 앞길이 콱 막히고 만 이헌을 항상 안타까워하던 그녀였다.

인재 하나 못 알아보고 입맛대로 요리하기 쉬운 검사들만 키워 내는 검찰은 아무짝에 쓸모없다고도 생각했다.

그런데 이렇게 꽃길이 펼쳐지자 괜히 로또 1등에 맞은 것처럼 감정이 주체가 되지 않았다. 기쁜 나머지 이헌을 덥석 끌어안아 버렸다.

"그렇게 좋아?"

"당연하죠!"

"누가 보면 권다현이 대검 가는 줄 알겠어."

"선배는 안 좋아요? 똑같은 눈칫밥도 대검 눈칫밥이 낫죠!"

"아무리 좋아도 길거리에서 이렇게 끌어안고 있으면 다들 볼 텐데."

그러면서도 이헌의 입꼬리는 스멀스멀 올라가고 다현의 어깨를 끌어안은 손은 한없이 따뜻하기만 했다.

"그러니까 다른 데로 옮기는 거 어때?"

기분이 몹시, 매우, 격하게 좋아 보이는 다현에게 이때다 싶어 이헌은 넌지시 물었다.

그를 꼭 끌어안고 있던 그녀는 고개를 들어 웃음기 가신 얼굴로 단호하게 고개를 내저었다.

"선배 없다고 아무것도 못 하는 어린애 아니거든요."

"나만 없는 거 아니고, 부장님도 없고, 선배들도 다…….."

"어허. 걱정하지 말라니까. 이래 봬도 내가 특수 1부 막내 검사였다고요!"

"황소고집을 넘어섰어, 넌."

"싹 다 바뀌면 내가 최고참 아닌가? 맞죠?"

부장 검사부터 아래로 부부장 검사와 선배 검사들이 모두 다른 부로 이동되면 반부패 수사 1부에서 다현이 제일 고참인 건 확실했다. 물론 연수원 기수로는 막내지만.

결코 그녀보다 낮은 기수의 검사가 올 리는 없었다. 다현의 특수부 발령은 정말이지 예외였으니까.

"내 걱정은 하지 말고, 선배는 대검에 가서 사고나 치지 말아요."

"내가 애야?"

"사고 치는 거로는 나보다 선배가 더한 거 알죠? 전적도 있으신 양반이, 몸 사려야죠. 이제 혼자 지방 내려가고 그런 거 안 돼요. 절대! 난 주말부부 못 하니까 내 말, 꼭 명심해요!"

"많이 컸네, 권다현 검사님."

"제가 좀 원래부터 컸어요."

신호등이 바뀌었다. 힐긋힐긋 쳐다보던 사람들이 하나둘 건널목을 건너기 시작했다. 그런데도 서로 부둥켜안은 채 마주 보고 선 두 사람은 웃고만 서 있다.

"내 걱정은 하지 말고 가서 잘해요."

다현의 머리 위로 투둑투둑 떨어지는 눈발들이 차츰 굵어졌다. 이헌은 손을 뻗어 그녀의 머리 위에 쌓인 하얀 눈송이를 가볍게 털어 내며 말했다.

"딴 놈한테 웃어 주지 마. 잘해 주지도 말고."

키득거리면서도 다현은 고개를 세차게 끄덕였다. 추워서 발그레해진 뺨을 온기 가득한 손으로 감싸 쥔 채 눈에 붙은 하얀 눈송이를 털어 내던 이헌의 엄지손가락이 그녀의 붉은 입술 위에 머물렀다.

"나랑 결혼해 줘서 고마워."

부드럽게 입술을 매만지던 손가락 대신 그의 뜨거운 입술이 와 닿았다. 순식간에 삼켜 든 입술 틈 사이로 비집고 들어간 혀는 서로 얽히고 설켜 뜨거운 숨을 내뱉었다.

함박눈이 내리는 그 어느 때보다도 따뜻한 겨울이었다.

"와."

눈앞에 펼쳐진 풍경은 짧은 감탄사로는 부족할 만큼 황홀했다.

눈이 부실 만큼 강렬한 태양이 바다 위로 잘게 부서져 반짝였다. 에메랄드빛 바다는 투명할 정도로 맑아 마치 다른 세상인 듯했다.

"멀리 온 보람이 있네."

어느새 침대 맡에 앉은 이헌의 얼굴에 잔잔한 미소가 떠올랐다.

그는 정면으로 보이는 바다를 보며 느리게 눈을 껌뻑였다. 장시간 비행으로 몰려온 고단함이 사라지는 듯한 기분이었다.

여행사 직원이 보내 준 사진만 보고 고른 리조트였다. 그저 바다 위에 떠 있는 수상 풀빌라가 프라이빗해 보여 신혼여행으로는 그만인 듯했다.

일에 치여 제대로 된 휴식을 가져 본 적 없는 신혼부부에게 딱이라며 추천을 받아 고른 곳이 하필이면 몰디브였다.

비행기만 몇 시간을 탄 건지. 이러다 하늘에서 시간을 다 보내겠다 싶을 때 도착한 리조트는 그야말로 휴식과 힐링의 정점을 자랑했다.

"너무 비현실적이야."

이헌의 곁에 털썩 앉아 멍하니 바다를 바라보던 다현이 말했다. 공부하느라 시간이 없어서, 일하느라 바쁘다는 이유로 여행은 뒷전이었던 탓에 눈에 들어오는 모든 것이 생경하기만 했다.

구름 한 점 없는 파란 하늘과 투명한 바다는 괜히 보는 이의 마음을 설렘으로 들뜨게 만들었다.

"우리 너무 일만 하고 살았나 봐."

혼잣말인 듯 새어 나온 작은 목소리에도 이헌은 고개를 끄덕였다. 그만큼 그의 신경은 황홀하다는 듯 바다를 바라보고 있는 다현에게 집중돼 있었다.

"수영, 잘해요?"

그렇게 멍하니 바다를 보던 다현이 고개를 비스듬히 돌려 이헌을 보며 물었다.

이헌은 어깨를 으쓱거리며 대답했다.

"죽지 않을 정도."

그게 어느 정도인지 가늠이 되지 않았다. 하지만 자신보다는 분명 잘할 거라 짐작할 뿐이었다.

"난 보는 거로 만족할래요."

"일주일이면 마스터 가능해."

"그래도…… 바다는 좀…….

멋쩍은 듯 다현은 웃으며 고개를 내저었다. 수영을 전혀 하지 못하는 그녀에게 바다는 정말 말 그대로 한 폭의 그림일 따름이었다.

"보기만 할 거면 여기서 일주일 동안 뭐 해?"

"그냥 푹 쉬다 가는 거죠."

"어떻게 쉬려고?"

"음. 밀린 잠도 자면서…….

그렇게 말하는 다현의 목덜미엔 어느새 이헌의 커다란 손이 올라와 지분거리고 있었다.

간지러움에 말을 잇지 못하고 움찔하는 다현을 물끄러미 보던 이헌은 순식간에 그녀의 붉은 입술을 한입 가득 베어 물었다.

어느새 맹수처럼 빠르게 다현을 점령한 이헌은 숨 쉴 틈조차 주지 않았다.

위태롭게 꺾인 그녀의 목덜미를 받치고, 말간 뺨을 쓰다듬으며 입 안을 휘젓기 시작했다.

놀리기라도 하는 듯 도망 다니는 다현의 혀를 옭아매 뿌리까지 단숨에 삼킨 그는 입천장을 훑으며 입술을 빨아 당겼다.

그녀의 숨이 꼴딱꼴딱 넘어가기 직전에서야 이마를 맞닿은 채 베어 문 입술을 뗐다.

"하아……."

"일주일 동안 붙어 있으면 수영 말고 뭘 하겠어."

사방을 둘러봐도 바다밖에 없는 이 망망대해 위에서 이제 막 결혼식을 올린 신혼부부가 할 일은 말하지 않아도 뻔했다.

다현의 붉어진 얼굴빛에서 그녀 역시 그의 말뜻을 알아챘음을 읽을 수 있었다.

어느새 푹신한 매트리스가 허리에 닿고 머리에 포근한 이불이 전신을 감쌌다. 낯선 곳이 주는 묘한 공기가 다현의 기분을 오묘하게 만들었다.

그녀는 물끄러미 자신을 바라보는 이헌을 향해 두 팔을 뻗어 목을 감싸 안았다.

"한국 가자마자 다시 바빠지겠죠?"

들숨과 날숨이 고스란히 느껴질 만큼 바짝 붙은 얼굴을 빤히 보며 다현이 물었다. 이헌은 '아마도'라며 시원하게 대답하지 못했다.

대놓고 국방부를 저격한 수사 때문에 이헌은 논란의 중심이 됐고, 그를 뒤에서 받쳐 주던 검찰 총장은 난감하기 짝이 없는 상황이 됐다.

불행 중 다행으로, 언론 보도 전에 실시한 대대적인 압수 수색 때 미처 조작하지 못한 1급 기밀 자료를 발견한 덕분에 방산 비리의 덜미를 잡을 수 있었다.

공군 참모 차장과 참모 총장까지 참고인 소환 조사를 벌인 결과, 공군 군수 참모부 부장과 군수 운영 차장 등 관련인들이 대거 구속 기소된 상태였다.

그렇다고 결혼과 신혼여행을 미룰 수는 없었다. 결국 이헌은 난생처음 동료들에게 제 일을 맡긴 뒤 비행기를 타야만 했다.

"신혼여행 내내 일 생각은 하지도 말아요."

"흐음. 그럼 딴생각 못 하게 잘 구슬려 봐."

악마의 미소가 따로 없었다.

보기 좋게 올라간 입꼬리를 보며 다현은 웃음을 뱉었다.

"농담 같아? 우리 한 달 동안 얼굴 한 번 제대로 본 적 없잖아."

"그러니까 일주일 동안 실컷 봐요."

"일주일 후면 다시 바빠질 거란 말처럼 들리는데."

"치, 나보다 더 바쁜 게 누군데?"

다현이 짓궂은 아이처럼 능글맞게 웃으며 새초롬하게 눈을 뜨자 이헌은 그녀의 콧등을 톡 건드렸다.

다현 역시 결혼식과 신혼여행 때문에 지난 한 달 동안 검사실에 틀어박혀 있어야 했었다.

어떻게 얻은 휴가인데!

첫 휴가 이후로 3년 만인 듯했다.

징크스처럼 휴가를 잡아 놓으면 사건이 뚝 떨어지고, 보란 듯이 급한 일들이 터지는 바람에 옴짝달싹도 할 수 없었다.

신혼여행마저 날릴 수 없어 대검으로 자리를 옮긴 이헌과 지난 한 달 동안은 얼굴 볼 새도 없이 바쁘게 움직여야 했다.

다행히도 사학 재단 이사장의 비리는 관련인들의 적극적인 협조로 인해 빠른 기소가 가능했고, 공판은 반부패 1부 동료 검사이자 선배인 기영에게 넘기면서 예정대로 출국할 수 있었다.

"잠잘 틈이 있을까 몰라."

"그래도 잠은 재워 줘요."

능청스레 웃는 다현을 물끄러미 내려다보던 이헌의 얼굴이 빠르게 다가와 입술을 부드럽게 머금었다.

커다란 손이 붉게 물든 그녀의 볼을 감쌌다. 이어서 귓가를 매만지는 손길이 한없이 다정했다.

"하……."

삼킨 입술을 떼자마자 옅은 신음이 터져 나왔다. 귓가에서 내려온 손길이 목덜미를 지분거렸다. 이어서 쇄골로 내려온 손가락이 그림을 그리듯 살결 위를 부드럽게 매만졌다.

탐스럽게 익은 복숭아를 베어 물듯 고개를 파묻고 뽀얀 살결에 잘게 입맞춤을 했다.

다현의 입에서 삼키지 못한 신음이 쏟아졌다. 귓가를 자극하는 음성에 이헌은 고개를 들어 그녀의 밭은 숨을 삼켜 들었다.

"으읍!"

숨을 고를 새도 없이 맞닿은 몸에 열기가 올랐다.

좀처럼 쉴 틈을 주지 않는 그의 움직임에 다현은 이헌의 단단한 팔뚝을 꽉 움켜쥔 채 고개를 내저으며 입술을 뗐다.

"처, 천천히……! 웃!"

"하아……. 미안."

순간 정신없이 탐하다 보니 이성의 끈을 놓을 뻔했다. 너무 거칠었던 건 아닌지 그녀에게 미안했다.

그는 흐트러진 다현의 머리카락을 쓸어 넘기며 쪽, 하고 볼에 가벼운 입맞춤을 했다.

"나, 어디 안 가요."

방긋 웃으며 말하는 다현을 말없이 바라보던 그가 다시 한번 그녀에게 입을 맞추며 가볍게 입술을 빨아 당겼다.

어찌할 도리가 없다는 듯 그의 움직임에 덩달아 이끌린 다현은 살살 아랫배가 간질거려 이헌의 목을 바짝 끌어안았다.

이헌은 커다란 침대 위에서 나부끼는 다현의 허리를 꽉 붙들었다.

눈이 부실 만큼 뜨거운 햇살을 내뿜던 해가 어느덧 핑크빛 노을을 만들어 내기 시작했다.

온전히 둘만 있는 망망대해 위의 수상 빌라엔 다현의 달뜬 신음과 이헌의 거친 숨소리가 조화롭게 공존했다.

✤　　✦　　✤

언제 잠이 든 건지 알 수 없었다.

눈을 떠 보니 온 사위가 어두웠다.

이불을 걷고 침대에서 내려온 다현은 바닥에 떨어진 바스 가운을 집어 들었다.

씻고 자겠다고 욕실에서 샤워했는데, 다시 원점으로 돌아간 듯 이헌의 손길에 몇 번이나 무너졌다.

어떻게 침대까지 와서 잠이 든 건지 기억이 잘 나지 않았다. 그냥 그의 품에서 쓰러지듯 잠이 든 모양이었다.

바스 가운을 걸치고 끈을 묶으며 문이 열려 있는 테라스로 나온 다현은 선베드 위에 누워 있는 이헌을 발견했다.

"언제 일어났어요?"

이헌의 곁으로 다가온 다현이 그의 손에 들린 맥주병을 보며 물었다. 병에 든 맥주가 꽤 많이 비어 있었다.

그는 손을 뻗어 다현을 끌어당겨 자신의 다리 사이에 앉혔다.

"아……!"

그러고는 그녀의 허리를 끌어안았다. 다현은 자연스레 이헌의 손에 들린 맥주병을 뺏어 들어 남아 있던 맥주를 한입 마셨다.

이헌이 왜 선베드에 앉아 맥주를 마셨는지 알 것 같은 맛이었다.

"저녁 먹어야지."

지금이 몇 시지?

마치 다른 세상에 있는 듯 반나절 사이에 시간 개념이 완전히 사라진 것 같았다.

까무룩 잠이 들어서 그런지 배가 고프다는 생각도 들지 않았다.

그저 이렇게 이헌의 품에 안겨 자고 싶다는 생각밖엔.

"와, 하늘 좀 봐요. 별이 진짜 많아요."

이헌의 품에 안긴 채 고개를 든 다현의 눈에 무수한 별들이 반짝이고 있었다.

당장이라도 우수수 쏟아질 듯 까만 밤하늘에 촘촘히 박힌 별은 두 눈으로 보고 있음에도 현실감이 없었다.

"이럴 땐 별이라도 따다 준다고 해야 하는데, 내 능력치가 거기까진 못 미쳐."

"선배, 농담에 소질 없는 거 알죠? 하나도 안 웃겨."

농담도 진담처럼 내뱉는 이헌 때문에 다현은 고개를 내저으며 그의 볼을 콕 찔렀다.

그러자 이헌이 손을 확 잡아끌어 내리며 짓궂은 미소를 짓는 다현의 입술을 틀어막았다.

손에 쥐고 있던 빈 맥주병이 테라스 위를 또르르 굴러 수영장에 풍당 빠지는 소리가 귓가를 스치듯 들려왔다.

"하아……. 밥, 먹자면서요……. 아."

이내 서로에게 닿아 있던 입술이 떨어졌다.

밭은 숨을 내뱉는 다현의 바스 가운이 비스듬히 내려가자 한쪽 어깨가 드러났다.

아슬아슬하게 가운을 걸친 새하얀 살결 위에 이헌은 잘게 입맞춤을 했다.

"룸서비스 시켜 놨어."

치밀함마저 치명적인 남자였다.

초인종 소리가 들리기 전까지 온전히 둘만의 세상이었다.

밤하늘을 수놓은 별이 잔잔한 바다 위에 비쳤다. 마치 하늘에서 쏟아진 별들이 바다에 빠진 것처럼.

물결이 일렁이자 별들이 춤을 췄다. 눈앞에 펼쳐진 장관은 오직 다현에게만 허락된 그의 선물 같았다.

"푹 잘 수 있게 해 줄게."

"이러고 푹 자는 건……, 아아! 기, 기절하는 거라고요."

다현은 어느새 이헌의 품에 안기듯 단단한 무릎 위에 올라앉아 있었다.

몸을 감싸고 있던 바스 가운은 제 역할을 잊은 채 그녀의 허리춤까지 내려가 있었다.

머리카락이 잘게 흩날릴 만큼 온몸을 간질이는 바닷바람에 등줄기에 오소소 소름이 돋았다. 다현은 움찔 몸을 떨며 이헌의 품에 폭 파고들었다.

너른 가슴팍이 주는 안온함과 맞닿은 살결로 전해지는 온기가 따뜻했다.

"……사랑해."

허리를 꼭 끌어안은 채 이헌이 숨을 삼키며 사랑을 말했다. 미약한 신음을 삼키던 다현이 고개를 들어 그의 사랑을 입에 머금고 혀를 움직여 입 안을 휘저었다.

이헌의 품에서 흥분에 달떠 움직이기 시작한 건 다현이었다.

그의 목을 감싸 안은 채 어깨에 고개를 파묻었다.

앙다문 입술 사이에선 채 삼키지 못한 신음이 새어 나오고, 다현을 꼭 감싸 안은 이헌은 그녀를 들쳐 안아 몸을 일으켰다.

맞닿은 몸에 빈틈은 없었다. 선베드 옆에 있던 소파에 다현을 조심스레 눕힌 이헌은 그녀의 동그란 이마 위에 부드럽게 입을 맞췄다.

초인종 소리가 어렴풋이 들려왔지만, 마구잡이로 쏟아진 신음에 그조차 아득하게 느껴졌다.

✤　　✦　　✤

눈을 제대로 뜰 수 없을 만큼 강한 햇볕이 내리쬐고 있었다.

눈부심에 뒤척이던 다현은 실눈을 떠 옆자리가 텅 빈 걸 확인하고는 몸을 일으켜 앉았다.

삼면이 유리로 된 수상 빌라는 마치 물 위에 떠 있는 것 같은 착각을 불러일으켰다.

눈을 껌뻑이며 주위를 둘러보던 다현은 이헌의 부재를 느끼고는 침대를 내려왔다. 그리고 천천히 슬립 가운을 입고 밖에서 들리는 물소리를 따라 테라스로 나갔다.

지난밤, 하늘에서 쏟아지던 별을 온몸으로 맞으며 온기를 나눴던 선베드 위에는 이헌이 벗어 놓은 바스 가운이 있었다.

첨벙거리는 물소리를 따라 시선을 옮기자 바다와 하나가 된 듯 보이는 인피니티 풀 속에서 수영 중인 이헌이 보였다.

조심스레 다가간 다현은 물끄러미 선 채로 수영장 끝을 찍고 돌아오는 그를 보며 무릎에 턱을 괴고 쭈그려 앉았다.

"후……. 일어났어?"

물속에서 불쑥 이헌이 고개를 내밀었다.

젖은 머리카락을 쓸어 넘기며 그는 자신을 바라보고 있는 다현의 입술에 가볍게 점프해 짧게 입을 맞췄다.

순식간에 다가온 이헌의 입술에 놀랄 새도 없었다. 이헌은 어느새 물 밖으로 나와 바스 가운을 입었다.

"죽지 않을 만큼 수영한다는 사람 어디 갔어요?"

정도의 차이가 확실히 판명 난 순간이었다.

"그러니까 죽지 않을 만큼이지."

그러면서 아직 부족하다는 듯 다가온 그가 한입 가득 입술을 머금고 빨아 당겼다.

"하아……, 진짜!"

이헌의 가슴팍을 툭 밀치며 자신의 허리를 감싸 안은 그의 손아귀에서 한 발짝 물러난 다현은 수건을 집어 들고 그의 젖은 머리카락을 말려 줬다.

"나 배고파요."

자신의 입에 밥이 들어가는 것에 이헌이 민감하게 군다는 걸 아는 다현의 자연스러운 처세였다.

이렇게 하지 않으면 아침부터 종일 침대를 벗어나지 못할 터였다.

"너무 잘 자서 안 깨웠어."

"밤새 괴롭힌 사람이 누구더라."

"좋아하던 사람 어디 갔나."

"흐흠!"

"밥 먹으러 가자."

민망해져 헛기침을 뱉는 다현을 보며 이헌은 참았던 웃음을 터뜨렸다. 그가 그녀의 손에 들린 수건을 선베드에 툭 던져 놓고는 손을 잡았다.

두 사람은 안으로 들어와 간단히 씻고 옷을 갈아입었다.

굳게 닫혀 있던 빌라 문을 열었다.

리조트까지 이어진 길은 바다 위에 둥둥 떠 있는 듯 보이면서도 흔들림이라곤 조금도 느껴지지 않았다.

머리 위로 내리쬐는 태양에 금세 땀이 날 정도였지만 두 사람은 손을 꼭 맞잡은 채 한참을 걸어 리조트로 들어섰다.

바다가 전면에 보이는 레스토랑에 마주 앉아 간단히 음식을 주문했다.

"물 무서워하는 줄 알았으면 다른 데 갔을 텐데."

"보는 건 좋아요. 그리고 신혼여행이긴 하지만 오랜만에 휴가니까, 이왕이면 이런 휴양지에서 쉬는 게 좋죠."

"쉬는 게 쉬는 게 아닌 거 같은데."

"누구만 가만히 내버려 두면 푹 쉴 수 있을 텐데. 그죠?"

"그럼 예쁘질 말든가."

물 잔을 입에 가져다 대던 다현이 멈칫하며 이헌을 보고 마른침을 꿀꺽 삼켰다.

"내가…… 예뻐요?"

"당연한 걸 왜 물어."

예쁘다는 말을 안 들어 본 것도 아닌데 괜히 마음이 간질거리고 온기로 충만해지는 것 같았다.

다현은 그를 보며 활짝 웃었다. 웃음꽃이 만개한 얼굴은 그 어느 때보다도 해사했다.

"나 그만 보고 빨리 먹어요."

"안 먹어도 배부르네. 권다현만 보고 있으면 굶어 죽진 않겠어."

샐러드를 뒤적이던 다현이 포크로 치커리를 콕 찍어 입에 밀어 넣었다.

밉지 않게 그를 흘겨보곤 장난치지 말라는 듯 웃음기 가득한 목소리로 말했다.

"우리 아빠도 나한테 그런 말 한 적 없어요."

"장인어른은 장모님 있잖아."

"우리 아빠가 엄마 보면서 선배처럼 능글맞을 리 없어요."

"그러실 거야, 나처럼."

이헌은 잘게 썬 스테이크 한 조각을 포크로 찍어 다현에게 건넸다. 스테이크를 받아먹은 그녀 역시 큼지막하게 썬 스테이크를 이헌의 입에 쏙 넣어 주었다.

"꼭꼭 씹어 먹어요."

피식 웃으며 아, 하고 스테이크를 받아먹은 이헌은 와인 잔을 가볍게 들었다.

짙은 레드 와인이 담긴 와인 잔이 맑은 소리를 내며 부딪쳤다.

부드럽게 입 안을 적시는 와인의 달콤함과 짙은 풍미가 기분을 좋게 만들었다.

그렇게 식사를 마치고 수상 빌라로 돌아온 두 사람은 약속이나 한 듯 수영복으로 갈아입었다.

"정말 잘 가르치는 거 맞죠?"

"한 번 스승은 영원한 스승, 몰라?"

"그래도 수영은 다른 거 아닌가……."

수영장으로 성큼성큼 걸어 들어가는 이헌을 보며 다현은 멋쩍은 듯 웃으며 쭈뼛댔다.

이헌의 가슴팍 언저리까지 오는 그다지 깊지 않은 수영장 앞에서도 그녀는 바닥에 걸터앉아 다리만 겨우 슬쩍 담글 뿐이었다.

"유치원생 가르치듯 하나하나, 차근차근 가르쳐 줄 테니까 걱정 마."

"유치원생은 이렇게 깊은 데서 안 배우죠."

다현의 앞에 서서 그녀의 두 팔을 꼭 붙들고 있는 이헌이 고개를 내저었다.

"권다현 검사, 배짱은 다 어디 갔어?"

"그거랑 이건 엄연히 달라요. 생사가 오가는 건데!"

"이렇게 얕은 수영장에서 생사가 오갈 일은 없습니다."

"사람 일은 모르는 거랬어요."

투덜대는 다현의 콧등을 손가락으로 톡 건드리며 이헌은 그녀의 얼굴에 가볍게 물을 튀겼다.

얼굴을 적시는 물에 눈을 감았다 뜬 다현은 물 밖으로 나와 어디선가 머리끈을 가져오는 이헌을 물끄러미 올려다봤다.

"수영의 기본은 발차기야."

등 뒤에서 허리를 숙인 이헌이 다현의 긴 머리카락을 높게 올려 묶기 시작했다.

"기본은 숨쉬기 아닌가?"

"제자가 스승의 말을 못 믿으면 어떻게 되겠어."

뭐가 먼저인지 몰라도 숨쉬기는커녕 발차기도 제대로 안 되는 다현은 이헌의 말에 순응하며 고개를 끄덕였다.

물 안으로 다시 들어온 이헌은 물속에 잠겨 있는 다현의 발목을 양손으로 잡고 번갈아 가며 다리를 움직이게 했다.

"유치원생도 수영장에 처음 가면 앉아서 발차기부터 해."

어릴 때 자신 역시 같은 방식으로 수영을 배웠다는 말은 아껴 뒀다.

이헌이 발목에서 손을 떼자 멈칫하던 다현은 계속하라는 그의 눈짓에 첨벙첨벙 소리가 날 정도로 발차기에 열을 올렸다.

그때 이헌이 팔을 뻗어 다현의 허리를 번쩍 들어 수영장 안으로 그녀를 이끌었다.

갑자기 물에 들어와 놀란 것도 잠시, 깊지 않은 수심은 다현의 쇄골 언저리를 살짝 넘기고 있었다.

"손잡아 줄 테니까 아까처럼 발차기부터 하는 거야."

정말 유치원생에게 가르치듯 그는 다현의 손을 잡고 천천히 뒷걸음질 치기 시작했다.

물속에서 뜨는 법도 모르는데 다짜고짜 손을 잡아끄니, 겁을 먹은 다현은 물장구나 다름없는 발차기를 했다.

결국 자의인지 타의인지 몰라도 앞으로 나아가던 중 다리에 힘이 풀리고 말았다.

그녀는 돌아가지 못하고 중간에 우뚝 멈춰 섰다.

"이렇게 하는 거 맞아요?"

수영에 '수' 도 모르는 다현은 어린아이처럼 어설픈 자신의 모습에 고개를 갸웃거렸다.

이러다가는 남은 시간 동안 수영 마스터는 고사하고 물에 뜨기나 하면 다행일 것 같았다.

"수영에 자질이 보여."

"내가?"

학생에게 용기를 북돋아 주는 선생님처럼 이헌은 고개를 끄덕였다.

아무리 봐도 자질은커녕 물장구를 칠 때마다 물속으로 몸이 가라앉기 바빴다. 그나마도 바닥에 발이 닿지 않으려 용을 쓴 탓에 벌써 진이 다 빠져 버렸다.

그런데도 이헌은 잡은 손을 놓고는 다음 진도를 나가겠다며 숨 쉬는 방법을 보여 주기 시작했다.

물속으로 얼굴을 넣더니 작은 공기 방울이 올라왔다. 곧바로 이헌이 고개를 내밀며 숨을 뱉었다.

"물속에서 음, 하고 숨을 뱉고 고개 내밀면서 파."

"……그게 된다고요?"

"한번 해 봐."

"바, 바로?"

잔뜩 긴장한 다현을 보며 이헌이 단호하게 고개를 끄덕였다. 악마

교관이 따로 없어 보였다.

다현은 망설임에 주춤하면서 이헌의 눈치를 살폈다. 그러나 단호한 그의 표정에 한숨을 삼키고는 비장한 표정으로 천천히 물속으로 얼굴을 밀어 넣었다.

물에 들어가는 순간, 눈을 꼭 감아 버린 다현은 이헌이 가르쳐 준 대로 할 새도 없이 허우적거리며 몸을 일으켰다.

"캑캑!"

"괜찮아?"

코로 물이 훅 들어와 숨 쉬는 게 불편해진 그녀가 눈살을 찌푸리며 이헌의 가슴팍을 작은 주먹으로 툭 내려쳤다.

"마스터하기 전에 마누라 잡겠네."

이헌은 숨을 몰아쉬며 캑캑거리는 다현의 젖은 머리카락을 쓸어 넘겨 주었다.

그러고는 눈가에 눈물이 맺힌 채 얄밉다는 듯 자신을 째려보는 그녀의 입술에 쪽, 입을 맞췄다.

물에 젖어서인지 유독 붉은 입술이 더욱 탐스러워 보였다.

"나 수영 안 해!"

다현은 짐짓 토라진 척 입을 삐죽 내밀며 이헌의 가슴팍을 밀쳤다.

"미안. 내가 잘못했어."

그녀의 뾰로통한 표정을 들여다보던 이헌은 작은 머리통을 쓰다듬으며 귓가에 속삭였다. 그의 고른 숨이 귓가를 간질거리자 다현의 어깨가 움찔하며 눈에 띄게 굳어 버렸다.

물속에서 허리를 감아 오는 이헌의 단단한 팔에 옴짝달싹하지 못하고 항복을 읊조려야 했다.

"진짜, 여기서……. 읏!"

이헌이 씨익 웃으며 그녀의 통통한 귓불을 깨물었다. 목 언저리에 고개를 묻은 채 쪽, 입을 맞추는 소리가 적나라했다.

그의 입술이 닿는 모든 곳이 화끈하기만 했다. 가슴을 단단히 여미고 있던 비키니 끈이 이헌의 과감한 손길에 속절없이 풀려 버리고 만다.

"수, 수영 가르쳐 준다며!"

어느새 수면 위로 툭 떨어진 비키니를 보고 놀란 다현이 그의 손을 덥석 잡았다.

언제 안 한다고 그랬냐는 듯 수영을 하자며 이헌을 다독였지만 소용없는 일이었다.

"수영은 됐어. 물에 빠지면 내가 구해 줄게."

물에 젖은 다현의 머리카락을 귀 뒤로 넘겨 주며 방으로 가자는 그녀의 입술을 틀어막았다. 이헌은 유연하게 빈틈을 파고들어 혀를 옭아맸다.

머릿속이 아득해질 만큼 입 안을 휘젓는 이헌의 움직임에 그녀는 숨 쉴 틈을 찾기 바빴다.

아랫입술을 빨며 입을 뗀 그가 단단히 끌어안은 허리를 번쩍 들어 올려 다현을 수영장 밖 난간에 앉혔다.

눈이 부실 만큼 강렬한 태양이 그녀의 전신을 휘감았다.

"자꾸 예쁘니까 곤란하잖아."

"하아……. 정말, 아아!"

이헌의 커다란 손이 닿기만 해도 간질거리는 목덜미를 부드럽게 쓸어내렸다.

햇살에 눈이 부신 건지, 그의 손길에 아득해져 가는 건지 알 수 없었다. 눈을 제대로 뜰 수 없을 만큼 묘한 긴장과 달뜬 기분에 다현은 그를 꽉 끌어안으며 새어 나오려는 신음을 삼켰다.

✤　　✦　　✤

눈을 뜨자 어김없이 밤하늘엔 쏟아질 듯 밝게 빛나는 별들이 수를 놓고 있었다.

이헌과 나란히 선베드에 누워 조잘조잘 떠들다가 잠이 든 것 같은데, 벌써 밤이 되었다니.

다현은 고개를 돌려 자리를 확인했지만, 어쩐 일인지 이번에도 그는 없었다.

타월만 헝클어진 채 덩그러니 놓여 있을 뿐. 이헌이 마시고 있던 샴페인 잔 역시 비어 있었다.

베드에서 몸을 일으켜 기지개를 켠 다현은 귓가에 닿은 첨벙이는 소리를 따라 수영장과 바다가 맞닿아 있는 테라스로 걸음을 옮겼다.

수영장에서 민망할 만큼 달뜬 숨을 뱉던 게 무색하게 벌써 내일이면 한국으로 돌아가는 날이었다.

그 뒤로 이헌은 수영을 가르치지 않았고, 다현도 수영장에 발을 담그는 것에 만족했다. 그에게 수영을 배우는 건 더없이 위험하다는 걸 인지한 탓이다.

슬립 가운을 여미며 어둠 속에서 잘 보이지 않는 바다를 내려다보던 다현은 물속에서 고개를 내미는 이헌을 발견했다.

그는 수영을 못하는 다현을 생각해 낮엔 같이 시간을 보내고, 그녀가 잘 때면 으레 밤 수영을 즐겼다.

한국에 돌아가면 또 밤낮없이 책상머리에 앉아 보기만 해도 골치가 아픈 기록문들을 들여다보고, 자료들 검토에 피곤이 가실 새가 없을 것이다.

이렇게라도 스트레스를 푸는 이헌을 가만히 바라보던 다현은 바다로 내려가는 계단을 밟았다.

"언제 깼어."

그녀를 발견한 이헌이 다가왔다. 바닷물이 그의 어깨와 목 언저리에서 찰랑거렸다. 달빛과 별빛이 비친 바다는 낮과 다른 색으로, 여전히 찬란했다.

다현은 계단 끝에 쪼그리고 앉아 이헌의 젖은 머리카락을 톡톡 건드렸다. 이제 물놀이는 그만하고 나오라는 무언의 행동이었지만 그는 짐짓 모른 척하며 다현을 번쩍 안아 들었다.

"어어!"

피부에 차가운 바닷물이 닿자마자 놀란 다현은 이헌의 목을 꽉 끌어안으며 굳어 버렸다.

마치 고목나무의 매미처럼 그에게 꼭 매달린 그녀의 목소리가 한없이 높아졌다.

"이거 진짜 반칙이야! 내려 줘요! 아, 아니! 내려놓지 말아요!"

"내려 달라는 거야, 내려놓지 말라는 거야."

"절대 안 돼요! 놓지 마!"

다현의 허리를 꽉 껴안고 엉덩이를 받쳐 든 이헌은 피식 웃으며 고개를 끄덕였다.

어느새 가슴팍까지 물이 찰랑거렸다. 잔뜩 긴장해 굳은 몸이 더욱 밀착되어 조금의 빈틈도 없었다.

"절대 안 놔 줄 거니까 걱정하지 마."

그의 어깨에 얼굴을 파묻고 있던 다현은 귓가에 나지막이 들려오는 단단한 음성에 고개를 들었다.

이헌의 짙은 눈동자에 그녀의 말간 얼굴이 고스란히 비쳐 보였다. 다현과 시선이 얽히자 이헌의 입매가 부드러운 곡선을 그리며 휘었다.

그의 미소에 잔뜩 움츠려 있던 몸에 긴장이 풀리는 듯했다.

비현실적인 건 몰디브의 밤이 아니라 눈앞에 있는 이헌이었다.

그와 함께 있는 지금이 믿기지 않을 정도로 황홀했다.

"……사랑해요."

목숨처럼 이헌의 목을 끌어안고 있던 다현이 두 손으로 그의 얼굴을 감싸 쥐며 말했다.

수줍은 미소가 그녀의 입가에 피어올랐다. 다현은 자신을 향한 그윽한 눈동자를 바라보며 이헌의 입술을 천천히 머금었다.

촉촉한 입술이 맞닿아 내는 소리가 찰랑이는 물소리보다 귓가를 어지럽혔다. 서로의 혀가 얽혀 들고 입 안을 먼저 침범한 건 이헌이었다.

입천장을 스치고 지나가듯 혀를 훑으며 뿌리까지 쓰다듬는 그의 움직임은 유연했고 허리를 쓰다듬는 손길은 거침없었다.

바닷물에 흠뻑 젖어 몸의 굴곡이 드러난 슬립이 거추장스럽다는 듯 다현의 어깨에서 가운을 확 벗겨 냈다.

동그란 어깨에 입맞춤하며 고개를 든 이헌은 타액으로 번들거리는 입술을 떼며 말했다.

"사랑해."

상기된 다현의 뺨을 쓰다듬는 다정한 손길에서 그녀를 향한 진심 어린 애정이 느껴졌다.

"아주 많이."

사랑을 말하는 입술로 다현의 목덜미를 베어 문 그의 등 뒤로 몰디브의 밤바다가 칠흑 같은 어둠 속에서도 찬란하게 빛나고 있었다.

26장

한여름 밤의 꿈처럼 몰디브의 파란 하늘과 에메랄드빛 바다는 현실 앞에 아득해져만 갔다.

신혼여행에서 돌아오자마자 기다렸다는 듯 쏟아지는 일은 검사실에 빈틈조차 없게 만들었다. 외교부 장관으로 내정된 교수의 인사 청문회를 앞두고 야당 쪽에서 스멀스멀 피어난 비리가 원흉이었다.

원정 출산으로 인한 아들의 병역 기피, 내정자의 불법적인 재산 증식 상황을 은밀히 알아보라는 부장 검사의 지시에 다현은 벌써 일주일째 서류 더미에 파묻혀 있었다.

똑똑.

등기부 등본을 들여다보고 있던 다현이 노크 소리에 고개를 들었다. 이윽고 열린 문 너머에서 기영이 모습을 드러냈다.

"아, 맞다."

기영을 보자마자 그에게 부탁했던 공판이 생각난 다현은 책상 앞으로 다가온 그를 보곤 샐쭉 웃었다.

"오늘 선고 기일인 거 까먹었어. 보다시피 요즘 정신이 없어요."

"그럴 줄 알았지."

"어떻게 됐어? 잘 됐지?"

"내가 또 누구야. 권 검사님 안 계신 동안 재판을 기막히게 잘했다는 거 아닙니까."

기영이 으스대며 손가락으로 브이 자를 그렸다.

자신이 작성한 공소장 의견이 제대로 받아들여진 듯해 다현은 안도의 한숨을 내쉬며 의자에 몸을 푹 기댔다.

"고마워, 선배. 내가 밥 살게."

"밥만?"

"술도 살게."

"술은 사양이야. 누구한테 더 밉보일 순 없어."

기영은 고개를 내저으며 손사래를 쳤다.

기겁하는 그의 모습에 다현은 웃음을 터트렸다. 기영이 말하는 이가 누군지 잘 알기에 보이는 반응이었다.

이헌은 기영에게 아직도 말을 놓지 않았다.

한참 후배인 기영은 우상인 이헌과 조금이라도 친해지고 싶어 했지만, 어림도 없었다. 그가 대검으로 자리를 옮기고 난 후엔 얼굴을 마주할 일이 아예 없어져 버려 기영의 아쉬움은 배가된 지 오래였다.

"술 대신 커피 한잔이면 충분해."

"선배도 바쁠 텐데, 진짜 고마워."

"나도 다음에 권다현 검사 찬스 쓰면 되지."

"그럼! 선배 신혼여행 갈 때, 내가 꼭 하나 맡아 줄게."

그게 언제가 될지는 알 수 없었지만.

기영은 그저 어림없는 일이라며, 그때까지 우리가 같은 부에서 근무할 리가 없을 거라며 말만 고맙게 받겠다고 했다.

그렇게 기영이 나간 검사실엔 다시금 적막이 찾아왔다. 퇴근 시간을 가리키는 시곗바늘이 무색하게 다현은 책상 앞에서 꼼짝도 하지 않았다.

"검사님?"

손에 부동산 내역서를 꼭 쥐고 꾸벅꾸벅 졸던 다현의 곁으로 슬그머니 다가온 실무관이 그녀를 조심스레 불렀다.

"아!"

화들짝 놀라며 눈을 뜬 다현은 멋쩍은 듯 웃으며 눈썹뼈 위를 긁적였다.

일하다가 이렇게 졸아 본 건 처음이라 민망함과 동시에 당황스러움이 밀려들어 왔다.

"오늘은 그만 퇴근하는 게……."

인사 청문회가 며칠 남지 않은 탓에 수사관과 실무관도 야근을 불사하고 있었다.

다현은 시곗바늘을 확인하고는 어질러져 있는 책상 위를 주섬주섬 정리하며 말했다.

"시간이 이렇게 된 줄 몰랐어요. 두 분도 그만 들어가세요."

"많이 피곤해 보이시는데 검사님도 어서 들어가서 쉬세요."

"며칠 안 남았으니까, 청문회 끝날 때까지만 버텨 봐요."

"검사님부터 잘 버티셔야죠."

다현의 어두운 안색을 걱정스레 살피며 수사관은 파이팅을 외쳤다.

그렇게 검사실 불이 꺼지고 지검을 나온 다현은 걸어갈 힘도 없어 눈앞에 보이는 택시를 곧장 잡아탔다.

신혼집은 이헌이 살던 아파트였다. 지검에서 차로 5분 거리로, 다현은 택시에서 내리자마자 피곤함에 찌든 무거운 몸을 질질 끌고 겨우 집으로 들어왔다.

불을 켤 새도 없이 거실 소파에 뻗어 버린 그녀의 의식은 그대로 암전이었다. 손 하나 까딱할 힘이 없었다.

이렇게까지 몸이 피곤함을 토로한 게 처음이라 낯설었지만, 아무래도 신혼여행에서 돌아오자마자 한 달 동안 야근을 밥 먹듯 한 게 문제인 듯싶었다.

야근을 처음 하는 것도 아닌데 몸을 가누지 못할 지경이 되니 비로소 체력이 엉망이라는 걸 깨닫게 된다.

그렇게 다현이 아득히 잠에 빠져들 때쯤이었다. 집안에 흐르는 정적을 깬 건 도어락 소리였다.

어두운 집 안을 훑어보던 이헌은 어슴푸레 창을 통해 들어오는 빛에 인영이 보여 벽을 더듬거려 불을 켰다.

퇴근한 이헌을 반겨 주는 건 지쳐 잠든 다현이었다.

아무도 없을 줄 알았던 집에 다현이 잠이 든 채 있자 이헌은 가방을 소파에 올려 두고 그녀의 곁으로 다가갔다.

"다현아."

긴 머리가 소파 위에 잔뜩 흐트러져 있었다. 다현의 말간 이마에 가볍게 손을 올려 토닥인 그가 다정한 목소리로 이름을 나직이 읊조렸다.

신혼여행에서 돌아온 후, 워낙 바빠 주말에나 겨우 얼굴을 마주하던 두 사람이었다.

그야말로 주말부부나 다름없던 생활.

출근 시간이나 혹은 아주 늦은 밤이나 새벽이 아니면 얼굴 보는 것조차 어려워 이헌은 굳이 자는 다현을 툭툭 건드렸다.

"으음……."

이헌의 손길이 느껴진 모양인지 다현이 뒤척이며 천천히 눈을 떴다.

"언제 들어왔어."

"아……. 지금 몇 시예요?"

옷도 갈아입지 못하고 소파에 뻗은 걸 보면 오늘도 야근을 불사한 듯했다.

어째 점점 잦은 야근도 모자라 그 강도가 심해지고 있었다.

다현은 이렇게 시간의 압박을 받으며 맡은 일이 뭔지 그에게 말하지 않았다. 그러나 이헌은 누구보다 그녀가 맡은 일을 세세히 알고 있었다.

인사 청문회가 코앞으로 다가왔으니 시간에 쫓길 수밖에.

청문회 전에 내정자의 비리에 대한 진위를 파악해야 했다. 장관 내정자의 히스토리에 관한 건 청와대 내부에서 꼼꼼하게 검토를 마치지만, 어딘지 알 수 없는 곳에서 꼭 뒤탈이 날 만한 일들이 터지는 법이었다.

그럴 때마다 검찰에서도 내정자에 대한 수사를 은밀히 진행했다.

청문회를 통과한다면 그동안 다현이 조사한 사항들은 조용히 묻힐 테지만, 그마저도 임기 내 잡음이 생긴다면 이번에 조사한 사항들이 다시 불거질 테다.

하필 이번 일이 다현에게 뚝 떨어질 건 뭔지.

이헌은 한숨을 터트리며 다현의 홀쭉해진 볼을 살살 쓰다듬었다.

"방에 가서 자자."

그렇게 말하는 이헌을 반쯤 뜬 눈으로 보며 다현은 힘없이 무거운 두 팔을 뻗었다.

방으로 걸어갈 힘이 없었다. 안아 달라고 팔을 뻗은 그녀를, 그가 자연스럽게 품에 안아 들었다.

이헌의 너른 가슴팍에 얼굴을 폭 파묻은 채 안긴 다현은 침실로 들어왔다.

그는 품에 안긴 다현을 침대에 내려놓았다. 침대 맡에 앉은 채 졸린 눈을 부비는 그녀를 물끄러미 바라보던 이헌이 입을 뗐다.

"씻을 수는 있겠어?"

씻기는커녕 옷을 갈아입을 힘도 없어 보였다. 이헌의 불만이 고스란히 그의 이마에 깊게 새겨지기 시작했다.

그걸 알아차릴 새도 없이 다현은 반쯤 감긴 눈으로 몸을 일으켜 옷을 갈아입고 곧장 욕실로 들어가 세면대 앞에 섰다.

칫솔에 치약을 짜 칫솔질을 하던 다현은 꾸벅 졸다가 몸이 기우뚱 넘어가는 걸 알아차리지도 못했다. 이헌이 뒤따라 들어오지 않았으면 욕실 바닥에 꼬꾸라졌을 것이었다.

"하, 진짜. 내가 너 때문에."

"아……."

비틀거리는 다현을 붙잡은 이헌이 눈살을 찌푸렸다. 다현은 퍼뜩 정신을 차리고 찬물에 연거푸 세수했다.

"부장 검사는 도대체 왜 그걸 너한테 맡긴 거야."

"그게 무슨……. 나 지금 뭐 하고 있는지 알아요?"

"내가 그걸 왜 몰라."

불과 몇 달 전까지만 해도 야근에 주말 근무까지 철야를 버텨 내던 다현이었다.

그런 그녀가 이토록 비실대는 게 믿기지 않았지만, 워낙 시간이 촉박해 일은 많은데 굳이 퇴근해서 집에 오겠다는 생각 때문에 근무 시간에 무리하고 있었다.

평소 같았으면 퇴근은커녕 대충 검사실이나 숙직실에서 쪽잠을 자며 빨리 일을 끝냈을 테지만, 다현은 더 이상 그러지 않았다.

그건 이헌도 마찬가지였다.

자신을 바라보고 누운 다현을 꼭 껴안으며 이헌은 말했다.

"상반기 인사 때 자리 옮겨."

"또 그 소리!"

"안 되겠어. 너 이렇게 힘들어하는 거 더는 못 봐. 아예 중앙 지검 말고 다른 데도 괜찮고."

"이번 인사이동도 난 해당 사항 없어요."

"그 정도는 내가 해 줄 수 있어."

"와. 수사 지휘 과장이 이렇게 막강한 거였어? 마누라 인사에 막 이래도 되나?"

품에 안긴 채 고개를 들어 이헌과 눈을 마주친 다현이 장난스럽게 말을 내뱉곤 배시시 웃어 보였다.

"남편이 인사에 관여하는 거 싫으면 잘 버텨야지, 이게 뭐야."

다현의 말간 이마를 손가락으로 톡, 건든 이헌은 미간을 찌푸렸다.

"워낙 일이 많았어요. 밥 먹을 시간도 없었다니까."

"그래서, 지금 밥도 안 먹고 일했다고 나한테 실토하는 거야?"

"아하하……. 그게 그렇게 되나?"

"자꾸 속상하게 할래?"

멋쩍은 듯 웃는 다현을 보며 이헌은 혀를 내둘렀다.

원래부터가 한 가지에 몰두하면 경주마처럼 앞만 보고 달리는 그녀였다. 이헌은 그런 다현이 걱정될 수밖에 없었다.

특수부에 함께 근무했을 때만 해도 이헌은 다현의 밥을 챙기는 건 물론 중간중간 쉴 틈을 만들어 줬었다. 덕분에 긴 수사에도 불구하고 잘 버틸 수 있었지만, 지금은 그가 곁에 함께 해 주지 못했다.

"자꾸 비실대면 진짜 옮겨 달라고 할 거야."

"알았어요. 내 걱정은 이제 그만. 빨리 자자."

그렇게 이헌의 허리춤을 꼭 껴안고 품에 파고든 다현은 눈을 감았다.

"내일 저녁은 밖에서 먹자."

"내일?"

"또 밥 안 먹고 일만 하다가 딱 걸려 봐."

다현은 괜한 말을 한 것 같아 스스로가 원망스러웠다. 이헌이 걱정하는 걸 뻔히 알면서 잠결인 듯 안 해도 될 말을 꺼낸 것 같았다.

그러면서도 그의 걱정이 싫지만은 않아 다현은 고개를 끄덕이며 가슴팍에 얼굴을 묻었다.

머리를 쓰다듬는 이헌의 손길에 눈꺼풀은 점점 무거워졌다. 조잘거리던 입도 더는 움직일 힘을 잃었다.

이내 그의 품에서 잠이 든 다현이 다시 눈을 떴을 땐 사위가 밝아진 뒤였다.

"으음, 언제 일어났어요?"

맛있는 냄새에 이끌려 침대를 벗어난 다현은 부엌에서 아침을 준비하던 이헌의 말끔한 모습에 거실에 있는 시계를 힐긋 확인했다.

출근 시간이 한 시간 남짓 남아 있었다.

이헌이 일어날 때쯤이면 종종 그의 기척에 덩달아 깨곤 했었는데, 많이 피곤하긴 했는지 아직도 졸음이 가시지 않았다.

다현은 식탁에 앉으면서도 졸린 눈을 비비며 하품을 했다.

"먹고 씻어."

노릇한 식빵에 딸기잼을 발라 다현의 입에 넣어 준 이현이 커피를 마셨다.

한입 가득 베어 문 식빵을 오물거리던 그녀는 맞은편에서 우유가 든 잔을 들었다.

"오늘 늦게 마칠 거 같아요?"

"대충 끝나 갈 때 전화할게."

"나도 오늘은 대충할게요."

"제발. 어차피 청문회도 대충 넘어갈 거 알잖아."

씁쓸한 현실 앞에 고개를 끄덕이는 다현의 표정이 마냥 좋지만은 않았다.

내정자의 비리가 사실로 판명이 난다고 해도 여야가 물밑 협상을 하게 되면 청문회에서 큰 소란은 없을 터였다. 그렇게 한고비를 넘겨 내정자가 장관에 임명된다면 더는 손댈 수 없었다.

신임 장관의 임기 내에 별 탈이 없다면 잠시 그렇게 묻히고 말 것이다. 그래서 다현은 내정자의 비리가 그저 의심하는 선에서 넘어가길 바라며 몇 날 며칠을 붙들고 있었다.

"대검에서도 별다른 기색 없어. 아마 네 선에서 정리될 거 같아."

"흠집 내기로 끝나면 다행이죠. 나도 그쪽 일은 골치 아파서 정말 싫어."

어떤 식으로든 시끄러워지는 걸 원치 않았다.

하루라도 조용할 날이 없는 정치권 일은 손을 대는 것조차 꺼려지는 게 사실이었다. 이번엔 부디 이현의 말대로 조용히 넘어가길 바랐다.

다현은 이내 우유 한 잔을 다 비우고 출근 준비를 서둘렀다. 셔츠 단추를 잠그며 화장대 앞에 앉아 젖은 머리카락을 드라이기로 바짝 말렸다.

빗질 몇 번으로 머리 손질을 끝낸 다현은 맨얼굴에 선크림만 대충 바르고 현관에서 기다리고 있는 이헌과 함께 집을 나섰다.

"저녁에 뭐 사 줄 거예요?"

"먹고 싶은 거 말만 해. 다 사 줄게."

"마치면 전화해요."

"응."

지검 앞에 차가 멈춰 섰다. 다현은 안전벨트를 풀며 이헌의 볼에 쪽 소리가 나게 입맞춤을 하고는 문을 열었다.

"나중에 봐요."

"조심히 가."

이헌이 대검으로 자리를 옮긴 뒤 늘상 있는 아침 인사였다.

계단을 올라가는 다현의 뒷모습을 지켜보던 이헌의 차가 그녀의 모습이 온전히 사라지고 나서야 대검으로 향했다.

✢   ✢   ✢

대검찰청 10층 수사 지휘과 회의실엔 무거운 정적이 흘렀다.

째깍째깍 초침 소리가 또렷하게 들릴 만큼 묵직한 침묵 속에서 이내 굵은 음성이 들려왔다.

"라임 CC 실소유자가 마이클 장이라는 증거는."

빔 프로젝터가 비추고 있는 스크린 속엔 선글라스를 쓴 중년 남성의 사진이 커다랗게 띄워져 있었다. 그 앞에 선 검사는 안경을 추켜올리며 마른침을 꿀꺽 삼켰다.

그는 반부패 강력부 회의실에 둘러앉은 이들 중 상석에 앉은 이헌을 보며 포인터를 클릭했다. 스크린엔 범죄 조직의 구성도가 펼쳐졌다.

"라임 CC 대표인 김상철은 마이클 장의 양아들로 후계자로 지목된 인물입니다. 김상철이 운영 중인 라임 엔터프라이즈는 남아 있는 흑사파 조직원이 규합해서 현재 마약 제조와 판매, 매춘과 장기 밀매를 하는 것으로 확인됐습니다."

이헌의 옆에 앉은 조직 범죄과 과장이 거칠게 머리를 긁어 댔다.

그는 8년 전 흑사파의 보스인 마이클 장을 직접 구속 기소해 실형을 선고받아 낸 전적이 있었다.

그런데 마이클 장이 1년 전 병보석으로 교도소에서 출소한 것이다.

그는 조직 범죄과 과장의 자리에서 그 뒤를 끈질기게 주시하고 있었고, 결국 좋지 않은 시그널을 포착하고 말았다.

그렇게 반부패 강력부에선 대규모 수사 인원이 꾸려졌고 수사 지휘과 과장인 이헌을 필두로 조직 범죄과와 마약과까지 규합하여 수십의 검사들이 회의실을 채웠다.

"그러니까 라임 엔터프라이즈 김상철 대표를 잡으면 마이클 장이 딸려 나올 가능성이 100%다?"

"골프장 회동은 라임 엔터프라이즈의 VIP 고객들이 참석하는 중요한 일정입니다. 마이클 장이 빠질 리 없습니다."

"그 VIP에 정계 인사들이 섞여 있고?"

"네."

"그 양반들 중에 마이클 장 돈 안 먹은 사람이 있을 가능성은?"

"0%입니다."

이헌의 질문에 조직 범죄과 박 검사의 대답은 거침없었다.

사건 파일을 불과 이틀 전에 받은 이헌은 머릿속에 커다란 줄기를 그려 갔다.

그의 반듯한 손톱이 테이블을 내려치는 소리에 시계 초침 소리가 묻혔다.

"매달 셋째 주 금요일이야."

스크린에 띄워진 조직 구성도를 응시하고 있던 이헌의 귓가에 묵직한 음성이 들려왔다.

시종일관 침묵을 지키고 있던 조직 범죄과 과장인 김석용 검사였다. 고개를 슬쩍 돌려 선배인 김 검사를 바라보는 이헌의 시선은 날이 선 칼날처럼 번뜩였다.

"……셋째 주 금요일 라임 CC에 잡힌 부킹은 6시에 딱 하나뿐이야. 마이클 장 출소 후에 변함없이 똑같아."

간절한 그 음성과 낭패감이 서린 눈빛으로 그는 두 기수 후배인 이 헌에게 간곡하게 말했다.

조직 범죄과에서 멋대로 움직일 수 없었다. 현재 반부패 강력부의 지휘 체계는 이헌이 수사 지휘 과장으로 온 뒤 비상식적으로 뒤틀려 있었다.

이헌이 반부패 강력부 부장 검사와 노선을 달리하면서 대검 내에서 그를 따르기 시작한 검사들은 편 가르기를 해 댔다.

그 결과, 지휘 체계가 비정상적으로 바뀌어 버렸다.

조직 범죄과 과장과 마약과 과장, 수사 지원과 과장까지 모두 이헌의 한 기수, 혹은 두세 기수 위의 선배들인데도 불구하고 그들은 부장 검사를 버렸다.

국방부에서 발표한 수사 결과대로 전투기 추락 사건이 조종사 과실로 끝매듭을 지어야 한다는 부장 검사의 수사 지시서가 내려오면서 일대 파란이 불었다.

결과적으론 조종사 과실이 아닌, 부품 불량을 알면서도 쉬쉬한 공군과 불량품을 납품받은 국방부의 혐의가 조사 결과 드러났다.

이헌이 대검에서 확실히 자리를 잡게 된 계기가 되고 만 그 사건은 현재 반부패부에서 관련인들을 기소하고 공판을 준비 중이었다.

"셋째 주 금요일이면 오늘인데……. 오늘 라임 CC에서 성 접대가 이뤄진다는 겁니까."

"클럽 하우스에 심어 놓은 정보원 연락이야."

"도대체 언제부터 지켜보고 계셨습니까."

"중앙 지검에 있을 때 내 손으로 잡아넣은 뒤로 쭉."

그때를 잊지 못하는 건 이헌도 마찬가지였다.

초임 검사 시절이었다. 강력부에서 지도 검사였던 김 검사를 도와 흑사파와 마이클 장을 쫓았었다.

그를 끈질기게 추적해 1년 만에 결실을 보았을 때 김 검사는 이헌과 포장마차에서 소주 한잔을 마시며 자축했었다.

마약 제조와 판매는 물론 청부 살인과 성매매까지 얽혀 무기 징역을 선고받은 마이클 장이 1년 전 병보석으로 출소했다는 소식은 김 검사에겐 잔혹한 일이었다.

그 뒤로 마이클 장을 다시 쫓기 시작했고 라임 엔터프라이즈의 전신이 와해된 흑사파라는 꼬리를 잡아냈다.

이헌은 이틀 전 흑사파의 마이클 장에 관한 보고를 받았고, 현행범으로 흑사파 잔당들을 긴급 체포해야 한다는 김 검사의 주장에 전체 회의를 소집했다.

"선배님 마음, 누구보다 제가 제일 잘 압니다."

"알아주는 거로는 안 돼."

"그것도 압니다."

"문 검사."

"그러니까 관할서에 협조 요청하세요."

일순간 회의실 안이 술렁이기 시작했다. 패배감에 휩싸여 허우적거리던 김 검사도 놀란 듯 눈을 껌뻑였다.

"워낙 도주 경로가 많아서 관할서 협조만으로는 인력이 부족할 겁니다."

이헌은 관자놀이를 긁적이며 보고서를 훑었다.

"오랜만에 책상머리 검사님들 다들 바람이나 쐬러 가시죠."

마이클 장의 인상착의와 변장한 모습을 시뮬레이션 해 놓은 사진을 살펴보던 이헌이 보고서를 덮으며 옅은 미소를 지었다.

그의 말에 회의실에 둘러앉아 있던 검사들이 믿기지 않는다는 듯 눈을 껌뻑이고 입을 쩍 벌리며 난감한 기색을 내비쳤다.

현장에 나가 본 게 언젠지 기억조차 가물가물할 만큼 현장감이 바닥이었다. 부족한 인력을 어떻게 넥타이를 맨 검사들이 채울 수 있을까 싶을 만큼 아연실색들이었다.

"잔챙이들은 힘 잘 쓰는 형사님들한테 맡기고, 우리 검사님들은 VIP들 맡아 주시죠."

라임 CC 접대에 초대되는 VIP 명단이 확보되지 않은 상태였다.

그 속에 누가 있을지 짐작조차 할 수 없을 만큼 성 접대는 뿌리를 도려내야 할 악의 근간이었다.

거물급들로 추정되는 VIP 성 접대 현장을 일선 형사들에게 오픈할 수는 없는 노릇이었다.

그 속에 누가 있을지 알고. 경찰에서 냄새라도 맡고 숟가락이라도 얹어 보겠다는 심산으로 나오면 곤란했다.

"한 시간 내로 지원 인력 꾸려서 현장 나갑니다."

자리에서 일어난 이헌에게 쏠린 수십의 눈들이 갈피를 잡지 못하고 있었다. 하지만 그는 아랑곳하지 않았다. 다 잡은 물고기를 다른 어부에게 넘겨줄 수 없는 노릇 아닌가.

그렇게 폭탄을 던져 놓고 이헌이 나간 회의실 안은 순식간에 소란스러워지기 시작했다.

라임 CC의 클럽 하우스와 라운드 도면을 구하는 손길이 다급해졌고 도주 경로를 파악해 지원 인력 배치를 하느라 바빴다.

그렇게 이헌이 차에 올라탔을 땐 해가 저물어 하늘이 검게 물든 뒤였다.

라임 CC를 가리키는 표지판이 보이기 시작했을 무렵엔 저녁 8시를 넘긴 시간이었다. 경찰차 수십 대와 대검찰청 로고가 부착된 봉고차 7대가 이헌과 조직 범죄과 과장이 탄 승용차를 따라 라임 CC 정문으로 들어섰다.

칠흑 같은 어둠 속에서도 대낮같이 밝은 골프장은 마치 다른 세상에 있는 듯한 착각을 불러일으킬 만큼 별천지였다.

클럽 하우스 로비에 이헌의 차가 미끄러지듯 정차를 하자 뒤이어 들어선 봉고차와 경찰차에서 수사관들과 형사, 그리고 몇몇 검사들이 내렸다.

그들은 일사불란하게 움직이며 클럽 하우스로 들어갔다.

도주로를 차단하기 위해 라임 CC 정문엔 경찰차가 바리케이드를 치고 있었고, 클럽 하우스 주위를 에워싼 순경들은 경찰견들과 함께였다.

"선배님."

차에서 내린 이헌이 소란스러운 로비를 바라보며 김 검사를 불렀다. 그는 손에 든 무전기를 만지작거리며 초조한 기색을 숨기려 애를 썼다.

"오늘 여기엔 마이클 장 잡으러 온 거 아닙니다."

"뭐?"

"김상철 잡으러 온 겁니다."

"그게 무슨!"

"마이클 장은 이미 허수아비입니다. 김상철이 조직을 장악한 지 벌써 8년째입니다. 이제 와서 마이클 장이 자기 마음대로 조직을 통제할 수는 없을 겁니다."

"……."

"흑사파는 8년 전부터 김상철 손에서 움직이던 조직입니다."

"……."

"그 조직의 보스가 누굴까요."

주머니 속에서 만지작거리던 지포 라이터를 꺼내 든 이헌이 손에 쥐고 있던 담배를 입에 물고 불을 붙였다.

오랜만에 알싸하게 입 안에 퍼지는 담배의 맛이 지독하게 썼다. 마치 마이클 장이라면 자다가도 이를 바득바득 가는 김 검사의 마음처럼.

"둘 중에 누구든 내 손에 잡히기만 해. 죽을 때까지 콩밥만 먹게 해줄 거니까."

한 모금 깊게 빨아 당긴 담배를 바닥에 비벼 껐다. 이헌은 무전기를 제게 던져 주곤 건물 안으로 사라지는 김 검사의 뒷모습을 눈에 담았다.

무전기에선 서로 상황을 공유하는 형사들과 수사관, 검사들의 목소리가 교차하듯 들려왔다.

이헌은 마주 늘어선 차량 가운데 도주로 맨 앞에 정차된 경찰차에 기대선 채 로비 입구를 지키고 서 있는 순경들을 주시했다.

그때였다.

걸쭉한 욕설들이 들려오고 마찰음들이 귓가를 때리기 시작하자 클럽 하우스 입구가 순식간에 소란스러워졌다.

경찰차에 기대어 서 있던 이헌은 무전기에 귀를 기울였지만 들려오는 건 조직원들을 체포했다는 소식뿐이었다.

"저 새끼 잡아!"

"거기 안 서!"

"최 형사!"

클럽 하우스 안에서 벌 떼처럼 튀어나온 이들 틈에서 얼굴이 피로 얼룩진 남자 하나가 도주로로 뛰어나오다가 경찰차 운전석에 올라타 버렸다.

문을 걸어 잠근 남자는 시동을 걸었고 문고리가 부서져라 열어 대던 형사들은 크게 당황했다.

이윽고 시동이 걸린 경찰차가 앞에 세워진 봉고차를 들이받고 핸들을 꺾었다.

"검사님!"

"어어!"

"피하세요!"

봉고차를 박고 앞으로 튀어 나간 경찰차는 경로를 이탈하고 대각선으로 내달렸고 도주로 입구 한가운데 서 있던 이헌을 향해 무섭게 질주했다.

쿵!

"검사님!"

✤　　✚　　✤

창밖으로 내려앉은 어둠을 알아차리지 못하고 줄곧 시선이 책상에 머물러 있던 다현은 무심결에 모니터 속 시계를 힐긋거렸다.

오후 09:16

모니터 하단에 버젓이 찍힌 시간을 확인한 다현은 놀란 듯 고개를 들어 벽에 걸린 시계를 다시 한번 확인하곤 다급히 휴대폰을 찾았다.

서류 더미 속에서 엎어져 있던 휴대폰을 집어 들었다.

부재중 전화가 쌓여 있을 거라고 생각했던 휴대폰은 고요하다 못해 정적 그 자체였다. 그 흔한 메시지 하나 없이 깨끗한 휴대폰을 보며 고개를 갸웃거렸다.

아직도 일이 끝나지 않은 건가?

저녁을 먹자던 이헌이었다. 이 시간까지 일이 끝나지 않았다면 중간에 연락했을 사람이었다. 그런 그에게 아무런 연락이 없다는 게 의아하기만 했다.

"검사님."

이헌에게 전화를 걸려던 다현은 수사관의 부름에 휴대폰을 살포시 내려놓았다.

"저녁을⋯⋯."

"아. 시간이 이렇게 된 줄도 모르고⋯⋯. 계장님이랑 실무관님 그만 퇴근하세요. 금요일인데 제가 너무 늦게까지 붙잡고 있었네요. 죄송해요."

"아닙니다. 청문회가 목요일인데, 그 전까지 마무리해야죠."

"아니에요. 월요일에 봬요. 어서 퇴근하세요."

그 검사에 그 수사관이 따로 없었다. 실무관 역시 주말에 쉬어서 괜찮겠냐고, 늦게까지 해도 괜찮다는 말로 퇴근을 미뤘지만 다현은 어서 퇴근하라며 두 사람을 재촉했다.

"그럼 검사님도 같이 나가시죠."

"전 조금만 더 보고 갈게요. 걱정하지 마시고 먼저 가세요."

"그럼 식사라도 챙겨 드세요."

수사관과 실무관의 염려에 다현은 알겠다며 고개를 끄덕였다.

그렇게 두 사람이 늦은 퇴근을 하고 나서야 이헌에게 전화를 걸며 다현은 책상 위 보고서를 주섬주섬 정리하기 시작했다.

연결음이 길어졌다. 수화기 너머에선 이헌의 목소리가 좀처럼 들려오지 않았다. 메시지도 남겼지만 읽지 않음으로 표시될 뿐.

부재중으로 연결되지 않는 다섯 번째 전화를 끝으로 다현은 주소록을 뒤적였다.

이헌이 특수부에서 근무할 당시 그의 수사관이었던 고재식 수사관도 대검으로 자리를 옮겼다.

대검에 있는 이헌과 절친하다고 말할 수 있는 몇 안 되는 인물 중 한 명인 그에게 전화를 걸었지만, 역시 부재중으로 넘어갔다.

상대방이 전화를 받지 않는다는 안내 음성이 나오자마자 다현은 아랫입술을 깨물며 다시 주소록을 뒤적였다.

회의 중이라도 전화를 받지 못하면 메시지를 보내던 그였다.

지금껏 그와 연락이 되지 않아 수사관에게 연락한 전적 또한 없었다.

주소록에서 이헌의 한 기수 후배이자 자신에겐 선배인 신호태 검사의 연락처를 찾아낸 다현은 망설임 없이 통화 버튼을 눌렀다.

그는 대검 반부패에서 근무하고 있었고 이헌의 직속 후배였다.

"아······."

역시 연결이 되지 않았다. 가방을 챙기며 다현은 다시 신 검사에게 전화를 걸었다. 이번에도 안 받으면 대검으로 가 봐야겠다고 생각하던 순간이었다.

─아. 형수님······.

전화가 연결되자마자 수화기 너머에서 신 검사의 당황한 목소리와 함께 부자연스러운 호칭이 들려왔다.

형수님?

그는 평소에 다현을 '형수님'이란 호칭으로 부르지 않던 사람이었다.

"선배. 무슨 일 있죠."

검사의 촉이었다. 신 검사의 떨리는 목소리와 부자연스러운 호칭으로 유추할 수 있었다.

—아, 그게 그러니까……

"제가 선배한테까지 전화한 거 보면 아시잖아요."

—그렇지……. 아, 진짜.

신 검사의 짜증 섞인 목소리가 어쩐지 신경질적으로 들리기보단 안타까운 탄식으로 들려왔다.

"고 수사관님도 전화 안 받으셨어요."

—지금 내가 너한테 말하면 나 진짜 선배한테 맞아 죽어.

"선배 말고 후배한테 맞아 죽는 게 더 쪽팔린 줄만 아세요."

—후, 진짜. 내가, 아…….

"선배님."

절대, 결코 사소한 일이 생긴 게 아니라는 불길한 예감에 다현은 초조한 듯 입술을 질끈 깨물었다.

이내 수화기 너머로 신 검사의 목소리가 모깃소리만큼 작게 들려왔다.

—그게, 현장에서 사고가 나서…… 그래서 지금 병원에…….

"누가, 사고가 났는데요."

—선배가…….

신 검사의 대답은 차라리 안 듣느니만 못한 말이었다.

순간 사고 회로가 정지된 듯 머릿속이 하얗게 변해 버리고 눈앞이 흐려졌다. 휴대폰에서 들려오는 신 검사의 목소리가 더 이상 귀에 들려오지 않았다.

전신을 휘감은 불안감에 숨이 가빠지기 시작했다.

"거기, 어디예요."

―한국대 병원 응급실에 지금.

위치를 듣자마자 다현은 전화를 끊고 검사실을 박차고 나왔다. 오늘따라 느리게만 느껴지는 엘리베이터가 야속했다.

지검을 나오자마자 도롯가에서 택시를 잡아탔다.

"한국대 병원 응급실이요. 빨리, 빨리 가 주세요!"

다급한 그녀의 목소리에 택시 기사는 백미러로 다현을 힐긋 확인하고는 액셀을 밟았다. 지검에서 그리 멀지 않은 병원이었지만 금요일 밤의 도로 사정은 팍팍하기만 했다.

가다 서기를 반복하는 와중에 말도 안 되는 생각들이 머릿속을 빼곡히 채우자 속이 울렁거렸다. 다현은 손으로 입을 틀어막으며 괜스레 터져 나오려는 눈물을 꾹꾹 눌렀다.

그렇게 한국대 병원 응급 의학 센터 앞에 택시가 멈춰 섰다. 택시에서 내리자마자 다현은 치밀어 오른 욕지기를 더는 참지 못했다.

"우욱!"

화단에 그녀가 게워 낸 건 위액이었다.

종일 제대로 된 음식을 먹지 못해 속에 든 게 없었다. 점심때 먹은 거라곤 고작 샌드위치 한 입이 전부였다.

다현은 손수건으로 입가를 닦고는 눈가에 고인 눈물을 훔치며 곧장 응급실로 뛰어 들어갔다.

응급 센터 안으로 들어서자 한 번쯤 얼굴을 본 듯한 익숙한 얼굴들이 보였다. 그들은 다현을 보고 흠칫 놀라며 선뜻 다가오지 못했다.

불안감에 마른침을 삼키며 멍하니 서 있던 다현에게 다가온 건 응급 센터 보안 직원이었다.

"어떻게 오셨습니까?"

다현은 주머니를 더듬거려 보안 직원에게 검사 신분증을 보여 줬다. 직원은 그녀의 신분을 확인하고는 자신의 카드키를 응급실 입구에 대며 문을 열었다.

굳게 닫혀 있던 응급실 문이 열리자 다현은 보안 직원을 힐긋 쳐다 봤다. 직원의 행동으로 보아 응급실 안에 검찰청 사람들이 있는 게 분명했다.

그렇게 응급실 안으로 들어온 다현은 눈앞에 펼쳐진 모습에 놀라 더는 발을 떼지 못했다.

의사와 간호사의 언성이 여기저기서 터져 나오고 붉은 피가 바닥에 낭자한 풍경은 낯설기 그지없었다.

그리고 그 안을 가득 채우고 있는 사람들은 다름 아닌 경찰복을 입은 사람들 혹은 형사, 또는 수사관이었다.

때마침 이마에 거즈를 붙인 채 스테이션 앞에서 팔 보호대를 차고 의사가 어깨에 팔을 고정해 주고 있던 신 검사가 다현을 먼저 발견하곤 그녀에게 다가왔다.

"권 검사."

복부에 칼이 박힌 응급 환자를 실은 베드를 멍하니 보고 있던 다현에게 다가온 신 검사가 그녀의 어깨를 쥐고 흔들었다.

순식간에 식은땀이 쫙 나기 시작한 다현은 파리해진 안색으로 고개를 돌렸다.

신 검사 역시 멀쩡한 구석이 조금도 없어 보이는 몰골로 멋쩍은 듯 머리를 긁적였다. 결코 책상 앞에 앉아 사건 기록문 따위를 눈으로 보고 있었을 책상머리 검사의 모습이 아니었다.

"도대체 이게 다 뭐예요. 왜……."

사무실에 얌전히 앉아 있어도 모자랄 검사가 왜 현장을 나가 이 모양이 된 거며, 응급실을 가득 메운 경찰들과 수사관들의 처참한 몰골은 또 뭐냐고. 이헌은 도대체 어디에 있는 거냐는 말이 머릿속에 뒤죽박죽 섞여 제대로 나오지 않았다.

"워낙 거물급이라 현장에 나갈 수밖에 없었어. 김 검사님도 나갔고……."

"그러니까 반부패, 강력부 전체가 다 움직였다는 거예요?"

"그게, 그렇게 된 거지."

"하……."

다현은 거칠게 숨을 뱉었다.

"이헌 선배는 어디 있어요? 많이 다친 거예요?"

"차에……."

신 검사의 목소리가 또렷하지 않았다. 그저 입만 벙긋벙긋 움직이는 모습만 보였다.

심장이 멎어 버린다면 이럴까.

숨이 턱 막혀 몸이 움직이지 않았다.

다현은 눈을 껌뻑이며 신 검사의 손에 옷자락이 붙들려 응급실 안쪽으로 무거운 발걸음을 뗐다.

"이게 다 무슨 난리야, 진짜."

"피하셔서 다행입니다. 아니었으면!"

"그 미친놈이 차로 냅다 박을 줄 누가 알았겠어."

커튼이 쳐진 베드 맡에 옹기종기 모여 있는 수사관과 검사들이 한마디씩 거들고 있었지만, 다현에겐 그 말소리조차 또렷하지 않았다.

팔에 붕대를 감고 있는 고대식 수사관이 신 검사가 데려온 다현을 보자마자 놀라서 입을 쩍 벌렸다.

"거, 검사님……."

당황해하는 수사관의 태도에 의아해하던 다른 수사관들과 검사들이 그의 시선을 따라 고개를 빼꼼 내밀었다.

일제히 신 검사 곁에 멍하니 서 있는 다현을 발견하고는 놀란 듯 헛기침들을 뱉기 시작했다.

그때 커튼이 걷어지고 이마와 팔이 찢어진 채 수액을 맞고 있던 이헌이 파리하게 질린 다현과 마주했다.

"아……."

찢어진 이마와 팔에 소독약만 바른 채 피가 낭자한 이헌의 모습을 보자마자 다현은 휘청이며 그대로 의식을 잃었다.

"다현아!"

✦　　✦　　✦

마취에서 깬 이헌이 눈을 번쩍 떴다. 눈앞에 보이는 건 하얀 천장과 쨍한 불빛이었다.

엄습해 오는 통증에도 이헌은 고개를 돌려 주위를 살폈다.

"선배님!"

병실 소파에 앉아 있던 신 검사가 다가왔다. 그는 호출 버튼을 누르며 환자가 깨어났음을 알렸다.

"다현이는……."

수술 중에 기도에 삽입됐던 튜브 때문에 목이 따끔거렸다.

다현이 쓰러지자마자 의료진들이 달라붙어 그녀의 상태를 체크했다.

갑자기 쓰러진 다현을 보고 놀란 것도 잠시였다. 찢어진 팔에 출혈이 계속되는 이헌을 보고 의료진들은 순서를 앞당겨 응급 수술에 들어갔다.

돌진해 오던 차를 피하면서 옆에 있던 경찰차 사이드 미러에 팔이 부딪치고 말았다. 그러다 바닥에 추락하면서 머리를 박은 이헌이었다.

다행히 뇌출혈은 없었지만, 이마에 입은 타박상은 피할 수 없었다. 팔은 뼈가 부러지고 근육이 파열돼 수술이 불가피했다.

의료진은 수술 동의서에 사인을 받아야 하니 보호자에게 연락하라고 했고, 이헌은 그럴 수 없다고 했다.

보호자 동의서에 대신 사인을 하겠다는 동료 검사들과 실랑이를 벌이며 당장 수술을 하지 못하고 있던 상황에서 갑작스러운 다현의 등장은 모두를 패닉으로 몰고 가기 충분했다.

"옆 병실에 있으니까 일단 선배부터……. 아, 선배!"

이헌이 수술을 받는 동안 다현의 병실을 지키고 있던 신 검사는 그녀가 깨어나는 걸 확인하지 못했다.

두 시간의 수술 끝에 깨어난 이헌은 주치의가 병실로 오기도 전에 베드를 벗어나려 했다. 그가 얌전히 의사를 기다리고 있을 양반이 아니라는 걸 알기에 신 검사는 결국 수액을 달아 놓은 폴대를 대신 밀어야 했다.

"선배, 진짜 별일 아니고!"

의사가 뭐라고 했더라. 그냥 놀라서 쓰러진 거라고 했던가.

폴대를 밀며 이헌을 뒤따르던 신 검사는 굳게 닫힌 병실 문 앞에서 더는 움직일 수 없었다.

폴대를 빼앗긴 신 검사는 이헌에게 정강이를 걷어차이지 않은 게 다행이라 생각하며 안도했다. 수술이 끝날 때까지 다현에게 알리지 않으려 했던 이헌의 염려가 무색하게 만든 장본인이었다.

따가운 눈총으로 끝나는 것에 신 검사는 그저 안도하며 복도를 벗어났다. 한편 이헌은 베드에 덩그러니 누워 미동도 없는 다현을 바라보며 입술을 질끈 깨물었다.

괜히 걱정할까 봐 연락하지 않았다.

조금 늦게 연락한다고 해서 큰일이 날까 싶었는데.

이헌은 수액 바늘이 꽂힌 손을 뻗어 다현의 말간 이마를 매만졌다.

"하아……."

생각이 짧았다. 그녀가 놀라지 않게 상황 설명을 잘했어야 했다.

갑작스러운 소식을 듣고 놀란 다현의 반응이 예상치 못했던 결과라 이헌 역시 놀란 가슴을 쓸어내려야 했다.

수술실에 급히 들어가느라 그녀의 상태에 대해 전해 들은 게 아무것도 없었다.

호출 버튼을 누르려던 그때, 병실 문이 열리고 간호사가 들어왔다.

"어떻게 된 겁니까."

다현의 팔에 꽂힌 바늘을 뽑는 간호사를 보며 이헌이 물었다. 간호사는 환자복을 입고 수액을 매달고 있는 이헌을 힐긋 쳐다보고는 대답했다.

"일시적인 쇼크예요. 응급실에서 꽤 놀라신 모양이던데……. 빈혈도 있으시고."

"빈혈이요?"

며칠 밤을 지새워도 체력에 무리가 없던 다현이 들으면 말도 안 된다고 웃을 소리였다.

간호사는 태블릿으로 다현의 차트를 확인하고는 고개를 끄덕였다. 피 검사 수치에서 빈혈이 확인됐다.

"원래 임신하면 빈혈 없던 산모도 빈혈이 약하게나마 올 수도 있어요. 영양이 불균형하면 더 심할 수도 있고요."

"네? 지금 뭐라고……."

멀거니 잠들어 있는 다현을 바라보고 있던 이헌이 조잘조잘 읊조리는 간호사의 말에 놀란 듯 고개를 휙 돌렸다.

"아. 모르셨구나. 피 검사에서 확인된 정도니까, 모르시는 게 당연하네요."

꽤 놀란 듯한 이헌의 반응에 간호사는 당황해하며 차트를 다시 들여다봤다. 확실히 피 검사로 임신이 확인됐다는 주치의의 짧은 소견이 적혀 있었다.

"주치의 선생님 호출해 드릴게요. 축하드려요."

간호사가 샐쭉 웃으며 축하의 말을 건넸다. 이헌은 뭐라 대꾸도 하지 못하고 혼이 나간 듯 멍하니 눈만 끔뻑였다.

이윽고 간호사가 주치의와 함께 다시 병실로 들어왔을 때도 그는 쿵쾅대는 심장 소리가 현실이 아닌 듯 아득하기만 했다.

"아. 보호자 분이……."

'보호자'가 깨어났다는 간호사의 호출에 무슨 소리인가 싶었던 주치의는 병실에 들어서자마자 말뜻을 완벽히 이해했다.

간호사가 귓속말로 저녁에 응급실에서 벌어진 소란을 간략하게 설명했다.

"남편분이 다쳐서 많이 놀라셨던 거 같아요."

산부인과 레지던트라는 명찰을 달고 다현의 차트를 훑은 주치의가 이헌을 향해 나긋한 음성으로 말했다.

"다른 건 다 괜찮은데, 헤모글로빈 수치가 정상 범위보다 살짝 낮네요."

"……안 좋은 겁니까."

"심각한 건 아니니까 크게 걱정하지 않으셔도 됩니다. 철분제랑 엽산 꾸준히 드시고, 식사도 잘 챙겨 드시면 금방 수치 올라갈 거예요. 그래도 혹시나 안 오르면 병원에 내원하셔서 수액 맞으셔야 하고요."

"……."

"아직 초기라 당장은 아기집 확인이 안 되고, 다음 주중에 내원하시면 초음파로 확인하실 수 있어요."

"아……."

"저, 남편분? 괜찮으세요? 혹시 어디 불편하시면 주치의 호출해 드릴까요?"

초점 없는 눈으로 멍하니 있는 이헌을 보고는 산부인과 레지던트가 그의 상태를 살폈다.

수술하고 막 깨어났다는 간호사의 얘기를 들은 참이라 환자가 걱정되는 건 의사로서 당연한 일이었다.

"아닙니다. 괜찮습니다."

"그럼 산모분 깨어나시면 호출해 주세요."

그렇게 의사와 간호사가 나가고 병실 안이 쥐죽은 듯 조용해지자 쌔근거리는 다현의 숨소리가 또렷하게 들려왔다.

다현의 곁에 기대어 앉은 이헌은 바늘이 꽂혀 있던 그녀의 손등에 붙은 동그란 반창고를 매만지며 안도의 숨을 크게 내뱉었다.

불행 중 다행이라는 게 이런 걸까.

뜻밖의 소식을 들어 놀란 것도 잠시뿐이었다.

이헌은 핏기가 없어 보이는 다현의 얼굴을 어루만졌다. 볼살이 쏙 빠져 핼쑥해진 그녀를 안쓰럽게 바라보던 이헌은 마른세수를 하며 한숨을 삼켜야 했다.

"아. 선배?"

그때, 다현의 야트막한 목소리가 귓전을 또렷하게 때렸다. 넋이 나간 정신이 번쩍 드는 것 같았다.

"하아……. 다현아. 내가 정말……."

죄인이 따로 없었다. 이런 상황을 만들고 싶지 않아 일부러 연락하지 않았던 터였다.

한마디로 생각이 짧았다.

이헌이 차마 말을 잇지 못하고 애꿎은 입술만 괴롭히자 다현은 천천히 몸을 일으켜 앉았다.

손을 뻗은 그녀는 그의 이마에 붙은 커다란 거즈를 바라보다가 까칠해진 뺨을 어루만졌다. 그리고 두 팔을 뻗어 이헌을 와락 끌어안았다.

"미안해."

다현의 머리를 어루만지고 등을 쓰다듬으며 이헌은 낮게 읊조렸다. 그의 목에 팔을 둘러 매달리듯 안긴 다현은 어깨에 고개를 파묻은 채 내저었다.

크게 다치지 않아 다행이었다. 그저 그것만으로 충분했다.

"검사 말고 형사 하지 그랬어요."

그러면서 농담처럼 우스갯소리를 하는 다현이었다.

"앞으론 검사의 본분만 지킬게."

"나보곤 현장 금지라고 해 놓고, 자기는 현장에 나가서 이게 뭐야."

품에서 벗어난 다현이 깁스를 두른 그의 팔을 힐긋 내려다보며 입술을 삐죽 내밀었다.

"부부는 일심동체라는 말, 알지?"

다현은 얄미운 이헌의 농담에 옆구리를 꼬집었다.

이 상황에서 시답지 않은 농담이 통할 리 없었다. 흠씬 두들겨 맞지 않은 것만으로도 다행이라고 해야 할 상황이었다.

"내가 진짜 못 살아!"

등짝 한 번 맞는 것쯤이야, 대수롭지 않았다.

하나 작은 손이 어찌나 매운지 이헌은 등줄기에 퍼지는 알싸함에 코끝을 찡그렸다.

"이제 못 살면 안 돼."

수액을 맞고 있는 팔을 뻗어 자신의 등을 어루만지던 이헌이 별안간 알 수 없는 말을 내뱉었다.

"권다현 이제 엄마 된대. 그러니까 잘 살아야 해."

이헌이 고개를 들어 다현을 물끄러미 바라봤다. 그녀는 눈꺼풀을 껌뻑이며 그런 그를 멍하니 쳐다봤다.

"축하해."

"그게, 무슨……."

"임신했다고. 빈혈기 있다니까 조심하래."

"누가요? 내가?"

"여기 내 와이프가 권다현 말고 또 있나?"

"아……."

"권다현, 엄마 된 거 축하해."

이헌이 손을 뻗어 다현의 머리를 쓰다듬었다.

"나도 아빠 된 거 축하해 줄 거지?"

뜻밖의 소식에 다현은 어안이 벙벙해진 채로 고개만 끄덕였다.

그녀의 어깨를 한쪽 팔로 꼭 감싸 안은 그는 이내 고개를 숙여 입술에 가볍게 입을 맞췄다.

살며시 감았던 눈을 뜬 다현은 자신의 얼굴을 부드럽게 쓰다듬는 이헌의 손길이 마치 마음을 어루만져 주는 것 같아 놀랐던 마음이 진정되는 것을 느꼈다.

"아빠 되게 해 줘서 고마워."

비로소 뜻밖의 소식이 현실로 다가와 마음을 꽉 채웠다.

✦   ✦   ✦

이른 아침부터 병실이 소란스러웠다.

회진 시간도 되지 않았는데 별안간 병실 문이 벌컥 열리더니 우르르 사람들이 들어왔다.

그것도 다현의 친정 식구들이.

"이게 도대체 무슨 일이야!"

중절모를 쓴 다현의 조부가 물을 마시고 있던 이헌을 보고 버럭 소리를 내질렀다.

물병을 들고 이헌의 곁에 서 있던 다현이 놀라 고개를 휙 돌려 병실에 들이닥친 가족들을 확인했다.

"그 성질머리 좀 죽이라고 했거늘!"

새벽부터 현장에 나갔다가 피의자가 도주하던 차로 이헌을 치었다는 얘기를 듣고 얼마나 놀랐는지 모른다.

석윤은 아침밥도 거른 채 아들과 며느리를 데리고 병원으로 달려왔다.

이마에 떡하니 붙은 커다란 반창고와 팔을 단단히 두르고 있는 깁스를 보고 좀처럼 진정이 되지 않아 씩씩거리는 석윤을 진정시킨 건 다현의 부친 수찬이었다.

"아버지. 애들도 놀랐을 겁니다. 크게 다치지 않아서 다행이지 않습니까."

"크든 작든 다쳤다는 게 문제 아니냐!"

석윤의 주먹 쥔 손이 덜덜 떨리고 있었다.

"죄송합니다. 제가 부주의했습니다."

이헌이 조부에게 고개를 숙였다.

"현장에서 체포한 피의자들은 전부 구속됐다니 다행 아닙니까."

"저, 저! 지금 사위라고 편드냐."

다현의 부친은 사위인 이헌을 두둔하고 나섰다. 그러자 석윤이 그를 힐긋 쳐다보며 혀를 찼다.

곁에서 입술을 깨물며 조부의 반응을 살피던 다현은 괜히 이헌이 혼날까 봐 할아버지 앞을 막고 섰다.

"병문안 오신 거예요, 잔소리하러 오신 거예요?"

"아비나 딸이나 아주 똑같다, 똑같아!"

석윤은 고개를 내저었다. 검사가 현장을 나갔으면 조심 또 조심하고 주의를 기울여야 했거늘. 애먼 손녀사위를 잡을 뻔했다는 생각에 소름이 끼쳤다.

"며칠 푹 쉬고 복귀해."

수찬이 사위인 이헌의 어깨를 다독이며 말했다.

주말 동안 피의자 조사를 온전히 동료들에게 맡겨 놓았다. 월요일에 경과를 보고 퇴원을 의논하자는 집도의의 말에 그러자고 했지만 되도록 퇴원할 예정이었다.

하지만 이헌은 알겠다며 고개를 끄덕였다.

걱정을 끼치는 건 여기까지였다.

"다현이 넌 어제부터 병원에 있었던 거야?"

강 여사가 딸을 보며 물었다. 다현은 고개를 끄덕였고 이헌은 걱정스러운 얼굴로 말문을 열었다.

"오늘은 집에 가."

"팔을 다쳤는데 내가 어떻게 가요. 옆에 아무도 없으면 불편해서 안 돼요."

의식을 되찾은 다현은 곧바로 병실을 비워 줘야 했다.

주치의 소견으로 응급실에서 의식만 찾으면 귀가해도 된다는 진단이 내려졌지만, 특수한 상황을 감안해 보호자의 옆 병실을 잠시 빌린 것이었다.

그 탓에 다현은 딱딱하고 좁은 보호자 베드에서 얇은 담요를 덮고 쪽잠을 자야 했다.

"장모님. 다현이 좀 데리고 가 주세요."

다현에게 불리한 상황이 펼쳐졌다.

이헌이 별안간 강 여사를 잡고 늘어지며 다현을 집에 보내려 했다. 사위라면 끔뻑 죽는 그녀를 누구보다 잘 아는 그의 묘책이었다.

"가긴 어딜 가? 남편이 다쳤는데 옆에서 간호해야지."

그러나 조부가 고개를 내저으며 손녀 편을 들자 다현이 배시시 웃으며 할아버지의 팔짱을 꼈다.

"안 됩니다. 다현이 지금 쉬어야 합니다."

"서, 선배!"

이헌이 무슨 말을 할지 뻔했다. 아직 가족들에게 소식을 전하기에는 이르다고 생각한 다현은 그의 입을 틀어막으려 손을 뻗었지만, 이미 한 발 늦은 뒤였다.

"다현이, 아기 가졌습니다."

맙소사.

이헌의 입을 막으려던 손으로 이마를 짚으며 다현은 탄식을 뱉었다.

"뭐……?"

제일 먼저 놀란 건 강 여사였다.

"어허허. 증손주 아니냐. 허허허."

언제 역정을 냈냐는 듯 석윤은 너털웃음을 지으며 기뻐했다.

"축하한다."

수찬은 딸의 등을 토닥이며 미소를 지었다.

"집에서 쉬게 다현이 좀 집에 데려다주세요."

"진짜 괜찮은데……."

"내가 안 괜찮아. 집에 가서 자."

결국 다현은 등 떠밀리듯 조부의 손에 이끌려 차마 떨어지지 않는 발걸음을 떼야 했다.

주차장에서 모친의 손에 붙들려 차에 올라탄 다현은 뒷좌석에 앉아 입술을 툭 내밀고 차창을 내렸다.

"다현이 휴직해라."

찬바람이 훅 불어오기도 전에 조부의 묵직한 음성이 다현의 뒤통수를 툭 때리고 만다.

"할아버지!"

"휴직이 싫으면 부서를 옮기는 게 좋겠구나."

이거, 어디서 많이 듣던 얘기인데.

이헌에게 줄기차게 듣던 얘기였다.

이제 할아버지까지……. 다현은 차마 입을 다물지 못했다.

며칠 전에도 피곤함에 눈도 제대로 못 뜨는 자신을 붙잡고 다른 부로 옮기거나 다른 지점으로 가는 게 좋겠다고 말하던 이헌이었다.

이제 홀몸도 아니니, 다시 얘기를 꺼낼 게 뻔했다.

맙소사. 왜 그 생각을 못 했지?

축하한다고, 고맙다고 하던 이헌의 달콤한 말에 홀딱 속아 넘어간 기분이었다.

"유난인 거 아시죠? 임신했다고 휴직하면 직장 다니는 임산부들 전부 일 관둬야지."

"어허. 네가 어련히 알아서 하면 내가 이런 말도 안 한다. 너무 무리하니까 이러는 거 아니냐."

"제가 또 언제 일을 무리하게 했다고……."

"청문회 전에 왜 여기저기 찔러 보냐. 결과 보고 덤벼도 될 것을 네가 사서 일을 만들고 있지 않냐."

서재에 틀어박혀 바둑이나 두는 양반이 정말 모르는 게 하나도 없어서 깜짝깜짝 놀랄 때가 한두 번이 아니었다.

이번에도 손녀가 부장 검사의 지시에 뭘 어디까지 얼마나 들쑤시고 있는지 빤히 아는 조부가 놀랍기만 해 다현은 혀를 내둘렀다.

"그냥 진짠지 아닌지 알아만 보는 거예요."

"진짜면 어쩌고 아니면 어쩌려고."

"그거야 뭐, 그때 가서……."

"청문회 끝날 때까지 일단 쉬어라."

"아빠! 할아버지한테 뭐라고 말 좀 해 봐요!"

자신의 말이 일절 통하지 않는다는 걸 잘 아는 다현은 운전 중인 부친을 붙잡고 늘어졌다.

그러나 백미러를 힐끔거린 수찬은 도움의 눈길을 보내는 딸의 시선을 나 몰라라 했다.

"1년만 휴직해."

"아빠!"

아빠까지 이러기야?

다현은 조부가 휴직하라고 했을 때보다 더 큰 충격에 입을 다물지 못했다.

"아빠까지 왜 이래?"

"이번 일은 엄마도 찬성이야."

"와. 이거 진짜야? 여기 조선 시대예요? 임신했다고 휴직을 하라니, 말이 돼?"

21세기에 사는 게 맞는 건지조차 의심스러운 상황에 다현은 낙동강 오리알이 된 기분으로 집 앞에 도착했다.

"나 휴직 안 해요! 절대 못 해."

아파트 앞에 차가 멈춰 서자마자 다현은 뒤도 돌아보지 않고 차에서 내렸다. 집으로 올라오자마자 냉장고 문을 열어 냉수를 벌컥벌컥 들이켰다.

이따금 부서를 옮기라고 하는 이헌도 모자라 이젠 온 가족이 휴직을 권했다.

믿었던 아빠마저!

이건 완벽한 뒤통수였다. 심심하면 검사 때려치우고 결혼이나 하라던 조부와 변호사나 할 것이지, 검사 왜 했냐는 모친보다 딸의 진로를 뒤에서 묵묵히 지켜만 보던 부친이 친 뒤통수는 생각보다 꽤 많이 아팠다.

냉수 한 컵을 비우고 나서야 흥분이 가라앉는 듯했다. 그대로 욕실에 들어가 샤워를 하고 나온 다현은 초인종 소리에 인터폰을 확인했다.

작은 모니터 속에 엄마의 얼굴이 보였다.

"집에 간 거 아니었어?"

갑작스러운 엄마의 등장에 현관문을 연 다현은 양손에 들린 종이가 방을 보고 입을 다물지 못했다.

강 여사는 식탁 위에 묵직한 짐들을 내려놓으며 의자에 풀썩 주저앉았다.

"제 성질 못 이기고 밥도 안 먹고 있을까 봐."

다현이 마시던 컵에 물을 따라 마시며 강 여사는 식탁 위에 놓인 종이가방들을 눈짓했다. 다현은 입술을 삐죽 내밀며 모친이 사 들고 온 내용물들을 확인했다.

죽과 색색의 과일들을 보며 다현은 빙그레 웃었다.

"강 여사님뿐이네."

"식기 전에 죽부터 먹어. 문 서방 옆에서 밥인들 제대로 먹었겠니."

포장된 죽을 꺼내 숟가락까지 손에 쥐여 준 강 여사는 김이 모락모락 나는 죽에 후후, 입김을 불며 말을 이었다.

"아빠랑 할아버지는 네 생각 해서 그러시는 거야. 엄마도 마찬가지고."

한 김 식은 죽을 푹 떠 입에 넣은 다현이 오물거리며 미간을 찡그렸다.

"내가 이 일, 얼마나 좋아하는지 알잖아."

알다마다. 너무 잘 알아서 딸이 검사 한다고 했을 때 적극적으로 뜯어말리지 못한 게 아직도 후회되는 강 여사였다.

일밖에 몰라서, 제 몸을 혹사할 정도로 일에 몰두하던 남편처럼 딸도 검찰청에 뺏긴 것 같았다.

어릴 땐 공부한다고, 다 커선 일한다고 바쁜 딸과 오붓한 시간도 제대로 가져 보지 못한 엄마의 작은 심술이라고 생각해도 별수 없었다.

아직도 자신의 눈에 딸은 마냥 어린아이였다.

몸을 혹사할 정도로 일을 하는 게 다른 문제를 야기할 수 있다는 걸 알기에 걱정 어린 눈으로 다현을 바라보던 강 여사는 조심스레 입을 뗐다.

"엄마가, 너 가졌을 때 정말 힘들었거든."

"응?"

"너 갖기 전에 유산도 두 번이나 하고…… 입덧도 심했어. 막달엔 아예 병원에서 살았지."

"그런 얘기 안 했었잖아……. 왜 이제 말해."

"우리 딸 지금 이렇게 잘 컸는데, 뭐 하러 안 좋은 얘길 해?"

"엄마가 고생해서 예쁜 딸 낳은 건데, 뭐가 안 좋은 얘기야."

다현의 너스레에 강 여사는 피식 웃음을 지었다.

"그래서 아빠도 할아버지도 다 걱정돼서 하는 말이야. 네가 좀 천방지축이니."

"엄마!"

"불나방처럼 뛰어드는 데 일가견 있잖아."

딸을 놀리듯 강 여사는 짓궂은 투로 말했다.

입에 죽을 푹 떠 넣고 오물거리던 다현은 튀어나오려는 말을 꾹 삼켰다.

엄마의 말이 틀린 게 하나도 없었다.

불나방처럼 뛰어드는 것도, 조심성 없이 털털거리는 것도 다 맞는 말이었다.

그래서 자신을 걱정하는 가족들의 마음을 헤아리게 된 다현은 괜히 코끝이 찡해졌다.

"초기엔 조심, 또 조심해야 해. 너 이제 홀몸 아냐. 제발 그 똑똑한 머리로 하나만 생각하지 말고, 배 속에 아기도 좀 생각하고. 응?"

"알았어요. 걱정하지 마."

"내가 널 아는데, 어떻게 걱정이 안 되겠어."

"치. 천방지축 날뛴다고 선배가 날 가만히 놔둘 거 같지도 않네요."

"하긴. 문 서방이 널 가만히 둘 리가 없지. 일 계속하고 싶으면 문 서방이 꽁꽁 묶어 두기 전에 네가 알아서 잘해."

"네. 얌전하게 지내고 조심하겠습니다."

현관문 앞에서 모친의 등을 떠밀어 배웅하며 다현은 손을 흔들었다.

저 철딱서니가 엄마가 된다니. 검사가 됐을 때보다 더 걱정이었다.

꼭 저 닮은 딸 낳아서 이 엄마의 마음을 반의반만 알아주길 바라며 강 여사는 문 잘 잠그고 자라며 신신당부를 하고 갔다.

다현은 부엌으로 돌아왔다. 말끔하게 비운 죽 그릇을 치우고 평소에 잘 먹지 않는 과일을 차곡차곡 냉장고에 챙겨 넣은 뒤에야 소파에 앉아 휴식을 취했다.

"권다현, 엄마 된 거 축하해."

처음 이헌에게 얘기를 들었을 때, 조금도 실감할 수 없었다.

다현은 밋밋한 배에 주춤거리며 손을 올렸다. 이 납작한 배 속에 아기라니. 생각지도 못한 일인 건 분명했다.

이헌과 가족계획 같은 걸 얘기해 본 적도 없었고, 아이에 '아' 도 꺼내 본 적이 없었다.

마치 평생 단둘이서만 살 것처럼.

그래서 낯설었다.

주치의라며 이헌의 병실에 찾아온 젊은 여자 의사가 빈혈이 있으니 영양제를 꼭 챙겨 먹으라고 신신당부를 했다.

아직은 초음파에 잡히지 않지만 다음 주면 초음파에서 아기집이 보일 거라며, 꼭 내원해서 확인해야 한다는 말도 덧붙이고 갔다.

생각해 보면 그래서 그렇게 피곤했나 싶을 만큼 확실히 요즘 컨디션이 전과 같지 않았다.

다현은 소파에 벌러덩 누워 밋밋한 배를 토닥였다.

"나 닮아서 씩씩할 거야. 그치?"

괜히 엄마가 한 말이 걸려 찝찝한 마음에 다현은 휴대폰을 들고 인터넷 서점을 뒤적였다.

아는 게 아무것도 없어서 임신과 출산을 글로 배워야 할 지경이었다.

의사가 무슨 영양제를 먹으라고 했더라?

그때였다.

액정 화면이 휙 바뀌더니 '내 편'이라고 저장해 놓은 이헌에게 전화가 걸려 왔다.

―집에 잘 도착했어?

"그럼요. 엄마에 아빠에 할아버지까지 보내 놓고는."

―도착했다고 전화를 해야지. 걱정했잖아.

"내가 애인가."

―애야. 권다현, 완전 애 맞아. 애가 애를 가져서 앞으로 더 걱정이야.

"내가 걱정인 거예요, 아기가 걱정인 거예요?"

괜히 다현은 심드렁한 척 웃음기를 뺀 얼굴로 물었다.

―나한텐 네가 먼저야.

"아기가 들으면 삐지겠어요."

그렇게 말하는 다현의 입가에 미소가 어렸다.

―삐져도 하는 수 없어.

단호한 그의 목소리에 다현은 결국 참았던 웃음을 터트렸다.

시답지 않은 질투였지만 그의 반응에 기분이 좋은 건 어쩔 수 없었다.

"엄마가 죽도 사다 주고 과일도 가득 사다 놓고 갔어요."

―제발 집에서 푹 쉬어.

"벌써 두 달째 주말 출근 안 하는 거 알죠?"

―주말에 출근하는 게 비정상인 거 알지.

"그 비정상을 나보다 더 많이 하던 사람이 누구더라?"

―앞으론 주말 출근 절대 금지야.

"나만 또 금지야."

─금지 안 하면 말 안 듣잖아.

"그래도⋯⋯."

─절대 안 돼. 특히 당분간은 더. 너 지금 컨디션 바닥인 거 내가 모를 줄 알아?

이헌의 엄포에 다현은 입술만 달싹거리며 대꾸하지 못했다. 어쩜 다들 이렇게 맞는 말만 하나 몰라 싶어 그녀는 한숨을 삼켰다.

"아빠랑 할아버지가 나보고 휴직하래. 엄마도 그랬어요."

─⋯⋯.

"왜 말이 없어요?"

─나도 그랬으면 좋겠다고 말하면 네가 소리라도 지를까 봐.

권다현을 너무 잘 아는 남자였다. 다현도 이헌이 그런 생각을 하고 있을 거라 짐작했기에 그리 놀라지 않았다.

누구보다 자신을 걱정해 주는 그의 마음을 잘 알기에.

"엄마가 나 낳을 때 고생했었대요. 그래서 다들 걱정되나 봐."

─권다현은 튼튼하잖아? 난 그런 걱정 안 해.

"정말?"

─네가 하고 싶은 대로 해. 다만, 조금은 건강도 생각하면서 조심했으면 좋겠다는 거야.

"그럼 나, 조금 더 일할래요. 난 내 일이 좋아요."

─그래. 그렇게 해.

이헌의 단단한 음성에서 느껴지는 믿음은 또 다른 안온함이었다. 다현은 배시시 웃으며 납작한 배에 손을 살포시 올렸다.

─대신 힘들면 꼭 얘기하고, 응? 내 말도 좀 듣고.

"내가 언제는 말 안 들었나? 요즘 말 안 듣는 건 남편이 더하거든요."

─아⋯⋯.

그때 이헌의 짙은 탄식이 수화기 너머에서 들려오자 화들짝 놀란 다현이 몸을 벌떡 일으켜 앉아 휴대폰을 꼭 쥐었다.

"왜, 왜 그래요? 어디 아파요? 팔? 많이 아파요?"

—아니.

"그럼……."

—권다현 껴안고 싶어서.

걱정하던 게 무색해지도록 이헌은 촉촉이 젖은 목소리로 나긋하게 읊조렸다.

—오늘 잠은 다 잤네.

"……지금, 갈까?"

괜히 가슴이 간질거려 다현은 귓불을 만지작거리며 넌지시 물었다.

—이거 봐. 말 안 듣는 거. 쉬세요, 제발.

역시 이헌은 강적이었다.

"치, 알겠어요. 그럼 내일 눈 뜨자마자 갈게요."

—응.

그렇게 다현은 전화를 끊고 침실로 들어가 널따란 침대를 가만히 내려다봤다.

이 큰 침대에서 혼자 자야 한다니.

결혼 전부터 이헌과 꼭 붙어 자던 버릇에 익숙해진 다현은 커다란 침대가 오늘따라 낯설게만 느껴졌다.

"오늘 잠은 다 잤네."

다현은 허전함에 침대에 누운 뒤에도 한동안 잠들지 못해 뒤척였다.

이른 아침부터 모친이 보내온 도시락을 챙겨 들고 병원으로 온 다현은 병실 문을 열자마자 멈칫했다. 뜻밖의 손님들이 이헌의 주위를 에워싼 채 다현을 발견하고 반갑다며 손을 흔들었다.

"권 검!"

이정우 검사와 남경주 검사였다.

다현은 도시락을 테이블에 내려 두고 고개를 꾸벅 숙였다.

"다들 병문안 온 거예요, 아니면 일하러 온 거예요?"

일요일 오전의 복장이라고 하기엔 다소 딱딱한 차림새인 두 사람을 다현은 따가운 시선으로 훑었다.

남경주 검사는 강력 범죄 전담부인 형사 제3부 부부장 검사로, 이정우 검사는 공공 수사 제2부 부부장 검사로 자리를 옮겼다. 모두 특수부에서 마지막으로 맡았던 사건의 결과에 대한 진급이나 다름없었다.

"우리가 이헌이랑 무슨 일을 하겠어. 안 그래, 문 검?"

이 검사가 너스레를 떨며 이헌의 어깨를 툭 쳤다. 이헌은 대꾸 대신 어깨를 으쓱이며 웃었다. 확실히 이 검사와 남 검사는 일하려고 온 게 아닌 듯했다.

"오늘은 두 분 다 집에 가서 푹 쉬세요."

주말도 없이 일하는 선배들이 지검 가는 길에 잠시 병문안을 온 모양이었다. 하나 신 검사는 예외였다.

다현의 따가운 눈총은 선배인 신호태 검사에게 쏠려 있었다. 신 검사는 멋쩍은 듯 웃으며 뒷머리를 긁적였지만, 차마 아니라고 말하진 못했다. 실은 이헌에게 피의자 조사를 보고하러 온 터였다.

정곡을 찔린 신 검사는 괜히 이 검사의 등 뒤로 몸을 슬쩍 숨기며 다현의 시선을 회피했다.

"자자, 방해꾼들은 그만 물러갑시다."

남 검사는 이 검사와 신 검사에게 어깨동무하며 두 사람을 병실 밖으로 이끌었다.

"몸조리 잘하고!"

이 검사가 손을 흔들며 인사를 했다. 조심히 들어가시라는 이헌의 말에 신 검사는 아직 보고하지 못한 사안들이 아른거려 차마 발걸음이 떨어지지 않았지만, 마지못해 병실을 벗어났다.

어느새 병실에 고요함이 찾아왔다.

문이 닫히자마자 다현의 허리를 한쪽 팔로 꼭 끌어안은 이헌은 그녀의 배에 얼굴을 기댔다.

"병원, 정말 별로야."

이 좁은 병실에서 벌써 3일째였다. 답답한 건 둘째 치고 어제저녁엔 다현이 곁에 없어 뒤척거리다가 밤을 지새웠다.

"그러니까 얌전히 안 있고 왜 현장을 나갔어요."

이헌의 너른 등짝을 찰싹 때리며 다현은 또 핀잔을 늘어놓았다.

"나보고는 현장 금지! 이래 놓고 자긴 현장에서 나보다 더 다쳤어."

다현은 한숨을 푹 내쉬었다. 누가 부부 아니랄까 봐 현장에서 다친 것까지 똑 닮았다.

"앞으론 진짜 책상 앞에만 앉아 있어요. 알았죠?"

허리를 꽉 끌어안고 있는 이헌의 어깨를 밀쳐내며 다현은 신신당부했다.

"이제 문이헌 혼자 아닌 거 알죠?"

이헌이 고개를 들어 다현을 물끄러미 올려다보며 고개를 끄덕였다.

"그럼. 권다현도 있고, 쪼꼬만 다현이도 있는데."

웃음기 가득한 음성이 이헌의 입에서 흘러나왔다.

이윽고 밋밋한 다현의 배에 링거 바늘이 꽂힌 이헌의 손이 다가왔다. 그는 배를 토닥이듯 만지며 시큰둥한 목소리를 냈다.

"눈치 없는 건 날 닮은 건가."

"무슨 말이에요?"

"엄마 아빠 신혼인데, 영 눈치가."

이헌의 말에 기함하며 다현이 그의 어깨를 찰싹 때리고 입을 틀어막았다.

"아기 들어요!"

"아직 못 들어. 손톱만큼도 안 자랐을 거야."

"그래도 그런 소리 하지 마요. 우리가 안 반겨 준다고 생각하면 어떡해요."

다현이 시무룩해져 손톱을 못살게 굴자 이헌이 손을 잡아 왔다.

"아빠가 격하게 반긴다."

이헌이 밋밋한 배를 만지고 뚫어져라 쳐다보며 평이한 어조로 낮게 읊조렸다. 그 모습에 다현이 웃음을 터트렸다.

아직 못 듣는다더니, 배에 대고 얘기하는 모습이 이헌답지 않아 우스꽝스러웠다. 그래도 잘했다며 다현은 그의 머리를 쓰다듬었다.

"다음 주에 초음파 보러 오라고 했어."

베드 맡에 앉아 사과를 깎는 다현을 보며 이헌이 넌지시 말했다.

"같이 가."

"이번 일 때문에 바쁠 텐데, 무리하지 않아도 괜찮아요."

다쳐서 입원해 있는 사람한테 달려온 걸 보면 몸이 열두 개라도 부족한 상황이 분명했다.

무슨 사건이길래 현장에까지 나가서 이 난리를 겪은 건지, 다현은 굳이 묻지 않았다.

알아서 좋은 일이면 이헌이 말을 했을 테니까.

대충 수사관들과 이헌의 선후배 검사들이 숙덕이던 소리로 대략적인 상황만 유추했다. 조직폭력배가 얽힌 정계 비리 사건 정도로.

"쪼꼬만 다현이 처음 보는 날인데, 그 정도는 일도 아니지. 걱정하지 마."

"그럼 같이 가요."

포크로 사과를 콕 찍어 이헌에게 건네며 다현은 빙그레 웃었다.

그로부터 며칠 뒤.

다현은 출근 전 미리 잡은 산부인과 진료를 보러 이헌과 병원에 들어섰다.

마침 이헌의 깁스를 푸는 날이기도 해서, 산부인과 진료가 끝나면 정형외과까지 순회해야 했다.

"권다현 님. 먼저 혈압부터 잴게요. 그리고 피 검사 하고 오시면 되세요."

말끔한 슈트 차림의 남녀가 산부인과로 들어와 앉자 대기실에 있던 산모와 보호자들의 시선이 일제히 이헌과 다현을 향했다.

다현은 간호사를 따라가 혈압을 재고 이헌과 같이 아래층으로 내려가 피 검사를 받았다.

일주일 사이에 빈혈 수치가 정상 범위 내로 돌아왔길 바라며 진료실로 들어갔다.

"먼저 초음파부터 보죠."

의사의 말에 간호사가 진료실 옆 초음파실로 다현을 안내했다. 이헌은 괜히 목을 죄는 것 같은 넥타이를 매만지며 졸졸 뒤따라갔다.

병원 안에 이토록 낯선 공간이 있을 줄이야.

가운으로 갈아입은 다현이 베드 위에 누웠다. 이윽고 초음파 기계가 아래로 밀고 들어오자 다현은 움찔했다. 낯선 감촉에 멀뚱히 눈을 껌뻑이던 그녀의 손에 낯익은 온기가 와 닿았다.

이헌은 거무튀튀한 것만 보이는 초음파 모니터를 뚫어져라 응시하며 다현의 손을 꼭 그러쥐었다.

"여기, 아기집이 예쁘게 자리 잡았네요."

주먹보다 작은 무언가가 모니터에 보였다.

"자궁 두께도 좋고요."

"진짜 쪼끄매서 하나도 안 보이네."

이헌의 말에 의사가 웃으며 말했다.

"다음 검진일엔 심장 박동 확인할 수 있을 겁니다."

셔츠 단추를 채우며 다현이 몸을 일으켰다.

진료실로 돌아와 의사는 피 검사 결과를 확인했다. 괜히 초조해져 다현은 입술을 설핏 깨물며 이헌의 손을 꼭 잡았다.

"철분제랑 엽산제, 잘 챙겨 먹고 있죠?"

"그럼요."

"수치는 정상이니까 걱정은 마시고요. 지금처럼 영양제 잘 챙겨 드시고, 식사도 잘하셔야 합니다. 아직 입덧은 없으시죠?"

다현이 고개를 세차게 끄덕였다. 입덧은커녕 요 며칠 너무 잘 먹고 있어서 살이 붙은 것만 같았다.

그렇게 진료가 끝나고 다음 검진일을 예약하고 정형외과로 서둘러 걸음을 옮겼다.

부러진 뼈가 자리를 잘 잡고 있는지 엑스레이 촬영을 하고 깁스를 푼 뒤 보호대를 착용한 이헌의 팔엔 수술한 흔적이 선명했다.

"물리 치료 받으러 오셔야 합니다."

부부가 나란히 병원에 다녀야 할 팔자인가 싶게 다현의 검진일에 맞춰 이헌도 물리 치료 예약을 잡았다.

"바로 들어가 봐야 하죠?"

차에 타자마자 다현이 물었다.

이헌은 시동을 걸기도 전에 다현의 안전벨트를 손수 챙기며 시계를 흘끔 쳐다봤다.

"아직 괜찮아."

피의자 신문이 잡혀 있었고 30분도 채 남지 않았지만, 이헌은 느긋하리만치 천천히 차를 몰았다.

"점심 먹고 들어갈까?"

"안 돼요. 나 오후에 참고인 조사 있어요."

다현은 고개를 내저으며 시계를 가리켰다. 점심시간까지 한 시간 남짓 남았다.

그럼에도 두 사람은 아직 출근조차 하지 않았으니, 수업에 늦은 지각생들이나 다름없었다.

"다음엔 반차 쓰고 병원 가야겠어."

"앞으론 토요일에 진료를 잡는 게 더 낫지 않을까요?"

"토요일엔 집에서 쉬는 거야."

"솔직히 말해 봐요. 반차 쓰고 오전에 놀려고 그러는 거죠."

이헌은 대답 없이 조용히 다현의 손을 잡으며 곁눈질했다.

척하면 척이었다. 다현은 피식 웃으며 이내 안전벨트를 풀었다.

"저녁에 집에서 봐요."

"일 있으면 전화하고."

"전화 안 오면 일없는 줄 알고, 문 검사님 일에 열중하십시오."

다현이 고개를 꾸벅 숙이며 배시시 웃자 빤히 보고 있던 이헌이 별
안간 입술을 훔쳤다. 짧고 진하게 그녀의 입술을 단숨에 빨아 당긴 그
가 혀를 한번 쓰다듬고 입을 뗐다.

"여기, 지검 앞인 거 알죠?"

"그러니까. 여기까지."

말간 얼굴로 웃는데 예뻐서 놔줄 수 없었다는 말은 삼켰다.

다현은 차에서 내리기 전에 이헌의 볼에 가벼운 입맞춤을 하고는 손
을 흔들었다.

"뛰지 말고! 조심히 올라가!"

차에서 내린 다현이 걸음을 재촉하자 이헌은 창문을 내려 목청을 높
였다.

하여튼 말 한번 참 안 듣는 마누라였다.

다현이 조심히 계단을 올라가는 걸 보고 나서야 이헌의 차는 대검으
로 핸들을 틀었다.

조사실로 들어선 이헌은 수갑을 찬 채 심드렁하게 앉아 있는 중년의
남성을 내려다보며 손에 들린 사진을 테이블 위에 툭 내던졌다.

사진 뭉치가 어지럽게 펼쳐졌다. 남자는 시선을 힐긋 내리깔며 사진
을 눈에 담았다.

"아는 얼굴, 있습니까."

얼굴이 어딘지 알아보기도 힘들 만큼 엉망진창이었다.

사진 속에 담긴 것이 사람인지 아니면 짐승인지 분간이 되지 않을 정도로 난도질이 되어 있었다. 그 속에서 얼굴을 알아보는 건 결코 쉬운 일이 아니었다.

남자는 영 모르겠다는 표정으로 고개를 들어 이헌을 쳐다봤다.

"모르는 얼굴이 있냐고 묻는 게 대답하기 빠르겠습니까."

남자는 어깨를 으쓱대며 눈을 크게 떠 웃었다. 그 미소는 마치 사악한 악마의 그것과도 같았다.

"라임 CC 클럽 하우스 지하에서 발견된 사체들입니다."

"그런가요?"

남자의 묵직한 음성이 조사실 안을 꽉 메웠다.

조사를 꾸미던 신 검사가 이를 꽉 깨물며 남자를 노렸다.

그는 흑사파 보스로 마약 제조, 유통, 판매, 청부 살인, 성매매, 장기 밀매 등으로 무기 징역을 선고받아 복역 중에 병보석으로 출소한 마이클 장이었다.

그의 얼굴엔 어떠한 병색도 찾아볼 수 없었다.

신장 투석을 받아야 할 만큼 심각해진 신부전에 신장 이식을 받는다는 이유로 병보석이 받아들여졌다.

그런데 정작 의료 기록은 출소한 이후 전무했다.

"피해자 DNA와 전부 일치했습니다."

"……."

"장기 밀매를 해도 너무 대놓고 하신 거 같습니다."

형체를 제대로 알아볼 수 없는 사진 속 사체들에게 없는 것은 장기였다. 대상은 모두 여자. 그것도 흑사파의 관리하에 있는 업소 출신 접대부들이었다.

"양아들인 김상철이 라임 엔터프라이즈 지분을 피의자보다 더 많이 보유하고 있던데, 후계자로 키우다가 뒤통수 맞은 겁니까?"

이헌은 작정하고 비꼬며 비웃음을 지었다.

가만히 이헌을 바라보고 있던 마이클 장은 수갑을 찬 두 손에 깍지를 끼고 주먹을 움켜쥐었다.

"양아들한테 맞은 뒤통수가 아파서, 그래서 김상철한테 뒤집어씌우려고 사체들을 클럽 하우스에 유기한 거 아닙니까."

나긋하게 말하는 어투와 달리 단단한 음성엔 의심의 여지가 조금도 엿보이지 않았다.

100% 확신에 찬 이헌의 눈빛은 피의자의 빈틈을 정확히 노리는 맹수의 날카로운 발톱과도 같았다.

"김상철이 엔터테인먼트 소속 연습생들에게 성 접대 시킨 것도 전부 피의자 지시였다고 진술했습니다."

클럽 하우스 현장에 마이클 장은 나타나지 않았다.

조직 범죄과 김석용 검사의 확신이 빗나간 일이었다.

불행 중 다행이라면 현장에서 김상철을 체포할 수 있었고, VIP 접대라는 명목으로 삼삼오오 모여 있던 정치, 언론인들이 현장에서 긴급 체포됐다.

김상철을 집요하게 파고든 김 검사는 마이클 장의 도피처를 알아냈고, 별장을 급습해 그를 체포할 수 있었다.

시종일관 입을 다물고 있던 마이클 장은 이헌의 앞에서도 좀처럼 입에 건 자물쇠를 풀지 않았다.

"생각할 시간이 필요하십니까."

"……."

"도피처가 발각된 것도 모두 김상철 덕분인 거 아시죠?"

"……."

"양아버지와 양아들이 서로 해 먹겠다고 뒤통수치는 모양새가 우습네요."

이헌이 비릿한 웃음을 터트리자 마이클 장은 입술을 질끈 깨물었다.

그의 분노가 향한 곳이 이헌인지 아니면 자신을 사지로 몰아넣으려는 양아들인지 알 수 없었다.

다만 분명한 건 그는 잔인하고 잔악한 인간의 탈을 쓴 악마라는 것이었다.

"머리 굴릴 시간, 드리겠습니다."

마이클 장을 협박하고 회유하는 건 필요 없는 소모전일 뿐이었다.

안 좋은 쪽으로 머리를 굴리는 것에 도가 튼 악마에게 손을 내미는 척하는 걸로 이헌은 자리를 떴다.

이내 조사실을 나온 그는 바로 옆 영상실로 자리를 옮겼다. 조서를 꾸미던 신 검사까지 조사실을 비우자 피의자만 홀로 남았다.

이헌이 가만히 앉아 조사실 안을 들여다보며 턱을 매만지고 있을 때였다.

안주머니에서 휴대폰이 짧은 진동을 반복했다. 그는 휴대폰을 꺼내 들어 발신인을 확인했다. 설마 다현일까 싶었는데, 다행히 그녀가 아니었다.

하지만 귀찮은 전화인 것만은 확실했다.

"네."

—내가 아들 다친 걸 사돈어른한테 들어야겠냐!

기차 화통을 삶아 드신 듯 우렁찬 부친의 음성에 이헌은 휴대폰을 살짝 귀에서 뗐다.

"크게 다친 거 아니니까 걱정하실 거 없으세요."

—그래도 어떻게 수술까지 받고 전화 한 통을 안 할 수가 있어! 퇴원까지 해 놓고 연락 한 번을 안 하는 게 말이 되냐.

생각해 보니 부친의 말이 맞는 거 같기도 해서 이헌은 관자놀이를 긁적였다.

다현에게 전화하지 않았던 것처럼, 부모님도 쓸데없는 걱정을 하실까 봐 연락하지 않은 이헌이었다.

크게 다친 것도 아니었고, 사지 멀쩡한데 굳이 걱정을 끼칠 필요가 없다고 생각해 다현에게도 절대 연락하지 말라고 신신당부를 했었다. 다현도 그의 의견에 전적으로 동의하며 가족들에게 연락하지 않았다.

다만 그녀의 부친이 대검 차장 검사라는 사실을 잊고 있었다. 현장에서 검사가 다친 걸, 그것도 수사 지휘 과장이 다친 걸 차장 검사가 모를 리 없었으니. 그래서 입원한 날, 다현의 가족들이 병원을 찾은 것이었다.

만약 윗선까지 이야기가 들어가지 않았더라면 이렇게 양가 부모님이 알게 될 리도 없었을 것이었다.

—그리고! 다현이 임신 소식은 왜 말을 안 해!

섣부른 이헌의 발언으로 친정 식구들이 임신 소식을 일찍 알게 된 것을 다현은 못마땅해했다. 휴직하라는 조부와 부친의 걱정을 들었으니 당연했다. 그러면서 다현은 친정 식구들이 알게 됐으니 시댁에도 알리는 게 좋겠다고 했다.

하지만 그녀의 말을 중간에서 가로챈 건 이헌이었다.

괜한 걱정에 다현의 동의도 없이 임신 소식을 알린 게 못내 마음에 걸려 그는 안정기에 접어들면 부모님께 말씀드리는 게 좋겠다고 했다.

조부와 부친도 모자라 시아버지까지 휴직을 권하면 중간에서 난감한 건 다현이었다. 양가 어른들이 허물없이 지내고 있다는 걸 간과한 탓에 좋은 소식을 일찍 말씀드리지 못해 부모님께 섭섭함만 안겨 드린 듯했다.

"말씀드리려고 했습니다."

—대체 언제? 애 초등학교 입학할 때?

평소 부모님께 연락이라곤 하지 않는 아들이었다.

이헌은 여전히 부친과 데면데면했다. 그나마 일련의 일들로 인해 부친의 마음을 조금이나마 이해하게 되었지만, 그걸로 끝이었다.

이헌은 헛기침을 뱉으며 멋쩍은 듯 말을 아꼈다. 어쨌든 서운하실 일이었다. 자신의 생각이 짧았음을 알기에 이헌은 죄송하다고 말했다.

—주말에 밥이나 먹으러 와라.

"바쁜데……."

—누가 네 녀석 보고 싶대?

아들은 다 필요 없다고 소리치는 듯했다.

"네. 주말에 다현이랑 가겠습니다."

부친의 노여움을 푸는 건 다현이 직방이었다.

서둘러 전화를 끊은 이헌은 책상을 내려치면서 욕설을 퍼부어 대는 마이클 장을 주시하며 휴대폰을 안주머니에 넣고 몸을 일으켰다.

분노에 휩싸인 사냥감의 목덜미를 물기 딱 좋은 타이밍이었다.

에필로그

이헌의 차가 주차장에 들어섰을 때 시곗바늘은 저녁 8시를 가리키고 있었다. 근래에 가장 일찍 퇴근한 거라고 자부할 수 있을 만한 기록이었다.

퇴원 이후, 당장 이헌의 지시와 손길이 필요한 조사들이 산적해 있었고 피의자 마이클 장의 조사 역시 그가 필요했다. 덕분에 피의자 신문 조서까지 모두 확인하고 나서야 퇴근을 서두를 수 있었다.

도어락 비밀번호를 누르고 현관문을 열자 거실에 우두커니 서서 머리를 긁적이고 있는 다현이 있었다. 이헌은 소파에 서류 가방을 내려 두고 그녀의 등 뒤로 다가가 허리를 꼭 끌어안았다.

"어, 언제 왔어요?"

허리를 감싸 안은 이헌의 손길에 흠칫 놀란 것도 잠시, 다현은 그의 팔을 감싸며 환한 미소를 보였다.

"이게 다 뭐야?"

다현의 어깨에 턱을 괸 채 목덜미에 고개를 파묻던 이헌이 발아래 치이는 커다란 상자와 쇼핑백들을 보고 놀란 듯 물었다.

다현이 한 시간 전에 퇴근하고 집에 간다며 메시지를 보내왔다. 그 짧은 시간에 쇼핑을 했을 리도 없고, 결정적으로 다현은 쇼핑을 좋아하지도 않았다.

"내가 아버님 어머님한테 얘기하자고 했잖아요."

"뭘?"

"아기."

능청스레 되묻던 이헌은 헛기침을 뱉으며 고개를 들어 다현의 시선을 회피했다.

시댁에 말씀드리자는 다현의 말을 듣지 않은 건 이헌이었다. 하지만 특수한 집안 사정을 조금도 고려하지 않은 혼자만의 의견일 뿐이었다.

그럴 생각이라면 다현의 조부에게 신신당부해야 했다. 틈만 나면 로펌 일로 자신의 부친과 다현의 조부가 통화하고 얼굴을 마주하는데, 결코 모르려야 모를 수 없는 일이었다.

"먼저 말씀드렸어야 했는데, 이렇게 좋아하시는데 죄송하게……."

"더 늦기 전에 알게 됐으니까 괜찮아. 걱정하지 마."

"이거 아버님이 다 보내신 거예요. 어머님도 한가득 보내셨어요."

퇴근하자마자 퀵서비스라며 초인종이 울리더니 쇼핑백들이 한가득 밀고 들어왔다.

다현은 서재 쪽을 턱으로 가리켰다. 시어머니가 보내온 쇼핑백들을 서재에 밀어 넣고 나니 그다음엔 시아버지가 보내 온 상자들이 거실을 가득 채웠다.

"이건 전부 아버님이 보내 주신 거고."

상자에 그려진 그림만 봐도 대충 뭔지 알 것 같아 이헌은 눈살을 찌푸렸다.

"이게 지금 다 필요한 거야?"

"글쎄요……. 너무 이른 거 같기도 하고, 나도 잘 모르겠는데……."

임신과 출산을 글로 배워 아는 게 없었다.

아기 침대나 유모차, 식탁 의자 같은 것들이 당장 필요 없어 보이긴 했지만 언젠가 사긴 사야 하는 거니까 미리 사면 좋은 거 같기도.

"이거 전부 형한테 보내 버리자."

이헌의 말에 다현은 믿기지 않는다는 듯 입을 다물지 못하고 그의 등짝을 찰싹 때렸다.

"미쳤어요? 이걸 왜 아주버님한테 보내요! 어머님 아버님이 아시면 얼마나 서운하시겠어요!"

"쪼꼬만 다현이가 처음 쓰는 건데, 아빠가 사 줘야지 왜 할아버지가 사 준 걸 써."

미간을 찌푸린 채 이헌이 투덜거리며 말하자 다현은 그의 등을 토닥이며 입을 뗐다.

"그런 거까지 질투하면 어떡해요."

웃음기를 가득 머금은 다현은 삐죽삐죽 새어 나오는 웃음을 참으며 이헌을 다독였다. 그녀의 말에 움찔하던 그는 헛기침을 뱉으며 서재로 상자들을 밀어 넣었다.

"하여튼 마음에 안 들어."

이미 서재 한편에 그득 쌓인 쇼핑백들은 차치하더라도 유모차에 침대에 요람과 의자들은 눈에 거슬리는 게 확실했다.

아들한텐 고래고래 소리를 지르던 양반이 전화를 끊자마자 이런 걸 살 거였으면 말을 했어야지. 그랬으면 사지 말라고 엄포를 놓기라도 했을 텐데.

버릴 수도 없고, 누굴 줄 수도 없고 아주 귀찮게 됐다.

"행여나 아주버님 집에 보내기만 해요."

결혼한 지 반년이 지났지만, 여전히 신혼 생활을 즐기고 있는 이헌의 형과 형수는 아기 소식이 없었다.

그 집도 이헌과 다현 못지않게 일에 미쳐 있는 사람들이라 당분간 2세 계획이 없다고 했었다. 물론 어른들께는 비밀로.

이헌 역시 그런 일은 알지 못했다.

오롯이 동서지간의 비밀 얘기일 뿐.

"아버님이 보내 주신 것도 쓰고, 또 아빠가 사 준 것도 쓰면 공평하죠?"

"집에 놔둘 데는 있고?"

"까짓 거 이사 가요."

"열심히 돈 벌어야겠네."

침실로 들어와 넥타이를 풀어 주는 다현의 허리를 단단한 두 팔로 감싸 안은 이헌이 사뭇 진지한 얼굴로 말했다.

"분윳값 비싸대요. 기저귓값도 엄청나댔어."

"누가 그래."

"인터넷에서."

다현이 인터넷을 뒤적여 그런 걸 봤다는 게 어쩐지 귀엽기만 했다. 이헌은 새어 나오는 웃음을 참지 못하고 터트리며 다현을 꼭 끌어안았다.

"내가 설마 쪼꼬만 다현이 굶기겠어?"

"큰 다현이도 굶기진 않죠."

"그러니까. 내 능력이 그 정도는 돼."

이헌의 허리에 팔을 두른 채 다현은 고개를 빼꼼 들고는 장난스럽게 웃었다. 빤히 그녀의 얼굴을 내려다보고 있던 이헌이 환하게 미소 띤 입술을 집어삼킨 건 순식간이었다.

"으음……."

등줄기를 타고 올라오는 손길에 화들짝 놀란 다현이 자신의 허리를 감싸 안고 있는 보호대를 찬 그의 팔을 끌어 내렸다.

입술을 빨아 당겨 빈틈으로 입 안을 파고드는 혀의 유려한 움직임에 숨을 몰아쉬는 것만으로도 벅차 이헌의 셔츠 자락을 꽉 붙들었다.

입천장을 훑을 때마다 진득하게 빨아 대는 입술은 타액으로 번들거렸다. 다현의 뺨을 매만지며 입술을 뗀 이헌의 손길이 닿은 곳은 매끈한 그녀의 배 위였다.

"쪼꼬만 다현이 먹여 살리기 전에, 내가 죽겠어."

"선생님이, 안 된다고 했어요."

자신의 배를 매만지는 이헌의 손을 잡고 다현이 고개를 내저었다.

정말 초기니까 조심, 또 조심하라던 의사의 말이 귓가에 맴돌았다.

이헌은 그대로 다현을 품에 끌어안고 목덜미에 고개를 파묻으며 입술로 지분댔다.

"권다현, 많이 먹여야겠어."

"하아……. 나, 지금도 되게 많이 먹고 있어요. 읏!"

이헌이 반대쪽 귓불을 만지작대며 목덜미를 빨아 당기자 다현은 휘청거렸다.

그런 그녀의 허리를 번쩍 들어 이헌은 침대로 향했다. 그러고는 침대 위에 다현을 조심스레 앉혔다.

"더 많이 먹어. 너 지금 엄청 가벼워."

일은 일대로 많이 하고 있어 두 명분의 영양을 섭취해도 이헌의 눈엔 모자라 보였다.

며칠 사이에 또 살이 빠진 것 같아 그는 인상을 찌푸렸다.

"나 살쪘는데."

일할 땐 일만 하던 다현의 책상 위에 군것질거리들이 생긴 건 며칠 되지 않았다.

배가 고픈 건 둘째 치고 빈혈 수치를 올려야 한다는 강박에 평소엔 잘 먹지 않던 채소와 과일을 챙겨 먹기 시작했다. 그것도 모자라 틈틈이 빵이며 우유도 간식처럼 먹고 있었다.

덕분에 다현의 검사실 수사관과 실무관은 그녀의 임신 소식을 알게 되었고, 이후 점심시간은 칼같이 지키게 됐다.

"아니. 아직 잡아먹기엔 부족해."

부끄러워 괜히 얼굴을 붉히는 다현에게 입맞춤하고 몸을 일으킨 이헌이 욕실로 들어갔다.

곧 샤워기의 물줄기 소리가 시원하게 들려왔다.

❖   ✢   ❖

출근 준비를 서둘러 마친 이헌과 다현은 나란히 차에 올라탔다. 보조석에 그녀가 앉자마자 그는 팔을 뻗어 안전벨트를 챙겼다.

"학교에는 얼마 만에 가는 거예요?"

아파트 단지를 벗어난 차가 신호에 걸려 건널목 앞에 멈춰 섰다. 다현의 물음에 이헌은 머릿속으로 횟수를 따져 봤다.

"초임 땐가? 교수님 뵈러 간 뒤로 오랜만인 거 같은데."

오늘 이헌은 모교 교수님의 부탁으로 초청 강연이 있었다.

그런 거 해 본 적 없어서 못 하겠다는 이헌에게 교수님은 그냥 검사로 사는 얘기나 좀 해 주면 애들이 좋아할 거라고, 걱정하지 말라며 제자를 채근했다.

"지도 교수님이 누구였어요?"

"김은석 교수님."

"진짜? 나도 김 교수님이 지도 교수였는데!"

"그래?"

"선배가 조금만 공부 못해서 졸업 못 했으면 같은 강의실에서 강의 들었을 수도 있겠어요."

"공부 잘해서 이렇게 너 만났으니까 만족해."

능글맞은 말을 사뭇 진지한 표정으로 하는데, 그 모습에도 심장이 제멋대로 나댔다. 저도 모르게 입꼬리가 씰룩거려 다현은 볼을 꾹 누르며 웃음을 참아야 했다.

만약 이헌과 캠퍼스에서 만났더라면 어땠을까.

엉뚱한 상상을 하다 보니 어느새 지검 앞이었다.

"오늘 강연 잘해요. 나도 보러 가고 싶은데, 오전에 회의가 있어서."

"회의하다가 욱하는 일 있어도 열까지만 세."

"요즘 나 되게 얌전하게 일만 한다니까."

"쪼꼬만 다현이 놀라니까 큰 다현이가 좀 참아."

이헌은 다현에게 참는 법을 가르치고 있었다. 선배나 부장 검사가 말도 안 되는 소리를 하면 속으로 딱 열까지만 세라는 게 그것이었다.

그래도 아닌 거 같으면 한 템포 쉬고 가라앉혀서 얘기하면 차분해질 거라고.

그건 곧 스스로에게 하는 말이기도 했다. 그도 성질머리 죽이려고 부단히 노력 중이었다.

대검으로 자리를 옮긴 지 벌써 6개월째였다. 그 시간만큼 강골인 선배들은 물론 윗선과 부딪칠 일이 잦았다. 언론과 접촉될 일도 많았고 그만큼 주위의 시선이 곱지 않은 자리에서 이헌은 자신의 선과 위치를 지키려 노력했다.

"나중에 봐요."

그렇게 이헌의 볼에 가벼운 입맞춤으로 아침 인사를 한 다현은 차에서 내려 지검으로 올라갔다.

계단을 올라가는 그녀의 모습이 보이지 않을 때까지 지켜보고 있던 이헌은 이내 차를 몰아 모교로 향했다.

❖　✦　❖

한국 대학교 법대 건물은 여전히 웅장했고 그 앞에 펼쳐진 잔디밭은 어김없이 푸르렀다.

초여름의 뜨거운 햇볕에도 아랑곳하지 않고 삼삼오오 모여 앉아 있는 학생들을 보며 법대 건물에 들어선 이헌은 지도 교수실로 향했다.

똑똑. 가벼운 노크와 함께 기척이 들려오자 문을 연 이헌은 반갑게 뻗어 오는 은사님의 손을 맞잡고 고개를 숙였다.

"바쁠 텐데 와 줘서 고마워."

"바쁜 거 대충 끝나 가서 괜찮습니다."

"늦었지만 결혼 축하하고. 타이밍도 참 안 맞게 세미나랑 겹쳐서 못 간 게 아쉬워."

"축의금은 잘 전달 받았습니다."

"건우 녀석이 중간에서 장난 안 쳤나 몰라."

"다행히 장난은 안 친 거 같습니다."

오랜만에 만난 은사님과 반갑게 안부를 주고받으며 마주 앉았다.

"내가 청첩장 받고 어지간히 놀랐다니까. 문이헌이 장가가는 것도 놀라운 판국인데, 신부가 권다현이라서 내가 설마 했어."

"안 그래도 다현이한테 교수님이 지도 교수였다고 얘기 들었습니다."

"내 제자 중에 문이헌만큼이나 기억에 남는 제자지."

"다현이가요?"

"문이헌은 공부 잘하고 앞뒤 꽉 막힌 놈. 권다현은 공부 잘하고 앞뒤 뵈는 거 없는 놈으로 내가 아주 또렷이 기억한다고."

교수의 얘기에 이헌이 설핏 웃음을 터트리며 손으로 입을 가렸다. 자신과 다현을 한마디로 표현한 그의 말을 수긍하지 않을 수 없었다.

"그때가 언제더라……. 왜 너 살인 사건 자문한다고 왔을 때 말이야."

"오래됐죠. 저 초임 때였으니까."

"그래, 그때. 기억 안 나?"

"무슨?"

"모의 법정 구경 갔다가 다현이 보고 나한테 잘한다고 했잖아."

교수의 얘기에 이헌은 기억 저편 어딘가에 묻어 뒀던 아주 오래전 일을 뒤적거렸다. 흐릿하게 떠오르는 그때의 기억은 선명하지 않았다.

하지만 자신이 학생 때 두각을 보였던 모의 법정을, 검사가 되고 나서 보니 새삼스러워 교수님을 찾아뵌 이유를 잠시 잊었던 것 같았다.

"그러고 보니 다현이도 모의 법정에서 검사 노릇 제대로 했었지."

정장을 입고 피고인을 신문하던 검사를 맡은 학생이 다현이었던가? 그 얼굴은 여전히 선명하지 않았다.

"자. 이제 강당으로 가 보자고."

강연 시간이 다가오자 이헌은 교수와 함께 3층 대강당으로 걸음을 옮겼다.

강당으로 가는 길에 마주친 학생들이 교수를 보고 고개를 꾸벅 숙이다가 곁에 선 이헌을 보고 흠칫 놀라기 일쑤였다. 그렇게 대강당 문을 열고 들어서자 빼곡히 들어찬 학생들의 시선이 일제히 연단 위를 걷는 이헌을 따라 움직였다.

"반갑습니다. 문이헌입니다."

마이크 앞에 선 이헌의 굵은 저음이 스피커를 통해 강당 안에 울려 퍼졌다.

적막하던 강당 안을 채운 학생들의 박수 소리가 화답을 해 왔다.

"현재 대검찰청 반부패 강력부 수사 지휘 과장으로 근무하고 있고, 생각보다 피곤한 검사입니다."

"검사님! 잘생겼어요!"

강당 뒤편에서 우렁찬 목소리가 터져 나오자 학생들이 파안대소했다. 이헌 역시 웃음을 터트리며 마이크를 빼 들었다.

"칭찬 고맙습니다."

1학년부터 4학년까지 선착순으로 강연 신청을 받았는데 이전 정원보다 많은 신청자에 소강당에서 대강당으로 강연 장소를 옮겼을 만큼 학생들은 이헌을 잘 알고 있었다.

그는 여전히 한국대 법대에서 소문이 자자한 선배였다.

"며칠 전에 판사, 변호사로 활동 중인 선배들의 강연도 있었다고 들었습니다. 법대생들의 환상을 내가 얼마나 지켜 줄 수 있을지는 모르겠지만, 기본적인 것들은 교수님들 강의 시간에 자세히 듣고 배울 테니까 나는 학생들이 궁금해하는 것들을 허심탄회하게 얘기해 주려고 합니다."

강연 준비를 할 시간도 없었고, 혼자 두 시간씩이나 머리 큰 학생들에게 따로 해 줄 말이 없었다.

이미 본인들의 가치관이 충분히 형성된 성인들이었다. 그들에게 자신의 신념과 가치관을 구구절절 설명하는 것도 썩 유쾌한 일은 아니라고 생각했다.

그의 말에 학생들은 손뼉을 치며 환호했고 이헌은 단상 앞으로 걸어 나왔다.

"아, 검사 월급은 인터넷에 검색만 해도 나오니까 인터넷에 검색해도 안 나오는 거로 물어보세요."

여기저기서 손을 번쩍 들었다. 이헌은 맨 앞에 앉아 초롱초롱 눈을 반짝이고 있는 학생을 가리켰다.

"여자 친구 있으세요?"

인터넷에 안 나오는 걸 물어보라니까 정말 개인적인 궁금증을 드러내고 있었다. 엉뚱한 질문에 어김없이 웃음이 터져 나와 강당 안을 가득 메웠다.

"여자 친구는 없는데."

오른손으로 마이크를 쥐고 있던 이헌이 왼손을 들어 마이크를 고쳐 잡았다.

"보시다시피 결혼했고, 아내가 있습니다."

왼손 약지에서 반짝이는 반지가 학생들의 시선을 잡아끌었다.

이헌의 말에 곳곳에서 탄식이 터져 나왔다. 질문을 한 학생 역시 아쉬운 표정으로 고개를 내저었다. 잘난 사람은 왜 다 임자가 있나 몰라.

"궁금한 거 물어보라고 했는데, 개인적인 게 더 궁금한 학생들이 많은 거 같네요."

"선배님! 학교에서 유명하세요!"

"졸업한 지 꽤 오래됐는데, 아직도 내가 유명하면 한국대 법대 체면이 말이 아닌데."

후배들에게 여전히 자신이 회자되고 있다는 말이 꽤 신기했다. 이헌은 기분 좋게 웃으며 다음 질문들을 받기 시작했다.

"지금까지 검사로 일하면서 제일 기억에 남는 사건이 있을까요?"

중간에 앉은 학생 한 명이 이헌의 지목에 들뜬 목소리로 물었다. 그는 단상 앞을 왔다 갔다 하며 이마를 긁적이다가 느릿하게 목소리를 냈다.

"형사부에 있을 때 맡았던 살인 사건입니다."

스피커를 통해 강당에 울려 퍼지는 그의 나지막한 음성에 장내에 팽팽한 긴장감이 감돌았다.

"피의자는 어릴 때부터 친부의 폭력에 노출된 채 자랐고, 계모의 학대도 받았습니다. 불우한 가정 환경이 범죄를 정당화할 순 없다는 걸 먼저 말씀드릴게요."

형사부로 인사이동이 있었던 후 처음 배당받은 사건이었다. 그래서 더 잊을 수 없었고, 처음이자 마지막으로 맡은 연쇄 살인 사건이기도 해서 오랜 시간 기억에 남았다.

"피의자는 스물한 살에 여자 친구를 폭행했고, 폭행 치사로 실형을 선고받아 만기 출소 후 본격적인 살인을 시작했습니다."

숨죽여 이헌의 목소리를 경청하는 학생들의 눈빛은 한없이 진지했다.

"피해자는 모두 20대 초반의 여성이었습니다. 인근 하천이나 물가 옆에 시신을 유기했고 다섯 번째이자 마지막 피해자의 손톱 밑 혈흔에서 피의자의 DNA를 확보하여 용의자를 특정했고, 체포 이후 경찰에서 1차 조사를 마친 뒤 검찰로 송치했습니다."

디테일한 이야기는 더 이상 할 수 없었다.

네 번째 피해자가 발견되고 경찰은 범인을 잡지 못해 질타를 받고 있던 상황에서 검찰로 사건을 넘겨 버린 바람에 이헌의 손에 넘어온 사건은 다섯 번째 피해자가 발생되고 말았다.

경찰과 검찰 모두에게 오점을 남긴 사건임이 분명했다. 살인 사건 현장은 언제나 지독했고 서글펐으며 아팠다.

그곳에서 싸늘하게 죽어 간 피해자의 눈물이 발목을 잡았다. 반드시 피의자를 잡아 그 죗값을 톡톡히 치르게 하겠다는 약속 말고는 주검이 된 피해자에게 그가 검사로서 할 수 있는 건 아무것도 없었다.

"사이코패스인가요?"

앞줄에 앉은 학생들 중 한 명이 물었다.

이헌은 고개를 끄덕였다.

모든 연쇄 살인의 피의자가 사이코패스라고 단정 지을 순 없지만, 피의자 조사 때 그의 정신 감정을 맡았던 교수는 사이코패스 진단을 내렸었다.

"피해자를 어릴 때 자신을 학대한 계모에게 투영시킨 피의자는 전혀 죄의식이 없었습니다. 자신도 당했으니 똑같이 당해야 한다며 죄책감은커녕 살인을 즐겼습니다. 전형적인 사이코패스죠."

무기 징역을 선고받은 피의자는 현재도 교도소에서 복역 중이었다.

"살인 사건이 자주 일어나나요?"

"아마 학생이 생각하는 것보다 훨씬 많을 겁니다."

질문을 한 학생을 응시하며 이헌은 대답했다.

"단순한 원한 관계에서 비롯된 충동적이거나 우발적인 살인이 계획적인 살인보다 조금 빈번합니다. 요즘은 기술이 좋아서 연쇄 살인 사건은 없으니까 걱정하지 않아도 됩니다. 한 명 이상을 살인하기 전에 체포되죠. 과학 수사가 꽤 많이 치밀합니다."

"살인자들이 재판에서 형량이 제대로 안 나오면 검사로서 선배님은 어떤 마음이 드십니까."

또 다른 질문이 자연스럽게 뒤따랐다. 이헌은 단상에 기대선 채 턱을 매만졌다. 다행이라고 해야 할까. 학생이 우려하는 그런 일이 아직 자신에겐 없었다.

곁에서 지켜본 살인 사건 중에 형량이 제대로 선고되지 않았던 적은 많았다. 살인 사건을 차치하고도 보통의 형사 사건들도 검사의 구형대로 이뤄지지 않는 것이 대부분이었다.

판사 법복의 무게가 가벼워진 현실 앞에 이헌은 쓰게 웃으며 입을 뗐다.

"이유 없이 살인을 저지르는 건 끔찍한 범죄입니다. 물론 이유가 있는 살인이라고 해서 정당화될 수 없습니다. 그게 뭐든 사람이 사람의 목숨을 빼앗는 행위는 용납이 안 되겠죠. 검사는 구형한 대로 선고가 나오지 않으면 항소합니다. 마지막까지 최선을 다하는 것 말고 고인이된 피해자에게 검사로서 해 줄 수 있는 게 항소뿐이라 죄송하기만 합니다."

일순간 숙연해진 강연장은 학생들의 숨소리조차 선명하게 들려올 만큼 고요해졌다.

이헌은 그 적막 속에서 손을 든 학생을 가리켰다.

"TV에서 선배님을 몇 번 본 적 있습니다. 특수부에 계실 때 힘들지 않으셨나요?"

"일단 살인 사건 맡았을 때보다 감정적으로는 덜 힘들었다, 이 말부터 하죠."

이헌이 낮게 웃어 보이자 학생들도 덩달아 웃음소리를 냈다.

"제일 힘든 건 야근입니다."

이헌이 고개를 저으며 말하자 여기저기서 웅성거림이 들려왔다. 신입생들은 공무원도 야근을 하냐며 수군거리는 듯했고 검사를 꿈꾸는 학생들은 현실적인 얘기에 낯빛이 어두워졌다.

"어느 부든 마찬가지지만 배당된 사건들을 쳐내려면 정해진 근무 시간이 사실 부족합니다. 특수부는 현재 몇몇 지검만 반부패부로 바뀌었고 없어진 상태지만, 여전히 그 성격은 똑같습니다. 반부패부는 배당 사건이 없습니다. 사건 하나로 공판까지 모두 맡다 보니까 체력적 한계는 당연하고 여기저기서 심심치 않게 압력이 들어올 때가 많습니다. 그거 다 견딜 자신 없으면 나중에 누가 반부패부 검사 시켜 준다고 해도 절대 안 한다고 도망가세요."

학생들은 웃음이 터졌지만 이헌은 마냥 웃을 수 없는 현실이었다.

어느덧 약속된 시간이 지나 강연을 마무리할 때가 되었다.

강연 내내 진지하다가도 적절한 농담으로 분위기를 이끌던 이헌이었다. 학생들은 아쉬움을 드러냈고, 그렇게 이헌은 박수를 받으며 연단을 내려왔다.

강당 맨 앞줄 끝에 앉아 제자의 강연을 지켜보고 있던 교수가 다가와 수고했다며 이헌의 등을 토닥였다.

"바쁜데 시간 내 줘서 고마워."

"아닙니다. 잘 끝난 건지 모르겠습니다."

"네 강의가 제일 인기 많았어. 대강당에서 강연한 거 처음이야. 애들이 강연을 들으러 온 건지 네 얼굴 구경하러 온 건지 몰라도 잘 끝난 건 확실해."

학생들은 이헌과 교수를 거의 에워싸다시피 따라 나갔다.

그가 은사님께 인사를 하고 법대 건물을 나올 때까지 몇몇 학생들은 그 뒤를 졸졸 쫓았다.

하지만 이헌의 발걸음은 거침없이 앞서 나갔고 그의 눈빛엔 냉기가 감돌아 연단 위에 있던 사람이 맞나 싶을 정도로 낯설었다.

이헌은 건물을 나와 계단을 내려왔다. 어김없이 펼쳐진 잔디밭엔 어쩐지 너무 익숙한 사람이 앉아 눈을 감은 채 햇볕을 쬐고 있었다. 꽤 놀란 얼굴로 그는 잔디밭으로 걸음을 옮겨 다리를 굽히고 앉았다.

"여기서 뭐 해."

이헌의 부드러운 음성 속에서 반가움이 느껴졌다.

"강연은 잘했어요?"

그가 고개를 끄덕였다.

"학교가 잘 있나 궁금하기도 하고, 오랜만에 우리 신랑이랑 점심 먹으려고 왔어요."

눈을 뜬 다현이 빙그레 웃으며 이헌의 손을 잡았다. 그는 몸을 일으키며 그녀의 손을 잡아끌었다. 잔디밭에 앉아 있던 다현은 엉덩이를 털며 일어나 이헌의 팔짱을 꼈다.

"나 먹고 싶은 거 있는데."

"뭐 먹고 싶은데?"

"학식!"

"뭐?"

"오랜만에 학식 먹고 싶어요."

3천 원도 하지 않던 학식이 어렴풋이 떠올랐다. 그땐 그게 그렇게 맛있었던 것 같은데 지금은 그 맛이 잘 기억나지 않았다.

"쪼꼬만 다현이가 먹고 싶대요."

이헌의 팔에 매달린 다현은 고개를 들어 그와 시선을 마주치며 눈을 반짝였다. 그가 불가항력으로도 어쩌지 못하는 게 생겨 내심 즐거운 듯했다.

"더 비싸고 맛있는 거 사 줄 능력 된다니까."

"그 능력 아껴 뒀다가 이사 가야죠. 아빠가 사 준 침대도 쓰고 할아버지가 사 준 침대도 쓰려면 쪼꼬만 다현이 방이 거실만큼 넓어야 할 텐데."

"후, 너를 내가 어떻게 이겨."

"학식 먹으려면 인문대로 가야 해요."

그렇게 다현의 손에 이끌려 법대 뒤편에 있는 인문대 쪽으로 이헌은 발걸음을 돌렸다.

"와, 진짜 그대로네."

"그러게."

벚꽃 나무가 심어진 호수는 여전했다. 그 길을 따라 걷는 다현의 만면이 꽃처럼 해사하게 피어났다.

"다현아."

"응?"

"기억났어."

다현의 얼굴에 피어난 미소를 가만히 보고 있던 이헌이 별안간 알 수 없는 말을 내뱉었다. 그녀는 고개를 갸웃거리며 그를 올려다봤다.

걸음을 멈춰 선 이헌은 손을 뻗어 다현의 머리를 토닥이듯 쓰다듬으며 목소리를 냈다.

"잘 컸네."

별안간 뜻밖의 말이 이헌의 입에서 흘러나왔다.

다현은 의아한 눈빛으로 그와 시선을 마주한 채 눈을 껌뻑였다.

"잘 커서, 이렇게 내 옆에 있어 줘서 고마워."

이헌이 와락 다현을 껴안았다. 영문을 모르고 그에게 폭삭 안긴 다현은 슬며시 허리춤을 잡으며 말없이 미소만 지었다.

"하여튼 권다현. 너 진짜."

피고인을 잡아먹겠다는 듯 증인석에 앉혀 두고 신문하던 그 모습이 눈앞에 선명하게 그려졌다.

단정하게 입은 정장 차림에 높게 묶은 긴 머리, 그리고 단호하던 그 입매가.

✦　　✦　　✦

"피고인. 10일 저녁 11시 42분에 어디서 뭐 했습니까."

"기억나지 않습니다."

"11일 0시 11분에는 어디서 뭐 했습니까."

"기억 안 납니다."

"판사님. 범행 추정 시간에 피고인은 자신이 뭘 했는지 기억이 나지 않는다는 진술만 반복하고 있습니다. 하지만 피고인은 범행 추정 시간에 피해자의 집에 갔고 범행을 마친 0시 11분에 피해자의 집에서 나왔습니다. 해당 시간에 피해자의 집 앞 주차장에 주차되어 있던 주민의 차 블랙박스 영상을 증거로 제출합니다."

지도 교수였던 은사님에게 사건 자문을 구하려고 오랜만에 모교를 찾은 이헌이었다.

가는 날이 장날이라고 하필 모의 법정이 있던 날이라 은사님이 이헌에게 방청석에 앉아 구경이나 하며 기다리라고 한 탓에 맨 뒤에 앉아 예비 법조인들을 관찰했다.

"피고인이 기억나지 않는다고 한 시간에 피고인이 두 발로 걸어 피해자의 집으로 올라가는 블랙박스 영상입니다. 물론 아파트를 나가는 장면도 여기 있습니다."

검사를 맡은 학생이 화면에 띄워진 블랙박스 영상을 가리키며 피고인을 맡은 학생을 주시했다. 이헌은 검사를 맡은 학생의 눈빛이 멀리서도 선명해 자세를 고쳐 앉아 귀를 기울였다.

"피고인의 걸음걸이가 아주 정확합니다. 계단도 아주 잘 올라가고 잘 내려옵니다. 만취 상태라 아무것도 기억나지 않는다고 말했는데, 블랙박스 영상 속 피고인은 조금도 술에 취한 거 같지 않습니다."

"만취했다고 잘 걷지 말라는 법 있어요?"

"그래서 여기 바로 뒤. 피고인이 아파트로 들어가고 나서 들어간 주민이 있습니다."

블랙박스 영상이 이어졌다. 피고인이 아파트로 들어가고 나서 곧바로 커다란 봉지를 들고 들어가는 여자가 있었다.

"피고인과 함께 엘리베이터를 탔다고 진술했고, 술 냄새는 나지 않았다고 했습니다."

모의 법정의 퀄리티에 놀라는 게 아니라 블랙박스 영상을 찾아내 주민에게 진술을 받아 냈다는 것에 놀란 이헌은 고개를 끄덕이며 검사를 맡은 학생의 얼굴을 빤히 바라봤다.

"기억이 나지 않을 정도로 만취 상태라면 좁은 엘리베이터에 같이 탄 사람이 분명 술 냄새를 맡아야 정상입니다. 피고인. 술을 마셨다는 11일 저녁 8시부터 11시 반까지 뭘 했습니까."

분명 그에 대한 답도 검사의 손에 쥐어져 있을 터였다. 아니나 다를까 호프집에서 술을 마셨다는 피고인의 대답에 검사를 맡은 학생은 고개를 짧게 내저었다.

"11시 12분에 피고인이 충전식 교통 카드로 택시비를 결제한 사실을 확인했습니다. 판사님, 그 영수증을 증거로 제출하겠습니다."

피고인의 이름으로 된 카드가 아니기에 카드 내역을 뽑을 때 절대 찾을 수 없는 사용 내역이었다.

그걸 어떻게, 어떤 식으로 찾아낸 건지 놀랍기만 했다. 그 머리가 비상하다고밖에 볼 수 없었다. 일개 검사도 아닌 법대생이.

교수들이 짜 놓은 모의 사건 위에서 제대로 놀고 있는 건 검사를 맡은 학생뿐인 것 같았다.

그렇게 모의 법정은 검사 측이 구형하고 2차 공판일을 잡으면서 끝이 났다. 학생들이 하나둘 강당을 벗어날 때 이헌은 방청석 앞으로 걸어 나와 은사님에게 눈인사를 했다. 그의 은사님이 반갑게 웃으며 잘 봤냐는 듯 눈을 찡긋거렸고 이헌은 고개를 끄덕였다.

"바쁠 텐데 여기까지 다 오고. 급한 거면 메일로 보내 주면 내가 볼 텐데."

"아닙니다. 부탁드리는 건데, 제가 직접 와야죠."

은사님과 반갑게 악수를 하는 이헌의 앞으로 강단 있던 학생이 모의 법정 자료들을 챙겨 나가고 있었다.

그의 시선이 자연스레 그녀를 뒤따랐다.

"3학년인데 과 수석이야."

이헌의 시선을 읽은 은사님이 그의 호기심을 톡 건드렸다.

"제법이야. 문이헌만큼 잘해."

"저보다 잘해야지 저만큼만 하면 어떡합니까."

"너만큼만 하는 것도 힘들어."

어느새 여학생의 뒷모습이 더는 보이지 않게 되자 이헌은 웃으며 말했다.

"강단 있어 보입니다. 잘하겠어요."

"앞도 뒤도 없는 놈이라 나중에 뭐가 될지 골치 꽤 아플 거야."

"이름이 뭡니까."

"왜, 네 밑으로 들어오면 본때라도 보여 주려고?"

썰물 빠지듯 학생들이 빠져나간 강당 안은 금세 고요해졌다.

"권다현이야. 나중에 네 밑으로 들어가게 되면 잘 봐줘."

은사님이 이헌의 어깨를 두드리며 발길을 돌리자 그의 발길도 그 뒤를 따라 느리게 움직였다.

그렇게 2년이 지난 어느 날이었다.

똑똑.

가벼운 노크 소리와 함께 검사실 문이 열렸다

기록문을 보고 있던 이헌은 고개를 들어 정면에 선 여자를 빤히 쳐다봤다.

"안녕하세요. 오늘부터 검사 직무 대리로 발령받은 권다현입니다."

그날은 문이헌과 권다현의 시작이었다.

—*fin*

참고 문헌

다음은 작품 집필 시 자료 조사를 위해 참고한 도서 및
웹 사이트 목록이며, 본문을 직접 발췌한 내용은 없음을 밝힙니다.

— 『누워서 읽는 법학—형사법 Ⅰ, Ⅱ』, 변호사 김해마루, 로스타트
— 『수사 절차론』, 사법 연수원
— 『검사 실무 Ⅰ, Ⅱ』, 사법 연수원
— 『나의 직업 법조인』, 청소년 행복 연구실, 동천출판
— 『판사 검사 변호사가 말하는 법조인』, 박원경, 구태언 외, 부키
— 『검사내전』, 김웅, 부키
— 『검사님의 속사정』, 이순혁, 한겨레 출판
— 『쫄지 마 형사 절차 재판편』, 민주 사회를 위한 변호사 모임, 생각
의 길
— 『지금부터 재판을 시작하겠습니다』, 정재민, 창비
— 국가 법령 정보 센터 (www.law.go.kr)